Ein neues Lied

Jan Karon

Ein neues Lied

Ein Mitford-Roman

Deutsch von Michaela Link

Weltbild

Besuchen Sie uns im Internet:
www.weltbild.de

Weltbild Buchverlag –Originalausgaben–

Projektleitung: Gerald Fiebig
Redaktion: Jürgen Bolz
Umschlaggestaltung: Hauptmann & Kompanie
Werbeagentur, Zürich
Umschlagabbildungen: © George Simhoni/Masterfile
Satz: Sabine Müller
Druck und Bindung: Bagel Roto-Offset GmbH & Co. KG,
Gewerbegebiet Sachsen-Anhalt Süd,
Kirchweg, 06721 Schleinitz

Gedruckt auf chlorfrei gebleichtem Papier

Printed in Germany

ISBN 3-89897-279-8

Dem Andenken meiner Tante
Helen Coyner Cloer,
die mein erstes Manuskript tippte,
als ich zehn war.

4. Oktober 1917 – 12. Oktober 1998

... dass wir ihm ähnlich sein werden ...
1. Johannes 3,2

Singt dem Herrn ein neues Lied,
verkündet seinen Ruhm bis ans Ende der Erde!
Es jauchze das Meer und alles, was es erfüllt,
die Inseln und ihre Bewohner.
Jesaja 42,10

Liebe Leser,

in den Büchern der Mitford-Reihe ist die Liste der Namen in meiner Dankadresse nicht kürzer, als es eine Namensliste der handelnden Personen wäre – weil ich versuche, mich bei wirklich jedem zu bedanken, der mir hilft, meine Geschichte näher an die Wirklichkeit zu bringen. Manchmal nenne ich einen Namen aber auch nur aus dem Gefühl heraus, aus Anhänglichkeit, wie etwa den meiner Lehrerin in der sechsten Klasse, Etta Phillips, die zu meinen Signierstunden kommt und immer noch so jung aussieht wie früher. Vielen Lesern gefallen meine Danksagungen, weil sie darin gelegentlich den Namen eines alten Schulkameraden, eines Freundes oder eines Familienangehörigen wiederfinden.

Manchmal stoßen sie sogar auf ihren eigenen Namen.

Ein herzliches Dankeschön sage ich Bruder Francis Andrew, BSG (Brotherhood of Saint Gregory – Bruderschaft des Heiligen Gregor); Rev. Roy M. King; Flyin' George Ronan; John Ed McConnell; Ralph Emery; Dr. Carl Hurley; Loyal Jones und Billy Edd Wheeler; Bonnie Setzer; Mary Richardson; P. John Mangrum; P. Jeffrey Scott Miller; Dr. George Grant; Austin Gragg; Roger David Craig; Frank Gilbert mit seinem Mustang-Cabrio; der Mitford Appreciation Society (Gesellschaft der Freunde Mitfords); Gwynne Crosley; Rev. Gale Cooper; Sue Yates; Dr. David Ludwig; Dan Blair; Linda Foster; Will Lankenau; William McDonald Parker, dem Polizeichef von Blowing Rock; Owen Tolbert; Officer Dennis Swanson; Bischof Christopher Fitz-Simons Allison; James F. Carlisle sen.; Betsy Barnes; Rayburn und Sheila Farmer; P. Scott Oxford; Bischof William C. Frey; Bischof Keith Ackerman; Rev. Stephen J. Hines; Larry Powell; Barry Hubert; Derald West; Sandy McNabb; Donna Kae Nelson; Captain Weyland Baum, dem ersten Leuchtturmwärter von Currituck; Billy McCaskill; Major John Coffindaffer; »Bee« Baum; Drs. Melanie und Greg Hawthorne; John L. Beard; Greg und Kathy Fishel; Frank LePore; Garry Oliver; meiner Grundschullehrerin, Mrs Sherrill; Dr. Michael C. Ain; Captain Mike Clarkin von der *Fishin' Frenzy*; dem Ersten Offizier Matthew Winchester; Dr. Sue P. Frye; Ross und Linda Dodington; P. Richard B. Bass; Colonel Ron und Cathey Fallows; Murray Whisnant; Robert Williams; Chris Williams; Michael Freeland; Rabbi David und Barbara Kline; Officer Kris Merithew; Bruce Luke; Johnny Lentz; Judith Burns; Wonderland Books; Tom Enterline; J. W. D.; Loretta Cornejo; Tex Harrison; Jerry Greg; Officer Tracy Toler; Jeff Cobb; Walter Green und Anita Chappell.

Ganz besonders danke ich Dr. Bunky Davant, meinem medizinischen Berater für Mitford und Whitecap; Tony DiSanti, dem juristischen Berater für Mitford; der Grace Episcopal Church als architektonischem Vorbild für die Kirche St. John's; P. Charles Gill, Pfarrer von St. Andrews by the Sea; P. James Harris, Freund und Helfer; Judy Bistany South für ihre jahrelange liebevolle Ermutigung; meiner geschätzten Assistentin, Laura Watts; Captain Horace Whitfield, Herrscher über die *Elizabeth II*; den hart arbeitenden Buchhändlern allerorten; und, wie immer, meinen geneigten Lesern.

1 Engel des Lichts

Durch die Zweige einer japanischen Zierkirsche gefiltert, aber ungehindert von Vorhängen oder Rollläden fiel das Nachmittagslicht ins Arbeitszimmer.

Es ergoss sich durch die lange Reihe von Fenstern hinter dem neuerdings mit einem Schonbezug versehenen Sofa, wärmte den Eichenfußboden und würzte die Luft mit dem Duft frisch bearbeiteten Holzes.

Unter dem Zauber des Junilichts erstrahlten alle Möbel in einem besonderen Glanz.

Die hohe Kommode, die einst im Besitz eines anderen Kirchenmannes – Father Tims Urgroßvater – gewesen war, hatte eine Art Wiedergeburt erfahren. Nach einer gründlichen Politur mit Zitronenöl erstrahlte die dichte Maserung des alten Walnussholzes, die in dem dunklen Pfarrhausflur nebenan so lange unsichtbar gewesen war, in neuem Glanz. Sogar das M, das neben einem der originalen Schubfachzüge mit dem Taschenmesser unbeholfen ins Holz geschnitzt worden war, konnte man jetzt deutlich erkennen.

Aber nicht nur das Leuchten, sondern vor allem das wechselnde Spiel des Lichts schlug den pensionierten Pfarrer in seinen Bann. So wie andere regelmäßig dem Sonnenaufgang oder Sonnenuntergang entgegenfieberten, wartete Tim immer wieder voller Freude auf das tägliche Erscheinen dieses Lichts.

Voller Eifer trat er in den großen, neuen Raum, als hätte man ihm Licht und Luft lange Zeit vorenthalten, immer noch erfüllt von ungläubigem Staunen darüber, dass es einen so hellen Ort überhaupt geben konnte. Noch mehr erstaunte ihn die Tatsache, dass dieser Raum allein seinen persönlichen Zwecken diente, seit er vor sechs Monaten in den Ruhestand getreten war und Lord's Chapel seinem Nachfolger im Amt überlassen hatte.

Als Pfarrer der Mitforder Episkopalen Kirchengemeinde hatte er sechzehn Jahre lang nebenan im ehemaligen Pfarrhaus gewohnt. Jetzt war er hier nicht mehr Gemeindepfarrer, aber ihm gehörte das Pfarrhaus – der Nachlass seiner Mutter hatte ihm den Kauf ermöglicht. Dort wohnte er allerdings nicht mehr, sondern zusammen mit Cynthia in dem kleinen gelben Haus direkt daneben.

Allerdings war dieses Haus – was er immer wieder vergaß – inzwischen nicht mehr gar so klein; er und seine vorausschauende Gattin hatten dem winzigen Häuschen stattliche einhundertundzwanzig Quadratmeter Wohnfläche hinzugefügt.

Nur eines war gleich geblieben. Das Haus war immer noch gelb gestrichen, in Cynthias Lieblingsfarbe, der Farbe wilder Forsythien, und umschmeichelt von einem glänzenden Mantel aus dunkelgrüner Berg-Hemlocktanne.

»Prost!«, sagte seine Frau. Bekleidet mit Jeans und Hemdbluse, ein Tablett mit Limonadengläsern in Händen, trat sie durch die Tür. Sie hatten sich in letzter Zeit angewöhnt, sich jeden Nachmittag hier zu treffen und das zu beobachten, was sie den Wechsel des Lichts nannten.

Er kicherte. »Wir dürfen niemandem erzählen, wie wir uns hier vergnügen.«

»Auf keinen Fall! Außerdem würde uns ohnehin niemand glauben, dass wir einfach nur dasitzen und zusehen, wie sich das Licht verändert.« Sie stellte das Tablett neben einem Stapel Post auf den Tisch.

»Wir könnten Schlimmeres tun.«

Sie ließen sich auf das Sofa fallen, das sie durch die Hecke hindurch aus dem Pfarrhaus herübergeschleppt hatten.

»Noch eine Woche«, sagte er ungläubig.

»Uh. Der Himmel steh uns bei!« Sie legte den Kopf in den Nacken und schloss die Augen. »Was für eine erschreckende Vorstellung, an einen Ort zu ziehen, den wir noch nie gesehen haben ... Für einen Zeitraum, den wir nicht abschätzen können ... Im Kielwasser eines Pfarrers, der die Leute an die Gitarre gewöhnt hat!«

Lachend griff er nach ihrer Hand. »Wenn irgendjemand es schaffen kann, dann du. Wie viele Bücherkartons müssen wir übrigens dorthin verfrachten?«

»Vierzehn bisher.«

»Und kein einziges Regal, auf das wir die Bücher stellen können!«

»Wir sind restlos verrückt!«, erklärte sie mit Nachdruck. Während der vergangenen Woche hatte seine Frau geschuftet wie ein Pferd, um das gelbe Haus so weit herzurichten, dass sie es getrost verlassen konnten. Außerdem hatte sie den größten Teil des Packens erledigt und ihre finanziellen Angelegenheiten geregelt. Er dagegen hatte Zeit gehabt, durch die Stadt zu spazieren und sich zu verabschieden, hatte wie ein Landedelmann an seinem Tee genippt und gleichzeitig versucht, die Finger von den Plätzchen und Kuchen zu lassen, die ihm angeboten wurden, wo er auch hinkam.

Er war sogar kurz bei Happy Endings gewesen, der Buchhandlung von Mitford, und hatte zwei neue Bücher erstanden, die er nach Whitecap mitnehmen wollte – was er niemals, nicht einmal unter Androhung der Todesstrafe, Cynthia Kavanagh gegenüber zugegeben hätte.

Sie blickte ihn an und lächelte. »Ich habe dafür gebetet, endlich einmal zu erleben, dass du einfach nur dasitzt und dich entspannst. Statt herumzulaufen und tausend Feuer zu löschen. Stell dir nur vor, wie sehr dir die Ruhe während der vergangenen Wochen zugute kommen wird, mein Liebster, wenn wir erst die Vertretung auf der Insel übernommen haben. Wer weiß schon, was dir dort bevorsteht und wie viel Kraft du möglicherweise brauchen wirst?«

Er nahm einen Schluck von seiner Limonade. In der Tat, wer konnte das wissen?

»Wie dem auch sei, jetzt ist es mit der Ruhe definitiv vorbei«, sagte sie mit großem Ernst. »Nächste Woche ...«

»Ich weiß – muss ich nebenan den Rußfilter auswechseln, das Unkraut in den Staudenbeeten jäten, die Kellertreppe in Ordnung bringen, meine Sachen packen ... Ich habe die ganze Liste schriftlich.«

»Außerdem musst du deinen Anzug bügeln lassen«, ergänzte sie, »zwei Strickpullover kaufen – nichts mit einem Krokodil darauf, wie ich inständig hoffe – und für Dooley die Fahrradpumpe suchen.«

»Geht klar!« Tatsächlich war er dankbar für die Betriebsamkeit, die während ihrer letzten Woche in Mitford seinen Adrenalinspiegel hochhalten würde.

»Übrigens«, fügte sie hinzu, »habe ich nachgedacht. Statt den Wagen nach und nach zu beladen, kannst du einfach alles am Garagentor stapeln. Auf diese Weise kann ich die einzelnen Gepäckstücke zweimal kontrollieren, und wir werden sie dann erst im letzten Augenblick einladen.«

»Aber es wäre einfacher ...«

»Vertrau mir doch bitte einfach«, erwiderte sie lächelnd.

Barnabas würde die Rückbank mit Beschlag belegen, und Violets Käfig sollte auf dem Boden stehen, auf der Fahrerseite. Auf die andere Seite würden sie Bettwäsche und Handtücher packen, in einem zum Bersten vollen Koffer, und alles, was dann noch übrig blieb, konnten sie einfach obendrauf werfen.

»O ja, Timothy, noch etwas ... dass du mir ja keinen Fuß mehr in die Buchhandlung setzt!«

In ihren saphirgrünen Augen stand ein Glanz, der keinen Zweifel daran ließ, dass sie ihre Worte bitterernst meinte. Jener ganz besondere Glanz, der trotz all seiner scheinbaren Autorität immer wieder aufs Neue ein Feuer in ihm entfachte. Obwohl er von Natur aus ein Mensch war, der ausgetretene Schuhe und dergleichen liebte, hatte ihm stets vor diesem Stadium ihrer Ehe gegraut, dem Stadium der ausgetretenen Schuhe. Bisher hatten sie diese Phase jedoch noch nicht erreicht. Seine blonde, praktische Frau hatte etwas Unberechenbares an sich, das Eintönigkeit erst gar nicht aufkommen ließ.

»War irgendetwas Wunderbares in der Post?«, fragte sie.

»Keine Ahnung, ich hab sie nur hereingeholt. Warum siehst du sie nicht einfach durch?«

Auch auf ihn übte die Post stets einen starken Reiz aus, aber das war gar nichts gegen die Begeisterung, mit der Cynthia der täglichen Briefpost entgegensah. William James hatte seiner Meinung nach den Nagel auf den Kopf getroffen. »Solange es Postboten gibt«, lautete sein Wahlspruch, »wird das Leben seine Würze behalten.«

»Oh, sieh nur! Wie schön! Ein Brief aus Whitecap, und er ist an mich adressiert!«

Er beobachtete sie, während sie den Umschlag aufriss.

»Meine Güte, hör dir das an ...«

Liebe Mrs Kavanagh,
wir sehen Ihrem Aufenthalt in unserer kleinen Inselgemeinde mit großer Freude entgegen und hoffen, dass Ihnen die Vorbereitungen für den Umzug gut von der Hand gehen und Sie Ende Juni zu uns stoßen werden.

Unsere Frauenvereinigung hat Ihnen für Ihren Aufenthalt in Whitecap mit großem Elan Dove Cottage fertig gemacht, und Sie brauchen, wie besprochen, nicht mehr mitzubringen als Bettwäsche für die beiden Schlafzimmer und alles an Handtüchern und Kissen, was Sie für Ihre Bequemlichkeit benötigen.

Wir haben neue Töpfe für die Küche angeschafft, und einige Gemeindemitglieder haben ihre eigenen Sachen als Leihgabe gestiftet, damit Sie und Reverend Kavanagh nicht alles aus Ihrem eigenen Haushalt in Mitford mitbringen müssen. Sam hat den elektrischen Dosenöffner repariert, aber wie ich höre, sind Sie eine hervorragende Köchin und werden ihn ohnehin nicht brauchen.

O ja. Marjorie Lamb und ich haben ein wenig im Garten Ihres Cottages gearbeitet, der nach jahrelanger Vernachlässigung etwas kläglich aussah. Wir sind dabei auf einen entzückend altmodischen Rosenstrauch gestoßen, der Ihrem Gemahl gewiss Freude machen wird, und haben ihn von allem wilden Gestrüpp befreit. Er rankt sich jetzt an seinem Gitter in die Höhe, statt auf die Straße hinauszuwuchern! Wir gehen davon aus, dass die Hortensien und die Kreppmyrte sich bei Ihrer Ankunft in ihrer vollen Pracht zeigen werden. Die Magnolien auf dem Kirchhof dürften bis dahin allerdings leider verblüht sein.

Eine genaue Wegbeschreibung liegt bei; Leonard, Marjories Mann, hat mir versichert, dass Sie damit ohne Kom-

plikationen von Mitford aus direkt vor die Tür von Dove Cottage gelangen können. (Leonard ist diese Strecke früher einmal gefahren, als er noch Sanitärinstallationen verkaufte.)

Bitte beachten Sie den roten Pfeil, den ich auf die Karte gezeichnet habe. An dieser Stelle müssen Sie unbedingt nach dem Wegweiser Ausschau halten, der hinter einer abscheulichen Hecke verborgen liegt. Der Grundstückseigner weigert sich, das verflixte Ding zu stutzen. Ich habe in Erwägung gezogen, es selbst zu erledigen, aber Sam meint, das wäre eine Einmischung.

Wir hoffen, dass Sie nichts gegen ein geselliges Begrüßungskomitee einzuwenden haben; die Leute werden es sich nicht nehmen lassen, Ihnen am Tag nach Ihrer Ankunft ein Gemeindefest im Stil eines hawaiianischen Luau auszurichten. Ich glaube, ich habe ihnen ausreden können, Grasröcke anzulegen, aber diese peinliche Idee könnte durchaus noch einmal zur Sprache kommen.

Als Reverend Morgan vor einigen Jahren zu uns kam, war es auch gerade Sommer, und er rechnete mit einem netten Strandurlaub. Man hat Sie sicher bereits davon in Kenntnis gesetzt, dass bei uns im Sommer immer am meisten los ist, wenn die Touristen da sind, die unsere kleine Kirche an den Rand ihrer Fassungskraft bringen und uns zwingen, zwei Gottesdienste abzuhalten statt einem! Wir Einheimischen machen immer im Winter Urlaub, wenn wir von den Früchten leben müssen, die wir im Sommer zuvor gesammelt haben!

Bischof Harvey hat zu seiner großen Freude von Bischof Cullen erfahren, wie sehr man Sie und Reverend Kavanagh in Ihrer Gemeinde in Mitford schätzt! Wir alle werden unser Bestes tun, um Ihnen das Gefühl zu geben, so willkommen zu sein wie die Blumen im Mai, wie meine liebe Mutter zu sagen pflegte.

Meine Güte! Ich hoffe, Sie werden mir die Länge dieses Briefes nachsehen! Schon als Kind habe ich es über alles geliebt, einen Füllfederhalter über Papier gleiten zu lassen, und diese Leidenschaft geht noch heute bisweilen mit mir durch.

Wir wünschen Ihnen und Father Timothy eine gute Fahrt.

Mit herzlichen Grüßen,

Ihre Marion Fieldwalker, Mitglied des Kirchenvorstandes der Gemeinde St. John's und Vorsitzende der Episkopalkirchlichen Frauenvereinigung

P. S.: Ich leite (seit fünfunddreißig Jahren) die Gemeindebibliothek von Whitecap Island und hoffe sehr, dass Sie sich vielleicht bereit finden werden, im Herbst dort aus einem Ihrer berühmten Violet-Bücher zu lesen. Ihre kleinen Büchlein sind in unserer Bibliothek stets verliehen, und ich glaube, dass jedes Kind auf der Insel sie zumindest zweimal gelesen hat!

Seine Frau errötete vor Freude. »Na also! Wie ermutigend! Marion klingt ganz reizend! Und stell dir nur vor, mein Liebster – Rankgitter und alte Rosen!«

»Ganz zu schweigen von neuen Kochtöpfen«, erwiderte er, voller Bewunderung für die Anstrengungen seiner zukünftigen Gemeinde.

Cynthia nahm einen Schluck aus ihrem Glas, auf dessen Außenseite sich feine Kondenströpfchen gebildet hatten, und ging den Rest der Post durch. »Timothy, sieh dir nur diese Handschrift an. Er hat endlich aufgehört, in Druckbuchstaben zu schreiben!«

»Lass mal sehen ...«

In puncto Handschrift war dies tatsächlich eine Neuerung und ein eindeutiges Verdienst der Privatschule in Virginia, die Dooley Barlowe inzwischen besuchte. Miss Sadies üppige Schecks, die alljährlich, wenn auch inzwischen posthum kamen, hatten eine Menge bewirkt. Sie gaben dem rothaarigen Jungen aus den Bergen, der vor fünf Jahren zu ihm ins Pfarrhaus gezogen war, den letzten Schliff. Laut las er aus Dooleys Brief vor:

Hey, ich habe eine Menge darüber nachgedacht, und ich würde gern während des Sommers in Mitford wohnen, um für Avis zu arbeiten und Geld für ein Auto zu verdienen. Außerdem möchte ich mit den Reds Softball spielen.

Ich habe keine Lust auf einen Strandurlaub.

Seid mir bitte nicht böse oder unglücklich oder irgendetwas. Ich kann bei Harley im Keller wohnen, wie ihr vorgeschlagen habt, und wir werden bestimmt prima zurechtkommen. Vielleicht könnte Puny die Wäsche für uns übernehmen, oder wir machen alles selbst und essen in Wesley oder in der Grillstube oder Harley könnte kochen.

Über Thanksgiving und Weihnachten werde ich dann zu dieser Insel runterfahren, wie wir es besprochen haben.

Danke, dass ihr mir erlaubt habt, in den Ferien zu Jimmy Duncan zu fahren. Ich find's klasse hier, er fährt einen Wrangler. Sein Mom fährt einen Range Rover, und sein Dad hat einen BMW 850. So einen hätte ich auch gern mal. Einen Wrangler, meine ich. Ich komme nach Hause, bevor ihr abreist, Mr Duncan setzt mich auf dem Weg zu einer großen Konferenz in Mitford ab. Grüßt Barnabas und Violet von mir. Danke für das Geld.

Alles Liebe, Dooley

»Ach so«, sagte seine Frau mit enttäuschter Miene. »Er will sicher in der Nähe seiner Freunde sein …«

»Klar. Und in der Nähe seines Bruders und seiner Schwester …«

Sie seufzte. »Im Grunde hatten wir ja nichts anderes erwartet.«

Auch er war enttäuscht darüber, dass der Junge seine Sommerferien nicht in Whitecap verbringen würde, aber sie hatten ihn frei entscheiden lassen, und er hatte seine Entscheidung getroffen. Außerdem hatte Tim schon vor einigen Jahren gelernt, sich von Dooley Barlowes sommerlichem Treiben seine eigene Freude an der flüchtigen Jahreszeit nicht verderben zu lassen.

Es war diese Geschichte mit den Autos, die ihm Sorgen machte ... Dooley war im vergangenen Februar sechzehn geworden, und er würde in weniger als drei Tagen in Mitford eintreffen – zusammen mit einem gültigen Führerschein.

»Klopf, klopf!« Emma Newland kam durch den Flur ins Arbeitszimmer gerauscht. »Bleiben Sie sitzen«, erklärte sie und hatte auch schon das Kommando übernommen. »Sie werden bestimmt niemals glauben, was passiert ist!«

Seine ehemalige Teilzeitsekretärin, die mit ihm zusammen in den Ruhestand getreten war, hatte sich offensichtlich noch nicht von ihrem alten Job losreißen können. Sie ließ es sich nicht nehmen, zweimal die Woche vorbeizukommen und ihm für einige Stunden zur Hand zu gehen, ob er ihre Hilfe nun brauchte oder nicht.

»Ich tue das für den Herrn«, hatte sie energisch erklärt und jedes Dankeschön abgelehnt. Obwohl Cynthia, wenn Emma eintraf, im Allgemeinen die Flucht ergriff, freute er selbst sich doch sehr über die Besuche seiner ehemaligen Sekretärin. Sie stellte eine gewisse Verbindung zu Lord's Chapel dar, die inzwischen unter der vorläufigen Führung eines Vertretungspfarrers stand.

Emma stemmte die Hände in die Hüften und spähte über ihre Brillengläser hinweg. »Sie werden mir nicht glauben, was ich im Internet entdeckt habe. Dreimal dürfen sie raten!«

»Entschuldigt mich!«, sagte Cynthia und sprang vom Sofa auf. »Ich hole Ihnen nur schnell ein Glas Limonade, Emma, und mache mich dann wieder an die Arbeit. Ich muss noch Unmengen von Büchern einpacken.«

»Also, raten Sie!«, beharrte Emma. Sie spielte gern dieses Spiel, das er ebenso sinnlos wie lästig fand.

»Ein Rezept, um Ihre eigene Fassadenfarbe zusammenzumischen?«

»Oh, bitte«, rief sie mit angewiderter Miene. »Sie geben sich keine Mühe.«

»Die kompletten Werke von Fulgentius von Ruspe!«

»Von wem?«

»Ich geb's auf«, sagte er und meinte es bitterernst.

»Ich habe ein zweites Mitford gefunden! Es liegt in England, und es hat eine Kirche so alt wie Methusalem, ganz zu schweigen von einer Burg!« Sie blickte triumphierend drein, als hätte sie soeben eine Invasion der Mauren abgewehrt.

»Wirklich? Das ist ja wunderbar! Ich nehme an, das ist das Städtchen, aus dem diese Mitfords kommen, die uns geschrieben haben ...«

»Nein, da besteht keine Verbindung. Die kamen aus den Cotswolds, und dieses Mitford liegt weiter nördlich. Ich hatte schon einiges dazu ausgedruckt, aber Snickers hat sich auf das ganze Zeug draufgesetzt, nachdem er vom Spielen am Bach zurückgekommen war, und ich muss die Seiten alle noch einmal ausdrucken.«

»Aha.«

»In Ordnung, dann raten Sie mal, was sonst noch passiert ist!«

»Verflixt und zugenäht, Emma. Sie wissen, dass ich dieses Spiel hasse.«

Sie sagte, was sie immer sagte. »Das tut Ihnen gut, hält Ihr Gehirn in Schwung.«

Nach ihrer Einschätzung war er seit seiner Pensionierung vor sechs Monaten nicht mehr ganz richtig im Kopf.

»Sagen Sie's mir einfach, dann haben wir es hinter uns.«

»Oh, kommen Sie! Versuchen Sie es wenigstens noch einmal. Ich gebe Ihnen auch einen Hinweis. Es geht um die Wahl im November.«

»Esther tritt zurück, und Andrew Gregory wird kandidieren.«

Sie runzelte die Stirn. »Woher wissen Sie das?«

»Ich bin nicht plötzlich taub und blind geworden, um Himmels willen. Ich komme durchaus noch im Ort herum.«

»Dann wissen Sie wohl auch«, fügte Emma hinzu, die hoffte, dass er es nicht wusste, »dass das Restaurant in Fernbank am Abend vor Ihrer Abreise eröffnen wird.«

»Das weiß ich allerdings. Wir sind eingeladen.«

Sie ließ sich auf den Armsessel, der bereits in seinem Schonbezug steckte, fallen und musterte Tim, als sei er ein Käfer auf einem Tannenzapfen. Obwohl sie dergleichen niemals aussprechen würde, glaubte sie doch, dass er sich zwischen dem unbestreitbaren Paradies von Lord's Chapel und der Hölle einer fremden Gemeinde an einem fremden Ort mit vierzig Grad im Schatten in einer Art Fegefeuer befand.

»Werden Sie da unten eine Sekretärin haben?«, fragte sie argwöhnisch.

»Ich glaube nicht. Es ist nur eine kleine Gemeinde.«

»Wie klein?«

»Oh, fünfzig, sechzig Seelen.«

»Ich dachte, Bischof Cullen sei Ihr Freund«, bemerkte sie naserümpfend. Sie hatte es nie ausgesprochen, aber in ihrem tiefsten Herzen hatte sie gehofft, dass man ihrem Chef, für den sie sechzehn Jahre lang gearbeitet hatte, eine große Kirche in einer großen Stadt geben würde, und er die Chance zu einem Comeback erhielt. Wie die Dinge lagen, trabte er jeden Morgen, den Gott werden ließ, den Hügel hinauf zum Haus der Hoffnung und zum Krankenhaus und wirkte dabei so munter, dass sie die ganze Sache sofort als Tarnmanöver erkannt hatte.

Cynthia kehrte mit einem Glas Limonade und einem Teller Kekse zurück und stellte beides vor Emma auf den Tisch. »Ich bin im Atelier, falls irgendjemand mich braucht. Mit all den Büchern, die wir mitnehmen, werden wir die Insel womöglich versenken!«

»Ein richtiggehendes Atlantis«, meinte Father Tim.

»Wo wir gerade von Büchern sprechen«, sagte Emma zu seiner Frau, »werden Sie ein neues schreiben?«

»Nicht, wenn ich es verhindern kann!«

Er lachte, während Cynthia bereits den Flur hinunterging. »Im Allgemeinen kann er es nicht verhindern.« Er rechnete jetzt jeden Tag damit, dass seine energiegeladene Frau mit einem Plan für ein neues Kinderbuch herauskommen würde. Wenn er es genau bedachte – hatte sie nicht die Marotte, gerade dann mit einem Buch zu beginnen, wenn das Leben auf dem Kopf stand?

Emma knabberte an einem Mürbeplätzchen und ließ sich die Krümel auf den Schoß fallen. »Haben Sie die Briefe auf dem Computer für mich vorbereitet?«

»Noch nicht ganz. Ich hatte Sie erst morgen früh erwartet.«

»Ich komme auch morgen früh, ich wollte jetzt nur schnell vorbeischauen und Ihnen die neuesten Nachrichten überbringen. Aber ...« Sie zog eine Augenbraue in die Höhe. »... ich habe Ihnen noch nicht alles erzählt, das Beste habe ich mir bis zum Schluss aufgehoben.«

Sein Hund kam ins Arbeitszimmer spaziert und ließ sich hechelnd zu seinen Füßen nieder.

»Wenn Sie behaupten, das wüssten Sie auch, werde ich Ihnen, solange ich lebe, nie wieder etwas erzählen. Auf dem Weg hierher bin ich Mule Skinner begegnet; er hat gesagt, er hätte endlich einen Mieter für Ihr Haus gefunden.«

Sie richtete sich hocherfreut auf und trank etwas von ihrer Limonade.

»Wunderbar! Das kommt genau zur richtigen Zeit!« Er hätte vor Freude tanzen können.

»Mule hatte noch keine Zeit, Sie anzurufen, aber er wird es heute Abend nachholen. Leider handelt es sich bei dem Mieter nicht um eine Familie mit Kindern, wie Cynthia es sich gewünscht hat.«

»Oh, hm ...« Er war überglücklich darüber, dass sich endlich ein neuer Bewohner für das Pfarrhaus gefunden hatte. Er und Harley hatten während der letzten Monate alles darangesetzt, es für einen möglichen Mieter attraktiver zu machen; sie hatten in der Küche neue PVC-Böden verlegt, die Treppenläufer ausgewechselt, neben dem Schlafzimmer eine neue Toilette installiert und eine neue Schwelle an der Haustür ... Die Liste war endlos gewesen. Und teuer.

»Es ist eine Frau.«

»Ich kann mir nicht vorstellen, was eine einzelne Person mit so viel Platz anfangen will.«

»Wie schnell Sie doch vergessen! Sie haben hundert Jahre allein dort gewirtschaftet.«

»Stimmt. Hm. Ich werde die ganze Geschichte ja noch von Mule erfahren.«

»Sie hat absolut nichts dagegen, hat Mule mir erzählt, wenn Harley im Keller wohnen bleibt, sie wollte nur wissen, ob er laute Rockmusik spielt.«

Emma ließ das Eis in ihrem Glas klappern, trank den letzten Schluck Limonade und schickte sich an zu gehen. »Bevor ich es vergesse, Sie werden nicht glauben, was ich sonst noch im Internet entdeckt habe – Pfarrnachrichten! Sie sollten mal einige der Narreteien sehen, die diese Leute ins Netz stellen, wo Gott und die Welt sie lesen können.«

Sie angelte ein Stück Papier aus ihrer Handtasche. »Nächsten Sonntag«, las sie, »wird es eine Sonderkollekte für die Anschaffung eines neuen Teppichs geben. Wer auf einen neuen Teppich besteht, ist herzlich eingeladen zu spenden.«

Er brüllte vor Lachen.

»Und wie wär's damit: Bringen Ihre Sorgen Sie um? Die Kirche hilft Ihnen dabei!«

Er warf den Kopf in den Nacken und lachte abermals. Emmas Leben im Cyberspace hatte definitiv seine Vorteile.

»Ach übrigens, nehmen Sie Barnabas mit nach da unten?« Sie betonte die Worte »da unten«, als spräche sie von einer Region unterhalb der Erdkruste.

»Allerdings.«

»Ich begreife nicht, wie Sie einem Tier so etwas antun können. Sehen Sie sich doch nur sein Fell an – genug, um eine Matratze auszustopfen.«

Barnabas gähnte herzhaft und schlug mit dem Schwanz auf den Boden.

»Die schrecklichen Sandflöhe, die sich in seinem Fell niederlassen werden, kann man nicht einmal sehen, und an die, die sich in seinen Pfoten einnisten werden, möchte ich nicht einmal denken.«

Emma wartete auf einen Widerspruch, ein vernünftiges Gegenargument – irgendetwas. Hatte er denn gar kein Gewissen? »Und die Hitze da unten! Sie werden ihn vollkommen kahlscheren müssen.«

Father Tim schlenderte durch den Raum, um Emma zur Tür zu geleiten. »Danke für Ihren Besuch, Emma. Und grüßen Sie Harold von mir. Wir sehen uns dann morgen früh.«

Seine inoffizielle Sekretärin stapfte den Flur hinunter, und er folgte ihr.

Er hielt ihr die Haustür auf und biss sich auf die Zunge, als sie sich noch einmal umdrehte und ihn ansah. Ihre Augen waren plötzlich gerötet und standen voller Tränen.

»Ich werde Sie vermissen!«, platzte sie heraus.

»Wirklich?«

Sie lief die Treppenstufen hinunter, schnüffelte und fahndete in ihrer Handtasche nach Hardees Serviette, von der sie wusste, dass sie irgendwo dort drin sein musste.

Er war erschüttert. »Emma! Wir werden ... wir werden morgen früh Gelee-Doughnuts essen!«

»Ich werde Gelee-Doughnuts essen, Sie bekommen trockenen Toast! Wir wollen doch nicht, dass Sie da unten ins Koma fallen!«

Sie stieg in ihren Wagen, schlug die Tür hinter sich zu, jagte den Motor hoch und donnerte die Wisteria Lane hinauf.

Einen flüchtigen Augenblick lang hatte er seinen verdammten Diabetes vollkommen vergessen.

»Ich bin jetzt dann weg«, sagte er und küsste seine Frau.

»Sorg dafür, dass er etwas übrig lässt, das die Inselbrise dir zerzausen kann, Liebling. Lass ihn nicht alles abschneiden.«

»Das sagst du immer.«

»Ja. Wenn du vom Friseur kommst, hast du immer eine gewisse Ähnlichkeit mit einem gehäuteten Kaninchen. Ich habe nicht den leisesten Schimmer, was Joe Ivey mit dir macht.«

Wenn man bedachte, was Fancy Skinner ein ums andere Mal mit ihm gemacht hatte, konnte Joe Ivey tun, was immer er wollte.

»Sie wollen uns also verlassen, ja?« Joe zog Father Tim überm linken Ohr einen Kamm durchs Haar und begann zu schnippeln.

»Ja, leider.«

»Sie lassen uns hängen, das trifft es wohl eher.«

»Ich bitte Sie, Joe. Habe ich Ihnen eine Moralpredigt gehalten, als Sie nach Graceland verschwunden sind und mich im Stich gelassen haben?«

Joe stieß ein kehliges Lachen aus. »Gott sei Dank bin ich dann aber zur Vernunft gekommen und haben diesen idiotischen Job wieder gekündigt. Und gerade noch rechtzeitig, möchte ich hinzufügen. Es ist mir endlich gelungen, wiedergutzumachen, was Francy Skinner auf den Köpfen der Leute hier angerichtet hat. Was in Ihrem Falle bedeutet, dass es ihr gelungen ist, Ihre Ohren einen halben Meter tiefer zu setzen.«

»Meine Frau sagt, Sie sollen nicht zu viel abschneiden.«

»Wenn ich darauf hören würde, was Ehefrauen sagen, wäre ich schon vor vierzig Jahren aus dem Geschäft gewesen. Wissen Sie, wie heiß es da unten wird?«

Dieselbe Frage hatte er jetzt schon mindestens tausend Mal gehört. Es gab kaum etwas, das Bergbewohner mehr verabscheuten als »Hitze«.

»Sie wissen doch, ich bin in Mississippi aufgewachsen.«

»Und die Mücken ...!« Joe stieß einen leisen Pfiff durch die Zähne aus. »Kaum zu glauben!«

»Genau da«, sagte er, als Joe sich um seinen Kragen herumarbeitete. »Begradigen Sie die Haare da hinten ein klein wenig, aber schneiden Sie sie nicht ab ...«

Und Joe begann zu schneiden. Na schön. Joe Ivey hatte mit Father Tims Haaren immer genau das gemacht, wonach ihm der Sinn stand, darin war er um nichts besser als Francy Skinner. Welcher Teufel ritt bloß die Leute, die sich als Friseure ihren Lebensunterhalt verdienten? Das war eine Frage, auf die er sein Leben lang keine Antwort hatte finden können.

»Ich höre, man braucht zehn Stunden, um dort hinzukommen«, sagte Joe, der offenkundig einzig auf die unangenehmen Seiten des ganzen Unterfangens fixiert war.

»Es dürften eher zwölf sein, wenn man die Pausen zum Tanken und zum Essen einrechnet.«

»Da wären Sie ja noch schneller in New York. Zwölf Stunden würden wahrscheinlich reichen, um hin- und wieder zurückzufahren.«

»Das ist eine gute Idee.«

Joe widmete sich jetzt dem Haar über dem rechten Ohr seines Kunden. »Da wär noch was, was ich gern mit Ihnen bereden würde ...« Joe räusperte sich. »Wegen der Sachen, die oben in Graceland passiert sind.«

»Aha.«

»Ich hab das noch nie einer Menschenseele erzählt, nicht mal Winnie.«

Es folgte eine lange Pause.

Father Tim wartete und sog tief den Duft aus der Leckerbäckerei ein, die direkt hinter der dünnen Wand lag. Joes Schwester, Winnie, und Thomas, ihr Mann, buken Baklava, und Tim lief langsam das Wasser im Mund zusammen.

»Sie dürfen niemals mit irgendjemandem darüber sprechen«, sagte Joe schließlich. »Sie müssten das auf einen ganzen Stapel Bibeln schwören.«

»Das kann ich nicht tun, aber ich kann Ihnen mein Wort geben.«

Joe stieß einen langgezogenen Seufzer aus. »Also, Reverend, die Sache ist schlicht und einfach die: Ich bin an den Ort gefahren, an dem Elvis vielleicht …«

»An dem Elvis vielleicht was?«

»Sie wissen schon. Wo er vielleicht lebt.«

»Nein!«

»Ich bin nicht stolz darauf, das zuzugeben. Die Sache ist, ich habe so einiges an Brandy geschluckt, als ich dort war. Der Mann meiner Schwester hatte seine Arbeit verloren, und die Stimmung war ziemlich angespannt. Außerdem ist ihr Haus in puncto Platz nicht gerade die Biltmore-Villa, also bin ich ab und zu nach dem Abendessen ein wenig durch die Gegend gefahren, damit Vern und meine Schwester etwas Zeit für sich hatten.«

»Das war sehr aufmerksam von Ihnen.«

»Ich hatte mir angewöhnt, überall, wo ich hinkam, nach Elvis Ausschau zu halten, vor allem an den Grillrestaurants, weil es doch immer hieß, er sei so versessen auf Gegrilltes. Als meine Schwester hörte, dass ich nach Elvis suche, hat sie angefangen, meinen Brandy in die Toilette zu kippen. Ein Mann kann unmöglich mit jemandem zusammenleben, der seinen Brandy in die Toilette schüttet.«

»Das würde zu Spannungen führen, allerdings.« Der Himmel mochte wissen, dass er jahrelang versucht hatte, Joe vom Alkohol wegzubringen, aber Joe hatte ihm klipp und klar gesagt, er solle sich um seine eigenen Angelegenheiten kümmern. Irgendetwas musste jedoch in Memphis passiert sein, das seinen Friseur verändert hatte. Seit jener Zeit mied er den Alkohol wie der Teufel das Weihwasser.

»Eines Abends, als ich so durch die Gegend fuhr, sagte ich mir dann, ich sagte: Joe, Elvis würde bestimmt nicht selbst in ein Drive-in fahren und sich Schweinegehacktes mit scharfer Soße kaufen, er würde jemanden schicken. Also sagte ich mir, wenn ich Elvis wäre, wo würde ich dann sein?

Irgendetwas sagte mir da, fahr zurück nach Graceland. Es war ungefähr elf Uhr abends, also bin ich rübergefahren, habe meinen Wagen auf der anderen Straßenseite geparkt und die Lampen ausgeschaltet. Es ist mir schrecklich, Ihnen das sagen zu müssen, aber ich hatte ein Bier im Handschuhfach, und ich habe ab und zu einen winzigen Schluck genommen.«

Joe holte eine Flasche aus dem Schrank und hielt sie seinem Kunden über den Kopf. »Wollen Sie Meeresbrise?«

»Ist der Papst katholisch?«

»Also, im nächsten Moment sehe ich etwas oben im Garten. Der Garten ist sehr groß, müssen Sie wissen. Na ja, also, es war etwas Weißes, und es ...« Joe räusperte sich. »Es bewegte sich.«

»Aha.«

Joe besprengte ihm den Schädel mit Meeresbrise und massierte das Haarwasser energisch in die Kopfhaut ein. »Sie werden es nicht glauben.«

»Stellen Sie mich auf die Probe.«

Joe hielt mit seiner Massage inne. Father Tim konnte im Spiegel das Kinn seines Friseurs zittern sehen.

»Es war Elvis ... in einem weißen Anzug.«

»Ich bitte Sie!«

»Er hat seinen Rasen gemäht.«

»Ausgeschlossen!«

»Ich sagte ja, Sie würden es nicht glauben.«

»Warum sollte er seinen Rasen mähen, wenn er jemand anderen für diese Arbeit bezahlen könnte? Und warum sollte er es in einem Anzug tun und erst recht in einem weißen? Und warum sollte er es mitten in der Nacht tun?«

Joes Blick verschleierte sich. Er schüttelte staunend den Kopf. »Das habe ich mir auch nie erklären können.«

»Na eben.« Was sollte er sagen?

»Ich hab also dagesessen und zugesehen. Elvis hat einen Streifen in die eine Richtung gemäht und dann einen in die andere.«

»Benzin oder Handmäher?«

»Handmäher.«

»Wie konnte er da überhaupt etwas sehen?«, fragte Father Tim mit einem Anflug von Ungeduld.

»Wegen ... weil ... da war dieses Leuchten um ihn herum.«

»Aha.«

»Und dann, bevor ich wusste, wie mir geschah ...« Joe senkte die Stimme zu einem vertraulichen Flüstern. »Er hat die Hand gehoben und mir zugewinkt.«

Father Tim war sprachlos.

»Da suche ich nun Gott weiß wie lange nach ihm, und als ich ihn endlich finde, erschreckt er mich zu Tode. Ich hab die Flasche ins Gebüsch geworfen und auf der Stelle aufgehört zu trinken.«

Sein Friseur holte tief Luft und richtete sich auf. »Seither habe ich keinen Tropfen mehr angerührt, und ich werd's auch nicht mehr tun.«

Father Tim war davon überzeugt, dass dies die reine und absolute Wahrheit war. Trotzdem hatte er noch eine Frage.

»Also, Joe, was ist das … ähm … was ist das für eine Flasche, die da neben dem Haarwasser steht?«

»Die ist für meine Kunden. Sie möchten nicht zufällig ein Schlückchen?«

»Nein danke. Aber sagen Sie – haben Sie es je bedauert, nach Mitford zurückgekehrt zu sein?«

»Keinen Augenblick lang, ehrlich. Ich bin jetzt seit einem Jahr aus Memphis weg und wieder zu Hause in Mitford, und meine alte Kundschaft ist zu mir zurückgeströmt wie ein Zug Lemminge. Winnie hat mir diesen hübschen Raum gegeben, in dem ich meinen Friseurstuhl aufstellen konnte, und der Herr hat mir meine Gesundheit zurückgegeben.«

Joe nahm seinem Kunden den Umhang ab und schüttelte ihn aus. »Jawohl, Reverend, Sie sehen einen glücklichen Mann vor sich.«

»Sie auch, Joe!«, sagte Father Tim. »Sie auch!«

Und er war in der Tat glücklich: Er hatte einen neuen Haarschnitt, eine neue Gemeinde und ein ganzes neues Leben, das nur darauf wartete, begonnen zu werden.

Er konnte nicht dagegen an.

Als die Glocken von Lord's Chapel drei Uhr läuteten, betrat er wie von einem Autopiloten gesteuert die Buchhandlung Happy Endings. Er hatte fünf ganze Minuten, bevor er in den Wagen steigen und nach Wesley fahren sollte, um Ersatz für Dooleys verschwundene Luftpumpe zu beschaffen.

»Ich will nur mal schauen«, sagte er zu Hope Winchester. Hopes rotbraune Katze, Margaret, beäugte ihn argwöhnisch, während er durch die Literatur stürmte, einen rechten Haken um die Philosophie schlug und schlitternd in der Abteilung Religion zum Stehen kam, wo die geschäftstüchtige Hope jüngst ein Regal mit Raritäten aufgestellt hatte.

Er wusste mit Sicherheit, dass die einzige Buchhandlung auf der Insel Whitecap sich im hinteren Teil eines Ladens für Anglerbedarf befand. Nicht in hundert Jahren würde er dort Arthur Quiller-Couchs *Die Kunst des Lesens* vorfinden, mit dem er eine geschlagene Woche lang geliebäugelt hatte. Jetzt oder nie!

Seine Hand schnellte vor zu dem schwer zu ergatternden Quiller-Couch-Band, wurde aber jäh wieder zurückgezogen. Nein, tausend Mal nein. Wenn seine Frau wüsste, dass er weitere Bücher kaufte, um sie nach Whitecap mitzuschleppen, war er ein toter Mann.

Er seufzte.

»Besser, Sie nehmen das Buch gleich jetzt mit, als ein Ferngespräch zu führen und drei Dollar Porto zu bezahlen.«

Hope war neben ihm aufgetaucht und sah sehr klug aus mit ihrer neuen Schildpattbrille.

Es konnte kein Zweifel bestehen, Hope hatte ihn durchschaut.

Er riss das Buch aus dem Regal und schnappte sich Jonathan Edwards' *Die Freiheit des Willens* aus einem anderen Regal. Ihm wurde bewusst, dass sich die ersten Schweißperlen auf seiner Stirn gebildet hatten.

Oh, nun ja, wenn er schon einmal dabei war …

Er griff nach einer Ausgabe von Lewis' *Großer Scheidung, oder: Zwischen Himmel und Hölle,* die irgendwann auf mysteriöse Weise von seinem Regal spaziert war, um nie wieder gesehen zu werden, und eilte auf die Kasse zu.

»Sie sind bestimmt schon sehr aufgeregt wegen der Party!«, bemerkte Hope, während sie die Beträge eintippte. Margaret sprang auf die Theke und funkelte ihn an. Woran lag es nur, dass Katzen ihn hassten wie die Pest? Was hatte er diesen Tieren jemals getan? Hatte er der Katze seiner Frau nicht die feinsten, geradezu lächerlich teuren Hühnchenringe in einem kunstvollen Behältnis aus Alufolie gekauft?

»Party? Welche Party?«

»Nun, natürlich die Party, die Onkel Billy und Miss Rose für Sie und Cynthia geben!«

»Ich weiß nichts von einer Party.« Hatte ihm irgendjemand davon erzählt, und er hatte es wieder vergessen?

»Für die beiden ist es die größte Sache der Welt. Sie haben in ihrem ganzen Leben noch nie eine Party gegeben, aber sie möchten dieses Fest veranstalten, weil sie Sie in gefräßigen Ehren halten.«

»Nun!« Er war beinahe sprachlos. »Wann soll die Party denn stattfinden?«

»Morgen Abend natürlich.« Sie sah ihn mit einem seltsamen Blick an.

Morgen Abend mussten sie eine Liste abarbeiten, die so lang war wie sein Arm, ganz zu schweigen von den Ausflügen in verschiedene Lebensmittelgeschäfte; schließlich wollten sie Dooley Barlowe mit seinem Lieblingsessen zu Hause willkommen heißen: Steak, Pommes frites und Schokoladenkuchen.

Tim tupfte sich mit einem Taschentuch die Stirn ab. Er würde froh sein, wenn er die Stadt endlich verlassen und sein Leben wieder in ordentliche Bahnen lenken konnte.

»Ich kümmere mich darum«, murmelte er, während

er das Geld für die verbotenen Bücher abzählte. »Und wenn Sie nichts dagegen hätten, das heißt, wenn Sie zufällig Cynthia begegnen sollten, dann wäre ich Ihnen sehr verbunden, wenn Sie nicht erwähnen würden, dass, äh …«

Hope Winchester lächelte. Sie würde die Bücher, die der Reverend gekauft hatte, seiner Frau gegenüber niemals erwähnen. Ebenso wenig wie sie ihm erzählt hätte, dass Cynthia erst an diesem Morgen im Laden gewesen war, um Celia Thaxters *Mein Inselgarten* und den Roman *Ira verschläft* zu kaufen.

Er klopfte an die Fliegentür der kleinen Einliegerwohnung im hinteren Teil des städtischen Museums.

»Onkel Billy! Miss Rose! Ist jemand zu Hause?«

Er konnte sich nicht vorstellen, dass die beiden Alten eine Party gaben; allein der Gedanke brachte ihn vollkommen durcheinander. Bei Rose Watson war schon vor Jahrzehnten Schizophrenie diagnostiziert worden, und obwohl sie täglich Medikamente nahm, waren ihre Stimmungsschwankungen unberechenbar und heftig. Als hätte ihr Mann damit nicht schon genug zu tragen, war sie beinahe stocktaub, weigerte sich jedoch, ein Hörgerät zu benutzen.

Er drückte die Nase an das Fliegengitter und entdeckte Onkel Billy, der in einem Sessel neben dem elektrischen Ventilator, seinen Rohrstock zwischen den Beinen, eingeschlafen war. Es war Father Tim äußerst unangenehm, ihn zu wecken, aber was sollte er tun? Er klopfte abermals.

Onkel Billy schlug die Augen auf und sah sich erschrocken in der Küche um.

»Ich bin's, Onkel Billy!«

»Gütiger Gott, wenn das nicht der Reverend ist!«

Der alte Mann blickte grinsend zur Tür, und sein Goldzahn funkelte. »Rose!«, rief er. »Father Tim ist da!«

»Er soll doch erst morgen kommen!«, brüllte Miss Rose aus dem abgewetzten Lehnstuhl neben dem Kühlschrank.

Onkel Billy griff nach seinem Rohrstock und hievte sich langsam hoch. »Wenn ich zu lange sitze, machen die Knie anschließend nicht mehr mit. Können Sie sich sicher vorstellen. Aber ich bin gleich da.«

»Sag ihm, dass er einen Tag zu früh ist!«, befahl Miss Rose.

»Achten Sie nicht auf Rose. Sie sind uns zu jeder Tages- und Nachtzeit willkommen.« Onkel Billy öffnete die Fliegentür, und Tim trat in die Küche. Die Watsons hatten zum Mittagessen Kohl gekocht, daran konnte kein Zweifel bestehen.

»Onkel Billy, ich höre, Sie geben ... hm, jemand meinte, Sie würden für Cynthia und mich eine ... eine Party geben?«

Der alte Mann blickte ungemein zufrieden drein. »Es kommt ein ganzer Haufen Leute, um Sie zu sehen! Ich hab drei neue Witze zu erzählen, die werden Ihnen gefallen, und Rose macht Bananenpudding.«

Father Tim kratzte sich am Kopf und kam sich sehr töricht vor.

»Es ist so, die Kirche hat Ihnen eine schöne große Party gegeben und so, aber das war doch alles mächtig offiziell. Alles, was Beine hat, war da, so eine Art Selbstbedienungsding. Ich hab gesagt: ›Rose, wir sollten dem Reverend und seiner Missus ein Abschiedsfest mit seinen Freunden geben!‹« Der alte Mann stützte sich auf seinen Stock und grinste triumphierend. »Also werden wir genau das machen, und wir freuen uns darauf!«

»Hm, also ...«

»Wir feiern in dem Teil des Hause, wo das Museum untergebracht ist, damit wir die Jukebox anwerfen können, die Wurlitzer, Sie wissen schon.«

»Nun, das ist großartig, wirklich großartig, aber ...«

»Und ich und Rose, wir haben beide gebadet. In der Wanne!«

Father Tim hatte noch die Zeit miterlebt, als Onkel Billy und Miss Rose zwei oder drei Kirchenbänke um sich herum leerfegen konnten ...

Miss Rose in ihrem Chenille-Morgenmantel erhob sich aus dem Sessel und warf dem pensionierten Pfarrer einen mörderischen Blick zu. Der wünschte sich prompt, er hätte seine Frau zum Schutz mitgebracht.

»Ich hoffe, Sie sind nicht hergekommen, weil Sie denken, Sie könnten schon einen Tag im Voraus was zu essen kriegen«, fuhr sie ihn an.

»O je«, sagte ihr Mann, der Todesqualen ausstand. »Hör mal, Rose ...«

Sie drehte sich zu Onkel Billy um. »Ich habe den Bananenpudding noch nicht mal gebacken, wie sollen wir ihm da was zu essen geben?«

»Oh, ich bin nicht hergekommen, um zu essen. Ich bin nur gekommen, um mich zu erkundigen ...«

»Sie gehen jetzt schön wieder nach Hause«, erklärte Miss Rose, »und kommen morgen zur richtigen Uhrzeit wieder her.«

Onkel Billy legte die Hände über die Augen, als wolle er die schreckliche Szene, die sich vor ihm ereignete, zumindest nicht mitansehen müssen.

»Um welche Uhrzeit soll das sein?«, schrie Father Tim.

»Punkt halb sieben«, antwortete die alte Frau, die jetzt unverkennbar verärgert wirkte.

Seine Frau erblasste. Jetzt hätte er am liebsten selbst die Hände über die Augen geschlagen, wie Onkel Billy es zuvor getan hatte.

»Es tut mir leid«, erklärte er. »Ich konnte einfach nicht Nein sagen; ich hätte nicht gewusst, wie. Onkel Billy ist ganz aus dem Häuschen ... Die beiden haben noch nie zuvor eine Party gegeben.«

»Warum in Gottes Namen haben sie uns nicht Bescheid gesagt?«

»Ich glaube, sie haben alle anderen eingeladen und uns dabei vergessen.«

»Gott steh uns bei!«, seufzte seine Frau.

Sie hatten sich zur Beobachtung des Lichtwechsels auf das Sofa im Arbeitszimmer fallen lassen, nachdem sie seit halb sechs Uhr morgens unaufhörlich auf den Beinen gewesen waren. Diesmal hatte er die feine Limonade gemacht und sie zusammen mit zwei Scheiben Brot serviert, zwischen die er zuvor in aller Eile etwas von Punys selbstgemachtem Pimiento-Käse gelegt hatte.

»Ich mag an eine Party nicht einmal denken«, sagte sie, während sie sich Brot und Käse in den Mund schob. »Mein Blutzucker ist restlos im Keller.«

Ah, der Friede dieses Raums, dachte er und knöpfte sein Hemd auf. Dem sie jetzt den Rücken kehren würden. Sie hatten diesen Raum gebaut, und nun würden sie ihn zurücklassen. So war das Leben mit Priesterkragen.

»Timothy, freust du dich wirklich darauf, nach Whitecap zu fahren?«

»Die Freude kommt und geht in Wellen. Im einen Augenblick bin ich ganz aus dem Häuschen ...«

»Und im nächsten stehst du Todesängste aus?«

»Nun ...«

»Ich auch«, gestand sie. »Es ist mir grässlich, Mitford zu verlassen. Ich dachte, es würde Spaß machen und anregend sein, ein einziges großes Abenteuer.« Sie legte sich hin, wobei sie den Kopf auf die fadenscheinigen bestickten Kissen bettete, die ebenfalls den Weg durch die Hecke gefunden hatten. »Aber jetzt ...« Ihre Stimme verlor sich.

»Wir sind ziemlich fertig mit den Nerven, Kavanagh. Es kostet immer viel Kraft, seine Zelte abzubrechen. Ich bin während der letzten sechzehn Jahre kaum je einmal aus Mitford rausgekommen. Aber wenn wir erst dort sind, wird es wunderbar sein. Das wird dir gefallen. Die Freiheit einer Insel ...«

»Der Wind in unserem Haar ...«

»Möwen, die über uns ihre Kreise ziehen ...«

»Der Geruch von salziger Luft ...«

Es war eine Litanei, die sie während der beiden letzten Monate immer wieder im Wechselgesang rezitiert hatten. Und immer schien es sie zu trösten.

Er zog Cynthias Füße auf seinen Schoß. »Wie wär's mit einem Mittagsschlaf? Wir haben ein strammes Programm vor uns.«

»Heute Abend«, sagte sie, »hilft Puny uns, sämtliche Schränke von innen sauberzumachen ... Dooley kommt morgen Abend gleich nach der Party der Watsons, danach essen wir zusammen mit seiner Mutter zu Abend. Übermorgen müssen wir mit unserem Jungen einkaufen gehen und ihn bei Harley einquartieren. Anschließend treffen wir uns mit der neuen Mieterin, und danach essen wir zusammen mit Dooley Steaks. Dann ist da natürlich noch die große Eröffnung bei Lucera am Donnerstagabend, nachdem wir den Wagen gepackt haben, und am Freitagmorgen brechen wir auch schon auf. Ich glaube nicht«, sagte sie atemlos,

»dass wir Zeit haben werden, deinen Geburtstag gebührend zu feiern.«

Sein Geburtstag! Zum Teufel! In diesem Jahr würde er sechsundsechzig – in nur vier kurzen Jahren würde er siebzig sein. Und dann achtzig. Und dann ... tot, vermutete er. Nun ja.

»Mach nicht so ein niedergeschlagenes Gesicht«, schalt sie ihn. »Und um Himmels willen, entspann dich ein wenig, Liebster. Du sitzt da wie eine Statue in einem Park.«

»In Ordnung«, sagte er und schlürfte an seiner Limonade.

Während der letzten Tage war ihm aufgefallen, dass das Juni-Licht seinen Höhepunkt erreichte, wenn es auf den Messingengel fiel. Wegen des Dachüberhangs wanderte das Licht nicht über den Kaminsims hinaus nach oben, und auf dem Sims stand fest auf seinem schweren Sockel aus grünem Marmor der Engel.

Er hatte ihn auf dem Dachboden von Fernbank gefunden, Miss Sadies weitläufigem Haus oben auf dem Hügel, das jetzt Andrew und Anna Gregory gehörte. Nur wenige Monate bevor sie in ihrem neunzigsten Lebensjahr gestorben war, hatte Sadie Baxter in einem Brief die Verfügungen über ihr Elternhaus und seinen Inhalt festgelegt. Darin hatte sie auch verschiedene Bitten an Father Tim geäußert, unter anderem, dass er sich irgendetwas von ihrem Besitz nehmen möge, das ihm gefiel.

Als Cynthia auf der Suche nach ihrem Anteil des Vermächtnisses Fernbank durchstöbert hatte, hatte er den Engel in einem Karton entdeckt, einem Karton mit einer verblichenen französischen Briefmarke darauf. Obwohl sich auf dem Dachboden eine üppige Sammlung unbestreitbar kostbarer Dinge befunden hatte, musste es für Father Tim genau dieser Engel sein. So sicher, als hätte jemand seinen Namen in den Engel eingraviert, so sicher hatte er gewusst, dass dieser Engel für ihn bestimmt war.

Das Licht wanderte jetzt über den Engel, zu seinen ausgebreiteten Flügeln und den flehenden Händen. Es fiel auch auf die Vase mit rosablühenden Mandelzweigen neben den alten Büchern und auch auf die schmale Silhouette seiner Mutter, die Cynthia neu rahmen lassen und über den Kaminsims gehängt hatte.

Seit er sich erinnern konnte, hatte er Angst davor gehabt, still dazusitzen, zu lauschen, zu warten. Als Geistlicher war er dankbar für jede Seele in Not gewesen, um die er sich kümmern konnte; für jedes bunt zusammengewürfelte Essen, an dem er teilhaben durfte; ja sogar für jeden Kranken, den er hatte besuchen können. Jede Möglichkeit, einfach nur dazusitzen und die Gedanken wandern zu lassen wie eine von der Kette gelassene Ziege, die sich an jedem Gras gütlich tun konnte, das ihr gefiel – all das machte ihm Angst.

Langsam wurde ihm jedoch klar, dass er immer weniger Angst davor hatte, Dinge zu tun, die anscheinend nichts waren.

Eigentlich hatte er auch nicht wirklich Angst vor dem Umzug nach Whitecap; er hatte seiner Frau einen falschen Eindruck vermittelt. Er hatte gebetet, dass Gott ihn hinschicken möge, wohin auch immer er wollte, und als sein Bischof Whitecap zur Sprache gebracht hatte, war Tim klar gewesen, dass keineswegs der Bischof auf diese kluge Idee gekommen war, sondern Gott. Schon vor Jahren hatte er gelernt, Gottes Antwort auf irgendeine beunruhigende Entscheidung aufzuspüren, einfach indem er in sein Herz blickte, in seine Seele, um Frieden zu schließen. Der Frieden war gekommen; anderenfalls hätte er nicht gehen wollen.

Er atmete die frische Brise ein, die durch das offene Fenster hereinwehte, und den Duft von Eichen und Kirschholz, der den Raum wie Weihrauch einhüllte.

Dann, müde vom Anblick seiner eingenickten Frau, legte er den Kopf zurück, schloss die Augen und schlief ebenfalls ein.

2 Umgangsformen

Die meisten Hausfrauen hätten das, was Rose Watson auf den Tisch stellte, als peinliches Sammelsurium von angeschlagenem, gesprungenem und zerbrochenem Porzellan bezeichnet. Die Krönung war zweifelsfrei ein Turm nicht zueinander passender Tassen und Unterteller, der auf einer großen Platte und einem Stapel Dessertteller thronte.

Schließlich trat Rose einen Schritt zurück und betrachtete das seltsame Gebilde mit einiger Befriedigung, bevor sie beschloss, das Arrangement mit einem bunt zusammengewürfelten Trupp von Suppenschalen zu flankieren.

Auf dem Elektroofen prangte der große Plastikbehälter mit Bananenpudding, den zwei mitten in sein gelbes Herz gespießte Servierlöffel zierten. Als Servietten steuerte Onkel Billy eine Rolle Papiertücher bei, die er stolz neben den Pudding stellte.

»Papier gehört doch nicht auf einen Herd!« Miss Rose riss die Rolle an sich und schob sie, wie einen Bauern auf dem Schachbrett, auf den Küchentisch.

»Was ist mit Löffeln?«, rief ihr Mann. Er war ganz betäubt von der Vorstellung, dass in Kürze ein Schwarm von Menschen über ihre Wohnung herfallen würde, obwohl das Ganze ursprünglich seine Idee gewesen war.

»Mach die Schublade auf! Sie können sich selbst bedienen.«

Er tat wie geheißen und dachte, dass seine Frau

manchmal gute Ideen hatte und keineswegs so verrückt war, wie die meisten Menschen glaubten. Bösartig mochte sie sein, aber das war ihre Krankheit.

Bei einem seiner seltenen Besuche in der Leihbücherei von Mitford hatte er versucht, etwas über diese Krankheit, die Schizophrenie, zu erfahren. Er hatte sich nach der ältesten ehrenamtlichen Helferin umgesehen, die er finden konnte, und sie in der Annahme, sie sei der Boss, gebeten, ihn zu einem Buch über eine Krankheit zu führen, deren Namen er nicht buchstabieren konnte. Dann war er mit dem Band zu einem Tisch hinübergegangen, hatte sich hingesetzt und den Allmächtigen gebeten, ihm irgendeine Erkenntnis darüber zu schenken, was so schrecklich, grausam verkehrt war mit seiner Frau. Aber er hatte nichts verstanden, was in dem Buch stand, rein gar nichts.

»Das ist eine gute Idee!«, schrie er.

»Du meinst, sie wollen auch Kaffee?« Sie drehte sich zu ihm um.

»Verflixt und zugenäht, Rose, ich habe gesagt …«

»Du und deine Nuschelei dauernd!« Sie brach plötzlich in Gelächter aus.

Da war es! Das Lachen, das er so selten hörte, das er beinahe vergessen hatte und das wie ein aus seinem Käfig befreiter Vogel aus ihr herausflatterte, das Lachen des jungen Mädchens, das er vor all den Jahren gekannt hatte …

Er hielt inne, verblüfft und glücklich, und genauso plötzlich, wie ihr Lachen gekommen war, schossen ihm Tränen in die Augen.

Father Tim fand die Zusammenstellung des Porzellans faszinierend. Er konnte einiges von French-Haviland ausmachen, in einem Muster, das seine Großmutter besessen hatte, und nicht weniges von Sevres.

Zumindest glaubte er, dass es Sevres war. Er griff nach einem Frühstücksteller und warf einen diskreten Blick auf die Unterseite. Meißen. Was wusste er schon?

Gewiss wusste er nicht, was er wegen des Bananenpuddings tun sollte. Bis auf Cynthia und ihn hatte man alle Gäste gebeten, irgendetwas Essbares mitzubringen, sodass die Auswahl groß war. Miss Rose stand jedoch wie ein Wachposten am Herd und sorgte dafür, dass alle Neuankömmlinge eine ordentliche Portion von dem Pudding nahmen, dessen Zubereitung sie einen ganzen Nachmittag gekostet hatte.

All diese Sprünge im Porzellan, dachte er, all die abgeplatzten Stellen und scharfkantigen Lücken ... waren sie nicht bekanntermaßen ein Versteck für Keime, die reinste Brutstätte? Und hatte er nicht im Krankenhaus am Bett einer Frau gesessen, die an Rose Watsons Tisch gesessen und diese Erfahrung nur mit knapper Not überlebt hatte?

Die Geschichte war ihm überdeutlich im Gedächtnis haften geblieben. »Gott weiß, ich war kaum nach Hause gekommen, als mein Magen wie wild zu knurren und zu rumoren begann, so einen Lärm haben Sie noch nie gehört. Also, Reverend, ich sage so etwas wirklich schrecklich ungern, aber Sie haben es ohnehin schon alles gehört – jedenfalls saß ich fünf Minuten später auf der Toilette und hab mir gleichzeitg die Schuhe vollgekotzt.«

Das Bild jener braven Dame, wie sie sich auf der Toilette sitzend übergab, war er nie wieder losgeworden. Und erst recht hatte er ihre düstere Warnung nicht vergessen, nur ja niemals in Rose Watsons Haus einen Bissen zu essen oder einen Tropfen zu trinken.

»Nehmen Sie sich reichlich, und dann ab ins Wohnzimmer!« Die Goldzähne ihres Gastgebers blitzten. »Einige sind schon drin und warten bereits auf das Tischgebet.«

Cynthia bediente sich aus der Puddingschale, als hätte sie seit Pfingsten nichts mehr gegessen.

»Greif zu, Liebling«, sagte sie, glücklich wie ein Kind.

Oh, der nimmer endende Appetit seiner Gattin! Er seufzte und hielt unauffällig Ausschau nach den Schinkenpasteten.

Offensichtlich fanden die anderen Gäste es seltsam aufregend, an einem so prominenten Ort wie dem städtischen Museum zu feiern. Es war jedoch ein wenig unbequem, da sich nicht ein einziger Stuhl finden ließ und sie alle mit ihren Tellern in der Hand durchs Haus spazierten und ihre Teegläser auf Fenstersimsen und Treppenstufen abstellten.

Aus der Jukebox dröhnte eine Melodie, die ihn vage an »Chattanooga Shoeshine Boy« erinnerte und die nackten Dielenbretter in einen Zustand dauernder Vibration versetzte.

Er und Cynthia drehten eine kurze Runde vorbei an den Ausstellungsstücken, die zu betrachten er sich aus irgendeinem Grund nie zuvor die Zeit genommen hatte.

Unter den Exponaten fand sich eine Kopie von Willard Porters Grundbucheintragung für das Haus, das früher einmal die Mitforder Apotheke beherbergt hatte und jetzt Standort der Buchhandlung Happy Endings war. Außerdem entdeckte er eine handgeschriebene Liste von Pharmazeutika, die Willard ersonnen und sich hatte patentieren lassen, darunter auch der Hustensirup »Rose«, benannt nach seiner damals zehnjährigen Schwester, der Gastgeberin dieses Abends.

Außerdem war eine gerahmte Urkunde über die Schenkung einer Wurlitzerorgel an die Stadt zu sehen, ausgestellt vom Besitzer des Grills an der Main Street, in dessen Räumlichkeiten die Orgel bis zum 26. Juni 1951 Dienst getan hatte. Dank der Großzügigkeit von Bürgermeisterin Esther Cunningham war sie restauriert worden und klang wie nagelneu.

Er betrachtete die Schwarzweißfotografie von Coot Hendricks Ururgroßvater, der, ein Gewehr über den Knien, in einem hohen Lehnstuhl saß.

Coots bärtiger Vorfahr, Hezikiah, hatte Mitford gegründet. Zusammen mit seiner jungen aus England stammenden Frau Mary-Jane hinter sich im Sattel war er über einen Indianerpfad hinauf in die Berge geritten. Der Legende nach hatte seine Frau solches Heimweh gehabt, dass Mr Hendrick in seinem Großmut dem Ort ihren Mädchennamen – Mitford – gegeben hatte, statt sie Hendricksville oder Hendricksburg zu nennen, was einem Mann, der kraft eigener harter Arbeit eine Siedlung gegründet hatte, vielleicht lieber gewesen wäre.

»Das ist mein Ururopa«, bemerkte Coot Hendrick, der neben den Reverend und seine Frau getreten war. Er hatte darauf gewartet, jemanden zu erwischen, der sich dieses Bild ansah. Jahrelang hatte es im Haus seiner Mutter in der Schublade herumgelegen, ohne dass irgendjemand dem Foto auch nur die geringste Beachtung geschenkt hätte. Dann hatte jemand es für das städtische Museum gekauft und dem Bild damit einen neuen Glanz verliehen.

»Man sieht ihm an, dass er ein unerschrockener Mann war!«, sagte Cynthia.

»Er hatte zwölf Kinder!« Coot grinste von einem Ohr bis zum anderen, was aufgrund des Zustands seines

Gebisses wahrlich kein hübscher Anblick war. »Stummel!«, hatte Mule Skinner gesagt und staunend hinzugefügt, er habe wohl schon Menschen die Zähne ausfallen sehen, aber nie erlebt, dass sie sich auf solche Weise abnutzten.

»Sechs haben überlebt, sechs sind gestorben, und alle liegen sie drüben auf Miss Mallorys Hügel begraben. Ihr Haus steht direkt neben der Stelle, wo er und meine Ururoma ihre kleine Hütte hatten.«

»So!«, bemerkte Father Tim.

»War ein guter Platz, um Yankees auszuspähen«, meinte Coot.

»Darauf möchte ich wetten.«

»Hier haben sich wahrscheinlich nicht viele Yankees herumgetrieben«, warf Cynthia ein, die gelesen hatte, dass ein anglikanischer Bischof vor kaum hundertfünfzig Jahren das Gebiet als »wild und unbewohnbar« beschrieben hatte.

»Sie würden staunen«, sagte Coot und hakte die Daumen in die Riemen seines Overalls. »Es heißt, mein Ururopa habe fünf erschossen und jeden einzelnen feierlich beerdigt.«

»Ich wusste gar nicht, dass es hier bei Mitford irgendwelche Schlachten gegeben hat«, sagte Cynthia, die sich für diesen Teil der lokalen Geschichte ehrlich zu interessieren schien.

»Hat es auch nicht. Die Yankees waren Deserteure.«

Da Father Tim und seine Angetraute bemerkt hatten, dass Esther und Gene Bolick schnurstracks auf sie zukamen, entschuldigten sie sich und gingen den Bolicks entgegen.

»Wir finden es einfach grässlich!«, rief Esther. Von Gefühlen übermannt, packte sie Father Tims Hand und küsste sie, um sie im nächsten Augenblick, entsetzt über ihr eigenes Verhalten, wie eine heiße Kartoffel fallen zu lassen. »Gene und ich, wir sind völlig außer uns, und wir finden es einfach immer noch schrecklich, dass Sie weggehen!«

»Wir finden es selbst schrecklich«, sagte er schlicht.

»Ich habe Ihnen eine zweistöckige Orangenmarmeladentorte gebacken und sie eingefroren. Sie können sie in Ihrer Kühltasche mit auf die Reise nehmen.« Es gab sonst nichts, was sie tun konnte, um ihren ehemaligen Pfarrer in Mitford zu halten, wo er ihrer Meinung nach hingehörte – sie hatte gebetet, sie hatte verloren, sie hatte geweint, und am Ende hatte sie gebacken.

Ihr Mann, Gene, seufzte und blickte düster drein.

Das, dachte Father Tim, ist genau der Zeitpunkt, zu dem eine Abschiedsparty sich in eine verdammte Totenwache verwandelt, falls nicht jemand einen Clownshut aufsetzt oder das Treppengeländer hinunterrutscht oder irgendetwas ...

Er drehte sich zu seiner Frau um, die achselzuckend lächelte und sich auf die Suche nach ergiebigeren Jagdgründen machte.

»Gene fühlt sich nicht besonders«, bemerkte Esther.

»Was ist denn los?«, fragte Tim.

»Ich weiß es nicht genau«, antwortete Gene. »Aber ich habe mit Hoppy geredet und mich impfen lassen.«

»Sie wissen wohl«, fuhr Gene fort, »wie heiß es da unten werden kann.«

»Schätzchen, heiß ist nicht der richtige Ausdruck dafür!« Fancy Skinner erschien in ihrem Lieblings-Outfit: pinkfarbenen Caprihosen, einem Pullover mit V-Ausschnitt und Schuhen mit Pfennigabsätzen. »Sie werden dort gekocht, gedämpft, geröstet, gebacken und frittiert werden.«

»Und natürlich sautiert«, warf Avis Packard ein, der der Besitzer des Lebensmittelladens an der Main Street war und gern kochte.

Fancy ließ gekonnt eine Blase ihres zuckerfreien Kaugummis platzen. »Gedünstet und gesotten nicht zu vergessen.«

»Bitte«, flehte Father Tim.

»Und gegrillt!«, ergänzte Gene, der sehr zufrieden mit sich zu sein schien. »Sie haben die Grillvariante vergessen.«

Fancy, die Besitzerin von Mitfords einzigem Damen- und Herrensalon, johlte vor Lachen.

»Haben Sie mal überlegt, vielleicht nach Vermont zu gehen?« Gene fragte sich, ob ihr ehemaliger Pfarrer diese Inselgeschichte wirklich durchdacht hatte.

»Denn wenn Sie jetzt schon glauben, Ihr Haar kringelt sich an Ihren Ohren«, sagte Fancy, »dann warten Sie bloß ab, was passiert, wenn Sie in diese Feuchtigkeit kommen. Da kriegen Sie eine Lockenpracht, von der Shirley Temple nur hätte träumen können. Deshalb hab ich Ihnen die Haare um die Ohren immer kurz geschnitten, als ich es noch gemacht habe, und jetzt haben Sie wieder diese Eichhörnchenkoteletten.« Fancy streckte die Hand aus, um seine ungeliebten Koteletten mit Gewalt zu glätten, hielt sich dann aber doch zurück.

Er sah sich nervös nach Cynthia um, die mit Hope Winchester und der Bürgermeisterin in einer Ecke stand und sich offensichtlich bestens amüsierte.

Omer Cunningham kam mit einem überquellenden Teller und seinem üblichen Klaviertastengrinsen aus der Küche hereingeschlendert. Father Tim war fest davon überzeugt, dass er noch nie so viele große, weiße

Zähne gesehen hatte, wie der Schwager der Bürgermeisterin sie in seinem Mund hatte. Es waren genug für ein ganzes Debussy-Konzert.

»Himmel, war das heute ein Verkehr!«

»Auf der Main Street?«

»Ich meine den Luftverkehr«, erklärte der stolze Besitzer eines RagWing-Leichtflugzeugs. »Ich bin über die Schlucht geflogen. Was sich da oben in der Luft rumtreibt, schlägt wirklich dem Fass den Boden aus. Scheint, dass heute Gott und die Welt in der Luft unterwegs waren.«

Eine prompte und lebhafte Erinnerung an seine gemeinsamen Ausflüge mit Omer in dessen RagWing stieg in Father Tim auf. Einmal waren sie nach Virginia geflogen, um Dooley in einem Konzert zu hören, und sein Magen war irgendwo in weiter Ferne hinter dem Flugzeug zurückgeblieben. Ein andermal waren sie über Edith Mallorys Haus auf dem Kamm oberhalb von Mitford geflogen, um festzustellen, welche Art schmutziger Geschäfte sich hinter dem letzten Wahlkampf um das Bürgermeisteramt verbargen.

»Ich habe eine Piper Cherokee entdeckt, eine Cessna 182 und eine Beechcraft Bonanza.«

»Scheint ja so eine Art Vogelbeobachtung zu sein.«

»Die Bonanza kostet eine halbe Million. Die kriegt man nicht oft zu sehen.«

»Das kann ich mir denken.«

»Hören Sie mal«, meinte Omer, während er mit den Zähnen das Fleisch von einem Hühnerschenkel abriss, »sagen Sie mir Bescheid, wenn ich irgendwann mal da rüberzischen soll, wo Sie jetzt hingehen. Wenn Sie Hilfe brauchen, meine kleine RagWing steht Ihnen Tag und Nacht zur Verfügung.«

»Vielen Dank, Omer, das ist sehr aufmerksam!«

Omers Kauwerkzeuge schienen heute ungewöhnlich zügig zu arbeiten. »Ich bin schon x-mal über diese kleinen Inseln geflogen. Bin auf so manchem Strand gelandet. Wenn man sich aus diesen schlimmen Gewittern raushält, die sie da unten haben, ist es da so ruhig und friedlich, wie man es sich nur wünschen kann.«

Omer griff nach einem Schinkenbrötchen und beäugte es versonnen. »Ich mag es nicht, wenn der Schinken in so einem dicken Brötchen steckt«, bemerkte er. »Man muss zu tief graben, um an den Schinken ranzukommen.«

Es war seine Schuld. Er war derjenige, der die Angelegenheit Mule Skinner gegenüber beiläufig erwähnt hatte.

Und sofort hatte die Nachricht von Dooley Barlows Führerscheinerwerb allen Gesprächen über Avis Packards Entscheidung, für die Auslieferung seiner Lebensmittel einen großen, geschlossenen Lieferwagen anzuschaffen, oder über den gewaltigen Anbau an Edith Mallorys ohnehin schon riesigem Haus ein Ende gemacht.

Bildete er es sich nur ein, oder spähten alle zu ihm herüber, als wollten sie sich erkundigen, wann er denn nun den passenden Wagen zu Dooleys Führerschein ausspucken würde?

Nun, er würde es gar nicht tun, so viel stand fest. Er hatte nicht die Absicht, einem Sechzehnjährigen einen Wagen zu kaufen und dann zu verschwinden und den Jungen sich selbst zu überlassen. Glücklicherweise hatte Dooley zugestimmt, es in diesem Sommer bei seinem roten Fahrrad zu belassen. Aber er wusste, dass dem Jungen definitiv der Gedanke an ein eigenes Auto im Kopf herumspukte. Bewilligten die Väter an dieser piekfeinen Schule ihren Sprösslingen nicht anstandslos ihre flotten Cabriolets und teuren Jeeps?

Obwohl auf der Hand lag, dass Dooley als Laufbursche im Lebensmittelladen nicht genug Geld für ein Auto verdienen konnte, dachte Father Tim, dass es dem Charakter des Jungen wohl kaum schaden könne, wenn er es einen Sommer lang versuchte.

In Wahrheit steckte eine sehr viel ernstere Sorge hinter seinen Überlegungen als Dooleys Automobilhormone. Und das war die Tatsache, dass der Junge fast zehn Wochen lang würde tun und lassen können, was ihm gefiel. Harley Welch würde zwar ein verlässlicher, prinzipienstarker Aufpasser sein, aber Dooley war durchaus imstande, Harley zu überlisten.

Er stocherte mit seinem Löffel in dem Bananenpudding herum.

Als hätte er Tims Gedanken gelesen, sagte Mule: »Wir werden alle auf ihn Acht geben.«

»Na klar«, warf Gene ein, »wir haben ein Auge auf ihn.«

Adele Hogan, Mitfords einzige Polizistin und noch fast frischgebackene Ehefrau des Chefs der Lokalzeitung, erwischte ihn an der Jukebox, während ihr Mann Fotos für die Montagsausgabe der *Muse* schoss.

»Eins sollten Sie vielleicht wissen«, sagte Adele, »wir haben rund um die Uhr Streifenwagen draußen. Wir werden Ihren kleinen Burschen im Auge behalten, solange Sie fort sind.«

Die Wahrheit war, es würde eine ganze Heerschar von Männern auf den Jungen aufpassen, ganz zu schweigen von einem veritablen Bienenschwarm an Frauen, darunter Puny, Dooleys Mutter, und jetzt auch Adele.

»Ich bin Ihnen ehrlich dankbar!«, sagte er mit echtem Gefühl.

Adele, die die Daumen in ihren Gürtel gesteckt hatte, erschien ihm einen Moment lang wie ein eigens für Dooley eingestellter Leibwächter. Sie war direkt vom Revier gekommen, in ihrer Uniform, eine Neun-Millimeter-Glock an der Hüfte. Der Anblick Adeles, die seit Neuestem auch – erfolgreich – die Mitford Reds trainierte und überdies Großmutter dreier Kinder war, erstaunte und beeindruckte ihn jedes Mal gleichermaßen.

»Sie brauchen sich überhaupt keine Sorgen zu machen«, sagte Adele.

Er war beinahe geneigt, ihrem Rat zu folgen.

»Genau!«, pflichtete Avis ihr bei. »Außer mir wird niemand meinen Lieferwagen fahren, abgesehen von Lew Boyds Vetter natürlich, der samstags für mich einspringt. So oder so, ich werde dafür sorgen, dass Ihr Junge sich diesen Sommer den Buckel wundschuftet. Er wird gar keine Zeit haben, sich in Schwierigkeiten zu bringen.« In einem spontanen Anfall von Kumpelhaftigkeit schlug Avis Tim auf die Schulter.

Worauf die Bürgermeisterin herbeigestürmt kam und ihm auf die andere Schulter schlug. Er wäre um ein Haar in die Wurlitzerorgel gestolpert, die jetzt »One Mint Julep« spielte.

»Lassen Sie uns also ruhig im Stich«, meinte Esther Cunningham. »Mir macht das gar nichts.«

»Sie brauchen mich nicht mehr. Nachdem ich Sie achtmal in Folge ins Amt gebetet habe, hängen Sie den Job an den Nagel und machen sich zusammen mit Ray in einem Wohnmobil aus dem Staub.«

Esther kniff die Augen zusammen und warf ihm einen Blick zu, der nicht von Pappe war. »Ich schätze, Sie wissen Bescheid über die Hurrikans, die da unten toben.«

»Ich weiß es.«

»Und die Hitze …«

Würden sie denn niemals den Mund halten …?

Am Kinn der Bürgermeisterin zuckte ein Muskel. »Wir werden Sie vermissen.«

»Wir werden Sie auch vermissen«, sagte er und legte einen Arm um die gut gepolsterten Schultern seiner alten Freundin. Er hasste diese Lebewohlgeschichte. Da säße er noch lieber zu Hause und würde sich mit einer Schnur an einem Türknauf selbst einen Zahn ziehen. »Haben Sie sich die Wurstbrötchen abgewöhnt?«

»Seien Sie nicht so neugierig!«

Esther legte die Hände um den Mund und rief: »Kann mal jemand die Box abstellen?«

Omer bückte sich neben der Wurlitzer, die man nicht von Hand ausschalten konnte, und zog den Stecker heraus.

»Jetzt sind wohl Onkel Billys Witze an der Reihe«, sagte Gene Bolick und erhob sich von der Treppenstufe, auf der er mit Mule gesessen hatte.

Mule seufzte. »Ich hoffe, er erzählt nicht den von dem Gasherd! Den habe ich öfter gehört, als Carter Lebertabletten einwirft.«

»Hier ist ein besonders guter für Sie«, sagte Gene. »Was ist ein Presbyterianer?«

»Keine Ahnung.«

»Ein Methodist mit einem Alkoholproblem, der es sich nicht leisten kann, zu den Episkopalen zu gehen.«

Mule kratzte sich am Kopf. Witze über Episkopale hatte er noch nie verstanden.

»Also los, ihr alle!«, brüllte die Bürgermeisterin, deren Stimme in dem hohen Raum laut widerhallte. »Jetzt sind die Witze dran!«

Onkel Billy stand so gerade, wie er es vermochte, stützte sich auf seinen Stock und betrachtete nüchtern sein Publikum, das jetzt bis auf ein Hüsteln und Räuspern hier und da verstummte.

»Nun, Sir!«, rief er anstelle einer Einleitung. »Ein Farmer fuhr Mist aus, verstehen Sie, und hatte vor einer Irrenanstalt eine Panne. Einer der Patienten lehnte sich über den Zaun und fragte: ›Was machen Sie mit Ihrem Mist?‹

Sagt der Farmer: ›Den gebe ich über meine Erdbeeren.‹

Sagt der Verrückte: ›Wir mögen ja verrückt sein, aber wir nehmen Schlagsahne auf unsere Erdbeeren.‹«

Onkel Billy grinste, als das gackernde Gelächter seiner Gäste laut wurde.

»Weiter! Den nächsten!«, sagte jemand.

»Nun, Sir. Da ist so ein alter Knabe, sitzt mit seiner Frau auf der Veranda, und sie sagt: ›Weißt du, worauf ich jetzt Appetit hätte?‹

Er: ›Worauf denn?‹

Sie: ›Eine riesengroße Schale Vanilleeis mit Schokoladensauce und Nüssen obendrauf!‹

Er sagt: ›Donnerwetter, das wäre große Klasse. Ich geh schnell runter zum Laden und hole uns welche.‹

Sie: ›Also, Vanilleeiscreme mit Schokoladensauce und Nüssen. Du schreibst es dir besser auf.‹

Er sagt: ›Das brauche ich mir nicht aufzuschreiben, das behalte ich auch so.‹

Kurze Zeit später kommt er zurück. Mit zwei Schinkensandwiches. Gibt ihr eins. Sie betrachtet das Sandwich, klappt es auf und sagt: ›Du Torfkopf, ich hab dir doch gesagt, du sollst es dir aufschreiben. Ich wollte Senf auf meinem!‹«

Onkel Billy, der den Klang des Gelächters in dem höhlenartigen Raum einfach wunderbar fand, nickte nach links, dann nach rechts.

»Noch einen«, sagte er, und er zitterte ein wenig von der Aufregung des Abends.

»Der war gut!«, krähte die Bürgermeisterin, wobei sie hoffte, dass sie die Pointe der Vanilleeisgeschichte behalten würde.

»Nun, Sir, geht ein Beamter bei der Volkszählung zu einem Haus und klopft an. Kommt eine Frau heraus, und er fragt: ›Wie viele Kinder haben Sie, und wie alt sind sie?‹

Sie sagte: ›Mal sehen, da wären die Zwillinge Sally und Billy, die beiden sind achtzehn. Und die Zwillinge Seth und Beth, beide sechzehn. Und die Zwillinge Penny und Jenny, sie sind vierzehn ...‹ Sagt der Bursche: ›Moment mal! Haben Sie denn jedes Mal Zwillinge bekommen?‹

Sagt die Frau: ›Himmel, nein, Hunderte von Malen haben wir überhaupt nichts bekommen.‹«

Der alte Mann hörte, dass der Applaus das Gelächter überstimmte, und beugte sich leicht vor, legte die Hand an das linke Ohr, um besser hören zu können. Der Applaus gab ihm irgendwie Mut, mit dem Leben weiterzumachen, morgens aus dem Bett zu steigen und festzustellen, dass es ging.

Onkel Billy und Miss Rose schien ihr soziales Engagement beträchtlich erschöpft zu haben; die Hände des alten Mannes zitterten, als sie auf der kühlen Veranda standen.

»Ich würde gern für euch beten«, sagte Father Tim.

»Wir wären Ihnen sehr verbunden, Reverend, wenn Sie das für uns tun wollten«, sagte Onkel Billy, »aber es sieht eher danach aus, als sollten wir lieber für Sie beten, meinen Sie nicht auch?«

Das tat kaum jemals jemand, dachte er, gerührt über die Geste. »Dafür wäre ich Ihnen sehr dankbar.«

Cynthia schob sich in den Kreis, und sie hielten einander an den Händen.

»Also, guter Gott …« – der alte Mann holte tief Luft – »ich bin's nicht gewohnt, so was laut auszusprechen und alles, aber ich hatte das Gefühl, dass Du mich gerufen hast, es zu tun, und ich erwarte, dass Du mir hilfst. Herr Jesus Christus, ich bitte Dich, wache über den Reverend und seine Missus. Gib, dass sie da unten nicht ertrinken und dass ihnen dort keine Bosheit irgendeiner Art widerfährt. Und wenn sie es brauchen, sag Du ihnen bitte, welche Richtung sie einschlagen sollen.«

Onkel Billy hielt inne. »Und dafür wäre ich dankbar. Um Christi willen, A-men!«

»Amen.«

Father Tim legte die Arme um seinen alten Freund. »Onkel Billy …«

»Ich hoffe, Sie bekommen da unten jede Menge Brathühner zu essen!«, quäkte Miss Rose. Sie hatte immer gehört, dass Pfarrer gern Brathühner aßen.

Er wusste nicht, wie viele Abschiedsszenen er noch würde verkraften können.

Es war nicht so, als hätten er und Cynthia nicht nach Whitecap fahren wollen, um sich mit dem Ort und den Ort mit sich bekannt zu machen. Sie hatten im März mit großer Sorgfalt eine fünftägige Reise geplant, aber das Wetter hatte ihnen einen üblen Streich gespielt, mit peitschenden Regenfällen und starken Winden, die tagelang über der Ostküste tobten.

Daraufhin hatte er versucht, ein Datum für den April festzulegen, aber die meisten Mitglieder des Kirchenvorstands von Whitecap, auf die es dabei besonders ankam, waren in dieser Zeit aus dem einen oder anderen Grund nicht da.

»Keine Panik«, hatte Stuart Cullen am Telefon gesagt. Stuart war nicht nur sein derzeitiger Bischof, sondern auch ein guter Freund seit Seminartagen. »Sie wissen alles über dich und sind überglücklich, dass du die Vertretung übernehmen wirst. Auch Bischof Harvey ist der Meinung, es sei ein Geschenk des Himmels, also mach dir keine Gedanken wegen der üblichen Vorstellungsgespräche.«

»Wenn du mich fragst, kaufen sie die Katze im Sack.«

Stuart lachte. »Glaub mir, Timothy, sie brauchen genau das, was du zu bieten hast. Und wenn ihr einander nicht mögt, werden Bill Harvey und ich dir dein Geld zurückgeben.«

»Wie wär's, wenn du mir jetzt mal erzählst, wo bei dieser Gemeinde der Haken liegt? Bill Harvey redet nur davon, dass die Kirche hübsch genug sei, um auf Postkarten zu landen.«

»Stimmt«, erwiderte Stuart. »Außerdem schwört er, er könne durch die offenen Fenster im Kirchenschiff das Wiehern wilder Ponys hören, obwohl ich nicht glaube, dass es heutzutage in Whitecap noch wilde Ponys gibt.«

»Mich würde etwas anderes viel mehr interessieren: Wer könnte die Absicht haben, dem Vertretungspfarrer einen Dolch in den Rücken zu rammen? Und wer plant, mit dem Chorleiter durchzubrennen?«

Er machte natürlich Witze, obwohl es ihm durchaus ernst war. Er wollte wissen, wie die Dinge in Whitecap standen, und niemand wollte es ihm erzählen.

»Also, Timothy, sie haben gar keinen Chorleiter.« Sein Bischof klang angespannt.

»Wirklich? Warum nicht?«

»Weißt du ...«

»Stuart!«

»Weil der Chorleiter mit der Organistin durchgebrannt ist.«

»Soll das ein Witz sein?«

»Ich wünschte, es wäre so.«

»Dir fällt doch sicher noch etwas Originelleres ein. Gütiger Gott, wir hatten hier einen Juwelendieb, der auf dem Dachboden von Lord's Chapel wohnte, ganz zu schweigen von einem Gemeindemitglied, das versucht hat, die letzte Bürgermeisterwahl zu kaufen. Gib mir irgendetwas, das ich als Herausforderung betrachten kann.«

»Tut mir leid. Aber ich habe dir soeben die schlichte, ungeschönte Wahrheit gesagt.«

Es folgte ein langes Schweigen. »Was muss ich sonst noch wissen?«

Der Bischof sagte es ihm. Tatsächlich sagte er ihm erheblich mehr, als er hätte wissen müssen.

Tim ging in das Badezimmer im Erdgeschoss und nahm sein Glukometerset aus dem Medizinschrank. Bei all dem Trubel und den radikalen Veränderungen in seiner Diät sollte er vermutlich seinen Zuckerspiegel häufiger überprüfen.

Ein oder zwei Mal hatte er sich so elend gefühlt, dass er mit einem Zylinder auf den Kopf unter dem Bauch einer Schlange hätte durchkriechen können. Dann wieder schoss ihm das Adrenalin ins Blut wie aus einer Ölpumpe.

Er schoss sich die Sonde in die Kuppe des linken Zeigefingers und drückte einen Tropfen Blut auf einen Teststreifen. Dann schob er den Streifen in das Glukometer und wartete auf die Anzeige. Hundertunddreißig.

Hervorragend. Er brauchte keine schlechten Nachrichten von seinem Körper. Nicht jetzt, nicht später, niemals.

»Danke, lieber Gott«, murmelte er und zog den Reißverschluss des Etuis zu.

Er und Dooley liefen mit Barnabas an der roten Leine durch den Baxter Park und bogen dann nach links ab, die Old Church Lane hinauf.

Seite an Seite liefen sie weiter bis zu der Stelle, an der der Weg zum Krankenhaus abzweigte. Dort angekommen, sah Dooyley ihn plötzlich an, grinste und schoss los wie ein Hase.

Er blickte dem Jungen nach, während dieser im Galopp den steilen Hügel nahm, und nun erkannte er auch den Grund, für dessen überlegene Geschwindigkeit. Dooley Barlowes Beine waren zwei Meter lang.

Er schnaufte hinter ihm her und bedauerte dabei ehrlich, dass er sein Lauftraining hatte schleifen lassen. Ach ja. In Whitecap würden die Dinge ganz anders aussehen. Frische, salzige Luft, eine ständige Meeresbrise, dazu ein sauberer, breiter Strand, der sich über viele Meilen hinzog …

Er würde sogar zu Fuß zu seinem Büro gehen können, das bequemerweise im Kellergeschoss der Kirche untergebracht war, nur zwei Häuserblocks von Dove Cottage entfernt. Und er war nicht der Einzige, mit dessen körperlicher Fitness es bergauf gehen würde. Cynthia hatte ihr altes, blaues Fahrrad der Marke Schwinn zusammen mit ihrem Hausstand vorausgeschickt und würde ihren Mazda in Mitford zurücklassen. Wer brauchte auf einer Insel, die nur elf Meilen lang und vier Meilen breit war, einen Wagen? Angeblich bewegten sich sogar viele der Einheimischen auf zwei Rädern fort.

»Wenn Sie da unten sind, seien Sie bloß auf der Hut«, hatte Omer ihm geraten. »Diese Fahrradfahrer machen, was sie wollen, und mähen Sie einfach rücksichtslos nieder.«

»Warte auf mich!«, rief er Dooley zu. Dooley drehte sich lachend um, und einen Moment lang sah er, wie die Sonne auf dem roten Haar des Jungen glänzte, sah den Blick in seinen blauen Augen. Es war ein Ausdruck des Triumphs, des Jubels, ein Ausdruck, den er noch nie zuvor, nicht ein einziges Mal, auf Dooley Barlowes Gesicht gesehen hatte.

Er wusste nicht, ob er einen Freudenschrei ausstoßen sollte, wonach ihm durchaus zumute war, oder weinen, was er gleich wieder verwarf. Stattdessen trabte er weiter, schloss die Lücke zwischen ihnen, schlang die Arme um die Schultern des Jungen und sagte ihm, was jetzt ausgesprochen werden musste, sofort und keinen Augenblick später.

»Ich liebe dich, mein Junge«, sagte er, gleichzeitig keuchend und lachend. »Verdammt will ich sein, wenn ich's nicht tue.«

Sie saßen auf der kühlen Steinmauer und blickten ins Tal hinab, in die Landschaft, die wie ein bunter Flickenteppich vor ihnen lag. Hinter den Bäumen ragte der Kirchturm empor, und ein Stück weiter konnte man ein schwaches Glitzern von Eisenbahnschienen erkennen ... und wieder etwas weiter lag an der Obstwiese der Teich, auf dem die Enten schwammen, wie er wusste. Und darüber zeichneten sich auf der anderen Seite des Tals die hohen grünen Hügel vor dem blauen, wolkenlosen Himmel ab. Für ihn gab es auf der ganzen Welt keinen schöneren Ausblick.

»Ich möchte dir gern etwas sagen«, erklärte er Dooley. »Ich glaube fest, dass wir Sammy und Kenny finden werden.«

Father Tim war mit Lace Turner in die Siedlung am Creek gegangen und hatte Dooleys jüngsten Bruder, Poobaw, von dort mit zurückgebracht. Später war er, einzig aufgrund einer vagen Ahnung, nach Florida gefahren und hatte Dooleys kleine Schwester, Jessie, aufgespürt. Jetzt fehlten noch immer zwei der fünf Barlowe-Kinder. Ihre Mutter, Pauline, die sich gerade von etlichen Jahren schwerer Alkoholsucht erholte, hatte keine Ahnung, wo die beiden sein konnten. Soweit er hatte ermitteln können, gab es keine Hinweise, keine Spur, kein gar nichts. Aber er hatte Hoffnung – die Art Hoffnung, die von einem höheren Ort als Vernunft oder gesunder Menschenverstand kam.

»Willst du mit mir zusammen daran glauben?«, fragte er Dooley.

Ein Muskel zuckte an Dooleys Kinn. »Bei Poo und Jessie hast du deine Sache sehr gut gemacht.«

Barnabas ließ sich in das Gras vor Dooleys Füßen plumpsen.

»Da wäre noch was. Ich finde, wir sollten langsam über die Auswahl eines College nachdenken.«

»Yep. Vielleicht Cornell.«

»Du hast noch ein Weilchen Zeit, bevor du dich festlegen musst.«

»Vielleicht die Universität von Georgia.«

»Vielleicht. Ihr Spezialgebiet sind große Tiere, genau das, was dich interessiert. Wie dem auch sei, das ist noch weit weg. Für den Augenblick brauchst du lediglich Informationen einzuholen, darüber nachzudenken und zu beten.«

»Geht klar.«

»Wir sind mächtig stolz auf dich, mein Sohn. Du

wirst einen wunderbaren Tierarzt abgeben. Du hast – wir alle haben – einen weiten Weg gemeinsam zurückgelegt.«

Es folgte ein verlegenes Schweigen.

»Was geht in dir vor?«, fragte Father Tim.

»Nichts.«

»Dann lass uns darüber reden.«

Dooley drehte sich zu ihm um, offenkundig dankbar für diese Aufforderung. »Es wäre vielleicht eine Möglichkeit, dass du mir das Geld leihst und ich es dir dann zurückzahle. Ich arbeite sechs Tage die Woche für fünf Dollar die Stunde, das heißt, dass ich tausendsechshundert Dollar verdienen werde. Außerdem kalkuliere ich mit drei Gärten die Woche zu einem Durchschnittspreis von jeweils zwanzig Dollar, insgesamt rechne ich mit siebenhundert, weil einige Leute mir noch Trinkgeld geben werden. Letztes Jahr habe ich fünfhundert gespart, das macht insgesamt also zweitausendachthundert.«

Er hatte plötzlich das starke Gefühl, in der Klemme zu sitzen ...

»Also fast dreitausend«, erläuterte Dooley weiter und befleißigte sich dabei einer besonders deutlichen Aussprache. »Wenn ich außerdem noch anbiete, den Leuten die Speicher und Keller auszuräumen, könnte ich wahrscheinlich auf runde Drei kommen.«

Aha. Dass dreitausend Dollar ein Faktor in der Autogleichung sein könnten, damit hatte er nicht gerechnet. Er wandte sich dem Ausblick zu, ohne etwas zu sehen.

»Das ist einfach nicht der richtige Sommer dafür. Wir können nicht hier sein, und das ist ein sehr entscheidender Punkt. Außerdem sind wir, wie du weißt, übereingekommen, dass du nächsten Sommer ein

Auto bekommen sollst. Wenn wir dann noch in Whitecap sind, wirst du dorthin kommen, und alles wird wunderbar sein.«

Er sah Dooley an. »Wenn du das hart findest, meinetwegen, aber ich mache da nicht mit.«

Dooley wandte sich ab und murmelte einige unverständliche Worte.

»Ich sag dir, was wir machen werden. Cynthia und ich werden die Summe verdoppeln, die du in diesem Sommer verdienst.« Es war eine übereilte Entscheidung, aber warum nicht? Er hatte noch immer mehr als sechzigtausend Dollar von dem Geld seiner Mutter, und er besaß ein hypothekenfreies Haus. Seine Idee war gut.

Dooley starrte stur geradeaus und trat mit den Fersen gegen die Steinmauer.

Wenn Dooley Barlowe nur gewusst hätte, was er wusste – dass Sadie Baxter dem Jungen in ihrem Testament coole eineinviertel Millionen Dollar hinterlassen hatte, über die er verfügen konnte, wenn er einundzwanzig war. Diesen Teil von Miss Sadies Brief kannte er auswendig: Ich verlasse mich darauf, dass Sie das ihm gegenüber niemals erwähnen werden, bis er alt genug ist, um diese Nachricht mit Würde aufzunehmen.

»Sieh mal. Wir haben dich entscheiden lassen, ob du lieber in Mitford bleiben oder einen Sommer am Strand verbringen möchtest. Das ist eine ziemlich große Freiheit. Wir haben dich zu nichts gezwungen, was du nicht tun wolltest. Das musst du uns zugute halten. Die Sache mit dem Auto ist etwas anderes. Wir werden nicht hier sein, um ...«

»Harley wird die ganze Zeit hier sein, er wird mir erlauben, seinen Truck zu fahren, wo liegt da der Unterschied zu einem eigenen Wagen?«

Nun, zum Teufel, wo lag der Unterschied? »Aber du darfst ihn nur einmal die Woche fahren, wie du sehr wohl weißt, und du musst ihn pünktlich um elf zurückbringen.«

Father Tim stand erregt auf. Er hatte sich nie träumen lassen, dass er eines Tages einen Teenager großziehen würde. Als er in Dooleys Alter war, in Holly Springs, Mississippi, hatte er niemanden gekannt, der mit sechzehn Jahren ein eigenes Auto besaß. Heute kamen Jungen mit der gleichen Selbstverständlichkeit an Autos heran, mit der man ihnen an einem Fastfoodschalter einen Hamburger reichte. Und was war das Ergebnis? Eine große Zahl dieser Jungen endete als Zierde auf der Kühlerhaube eines Achtzehntonners, nicht schwerverletzt, sondern tot. Er war zu alt, um einen Teenager zu haben, zu alt, um dergleichen Probleme so zu lösen, wie andere Menschen, andere Eltern es zu tun schienen.

»Sieh mal«, sagte er, während er an der Steinmauer auf und ab ging. »Wir haben schon früher über dieses Thema gesprochen, seit einigen Monaten schon. Du warst vollkommen einverstanden damit, dass du diesen Sommer noch keinen Wagen bekommen würdest. Du hattest mich sogar gebeten, nach deiner Fahrradpumpe zu suchen, damit du die Reifen aufpumpen konntest.«

Er wusste genau, was passiert war. Es war dieser dreimal verfluchte Wrangler. »Bekommt Tommy diesen Sommer ein Auto?«

»Nein. Er geht arbeiten, um Geld zu verdienen, damit er sich nächstes Jahr eins kaufen kann. Er hat bisher nur achthundert Dollar zusammengespart.«

Das war definitiv eine Ermutigung. »Na also. Harley wollte eigentlich einmal die Woche unsere beiden Gärten mähen, aber wie wär's, wenn ich dir stattdessen den Job gebe? Ich zahle dir zwanzig Dollar pro Woche für beide Häuser.«

»Wenn Buster Austin das übernähme, würde er fünfzehn pro Stück verlangen, also dreißig insgesamt. Ich mähe beide für fünfundzwanzig.«

»Abgemacht!«

Er sah den Jungen an, den er liebte, den Jungen, für den er alles tun würde.

Fast alles.

Es regnete während der ganzen Nacht, ein träge fallender, sanfter Regen, der für Father Tim beredter vom Sommer sprach als der schönste Sonnenschein. Bis weit nach Mitternacht lauschte er durch das offene Fenster, schlaflos, aber nicht unzufrieden. Sie würden all diesen Aufruhr überstehen, all dieses Aufbrechen und Ankommen, und das Leben würde weitergehen.

Das leichte, melodische Schnarchen seiner Frau war, wie er fand, ein Anker in einem Meer der Veränderung.

Als er am nächsten Morgen um sieben Uhr die Main Street hinunterhetzte, sah er Evie Adams in ihrem regendurchweichten Garten, bekleidet mit einem Frotteebademantel und bewaffnet mit einem Salzstreuer.

»Zweiundvierzig!«, rief sie ihm unvermittelt anstelle eines Grußes zu.

Er wusste, dass sie von Schneckenleichen sprach. Seit sie ihren ganzen Bestand an blauen Funkien bis auf die Stummel abgenagt hatten, führte Evie einen Krieg gegen die Schnecken. Seit jenem ungewöhnlich aggressiven Angriff waren einige Jahre verstrichen, aber Evie hatte es nicht vergessen. Er riss zum Zeichen der Verbundenheit die Faust hoch.

Schließlich hatte auch er …

»Wenn ich Ihnen noch ein einziges Mal Auf Wiedersehen sagen muss, werde ich kotzen«, bemerkte Mule.

In Wirklichkeit war Mule fast zu Tränen gerührt darüber, dass sein alter Freund überhaupt in die Grillstube vorbeigekommen war. Father Tim hätte ebenso gut seinen Wagen beladen, das Wasser abstellen oder im Postamt seine Adresse ändern können – was immer Menschen taten, die für Gott weiß wie lange Zeit fortgingen.

»Leberbrot mit allen Schikanen«, sagte Father Tim zu Percy, als er am Tisch Platz nahm. »Und geben Sie mir eine doppelte Portion.«

»Leberbrot? Sie haben seit zehn, vielleicht zwölf Jahren kein Leberbrot mehr bestellt.«

»Stimmt. Aber genau das nehme ich jetzt.« Er grinste den sprachlosen Percy an. »Und ein bisschen dalli, wenn ich bitten darf.«

Es war verwegen, gebratenes Leberbrot zu essen, erst recht eine doppelte Portion, aber ihm war danach zumute.

Mit zusammengepressten Lippen machte Percy sich an die Arbeit. Er schätzte es gar nicht, wenn Stammkunden der Grillstube wegzogen. Zum Ersten kam der Reverend jetzt seit sechzehn, siebzehn Jahren in die Grillstube, er gehörte praktisch zum Inventar. Einfach auf und davon zu gehen und wildfremden Leuten das Frühstücks- und Mittagsgeschäft zu überlassen, war ... Er kannte gar kein passendes Wort dafür.

Zum Zweiten wollte es ihm nicht in den Schädel, warum überhaupt irgendjemand Mitford verlassen sollte. Er persönlich hatte die Stadt nur zweimal verlassen – als Velma schwanger gewesen war und sie ihre Verwandtschaft in Avery Country besucht hatten, und als er und Velma diese grässliche Kreuzfahrt nach Hawaii unternommen hatten, die seine Kinder ihnen geschenkt hatten, ob er nun fahren wollte oder nicht.

Aber nicht genug damit, dass der Pfarrer Mitford verließ, er verließ es, um an einen Ort zu gehen, der irgendwann einmal vom Festland abgebrochen war, um Himmels willen. Das war doch kein Boden, auf den irgendjemand seine Füße setzen wollte! Also saß hier nun jemand vor ihm, den er für klug und vernünftig gehalten und der ihm nunmehr das Gegenteil bewiesen hatte.

Als er zwei dicke Scheiben auf den zischenden Grill legte, schüttelte Percy den Kopf. Wann immer er glaubte, eine gewisse Einsicht in das menschliche Wesen gewonnen zu haben, passierte so etwas, und er musste noch einmal ganz von vorn anfangen.

J. C. Hogan kam hereingepoltert. »Mann!«, rief er und tupfte sich mit einem zerknitterten Taschentuch das Gesicht ab. »Was für eine Affenhitze heute. Ich hoffe, Sie wissen, wie heiß es da unten wird.«

Father Tim hielt sich die Ohren zu und schloss die Augen.

»Sehen Sie sich das mal an«, sagte J. C. Er warf die *Muse*, die noch nach Druckerschwärze roch, auf den Tisch. »Sie haben es heute auf die erste Seite geschafft.«

»Wofür?«

Mule zog die achtseitige Zeitung auf seine Seite des Tisches herüber und rückte seine Brille zurecht. »Lassen Sie mich das lesen. Hm. Los geht's.« Der Grundstücksmakler räusperte sich und las laut vor.

»›In unserer Stadt, von Vanita Bentley ...‹ Bla, bla, bla. Okay, jetzt kommt die Hauptsache. ›Reverend Kavanagh behandelte jedermann, als sei er ihm an Intelligenz und Leistung ebenbürtig, und machte so die Häuser, Gehsteige und Geschäfte von Mitford zu seiner wahren Kirche ... Ob wir nun gläubig waren oder nicht, er liebte uns alle.‹«

Father Tim spürte, wie ihm die Hitze ins Gesicht schoss. »Geben Sie mir das«, sagte er und schnappte nach der Zeitung.

»Was ist los?«, fragte J. C. »Gefällt es Ihnen nicht?«

Er wusste nicht, ob es ihm gefiel. Was er wusste, war, dass es so klang wie ein ... Nachruf.

Gott sei Dank war es fast vorbei, sie waren fast unterwegs. Er hatte dieses Abschiednehmen betrieben, als ginge es um Leben oder Tod, obwohl es in Wirklichkeit eher um ein Jahr bis höchstenfalls sechzehn Monate ging, bis er wieder zurückkommen und die Hälfte der Bevölkerung nicht einmal mitbekommen haben würde, dass er fortgewesen war.

Mit hämmerndem Herzen betrat er Louellas Zimmer im Haus der Hoffnung. Miss Sadie hatte in ihrem Testament verfügt, dass ihre lebenslange Gefährtin in Zimmer Nummer eins wohnen konnte, dem schönsten Zimmer im ganzen Haus.

Louella lupfte die Fernbedienung aus ihrem üppigen Schoß und stellte den Ton von *All My Children* leise.

»Sie sehen aus, als hätte man Sie an den Wurzeln ausgerissen!«, sagte sie besorgt.

»Ah ...«, antwortete er, außerstande, etwas anderes hervorzubringen.

»Und das an Ihrem Geburtstag!«, tadelte sie ihn.

»Ist das heute?«

»Sie werden heute sechsundsechzig!«

»Louella, erinnere ich Sie an Ihr Alter?«

»Schätzchen«, sagte sie mit selbstgefälliger Miene, »Sie kennen mein Alter nicht.«

Seit Miss Sadies Tod hatte er Louella jeden Tag besucht. Manchmal spielten sie Dame, aber meistens sangen sie Kirchenlieder. Bei dem Gedanken, sie im Stich zu lassen, kam er sich vor wie ein gewöhnlicher Verbrecher ...

»Was macht Ihr Knie?«, fragte er, während er ihre warme, schokoladenfarbene Wange küsste. »Was macht Ihre Blaseninfektion? Haben Sie schon mit dem Töpferkurs angefangen?«

»Setzen Sie sich auf diesen Hocker da«, befahl sie. Er saß immer auf ihrem Hocker und fühlte sich dabei wie ein Neunjähriger. Ein Gefühl, das ihm übrigens recht gut gefiel.

»Also«, fuhr sie strahlend fort, »Wir werden nicht über mein Knie und meine Blase reden, und was Töpferkurse angeht: Ich werde bestimmt nicht mehr damit anfangen, mit Ton herumzumatschen. Ich will singen, und hier gibt's weit und breit keinen, der einen Ton trifft, und wenn er ihn direkt vor der Nase hätte.«

»Ich will gern ein oder zwei Lieder mit Ihnen singen«, sagte er und fühlte sich sofort besser.

»Ich nehme die erste Strophe, Sie kriegen die zweite, und Nummer drei machen wir gemeinsam.«

Louella schloss die Augen, breitete die Hände aus und erhob ihre volle Altstimme zum Gesang. Sie wiegte sich ein wenig in ihrem Stuhl.

Mein Schäfer ist der König der Liebe
Des Güte niemals erschöpft;
Mir fehlt's an nichts, wenn sein ich bin,
Und er mein für immer ist.

Er wartete kurz ab, dann stimmte er die zweite Strophe an, ohne jede Rücksicht darauf, ob man ihn bis zum Denkmal hinüber hören konnte.

Dorthin, wo Ströme lebendigen Wassers fließen,
Führt er meine erlöste Seele,
Und in den grünen Auen weidet
Er sie mit himmlischer Speise.

Zwei Krankenschwestern schoben den Kopf durch die Tür und grinsten, als er zusammen mit Louella die dritte Strophe anstimmte.

Oft irrte ich verstockt und töricht umher,
Er fand mich mit seiner Liebe,
Legte mich sanft sich über die Schulter
Und brachte mich freudig nach Haus.

Sie schwiegen einen Moment lang. »So«, sagte Louella, »das fühlt sich schon besser an, was?«

Er nickte und spürte, wie nah die Tränen waren; es war ein Kummer, den er nun schon seit einer Woche oder länger in sich trug.

»Sie kämpfen zu hart«, bemerkte sie.

»Man muss kämpfen, Louella.« Da draußen in der Welt, hätte er gern gesagt, war das Leben ein einziger Kampf.

»Vielleicht sind Sie dem lieben Herrgott schon einen Schritt voraus und wollen jetzt selbst die Führung übernehmen.«

Er stand auf und blickte aus dem Fenster, auf das grüne Tal, das er das »gelobte Land« nannte. Vielleicht hatte sie Recht.

Louella bewegte sich in letzter Zeit nur noch selten aus ihrem Sessel heraus, aber jetzt stand sie auf, trat neben ihn und legte ihm eine Hand auf die Schulter.

»Sie wissen, dass ich jeden Morgen und jeden Abend für Sie und Miss Cynthia bete, und ich werde nicht aufhören damit. Wann immer Sie da unten in eine Klemme geraten, denken Sie nur: Louella betet für mich, und tun Sie Ihre Arbeit.«

Als er Zimmer Nummer eins verließ, ertappte er sich dabei, dass er vor sich hin summte. Es war sehr lang her, dass er das zum letzten Mal getan hatte.

Dorthin, wo Ströme lebendigen Wassers fließen, führt er meine erlöste Seele …

Vielleicht war die eigentliche Frage nicht die, wie Louella ohne ihn zurechtkommen würde, sondern wie er ohne sie zurechtkommen würde?

Er stürmte den Flur hinunter und fand Pauline im Esszimmer.

»Pauline?«

»Reverend!«

Er umarmte sie. »Was gibt es Neues von Buck?«

»Er kommt am 15. Oktober nach Hause.«

»Und wir kommen am 25. hergebraust, und dann werde ich persönlich dafür sorgen, dass Sie Mrs Buck Leeper werden.«

Sie lächelte und blickte auf ihre Hände hinab. Er hatte sie noch nie schöner gesehen. Es war ein echtes Wunder gewesen, Pauline Barlowe gesund werden zu sehen, ein Geschehen, das große Ähnlichkeit mit der Betrachtung der langsamen Entfaltung der Blütenblätter seiner Souvenir de la Malmaison gehabt hatte.

»Das ist es doch, was Sie sich wünschen, nicht wahr?«

»Mehr als irgendetwas sonst. Ja, Sir, genau das wünsche ich mir.«

»Sie haben gewartet, und das bewundere ich. Wie läuft es mit seiner Arbeit in Alaska?«

»Ausgesprochen gut. Er sagt, er werde dort rechtzeitig fertig werden.«

»Das tut er immer«, erwiderte er und war sehr stolz auf sie. »Und Jessie und Poo? Wie stehen die beiden zu dem, was auf sie zukommt?«

»Sie sind sehr aufgeregt.« Sie zögerte, dann wagte sie es, ein Wort zu benutzen, dem sie noch nie in ihrem Leben getraut hatte. »Und glücklich!«

Er nickte zufrieden. »Dooley wird bei Harley in guten Händen sein, und ich weiß, dass er Sie oft besuchen wird. Vielleicht könnten Sie ...« ... über ihn wachen, hätte er gern gesagt.

»Das werde ich«, antwortete sie wissend.

Er war bereits wieder im Flur, als sie ihm nachrief. »Reverend!«

Er drehte sich um. »Ja?«

»Wir finden es schrecklich, dass Sie gehen.«

»Ich werde wieder da sein, bevor Sie wissen, dass ich fort war.«

Sie lächelte und winkte, und für einen flüchtigen Augenblick sah er Dooley in ihr, etwas an der Art, wie sie den Kopf hielt und wie sie das Kinn vorreckte ...

»Himmel, hilf!«, sagte Puny, die sehr erschöpft wirkte. »Ich werde froh sein, wenn Sie gehen!«

Da! Endlich hörte er einmal von jemandem die Wahrheit.

»Was Dooley alles in seinem Zimmer gehortet hat, ist einfach unglaublich. Wir mussten den ganzen Kram in den Keller runterschleppen. Harley meinte, wenn wir noch mehr Zeug da runterschaffen, müsste er wohl draußen in seinem Truck wohnen.« Die sommersprossige Puny johlte vor Lachen.

»Wo sind meine Enkelkinder?«, fragte er. Manchmal holte Puny die Zwillinge ein wenig früher aus dem Kindergarten ab. Sissy und Sassy hatten sogar eigene Spielsachen im gelben Haus – einen roten Laster, mehrere Puppen, Plüschaffen, Buntstifte und anderen Krimskrams.

»Die beiden liegen im Wohnzimmer und schlafen tief und fest. Miss Hart sagt, sie hätten den ganzen Tag Theater gemacht.«

»Oh, oh.«

»Aber sie werden sich sicher freuen, den Großvater zu sehen.« Puny lächelte breit. Ohne sie hätte die arme Seele, die vor ihr stand, niemals das Glück von Enkelkindern erlebt. Sie hatte ihm ihre Babys mit der ihr eigenen Großmut überlassen, und er hatte einen Narren an ihnen gefressen, wie eine Ente am Wasser. Sissy war ganz verrückt nach ihrem Großpapa, und oft küsste sie ein gerahmtes Foto von ihm, das Puny stolz in ihrem Haus aufgestellt hatte.

Er klopfte auf seine Tasche. »Ich bin so weit, wenn die beiden es auch sind.«

»Sie schaffen es mit all Ihren Süßigkeiten noch, dass ihnen ihre kleinen Zähne ausfallen.«

»Einmal die Woche zwei kleine Riegel? Das glaube ich kaum. Außerdem«, sagte er, »werden ihnen die Zähne ohnehin ausfallen.«

Puny schüttelte den Kopf, schnalzte mit der Zunge und war glücklich, dass jemand, den sie liebte, auch ihre dreijährigen Zwillinge liebte. Das Leben würde anders sein ohne den Reverend und Cynthia, die immer so fröhlich und hilfsbereit war …

Dooleys Habseligkeiten hatten samt und sonders den Weg in Harleys Kellerwohnung gefunden, und Tim hatte Dooley geholfen, sein Zimmer im Pfarrhaus von oben bis unten zu schrubben. Darüber hinaus waren alle Bücher für Whitecap gepackt und die Kartons versiegelt und bereit für das Umzugsunternehmen, das sie morgen abholen würde.

Bevor er sich nach oben schleppte, um eine Dusche zu nehmen, würde er sich hinlegen und den Kopf auf die Armlehne des Sofas betten, aber natürlich nur für einen Moment.

Wenn es je einen Geburtstag gegeben hatte, an dem er weder die Zeit noch die Energie aufbrachte, um die Briefe des heiligen Paulus an Timotheus zu lesen, dann war es dieser. Seit Seminarzeiten hatte er es sich zur Gewohnheit gemacht, die Briefe am Jahrestag seiner Geburt zu lesen oder zumindest in den Tagen vorher oder nachher. Vielleicht war seine jährliche Betrachtung dieser Bibeltexte auch seine Art, Bilanz zu ziehen.

»›... an Timotheus, seinen geliebten Sohn‹«, murmelte er die Worte, mit denen der vertraute zweite Brief begann. »›Gnade, Erbarmen und Frieden von Gott, dem Vater, und Christus Jesus, unserem Herrn ... du aber sei in allem nüchtern, ertrage das Leiden, verkünde das Evangelium, erfülle treu deinen Dienst.‹«

Er ließ sich auf das Sofa sinken. »›Wenn du kommst, bring den Mantel mit, den ich in Troas bei Karpus gelassen habe‹« – er flüsterte, denn dies war seine Lieblingsstelle – »›auch die Bücher, vor allem die Pergamente...‹«

»Timothy!«

Es war seine Frau, die aus der Diele nach ihm rief.

»Könntest du mal einen Moment herkommen?«

Er zwang sich, vom Sofa aufzustehen, und trottete, gehorsam wie ein Welpe, durch den Flur.

»Du hast gerufen?«, fragte er und rieb sich die Augen.

Sie lächelte. »Komm mit mir auf die Veranda hinaus.«

»Warum?«, fragte er gereizt.

»Warum nicht?«, sagte sie und griff nach seiner

Hand. Er fand, dass sie irgendwie ungewöhnlich aussah … seltsam erwartungsvoll, als stünde sie kurz davor, etwas Bedeutendes zu tun.

Als sie auf die Veranda traten, sah er es sofort. Ein schnittiges rotes Cabrio stand mit heruntergelassenem Verdeck am Straßenrand. Es parkte kaum je einmal jemand vor ihrem Haus …

»Wem das wohl gehören mag.«

»Ich sehe ihn an«, bemerkte Cynthia.

Seine Frau strahlte wie ein Weihnachtsbaum.

»Was soll das heißen, du …«

»Alles Gute zum Geburtstag, mein Liebster!« Plötzlich küsste sie sein Gesicht – beide Wangen, seine Nase, seinen Mund.

»Aber du kannst doch unmöglich …«

»Es gehört dir! Für dich von mir, für unsere Reise nach Whitecap, damit wir wie verwegene junge Leute in der Gegend herumkutschieren können, bei Regen, bei Sonnenschein, bei Schnee, weiß der Kuckuck!«

»Aber …«

Ohne eigentlich die Absicht gehabt zu haben, ließ er sich auf die oberste Treppenstufe plumpsen.

Sie lachte und setzte sich neben ihn. »Was sagst du dazu?« Er starrte das Cabriolet entsetzt an, außerstande, auch nur einen einzigen klaren Gedanken zu fassen. »Aber«, antwortete er matt, »es ist rot.«

»Na und? Rot ist gut!«

»Aber ich bin Geistlicher!«

»Umso besser!«, rief sie wohlgemut. »Also, Liebling, werd mir auf deine alten Tage bloß nicht spießig.«

Er erkannte, dass er in ernster Gefahr stand, sie tief zu verletzen.

»Aber der Buick …«

»Was ist damit?«

»Er ist … er ist immer noch vollkommen in Ordnung.«

Sie zog eine Augenbraue in die Höhe.

Plötzlich kam ihm ein anderer Gedanke, und dieser war noch schlimmer als die anderen. »Der neue Pfarrer fährt in die Stadt ein wie ein Rockstar … was werden die Leute denken?«

»Es kümmert mich nicht, was die Leute denken – niemals! Wir haben nicht miteinander geschlafen, bevor wir verheiratet waren, und trotzdem haben die Leute munter getuschelt, als sie gesehen haben, dass wir durch die Hecke hin- und hergeschlichen sind.«

»Ich bin nie geschlichen«, erwiderte er sofort entrüstet.

»Timothy! Wie schnell du doch vergisst.«

Aber sie hatte den Wagen doch sicher nicht gekauft. »Es ist ein Mietwagen! Stimmt's?«

»Liebling, weißt du noch, wer ich bin? Ich bin Cynthia, ich miete nicht. Der Wagen gehört dir. Hier ist der Schlüssel.« Sie drückte ihn ihm in die Hand.

Sie war des Scherzens müde, das konnte er deutlich sehen. Er machte Anstalten aufzustehen, ließ sich aber mit schwachen Knien wieder auf die Stufe zurücksinken.

»Ich kann es nicht fassen«, sagte er zerknirscht. »Bitte, verzeih mir. Weiß Gott, ich danke dir. Aber ich meine, die Kosten …« Warum konnte er nicht endlich aufhören, über die Nachteile zu plappern? Was kosteten diese Dinger überhaupt? Allein der Gedanke war furchterregend …

Sie klopfte ihm auf das Knie. »Es gehört sich nicht, über die Kosten eines Geschenks zu reden. Aber wenn du es unbedingt wissen musst, der Wagen ist drei Jahre alt, und das Radio funktioniert nicht.«

»Er sieht brandneu aus!«

»Aber gekauft von altem Geld. Mit Tantiemen von *Violet zieht aufs Land* und *Violet besucht die Schule*, die ich vor langer Zeit in einen Devisenfonds investiert habe. Ich habe sehr hart gearbeitet, Timothy, und geknausert wie eine Kirchenmaus – dafür.«

Er schämte sich zu fragen, welches Fabrikat es war. Er war nie in der Lage gewesen, Automarken zu erkennen, im Gegensatz zu Tommy Noles, der Packards von Oldmobiles unterscheiden konnte und Fords von Chevrolets. Tatsächlich war ein Studebaker das einzige Auto, das er jemals beim ersten Versuch hatte identifizieren können.

Vielleicht ein Jaguar …

»Es ist ein Mustang GT«, sagte seine Frau mit einem schelmischen Zwinkern.

Er legte den Arm um sie, zog sie an sich und drückte das Gesicht in ihr Haar.

»Du erstaunst mich, du hast mich immer erstaunt, ich muss einfach noch eine Minute hier sitzen bleiben und ihn mir ansehen. Danke, dass du Geduld mit mir hast.« Er spürte ein wildes Lachen in sich aufsteigen, geradeso wie er zuvor die Tränen gespürt hatte. Auf was für einer Achterbahn befand er sich eigentlich?

»Ich habe das nicht verdient«, sagte er. Da. Endlich hatte er es auf den Punkt gebracht.

Sie strich ihm über die Wange.

»Verdient? Seit wann hat Liebe etwas mit Verdiensten zu tun?«

»Stimmt«, sagte er. Langsam spürte er, wie sein Herz zu hämmern begann beim Anblick des Cabrios, das da so cool am Straßenrand stand, als gehöre es zu dem Haus und den Menschen darin.

Ihm wurde klar, dass er nur um Haaresbreite davon entfernt gewesen war, sie zu verletzen, indem er auf seinen verknöcherten Ansichten beharrte. Nein, er hatte nie geglaubt, dass er jemals ein rotes Cabrio fahren würde, nicht in einer Million Jahren, aber er wusste, dass es absolut unerlässlich war, anzufangen, daran zu glauben – sofort.

Ein Grinsen machte sich auf seinen Zügen breit, und er wusste, er würde das Lachen, das in ihm lauerte, nicht länger unterdrücken können.

»Warte, bis Dooley das sieht!«, sagte er, als sie zum Straßenrand hinüberschlenderten.

3 Aufbruch … Aufbruch …

»Timothy!«

In letzter Zeit rief seine Frau nahezu ständig nach ihm. Von der obersten Treppenstufe aus, aus den Tiefen des Kellers, aus dem hintersten Winkel der neuen Garage.

Es hieß Timothy hier, Timothy dort, Timothy überall.

»Ja?«, brüllte er aus dem Arbeitszimmer.

»Brauchen wir diesen Gusseisentopf wirklich?«, rief sie aus dem Flur, wo sich die Dinge, die in den Wagen gepackt werden sollten, merklich reduzierten.

»Wie soll ich denn sonst einen Schweinebraten machen?«, entgegnete er.

»Ich glaube nicht, dass man am Strand Schweinebraten isst!«, rief sie zurück.

Er hasste diese Schreierei.

Cynthia erschien – das Haar mit einem Tuch zurückgebunden – in Shorts und T-Shirt im Arbeitszimmer. Sie hätte eine Abschlussschülerin der Mitforder Schule sein können. Warum sah seine Frau immer jünger aus, während er immer älter wurde? Das war nicht fair.

»Ich denke«, sagte sie, während sie sich den Schweiß vom Gesicht wischte, »dass Strandmenschen Makrelen oder gekochten Tunfisch essen oder …« Sie zuckte mit den Schultern. »Du weißt schon.«

Er nahm ihr den schweren Topf ab und kam sich unleidlich vor. »Lass ihn da«, sagte er und wuchtete ihn in die Küche zurück.

»Und meinst du wirklich«, rief sie aus dem Arbeitszimmer, »dass wir die Gummistiefel brauchen, die du immer für die Gartenarbeit anziehst?«

Er kehrte ins Arbeitszimmer zurück. »Was hast du gesagt?«

»Diese riesigen grünen Stiefel. Die Gummistiefel.«

»Was ist damit?«

»Ich meine, es gibt keinen Schlamm am Strand!«

Er seufzte.

»Außerdem kriegen wir nicht alles aufs Dach ...« Sie grinste und wippte auf den Fersen wie ein Kind. »Weil wir nämlich mit runtergelassenem Verdeck fahren werden.«

»Streich die Stiefel.«

»Und den Campingkocher. Warum sollten wir den brauchen? Wir gehen schließlich nicht campen.«

Wenn er sie nicht jede Sekunde im Auge behielt, würden sie mit nichts als Unterwäsche zum Wechseln und einem Kasten Wasserfarben den Highway hinunterbrausen. Außerdem hatte er mit dem Gedanken gespielt, einmal abends draußen am Strand zu kochen, unter den Sternen, mit einer Decke ...

Allein der Gedanke daran ließ ihn erröten.

»Den Kocher nehmen wir mit«, sagte er.

Er drehte schnell noch eine Runde durchs Pfarrhaus, sah noch einmal in die Küchenschubladen, tastete die oberen Regale der Bücherschränke im Arbeitszimmer ab und spähte ins Medizinschränkchen.

Alles wie geleckt.

Ihre Mieterin würde morgen – mit leichtem Mobiliar, wie sie es nannte, einem Konzertflügel und einer Katze – in das Haus einziehen. Er wollte nicht, dass sie zur Begrüßung seinen Müll hier vorfand. Seit er in Alabama eine Dienstbehausung von Reverend Bellwether übernommen hatte, achtete er darauf, jedes Pfarrhaus, das er räumte, sauber zu hinterlassen.

Reverend Bellwether hatte seinerzeit einen aufgebockten Ford des Baujahrs 1956 zurückgelassen, mehrere Gartenabfalltüten mit alten Hemden und Pullovern, ein Set zerbeulter Golfschläger, drei von Hunden angenagte, zimmergroße Teppiche, eine Sammlung von Kochutensilien, mehrere Türen ohne Griffe, einen turmhohen Stapel Taschenbuchkrimis und anderen Kram, der sich nicht zur Gänze hatte identifizieren lassen. Fest entschlossen, dem Kirchenvorstand, der ihn berufen hatte, nichts vorzujammern, hatte er einen LKW bestellt und das Haus mit einer großen Schaufel leergeräumt, während die Leute vom Umzugsunternehmen seine eigenen Sachen ins Haus wuchteten.

Nachdem er alles überprüft und für gut befunden hatte, machte er sich auf den Weg in den Keller. Er öffnete die Kellertür und rief die Treppe hinunter: »Harley, sind Sie da unten?«

Lace Turner erschien, das blonde Haar zu französischen Zöpfen geflochten, an der untersten Stufe.

»Harley macht gerade einen Test«, sagte sie.

Jedesmal, wenn er die fünfzehnjährige Lace Turner sah, fand er, dass sie noch schöner, noch selbstbewusster geworden war. Der harte Ausdruck, den er früher einmal auf ihrem Gesicht gesehen hatte, war weicher geworden.

»Aber Sie können ruhig runterkommen«, sagte sie. »Er ist fast fertig.«

»Worum geht es denn bei dem Test?«, fragte er, während er auf sie zuging.

»Geschichte. Das ist sein Lieblingsfach.«

»Das ist es ganz und gar nicht!«, rief Harley aus dem Salon.

Harley saß mit einem Stapel Papier auf dem Schoß auf dem Sofa und benutzte ein gebundenes Buch als Schreibunterlage. Auf einem Tisch neben dem Sofa drehte sich ein Ventilator träge abwechselnd nach links und nach rechts.

»Letzte Woche war es noch dein Lieblingsfach«, sagte sie geduldig, als sie in den Raum traten.

»Reverend, sie hat mich sogar dazu gebracht, mir zu merken, wie Lewis und Clark den Missouri erkundet und ein ganzes halbes Volk entdeckt haben …«

»Klingt interessant.«

»Oh, das ist es auch, aber das wird mich bestimmt nie einer fragen, ich brauche das nicht zu wissen, es lohnt sich nicht, so etwas zu wissen …«

»Harley …«, ermahnte Lace ihn streng.

»Zwei Fälle!«, sagte Harley.

»Nein. Wir haben gestern darüber gesprochen.«

»Sechs!«

Lace schüttelte den Kopf. »Denk nach«, riet sie ihm. »Du denkst einfach nicht gern, Harley.«

»Hab ich nicht neunundachtzig Punkte bei meinem Rechentest gekriegt, den du mir gegeben hast?« Harley grinste und entblößte sein rosiges Zahnfleisch, das sich durch das völlige Fehlen von Zähnen auszeichnete.

»Ja, und du kannst bei diesem Test hundert Punkte kriegen, wenn du dich nur daran erinnerst, was du gestern gelesen hast.«

Father Tim hockte sich still und leise auf einen Stuhl.

»Es schert mich kein bisschen, wie viele Fälle der Missouri hat. Ich geb's auf, verflixt noch mal.« Harley legte seinen Bleistift auf die Armlehne des Sofas und schob seine Papiere beiseite. »Ich werd dem Reverend ein Glas Tee einschenken. Du kannst die Punkte zusammenzählen für das, was ich geschafft hab.«

Harley marschierte in die Küche und wirkte nicht minder entschlossen als seine Lehrerin. An der Küchentür drehte er sich noch einmal um. »Und ein paar von den klugen Worten, die du draufhast, kannst du jetzt an den Reverend loswerden.«

Lace sah Father Tim an, und ihre bernsteinfarbenen Augen leuchteten. »Er hat schrecklich viel gelernt«, verteidigte sie ihre Gewohnheit, regelmäßig herzukommen, um dem Mann, der ihr Schutzengel gewesen war, ein wenig Bildung zuteilwerden zu lassen. Bei ihm hatte Lace in der Vergangenheit oft zu essen bekommen, und er hatte sie vor ihrem gewalttätigen Vater beschützt. Für Lace war es keine Kleinigkeit, dass Harley manchmal sein Leben für ihr Wohlergehen aufs Spiel gesetzt hatte.

Lace lebte jetzt bei Hoppy und Olivia Harper, und das Adoptionsverfahren lief bereits. Father Tim hatte vermutet, dass ihr privilegiertes Leben bei den Harpers die Zuneigung des jungen Mädchens vielleicht in eine andere Richtung gelenkt hätte. Aber nein. Lace besuchte Harley so oft wie möglich, bekochte ihn regelmäßig, um ihn zum Essen zu ermuntern, und beschützte ihn mit wildem Ingrimm. Was ihr Bestreben betraf, aus Harley einen gebildeten Mann zu machen, so trat das Projekt »Bildung für Harley Welch« nunmehr in sein drittes Jahr.

Lace sammelte die Testbögen ein und begutachtete sie. Ihr Blick flog über die Seiten, und sie seufzte und nickte abwechselnd.

Father Tim beobachtete sie zutiefst gerührt. Als er Lace Turner das erste Mal begegnet war, hatte sie unter ihrem baufälligen Haus am Bach im Dreck gelebt und war, um sich zu ernähren, wie ein Hund auf Beutezug gegangen. Ihre Verwandlung war ein Wunder, das mitzuerleben er das Privileg gehabt hatte.

»Neunzig«, erklärte sie, während sie die Punktzahl mit dem Bleistift notierte.

»Aber das ist ja großartig!«

»Er hat den Fluss Willamette richtig buchstabiert.«

»Gut! Ich hoffe, dafür gibst du ihm ein paar Extrapunkte.«

Sie lächelte, was sie nur selten tat. Er war wie geblendet.

»Also schön, dann zweiundneunzig!«, sagte sie zufrieden.

»Wie viele Fälle sind es denn nun?«, fragte er.

»Fünf.«

»Aha.«

»Es tut mir leid, dass Sie weggehen«, bemerkte sie.

»Ich danke dir, Lace. Wir werden natürlich nicht für immer wegbleiben, es ist nur eine Interimsregelung.«

»Was ist eine Interimsrelgelung?«, fragte Harley, der mit zwei Gläsern Tee zurückgekommen war. »Das da ist für Sie«, sagte er zu Father Tim, »ohne Zucker.«

»Eine Regelung für eine Zeit dazwischen«, sagte Lace.

»Zwischen was?«, fragte Harley.

»Zwischen dem, was ich getan habe, und dem, was ich später tun werde«, antwortete Father Tim lachend.

Lace hielt den Testbogen in die Höhe. »Harley, du hast bei deinem Test zweiundneunzig Punkte erzielt.«

Harleys Augen weiteten sich. »Wie bin ich denn an die beiden zusätzlichen Punkte gekommen?«

»Du hast den Willamette richtig buchstabiert.«

»Ich hatte es mir auf die Hand geschrieben … Nee,

war bloß ein Witz, hab ich gar nicht getan.« Er gab ihr den Tee. »Das da ist dir sein Glas.«

»Dein Glas«, korrigierte sie ihn. »Und vielen Dank.«

Harley grinst. »Sie ist wie die Polizei, taucht überall auf, wo man's nicht erwartet.« Die Zeiten, da Harley sich mit Alkoholschmuggel beschäftigt hatte – ganz zu schweigen von Autorennen – , hatten ihn eine Menge gelehrt, was Polizisten betraf. »Meine Herren, sie liest ein Buch schneller, als man blinzeln kann, und sagt Wörter, die man noch nie nicht gehört hat. Hast du schon eins von diesen tollen Wörtern für den Reverend gesagt?«

»Omnipräsent«, sagte Lace leise.

»Was in drei Teufels Namen heißt das nun schon wieder?«

»Überall gleichzeitig.«

»Das beschreibt die Mutter meiner Frau aufs Haar. Sie hatte Augen im Hinterkopf. Diese Frau war ein Hühnerhabicht, wenn ich je einen gesehen hab. Sag noch eins.«

Sie errötete und senkte den Blick. »Nein, Harley.«

»Denk dran, was ich für dich getan hab.«

»Du hast es nicht für mich getan, du hast es für dich getan.«

Harley nickte ernst. »Sag dem Reverend bloß noch eins von deinen Wörtern, dann bin ich schon still.«

»Mussitation.«

»Aha.«

Lace trank hastig den Tee aus, dann sammelte sie ihre Bücher zusammen. »Es war schön, Sie zu sehen, Sir. Harley, iss heute Abend, was ich dir mitgebracht habe, und danke, dass du dir mit deinem Test solche Mühe gegeben hast.«

»Danke, dass du's mir beigebracht hast.«

»Gut gemacht, Lace!«, rief Father Tim, als sie durch die Tür in Richtung Einfahrt davonging.

Harley strahlte ihn mit schamlosem Stolz an. »Ist sie nicht ne Wucht? Ich hab sie schon gekannt, wo sie einer Ente bis zu den Knien reichte. Sie bringt mich auf die Palme, aber eine wie sie gibt's auf der ganzen Welt nicht noch mal.«

Father Tim wünschte, er hätte sein Lexikon nicht bereits eingepackt, da er nicht den leisesten Schimmer hatte, was »Mussitation« bedeutete.

Er saß zusammen mit Harley neben dem Ventilator, der sich abwechselnd nach links und dann nach rechts drehte.

»Allmächtiger, denken Sie bloß daran, wie da unten alles rostet«, seufzte Harley kopfschüttelnd. »Wenn ich Sie wär, würd ich die neue Karre in der Garage lassen und den Buick fahren.«

»Das glaube ich nicht.«

Bei stetig steigender Temperatur – der Wetterdienst hatte am Morgen erstmals zugegeben, dass es sich um eine »Hitzewelle« handelte – unterhielten sich die beiden Männer wie in einem Traum. Harley beugte sich zu Father Tim vor, um den Luftstrom von links besser auffangen zu können; Father Tim beugte sich zu Harley vor, um den rechten Strom zu erwischen.

Beide hatten die Ellbogen auf die Knie gestützt, und ihre Köpfe berührten sich beinahe.

»Meinen Sie, dass Sie mit unserem Jungen fertig werden?«

»Reverend, Sie brauchen sich gar keine Sorgen zu machen. Ihr Junge wird arbeiten gehen, ich werde aufpassen, und unser lieber Herrgott trägt die Verantwortung für die ganze Sache.«

»Ich weiß nicht, Harley ...« – »Also, wenn Sie es nicht wissen, wer dann?«

»Es sieht so aus, als könnte ich Ihm alles anvertrauen, nur keinen Teenager.«

»Wenn Sie meine Meinung hören wollen, gibt's nichts, was sie Ihm besser anvertrauen können.«

Father Tim spürte, wie ihm der Schweiß zwischen den Schulterblättern über den Rücken lief.

»Passen Sie auf, dass Dooley nicht vergisst, seinem Grandpa Leberbrot zu bringen.«

»Geht klar, Sir.«

»Ab und an möchte Russell nämlich gern eine Portion haben.«

Harley nickte. »Nächsten Freitag hole ich die Hornissennester von der Garage runter.«

»Gut. Ich bin Ihnen wirklich dankbar.«

»Wenn's Ihnen nichts ausmacht, werd ich die Blätter nicht vorm Winter zusammenharken, das ist gut fürs Gras.«

»In Ordnung.«

»Ich werd sie mulchen, sodass sie leichter verfaulen. Und im Oktober werd ich den Mulch dann auf Ihre Pflanzen kippen.«

»Und die Rosen ...«

»Die werd ich beschneiden, wie Sie's gesagt haben.«

»Ich habe die Telefonnummern neben Ihrem Apparat in der Küche aufgeschrieben, die vom Pfarrbüro und unsere Privatnummer. Sie können uns Tag und Nacht anrufen, egal wie früh oder spät es sein sollte.«

»Mach ich. Und bis Sie für die Hochzeit noch mal nach Hause kommen, hab ich Cynthias kleinen Flitzer am Laufen wie 'ne Eins.«

»Gut. Aber dass Sie mir nicht den Motor frisieren.«

»Bei Mazda gibt's nichts zu frisieren.«

Er erinnerte sich daran, dass Harley einmal mit seinem Buick herumgespielt hatte, der daraufhin abgegangen war wie ein verbrühter Hund. Zweimal war er damit wie der Blitz an Mitfords Polizeichef vorbeigedonnert. Das war nicht so gut angekommen.

Eine Weile saßen sie schweigend da, Father Tim das Kinn auf die Hände gestützt.

»Und lassen Sie Dooley hier unten keine laute Musik spielen, sonst vertreiben wir am Ende noch unsere Mieterin.«

Harley seufzte. »Für Wunder bin ich leider nicht zuständig.«

Vollkommen verschwitzt trat er in die Nacht hinaus und ließ seine Frau fest schlafend – wie ein Kind – zurück.

Zehn vor elf. Kein Mond. Nur feuchte Dunkelheit, die ihre Sterne entblößte, als er zum Himmel aufblickte.

An solche Hitze waren sie in den Bergen nicht gewöhnt. Mitford war berühmt für seine kühlen Sommer, die jedes Jahr von Mai bis Oktober die Menschen zu ihnen in die Hügel hinauftrieb, wo sie sich in schwärmerischen Lobesreden über die schattigen Fleckchen und sanften Brisen ihres Städtchens ergingen.

Er schlenderte mit Barnabas durch den Garten des gelben Hauses, blieb vor dem Ahorn stehen und lauschte dem Rauschen der Blätter, während der Urin seines Hundes ins Gras plätscherte.

Der Pfad durch die Hecke war, wie er in dem Licht aus dem Arbeitszimmerfenster sah, fast zugewachsen. Harley benutzte inzwischen immer die Vordertür, und seit er selbst seiner Nachbarin den Hof gemacht hatte, waren mittlerweile auch mehr als drei Jahre vergangen.

Ein Zitat von Chesterton kam ihm in den Sinn, und er lächelte: »Wir gewinnen Freunde, wir machen uns Feinde, aber Gott sucht uns unsere Nachbarn aus.«

Früher einmal hätte man das Ausmaß ihrer Gefühle füreinander mühelos an dem Pfad erkennen können, der durch die Rhododendronbüsche führte. Jetzt waren die Zweige zu beiden Seiten des von Unkraut bedeckten Pfads beinahe miteinander verwachsen; man hätte schon den Kopf einziehen müssen, um sich hindurchzuzwängen.

Als er unter den Tulpenbaum trat, nahm er eine jähe Kühle wahr, als hätte sich eine Barriere um den Baum gelegt, die es der Hitze des Tages unmöglich gemacht hatte, sich unter seinen Zweigen zu sammeln.

Er ließ sich in das spärliche Gras darunter fallen, und Barnabas legte sich ihm hechelnd zu Füßen.

Morgen Abend stand ihnen eine weitere Party bevor. Er war die Partys leid, die endlosen Abschiedszeremonien, die ihn verfolgten, seit er im Dezember im Gemeindehaus offiziell in den Ruhestand geschickt worden war – natürlich mit einer Party. Sein Kopf hatte sich plötzlich so leicht wie eine Feder angefühlt, und wenn er an jenen Abend zurückdachte, erschien er ihm als ein seltsamer, verstörender Traum. Dann war Lord's Chapel plötzlich Vergangenheit gewesen, die Gemeinde, die ihn gleichermaßen gestärkt wie gequält hatte, die ihn glücklicher gemacht hatte, als er es je zuvor in seinem Leben gewesen war.

Es war sein Wunsch gewesen, in den Ruhestand zu treten, aber als es so weit war, hatte er es als seltsam unangenehm und unwirklich empfunden. So ungefähr, dachte er, musste es sich anfühlen, wenn man zum ersten Mal mit einem Holzbein ging.

Er kraulte seinen Hund hinter den Ohren und blickte durch die Hecke zu den beiden Schornsteinen des Pfarrhauses hinüber, deren Silhouetten im Licht der Straßenlaterne deutlich zu erkennen waren.

Es schien eine Ewigkeit her zu sein, dass er dort gelebt hatte, ein gänzlich anderer Mensch als der, der hier im feuchten Nachtgras saß.

In diesem Haus hatte er jahrelang praktiziert, was er im Seminar gelernt hatte, nämlich für jede Minute seiner Predigt eine ganze Stunde im Arbeitszimmer zuzubringen. Mehr als zwanzig Stunden hatte er getreulich abgeleistet, dann fünfzehn und seit einigen Jahren nur noch zehn. Wohin war das ruhige Zentrum seines Lebens verschwunden?

Aber war sein Leben jetzt nicht reicher und tiefer als je zuvor? Ja! Unbedingt. Um nichts in der Welt hätte er die Uhr zurückdrehen wollen.

Gott hatte ihm Cynthia Coppersmith in das Haus direkt neben seinem geschickt – hatte sie ihm praktisch geschenkt. Die Ehe allerdings mit all ihren Freuden und Ärgernissen war wie ein trockener Schwamm, den man ins Wasser tauchte, und drohte den größten und intensivsten Teil seines Lebens zu verschlingen. Dies war gewiss der Grund, warum manche Geistlichen niemals eine Frau nahmen und nur mit ihrer Berufung verheiratet blieben.

Barnabas rollte sich auf die Seite und leckte sich das Maul, dankbar für die kühle Nachtluft unter dem Baum.

Er liebte Cynthia Kavanagh; sie war zum Dreh- und Angelpunkt seines Lebens geworden, und nein, er würde sich niemals von ihrem Lachen und ihren Tränen und ihrem liebreizenden Wesen abwenden. Aber heute Abend, bei der Betrachtung der Pfarrhausschornsteine im Licht der Straßenlaternen, trauerte er um jene Zeit absoluter Freiheit, als niemand ihn daheim erwartet oder sich dafür interessiert hatte, ob er zurückkam, als er mit einem Buch auf dem Schoß hatte dasitzen und im Ohrensessel schnarchen können, während das Holz im Kamin zu Asche herunterbrannte …

Er hob die Hand, als wolle er das Pfarrhaus grüßen, und schloss die Augen, während die Glocken von Lord's Chapel ihr letztes Geläut für diesen Tag anstimmten.

»Lieber Gott«, sagte er laut, als sei Er bei ihm unter dem Baum, »Dein Wille geschehe in unserem Leben … Bewahre mich vor Selbstgerechtigkeit und gib, dass ich auf dieser Reise nicht an mich selbst denke … Ich glaube, dass Whitecap der Ort ist, an dem Du uns haben willst, und wir wissen, dass Du dort Reichtümer für uns bereithältst … Bereite unsere Herzen für diese Gemeinde und die Herzen der Menschen dort, uns zu empfangen … Ich danke Dir, dass du mir meine Frau zum Segen geschenkt hast und Dooley; danke für diesen Ort und diese Zeit, und ja, Herr, danke sogar für diese Veränderung …«

Die Glocke hatte zweimal geläutet, bevor er die Furcht in seinem Herzen begreifen und benennen konnte.

»Vergib mir diese Furcht in mir, die ich Dir bisher nicht eingestanden habe … Du sagst uns, dass Du uns nicht den Geist der Furcht gibst, sondern den der Kraft und der Liebe und eines klaren Verstandes … Gütiger Gott …« Er hielt inne. »Ich gebe mich ganz und gar in Deine Obhut.«

Er holte tief Atem und hielt ihn an, dann ließ er ihn langsam entweichen und begriff, dass er Frieden gefunden hatte, den Frieden, der nicht immer kam, aber diesmal gekommen war.

Die Mieterin war irgendwie eine Überraschung. Die etwas kurz geratene Frau von Ende vierzig, übergewichtig und sanft im Wesen, schien zu versuchen, in sich zusammenzuschrumpfen, um weniger Raum in Anspruch zu nehmen. Ihr Akzent kam ihm französisch vor, aber bei dergleichen Dingen lag er häufig daneben.

Sie trafen sich am späten Nachmittag im Wohnzimmer des Pfarrhauses, das sie inzwischen, sehr sparsam, mit ihrem eigenen Sofa, zwei Sesseln und einem Baldwin-Flügel vor dem Fenster möbliert hatte.

Die Kirschpastete, die er in der Leckerbäckerei gekauft hatte, stand jetzt auf dem Couchtisch der neuen Mieterin. Sie saß auf dem Sofa, ihre Füße berührten kaum den Boden. Nachdem sie den Tag damit verbracht hatte, in ein fremdes Haus in einer fremden Stadt zu ziehen, dachte er, sei sie vielleicht vollkommen erschöpft, aber im Gegenteil, sie wirkte so frisch, als sei sie soeben von einem ausgedehnten Mittagsschlaf aufgestanden.

»... interessiere mich sehr für alte Häuser, Reverend«, sagte sie jetzt.

»Nun, Sie werden in Zukunft in einem alten Haus leben. Das Pfarrhaus wurde 1884 gebaut und hat keine dramatischen Veränderungen erfahren, bis in den fünfziger Jahren ein Bischof hier einzog. Er hat den Kamin in der Küche zumauern und den Kamin im Arbeitszimmer wieder einbauen lassen – ein entschiedener Luxus während unserer langen Winter. Ich hoffe, Sie haben nichts gegen lange Winter.«

»O nein. Die erleben wir in Boston mit erdrückender Regelmäßigkeit.«

»Mr Skinner hat Sie herumgeführt? Hat er Ihnen auch den Dachboden und den Keller gezeigt?«

»Alles, von oben bis unten.«

»Sie wissen, dass Sie ihn jederzeit anrufen dürfen. Er kümmert sich um all unsere Belange – und um Ihre.«

»Vielen Dank, Reverend, dass Sie mir so kurzfristig einen Mietvertrag gegeben haben. Es ist immer gut, das Terrain zu sondieren, *n'est-ce pas?*«

»Natürlich.«

»Mule Skinner hat erwähnt, dass Sie und Miss Sadie Baxter gute Freunde waren.«

»Ja, Miss Sadie hat mir ungeheuer viel bedeutet. Haben Sie sie gekannt?«

»O nein. Ich habe von der Main Street aus ihr entzückendes altes Haus gesehen und mich danach erkundigt. Sie muss einige wunderschöne Dinge hinterlassen haben.«

»Ich hätte haben können, was ich wollte, aber im Grunde habe ich nur wenig mitgenommen. Meine Frau hat einige bestickte Sesselbezüge gefunden, von denen sie ganz begeistert ist, und so ...«

Er hob die Hände und lächelte. In eben diesem Augenblick sprang eine riesige Katze mit klimperndem Halsband wie aus dem Nichts auf seinen Schoß.

»Heiliger Bimbam!«, entfuhr es ihm.

»Das ist Barbizon«, sagte Hélène Pringle ungerührt.

Er erstarrte zur Salzsäule. Barbizon hatte sich auf seinem Schoß breitgemacht und leckte sich mit wahrem Feuereifer die weißen Pfoten. Der Geruch von Dosenfisch stieg ihm in die Nase.

Seine Mieterin musterte ihn fragend. »Barbizon ist kein Problem, hoffe ich.«

»Oh nein. Nicht im Geringsten. Katzen mögen mich im Allgemeinen nicht besonders.«

»Barbizon mag grundsätzlich solche Menschen, für die andere Katzen nichts übrighaben.«

»Ich verstehe.«

»Ich habe den Kater nach dem Geburtsort meiner geliebten Mutter in Frankreich benannt, direkt südlich von der Hauptstadt Paris. Ich habe als Kind für eine lange Zeit dort gelebt.«

»Ah ja.«

»Sprechen Sie französisch, Reverend?«

»Jämmerlich schlecht.«

»Mr Skinner hat Ihnen gewiss erzählt, dass ich Klavierunterricht geben werde …«

»Das ist ja wunderbar!«, sagte er. »Wir brauchen mehr Musik in Mitford.«

»Er prüft, ob ich ein Schild aushängen darf.«

»Aha.«

»Natürlich nur ein ganz kleines Schild.«

»Nicht zu klein, hoffe ich. Wir wollen doch, dass die Leute es sehen!«

»›Hélène Pringle, Klavierunterricht, Informationen im Haus‹.« Er fand, dass ihre Stimme ein wenig sehnsüchtig klang, als sie ihm den Wortlaut ihres Schildes zitierte.

»Hervorragend!« Er warf einen diskreten Blick auf seine Armbanduhr und versuchte, sich aus dem Sessel zu erheben, in der Annahme, dass langhaarige Geschöpf mit den gelben Augen würde zu Boden springen. Aber nein, es klammerte sich mit den Krallen fest, weshalb er mit leicht verkrampftem Lächeln an Ort und Stelle blieb. »Ich muss gehen. Sie verstehen, wir müssen uns noch um eine Vielzahl von Kleinigkeiten kümmern, die erst in letzter Minute erledigt werden können.«

Hélène Pringle nickte. »*Parfait!* Niemand würde das besser verstehen als ich.«

»Nun, dann …« Er versuchte, die Katze von seinem Schoß zu lösen, indem er sie hochhob, aber eine einzelne Kralle hatte sich in den Reißverschluss seiner Hose gebohrt. Verflixt.

»Du unartiger Bursche!«, schalt Hélène Pringle das Tier, stand vom Sofa auf, kam zu ihm hinüber und nahm die Katze hoch, die daraufhin sofort ihre Krallen entspannte. Und in dem Moment sah er die Müdigkeit in den Augen und dem verhärmten Gesicht seiner Mieterin.

Sie stellte das große Tier auf den Boden, und es verschwand unter dem Chippendale-Sofa. »Katzen mögen keine Umzüge.«

Er seufzte mitfühlend. »Wer tut das schon?«

»Ich wünsche Ihnen alles Gute für Ihre Reise, Reverend.«

»Und ich wünsche Ihnen alles Gute für Ihre, Miss Pringle. Möge Gott Sie segnen und Ihnen glückliche Stunden hier schenken.«

»Glückliche Stunden ...«, sagte sie, und ihre Stimme verlor sich.

»Oh, das hätte ich ja beinahe vergessen. Der Schlüssel!« Harley hatte ihrer Mieterin und den Umzugsleuten die Tür geöffnet.

Er legte ihr den Schlüssel in die Hand und betrachtete ihn einen Moment lang. Auch Hélène Pringle sah auf den Schlüssel hinab, und für einen winzigen Augenblick entstand eine Verbindung zwischen ihnen. Er hätte niemals sagen können, was genau es gewesen war, aber er sollte noch lange Zeit über dieses Gefühl nachdenken.

Es widerstrebte ihm, das Verdeck für die Fahrt zum Lucera herunterzuklappen, weil er dachte, dass das Dooleys Autogier noch anstacheln würde.

»Klapp es runter, Liebling!«, drängte ihn seine Frau. »Dafür ist es da!«

Oh, nun ja. Es war schließlich ein warmer Juniabend, und Dooley würde einfach erwachsen werden und es wie ein Mann hinnehmen müssen …

»Komm, lass mich fahren«, sagte Dooley, als sie zu dem Wagen hinuntergingen, den er den ganzen Tag über angegafft hatte. Father Tim fand, dass ihr Schützling in seinem Schulblazer mitsamt Krawatte und braunen Hosen aussah wie etwas, das man sonst nur in Zeitschriften fand.

»Du siehst großartig aus, wie aus einer Zeitschrift entsprungen«, bemerkte Father Tim, während er hastig auf die Fahrerseite hinüberging.

»Lass mich fahren«, wiederholte Dooley, ohne sich vom Thema ablenken zu lassen. »Es sind doch nur ein paar Meter den Hügel hinauf.«

Cynthia griff nach dem Arm ihres Mannes und schob ihn auf die Beifahrerseite hinüber. »Warum lässt du ihn nicht fahren, Timothy? Es sind doch nur die paar Meter den Hügel hinauf. Aber ich kann mich nicht nach hinten setzen, das würde mir die Frisur ruinieren.«

Zwei gegen einen.

Von seiner eigenen Frisur war nur ein wüstes Durcheinander übrig, als sie die Einfahrt zu Fernbank hinaufbretterten und aus jedem Fenster in dem prächtigen Haus Lichter aufflammen sahen. Während sie die Treppe hinauf und durch die offene Haustür gingen, war er noch immer damit beschäftigt, sich zu kämmen.

Er blinzelte. Und blinzelte noch einmal.

»Wow!«, sagte Cynthia.

»Mann!«, rief Dooley.

Father Tim erinnerte sich gut daran, dass er Miss Sadies Toiletten mehr als einmal mit Regenwasser ausgespült hatte, das dort, wo sie gerade standen, von der Decke in Suppentöpfe und einen Truthahnbräter getröpfelt war.

»Ich fasse es nicht«, murmelte Dooley und schüttelte ungläubig den Kopf.

Fernbanks höhlenartige Eingangshalle hatte sich restlos verändert. Er wusste nicht recht, wie er es beschreiben sollte. Es war wunderbar warm, und der Raum wirkte irgendwie kleiner, intimer. Er zitterte geradezu vor Begeisterung. War dies ein Traum?

Und die Musik – Donnerwetter, es war eine Oper, es war Puccini, er traute seinen Ohren kaum. Das letzte Mal hatte er Opernmusik vor etlichen Monaten gehört, untermalt vom Rauschen seines Autoradios.

»Knoblauch!«, stellte seine Frau schwärmerisch fest und atmete tief ein.

Eine Vielzahl von Holzkästen säumte die Wände, und darin befanden sich frische Tomaten und knuspriges Brot, wohlduftende Kräuter und dicke Weintrauben, gelbe Käsestücke und Flaschen mit Olivenöl. Der Inhalt der Flaschen glänzte im Kerzenlicht wie geschmolzenes Gold.

»Timothy, sieh nur! Die Wände!«

Gütiger Himmel, dies waren Wände von jener Art, wie sie seine Frau vor einigen Jahren in der Küche des Pfarrhauses geschaffen hatte – pockennarbig, rauchig, primitiv – ganz und gar nicht Miss Sadies Wände. Miss Sadie würde sehr verstimmt sein darüber, so viel stand fest.

»Reverend! Cynthia! Dooley! Willkommen!«

Es war der gastfreundliche Andrew Gregory, der jetzt in einem hellen Leinenanzug durch die Tür des Speisesaals kam.

Er war geradezu berauscht von dem Ansturm von Düften und Klängen – und dem Anblick des in Mitford allseits beliebten Antiquitätenhändlers, der sich in einen sonnengebräunten, glücklichen Gastronomen verwandelt hatte.

Mule und Fancy kamen an den Tisch, an dem die Kavanaghs und Dooley zusammen mit den Harpers und Lace Turner saßen.

»Was sagten Sie noch, wie das Restaurant heißt?«, fragte Fancy flüsternd. »Mir fällt der Name einfach nicht ein!«

»Lu-tschä-rah!«, rief Cynthia vergnügt, dankbar dafür, helfen zu können.

Fancy sah sich ungläubig im Raum um. »Hier sind Leute, die ich noch nie im Leben gesehen habe.«

Mule seufzte. »Das wird eine teure Geschichte«, murmelte er, während er Fancy zu ihrem Ecktisch folgte.

Father Tim war hingerissen von seinen Begleitern; es wirkte alles so lebendig und ... vergnüglich, ein Konzept, das zu verstehen und sich zu eigen zu machen er sich stets bemüht hatte.

Olivia war keine Spur gealtert, seit er sie vor einigen Jahren mit dem Arzt der Stadt verheiratet hatte; er erinnerte sich daran, dass er auf ihrem Hochzeitsempfang im Ballsaal getanzt hatte, in Sichtweite von eben diesem Tisch. Sie hatte das dunkle Haar zu französischen Zöpfen geflochten, wie sie sie auch Lace Tag für Tag mit ungebrochener Begeisterung zu flechten pflegte, und ihre violetten Augen sprachen mit ihrer wunderbaren Offenheit noch immer direkt zu seinem Herzen.

Hoppy grinste seine Frau an und griff nach ihrer Hand. »Wo sind wir überhaupt?«

»Gewiss nicht in Mitford!«, sagte sie lachend.

»Ich denke, wir sind in … in einem Traum«, bemerkte Lace so leise, dass nur er und vielleicht Dooley es hören konnten.

Verzaubert, das war das richtige Wort. Sie alle waren verzaubert.

In dem großen Speisesaal, in dem er früher einmal mit Miss Sadie und Louella Maisbrot und Bohnen gegessen hatte, saßen heute an allen Tischen Leute aus Wesley und Holding, und gelegentlich konnte er obendrein auch ein bekanntes Gesicht ausmachen.

Hope Winchester winkte ihm von der anderen Seite des Raums aus zu, und zwei Tische entfernt saßen die Bürgermeisterin und Ray mit mindestens zweien ihrer attraktiven sechs Töchter – genau dort, wo Miss Sadies georgianische Kommode früher gestanden hatte, und da drüben, in der gegenüberliegenden Ecke …

Sein Herz hämmerte wild und raubte ihm den Atem. Edith Mallory. Gerade als er sie entdeckte, blickte sie auf und sah ihm direkt in die Augen.

Er wandte sich hastig ab. Jeder noch so geringe Kontakt mit seinem ehemaligen Gemeindemitglied war dem Stich eines Skorpions vergleichbar. Er hatte törichterweise angenommen, dass sie irgendwohin verschwunden wäre, wo er sie nie wieder zu Gesicht bekommen würde, aber diese Hoffnung hatte sich zerschlagen. Edith Mallory war jahrelang ein Dorn in seinem Fleisch gewesen – sie hatte versucht, ihn zu manipulieren und zu verführen, und am Ende hatte sie sogar danach getrachtet, die Bürgermeisterwahl zu kaufen, und bei alledem hatte sie die Dorfbewohner behandelt wie Dreck …

Cynthia musterte ihn forschend. »Was ist mit dir, Liebster? Du bist weiß wie ein Laken.«

»Ich bin nur halb verhungert«, murmelte er und griff nach einem Stück Brot.

Vor einigen Jahren hatte Lace Turner Dooley geholfen, Barnabas zu retten, als dieser von einem Auto angefahren worden war und zu verbluten drohte. Als es auf jede Minute ankam, hatten Dooley und Lace zusammen getan, was nötig war, und wo früher nur Feindseligkeit geherrscht hatte, hatte sich jetzt ein festes Band zwischen ihnen gebildet.

Aber Zeit und Entfernung hatten dieses Band strapaziert, und sie waren jetzt zwei andere und sehr veränderte Menschen.

Es war Father Tim keineswegs entgangen, dass Dooley Lace Turner mit sichtlicher Begeisterung betrachtete, während sie die handgeschriebene Speisekarte studierte. Verräterischer fand er es jedoch, dass Dooley, wann immer Lace sprach – was nicht oft vorkam –, Gleichgültigkeit heuchelte. Außerdem, so beobachtete er, stocherte der Junge, der für seinen guten Appetit bekannt war, in seinem Essen herum, lachte nervös, spielte pausenlos mit dem Knoten seiner Krawatte und warf sein Wasserglas um.

Es konnte kein Zweifel bestehen. Dooley Barlow interessierte sich nicht nur für Autos.

Sie hatten sich an Risotto und Scallopine gütlich getan, an Lammkeule und frischen Muscheln, an in Rosmarin gebratenem Huhn aus den Gärten von Fernbank und an Anna Gregorys hausgemachter, mit Ricotta gefüllter Pasta; sie hatten hektoliterweise Mineralwasser, Cola und eine Flasche Chianti aus Lucera bestellt und sich zum Nachtisch allesamt einmütig für Tonys Tiramisu entschieden.

Hoppy Harper lehnte sich zurück und warf Lace, die neben ihm saß, Dooley direkt gegenüber, einen liebevollen Blick zu. »Lace, wie wär's, wenn du jetzt mit deiner guten Neuigkeit herausrückst?«

Lace blickte ein wenig scheu in die Runde.

Father Tim beobachtete, dass Dooley mit den Fingern auf den Tisch trommelte, als interessiere ihn das viel mehr als alles, was Lace zu sagen hatte.

»Ich gehe ab September ins Internat.«

Die Finger hörten auf zu trommeln.

»Wunderbar!«, rief Cynthia. »Wo denn?«

»Nach Virginia. Auf die Schule von Mrs Hemingway.« Eine leichte Röte stahl sich in die sonnengebräunten Wangen des Mädchens.

»O Mann«, sagte Dooley und verdrehte die Augen. »Ätzend.«

Father Tim richtete sich verärgert auf. »Wie bitte?«

»Die Mädchen von Miss Hemingway sind doch alle Streberinnen.«

Father Tim hätte den Jungen schütteln können, bis ihm die Zähne im Mund klapperten. »Entschuldige dich sofort für diese Bemerkung.«

Dooley wurde dunkelrot im Gesicht und war offenkundig unentschlossen, ob er bei dem bleiben sollte, was er soeben gesagt hatte, oder dem Reverend gehorchen.

Er blieb bei dem, was er soeben gesagt hatte. »Sie werden bei Partys kaum je einmal in unsere Schule eingeladen, sie sind so … klug.« Das letzte Wort kam mit unüberhörbarer Verachtung.

»Lace hat uns eine gute Neuigkeit erzählt«, sagte Father Tim leise. »Du hast uns gerade nur schlechtes Benehmen gezeigt. Ich bitte dich noch einmal, dich bei Lace zu entschuldigen.«

Dooley versuchte, seiner Tischdame in die Augen zu sehen, brachte es aber nicht fertig. »Tut mir leid«, sagte er und meditierte über seinem Wasserglas.

Hoppy legte Lace einen Arm um die Schultern. »Dooley hat recht. Die Mädchen bei Mrs Hemingway sind wirklich sehr klug. Und sehr begabt. Lace und einige ihrer Klassenkameradinnen werden den nächsten Sommer in der Toskana verbringen und klassische Literatur und Aquarellmalerei studieren – als Stipendiatinnen. Wir sind sehr stolz auf Lace.«

Tim sah auf dem Gesicht des Mädchens jenen Ausdruck, den er gesehen hatte, als er sie dabei erwischte, wie sie Miss Sadies Fahne stahl – die Weichheit war verschwunden, die Härte zurückgekehrt.

Lace saß stocksteif auf ihrem Stuhl und starrte über den Kopf des kläglichen Häufchens Elend auf der anderen Seite des Tisches hinweg.

Dooley Barlow war ins Fettnäpfchen getreten, und zwar kräftig.

Während Cynthia mit Dooley davontrottete, um den Wagen zu holen, machte Tim sich auf die Suche nach Andrew, um zu erkunden, wo ihre Rechnung verblieben war.

Andrew Gregory sah noch immer so frisch und ausgeruht aus, als sei er gemütlich im Park spazieren gegangen, statt ein Restaurant zu eröffnen und es mehr als fünfzig Leuten recht zu machen.

Seine Gedanken kehrten unausweichlich für einen Moment in die Zeit zurück, als Andrew Cynthia ernsthaft den Hof gemacht hatte. Er hatte das Kommen und Gehen der beiden von seinem Schlafzimmerfenster im Pfarrhaus aus beobachtet und sich, gelinde gesagt, erbärmlich gefühlt. Einmal hatte er den großen, schlanken Andrew mit einer Zeder aus dem Libanon verglichen und sich selbst, einen schäbigen Landpfarrer, mit einer schnöden Kiefer.

Aber wer hatte die holde Maid gewonnen?

»Ich hatte übrigens einige recht interessante Begegnungen mit Ihrer neuen Mieterin«, bemerkte Andrew. »Sie hat während der letzten Tage in Wesley gewohnt, um auf das Umzugsunternehmen zu warten, und war während der Zeit verschiedentlich im Laden. Sehr neugierig, was Fernbank betrifft. Wollte wissen, was aus dem Haus verkauft worden ist und so weiter. Sie hat gesagt, sie interessiere sich sehr für alte Häuser.«

»Ja, das hat sie mir gegenüber auch erwähnt.«

»Sie hat sich nach den Stücken erkundigt, die ich Ihnen abgekauft habe, und sie wollte unbedingt wissen, ob noch irgendetwas auf dem Dachboden zurückgeblieben sei. Ich habe ihre Frage verneint und erklärt, es sei alles ausgeräumt und verschenkt worden. Dann interessierte sie sich noch dafür, ob Verwandte irgendetwas mitgenommen hätten, worüber ich ihr beim besten Willen nichts sagen konnte.«

»Eigenartig.«

»Fand ich auch«, erwiderte Andrew. »Und übrigens, Ihr Geld werden Sie hier nicht lassen können.«

Andrews Frau kam aus der Küche, mit gerötetem Gesicht und glücklich.

»Kein Geld, kein Geld«, sagte Anna und deutete auf seine Brieftasche. Tim ging der Gedanke durch den Kopf, dass Andrews junge italienische Braut, die aus Lucera gekommen war, atemberaubende Ähnlichkeit mit Sophia Loren hatte.

»Aber ...«

»Es ist unser Geschenk an Sie, unser Abschiedsgeschenk«, beharrte Andrew.

»Hm, na dann. Danke. Wirklich, vielen Dank! Sie haben Mitford mit Ihrem Restaurant sehr bereichert, Miss Sadie wäre stolz darauf, Fernbank voller Licht und Lachen zu sehen. Anna, Andrew – machen Sie's gut.«

»*Ciao!*«, rief Anna, schlang die Arme um ihn und küsste ihn auf beide Wangen. Er liebte die Italiener. »Gehen Sie mit Gott!«

»Reverend!« Es war Tony, Annas jüngerer Bruder und der Koch des Lucera, der mit seiner weißen Mütze und der fleckigen Schürze aus der Küche herbeigelaufen kam. »*Grazie del cielo!* Ich dachte, ich hätte Sie verpasst!«

Tony umarmte ihn heftig, küsste ihn auf beide Wangen, trat dann zurück und packte ihn an den Schultern. Father Tim wusste nicht, wann er je einen attraktiveren Burschen in Mitford gesehen hätte. »*Ciao!*«, sagte Tony, dessen dunkle Augen gefühlvoll glänzten. »Gott sei mit Ihnen!«

»Und auch mit Ihnen, mein Freund.«

»*Ciao!*«, riefen sie vom Wagen aus noch einmal Andrew und Anna zu, die ihnen von der Veranda Fernbanks aus nachsahen, während sie sich von dem prächtigen alten Haus mit dem prächtigen neuen Leben entfernten.

Er fuhr gerade mit heruntergelassenem Verdeck den Park Way entlang, als er in den Rückspiegel sah und seinen Buick bemerkte, der hinter ihm einschwenkte.

Wer fuhr den Wagen? Es war Dooley, und Barnabas saß auf dem Beifahrersitz und blickte stur geradeaus.

Dooley grinste von einem Ohr zum anderen; er konnte ihn deutlich erkennen. Aber als er das nächste Mal hinsah, war der Wagen weg, verschwunden.

Er wachte auf und spähte in die Dunkelheit.

Zwei Uhr zeigte die Uhr auf dem Nachttisch. Er seufzte.

»Bist du wach?«, fragte Cynthia.

»Ich habe geträumt.«

»Wovon denn?«

»Von Dooley. Er fuhr meinen Buick.«

»Oh. Ich kann nicht schlafen. Ich kann vor einer langen Reise nie schlafen.« Sie seufzte, und er drehte sich um und tätschelte ihr die Schulter.

»Vielleicht könnte ich Dooley den Buick nächstes Jahr geben. Er könnte etwas dafür bezahlen, zwei- oder dreitausend ...«

»Hm«, sagte sie.

Plötzlich hatte er eine geniale Idee. Nicht jeder wachte mitten in der Nacht auf und brütete gleich einen so scharfsinnigen Gedanken aus.

»Ich sag dir was. Warum schenke ich nicht dir den Buick, und du lässt dir von Dooley ein paar tausend für den Mazda geben. Ich glaube, ihm gefällt dein Wagen besser. Er ist neuer und hat mehr ... jugendlichen Schnickschnack.«

»Nur über meine Leiche«, sagte sie. »Ich mag die Frau eines Pfarrers sein, aber ich habe kein Armutsgelübde abgelegt.«

»Cynthia, der Buick fährt einfach traumhaft.«

»Träum weiter«, sagte sie. Seine Frau war so halsstarrig wie ein Maultier.

»Man muss nie irgendetwas reparieren lassen.«

»Er ist vierzehn Jahre alt, die Farbe ist abgeblättert, und er hat Rost am rechten Kotflügel. Das Polster auf der Fahrerseite ist zerfetzt, ein Kirchenventilator funktioniert besser als die Klimaanlage, und er stinkt nach Moder.«

Er seufzte. »Haben Sie sonst noch Beschwerden, gnädige Frau?«

Sie kicherte.

Er rollte sich zu ihr herum, und sie fanden ihre ungezwungene Löffelchenstellung, die irgendjemand einmal »den Grundtrost des Ehebetts« genannt hatte. Sie fühlte sich warm und vertraut an in seinen Armen.

»Horch«, sagte er.

»Worauf?«

»Ich habe gerade etwas gehört. Musik, denke ich.«

Sie lagen ganz still da. Zarte Klänge eines Klaviers wehten durchs Fenster herein.

»Ein Klavier«, sagte er.

»Chopin«, murmelte sie.

Wenige Sekunden später hörte er ihr feines Schnarchen, fand es beruhigend und schlief ebenfalls ein.

Augen zu und durch!

So würden sie ihre Abfahrt meistern.

Ihr Plan sah vor, dass sie um acht Uhr losfuhren, zur gleichen Zeit, da Dooley sich im »Laden« melden sollte.

Begeistert von der Idee, die ihm im Traum gekommen war, bat Father Tim Dooley, ihm zu helfen, den letzten Rest der Ladung an den Straßenrand zu schleppen. Violet in ihrem Katzenkäfig war bereits vor der Rückbank des Mustangs verstaut.

Das Verdeck war heruntergelassen, der Tag strahlend und vielversprechend, und Barnabas war im Geschwindschritt um das Denkmal gelaufen.

»Ah!« Tim atmete die Luft des Sommermorgens ein, dann drehte er sich grinsend zu Dooley um.

»Du bist ziemlich glücklich«, bemerkte Dooley.

»Ich bin glücklich, dir sagen zu können, dass Cynthia und ich dich im nächsten Sommer, bei nur bescheidener finanzieller Beteiligung deinerseits, zum stolzen Besitzer des … Buicks machen wollen.«

Dooley stand da wie vom Donner gerührt.

»Dieses Ding da fahr ich bestimmt nicht!«, sagte er, verfiel jählings wieder in seinen alten Gossendialekt und war offenkundig zutiefst beleidigt.

Sie standen gerade auf dem Gehweg, als die Glocken von Lord's Chapel acht Uhr läuteten.

Puny und die Zwillinge waren die Ersten in der Schlange, die bei ihm anstand.

»Sagt Opa ›Auf Wiedersehen‹«, drängte Puny die Kleinen.

»Wiedersehen, Ba«, sagte Sissy. Sie drehte sich nach ihm um und wäre um ein Haar aus Punys Armen gerutscht.

Er nahm sie ihrer Mutter ab, drückte sie und küsste sie auf die Stirn. »Gott sei mit dir, Sissy.«

In ihren grünen Augen standen dicke Tränen. »Komm zurück, Ba.«

Er setzte sie auf ihre pummeligen Beinchen und fragte sich, wie er das alles nur ertragen sollte …

Dann nahm er die kräftige, ernste Sassy hoch, die an einem Stück Toast kaute, und küsste das feuchte Wirrwarr ihrer roten Haare. »Gott segne dich, Sassy.« Barnabas, der geduldig auf dem Gehweg hockte, leckte Sissy das Gesicht ab.

Puny heulte unverhohlen. Zum Teufel. Er nahm es wie ein Mann und umarmte sie, spürte ihre große Verlässlichkeit, roch die Stärke in ihrer Bluse und war von Herzen dankbar für all die Güte, die er während der letzten Jahre von ihr erfahren hatte. »Sie werden immer in unseren Gebeten sein«, erklärte er heiser.

Puny wischte sich mit dem Saum ihrer Schürze die Nase ab. »Wir werden Sie vermissen.«

»Wir werden wieder zurück sein, bevor Sie recht wissen, wie Ihnen geschieht.«

Puny und die Kinder flüchteten in das gelbe Haus, während Cynthia sich auf die Zehenspitzen stellte und Dooley umarmte. »Pass auf dich auf, du großer Kerl.«

»Mache ich.«

»Und schreib. Oder ruf an. Oft!«

»Mache ich.«

Tim drückte den Jungen fest an sich, dann trat er zurück und musterte ihn eingehend. »Ich verlasse mich darauf, dass du Harley hilfst, die Dinge hier zusammenzuhalten.«

»Ja, Sir. Mache ich.«

»Wir lieben dich.«

»Ich liebe euch auch.« Dooley sprach es unumwunden aus und sah ihnen dabei in die Augen. Dann drehte er sich um, lief zu seinem roten Fahrrad hinüber, sprang in den Sattel und fuhr zurück in Richtung Main Street. Bevor er die Ecke erreichte, blieb er noch einmal stehen, drehte sich um und winkte. »Bye, Cynthia, bye, Dad!«

Sie winkten Dooley nach, bis er um den Rhododendronbusch herum ihren Blicken entschwand. Father Tim klimperte mit den Schlüsseln in seiner Hand. »Harley, meinst du, dass du den Buick für mich verkaufen kannst?«

Harley blickte zweifelnd drein, kratzte sich am Kopf und schaute auf den Gehweg hinab.

»Möchten Sie ihn ... gern fahren, während ich fort bin?«

»Reverend, ich weiß das Angebot zu schätzen, aber ich bleib lieber bei meinem Laster.«

»Aha.« Offensichtlich besaß er ein Auto, das er nicht verschenken, geschweige denn verkaufen konnte.

»Nun, Harley ...« Er legte dem kleinen, zierlichen

Mann, der jetzt die Stellung für ihn halten würde, den Arm um die Schulter.

»Reverend, Cynthia ... Gott sei mit Ihnen.« Harleys Kinn zitterte, und er wischte sich mit den Ärmeln über die Augen.

»Bye, Harley«, sagte Cynthia. »Wir lieben Sie.«

Father Tim öffnete die Beifahrertür und schob den Sitz nach vorn. »Na komm, Kamerad, herein mit dir.«

Barnabas sprang auf den Ledersitz, beschnupperte Violets Käfig und legte sich mit seelenvollem Blick nieder.

»Dass du mir jetzt nicht in Tränen ausbrichst. Wag es nicht einmal, daran zu denken«, befahl er seiner Frau, als sie in den Wagen stiegen.

»Der Wind in unserem Haar«, lachte sie durch die Tränen.

Er ließ den Motor an. »Die Schreie der Möwen, die über uns kreisen ...«

»Der Geruch der salzigen Luft!«

Er wendete in einer Einfahrt am Ende von Wisteria Lane. Donnerwetter, ihm gefiel es, wie dieses Ding reagierte, und der Sitz ... der Sitz fühlte sich an wie ein Sessel.

Sie winkten Harley zu, der wie angewurzelt stehen geblieben war und zurückwinkte.

Nachdem sie nach rechts auf die Main Street eingebogen waren, fuhr er langsam, als nehme er eine Parade ab. J. C. Hogan schlenderte soeben in die Grillstube.

Father Tim drückte mit Inbrunst auf die Hupe, und J. C. blickte maßlos verwundert auf, als sie ihm zuwinkten.

Dann trat Tim auf das Gaspedal, brauste um das Denkmal herum und vermied bewusst jeden Blick in den Rückspiegel.

4 Salz in der Luft

Er fand es herrlich.

»Du findest es herrlich!«, jubilierte seine Frau.

Er konnte sich nicht daran erinnern, jemals ein solches Gefühl vollkommener Freiheit gehabt zu haben; er fühlte sich leicht wie Luft, schnell wie Quecksilber, durchscheinend wie Glas.

Und heiß wie die Hölle.

Er blickte in den Rückspiegel. Barnabas, der gegenwärtig aufrecht dasaß und den Kopf in den sengend heißen Wind hielt, zog die Aufmerksamkeit des gesamten nach Westen rollenden Verkehrs auf sich.

»Du musst anhalten und dir einen Hut besorgen!«, übertönte seine Frau nun das Dröhnen eines Schwertransporters. »Dein Kopf wird langsam rosa!«

»Mittagessen und ein Hut, wird erledigt«, sagte er und stellte fest, dass es ihm widerstrebte, die Reise zu unterbrechen, auch wenn es eine Reise ins Ungewisse sein mochte.

Sie brausten auf Williamston zu, durch weites, offenes Tabakland.

»Flach«, sagte Cynthia, während sie sich die Landschaft besah.

»Wo es nicht flach ist, gibts meist auch kein Meer.«

»Heiß«, fügte sie weiter im Telegrammstil hinzu.

»Sag nicht, wie wären nicht gewarnt worden. Soll ich das Verdeck hochklappen?«

»Noch nicht. Ich versuche, mich äußerlich den Inselbewohnern anzupassen.« Seine Frau trug Shorts und ein Spaghettiträgertop, dazu eine Sonnenbrille und eine Baseballmütze der Mitford Reds. Alle nicht bedeckten Körperteile waren dick mit Öl eingerieben, und sie brutzelte langsam vor sich hin.

»Ich denke, wir müssen Barnabas bald etwas Schatten verschaffen. Wir klappen das Verdeck in Williamston hoch.«

Wusch. Ein Sattelschlepper saugte sie beinahe aus dem Wagen. Tim streckte die Hand aus und hielt seinen neuen Hut auf dem Kopf fest.

»Hat Miss Pringle gesagt, warum sie von Boston nach Mitford gezogen ist?«

»Nein. Hat sie nicht gesagt.«

»Und du hast nicht gefragt?«

»Bin nicht auf die Idee gekommen.«

»Warum um alles in der Welt sollte sie sich ausgerechnet für Mitford entscheiden? Und nur für sechs Monate! Kannst du dir vorstellen, einen Flügel nur für sechs Monate von Boston quer durchs Land zu transportieren? Hat sie Freunde oder Verwandte in Mitford?«

»Ich glaube nicht. Aber ich bin mir nicht ganz sicher.«

»Liebling, wie kannst du jemals irgendetwas über Menschen erfahren, wenn du nicht fragst?«

Als Geistlicher gelang es ihm im Allgemeinen, mehr zu erfahren, als er wissen wollte, obwohl er praktisch niemals Fragen stellte.

»Erinnerst du dich an den Hummersalat, den wir zu Mittag gegessen haben?«, erkundigte sie sich.

»Nur vage.«

»Für mich ist er auch bereits zu einer fernen Erinnerung geworden. Ich bin halb verhungert. Um ehrlich zu sein, ich habe während des ganzen Mittagessens von etwas Besserem geträumt.«

»Ach?«

»Von Esthers Kuchen.«

»Aha.«

»In der Kühltasche.«

»Hm hm.«

»Ich habe daran gedacht, wie feucht er ist, wie kalt und süß, wie sahnig ...«

»Das alles trifft auf Esthers Kuchen zu, ja.«

»Und diese kleinen Bröckchen bittersüßer Schokolade, die einem im Mund aufgehen wie ... wie Sonnenschein!«

»Du bist der Wordsworth des Kuchens.«

»Meinst du nicht, wir sollten ein Stück essen?«, fragte sie.

»Endlich ein vernünftiges Wort.«

»Hast du dein Taschenmesser dabei?«

»Immer«, sagte er und zog es aus der Tasche.

Sie kniete sich auf ihren Sitz und stöberte auf dem Boden vor der Rückbank herum, riss den Deckel der Kühltasche auf und nahm das in Folie verpackte Gebilde heraus.

»Oh, wunderbar. So schön kalt auf meinen Beinen. Hm, nun. Wie wollen wir es machen?«, fragte sie, während sie die Folie vorsichtig abzog. »Das ist der Kuchen, der dich um ein Haar in der Blüte deiner Jahre in den Himmel befördert hätte. Du solltest wahrscheinlich kein ganzes Stück essen.«

»Wenn du dich bitte erinnern wolltest«, sagte er, »waren es zwei Stücke, die mich um ein Haar ins Jenseits befördert hätten. Ich werde ein Stück essen, und ich wüsste es sehr zu schätzen, wenn man nicht hindurchschauen könnte.«

Sie schnitt vorsichtig ein kleines Stück ab und legte es auf eine Serviette aus dem Handschuhfach. »Nicht dass du mir noch umkippst«, sagte sie ernst.

In einem roten Cabrio am Strand entlangzufahren und Esthers Kuchen zu essen – wie viele Männer hätten nicht ihren linken Arm dafür gegeben, an seiner Stelle zu sein? Die köstliche Süße des schwindenden Leckerbissens in seiner Hand war buchstäblich berauschend. *Geistlicher in Schichttorte tot aufgefunden …*

»Liebling, du hast gestern Nacht im Schlaf geredet.«

»Uh-oh.«

»Du hast mehrmals ›Ölspur‹ gesagt.«

»Ölspur?«

»Ja, und einmal, glaube ich, hast du ›Tommy‹ gesagt.«

»Aha!« Sofort kehrte die Erinnerung an den Traum zurück. Sein Freund aus Kindertagen, Tommy Noles, und diese klägliche Erfahrung, die ihm seinen Spitznamen eingetragen hatte, einen Spitznamen, von dem er seiner Frau niemals etwas erzählt hatte …

»Wer ist Tommy?«, wollte sie wissen.

»Tommy Noles, mein alter Freund aus Holly Springs.«

»Der, der von jedem Auto Bauart und Modell bestimmen konnte?«

»Genau der.«

»Was hast du denn geträumt?«

Wie gewöhnlich wollte seine neugierige Frau alles wissen. Sollte er es ihr erzählen?

»Hm, mal sehen. Ich habe davon geträumt … nun, ich habe von der Zeit geträumt, als …«

»Als was?«

Sollten Eheleute einander nicht ihre innigsten Wünsche, ihre verborgensten Geheimnisse und ihre schwärzesten Ängste anvertrauen? Er hatte nie viel von diesem Konzept gehalten, aber bisher hatte es funktioniert. Tatsächlich hatte er diesbezüglich mit Cynthia Kavanagh eine erstaunliche Erfahrung gemacht: Wann immer er ihr eins seiner verborgensten Geheimnisse offenbarte, bekam er dafür zwei oder drei von ihren erzählt; es war wie ein Sieg an einem Spielautomaten.

»... als ich meinen Spitznamen bekam.«

»Wirst du rot, oder ist das die Sonne?«

»Die Sonne«, sagte er.

»Wie war das, als du deinen Spitznamen bekamst? Ich wusste bisher überhaupt nicht, dass du einen hast.«

Tommy Noles hatte ein kleines Stück weit die Straße hinauf gewohnt, gleich neben der Freizeitfarm seines Vaters, des Anwalts. Mr Noles war Geschichtslehrer und Opfer seiner Sammelleidenschaft. Er schleppte alle nur erdenklichen Kuriositäten an und postierte sie wie Denkmäler auf seinem drei Hektar großen Grundstück. Einen verrosteten Heumäher, einen antiken Traktor, einen Benzintank von einer Tankstelle, einen Planwagen, ein großes Reklameschild für Tabak ...

Mr Noles mähte die Wiese rund um diese Gegenstände regelmäßig und mit großem Respekt, versäumte es jedoch, das Gras zu schneiden, das direkt an den Rändern wuchs, sodass jedes seiner Exponate in einem farbenprächtigen Nest aus wilden Gräsern und Blumen stand, was der junge Tim einfach bezaubernd fand.

Tims Vater dagegen fand nichts von alledem bezaubernd, sein Vater, dem Perfektion über alles ging und der seinem Sohn ganz gewiss nicht gestatten würde, mit jemandem wie Tommy Noles zu spielen.

Aber Tim hatte mit Tommy Noles gespielt, war mit ihm durch den Bach gewatet, hatte mit ihm im Wald eine Festung gebaut, ein Baumhaus errichtet, Krebse gefangen, geangelt und auf den Feldern nach Pfeilspitzen gesucht.

Tommy Noles hatte Kampfpilot in einem furchterregenden Krieg werden wollen, und er, Timothy Kavanagh, hatte Boxer oder Tiertrainer werden wollen oder – seltsamerweise – Buchbinder, denn hatten ihn der Geruch und das Aussehen der Bücher seines Großvaters nicht restlos in ihren Bann geschlagen?

Er erinnerte sich daran, dass er Tommys Hund, Jeff, dazu abgerichtet hatte, Stöckchen mitten in der Luft aufzufangen, sich auf die Seite zu rollen und sich tot zu stellen. Es war zutiefst befriedigend gewesen, ein anderes Lebewesen überhaupt dazu zu bekommen, irgendetwas zu tun, und er hatte sich von ganzem Herzen einen eigenen Hund gewünscht. Aber sein Vater hatte es nicht erlaubt. Hunde hatten Flöhe, Hunde kratzten sich, Hunde entleerten ihren Darm.

Langsam wuchs sein Unbehagen bei der Erinnerung, wie das alles so gekommen war.

Von anderen dazu gedrängt und ohne dass er, Tim, etwas davon gewusst hätte, hatte Tommy Noles direkt hinter die Doppeltüren der Schule zwei große Hundehaufen platziert.

Renn durch diese Türen, aber ganz schnell, hatte Tommy ihm gesagt, *und wir geben dir einen Nickel.*

Warum?, hatte er gefragt. Die Lehrer waren bei einem Treffen in der Turnhalle, und er witterte Ärger.

Nur so, einfach aus Jux, lauf die Treppe hoch, renn durch die Türen und den ganzen Flur runter bis zum Springbrunnen, dann geben wir dir einen Nickel mit einem Indianerkopf drauf.

Er wusste noch immer nicht, warum er es getan hatte, er konnte sich nicht daran erinnern, dass er besonders auf das Geld aus gewesen war, vielleicht hatte er es einfach nur deshalb getan, weil er der dünne kleine Kerl gewesen war, der Streber, derjenige, der gern las und schrieb und über Wörter und Bedeutungen nachsann.

Ohne weiter nach irgendwelchen Gründen zu fragen, tat er es einfach; er stürmte im Laufschritt durch die Türen, trat in die Hundehaufen und schlitterte den Flur hinunter, als sei er auf einer Ölspur ausgerutscht. Direkt vor Miss McNoltys Klassenzimmer verlor er das Gleichgewicht und schlug lang hin.

Er hörte die Jungen hinter sich vor Lachen schreien, während er – stinkend – aufstand und versuchte, das glitschige Zeug von seinen Schuhen zu kratzen. Es war schleimig wie Öl …

Mit hämmerndem Herzen ging er auf die anderen zu. Er hatte noch nie eine Schlägerei gesucht und war auch noch nie in eine verwickelt worden; normalerweise lief er einfach weg, ohne sich umzudrehen.

Aber das war jetzt etwas anderes. Sein Freund hatte ihn verraten.

Sie beobachteten, wie er auf sie zukam, und zogen sich die Treppe hinunter zurück.

He, Ölspur, brüllte jemand. Drei Jungen, die sich lachend die Nase zuhielten, drehten sich plötzlich um und rannten zu der Eiche hinüber, hinter der sie Zuflucht nahmen, um das weitere Geschehen zu verfolgen. Lee Adderholt und Tommy Noles hielten an der untersten Treppenstufe die Stellung; in ihren Gesichtern spiegelten sich Ehrfurcht und Faszination.

Was mochten sie auf seinem Gesicht gesehen haben? Er würde es niemals erfahren.

Es … es tut mir leid, Tim, sagte Tommy.

Er spürte, wie sich etwas in ihm aufbaute, etwas ... Gewaltiges. Plötzlich fühlte er sich, als sei er einen Meter achtzig groß und würde immer größer.

Es tut mir wirklich leid!, heulte Tommy.

Er hatte sich nie daran erinnern können, was genau geschehen war, er wusste nur, dass er sich ohne Furcht, ohne zu zittern auf Tommy Noles gestürzt und ihn windelweich geprügelt hatte.

Dann saß er im Büro des Direktors – Gott sei Dank war es Mr Lewis, der zu sanftmütig war, um jemandem den Lederriemen zu schmecken zu geben. Mr Lewis hatte ihn lange angesehen, mit einem Gesichtsausdruck, der freundlich zu sein schien, aber der junge Kavanagh konnte sich nicht sicher sein.

Als er dort gesessen hatte, war ihm klar geworden, dass es ihm Spaß gemacht hatte, Tommy Noles nach Strich und Faden zu verprügeln. Aber vor allem hatte es ihm gefallen, dass sein Freund vor den Leuten, die sich grölend und lachend die Nasen zugehalten hatten, in Tränen ausgebrochen war.

Dein Vater wird von mir nie ein Wort über diese Angelegenheit hören, hatte Mr Lewis gesagt. *Aber wenn ihm irgendjemand davon erzählen und er mich darauf ansprechen sollte, wird mir natürlich nichts anderes übrigbleiben, als ...*

Zum ersten Mal in seinem Leben war er froh gewesen – geradezu begeistert –, dass all seine Klassenkameraden und Freunde sich vor seinem Vater fürchteten und es nicht wagen würden, mit ihm zu reden; erst recht würden sie ihm nicht das dunkle Vergehen enthüllen, dass sein Sohn eine Prügelei angezettelt hatte.

Was ist passiert, Timothy?, hatte seine Mutter gefragt.

Er hatte den Kopf sinken lassen. Er hatte seine Mutter noch nie belogen.

Ich habe Tommy Noles verprügelt.

Sie hatte ihn forschend angesehen. *Ich bin mir sicher, er hat es herausgefordert,* hatte sie nur gesagt.

Ja, Ma'am.

Aber tu so etwas nie wieder.

Nein, Ma'am.

Er hatte es nie wieder getan; es war nicht notwendig gewesen. Dies war der Kampf seines Lebens gewesen, seine Große Inquisition. In seinem Zorn hatte er es mit eigenen Händen mit der ganzen Welt aufgenommen und seltsamerweise irgendwie den Sieg davongetragen.

Dem mageren Jungen mit den mageren Armen und der Neigung zu großen Büchern und glatten Einsern haftete plötzlich eine neue Aura an. Die anderen machten einen großen Bogen um ihn, wenn sie ihn Ölspur nannten, denn sie hatten seinen Zorn gesehen und seine ungeheure Kraft miterlebt, und sie hatten es nie verstanden und würden es nie verstehen. Er war Timothy Kavanagh, und mit dem war nicht zu spaßen.

Basta.

Grinsend überholte er ein Wohnmobil aus Texas. Nach jenem Zwischenfall war Tommy Noles für ihn zu dem besten Freund geworden, den er auf der ganzen Welt besaß, selbst wenn er es versäumt hatte, den Nickel rauszurücken. Manchmal, wenn er nichts anderes zu tun hatte, rechnete er sich aus, wie viel Tommy ihm heute schuldig wäre, angesichts von sechsundfünfzig Jahren angesammelter Zinsen für einen Nickel.

»Ich werde älter«, bemerkte seine äußerst interessierte Frau, »während ich nichts anderes tue, als darauf zu warten, deinen Spitznamen zu hören.«

»Ölspur«, sagte er, den Blick stur geradeaus.

Es überraschte ihn nicht, dass sie sich vor Lachen krümmte. »Ölspur! Ölspur?« Das war offensichtlich das Komischste, das sie je im Leben gehört hatte.

»Ölspur! Das ist ja zu köstlich! Ich kann es nicht glauben!«

Ha, ha, ha und noch mal ha. Das würde er im Keim ersticken müssen. »Also, welchen Spitznamen hattest du, Kavanagh?«

Sie hörte auf zu lachen.

Bingo, dachte er.

»Muss ich das sagen?«

»Cynthia, Cynthia ... musst du das fragen?«

»Du wirst nicht lachen?«

»Lachen? Ich werde mich totlachen. Also, raus mit der Sprache.«

Sie seufzte tief und schob sich eine blonde Haarsträhne unter die Mütze. »Pummel.«

»Pummel?« Die Ehe war doch eine wunderbare Sache. Sie förderte alle möglichen Dinge zutage, um sich an jemandem zu rächen, ohne dafür unbedingt ins Gefängnis zu kommen. Aber als er den Ausdruck auf ihrem Gesicht sah, konnte er nicht lachen.

»Anfangs war es Pummelchen, das dann zu Pummel verkürzt wurde. Fetter als fett, das war ich.«

Er konnte es sich nicht vorstellen.

»Du kannst es dir nicht vorstellen«, sagte sie. »Als ich zehn Jahre alt war ... Erinnerst du dich an diese Fotografen, die mit einem Pony durch die Lande reisten?«

Er erinnerte sich.

»Einer von ihnen hat ein Bild von mir gemacht, und ich habe wochenlang auf die Post gewartet. Als wir den Umschlag aufmachten, mochte ich meinen Augen nicht trauen – ebenso wenig wie irgendjemand sonst. Alle meinten, ich sei ... sie meinten, ich sei dicker als das Pony.«

»Nein.«

»Oh ja, sie haben bis zum jüngsten Tag davon geredet, ständig hieß es, Pummel hier und Pummel da. Mein Vater und meine Mutter ließen sich beide gern fotografieren, also waren sie ins Haus gelaufen, und als sie wieder rauskamen, sahen sie aus wie Ginger Rogers und Fred Astaire. Mich dagegen hatte man in einem grässlichen Kleid auf ein schmollendes Pony gesetzt, und ich war das lebende Abbild von W. C. Fields.«

Sie spähte zu ihm hinüber. »Wenn du diesen grässlichen Spitznamen auch nur einem einzigen Menschen gegenüber erwähnst, werde ich dich ermorden.«

»Dasselbe gilt, wenn du meinen Spitznamen erwähnst.«

»Abgemacht«, sagte sie und schüttelte ihm die Hand.

»Abgemacht«, sagte er und entdeckte einen Wegweiser mit der Aufschrift: Williamston, zehn Meilen.

Er blickte gerade auf seine Armbanduhr, als ein Regentropfen auf das Ziffernblatt fiel.

Halb drei; sie sollten gegen halb sechs oder sieben Uhr am Ziel sein und würden noch reichlich Tageslicht haben, um den Wagen auszuladen und ihr neues Zuhause in Augenschein zu nehmen.

Es war erschreckend, wie plötzlich der Regen einsetzte. Ohne Vorwarnung peitschte ihnen das Wasser ins Gesicht, und es donnerte aus einem jäh verdunkelten Himmel. Er fuhr an den Straßenrand und hielt mit laufendem Motor an. Gütiger Gott, er wusste, wie man das Verdeck an diesem Ding herunterklappte, aber Dooley war derjenige gewesen, der es geöffnet hatte. Er betätigte den Knopf an der Konsole, aber nichts geschah.

»Timothy!« Seine Frau war nass bis auf die Haut.

»Was machen wir jetzt?«, rief er.

»Keine Ahnung!« Der Wind wehte ihre Stimme davon.

Er machte einen Satz nach rechts hinüber und tastete im Handschuhfach nach der Bedienungsanleitung, während Barnabas zitternd vor Angst Cynthia auf den Schoß sprang.

»Zurück! Platz!« Sie war beinahe begraben unter dem dampfenden Fell des Hundes. Barnabas trollte sich.

Die Wucht des Regens war unglaublich. Er hämmerte auf ihre Haut und ihre Köpfe wie kleine Pistolenkugeln. Tim, dem der Regen auf die Brillengläser lief, schob die Bedienungsanleitung auf Cynthias Seite unter das Armaturenbrett. Index Seite dreihunderteinundneunzig, nicht unter »Verdeck«, nicht unter … da war es.

»Cabriodach, Seite zweihundertdreizehn.«

Er schaffte es gerade noch, die Worte *Betätigen Sie die Handbremse* zu lesen, bevor das Buch das Wasser aufsaugte wie ein Schwamm und das Papier sich zu wellen begann.

Er zog die Handbremse, dann drückte er mehrfach auf den Knopf. Vergebens. *Lieber Gott, hilf mir …*

»Der Kofferraum!«, schrie Cynthia.

Er sprang hinaus, gefährlich nahe an dem immer noch schnell befahrenen Highway, zog die Bügel des Verdecks ein Stück heraus. Es dauerte eine Ewigkeit, und sie ertranken langsam.

Zurück im Wagen, drückte er abermals auf den Knopf, und das Verdeck hob sich. Sie liefen mit Wasser voll wie ein Kanu ohne Boden.

Das Verdeck hob sich bis auf halbe Höhe und füllte sich wie ein Segel prompt mit Wind und peitschendem Regen. Mitten in der Luft schien es schlicht und einfach zu erstarren.

»Wie müssen es von Hand runterklappen!«, überschrie er den tosenden Lärm. »Steig aus!«

Hilf uns, lieber Gott, betete er, während sie gegen die schreckliche Wucht des Windes ankämpften. Als sie das Ding endlich heruntergezerrt hatten, öffneten sie die Türen und warfen sich in die mit Wasser gefüllten Sitze. Sie legten die Hebel um, sicherten das Verdeck und lehnten sich keuchend zurück, während das ohrenbetäubende Donnern auf dem Dach weiterging.

»Die Handtücher!«, schrie sie. »Auf der Rückbank!«

Er drehte sich mit beträchtlicher Anstrengung um, griff hinter Cynthias Sitz und fand ein Dutzend zu einem Bündel gepackte Frotteehandtücher, die schlauerweise als »durstig« angepriesen wurden. Sie waren völlig durchweicht.

Violet heulte auf Cynthias Schoß.

»Wenn wir sie auswringen, könnten wir unsere Sitze abtrocknen!«

Sie wrangen das Wasser auf den Boden zu ihren Füßen, da sie es nicht wagten, die Fenster zu öffnen, und tupften die Ledersitze ab. Es hörte sich an, als würde der hämmernde Regen die Leinwand zerreißen und sie endgültig in seinen Fluten ertränken.

Dann kamen die Blitze, die über ihnen den Himmel spalteten.

Barnabas kehrte mit einem einzigen Satz nach vorn zurück und landete zitternd auf Father Tims Schoß.

Die Fenster waren vollkommen beschlagen, seine Brille war nutzlos. Er nahm sie ab und schob sie in seine Hemdtasche. Während er seinen Hund festhielt, waren die gezackten Blitze alles, was sie aus ihrem roten U-Boot heraus sehen konnten.

Der Regen, der um halb drei mit solcher Heftigkeit eingesetzt hatte, hörte um drei Uhr auf und kam gegen halb vier zurück, um mit erneuerter Energie auf den Wagen einzuschlagen, während rund um sie herum gewaltige Blitze aufloderten.

Seit Beginn des letzten Regengusses hatten sie am Straßenrand gestanden, und nun überlegten sie, ob sie versuchen sollten, auf den Highway zurückzukehren und zu einer Tankstelle zu fahren, zu einer Brücke, egal wohin. Aber die Sicht war gleich null.

Schweißüberströmt – in der tropischen Feuchtigkeit des Wagens – mussten sie feststellen, dass die Klimaanlage keine Erleichterung brachte. Sie leistete so hervorragende Dienste, dass sie sich in ihren nassen Kleidern den Tod geholt hätten, hätten sie sie laufen lassen.

Wären sie doch nur mit dem Buick gefahren, dachte er. Die schwächliche Klimaanlage, über die seine Frau sich so oft beschwert hatte, wäre in dieser Situation genau das Richtige gewesen. Tatsächlich hätte sein Buick perfekten Schutz gegen ein Gewitter geboten, das drohte, ihnen diesen jämmerlichen Fetzen von einem Verdeck überm Kopf wegzureißen und in eins der umliegenden Tabakfelder zu katapultieren.

Die Temperatur im Wagen betrug mehr als dreißig Grad. Er erinnerte sich daran, dass er einmal für eine Stunde desselben Elends in einer englischen Hotelsauna zehn Pfund bezahlt hatte, natürlich ohne den unerfreulichen Gestank nach dampfendem Hunde- und Katzenfell.

»Wenn das Leben dir Zitronen schenkt …«, murmelte er düster.

»… dann mach dir Limonade draus«, ergänzte seine Frau, während sie ihrer durchweichten Katze über den Kopf strich.

»Vier Uhr«, sagte er und fädelte sich in den Verkehr auf dem Highway ein.

»Wir haben fast zwei Stunden verloren. Das bedeutet, dass wir erst bei Einbruch der Dunkelheit in Whitecap ankommen werden.«

»Ah, nun, Liebster, mach dir keine Sorgen. Das kann ja nicht bis in alle Ewigkeit so weitergehen.«

Er hoffte, dass dieses Wetter zumindest die lächerlicher Idee, morgen Abend Grasröcke zu tragen, im Keim ersticken würde.

Das Bild, das sich ihnen nach dem Gewitter bot, war nicht gerade hübsch. Anscheinend hatten sie den schlimmsten Teil des Unwetters verpasst.

Hier und da waren Reklametafeln heruntergerissen worden, ein Metallschild, das gekochte Erdnüsse anpries, lag mitten auf dem Highway, und die Tabakpflanzen auf den Feldern lagen flach.

»Unsere Taufzeremonie für ein neues Leben«, sagte er, während er in das grelle Licht blickte, das sich über den Feldern erhob.

Kurz nach sieben Uhr kehrte der Regen zurück und mit ihm der Wind. Keine Blitze diesmal, sondern ein stetiger, beharrlicher subtropischer Regen, der keinen Hehl daraus machte, dass es ihm ernst war.

Father Timm hielt an und machte einen Zuckertest, um sich davon zu überzeugen, dass er nicht dank Esthers Kuchen in ein hyperglykämisches Koma gefallen war. Das Ergebnis der Untersuchung stellte ihn vollauf zufrieden.

»Was meinst du?«, fragte er, während er vor der Zapfsäule einer Amoco-Tankstelle parkte. »Wollen wir sehen, ob wir irgendwo etwas zum Abendbrot bekommen, oder sollen wir weiterfahren?« Wenn er müde war, bezeichnete er die abendliche Mahlzeit noch immer als »Abendbrot«, wie er es als Kind getan hatte.

»Das da draußen ist eine Wüste. Wo sollen wir da was Anständiges zu essen finden?

»Na, na, Kavanagh. Dir schwebt wilder Spargel mit Frühlingslamm vor, während ich eher an Hotdogs gedacht habe.«

»Ich weiß nicht, Liebling, ich finde, wir sollten weiterfahren und uns einrichten. Wir haben noch Stunden vor uns, und wenn wir ankommen, müssen wir noch die Betten machen, und ich gäbe jetzt schon meinen linken Arm dafür, könnte ich in einem Bett liegen!«

»Also kein Abendessen?«

»Du könntest vielleicht einen Beutel Erdnüsse kaufen, wo wir schon einmal hier sind. Ich meine, sieh dir bloß das Wetter an, mit dem wir es noch wer weiß wie lange aufnehmen müssen.«

Eine heftige Böe von der Seite ergriff den Mustang.

»Du hast recht«, sagte er und stieg aus dem Wagen.

Er trottete in den neonbeschienenen Laden der Tankstelle und kam sich in seinen immer noch feuchten Kleidern wie eine Gartenschnecke vor.

»Das nimmt ja überhaupt kein Ende«, sagte sie, als sie vorbei an mehreren Blinklichtern durch ein Geschäftsviertel krochen, von dem sie glaubten, dass es Roper sein müsse – oder war es Scuppernong? Die Blinklichter tanzten wild im Wind, an Elektrokabeln, die quer über die Straße gespannt waren.

Es sah so aus, als würden Wind und Regen für zwanzig oder dreißig Minuten über sie herfallen, um dann nachzulassen oder gänzlich aufzuhören, kurz neue

Kraft zu sammeln und zum nächsten Angriff zu blasen.

Violet schnarchte auf Cynthias Schoß, Barnabas schnarchte auf der Rückbank.

Father Tim beugte sich tief über das Lenkrad und spähte zur nächsten Ampel hinüber. »Heirate einen Pfarrer, Kavanagh, und das Leben hört auf, langweilig zu sein.«

»Ich gäbe einen Arm und ein Bein für ein langweiliges Leben«, erwiderte sie grimmig, dann brach sie plötzlich in Gelächter aus. »Aber nur für fünf Minuten!«

Es folgte ein langes Schweigen, während er den Wagen durch den Regenguss manövrierte.

»Liebster, was genau hast du zu Gott gesagt, als du mit ihm über deine möglichen Pläne für den Ruhestand diskutiert hast?«

»Ich habe gesagt, ich sei bereit, überall hinzugehen, wo Er mich hinschickt.«

»Kannst du dich erinnern, ob Er auch etwas zu dem Thema gesagt hat?«

»Er sagte: ›Genau das wollte ich hören.‹ Natürlich hat er nicht mit einer hörbaren Stimme gesprochen. Er hat es mir ins Herz geschrieben.«

»Aha«, zitierte sie ihren Ehemann.

»Sieh mal«, sagte er, »da steht ein Wegweiser nach Columbia. Fahren wir weiter nach Columbia, oder biegen wir ab?«

»Weiter nach Columbia«, erklärte sie und spähte mit zusammengekniffenen Augen auf die Karte.

Seine Frau hatte nie behauptet, als Lotse viel zu taugen; er hoffte nur, dass sie nicht in Morehead City landeten.

Als sie die Brücke nach Whitecap erreichten, hatten sich Wind und Regen gelegt; in der Luft lag ein unschuldiger Friede.

Vor der Zufahrt der Brücke, die mit einer schweren Kette und einer kriegerisch anmutenden Reihe orangefarbener Kegel abgesperrt war, stand ein Schild:

BRÜCKE GESPERRT
Zur Fähre 2 Blocks weiter, dann links
10 Dollar
Kein Fährdienst nach 22 Uhr

»Gütiger Himmel«, entfuhr es seiner Frau, »haben wir nicht schon nach zehn?«

»Fünf vor«, sagte er und legte den Rückwärtsgang ein. Er wendete den Wagen und trat das Gaspedal durch.

»Das ist ein Häuserblock …«, sagte sie.

Es zeugte nicht gerade von großer Weisheit, derart schnell über nasses Pflaster zu jagen. »Das sind zwei«, zählte er laut mit.

»Hier musst du links abbiegen. Ich bete nur, dass sie noch nicht geschlossen haben.«

Er bog nach links ab. Nichts als gähnende Dunkelheit. Dann, einige Meter voraus, ein schwaches, schaukelndes Licht.

Sie bewegten sich im Schneckentempo weiter, da sie nicht wussten, was auf der Straße vor ihnen liegen mochte. Im Licht der Scheinwerfer tauchte ein an einen Sägebock gestelltes Schild auf.

Fähre nach Whitecap
Halten Sie 10 Dollar bereit

Vor der Ecke eines kleinen Gebäudes dicht am Wasser baumelte eine Laterne.

Er hatte irgendwo einmal gelesen, dass man hupen

müsse, wenn man eine Fähre benötige, also hupte er – kräftig.

»Himmel, soll das ein Witz sein?«, erkundigte seine Frau sich bei ihrem Schöpfer.

In dem Gebäude ging ein Licht an, und ein Mann kam heraus. Er trug eine Kappe, ein Unterhemd und war damit beschäftigt, sich seine Hose zuzuknöpfen.

Father Tim kurbelte das Fenster einige Zentimeter herunter.

»Wir haben geschlossen.«

»Zwei Minuten«, sagte Father Tim und deutete auf seine Armbanduhr. »Zwei ganze Minuten vor zehn. Sie müssen uns rüberbringen.« Er hätte um ein Haar hinzugefügt: *Ich bin Geistlicher,* konnte sich aber gerade noch bremsen.

»Sie leben drüben auf der Insel?«

»Wir ziehen nach Whitecap.«

»Ich weiß nicht, warum Sie da heute Abend noch rüber wollen«, sagte der Mann, immer noch mit seinen Knöpfen beschäftigt. »Der Strom ist ausgefallen. Schwarz wie eine Hexenleber.«

Father Tim drehte sich zu Cynthia um. »Was meinst du?«

»Wo könnten wir hier denn übernachten?«

»Da müssten Sie noch mal vierzehn Meilen zurück.«

Cynthia sah ihren Mann an. »Wir fahren rüber!«

»Zwanzig Dollar«, sagte der Mann, ohne zu lächeln.

»Geht klar«, sagte Whitecaps neuer Pfarrer.

Nachdem sie der tropischen Enge des Wagens entstiegen waren und sich nun an die Reling der Fähre klammerten, blickten sie über das schwarze Wasser und hinauf zu den Wolken, die am Mond vorbeijagten. Sie ließen den gewaltigen Kontinent hinter sich und fuhren auf etwas zu, das aussah wie bloßes Treibgut am Busen des Meeres.

Die Fähre schaukelte und stampfte und spie ölige Abgase aus. Aber abgesehen von dem widerwärtigen Gestank nahm Cynthia noch etwas Zartes wahr. »Da ist er, Timothy! Der Geruch von Salzluft!«

»Möwen, die über uns ihre Kreise ziehen«, murmelte er matt und stellte fest, dass selbst mitten in der Nacht einige Möwen der Fähre folgten.

Sie lehnte sich an seine Schulter, und er legte den Arm um sie, nahm ihr die Kappe ab und barg das Gesicht in ihrem Haar. Sie war sein Felsen in einem Ozean der Veränderung, und das war beileibe kein Wortspiel.

»Sieh nur, die Sterne kommen raus, Liebster. Der Himmel ist so frisch und neu wie am vierten Tag der Schöpfung. Es wird wunderschön werden, Timothy, unser neues Leben. Wir werden uns irgendwie freier fühlen, das verspreche ich dir.«

Dies war eine sehr hübsche Ansprache, dachte er, wie nur seine Frau sie halten konnte.

»Absolut!«, erwiderte er und versuchte, es aufrichtig zu meinen.

Ihr Wagen war aus seinen Befestigungen befreit und die Rampe in Richtung Whitecap hinuntergekurbelt worden. Der Fährmann stand an der Rampe, eine Zigarette im Mund und die Gaslaterne in der Hand, mit der er ihnen das Zeichen zum Losfahren gab.

»Könnten Sie wohl noch einen Blick auf unsere Karte werfen?« Father Tim beugte sich aus dem Fenster. »Wir versuchen … hier hinzukommen.« Er zeigte auf Dove Cottage, das er mit einem roten Pfeil markiert hatte. »Da wir jetzt nicht von der Brücke aus dort hinfahren …«

Die Laterne wurde hochgehoben, um die handgezeichnete Karte zu beleuchten. »Kein Problem«, sagte der Fährmann, wobei er die Zigarette beließ, wo sie war. »Da bin ich schon ein paar Mal gewesen. Fahren Sie von der Rampe runter, dann biegen Sie links ein und fahren etwa eineinhalb Meilen, bis Sie nach rechts auf die Tern Avenue müssen. Dann geht's ungefähr eine Meile geradeaus, und als Nächstes müssen Sie dann nach links, in die Hastings Street. Sieht so aus, als wäre Ihr Haus das an der Ecke ... gleich da drüben.«

»Von der Rampe aus links, eineinhalb Meilen ...« wiederholte Father Tim die Litanei. »Haben Sie irgendeine Ahnung, wann wir wieder Strom kriegen?«

»Morgen früh höchstwahrscheinlich. Der schlimmste Stromausfall dauerte drei Tage, damals, 1989. Was machen Sie denn beruflich?«

»Ich bin der neue Pfarrer von St. John's.«

Der Fährmann nahm einen kräftigen Zug von seiner Zigarette und schnippte sie über die Reling. Dann griff er in seine Hosentasche und zog einen Zehndollarschein heraus, den er Tim durchs Fenster reichte.

»Oh, aber ...«

»Gute Fahrt«, sagte der Mann und ging davon.

Der zunehmende Mond glitt über ihnen hinweg, während sie die schmale Straße entlangfuhren.

»Die sehen alle gleich aus«, bemerkte Cynthia, die mit zusammengekniffenen Augen die im Dunkeln liegenden Häuser betrachtete. »Weiß mit Lattenzäunen. Einige auf Stelzen. Meine Güte, glaubst du, dass all diese Leute wirklich schlafen?«

»In einem Fenster habe ich etwas gesehen, das wie Kerzen aussah.«

»Haben wir Kerzen mitgenommen?«

»Was glaubst du denn?«

»Ich schätze, wir haben welche mitgenommen! Was habe ich doch für ein Glück, mit einem so berechenbaren Pedanten verheiratet zu sein. Ich hoffe, du hast auch Ersatzklingen für meinen Rasierapparat eingepackt.«

»Wenn ich es nicht getan hätte – obwohl ich es getan habe –, könntest du dir hier im Laden welche kaufen. Whitecap ist nicht die australische Wildnis.«

»Soll ich dir einen der Gründe nennen, warum ich dich liebe?«, fragte sie.

»Ich habe nicht den blassesten Schimmer.«

»Weil«, sagte sie, »du zuverlässig bist. So ungeheuer zuverlässig.«

Ein früherer Bischof hatte einmal etwas ganz Ähnliches gesagt und ihn ein »Pflugpferd« genannt. Der Bischof hatte jedoch unmissverständlich hinzugefügt, dass es das Rennpferd war, das die obersten Sprossen der kirchlichen Hierarchie erklomm und mit dem Privileg eines schönen Stalls belohnt wurde.

Barnabas schob den Kopf aus dem Fenster und schnupperte. Überall waren neue Gerüche, es gab nichts Bekanntes oder Berechenbares an den Gerüchen hier.

»Wir müssten gleich die Hastings Avenue erreichen«, sagte er. »Da! Hörst du das?«

»Der Ozean! Ja! Oh, halt an – nur für einen Moment.«

Er tat wie geheißen und stellte fest, dass irgendwo dort draußen ein gewaltiges Tosen war. Gleich hinter den hohen Dünen lag ein Strand und dahinter eine gewaltige platinfarbene Fläche, die unter dem Mond schimmerte.

»›Doch horch!‹«, zitierte er flüsternd einen Vers von Wordsworth. »›Das mächtige Wesen ist erwacht/und in stets währender Bewegung macht / den Donnerlaut, der ewig hallt.‹«

»Wunderschön!«, flüsterte sie.

Sie fuhren sehr langsam weiter, als gehorchten sie einem Impuls der Insel, einem neuen Stoffwechsel. Da nur der Mond, die Sterne und die Scheinwerfer ihren Weg in die endlose Dunkelheit erhellten, hätten sie ebenso gut die letzten Geschöpfe auf Erden sein können.

»Lass uns das Verdeck runterklappen!«, rief Cynthia begeistert.

»Von wegen ...«, sagte er und bog in die Tern Avenue ein.

Die Taschenlampe in der Hand ging er zum Wagen zurück.

»Ich kann das halb versteckte Straßenschild, von dem Marion Fieldwalker gesprochen hat, nirgends entdecken ...«

»Ich begreife es nicht«, sagte sie, während sie im Licht der Kartenlampe die Karte studierte. »Wir sind nach rechts auf die Tern Avenue abgebogen und an der Ecke links in die Hastings Avenue. Das muss es sein.«

»Die überwucherten Hecken sind jedenfalls da.«

»Vielleicht hat der Sturm das Schild weggerissen. Sollen wir ... zurückfahren und es noch einmal versuchen, oder meinst du ...?«

Soweit es ihn betraf, hatte das ganze Unterfangen unter einem sehr schlechten Stern begonnen. Er hätte es seiner Frau gegenüber niemals zugegeben, aber er fand es ziemlich unheimlich hier draußen, auf diesem gottverlassenen Fleckchen Erde in pechschwarzer Dunkelheit, meilenweit von zu Hause entfernt und fix und fertig von einer fünfzehnstündigen Fahrt mit nichts als einem Päckchen verdammter Erdnüsse zu …

»Wir haben genau den Weg genommen, der auf der Karte beschrieben ist. Ich glaube nicht, dass es uns weiterhelfen würde, wenn wir den ganzen Weg noch einmal machen. Warum sehen wir nicht einfach nach?«

Er half ihr aus dem Wagen und richtete das Licht der Taschenlampe auf die Veranda. Es war ein älteres Strandhaus, und davor standen einige Schaukelstühle – alle auf dem Kopf, damit der Wind sie nicht in den Garten wehte. An der holzverkleideten Wand lehnte ein ramponierter Fensterladen.

»Donnerwetter«, sagte sie noch, bevor es ihr die Sprache verschlug.

»Ich kann keinen Rosenbusch entdecken, der an irgendetwas hinaufklettert.« Er hatte sich auf diesen Rosenbusch gefreut.

»Vielleicht hat der Sturm …«, meinte sie zaghaft.

»… die Rose weggerissen«, sagte er.

Sie gingen die knarrende Treppe zur Tür hinauf.

»Sieh mal, Timothy, da oben.«

Ein Schild baumelte an einem einzigen Nagel schief über der Tür.

OVE OTTAGE

»Ach du meine Güte«, sagte sie leise.

Das war doch nicht … konnte nicht, dachte er.

»In dem Brief stand, es würde nicht abgeschlossen sein«, flüsterte seine Frau. »Sollen wir …?«

Die Tür schwang mühelos auf. Er wagte es nicht, sich umzusehen.

»Aha.«

Die Möbel in dem großen, vertäfelten Raum waren seltsam planlos verteilt. Ein mit einem Schonbezug bedecktes Sofa stand mit der Rückenlehne zu zwei Clubsesseln, Kartentische versperrten den Weg zu einem Raum, bei dem es sich um das Esszimmer zu handeln schien, ein verblichener Perserteppich lag halb aufgerollt auf dem Boden.

Vorsichtig, als liefen sie auf Eiern, traten sie ein.

Cynthia schlang die Arme um den Körper und sah sich ungläubig um. »Wie kann das sein …?«

Er ließ den Lichtstrahl über einen der Tische wandern und entdeckte ein halbfertiges Puzzle, das den Grand Canyon darstellte.

»Sieh dir nur diesen entzückenden alten Kamin an«, sagte sie. »Marion hat in ihrem Brief nichts von einem Kamin geschrieben …«

»Moder«, sagte er. »Kannst du ihn riechen?«

»Ja, aber wie eigenartig. Marion hat geschrieben, sie hätten wie Sklaven geschuftet, um alles sauber zu machen. Timothy, das kann einfach nicht Dove Cottage sein.«

»Das ist ganz sicher das Haus, zu dem ihre Karte uns geführt hat, und auf dem Schild über der Tür stand …« Er seufzte, restlos verwirrt.

»Lass uns mal eine der Lampen versuchen. Vielleicht haben wir ja wieder Strom.« Hatten sie nicht.

Barnabas beschnupperte die Teppiche und das Sofa und widmete sein besonderes Interesse einer unsichtbaren Spur, die in den Flur führte. Benommen von Enttäuschung und Müdigkeit, folgten sie ihm.

In der Küche stand die Kühlschranktür einen Spaltbreit offen, ebenso wie andere Türen.

»Igitt!«, rief sie. »Ich kann nicht glauben, dass sie uns so etwas antun würden. Sie nehmen doch hoffentlich nicht an, dass wir erst nächste Woche kommen. Du weißt doch, ursprünglich hatten wir gesagt, dass wir erst nächste Woche herunterfahren. Vielleicht haben sie ja irgendetwas durcheinandergebracht und mit dem Putzen noch gar nicht angefangen ...« Ihre Stimme verlor sich.

Sie gab sich alle Mühe, aber er ließ sich nicht überzeugen. Er würde nicht auf dieser Müllkippe leben, und wenn sie ihnen die gesamte Putzkolonne des Ritz-Carlton in Paris schickten. Der Kirchenvorsteher konnte etwas erleben, wenn er ihn zu fassen bekam. Er hatte früher schon den einen oder anderen Strauß mit Kirchenvorstehern ausgefochten; es wäre nicht das erste Mal, dass er mit einem Kirchenvorsteher würde Tacheles reden müssen.

»Das Telefon, es muss doch ein Telefon hier geben. Wir können die Fieldwalkers anrufen. Leuchte mir mal mit der Taschenlampe.«

Sie fanden einen Wandapparat auf der anderen Seite der Küchenschränke, aber die Leitung war tot.

»Die Schlafzimmer«, sagte Cynthia verzweifelt.

Am Ende des Flurs, in dem ein persischer Läufer lag, entdeckten sie ein höhlenartiges Schlafzimmer, das sie im Licht der Taschenlampe untersuchten. Die Schranktüren waren nur angelehnt ... die Fenster offen ... die Vorhänge bauschten sich im Wind ... das Bett war gemacht, aber tropfnass.

»Das kann nicht sein, so etwas würden sie uns nicht antun.« Er konnte spüren, dass seine Frau am Rand eines hysterischen Anfalls stand. »Warte bloß, bis ich diesen großartigen Bischof zu fassen bekomme, der uns in eine ... eine unbewohnte Wüste schickt, nach all den Jahren getreulicher Dienste, die du ihm geleistet hast. Dieser ... dieser großmäulige Hund!«

»War nicht persönlich gemeint«, erklärte er Barnabas, der die Schränke beschnupperte.

Da sie nicht wussten, was sie sonst kurz vor Mitternacht auf einer fremden, dunklen Insel ohne Licht und ohne Telefon tun sollten, richteten sie das Doppelbett im Gästezimmer her und legten sich hinein, Barnabas auf der einen Seite auf dem Fußboden und Violet auf der anderen in ihrem offenen Käfig. Seine untröstliche Frau schimpfte sich in den Schlaf, während er zu dem bleichen Kreis hinaufblickte, den die Taschenlampe an die Decke zeichnete, und Worte murmelte und Dinge dachte, von denen er sich nicht hätte träumen lassen, dass er sie eines Tages sagen oder denken würde. Zu allem Übel fühlte er sich noch immer tropfnass und durchweicht, obwohl er einen vollkommen trockenen Pyjama aus seiner Kommode in Mitford trug, Gott sei gedankt für seine kleinen Gnaden.

5 Ein Fleckchen Blau

Verwundert richtete er sich im Bett auf.

Was in Gottes Namen ...?

Barnabas bellte wie verrückt, und jemand klopfte an die Tür. Als er den Raum um sich herum endlich deutlicher wahrnehmen konnte, fiel ihm die Zwangslage wieder ein, in die sie geraten waren, und er fand es merkwürdig, dass man in einem Albtraum aufwachen konnte – in der Regel war solcher Spuk doch vorbei, wenn der Wecker klingelte.

Er blickte auf seine Armbanduhr – sieben Uhr – und lief ohne Bademantel oder Pantoffeln in den Flur. Dann tappte er durch das dunkle, vertäfelte Wohnzimmer und öffnete die Tür. Einmal mehr stieg Ärger in ihm auf.

»Reverend Kavanagh?«

»Ja!«, blaffte er, während er sich sein Pyjamaoberteil zuknöpfte.

»Sam Fieldwalker, Sir, Ihr Kirchenvorsteher.« Der hochgewachsene, freundlich aussehende Mann schien zutiefst verwirrt zu sein.

»Sam ...« Er schüttelte seinem Besucher die Hand, während Barnabas die Schuhe des Fremden beschnupperte.

»Wir haben Ihren Wagen vorn stehen sehen, und ... nun ja, wir haben nämlich gestern Abend bis um elf auf Sie und Mrs Kavanagh gewartet ...«

»Gewartet? Wo?«

»In Ihrem Cottage. Da drüben.«

»Sie meinen ... das ist nicht unser Cottage?«

»Hm, nein. Es tut mir schrecklich leid, ich weiß

nicht, wie … es muss der Sturm gewesen sein, und sie hatten kein Licht …«

»Das falsche Cottage!«, rief er seiner Frau zu, die in ihrem Nachthemd durch die Flurtür spähte. »Dem Himmel sei Dank!«

Sam ließ Barnabas seine Hand beschnuppern. »Na, alter Knabe, du riechst wohl unsere kleine Bitsy. Meine Güte, Reverend, das ist aber eine Menge Hund, die Sie da haben!«

»Aber dieses Schild …«, sagte Cynthia, »das Schild über der Tür …«

Sam blickte hinauf und rückte seine Brille zurecht. »Ach du liebes bisschen. Natürlich. Nun, dies ist eins der alten Love Cottages …«

Cynthia sah ihn grimmig an. »Es wird seinem Namen nicht gerecht, so viel steht fest!«

»Es gehört der Familie Redmon Love, die seit den Vierzigern hierherkommt. Bei allen Heiligen, Reverend, Mrs Kavanagh, ich kann Ihnen gar nicht sagen, wie leid mir das tut …«

Father Tim befürchtete, dass Sam Fieldwalker möglicherweise in Tränen ausbrechen würde.

»O nein, bitte«, sagte er. »Ich weiß nicht, wie wir auch nur einen Moment lang geglaubt haben können … nun, es war stockdunkel, und wir konnten das Straßenschild in der Hecke, das Marion uns beschrieben hatte, nicht finden …«

»Ah, jetzt seh ich langsam klar!« Sams Miene hellte sich beträchtlich auf. »Sie sind in die alte Einfahrt der Loves gefahren, die breit genug ist, um für eine Straße durchzugehen – in den Vierzigern waren Grund und Boden noch nicht so teuer –, und eine schäbige Hecke gibt es da natürlich auch. Ach du meine Güte, daran hat Marion sicher nicht gedacht.«

»Es ist ja nichts passiert! Wir sind froh darüber, dass dieses Rätsel gelöst ist. Aber lassen die Loves ihr Haus immer unverschlossen?«

»In Whitecap schließt kaum jemand seine Türen ab. Außerdem kommen und gehen die Kinder und Enkelkinder der Loves im Sommer, wie es ihnen gefällt, wenn auch nicht mehr so häufig wie früher.

»Aha.« Das Sonnenlicht blendete ihn, seine Brille lag am Bett, und er blinzelte wie ein Mönch bei der Morgenmesse.

»Kommen Sie, ich helfe Ihnen, Ihre Sachen rüberzubringen, Reverend. Marion wartet drüben im Dove Cottage, um Sie herumzuführen und Ihnen ein Frühstück zu machen. Sie backt Brötchen …«

Er schämte sich fürchterlich. Wie hatte er diesem freundlichen Menschen misstrauen und auch nur einen Augenblick glauben können, dies sei das richtige Cottage? *Lieber Gott, vergib mir.*

»… und«, fuhr Sam mit ernster Miene fort, »sie hat ein paar schöne, frische Barsche da, wenn … wenn das in Ordnung ist.«

In diesem Moment hörte Father Tim seinen Magen knurren, und bei dem Gedanken an Marion Fieldwalkers Frühstück mit frischen Brötchen und frischem Barsch fühlte er sich den Tränen nahe.

Marion erwartete sie auf der Veranda von Dove Cottage, eine hochgewachsene, grobknochige Frau mit einer Schürze und einem freundlichen Gesicht. Ihr Haar war ebenso schneeweiß wie das ihres Mannes.

»Wir haben bis elf gewartet«, sagte Marion, »für den Fall, dass Sie mit der Fähre kämen. Als Sie dann nicht erschienen sind, dachten wir, der Sturm hätte Sie aufgehalten und Sie hätten irgendwo übernachtet.«

»Als wir feststellten, dass die Brücke geschlossen war, fanden wir, es sei zu spät, um noch einmal umzukehren und nach einer Unterkunft für die Nacht zu suchen«, antwortete Cynthia.

»Und die Fähre hätten wir auch noch um ein Haar verpasst!«, rief Father Tim, dem es ein seltsames Vergnügen machte, von ihrer Reise zu erzählen. »Zwei Minuten später, und es wäre tatsächlich nichts mehr zu machen gewesen.«

»Oh, was für ein Pech! Diese Brücke wird gesperrt, sobald man sich nur einmal falsch räuspert. Sie wissen ja, dass die hohen Tiere in der Politik kleinen Inseln nicht halb so viel Aufmerksamkeit schenken wie großen Städten. Wie dem auch sei, wir sind überglücklich, Sie hierzuhaben, und ich hoffe, Sie mögen Barsch.«

»Wir lieben Barsch!«, riefen sie einstimmig.

»Denn wo zwei oder drei in meinem Namen versammelt sind ...«, zitierte der Kirchenvorsteher lachend den Evangelisten Matthäus. Sam gefielen die beiden Neuankömmlinge, sowohl ihr Aussehen als auch ihre Einstellung.

In Wahrheit war er zutiefst erleichtert, dass seine Gebete erhört worden waren und, soweit er es erkennen konnte, man St. John's nicht die sprichwörtliche Katze im Sack beschert hatte.

»Bevor wir hineingehen«, sagte Marion, »sollten Sie einmal einen Blick auf Ihre Rose werfen.«

»Ah«, jauchzte Cynthia.

Sie liefen zu dem Spalier hinüber und gruben ihre Nase in ein Meer von Blüten. »Wunderschön!«, murmelte seine Frau.

»Als wir sie entdeckten, wucherte sie bis zur Straße hinaus, und die Männer, die die Fußböden in Ordnung gebracht haben, hatten sie furchtbar zertrampelt. Aber wir haben sie gehegt und gepflegt und sind jeden Tag hergekommen, um sie zu gießen, und jetzt ...«

»Was meinen Sie, was für eine Sorte ist das?«

»Ich habe keine Ahnung. Marjorie Lamb und ich haben unsere Kataloge und Rosenbücher gewälzt, aber wir können sie nicht identifizieren, selbst wenn es unser Leben gälte.«

»Ich glaube, ich weiß genau, was das für eine Rose ist«, sagte er, rückte seine Brille zurecht und untersuchte die Blütenblätter.

»Sie wissen es?«

»Ja. Es ist Marions Kletterrose.«

»Oh, Reverend!«

»Sie ist es, ich würde sie überall erkennen.«

»Marions Kletterrose!«, gurrte Cynthia. »Ich hätte nicht gedacht, dass ich die in diesem Leben einmal zu sehen bekommen würde. Sie ist nämlich sehr selten, müssen Sie wissen.«

»Oh, Sie beide!«, rief Marion mit vor Freude gerötetem Gesicht.

»Was halten Sie von Ihrer Küche?«, fragte Sam.

Father Tim war es eine Spur peinlich, Tränen in den Augen seiner Frau zu sehen. »Sie ist so schön, dass man es kaum in Worte fassen kann!«, sagte sie.

»Schöner könnte sie gar nicht sein!«

Wenn die vergangene Nacht ein Albtraum gewesen war, dann war dies ein wahr gewordener Traum. Die Sonne fiel durch ein blitzsauberes Erkerfenster und ergoss sich über den breiten Fenstersitz. Nackte Hartholzdielenbretter leuchteten unter einer frischen Wachsschicht.

»Ein Mann aus unserer Gemeinde hat dieses Cottage

vor einigen Monaten gekauft und vollkommen renovieren lassen«, erklärte Sam. »Otis Bragg – Sie werden ihn heute Abend kennen lernen –, Otis und seine Frau haben es der Gemeinde für den neuen Vertretungspfarrer angeboten.«

»Schauen Sie einmal hier hinaus.« Marion zeigte auf das Fenster. »Sehen Sie dieses Fleckchen Blau zwischen den Dünen? Das ist das Meer!« Sie verkündete dies in einem Tonfall, als gehöre das Meer ihr ganz persönlich, als sei sie überglücklich, es mit jemandem zu teilen.

»Kommen Sie, das Frühstück wartet«, sagte Sam und bot Cynthia einen Stuhl an.

Auf einem runden, mit einem sauberen Tischtuch gedeckten Tisch standen eine blaue Vase mit wassermelonenfarbener Kreppmyrte und das Ergebnis von Marion Fieldwalkers Bemühungen: frischer gebratener Flussbarsch, knusprig und heiß, auf einem Servierteller; eine Kanne mit starkem, aromatischem Kaffee; ein Krug frischer Orangensaft; reife, in dicke Scheiben geschnittene Melone; Brötchen, die sich in einem Korb neben einem goldenen Laib Käse stapelten; eine Butterschale und jede Menge Marmeladen und Gelees.

»Selbst gemachte Feigenmarmelade«, erklärte Marion und zeigte auf die Marmeladentöpfe. »Himbeergelee. Blaubeerkonfitüre. Und Orangenmarmelade.«

»Liebste, hältst du es für möglich, dass wir gestern in diesem schrecklichen Unwetter gestorben und jetzt im Himmel sind?«

»Nicht nur für möglich, sondern für sehr wahrscheinlich!«

Eine Frage war ihm in seinen Jahren als Seelsorger wieder und wieder begegnet – wie kann man überschäumender Dankbarkeit auf eine Weise Ausdruck verleihen, die dem Glück, das man empfindet, auch nur annähernd gerecht wird?

Er nahm beide Fieldwalkers an der Hand und senkte den Kopf.

»Allmächtiger Vater, Du bist so gütig. So gütig, uns aus dem Sturm in das Licht dieses gesegneten neuen Tages zu bringen und die Gesellschaft dieser gesegneten neuen Freunde.

Berühre, o Herr, die Hände, das Herz und den Geist Marions, die diese Speisen für uns bereitet hat, obwohl sie vielleicht Wichtigeres zu tun gehabt hätte.

Segne diesen freundlichen Mann, der nach uns Ausschau gehalten, für uns aufgeblieben ist und die Arbeiter hergebracht hat, die aus diesem Haus ein helles, schönes Heim gemacht haben.

O Herr, wir könnten den ganzen Morgen allein damit verbringen, Dir zu danken, aber wir wollen die Freuden dieses herrlichen Festmahls genießen, das Du in Deiner Gnade uns geschenkt hast. Wir danken Dir noch einmal für Deine Güte und Barmherzigkeit und dafür, dass Du auch jene bedenkst, die weniger glücklich sind, im Namen Jesu Christi. Amen.«

»Amen!«

Marion Fieldwalker lächelte ihn mit leuchtenden Augen an. »Reverend, Sie haben dem Herrn dafür gedankt, dass ich dies getan habe, statt etwas Wichtigeres zu erledigen, und ich denke, Sie sollten wissen … Es gab nichts Wichtigeres!«

Ihre Gastgeberin reichte Cynthia den Teller mit gebratenem Flussbarsch, und Sam reichte seinem neuen Pfarrer die warmen Brötchen.

Oh, die unbeschreibliche Heiligkeit kleiner Dinge, dachte Tim und bekreuzigte sich.

Marion bestand darauf, in der Küche aufzuräumen, während sie müßig um den Tisch saßen.

»Sie sind jederzeit in der Bibliothek willkommen«, sagte sie, während sie jedem eine letzte Tasse Kaffee einschenkte, »solange es Montag, Mittwoch oder Samstag zwischen neun und vier ist!«

»Wir werden nächste Woche vorbeischauen«, sagte Father Tim. »Und dabei fällt mir ein, wie sieht es mit der Buchhandlung aus? Ich höre, Sie haben eine kleine Buchhandlung auf der Insel.«

Marion lachte. »Da finden sie größtenteils gebrauchte Taschenbücher von Ernies Lieblingsautor, Louis L'Amour!«

»Ernie verkauft nichts, das er nicht vorher gelesen und restlos abgesegnet hat.« Sams Augen funkelten. »Ich hoffe, Sie mögen Western.«

»Wir erwarten am Montag vierzehn Bücherkisten«, erklärte Cynthia. »Wir können unsere eigene Buchhandlung aufmachen!«

»Außerdem«, sagte Sam, »bietet Ernie auch notarielle Dienste an, fungiert als UPS-Sammelstelle und vermietet nebenbei Stöcke und Krücken.«

»Bemerkenswert!«

»Sie werden in Zukunft jeden Morgen auf dem Weg zur Kirche an Ernies Laden vorbeikommen. Er liegt direkt an der Straße.«

»Klingt ausgesprochen einladend.«

»Ernies Räume liegen auf der einen Seite des Gebäudes, Monas auf der anderen. Tatsächlich haben sie im Flur zwischen ihren Geschäften eine gelbe Linie eingezeichnet und keiner der beiden überschreitet diese Linie, es sei denn, für geschäftliche Zwecke.«

»Aha.«

Sam rührte kichernd ein wenig Sahne in seinen Kaffee. »Ernie pflegt zu sagen, diese gelbe Linie habe ihre Ehe gerettet.«

Marion warf einen Blick auf die Küchenuhr. »Ach, du meine Güte! Wir zeigen Ihnen jetzt wohl besser, wie Ihre Vorratskammer ausgestattet ist, und machen uns dann auf den Weg!«

Sie zog ihre Schürze aus und stopfte sie in ihre Handtasche, dann öffnete sie den Kühlschrank, als hebe sie einen Vorhang vor einer Bühne.

»Ein halber fettarmer Schinken, ein gebratenes Huhn und drei Laibe Vollkornweizenbrot ... Eingemachtes von Lovey Hackett – sie ist sehr stolz auf ihr Eingemachtes, es ist ein Rezept ihrer Großtante –, dann wären da noch Saft und Eier und Butter – die Eier sind von freilaufenden Hühnern, die Marshall und Penny Duncan gehören – er ist Sams Stellvertreter im Kirchenvorstand. Und zu guter Letzt wäre da ...« Marion deutete auf einen großen Behälter im untersten Regal.

»... Marjorie Lambs Apfelgewürzkuchen. Er hat seit zehn Jahren in Folge einen Preis auf unserem kleinen Jahrmarkt gewonnen!«

Father Tim stöhnte innerlich. Die endlosen Versuchungen des sterblichen Fleisches ...

»Was für eine großzügige Gemeinde Sie doch sind, und Gott segne Sie dafür!«

»Wir haben schon immer versucht, unsere Pfarrer zu verwöhnen«, entgegnete Marion lächelnd. »Aber nicht alle hatten es verdient.«

Sam blinzelte. »Also, Marion, ich bitte dich ...«

»Ich sage doch nur die Wahrheit«, erwiderte Marion freundlich.

»Liebster, ich denke, wir sollten ebenfalls die Wahrheit sagen.«

»In, ah, welcher Hinsicht?«, erkundigte sich Father Tim.

»Was deinen Diabetes betrifft. Mein Mann denkt gern, der umstrittene Stachel des heiligen Paulus sei zweifellos die Zuckerkrankheit gewesen.«

»O je!«, rief Marion. »Das bedeutet ...«

»Es bedeutet im Wesentlichen, dass ich all die Kuchen und Pasteten, mit denen die meisten Menschen ihren Pfarrer gern füttern, nicht essen darf.«

»Aber ich darf!«, warf seine Frau munter ein.

»Es ist gut, wenn diese Geschichte sich frühzeitig herumspricht«, erklärte er und kam sich reichlich töricht dabei vor. »Auf diese Weise wird niemand gekränkt sein, wenn ...«

Sam nickte mitfühlend. »Oh, wir verstehen, Reverend, und wir werden es weitergeben. Nun, wir sollten uns langsam aufmachen, Marion. Wir haben die beiden schon lange genug aufgehalten.«

»Die Leute brennen schon darauf, Sie kennen zu lernen«, sagte Marion stolz. »Wir hoffen, dass Sie sich heute Nachmittag ein wenig ausruhen werden, und um sechs kommen wir Sie dann abholen. Es sieht so aus, als hätten wir für das Luau das Wetter auf unserer Seite.«

»Ist die Geschichte mit dem, ah, Grasrock noch aktuell?«, fragte Father Tim.

Marion lachte. »Das haben wir abbiegen können. Wir wollten Sie doch nicht vertreiben, bevor Sie überhaupt angefangen haben!«

»Gut gemacht! Und wann werde ich die Kirche sehen? Ich kann es kaum erwarten.«

»Barmherziger Himmel!«, rief Sam und schob die Hände in die Taschen. »Fast hätte ich's vergessen, ich habe Ihnen ja einen Schlüssel mitgebracht.«

Er reichte Tim den Schlüssel. »Gehen Sie zum Gartentor hinaus, dann nach links und zwei Häuserblocks weit geradeaus. Sie können die Kirche nicht verfehlen. Oh, und Reverend, auf dem Tisch in Ihrem Arbeitszimmer liegen zwei Briefe. Von zweien unserer ... freimütigsten Gemeindemitgliedern. Sie wollten Ihnen ihr Anliegen vortragen, bevor irgendjemand sonst Gelegenheit dazu findet ...« Sam räusperte sich. »Falls Sie verstehen.«

»O ja, das tue ich«, sagte er.

»Wenn ich an Ihrer Stelle wäre, Reverend«, bemerkte Marion warnend, »würde ich zuerst die Kirche besuchen und einen schönen Mittagsschlaf machen, bevor ich diese Briefe lese. Um es frank und frei zu sagen, es geht um Zankereien. Wir erzählen es Ihnen nur schrecklich ungern, aber in unserer kleinen Kirche zankt man sich um alles, angefangen vom Gebetbuch bis hin zum Pfarrbrief am Monatsende. Ich habe schon genug Gezänk für ein ganzes Leben gehört!«

Sie traten auf die Veranda hinaus in das strahlende Licht. Für Leute aus den Bergen, die an Bäume gewöhnt waren, schien es, als bestünde die Welt plötzlich nur noch aus einem gewaltigen, blauen Himmel, über den Kumuluswolken mit heiterer Würde dahinglitten.

»Noch einmal tausend Dank für alles, was Sie für uns getan haben«, sagte Cynthia.

»Es war uns eine Ehre und ein Vergnügen. Wir Whitecaper halten im Allgemeinen nicht viel von Umarmungen, aber ich finde, Sie beide könnten eine gebrauchen!«

Sam und Marion umarmten sie, eine Geste, die sie dankbar erwiderten.

Der Kirchenvorsteher sah seinen neuen Pfarrer

voller Zuneigung an. »Wir werden Ihnen helfen, wo wir nur können, Reverend, darauf können Sie sich verlassen.«

Er hatte das Gefühl, dass er genau das tun würde.

Abgesehen von seiner Frau hatte er in seinem Leben nur wenigen Menschen willig gehorcht – seiner Mutter, den meisten seiner Bischöfe, Miss Sadie und Louella. Er kam zu dem Schluss, dass Marion Fieldwalker eine Frau war, die man beim Wort nehmen sollte, daher legte er sich mit Cynthia hin, machte einen Mittagschlaf, kostete die Wärme der Sonne aus, die durch das große Fenster fiel, sog genüsslich den sauberen Geruch der Bettdecke ein und dankte Gott.

Als er sich mit seinem braven Hund auf den Weg zu seiner neuen Kirche machte, fühlte er sich wie neugeboren. Aber er würde keinen Schritt tun, bevor er nicht den Garten besichtigt hatte, der hinter dem Haus von einem Lattenzaun umgrenzt war und vorn zwei Tore hatte, die auf die Straße hinausführten.

An der rechten Seite der Veranda standen Canna – Blumenrohrpflanzen – in üppiger Dichte sowie mehrere Oleanderbüsche …

Am vorderen Tor hingegen fand er verblühte, aber kräftige Rosen und am Zaun Trompetenblumen. Einige Bäume spendeten ausreichend Schatten, und ein Stück weiter wuchsen in reicher Pracht Hortensien mit schirmförmigen Blütenständen …

Er ging rechts um das Haus herum, wo an der Giebelseite Petunien und Verbenen eine Sonnenuhr umsäumten, und fand dann hinter dem Haus einen ovalen Kräutergarten, der von kleineren Latten eingefasst wurde, und eine Vogeltränke an der Hintertreppe …

Er überschlug im Kopf die Größe der Rasenfläche. Zwanzig Minuten maximal mit dem Mäher, den Sam ihm geschärft und geölt in den Schuppen gestellt hatte.

Vom Wasser her kam eine leichte Brise auf; die Reinheit der vom Sturm gesäuberten Luft war berauschend und belebend. Als er durch das hintere Tor hinaustrat, glaubte er, ein Pfeifen zu hören, und stellte zu seinem Erstaunen fest, dass er selbst der Verursacher war.

Sie liefen durch die schmale Gasse und erspähten schließlich auch das vielzitierte Straßenschild an der Ecke des hohen Zauns. Der Zaun war dicht überwuchert von blühenden Reben und überhangen von Bäumen, die er nicht identifizieren konnte. Es war herrlich, Dinge zu sehen, die er nicht zu benennen wusste – warum war er in seinem Leben nicht häufiger auf Reisen gegangen, warum hatte er sich an Mitford geklammert wie Moos an einen Baumstamm und sich die einzigartigen Freuden des Unbekannten verwehrt?

Er hatte das seltsame Gefühl, beobachtet zu werden. Mitten auf der Straße blieb er stehen und sah sich um. Kein Fahrrad, kein Auto, keine Menschenseele, nur eine Möwe, die über ihnen ihre Kreise zog. Im Garten Eden hätte er nicht weniger Zuschauer gehabt.

Das Café und die Buchhandlung lagen, wie er feststellte, dicht an der Straße, und davor standen quer zur Straße etwa ein Dutzend Wagen geparkt. Weitere Autos und Pickups säumten den Straßenrand.

MONAS CAFÉ
Drei gutbürgerliche Mahlzeiten
sechs Tage die Woche
Sonntags Ruhetag

ERNIES BÜCHER- UND ANGELLADEN
Von sechs bis sechs
Sonntags geschlossen

Seine Uhr zeigte halb eins, und vor ihm lagen mehr als fünf Stunden Freiheit. Halleluja!

Er band die rote Leine an eine Bank, und Barnabas kroch hechelnd darunter.

Als die Fliegentür hinter ihm zuschnappte, sah er die gemalte gelbe Linie, die über die ganze Länge des Flurs verlief. Ein Schild auf einer Staffelei zeigte zwei Pfeile – einer zeigte nach links zu Monas Café, der andere nach rechts zu Ernies Laden.

Er las die handgeschriebene Mitteilung, die neben der Fliegentür zum Café befestigt war:

Hier wird nicht geflucht!

Sollte er den verführerischen Düften folgen, die aus Monas Küche wehten, oder sich einen *Whitecap Reader* kaufen und sich über die Situation hier im Ort informieren?

Es zog ihn nach rechts, wo neben der Tür des Anglerladens ebenfalls eine Mitteilung zu lesen war:

Eine Angelrute ist ein Stock mit einem Haken an einem Ende und einem Narren am anderen.
Samuel Johnson

»Was kann ich für Sie tun?« An der Kasse saß ein hochgewachsener, freundlich wirkender Mann mit einer Baseballmütze auf dem Kopf.

»Ich suche nach einer Nummer des *Whitecap Reader«,* sagte Father Tim und nahm ein wenig Wechselgeld aus seiner Tasche.

»Wir müssten hier irgendwo eine liegen haben. Aber Sie wollen sicher heute kein gutes Geld dafür ausgeben, da am Montag die nächste Ausgabe erscheint. Roanoke, haben wir da drüben noch eine Zeitung?«

Roanoke blickte blinzelnd auf. »Junior hat sie, er hat sie mit auf die Toilette genommen.«

»Schon in Ordnung«, erklärte Father Tim. »Ich bezahle eine. Wie viel?«

»Fünfzig Cent. Sie können sie sich aus dem Ständer an der Tür nehmen.«

Er legte zwei Vierteldollar auf den Ladentisch.

»Wir danken Ihnen. Ist das Ihr erster Besuch auf Whitecap?«

»Meine Frau und ich sind gerade erst hierher gezogen.«

»Na, das ist aber eine Überraschung!« Der Mann streckte ihm eine riesige Hand über die Theke. »Ernie Fulcher. Ich betreibe diesen Laden.«

»Tim Kavanagh.«

»In welcher Branche sind Sie denn tätig?«

»Ich bin der neue Pfarrer von St. John's.«

»Ich hab den alten nie zu Gesicht gekriegt«, sagte Ernie. »Aber ich glaube, Roanoke ist ihm ein- oder zweimal über den Weg gelaufen.«

Roanoke nickte, ohne zu lächeln. Tim fand, dass Roanokes wettergegerbtes, verrunzeltes Gesicht einem Apfel ähnelte, der zu lange in der Sonne gelegen hatte.

»Hm, vielen Dank. Auf Wiedersehen.«

»Klar. Sie können jederzeit vorbeikommen. Angeln Sie?«

»Nicht viel.«

»Wenn Sie irgendetwas brauchen – Köder, Blinker, Schnur –, lassen Sie es mich wissen.«

»Das werde ich tun.«

»Außerdem sind wir hier die UPS-Sammelstelle für die ganze Insel, ganz zu schweigen davon, dass wir Krücken vermieten …«

»Gut, gut.«

»Und wir verleihen Puzzles, kostenlos.«

»Ich würde mir irgendwann gern einmal Ihre Bücher ansehen.«

Ernie deutete mit dem Daumen zu einem Raum hinüber, auf dessen geöffneter Tür ein handgemaltes Schild zu sehen war: *Bücher, Bücher und noch mehr Bücher.* »Ich habe im Augenblick ein Sonderangebot – Kaufen Sie fünf, dann bekommen Sie eins gratis.«

»Aha.«

»Das ist nicht zu überbieten.«

»Wahrscheinlich nicht, nein. Nun, man sieht sich.«

Er löste gerade die Leine von der Bank, als zwei Männer, die nach gebratenem Fisch rochen, aus Monas Café traten.

»Was ist das für ein Hund?«, fragte einer, während er sich mit einem Zahnstocher in seinem Mund zu schaffen machte.

»Ein großer«, sagte sein Freund.

Er schloss sie auf der Stelle ins Herz.

St. John's stand auf einem Hügel in einem kleinen Eichenwäldchen, das einen kühlen, undurchdringlichen Schatten über den Kirchhof warf und das Licht auf den grünen Eingangstüren sprenkelte.

Die ursprüngliche Kirche war während des Unabhängigkeitskrieges zerstört und Ende des neunzehnten Jahrhunderts im Stil der Zimmermannsgotik wieder aufgebaut worden. Sam Fieldwalker sagte, die Familie Love habe in den vierziger Jahren das angrenzende Grundstück gekauft und es St. John's gespendet, sodass das kleine Gebäude auf einem vierzehn Hektar großen Areal mit einem unberührten Wald lag, das an der Friedhofseite an den Atlantik grenzte. Father Tim stand an der untersten Treppenstufe und sog die Gerüche seiner neuen Kirche ein, die wie ein Juwel im Herzen seiner neuen Gemeinde lag. Der liebreizende Charme und die Anmut von St. John's gaben ihm das Gefühl, zu Hause zu sein, und er freute sich wie ein Kind auf die vor ihm liegende Zeit.

Er bekreuzigte sich und betete laut und voller echter Dankbarkeit.

»Ich danke Dir, mein Gott! Was für ein Segen ... und was für eine Herausforderung. Schenke mir Geduld, Vater, für alles, was vor mir liegt, und ich bitte Dich vor allem um Deine heilende Gnade für die Gemeinde von St. John's.«

Er ging die Treppe hinauf und schob den Schlüssel ins Schloss. Der Schlüssel ließ sich mühelos drehen, was ein Verdienst des stellvertretenden Kirchenvorstehers war. Dann legte er die Hand auf den Knauf und öffnete die Tür.

Wenn auch schwer, schwang sie ohne weiteres auf. Er wusste eine gut geölte Kirchtür zu schätzen – auf Knarren und Ächzen konnte er gern verzichten.

Der Duft von St. John's sagte ihm sofort zu. Altes Holz und Zitronenöl ... der lebendige Atem der Blumen vom vergangenen Sonntag, die noch am Altar standen ... viele Jahre Weihrauch und Bienenwachs ...

Zu seiner Rechten führte eine schmale, kahle Treppe zum Chorgestühl und der Orgel hinauf. Zu seiner Linken lag ein offenes Gästebuch auf einem Ständer, an dem ein Kugelschreiber an einer Kordel befestigt war. Er blätterte zu dem ersten Eintrag in dem dicken Buch zurück, dessen Seiten raschelten wie trockene Blätter.

Myra und Lewis Phillips, Bluefield, Kentucky, 20. Juli 1975 ... Wir lieben Ihre kleine Kirche!

Er blickte über den Ständer zu dem gerahmten Schild, auf dem in penibler Handschrift einige Sätze zu lesen und mit verblichenen Aquarellfarben verziert waren:

Lass dich umhüllen vom Frieden dieser Kirche, während du leise dasitzt oder kniest.

Lass die Hetze und Sorge deines Lebens von dir abfallen.

Du bist Gottes Kind. Er liebt dich und behütet dich, und er ist bei dir, jetzt wie immerdar.

Sei aufmerksam, wenn du zu ihm sprichst, lass dir Zeit, damit er dir gute Gedanken eingeben kann.

Oh, der Segen einer kühlen, stillen, viele Jahre alten Kirche.

Er trat in den Mittelgang. Der Boden bestand aus bloßen, breiten Kieferndielen, die unter seinen Füßen angenehm knarrten. Knarrende Türen, nein, dachte er, aber bei Dielenbrettern lag die Sache ganz anders. Er hatte noch nie in einem Haus gelebt, in dem nicht mindestens zwei oder drei Dielenbretter ein anheimelndes Knarren von sich gegeben hatten.

Zu beiden Seiten des breiten Gangs standen acht lange Eichenbänke ... drei, vier, fünf, sechs, sieben, acht, dazu vier kurze Bänke mit Plätzen für jeweils vier Personen. Hier und da lag ein zerknittertes Kissen in einer Reihe, das diesen Platz als rechtmäßiges, wahrscheinlich langfristiges Territorium eines speziellen Kirchgängers auswies.

Sein Blick folgte dem Gang hinunter zum Allerheiligsten, wo ein Kreuz aus Schiffsbalken unter einem beeindruckenden Buntglasfenster hing.

In dem schwach beleuchteten Glas stand die Figur Christi allein und streckte die Hände nach jedem aus, der diesen Gang herunterkam. Hinter ihm ein tiefblaues Meer. Darüber ein azurfarbener Himmel und eine weiße Möwe. Die Schlichtheit und Ernsthaftigkeit des Bildes raubten ihm den Atem.

»›Kommt alle zu mir‹«, las er die wohlvertraute Bibelstelle, die in altertümlicher Schrift in das Fenster graviert war, »›die ihr euch plagt und schwere Lasten zu tragen habt. Ich werde euch Ruhe verschaffen.‹«

Dies waren die ersten Worte, die er in seiner neuen Kirche sprach – Worte, die seinem persönlichen Verständnis des Glaubens am besten Ausdruck verliehen.

Als er plötzlich Erschöpfung unter der Freude wahrnahm, ließ er sich in eine Bank auf der Evangelienseite gleiten, kniete nieder und brachte Gott seinen Dank dar.

Barnabas eilte, die Nase auf dem Boden, voraus; der neue diensthabende Pfarrer von St. John's ließ sich von seinem Hund hierhin und dorthin ziehen, so frei wie ein Blatt, das eine Brise zu fassen bekommen hatte.

Sie gingen um die Kirche herum und hinaus auf den Friedhof, wo er die Grabsteine las und über das niedrige Stechpalmenbuschwerk hinaus zu einem noch ferneren Fleckchen Blau blickte. Er legte eine Hand ans Ohr und lauschte, in der Hoffnung, das wohltuende, ferne Tosen wahrzunehmen, hörte stattdessen aber nur eine Möwe.

Er beschattete die Augen, drehte sich um und hielt in Richtung Festland Ausschau, über die unbewachsene Flanke des Hügels hinweg, dorthin, wo die Bäume standen. Ob die wilden Ponys ein Mythos waren, oder ob es hier draußen wirklich welche gab, fragte er sich. Er hoffte, dass es sie gab.

Bevor er und Barnabas sich wieder auf den Heimweg machten, verweilte er für einen Moment vor den Gräbern der Familie Redmon Love, die von einem Eisenzaun und einem hohen, kunstvoll geformten und mit Flechten überzogenen Engel bewacht wurden. Redmon, Marie, seine Frau, und ein Sohn, Nathan, waren die einzigen Bewohner.

Neben der Parzelle der Loves befand sich ein Grab, auf dem nur eine schlichte, gravierte Steinplatte stand. Er hielt inne, um die Inschrift zu lesen.

Ein geliebter Mensch ist von uns gegangen,
Eine Stimme, die wir lieben, ist stumm geworden.
Ein Platz ist leer in unserem Heim,
Der nie wieder besetzt sein wird.

Estelle Woodhouse, 1898–1987

Er holte tief Luft und strich seinem braven Hund, der zufrieden zu seinen Füßen hockte, über den Kopf.

Alles wird gut, sehr gut, dachte er. Er fühlte es.

Reverend Kavanagh!
Ich bin in St. John's getauft, konfirmiert und verheiratet worden.

Ich habe am Altar gedient, habe im Chor gesungen und in der Sonntagsschule unterrichtet (bis auf die Jahre, die ich für meine eigene Ausbildung auf dem Festland verbracht habe).

Ich bin mit dem Klingelbeutel herumgegangen, bin fünf Amtsperioden lang Sekretärin und Schatzmeisterin unserer kirchlichen Frauenvereinigung gewesen und habe 1975 die Spendensammlung für die komplette Restauration unserer Orgel geleitet.

Das Einzige, woran ich in der Gemeinde noch nicht mitgewirkt habe, ist meine eigene Beerdigung.

Was ich sagen will, ist, dass ich weiß, wovon ich rede, und ich rede von all den Leuten, die es in kirchlichen Belangen an Respekt und Würde mangeln lassen, die nur ihre eigenen Launen befriedigen wollen und unsere jungen Leute verwirren.

Würden Sie mir zustimmen, Reverend, dass man im Gemeindeblättchen keine Autos zum Verkauf anbietet? Würden Sie mir zustimmen, dass man nicht holterdiepolter zwischen dem Gebetsbuch von 1928 und dem von 1979 hin- und herspringt, wie es einem gerade gefällt? Würden Sie mir zustimmen, dass die heilige Kommunion eine Handlung ist, die man am besten in Stille begeht, statt im Getöse und Gelärme irgendwelcher Instrumente, einschließlich des Harmoniums?

Ich hoffe und bete aufrichtig, dass Reverend Morgans Lieblingsinstrument, die Gitarre, während Ihrer Amtszeit als Vertretungspfarrer keine Überraschungsauftritte in unserer Kirche haben wird.

Es bekümmert mich, dass Sie in einen solchen Wirrwarr geraten, wie wir ihn in St. John's angerichtet haben, aber Bischof Harvey versichert uns, dass Sie ohne jeden Zweifel genau der Richtige sind, um uns vor uns selbst zu retten.

Ich hoffe inbrünstig, dass Sie ein solches Benehmen künftig unterbinden und den Leuten klipp und klar sagen werden, wie die altehrwürdigen Traditionen der Kirche in geziemender Weise fortgesetzt zu werden haben.

Hochachtungsvoll

Jean Ballenger

Er konnte ein Kichern nicht unterdrücken. Wenn das die schlimmsten Nörgeleien waren, die er als Übergangspfarrer zu ertragen hatte, dann war er ein glücklicher Mann. Seine Frau tappte, wie er hören konnte, auf nackten Füßen umher, summte Melodiefetzen vor sich hin und kochte Wasser, um Eistee zu machen. Er lehnte sich seufzend auf seinem Stuhl zurück und kam zu dem Schluss, dass ihm dieser Raum sehr gefiel.

Zwei Clubsessel mit gestreiften Schonbezügen standen links und rechts von einem grün gestrichenen Tisch, auf dem eine Leselampe prangte.

An der Wand gegenüber der Tür stand ein alter, einfacher kleiner Tisch unter gerahmten Aquarellen. Die Bilder zeigten einen ländlichen Weg, einen von Herbstbäumen gesäumten See, Enten auf einem Teich, ein kleines, blaurotes Boot auf dem offenen Meer und ein altes Ehepaar beim Gebet vor dem Abendessen. Eine seltsam angenehme Mischung, dachte er und nickte anerkennend.

Ihre Bücher würden am Montag ankommen, und er würde sich unverzüglich auf die Suche nach Ziegelsteinen und Holz machen. Wenn alles gut ging, würden sie am Dienstagabend an der bislang kahlen hinteren Wand in ihrem Esszimmer Bücherregale stehen haben.

Der einzige Gegenstand im Raum, der ihm zweifelhaft erschien, war ein Druck des römischen Kolosseums, der durchweg zu einem bleichen Grün verblasst war.

Er konnte die Erschöpfung der vergangenen Tage bis in die Knochen spüren. Gott sei Dank würde er am nächsten Morgen nicht predigen müssen; am kommenden Sonntag jedoch hieß es Farbe bekennen.

Er beäugte den anderen Brief, der an der Lampe lehnte.

Mr Reverend,
Avery Plummer ist eine Hure.

Schlagen Sie die wahre Bedeutung dieses Wortes nach,

wenn Sie sie nicht bereits kennen, was Sie wahrscheinlich tun. Vor einigen Monaten ist sie mit dem Ehemann einer anderen Frau auf und davon, und Gott sei den Kindern in diesem Durcheinander gnädig und erst recht der Kirche, die ihnen dabei geholfen hat.

Sie fragen, wie eine Kirche jemandem helfen kann, eine Sünde zu begehen, und ich sage, die Kirche hilft dabei, indem sie sieht, was vorgeht, und in die andere Richtung schaut, obwohl man gewisse Schritte unternehmen könnte, die die Angelegenheit ein und für alle Mal bereinigen würden. Lesen Sie Matthäus 18, wenn Sie die Stelle nicht bereits kennen, was Sie wahrscheinlich tun.

Ich habe gehört, dass Jeffrey Tolson, unser ehemaliger Chorleiter und ein Schurke, der sich um nichts schert als um sich selbst, nach St. John's zurückkehren möchte, weil er dort aufgewachsen sei, und dazu möchte ich Ihnen Folgendes mitteilen: Sollte der Mann jemals wieder einen Fuß in unsere Kirche setzen, werden mein Mann und ich gehen und mit uns eine Menge anderer Leute. Und das bedeutet, dass mehr als die Hälfte des jährlichen Kirchenbudgets schnurstracks zur Tür hinausmarschieren und auf Nimmerwiedersehen verschwinden wird.

Wir freuen uns darauf, Sie heute Abend bei dem Luau in unserem Haus kennen zu lernen.

Herzliche Grüße an Sie und Mrs Kavanagh, und ich wünsche Ihnen eine erfolgreiche Zeit in Whitecap.

Ihre Marlene Bragg

»Dann geht es folgendermaßen«, sagte Otis Bragg und gestikulierte mit seiner Gabel. »Wenn ein Hurrikan kommt, bringen sich alle im Keller der Kirche in Sicherheit. Das Ding ist gebaut wie ein Öltanker. Jeder in der Gemeinde weiß das, wir haben da sogar einen kleinen Vorrat an Konserven und Kaffee.

»Das nenne ich Voraussicht«, sagte Father Tim.

»Kaffee haben wir da unten keinen mehr«, warf Marjorie Lamb ein. »Beim Bischofsbrunch letztes Frühjahr ist uns der Kaffee ausgegangen, und wir mussten den aus dem Keller nehmen.«

Otis grinste. »Dann müssen Sie also Ihren eigenen Kaffee mitbringen.« Otis Bragg war klein, untersetzt und halb kahl, außerdem hatte er eine Schwäche für kubanische Zigarren. Father Tim bemerkte, dass er die Zigarren nicht anzündete, er kaute sie.

Sie saßen an Picknicktischen im Garten der Braggs, hinter einem weitläufigen Haus, das eher einem Urlauberhotel ähnelte als einem Wohnhaus. Das Wasser in dem nierenförmigen Teich tanzte und glitzerte im Sonnenlicht.

Cynthia zog die Brauen zusammen. »Ist Whitecap denn jemals von einem richtigen Hurrikan heimgesucht worden?«

»Und ob«, sagte Otis. »Einen haben wir 1972 abbekommen, und einen richtig großen 1984.«

»Wie schlimm?«, fragte sie.

»Schlimm. Hat meine großen Muldenkipper umgeworfen und von meinen Lagergebäuden die Dächer weggerissen.«

Leonard Lamb blickte nachdenklich drein. »Ich glaube, es war der Hurrikan Herman, der dein Dach auf dem Gewissen hatte, aber es war Darlene, die Sam Fieldwalkers Wohnmobil in den Nachbargarten befördert und das halbe Dorf aufgemischt hat.«

»Seit ziemlich langer Zeit hat niemand auf Whitecap seine Kinder mehr Herman oder Darlene genannt«, bemerkte Otis. »Übrigens, wie ich höre, hat das Love Cottage drüben in Ihrer Nachbarschaft einen guten Keller; dasselbe gilt für Redmon Loves altes Haus. Ist ziemlich schwer, hier einen guten Keller auszuheben, aber dieser Teil der Insel liegt auf einem Hügel, genau wie St. John's. Ohne erhöhte Lage ist hier kein Keller möglich.«

Father Tim spähte zu seiner Frau hinüber und wusste, dass es definitiv an der Zeit war, das Thema zu wechseln. »Bekommen wir die Post eigentlich nach Hause geliefert?«

Otis häufte eine Portion Kohlsalat auf seinen Teller und nahm sich noch eine Scheibe Grillfleisch. »Ihr Bergbewohner werdet wirklich verhätschelt, Reverend, wir müssen rüber zum Postamt drüben bei QuikPik.« Otis kippte sich scharfe Soße über sein Grillfleisch. »Die Post kommt im Allgemeinen gegen zwei Uhr, sie brauchen bloß nach dem Schild Ausschau zu halten, das sie dann drüben ins Fenster stellen: ›Post eingetroffen‹. Wenn die Brücke kaputt ist, bringt sie die Fähre rüber.«

»Ist die Brücke schon repariert?«

»Wahrscheinlich, das hoffe ich sehr. Es dauert im Allgemeinen nicht besonders lange. Es ist zum Verrücktwerden; irgendein Problem gibt es immer. Entweder verursacht der Regen einen Kurzen, oder das Straßenbett und die Brücke dehnen sich in der Hitze aus, oder der Relaisschalter brennt durch. Ich erinnere mich noch an die guten alten Zeiten, als mein Geschäft nicht von irgendjemandes Brücke abhing. Da war alles einfacher, viel einfacher.«

»Was für ein Geschäft betreiben Sie denn?«

»Baustofftransport – wir fahren Schotter, Sand, zerdrückte Muschelschalen, alles mögliche. Außerdem bieten wir fertig gemischten Zement an, für alles, was man betonieren muss – ob privat oder gewerblich.«

»Aha!«

»Inzwischen gibt es eine Filiale von Braggs auf Whitecap und Monteo und fünf Filialen drüben auf dem Festland.«

»Sie versorgen den Markt flächendeckend!«

»Genauso ist es!«, sagte Otis und errötete vor Stolz.

Marlene Bragg war eine bemerkenswerte Erscheinung: Dunkelbraun gebrannt, mit langen fuchsienroten Fingernägeln und einer gewaltigen blonden Mähne mit dunklem Scheitel.

»Wir sind wirklich froh, Sie und Ihre Frau hier zu haben – und Sie haben kühles Wetter mitgebracht!«

Father Tim lächelte ihre Gastgeberin an, die sie soeben durch ihr Heim geführt hatte. »Tatsächlich meine ich mich zu erinnern, dass ich heute Morgen noch frische Bergluft geschnuppert habe!«

»Um diese Jahreszeit ist es immer schrecklich heiß hier.«

»Ja, das habe ich schon von vielen Seiten gehört«, erwiderte er.

»Aber ich weiß, Sie werden das Leben auf Whitecap lieben, genau wie wir.«

»Leben Sie schon lange auf Whitecap?«

»Seit siebzehn Jahren. Wir kommen aus Morehead City. Mein Mann hat sehr hart gearbeitet, Reverend, um sich in diesem Gebiet einen Namen zu machen.« Sie schürzte die Lippen. »Er hat der Diözese immer reichlich Geld zukommen lassen, von St. John's einmal ganz zu schweigen.«

»Auf jeden Fall.«

Sie lächelte. »Und wir wollen doch alles daran setzen, dass das so bleibt.«

»Auf jeden Fall«, sagte er. Eine Bemerkung, die er später noch bereuen sollte.

Jean Ballenger war eine zierliche Frau mit einem Pony, der an ihre Stirn geklebt zu sein schien. Am Desserttisch blickte sie ihm tief in die Augen und drückte ihm die Hand.

»Ich danke Ihnen sehr für Ihre kluge Erwägung all der Angelegenheiten, die ich in meinem Brief angemerkt habe«, sagte sie.

»Gern geschehen«, erwiderte er.

»Wer um alles in der Welt ist das?«, fragte Father Tim. Ein Kind von schätzungsweise drei Jahren kam schnurstracks auf ihn zugelaufen, ohne Begleitung eines Erwachsenen.

»Das ist Jonathan Tolson!«, erklärte Marjorie Lamb strahlend.

Jonathan schlang die Arme um Father Tims Beine und umklammerte sie, als seien sie alte Bekannte.

Er ging in die Hocke und nahm die Hände des Kleinen in seine. »Hi, junger Mann!«

Der blonde Knabe saugte die Unterlippe ein und sah Father Tim mit blauen, neugierigen Augen an. Dann drehte er sich um und rannte in die gleiche Richtung zurück, aus der er gekommen war.

»Er wollte Ihnen nur Hallo sagen«, bemerkte Marjorie, die aussah, als seien Weihnachten und Ostern auf einen Tag gefallen.

Das Licht an ihrem Anrufbeantworter blinkte.

»Hi«, sagte Dooley. »Ich hasse Anrufbeantworter. Ich hoffe, ihr seid gut rübergekommen. Ich habe nach der Arbeit einen Rasen gemäht und fünfzehn Dollar bekommen. Avis' neuer Truck ist cool, er ist heute geliefert worden.

Ähm …« Tiefer Seufzer. »Harley hat die Hornissennester runtergeholt.« Lange Pause. »Ich vermisse den guten alten Barnabas. Wir reden dann später. Bis dann.« …

»Ich habe gehört, unten bei Ihnen soll es ein schreckliches Unwetter gegeben haben«, sagte Emma. »Ich hoffe, es hat Sie nicht in irgendeinen Graben geweht. Sie hatten kaum die Stadt verlassen, da ist Gene Bolick umgekippt und musste ins Krankenhaus gebracht werden. Ich hab Esther angerufen, und der Doktor meinte, sie würden ihn für eine Weile dabehalten, um ein paar Untersuchungen zu machen.«

Es knisterte in der Leitung, als hätte Emma die Hand in einer Chipstüte gehabt. Sie kaute genüsslich und schmatzte dabei ins Telefon.

»Ich höre, Ihr junger Vertretungspfarrer in Lord's Chapel hat Liederzettel ausgeteilt, sie benutzen nicht mal mehr ein Buch, außerdem heißt es, zwei oder drei Leute hätten während des Gesangs die Hand gehoben. Ich wette, ich kann mir denken, wer das war.« Sie schnaubte. »Ich höre, Ihr alter Chorleiter hätte die Unterlippe so weit rausgeschoben, dass er drüber stolpern könnte.«

Emma zerkaute einige Chips.

»Gestern habe ich Ihre Mieterin gesehen, sie ist umhergehuscht wie eine Maus, oh, und ich habe Dooley bei Avis getroffen, er sieht noch besser aus als früher, machen Sie sich also bloß keine unnötigen Sorgen um ihn.«

Kauen und Schlucken, gefolgt von einem vernehmlichen Schlürfen, das so klang, als trinke sie durch einen Strohhalm.

»Snickers hat Ohrmilben, ich hoffe, Barnabas wird mit all diesen Sandläusen zurechtkommen, ich hoffe zu Gott, dass Sie sich regelmäßig seine Pfoten ansehen.«

Emma kratzte mit ihrem Strohhalm über den Boden des Bechers und saugte mit großer Inbrunst, wenn auch mit hörbar geringem Erfolg, an ihrem Getränk. Er drehte die Lautstärke des Anrufbeantworters um einige Stufen herunter.

»Ach ja, noch was. Harold hat eine gute Gehaltserhöhung bekommen, die erste seit hundert Jahren, ich wünschte bloß, das Postamt würde die Sache endlich geregelt kriegen. Hm, ich muss jetzt wirklich Schluss machen, das Gespräch kostet eine ganze Kriegspension.« ...

»Timothy! Bill Harvey hier. Wie gefällt Ihnen die donnernde Brandung? Ich weiß, Sie werden jede Minute mit den wunderbaren Menschen von St. John's genießen. Sie sind genau das, was der Arzt empfohlen hat. Die Gemeinde erwartet nichts als eine einfache Messe, eine Predigt, die nicht spektakulär zu sein braucht, und eine kleine Prozession über die Brücke zu Captain Willies Sonntagsbrunch. Barbara wird nicht kommen – die Enkelkinder aus Connecticut sind hier –, es tut ihr leid, und sie lässt Sie schön grüßen. Ich werde mich bei Otis Bragg und Marlene einquartieren – wie üblich. Hm, hören Sie, rufen Sie mich an, wenn Sie mich brauchen, ja? Und sehen Sie zu, dass Sie tüchtig Kärpfling und Pompano essen, die müsste es beide gerade jetzt reichlich geben. Aber ich an Ihrer Stelle würde nichts Gebratenes essen; ich selbst mag lieber Gekochtes, ist besser fürs Herz. Oh, und sehen Sie zu, dass Sie mit Otis klarkommen. Er und Marlene sind unheimlich großzügige Spender, die wollen wir doch nicht verlieren, ha ha. Nun! Herzlichen Glückwunsch zu Ihrer schönen Frau! Wir sehen uns dann am Achten.«

Klick. Piep.

»Lass uns zum Strand gehen«, sagte er, nachdem er Dooley zurückgerufen hatte.

»Jetzt?«

»Es ist zehn Uhr.«

»In Mitford dürften so ziemlich alle schlafen«, bemerkte seine Frau.

»Wir sind hier nicht in Mitford.« Er legte die Arme um sie, zog sie an sich und drückte ihr die Lippen aufs Haar.

»Aber ich habe schon mein Nachthemd an.«

»Na und? Uns sieht ja niemand.«

»Und ich bin barfuß.«

»Perfekt«, sagte er.

6 Ein einziges Leuchten

Die Insel Whitecap hatte entfernte Ähnlichkeit mit einem Weihnachtsstrumpf, dessen Spitze voller Nüsse und Süßigkeiten steckte.

In eben dieser Spitze unterhielt Otis Bragg ein ausgedehntes System von Kies-, Stein- und Muschelbergen, Einrichtungen zur Zementherstellung und großen Hallen mit Planier- und Baumaschinen.

An der zum Atlantik hin gelegenen Ferse ragte inmitten von Yaupon-Stechpalmenhecken der Leuchtturm auf; ganz in der Nähe befanden sich eine Koppel für wilde Ponys und ein kleines Museum. Der Rest der Insel bestand hauptsächlich aus hohen Dünen, weißen Stränden, Gräben und Marschwiesen, dem lichten Wald des maritimen Klimas und einem kleinen Dorf mit Wohnhäusern, Läden, Restaurants, Gasthäusern, zwischen denen sich ein Netz schmaler Gassen ausspannte. St. John's lag am oberen Ende des Strumpfes.

Whitecap zog zunehmend Touristen an – manche davon sogar aus Kanada und Kalifornien –, sodass sich die Bänke der Inselkirchen jeden Sommer beträchtlich füllten. Während viele Kirchen auf dem Festland in dieser Zeit einen Gang herunterschalteten, schalteten die Kirchen auf Whitecap einen Gang höher, sowohl in puncto Besucherzahlen wie auch in Bezug auf ihre Veranstaltungen.

Dennoch herrschte überall ein Gefühl von Sorglosigkeit und Frieden.

Sandige Wege schlängelten sich unter dem üppigen

Schatten immergrüner Eichen dahin, vorbei an Sommerhäuschen mit niedrigen Zäunen und angenehm ungepflegten Gärten.

In den Feuchtwiesen konnte man Reiher sehen, die so still standen wie Statuen, während sie mit ihren schwarzen Augen das Riedgras absuchten, aus dem Alligatoren an die Ufer kamen, um sich zu sonnen.

Der neue Vertretungspfarrer von St. John's begriff früh, dass sich Mitford neben der Inselkultur ausnahm wie ein Bienenstock kosmopolitischer Aktivität. Auf Whitecap schien die Zeit langsamer zu verstreichen, und selbst mit einem Kalender, einer Armbanduhr, einem Telefon und einem Faxgerät gingen die Tage wie Aquarellfarben ineinander über. Der Mittwoch hätte leicht ein Dienstag oder Donnerstag sein können, wäre er nicht durch die Feier der heiligen Eucharistie herausgehoben worden.

Sam Fieldwalker kicherte. »So etwas legt sich schnell«, sagte er. »Sie sind, was uns betrifft, quasi noch in den Flitterwochen.«

Father Tim stimmte in das Gelächter seines freundlichen Kirchenvorstehers ein. »Irgendwie kommt mir hier noch alles wie Ferien vor, der reinste Urlaub!«

»Sie haben ziemlich hart gearbeitet, Reverend, und ich würde Ihre ersten Wochen hier nicht gerade als Urlaub bezeichnen. Eigentlich möchte ich Ihnen empfehlen, sich einmal einen Tag freizunehmen.«

Sam sah auf seine Armbanduhr. »Heiliger Himmel! Ich muss beim *Reader* vorbeigehen und einen Artikel über den Herbstjahrmarkt abgeben, dann muss ich noch mit Marion zum Augenarzt und mein Faxgerät zur Reparatur bringen. Hoffentlich bin ich rechtzeitig zur Sitzung des Planungsausschusses für den Jahrmarkt wieder zurück.«

Selbst auf einer kleinen, friedlichen Insel, dachte der neue amtierende Geistliche, hat jeder seinen Alltagstrott.

»Ach übrigens«, sagte Sam, »ich habe mich gefreut zu hören, dass sie mit Reverend Harmon zusammenarbeiten. Die Baptisten tragen eine Menge dazu bei, den Jahrmarkt zum größten Ereignis auf der Insel zu machen. Da kommt jedes Mal eine Menge Geld für Bedürftige zusammen.«

Er begleitete Sam zur Bürotür, die auf den Kirchhof hinausführte. »Wo wir gerade von Bedürftigen sprechen«, sagte Father Tim, »ich habe ein seelsorgerliches Gespräch mit Janette Tolson geführt.«

»Freut mich, das zu hören. Als Jeff auf und davon gegangen ist, hatte Janette das Gefühl, dass sie nicht mit Reverend Morgan sprechen konnte, weil er mit Jeff befreundet war. Sie musste diese schreckliche Geschichte durchstehen, ohne sich an einen Seelsorger wenden zu können.«

»Sie ist sehr unglücklich, wie Sie wissen.«

»Es war für uns alle ein großer Schock. Ganz zu schweigen davon, dass die Sache den Chor in heilloses Durcheinander gestürzt hat.«

Vor kurzem hatte ihr bester Tenor sich erboten, den Chor zu leiten, was die erste Sopranstimme derart erbittert hatte, dass sie jetzt an der Sonntagsschule unterrichtete.

»Es wird schon alles gut werden.« Genau das hatte seine Mutter immer gesagt, wenn irgendeine Situation vollkommen verfahren war. »Zunächst einmal müssen wir aufhören, unsere Sänger als Konzertchor zu betrachten, und uns darüber freuen, dass sie den Gesang der Gemeinde unterstützen.«

Sam nickte. »Eine kluge Idee.«

»Sie wissen, dass wir nächste Woche ein Vorstellungsgespräch mit einem Organisten haben.«

»Mir missfällt der Gedanke an einen bezahlten Organisten in St. John's. Der Herr hat uns immer jemanden aus der Gemeinde geschickt.«

»Trotzdem, ich denke, es wird das Beste sein, Sam. Keine Verbindungen zur Gemeinde, keine offenen Rechnungen ... So haben wir es während der letzten Jahre in Lord's Chapel gehandhabt, und es hat funktioniert.«

»Nun, Bruder ...« Sam schüttelte den Kopf. »Halten Sie hier die Stellung, während wir drüben sind. Ach du meine Güte! Ich habe das Bananenbrot vergessen. Ich laufe nur schnell zurück zum Auto. Marion wäre nicht besonders begeistert, wenn ich nach Hause komme und das Brot immer noch auf dem Rücksitz liegt.«

Father Tim war schnell klargeworden, dass Marion Fieldwalker recht hatte – die Gemeinde verwöhnte ihre Pfarrer wirklich nach Strich und Faden.

Er und Cynthia waren jeden Sonntag zum Brunch im Captain Willies eingeladen worden und hatten das Abendessen in Monas Café zusammen mit den Lambs und den Fieldwalkers eingenommen.

Die Braggs hatten ihnen Krabben und Muscheln geschenkt, und sie wurden regelmäßig mit allerlei Köstlichkeiten in Versuchung geführt, angefangen von noch ofenwarmem Brötchen bis hin zu leckeren Zwischenmahlzeiten wie Brechbohnen mit Tomaten.

Für eine Taufe hatte er ein Huhn aus Freilandzüchtung und ein Pfund Butter von der kleinen Farm der Duncans bekommen, während eine Hochzeitszeremonie, die er unter den Eichen vollzogen hatte, die Speisekammer von Dove Cottage um einen in Honig gebackenen Schinken bereichert hatte.

Glücklicherweise ging er dreimal die Woche joggen, und Cynthia fuhr mit ihrem Schwinn-Rad kreuz und quer über die Insel, von der Post zur Reinigung und von der Reinigung zum Lebensmittelladen. Wenn sie ihm entgegenkam, ihren Fahrradkorb voller Möhren, die aus der Einkaufstüte hervorlugten, hätte sie geradeso gut ein sonnengebräuntes Schulmädchen sein können.

Als er von einem Treffen mit Stanley Harmon von der Baptistengemeinde zurückkam, blinkte das Licht am Anrufbeantworter.

»Hi, hier ist Puny, wie geht's Ihnen beiden denn so? Hier oben ist alles bestens, ich hoffe, bei Ihnen auch. Die Mädchen wollten Hallo sagen ... Sissy, komm sofort zurück, komm her und sag Miss Cynthia und Ba Hallo!«

Das Getrappel kleiner Füße, die den Flur heraufgestürmt kamen, war zu hören, dazu lautes Lachen und Kreischen.

»Und da kommt Sassy, ach du liebe Güte! Moment mal, Entschuldigung ...«

Puny verfolgte die Mädchen offenkundig in ein anderes Zimmer ihres kleinen Hauses. »Nein, nein! Leg das wieder weg! Ba und Miss Cynthia warten darauf, dass du Hallo sagst! Oh, Himmel, hilf, ich kann es nicht fassen, komm sofort da raus, Sissy! Also schön, dann darf eben Sassy Hallo sagen. Was für ein braves Mädchen deine Schwester ist! Komm her, Sassy.«

Geklapper im Flur, wo das Telefon stand.

»Und jetzt sag Ba und Miss Cynthia Hallo!«

Schweres Atmen.

»Du wolltest Hallo sagen, du hast gebettelt, dass du Hallo sagen willst ... Jetzt sag Hallo!«, ereiferte sich eine frustrierte Puny.

»Kitty?«, fragte Sassy.

»Sassy, Schatz, bleib hier und rede mit Ba, während ich Sissy hole! Sissy, ich sehe, was du tust, nimm sofort die Hände aus der Toilette!«

Geheul aus dem Badezimmer. Schweres Atmen am Telefon. Punys eilige Schritte im Flur.

»Hast du schon Hallo gesagt?«

»Hund!«, sagte Sissy.

»Oh, zum Kuckuck, gib mir das Telefon. Also, Reverend, Miss Cynthia ...«

Lautes Gejammer. »Will Hallo sagen! Will Hallo sagen!«

»Nicht bevor du etwas anderes gesagt hast«, befahl Puny.

»Biiitte!!!«

»Na gut, hier ist das Telefon, sag Hallo und bring es hinter dich!«

Tiefes Atmen. »Hallo, Ba!« Gekicher.

»Jetzt geh und hol dir deinen Keks! Ba, ich meine, Reverend, ich habe gestern Ihre Mieterin gesehen, sie stand auf Zehenspitzen vor Ihrem Arbeitszimmer und hat durchs Fenster geschaut. Ich glaube, ich habe sie halb zu Tode erschreckt. Eigentlich wollte ich gestern gar nicht zu Ihnen nach Hause gehen, aber ich musste doch Ihre Post reinholen und alles. Jedenfalls, sie hat angeblich nach ihrer Katze gesucht und dabei nur schnell mal einen Blick durch Ihr Fenster geworfen, um zu sehen, wie schön alles sei, und sie meinte, Sie hätten bestimmt nichts dagegen. Naja, wie auch immer, Joe Joe lässt sie grüßen, und Winnie von der Leckerbäckerei ...

Sissy, leg auf der Stelle den Mop weg! Oh, barmherziger Himmel ...«

Die nächste Nachricht kam offenkundig von einem Hund, der grimmig bellte.

»Sei still!«, rief Emma. »Geh und hol dir deine Socke!

Sie wissen sicher, wie viel der armen Esther Ihr Anruf bedeuten würde. Ich hab sie noch nie in so einer Verfassung gesehen, sie hat praktisch die Hände gerungen, und dabei ist sie gar nicht der Typ, der die Hände ringt. Aber die Ärzte sind immer noch nicht dahintergekommen, was mit Gene nicht stimmt. Sie wollen Montag weitere Untersuchungen anstellen, Sie sollten ihn sehen, auf mich macht er einen ganz schlechten Eindruck, ich kann nur sagen, ich hoffe, Sie beten für ihn.

Snickers! Geh da weg! Snickers versucht, den Hackbraten zu fressen, den ich gerade aus dem Ofen gezogen habe! Oh, verflixt, bleiben Sie einen Moment dran ...«

Knurren, Schnaufen, Töpfegeklapper.

»Ich musste ihn auf die Theke stellen und nach meinen Bohnen sehen, ich mache Fadenbohnen und ... Hol dir deine Socke und leg dich hin ... Kartoffelpüree mit Margarine, die wie Butter schmeckt.

Hören Sie sich das an. Was glauben Sie, wer bei den Bürgermeisterwahlen gegen Andrew Gregory kandidieren will? Sie werden es nicht glauben. Dreimal dürfen Sie raten! Rufen Sie mich an und sagen Sie mir, auf wen Sie tippen, in Ordnung? Es wird Sie aus den Socken reißen.

Ach übrigens, ich habe gehört, es ist nicht mal heiß da, wo Sie jetzt sind, das heißt, das Wetter wäre in diesem Jahr ungewöhnlich kühl an den Stränden da unten. Oh, mir ist gerade eingefallen, dass ein großes Paket aus Florida für Sie auf der Post liegt. Ich glaube, jemand hat Ihnen Pampelmusen geschickt. Soll ich sie Ihnen nachsenden lassen oder mit nach Hause nehmen? Harold liebt Pampelmusen, und das würde die Nachsendegebühr sparen.

Wo wir gerade von Harold sprechen, da kommt er, und er sieht es gar nicht gern, wenn ich Ferngespräche führe.«

Klick. Piep.

»Reverend? Otis Bragg hier. Ich wollte Ihnen einen meiner Jungs mit einem kleinen Präsent schicken. Mögen Sie Bourbon? Scotch? Suchen Sie sich etwas aus. Wie wär's mit einer Flasche Wild Turkey? Irgendjemand meinte, Sie würden gern Sherry trinken, aber da muss ich mich wohl verhört haben.

Rufen Sie meine Sekretärin auf dem Festland an, 2-8-2-4, und geben Sie es ihr durch, okay?«

»Hm«, sagte seine Frau, die ganz in dem Rätsel aufging, wer da plötzlich als Konkurrent gegen Andrew Gregory angetreten sein mochte.

»Lew Boyd!«, rief er. »Auf den tippe ich jedenfalls. Entweder Lew oder Mule Skinner. Mule spricht schon seit Jahren davon.«

Cynthia legte die Stirn in Falten. »Würde dir Fancy Skinner als First Lady von Mitford gefallen?«

»Das könnte dem Ganzen eine gewisse ...« Ihm fehlten die Worte.

»Ich weiß nicht, ich habe keinen Schimmer«, sagte seine Frau, die im Allgemeinen recht gut beim Rätselraten abschnitt.

»Was hältst du von ... nein, ausgeschlossen ... mal sehen ...«

»Oder vielleicht ...«, sagte Cynthia, tief in Gedanken versunken.

»Andererseits ... aber ich glaube es nicht.«

»Ach, Mist! Wenn du Emma nicht zurückrufst, dann tue ich es!« Sie stürmten ins Wohnzimmer hinüber und setzten sich in ihre Sessel. Er wählte Emmas Nummer.

»Wer?«, fragte er, als Emma den Telefonhörer abnahm.

»Was?«, fragte Emma.

»Ich tippe auf Lew Boyd!«

»Zweimal dürfen Sie noch.«

Er hasste es, dass sie ihn immer dazu zwang, dreimal zu raten.

»Mule Skinner!«

»Falsch.«

»J. C. Hogan!«, rief Cynthia in einem Anfall übernatürlicher Inspiration.

»Ist es J. C.?«, fragte Father Tim.

»Sitzen Sie?«, erkundigte sich seine ehemalige Sekretärin.

»Wir sitzen. Also, raus mit der Sprache.«

»Coot Hendrick!«

»Coot Hendrick?«

»Er sagt, sein Uropa habe die Stadt gegründet, und es sei an der Zeit, dass er etwas täte, um die Familientradition fortzusetzen.«

»Mich laust der Affe.«

»Ich persönlich könnte unmöglich für jemanden stimmen, der Stummel als Zähne hat, aber er sagt, er würde hart arbeiten, um zu gewinnen.«

»Ein Glück, dass wir nicht da sind. Ich glaube nicht, dass ich noch einen weiteren Wahlkampf um das Bürgermeisteramt durchstehen würde«, sagte er in dem vollen Bewusstsein, dass er den letzten Wahlkampf noch nicht ganz verkraftet hatte.

Während er das Abendessen machte, saß seine Frau in dem Fenstererker der Küche und blickte hinaus, ohne etwas zu sehen. Sie wickelte sich emsig eine Haarsträhne um den Finger und summte vor sich hin.

Er brauchte nicht so weise wie Salomo zu sein, um

zu wissen, dass etwas im Busch war, wenn sie diesen glasigen Ausdruck in den Augen hatte und leise summend mit ihrem Haar spielte.

Der frische Kräpfling brutzelte in der Pfanne. »Cynthia?«

Keine Antwort. Dafür unausgesetztes Gesumm.

Zum Teufel. Sie sah eindeutig so aus, wie sie immer aussah, wenn sie ein Buch ausheckte. Was bedeutete, dass sie in Kürze aufhören würde, Fahrrad zu fahren, um stattdessen monatelang am Zeichenbrett zu stehen, sich den Nacken zu verspannen und sich grantelig zu fühlen. Wenn Menschen etwas taten, das sie angeblich über alles liebten, warum waren sie dann nicht glücklich, zufrieden und sorglos?

Salz, Pfeffer, ein Spritzer Zitrone ...

Ein neues Buch würde bedeuten, dass dieses Strandleben, bei dem seine überarbeitete Frau vielleicht ein wenig zur Ruhe hätte kommen können, in Wirklichkeit zu einer einzigen Schinderei werden würde ...

»Timothy«, sagte sie, »ich habe nachgedacht.«

Er seufzte und wendete den Kärpfling, ohne dass er zerfiel. Langsam hatte er wirklich den Bogen raus.

»Du weißt doch, wie nett alle zu uns gewesen sind«, sagte sie.

»Stimmt.«

»Wie liebevoll sie uns empfangen haben ...«

»Stimmt.«

»Wir müssen uns irgendwie revanchieren.«

»Aha.«

Sie drehte sich mit grimmiger Miene zu ihm um. »Damit meine ich keinen Primeltee!« Seine Frau hatte sich in Mitford zweimal viel Arbeit gemacht mit der Zubereitung oder besser Herstellung ihres überaus erfolgreichen Primeltees.

»Ich glaube nicht, dass es hier im Umkreis von zweihundert Meilen Primeln gibt.«

»Ganz bestimmt keinen Primeltee!«, bekräftigte sie.

»Ich hab's gehört, Kavanagh!«

»Sowas ist nämlich mörderisch.«

»Keinen Primeltee.«

»Außerdem bin ich mir nicht sicher, ob Strandmenschen überhaupt Tee trinken. Heißen Tee, meine ich, der zu so etwas wie Teegebäck oder Butterkeksen passt.«

»Über diese Frage habe ich, ehrlich gesagt, noch nie nachgedacht.«

»Mir scheint, das Strandmenschen vermutlich lieber etwas ... etwas Kaltes mögen, wie Limonade oder einen schönen Punsch mit einem Eisring aus Limonensorbet ... und vielleicht einem ganzen Berg frischer Früchte in einer riesigen, geeisten Wassermelone, die man vorher wie einen Korb mit Griffen zurechtschneiden könnte ... Dazu könnten wir dann noch einen Blumenstrauß aus unserem Garten arrangieren ...«

»So, bitte schön!« Aus der Pfanne auf den Teller und auf den Punkt zubereitet.

»Und vielleicht einen schönen Kuchen, drei oder vier Schichten mit Puderzuckerguss – und Hochzeitskeksen, meinst du nicht auch? Nur dass sie so eine Schweinerei machen, wenn einem der ganze Puderzucker auf die Schuhe rieselt ...«

»Mir läuft das Wasser im Mund zusammen.« Er löffelte neue Kartoffeln auf die Essteller, Wange an Wange mit dem Fisch. Jetzt noch ein Klecks Butter, eine Prise frische Petersilie ...

»Ich denke, wir sollten die Leute hierher einladen und nicht ins Gemeindehaus«, sagte sie. »Die Gemeinde interessiert sich immer dafür, wie ihr Pfarrer lebt.«

»Ich werde dir helfen. Du kannst dich in jeder Hinsicht auf mich verlassen.«

»... und einige Paprikaschnitzel als Farbtupfer.« Er schämte sich in Grund und Boden, weil er geglaubt hatte, seine Frau brüte ein neues Buch aus, um sich einmal mehr den Nacken zu verspannen, wo sie doch in Wirklichkeit nur anderen eine Freude machen wollte. Gott sei Dank, dass er nicht seinen großen Mund aufgemacht hatte und ins Fettnäpfchen getreten war.

»Außerdem werde ich wahrscheinlich versuchen, irgendetwas Wunderbares aus Pfirsichen zu zaubern, ich weiß noch nicht, was, vielleicht Törtchen, so kleine.« Sie formte einen Kreis aus Daumen und Zeigefinger. »Die Pfirsiche sollen einfach köstlich sein dieses Jahr!«

»Das Essen ist serviert«, erklärte er und stellte die Teller auf den Tisch. »Lass es dir schmecken.«

Sie musterte die Teller voller Überraschung. »Du Engel!« Es war ihr anscheinend gar nicht aufgefallen, dass er das Essen gemacht hatte. »Kräpflinge! Und neue Kartoffeln mit frischem Spargel! Oh, Timothy, ich bin ja so froh, dass du kochen kannst.«

»Ich bin noch viel froher, dass du kochen kannst. Du hast nämlich für die nächsten vier Abende Küchendienst, wie du dich hoffentlich erinnern wirst.«

»Vier? Warum vier?«

»Sitzungen«, sagte er. »Chorprobe. Der Planungsausschuss für den Jahrmarkt. Der Kirchenvorstand ...«

»Hm«, sagte sie.

»Hm was?«

»Nun, Liebster, ich dachte, dass ich vielleicht ...«

»Ja?«

»Es ist so schön hier und so befreiend, selbst Violet findet es herrlich, ist dir das aufgefallen?«

»Es ist mir aufgefallen.«

Sie warf ihm die Art Blick zu, dem er niemals widerstehen konnte, mit leicht schräg geneigtem Kopf und diesem Glanz in ihren saphirfarbenen Augen. »Ich dachte, ich könnte gleich anfangen ... mit einem neuen Buch.«

»Lass uns beten«, sagte er.

Er wählte eine Nummer, die er schon lange auswendig kannte.

»Esther? Sind Sie das?« Esther Bolick klang vollkommen fremd.

»Das, was von mir übrig geblieben ist.«

Das Herz tat ihm weh um seine alten Freunde; schlimmer noch, er fühlte sich schuldig, dass er nicht da war, um diesen Weg mit ihnen zu gehen.

»Wie geht es Gene?«

»Nicht gut.« Er hörte Esther seufzen. Er konnte es nicht ertragen, wenn Esther seufzte; Esther klagte nicht, sondern war ein Mensch, der die Dinge in die Hand nahm.

»Wir beten«, sagte er, »und wir glauben daran, dass Gene wieder gesund und stark wird. Jetzt erzählen Sie mir etwas von sich, Esther, wie geht es Ihnen?«

»Ich habe mir gestern meinen Sarg ausgesucht.«

»Sie haben was getan?«

»Irgendwann musste es ja mal sein. Diese ganze Geschichte mit Gene hat mich daran erinnert.«

»Glauben Sie, dass dies der richtige Zeitpunkt ist, ich meine ...?«

»Als Louise Parker nach Wesley gefahren ist, um sich ihren Sarg auszusuchen, hat Reverend Sprouse sie begleitet.«

»Aha.«

»Mich hat niemand begleitet.«

Ihm war sehr unbehaglich zumute. Da waren sie wieder, die Schuldgefühle. »Was ist mit dem Vertretungspfarrer? Hätte er nicht mitkommen können?«

»Reverend Hayden? Himmel, hilf! Er ist so feucht hinter den Ohren, dass er sich immer noch von pürierten Erbsen und Apfelmus ernährt!«

Reverend Hayden war mindestens fünfundvierzig. »Also, was für ein Modell haben Sie sich denn ausgesucht?« Er konnte die Angelegenheit auch mit Optimismus nehmen.

»Wissen Sie, dass es viertausend Dollar kostet, wenn man sich in Mitford begraben lassen will? Können Sie sich so etwas vorstellen? Ich wollte mich einäschern lassen, aber in einem Krug gibt es nichts mehr, was man sich ansehen könnte. Als wir Mama begraben haben, war es ein solcher Trost, sie in dem Sarg zu sehen, daran erinnere ich mich noch gut.«

»Hm.«

»Also habe ich etwas mit einem hübschen, beigen Satinfutter ausgesucht. In Beige habe ich immer gut ausgesehen.«

»Ich glaube, mich daran zu erinnern.« Was er tatsächlich tat.

»Und wissen Sie, was passiert, wenn man dann glaubt, man hat es hinter sich gebracht?«

»Was?«, fragte er ehrlich interessiert.

»Die wollen einem einen Schonbezug verkaufen! So ein dämliches Metallding, in dem man den Sarg in die Erde lässt, um ihn vor Schmutz zu schützen.« Esther schnaubte.

Auch Miss Sadie hatte sich über das Thema Schonbezüge sehr aufgeregt, wie er sich erinnerte.

»Wie dem auch sei, ich habe das verdammte Ding gekauft, und jetzt ist alles geregelt, und wenn ich vor

Gene den Löffel abgebe, ist alles vorbereitet, und er kann die Füße hochlegen! Ich habe sogar die Tiefkühltruhe aufgefüllt, für den Fall, dass ich als Erste gehe.«

Das alles gefiel ihm überhaupt nicht. Offensichtlich verdrängte Esther den Gedanken an Genes ungewisse Zukunft; um sich nicht damit beschäftigen zu müssen, konzentrierte sie sich auf ihre eigene.

»Lasagne, Hühnerfrikassee, Kürbistopf ...«

»Esther ...«

»Es gibt da nur noch ein Problem«, sagte sein ehemaliges Gemeindemitglied.

»Und das wäre?«

»Ich kann mich nicht entscheiden, in welchem Kleid ich beerdigt werden möchte. Mama hatte ihres fertig im Schrank hängen, mitsamt Schlüpfer. Natürlich hat es so lange da gehangen, bis es am Bügel verfault war und wir in letzter Minute noch etwas anderes auftreiben mussten.«

»Hm-hm.«

»Also war gestern Hessie hier und hat mir geholfen, meinen Schrank durchzusehen. Ich habe mein dunkelblaues Kostüm herausgelegt – erinnern Sie sich an mein dunkelblaues Kostüm?«

»Ich glaube, ja.« Er glaubte es wirklich.

»Aber Hessie meint, es sei zu schlicht. Also habe ich mein rosafarbenes Kleid mit den Chiffonärmeln herausgelegt. Erinnern Sie sich an mein rosafarbenes Kleid mit den Chiffonärmeln?«

»Ah ... mal sehen ...«

»Ich habe es zur Silberhochzeit von Fancy und Mule getragen. Es ist Genes Lieblingskleid.«

»Verstehe.« Ihm war stark danach zumute, sich der Länge nach auf dem Boden zu legen und den Geist aufzugeben.

»Nun, dafür haben wir uns dann am Ende entschieden. Aber nachdem Hessie weg war, kam mir plötzlich ein ganz neuer Gedanke – was ist, wenn ich im Winter sterbe?«

Er zögerte. »Das verstehe ich nun wieder nicht.«

Esther seufzte schwer. »Rosa ist eine Sommerfarbe!«

Worauf er die einzigen klugen Worte sagte, die er zu dem Gespräch beisteuern konnte.

»Ich empfehle Ihnen, all dies dem Herrn zu überantworten, Esther. Er wird froh sein, sich, wenn die Zeit kommt, um diese Dinge zu kümmern.«

Sie küsste ihn zum Abschied, und es war einer dieser langen, zärtlichen Küsse, von denen er befürchtete, dass sie jäh aufhören würden, wenn sie mit ihrem neuen Buch anfing. Also nutzte er die Gelegenheit und erwiderte ihren Kuss.

»Liebling«, sagte sie und strich ihm mit den Fingerspitzen übers Gesicht, »ich denke, du brauchst mal einen freien Tag.«

»Warum? Wir sind doch gerade erst hier angekommen!«

»Wir sind gerade erst vor sechs Wochen angekommen, und du hast ohne Pause gearbeitet. Ich meine, zweimal die Woche hetzt du zum Krankenhaus hinüber und unterrichtest Erwachsene in der Sonntagsschule, außerdem organisierst du das Frühstück für das Herbstgebet der Männer, und du arbeitest mit Reverend Harmon zusammen …«

»Aber mir kommt das alles irgendwie wie Urlaub vor.«

»Glaub mir. Du brauchst einen freien Tag.« Sie küsste ihn abermals und zog ihn auf jene zärtlich mütterliche Art und Weise an sich, wie sie es manchmal tat, was ihm das Gefühl gab, gleichzeitig ein Mann und ein Kind zu sein.

Er seufzte. »Heute kann ich es unmöglich einrichten.«

»Mist!«

»Aber vielleicht morgen …«

»Ich werde dich beim Wort nehmen, Liebster.«

Mit Ziel St. John's kam er, Barnabas an der roten Leine, die Treppe des Cottages hinunter.

Wieder einmal ein herrlicher Tag! Er wagte sich nicht auszumalen, wie hoch der Preis sein würde, wenn sie jemals für das prächtige Wetter würden bezahlen müssen, das sie hier ständig genossen.

Er nahm sein Taschenmesser heraus, blieb an ihrem Kosmeenbeet stehen und schnitt mehrere Stängel für das Bücherregal in seinem Büro ab.

Welche Wonne! Er betrachtete die Haufenwolken, die über den Himmel zogen, und holte tief Luft. Die Blumen, die allgegenwärtigen Möwen, das Fleckchen Blau jenseits der Dünen – es traf einen in den Solarplexus, zwischen die Augen, mitten in die Seele.

Was man an diesem Ort empfand, unterschied sich gewaltig von dem geschützten Gefühl, das er in den Bergen hatte. Dort war der Sommer eine einzige lange, grüne Umarmung. Hier war er ein einziges, langes Leuchten und das Gefühl grenzenloser Freiheit.

Barnabas knurrte plötzlich, dann begann er laut zu bellen.

Father Tim hielt Ausschau nach einem streunenden Hund oder einem anderen Fußgänger. Nichts.

Er knipste hastig zwei weitere Blüten ab und schob sich den kleinen Strauß in die Hemdstasche.

Als er schließlich durch das Tor auf den schmalen Weg hinaustrat, hatte er das eigenartige Gefühl, beobachtet zu werden. Er drehte sich um, um festzustellen, ob Cynthia vielleicht auf der Veranda stand, aber sie war nicht dort.

Seine Gemeinde hatte ihm ausgiebig in den Ohren gelegen, was den lieblosen, selbstsüchtigen, allerdings musikalisch begnadeten Chorleiter betraf, der Frau und Kinder verlassen hatte, um mit der verheirateten Organistin von St. John's auf und davon zu gehen. Als einmal die Rede auf Jeffrey Tolson gekommen war, hatte jemand John Ruskin zitiert: »Wenn ein Mann ganz in sich selbst aufgeht, bleibt nicht mehr viel von ihm übrig.«

Er hatte regelmäßig für Jeffrey Tolson gebetet, war aber außerstande, die Härte aus seinem Herzen zu verbannen, die er häufig beim Beten empfand. Und obwohl er den ehemaligen Chorleiter von St. John's nie zu Gesicht bekommen hatte, erkannte er den hochgewachsenen, blonden Skandinavier sofort, als er durch den Nebeneingang ins Pfarrbüro trat.

»Jeffrey Tolson«, sagte sein Besucher. Er stand, die Arme über der Brust verschränkt, vor dem Schreibtisch.

Er konnte nicht umhin zu bemerken, dass der Mann Lederclogs trug und dazu ein weißes Hemd mit gebauschten Ärmeln im Stil der Dichter des achtzehnten Jahrhunderts.

»Jeffrey.« *Herr, schenke mir die Worte, die Weisheit und das Herz für diese Begegnung, dein Wille geschehe …*

»Ich werde nicht viel von Ihrer Zeit beanspruchen.«

Er hätte gern gesagt: »Ich habe alle Zeit der Welt«, brachte es aber nicht fertig. Dies waren die Worte, die er gern zu Mitgliedern seiner Gemeinde sagte, ganz gleich, wie knapp die Zeit war.

Jeffrey Tolson nahm seine Brieftasche heraus. »Ich

bin für ein paar Tage wieder auf Whitecap. Ich wollte Janette das hier zukommen lassen.« Er zog einen Hundertdollarschein hervor und reichte ihn Father Tim.

»Können Sie ihr das Geld nicht selbst geben?«

»Sie ist nicht in der Stimmung für ein Treffen mit mir.«

Er betrachtete das Geld und stellte sich für einen flüchtigen Moment vor, Jeffrey Tolson eins auf die Nase zu geben – mit Schwung. Er war acht Monate fort gewesen, und das hier war alles, was er zu bieten hatte?

»Ich werde dafür sorgen, dass sie es bekommt.«

»Ich weiß, dass Sie schlecht von mir denken, das tun die meisten Menschen. Aber Janette war auch kein Engel. Launisch, depressiv, anspruchsvoll. Ich bin ein sensibler Mensch, Reverend. Es war wie ein Leben unter der kalten Dusche.«

»Und wie war das Leben mit Ihren Kindern?«

Jeffrey Tolsons Gesicht wurde plötzlich hart. »Halten Sie mir keine Predigt.«

»Das ist auch keineswegs meine Absicht, Mr Tolson.«

Sein Herz hämmerte, und sein Mund war trocken, als er nun aufstand und den Mann ansah, der so viel Schmerz und Wut in seine Gemeinde gebracht hatte.

Jeffrey Tolson drehte sich um und stolzierte aus dem Büro. Er riss die Tür auf und schlug sie hinter sich zu.

Als er erwachte, stand Barnabas neben dem Bett, und er hatte dessen schwarze Nase nur zwei Zentimeter vor dem Gesicht.

»Lass dich nicht von ihm übertölpeln, Timothy, ich war schon mit ihm draußen im Garten.«

Er drehte sich auf die Seite und legte einen Arm um seine Frau.

Ein freier Tag! Er würde sein schlechtes Gewissen niederkämpfen müssen, bevor er aufstehen und ihn genießen konnte.

»Timothy …« Er kannte diesen Tonfall; sie konnte in ihm lesen wie in einem Buch.

»Hm?«

»Ich höre förmlich, wie sich die Räder in deinem Kopf drehen, klicketi-klack! Du denkst an all die Dinge, die du heute in der Kirche tun solltest.«

»Stimmt. Es ist nämlich so, wir arbeiten zusammen mit Marion und ihren Leuten an der Organisation und Katalogisierung der Bibliothek von St. John's, und das bedeutet …«

»Ich hoffe, dass du dir ein Fahrrad leihen und heute einen Ausflug mit mir machen wirst.«

Barnabas fuhr ihm mit der Zunge übers Ohr und wedelte drängend mit dem Schwanz. Sein Hund fand Cynthias Vorstellung von einem Morgenspaziergang niemals ganz überzeugend.

»Aber zuerst«, sagte sie, »solltest du nach dem Morgengebet zu Ernie hinübergehen und dir seine Bücher ansehen. Das möchtest du doch schon tun, seit wir hier sind.«

»Zu Ernie … ich weiß nicht.«

»Es ist halb sieben. Du könntest in Monas Café frühstücken und vielleicht die Zeitung lesen, wie du es sonst immer in der Grillstube getan hast …«

Er hatte diese Dinge tatsächlich vermisst.

»… Dann treffen wir uns um neun Uhr wieder hier und gehen zu Mikes Bikes und …«

»Ich dachte eigentlich, ich mache dir mal das Frühstück«, meinte er.

»Du suchst immer noch irgendetwas, das du für irgendjemanden tun kannst.« Sie strich ihm über die

Wange. »Es wäre vielleicht ganz gut, wenn du ein wenig Zeit auf die Dinge verwenden würdest, die … die Männer eben so tun.«

Was taten Männer? Die Antwort auf diese Frage war ihm nie zuteilgeworden.

Er gähnte. »Als Nächstes wirst du mich wahrscheinlich für einen Tag zum Hochseeangeln mit einem Kutter rausschicken.«

Sie sah ihn an und brach in Gelächter aus. »Wie hast du das erraten? Ich fasse es nicht! Ich habe dir gerade einen Platz auf Captain Willies Boot gebucht!«

7 Eine kleine Nachtmusik

Schon um sieben Uhr morgens war es schwül draußen; der Wetterbericht sagte für den Mittag dreiunddreißig Grad voraus.

Ihm brach der Schweiß aus, noch bevor er in Monas Café angekommen war, wo Ernie gerade an der Kasse seiner Frau ein Wurstbrötchen und eine Tasse Kaffee bezahlte.

»Ich darf nur als zahlender Kunde die gelbe Linie übertreten«, erklärte der freundliche Ladenbesitzer von nebenan. »Geben Sie Ihre Bestellung auf und kommen Sie mit rüber auf meine Seite.«

»Nun …«, sagte er, erfreut über das Angebot, »wenn Sie nichts dagegen haben.«

»Das macht zwei Dollar.« Mona hielt ihrem Mann die Hand hin, der die Rechnung bezahlte – mit Kleingeld.

»Ich nehme das Gleiche«, sagte Father Tim.

In den hinter einem leuchtend bunten Brillengestell verborgenen Augen der rothaarigen Mona stand ein sachlicher Ausdruck. »Dann wollen Sie heute Morgen also mit den Jungs abhängen?«

Er nickte, erfüllt von einer Mischung aus Schüchternheit und Aufregung bei dem Gedanken, jemanden zu haben, mit dem er abhängen konnte.

»Wenn es Ihnen da drüben zu rau zugehen sollte«, fügte Mona hinzu, »kommen Sie hierher zurück, in die zivilisierte Welt.«

»Mach ich«, versprach er.

»Diese gelbe Linie ...«, sagte Father Tim, während er darüber hinwegtrat, »die muss doch echt das Gesprächsthema im Dorf sein.«

»Also, das war so. Mona hat früher immer bei mir rumgeschnüffelt und gemeint, mit alten Büchern könne man nicht mal die Rechnung für das Licht bezahlen. Woraufhin ich zu ihr rüber bin und Krach geschlagen hab, weil sie seit vier Jahren ihre Preise nicht mehr erhöht hatte. Um ein Haar wären wir beim Scheidungsrichter gelandet.«

»Aha.«

»Man könnte sagen, wir mussten beide lernen, uns um unsere eigenen Angelegenheiten zu kümmern. Die Sache ist die, ich bin zu dem Schluss gekommen, dass alle verheirateten Paare irgendeine Art von gelber Linie haben sollten.«

Ernie hielt ihm die Fliegentür zu seinem Laden auf.

»Willkommen an dem Ort, an dem sich die Elite zum Essen trifft. Jungs, passt auf, was ihr sagt, Reverend Kavanagh ist heute Morgen bei uns.«

»Tim«, sagte der Reverend und nickte in die Runde. »Nennen Sie mich Tim.«

Ernie stellte seine Tüte auf einen der verschrammten Tische neben dem Getränkeautomaten. »Sie erinnern sich an Roanoke? Er hat nicht viel übrig für die Männer der Kirche, aber er ist harmlos.«

Roanoke nickte kurz und streute ein Päckchen Zucker in einen Styroporbecher.

»Das da drüben sind Roger Templeton und sein Hund Lucas. Lucas ist blind. Roger ist sein menschlicher Blindenhund.«

»Tim, freut mich, Sie kennen zu lernen«, sagte Roger, der etwas auf dem Schoß hielt, das aussah wie ein Holzklotz. Roger war ein hochgewachsener, schlanker

Mann in den Sechzigern mit einem freundlichen Gesicht. Die glasigen Augen seines braunen Labradors schienen sich mit einigem Interesse auf den Neuankömmling zu richten.

»Stellen Sie Ihre Tüte ab«, sagte Ernie, »und ziehen Sie sich einen Stuhl ran. Es ist nicht besonders vornehm hier, aber es ist alles, was wir haben. Junior, komm raus und lass dich Reverend Kavanagh vorstellen.«

Ein bärtiger junger Mann mit sandfarbenem Haar kam aus dem Raum mit den Büchern. Er wischte sich die Hand an seiner Arbeitshose ab und hielt sie Father Tim mit feierlicher Höflichkeit hin.

»Guten Tag, Sir, freut mich, Sie kennen zu lernen.«

»Die Freude ist ganz meinerseits, Junior.«

»Junior hat heute frei. Er fährt für Otis Bragg. Sie kennen Otis vermutlich.«

»O ja. Otis gehört zur Gemeinde von St. John's.«

Roanoke schnaubte.

Ernie stürzte sich mit beträchtlichem Appetit auf sein Wurstbrötchen. »Also, Jungs, wir haben eine Menge Arbeit vor uns, wenn wir Juniors Anzeige noch vor Redaktionsschluss unterbringen wollen. Tim, wir freuen uns, Sie hier zu haben, weil Sie ein gebildeter Mann sind und wissen, wie man sich ausdrückt. Roger ist natürlich auch ziemlich gebildet. Er hat eine Milliarden-Dollar-Firma geleitet, bevor er und seine Frau nach Whitecap gezogen sind, um hier ihren Ruhestand zu verbringen.«

Roger lächelte, während er geschickt mit einem Bleistift Markierungen auf dem Holzklotz machte. »Eine halbe Milliarde, um bei der Wahrheit zu bleiben.«

»Eine halbe Milliarde klingt lange nicht so beeindruckend.« Ernie schluckte lautstark seinen Kaffee hinunter. »Junior, hast du deinen Notizblock parat?«

»Alles dabei«, sagte Junior. Er nahm einen Kugelschreiber und einen Notizblock aus seiner Hemdtasche, auf die der Name *Junior Bryson* gestickt war.

»Worum geht es denn bei Ihrer Annonce?«, erkundigte sich Father Tim.

Junior sah Ernie an.

»Sag du es ihm«, sagte Ernie zu Junior.

»Also, Sir, ich versuche, eine Frau zu finden.«

Junior wurde rot.

»Aha.«

»Also, ich und Roanoke und Ernie und Roger, wir sind auf die Idee mit der Annonce gekommen.«

»Das hat schon oft funktioniert, wie man weiß«, erwiderte Father Tim, während er sein Wurstbrötchen auspackte.

»Wir haben ihm den Rat gegeben, die Annonce außerhalb der Insel laufen zu lassen«, bemerkte Roger.

»Klar«, sagte Ernie. »Jeder hier auf Whitecap kennt Junior, und er kennt jeden.«

»Soll das heißen, dass es auf Whitecap keine geeigneten Kandidatinnen gibt?«

»Keine nennenswerten«, sagte Ernie. »Außerdem haben wir ihm geraten, sich eine Frau zu suchen, für die er rüberfahren muss, wenn er sie sehen will, das macht die Sache irgendwie … irgendwie …«

»Romantischer«, warf Roger ein.

Junior strahlte und nickte.

»Wenn ich du wäre«, sagte Roanoke, »würde ich eine große Anzeige mit einem Rand drumherum in die Zeitung setzen.« Er nahm eine Zigarette aus dem Päckchen in seiner Hemdtasche.

»Das wird aber mehr kosten«, wandte Ernie ein.

Roanoke strich ein Streichholz an. »Wird vielleicht auch mehr bringen.«

»Lies mal vor, was du bisher hast«, sagte Roger.

»Mann, weiß, sechsunddreißig, ein Meter neunundsiebzig ...«

Roanoke nippte an seinem Kaffee. »Ich würde schreiben, einsachtzig.«

»Stimmt«, bemerkte Ernie. »Klingt besser.«

»Das wäre aber eine Lüge«, wandte Junior ein.

»Lass dir eine Einlage für die Schuhe machen«, riet Roanoke ihm.

»Ich werde aber nicht lügen. Ein Meter neunundsiebzig Komma fünf, mit gepflegtem Bart ...«

Ernie schüttelte den Kopf. »Ich würde den Bart nicht erwähnen. Manche Frauen stehen überhaupt nicht auf Gesichtsbehaarung.«

»Ich find, man soll ruhig sagen, wie es ist«, erklärte Junior.

»Lies weiter«, sagte Roanoke.

»Ein Meter neunundsiebzig mit gepflegtem Bart, mag Countrymusik, Angeln und Scrabble, fährt einen Bronco, neuestes Modell.«

Roanoke beugte sich vor. »Weshalb willst du denn Scrabble reinschreiben? Du solltest lieber Poker oder Rommé mit Zehn schreiben.«

Ernie runzelte die Stirn. »Ich würd lieber das mit dem Bronco weglassen. Ich würd eher so was reinschreiben wie ... wie ...«

»Ein Mustang Cabrio!«, schlug Roanoke mit ernster Miene vor. »Vielleicht könntest du dir den Wagen des Reverend ausleihen.«

»Ja, Sir«, sagte Junior grinsend. »Ich hab Ihren Wagen schon mal gesehen, ein echt scharfes Teil.«

»Vielen Dank.«

»Wir müssen uns beeilen«, erklärte Ernie und warf einen Blick auf seine Armbanduhr. »Wenn die Annonce im *Diplomat* erscheinen soll, muss Junior sie in einer halben Stunde durchtelefonieren.«

»Lies noch mal vor«, sagte Roanoke. Er knüllte sein Brötchenpapier zusammen und warf es in einen Karton neben dem Pepsiautomaten.

Junior räusperte sich und fuhr sich mit der Hand durch sein schütteres Haar. »Mann, weiß, sechsunddreißig, ein Meter neunundsiebzig mit gepflegtem Bart, mag Countrymusik, Angeln und Scrabble, fährt einen Bronco, neuestes Modell ... Außerdem will ich noch reinschreiben: Wünsche mir ernsthafte Beziehung, Foto mitschicken.«

»Das mit der ernsten Beziehung würde ich rauslassen«, meinte Roanoke. »Damit verschreckst du sie nur.«

Junior sah seine Ratgeber hilflos an. Dann richtete sein Blick sich plötzlich auf Father Tim. »Was denken Sie, Sir?«

In Wahrheit hatte er so gut wie gar nichts gedacht. »Hm ...«

Juniors Stift schwebte über dem Notizblock.

»Eigentlich gefällt mir Ihre Idee, die Dinge frei heraus zu sagen.«

Junior nickte mit offenkundiger Erleichterung. »Also, gut! So mach ich's.«

Der Schweiß lief ihm bereits über den Rücken, als er eine kurze Runde durch den Raum mit den Büchern drehte und eine eselsohrige Ausgabe von Conrad Richters *Das Mädchen Sayward* entdeckte. Er wusste, dass er das Buch nie wieder lesen würde, aber er erinnerte sich an seine jugendliche Begeisterung dafür, und dieses Gefühl weckte in ihm eine solche Ehrfurcht, dass er einfach nicht widerstehen konnte. Vor allem nicht zu einem Preis von fünfzig Cent.

In einem der zahlreichen mit Büchern gefüllten Kartons, die im Raum verteilt waren, fand er eine schlafende Katze und wäre um ein Haar aus seinen Laufshorts gefahren, als das Tier aufsprang und ihn anzischte.

»Das ist Elmo, die Bücherkatze«, sagte Ernie, der in der Tür stand. »Elmo ist uralt. Das ist seine Schlafkiste; sie ist voller Taschenbücher von Zane Grey. Haben Sie jemals Zane Grey gelesen?«

»Ich hab's versucht«, sagte er und ließ den Blick über die Regale wandern. »Erfolglos.«

»Haben Sie denn mal Louis L'Amour gelesen?«

»Nein, nie.«

»Das ist meine Nummer eins. Hören Sie sich das mal an.« Ernie griff sich ein Buch vom Regal, blätterte in den Seiten und rückte seine Brille zurecht.

»›Unterm Strich sind wir alle Wanderer auf der Suche nach Wissen. Die meisten von uns hegen den Traum, etwas Besseres zu werden, als wir sind, etwas Größeres, Reicheres, etwas, das in irgendeiner Hinsicht eine größere Rolle für die Welt spielt und für uns selbst. Allzu oft ist der beschrittene Weg der falsche Weg, weil wir zu großen Wert auf das legen, was wir haben, statt auf das, was wir zu werden wünschen.‹«

Ernie blickte auf. »Wie viel Wahrheit in diesen Worten steckt.«

Father Tim nickte. »Das möchte ich meinen.«

»Das ist seine Autobiografie. Sehen Sie mal.« Ernie schlug eine der letzten Seiten des Buches auf und deutete auf eine lange Liste. »Das sind einige der Bücher, die er gelesen hat. Er hat Tausende von Büchern gelesen und sich jedes einzelne notiert. Außerdem hat er die ganze Welt bereist, und das ohne über nennenswerte Bildung zu verfügen. Und am Ende hat er Hunderte von Büchern geschrieben.«

Ernie kratzte sich am Kopf. »Wenn ich könnte, würde ich wohl einfach nur Bücher lesen und sonst keinen Finger mehr krummmachen.«

»Klingt gut!«

Der Besitzer der Buchhandlung nahm ein Taschenbuch vom Regal. »Bitte, das schenke ich Ihnen. Lesen Sie es, und sagen Sie mir dann, was Sie davon halten.«

»Mache ich.«

»Meiner Meinung nach ist *Last of the Breed* L'Amours bestes Buch, und wenn Ihnen das hier keine schlaflose Nacht beschert, dann weiß ich es auch nicht.«

»Ich danke Ihnen, Ernie. Herzlichen Dank!«

»Ich nehme an, Sie sind selbst ein großer Leser.«

»Ja, und man könnte sagen, Wordsworth sei meine Nummer eins.«

»Wordsworth ...«, sagte Ernie, der offensichtlich versuchte, den Namen einzuordnen.

»Ich werde Ihnen mal etwas von ihm mitbringen, und Sie sagen mir dann, was Sie davon halten.«

»Ein gutes Geschäft«, meinte Ernie und wirkte sehr zufrieden.

An der Kasse angelte Father Tim einen Dollar aus der Tasche seiner Shorts, um das Buch von Richter und den achtseitigen *Whitecap Reader* zu bezahlen.

»Haben Sie Ihren Nachbar schon gesehen?«, fragte Ernie. »Das heißt, ich sollte wohl lieber fragen, ob Sie ihn schon gehört haben.«

»Welchen Nachbarn meinen Sie?«

»Den hinter der Hecke.«

»Ich wusste gar nicht, dass hinter der Hecke jemand wohnt.«

»Ach nein?« Ernie sah ihn ungläubig an.

»Sollte ich das wissen?«

»Ich hätte gedacht, dass es Ihnen bereits jemand erzählt hätte.«

Er wartete darauf, dass Ernie ihm diese Bemerkung näher erläuterte, aber er tat es nicht. »Vielleicht könnten Sie mir ja von ihm erzählen.«

»Nun ... er ist alles, was von der Familie Love übrig geblieben ist, könnte man sagen.«

Er hatte den Eindruck, dass es Ernie leidtat, dieses Thema angesprochen zu haben.

»Aha.«

»Sehen Sie, es gab einmal einen ganzen Clan von Loves hier. Redmon Love, der Großvater, hat damals das große Grundstück oben an Ihrer Straße gekauft, sich ein schönes Haus dort gebaut und eine Mauer drum herum hochgezogen. Dann hat er zu beiden Seiten der Mauer eine Hecke gepflanzt. Während der letzten zwanzig Jahre oder so ist sie zu einem wahren Dschungel herangewachsen.«

Father Tim blickte auf seine Armbanduhr. Wenn er heute Morgen noch Fahrradfahren und mit seinem Hund spazieren gehen wollte, sollte er wohl besser einen Zahn zulegen.

»Das Haus der Loves war das schönste hier auf den Inseln, eine richtiggehende Villa, aber wenn man nicht danach sucht, würde man es nicht finden.«

»Erstaunlich!«

»Mr Redmon hat seinerzeit jemanden aus New York kommen und sich einen tropischen Garten anlegen lassen, mit Palmen und Affen und weiß der Himmel was noch.«

»Affen?«

»Nun, jetzt gibt's keine Affen mehr dort, aber früher war das anders. Als Kind konnte ich sie immer hören.« Ernie hielt inne und versuchte sich an einer lautstarken Imitation dessen, was wohl der Schrei eines Affen sein sollte.

»Ungefähr so«, meinte Ernie.

Father Tim nickte beeindruckt.

»Früher gab es da oben auch Aras, und manche Leute meinten, der alte Love hätte sogar Elefanten gehabt, aber das habe ich nie geglaubt.«

»Kommt mir auch ziemlich weit hergeholt vor«, stimmte Father Tim ihm zu, rollte seine Zeitung auf und klemmte sie sich unter den Arm.

»Wie dem auch sei, der ganze Clan hat dann rund um die Villa gebaut. Sie wohnen ganz in der Nähe des Hauses, das sein zweiter Enkel bis vor vielleicht zwei oder drei Jahren benutzt hat. Seither hat man die Loves kaum noch auf der Insel gesehen.«

»Verstehe. Also, wer wohnt nun hinter der Mauer?«

Ernie sah ihn ernst an. »Ich an Ihrer Stelle würde Ihrer Frau nichts davon erzählen.«

»Wirklich?«

»Es hat keinen Sinn, sie zu ängstigen.«

»Wer?«

Die Fliegentür schlug hinter zwei Anglern zu. Während einer der Männer Senker und Messer in Augenschein nahm, fragte der andere nach Ködern.

»Wir brauchen ein halbes Pfund Garnelen, ein Dutzend Blutwürmer und ein Pfund Tintenfisch. Nein, geben Sie uns lieber anderthalb Pfund.«

»Wir reden später weiter, Tim«, sagte Ernie. »Sie sind hier jederzeit willkommen.«

Er schaute kurz in St. John's vorbei, um festzustellen, welche Fortschritte die Organisation der Kirchenbibliothek machte. Marion Fieldwalker und ihre ehrenamtlichen Helferinnen katalogisierten, wischten

Staub, räumten die Regale ein und machten sich ganz allgemein mit den Büchern vertraut, die seit der Zeit der frühen Propheten in einem Raum hinter dem Kirchenschiff aufgestapelt gelegen hatten. Er lobte sie für ihren Fleiß und leistete seinen Beitrag zu ihrer Arbeit, indem er eine Kanne Kaffe kochte.

Es gab natürlich nicht den geringsten Grund, warum seine Frau etwas von diesem kleinen Abstecher erfahren sollte …

Er kam gerade an seinem Schreibtisch vorbei, als das Telefon klingelte.

»Hallo?«

»Hey!«, sagte Dooley.

»Selber hey, Kamerad! Was gibt's?«

»Die Reds haben die Blues gestern Abend von der Platte geputzt!«

»Halleluja! Erzähl mir alles!« Er ließ sich auf seinen ächzenden Drehstuhl fallen und lehnte sich zurück.

»Du hättest den alten Mule mal sehen sollen. Viermal war er am Schlag mit seinen Leuten auf den Bases, und jedes Mal hatte er Erfolg.«

Ah, es war Musik in seinen Ohren, wenn Dooley in sein altes Vokabular zurückfiel.

»Ich habe vier Runs erzielt bei meinen Schlägen. Wir haben sie mit sieben Runs Vorsprung geschlagen.«

»Donnerwetter«, sagte er und freute sich mit seinem Jungen. »Gut gemacht!«

»Es hat irre Spaß gemacht, die Blues abzuschrubben, wir haben sie richtig vorgeführt. Du hättest dabei sein sollen.«

Das hätte er allerdings. »Waren viele Leute da?«

»So ziemlich alle. Der alte Coot Hendrick hat Hände geschüttelt, als sei er der Präsident der Vereinten Staaten. Und Bürgermeisterin Cunningham hat den ersten Ball geworfen.«

»Wie geht es Poo und Jessie und deiner Mom?«

»Super. Ich hab am Samstag mit ihnen zu Abend gegessen. Poo ist richtig groß geworden, und Jessie hat aufgehört, am Daumen zu lutschen.«

»Hast du Lace gesehen?«

Schweigen. »Ein paar Mal.«

»Ach ja? Bist du mit ihr ins Kino gegangen?«

»Machst du Witze? Sie gönnt mir kaum einen Blick. Außerdem darf sie sowieso erst nächstes Jahr mit Jungs ausgehen. Sie ist noch keine sechzehn.«

»Aha.« Ihm war aufgefallen, dass Dooleys Aussprache sich mit einem Mal wieder an den Gepflogenheiten seiner vornehmen Schule orientierte.

»Aber ich habe sie ein paar Mal mit einigen Freundinnen gesehen, zum Beispiel, als ich mit Jenny im Kino war.«

Er rieb sich das Kinn und runzelte die Stirn. Das entsprach nicht seinen Vorstellungen davon, wie Dooley den Sommer hätte verbringen sollen, aber wer war er, hier ein Urteil zu sprechen? Jenny war ihre hübsche, sanfte Nachbarin, die Jahr um Jahr, Sommer um Sommer regelmäßig an die Hintertür geklopft und nach Dooley gefragt hatte. Was wäre gewesen, wenn seine Nachbarin, die heute seine Frau war, nicht an die Tür des Pfarrhauses geklopft hätte?

»Gibt Lace Harley immer noch Nachhilfeunterricht?«

»Sie kommt her, wenn ich arbeite, und neulich hat sie ihm für irgendwas eine Eins plus gegeben. Ich weiß nicht, was es war, aber er war ziemlich aus dem Häuschen. Ich glaube, es war Mathe.«

»Bist du bereit, zurück zu deiner Schule zu gehen?«

»Ich will nicht dahin zurück.«

»Wenn du Tierarzt werden willst, musst du zur Schule gehen«, stellte er fest, was auf der Hand lag.

»Ja, klar. Also werd ich's tun, aber lieber würde ich zu Hause bleiben.«

»Du hast noch acht Tage Zeit, also mach das Beste daraus. Die Barnhardts werden, wie besprochen, mit Joseph vorbeikommen, um dich zu deiner Lehranstalt zurückzubringen.«

»Wohin?«

»Übrigens, Harley sagt, du kämest abends immer sehr pünktlich nach Hause.«

»Er hat mir gedroht, mir den Allerwertesten grün und blau zu schlagen, wenn ich's nicht täte.« Dooley kicherte. Die Vorstellung, der magere, zahnlose Harley könne ihn verprügeln, erheiterte ihn offensichtlich zutiefst.

»Was esst ihr denn so?«

»Harley hat gestern Abend Pizza gemacht, die war große Klasse.«

»Mit allem Drum und Dran?« Er wollte alle Einzelheiten hören.

»Keine Anchovis, keine Zwiebeln, dafür tonnenweise Würstchen und Käse. Er könnte seinen eigenen Laden aufmachen.«

»Wie geht es unserer Mieterin?«

»Sie hat mich zweimal gefragt, ob ich ihr euer Haus zeigen würde. Angeblich wollte sie unbedingt den Anbau sehen und alles. Ich hab gemeint, dass ihr es ihr vielleicht selbst zeigen würdet, wenn ihr im Oktober herkommt. Warum sollte sie sich für den Anbau interessieren? Sie wird wohl kaum selbst anbauen wollen.«

»Ich habe keine Ahnung.«

»Wie dem auch sei, ich glaube, Lace nimmt Unterricht bei ihr, bevor sie in einer Woche zu ihrer Schule fährt. Sie wird diese Schule hassen.«

»Bitte, behalte deine Meinung über diese Schule für dich.«

»Ich garantier dir, dass diese Mädchen komisch sind. Sie schreiben und zeichnen und lesen, und außerdem tragen sie total komische Sachen wie Schnürschuhe und Brillen mit Drahtgestell. Ich meine, die können nicht mal tanzen, und wenn sie's doch tun, treten sie einem ständig auf die Füße.«

»Wie geht es deinem Bankkonto?«

»Großartig.«

»Wie großartig?«

»Ich habe bisher sechshundert Dollar verdient.«

»Dann schulde ich dir noch mal sechshundert, das wären dann also schon zwölf. Wie viel hast du denn insgesamt drauf?«

»Zusammen mit dem, was ich letztes Jahr gespart habe, sind es glatte siebzehnhundert.«

»Von dem, was du Ende des Sommers beisammenhaben wirst, kannst du dir ein kleines Auto kaufen.«

»Ich will keinen alten Wagen, das habe ich dir doch schon hundert Mal gesagt.«

»Wenn wir warten, bis du genug für einen neuen verdient hast, werden wir beide alt und klapprig sein.«

Dooley seufzte.

»Sieh mal«, sagte er und kam sich dabei wie ein Fossil vor. »Cynthia und ich werden noch mal fünfhundert ausspucken, damit wärest du dann schon bei zweitausendzweihundert.«

»Danke! He, wirklich! Danke, Dad.«

»Gern geschehen. Und jetzt sieh zu, dass du dich aus allen Scherereien raushältst.«

»Geht klar.«

»Schön. Gut gemacht. Falls wir dann noch hier sind, wird es dir im nächsten Sommer bei uns auf der Insel bestimmt gefallen.«

»Warum?«

»Sand. Wasser. Mädchen. Shrimps. Ich weiß nicht, einfach lauter gute Sachen.«

»Und ich werde ein eigenes Auto haben.«

»Das wirst du, allerdings.«

»Hör mal, ich muss Schluss machen.«

»Grüß Harley von mir.«

»Der gute alte Barnabas fehlt mir schrecklich. Grüß Cynthia von mir. Ach ja, was ich noch fragen wollte, geht es ihr gut?«

»Sie vermisst dich, sie sieht toll aus, und sie ist inzwischen dunkelbraun.«

»Also, ich muss jetzt los.«

»Ich hab dich lieb, Kamerad.«

»Ich dich auch.«

Einen Moment lang blieb er noch an dem Schreibtisch sitzen und lächelte vor sich hin. Er war stolz auf den Jungen. Obwohl von dem Erbe seiner Mutter nur noch etwa sechzigtausend Dollar übrig waren, hätte er eigentlich ruhig noch einen Hunderter mehr ausspucken können.

Heiß. Heißer als heiß.

Er trat über die Schwelle von Dove Cottage, dankbar für den Ventilator, der im Wohnzimmer vor sich hin summte, und wurde von seinem Hund begrüßt, der, gefolgt von einem kleinen Jungen, durch den Flur gestürmt kam.

»Na, wen haben wir denn hier!«, rief er.

»Jonathan!«, sagte Jonathan Tolson.

Cynthia kam aus der Küche. »Jonathan verbringt

den Tag bei uns. Ich dachte, du hättest nichts gegen ein wenig Gesellschaft einzuwenden. Wir können unsere Fahrradtour auch am Samstag noch machen.«

»Kein Problem!«

»Dein Hund«, sagte Jonathan und schlang Barnabas die Arme um den Hals. »Mein Hund.«

»Klar. Mein Hund ist dein Hund, natürlich.« Er hockte sich hin und sah in die blauen Augen ihres blonden kleinen Besuchers.

»Ich habe heute Morgen Jonathans Mommy besucht, und es ging ihr nicht besonders, deshalb …« Cynthia hob lächelnd die Hände.

»Also gönnen wir uns ein Abenteuer«, beendete Father Tim ihren Satz. »Wir machen einen Spaziergang am Strand, dann essen wir Hotdogs und anschließend gönnen wir uns ein Eis. Wie klingt das?«

»Keine Hotdogs«, erklärte Jonathan.

»Dann Pizza! Oder Pommes frites. Ich mag alles.«

Jonathan nickte so eifrig, dass seine Locken auf und ab hüpften. »Pommes frites.«

»Du bist viel lustiger, wenn Kinder in der Nähe sind«, verkündete seine Frau.

»Darf dein großer Hund auch mit?«, fragte Jonathan.

»Unbedingt. Er liebt Eiscreme.«

Cynthia nahm ihren Mann an der Hand und zog ihn durch den Flur in die Küche.

»Janette ist schrecklich niedergeschlagen«, sagte sie leise. »Sie will einfach nicht aus dem Bett. Ich habe heute Morgen nach ihr gesehen – ich bin mir nicht sicher, ob Jonathan in letzter Zeit ordentlich zu essen bekommen hat. Er hat soeben einen ganzen Teller Käse und Kräcker verschlungen, und Gott sei Dank hatte ich Milch im Haus …«

»Was ist mit den anderen Kindern?«

»Die sind im Moment bei Vettern und Cousinen auf dem Festland. Janette meinte, ihre Verwandten hätten keinen Platz für Jonathan gehabt. Anscheinend hat sie schon seit längerer Zeit nicht mehr gearbeitet. Normalerweise nimmt sie Näharbeiten an.«

»Gütiger Gott«, murmelte er. Er hatte Janette Tolson empfohlen, medizinische Hilfe zu suchen, aber sie hatte diese Idee zurückgewiesen und ihm beteuert, dass es ihr gut gehe. Er hatte die Leere in ihrem Blick gesehen, hatte sie in ihrer Stimme gehört und gewusst, dass sie in Schwierigkeiten steckte.

»Ich bin gleich wieder da«, sagte er und küsste seine Frau.

»Die Kinder ...«, sagte er leise, als er an Janettes Bett saß.

»Es ist mir ... egal«, flüsterte sie. Er erinnerte sich daran, wie Miss Sadie von ihrer Liebe zu Willard Porter gesprochen hatte, davon, dass sie so lange Zeit so viel Gefühl investiert habe, dass am Ende alles Gefühl erschöpft war.

»Gott ist es nicht egal. Er steht Ihnen zur Seite.«

Sie drehte langsam den Kopf und sah ihn ungläubig an.

Er legte die rechte Hand auf ihre feuchte Stirn und dachte an die kühlen Finger seiner Mutter auf seiner Stirn, wenn er krank gewesen war, und daran, wie viel diese einfache Geste für ihn bedeutet hatte.

»Ich verspreche es Ihnen«, sagte er.

Sie schloss die Augen, und Tränen quollen unter ihren Lidern hervor.

Der Durchschnittsmensch glaubt, so Oswald Chambers, dass das Christentum ein erlöstes Leben frei von Problemen verheiße. Father Tim hingegen war überzeugt, dass das Christentum Erlösung bringt, wenn man Probleme hat. Das allein und nichts sonst. Die Kinder Gottes mussten sich ihrer Not stellen, bevor ihnen Stärke zuteilwerden konnte. Janette Tolson konnte sich ihrer Not nicht stellen.

»Ich will für Sie beten«, sagte er.

Er ließ die Finger auf ihrer Stirn liegen und griff mit der anderen Hand nach ihrem Unterarm.

»Ich bleibe nicht«, erklärte Jonathan stirnrunzelnd.

»Wir essen Pfannkuchen zum Frühstück«, erwiderte er flehentlich. Es war eine lahme Strategie, aber mehr hatte er nicht zu bieten.

Jonathan schüttelte den Kopf und stampfte mit dem Fuß auf. »Nein! Ich will nach Hause.«

»Die Pfannkuchen sehen aus wie Enten!«

»Nein.«

»Babette und Jason haben bestimmt viel Spaß mit euren Vettern und Cousinen. Willst du nicht über Nacht hier bleiben und Spaß mit Barnabas haben?«

Sie konnten den Jungen nicht nach Hause bringen; seine Mutter war nicht in der Verfassung, sich um ihn zu kümmern. Er hatte Jean Ballenger angerufen, die ihrem neuen Pfarrer gern einen Gefallen tun wollte und sich bereit erklärt hatte, über Nacht bei Janette zu bleiben. Morgen würde er, Hoppy Harpers Rat folgend, mit Janettes Hausarzt sprechen, dem sie seit Monaten aus dem Weg gegangen war, und Janette anschließend ins Krankenhaus bringen – eine Aussicht, die ihn zutiefst erschreckte.

Er sah seine Frau an, die besser als jeder andere geeignet sein sollte, sich etwas auszudenken, mit dem man einen Dreijährigen ködern konnte.

»Ich weiß nicht, wie man kleine Jungen dazu bewegen kann, die Nacht in einem fremden Haus zu verbringen«, sagte sie.

Jonathans Augen füllten sich mit Tränen.

Schattenspiele! Er hatte sich plötzlich an einen Freund der Familie in Holly Springs erinnert, der ihn stundenlang mit einer Kerosinlampe, einer nackten Wand und zwei geschickten Händen unterhalten hatte.

»Mach das Licht im Arbeitszimmer aus«, sagte er verzweifelt.

»Wozu denn das?«

»Vertrau mir.«

»Ich will nach Hause!«, erklärte Jonathan mit Nachdruck.

»Zünde die große Kerze in der Sturmlampe an«, sagte er. Skalpell, Faden ... »Stell sie auf den Tisch zwischen unseren Sesseln.«

Cynthia sah ihn an, als hätte er den Verstand verloren, und eilte ins Arbeitszimmer hinüber.

»Kino!«, sagte er zu Jonathan. »Filmvorführung!« Er glaubte, dass er einen Hund machen konnte. Oder wenigstens ein Schwein. Er war davon überzeugt, dass er einen Adler machen konnte; erst vor wenigen Monaten hatte er einen an die Wand in seinem Arbeitszimmer in Mitford geworfen.

»Popcorn?«, fragte der Junge.

»Das ist ein Wort! Cynthia!«, rief er. »Popcorn mit reichlich Butter!«

Cynthia kam aus dem Arbeitszimmer.

»Mach die Lampen aus, zünde die Kerze an, und dann brauchen wir Popcorn mit reichlich Butter ... Wo bleibt die Arbeitsteilung, die in der modernen Ehe so beliebt ist?«

»Mein Schatz, ich kann nicht alles gleichzeitig tun. Das hier verlangt nach Teamwork!«

»Meine Mommy, meine Mommy macht Popcorn!«, sagte Jonathan und lief eilig hinter Cynthia her in die Küche.

Als er noch lange nach Mitternacht wach im Bett lag, spürte er, wie sich die Feuchtigkeit einer Decke gleich auf sie herabsenkte. Außerdem nahm er etwas wahr, was er seit Wochen beiseitegewischt hatte:

Er hatte Heimweh.

Er hatte Heimweh nach Mitford und seinem Jungen und nach Harley, er hatte Heimweh nach den ungezählten Dingen, die sein dörfliches Zuhause in den Bergen ausmachten.

Auch Whitecap hatte natürlich seine Reize. Eine kleinere Gemeinde hatte eine Menge für sich, ganz zu schweigen von der allgemeinen Gelassenheit, wie sie Sonnenschein, Salzluft und Meeresbrandung mit sich brachten. Hatten die Ärzte vergangener Zeiten nicht als Kur für so ziemlich jedes Gebrechen einen Aufenthalt am Meer verschrieben?

Aber er litt unter keinem Gebrechen, und er brauchte keine Kur.

Er glaubte, dass es ihm nach und nach gelang, ein wenig Ruhe in die Gemeinde zu bringen. Mehrere Streitigkeiten waren beigelegt worden, und die unwichtigen Dinge, die er einfach ignoriert hatte, gerieten, wenig überraschend, mehr und mehr in Vergessenheit, weil man ihnen keine neue Nahrung mehr gab.

Wichtiger noch war die Tatsache, dass seine Frau nach jahrelanger Schufterei ein wenig Entspannung fand. Ja, sie hatte mit dem neuen Buch angefangen, aber vor allem wirkte sie ausgeruht, sonnengebräunt und lebendig wie ein Kind im Sommerlager.

Und nicht zuletzt hatten sich St. John's und Cynthia Kavanagh ineinander verliebt und machten keinen Hehl daraus. Sie stand jeden Sonntag nach dem Gottesdienst zusammen mit ihm draußen vor der Kirche, schüttelte Hände und half wie eine bezahlte Angestellte in mehreren Bereichen der Gemeinde aus, auch im Kindergarten.

»Aber ich liebe es!«, hatte sie erst letzte Woche gesagt, nachdem er sich einmal mehr bei ihr bedankt hatte.

»Was liebst du nicht?«, hatte er gefragt.

»Wachsende Kurzsichtigkeit, schleichende Vergesslichkeit und ... und Kalender, in denen man nicht genug Platz hat, um alle Ereignisse des Tages darin einzutragen!«

Heiß.

Er streifte die Decke ab, stieg vorsichtig aus dem Bett und ging über die knarrenden Dielenbretter durch den Flur.

Im Wohnzimmer verließ Barnabas sein Lager in der Ecke und reckte sich, dann trat er neben Father Tim an die Fliegentür und blickte in die mondbeschienene Nacht hinaus.

Er hakte die Fliegentür auf und trat auf die Veranda hinaus. Der volle Mond warf sein Licht auf das ferne Fleckchen Wasser.

Der Anblick der beiden Monde, üppig und schimmernd zwischen zwei schlafenden Cottages, ließ ihn trotz der Hitze schaudern.

Was für eine fremdartige Welt, diese gewaltige Fläche von Sand, die wie von selbst aus der Tiefe des Meeres emporgestiegen war.

Er setzte sich auf die oberste Treppenstufe und betrachtete das weite Gewölbe des Himmels über ihm, das, was James Joyce den Himmelsbaum aus Sternen genannt hatte, der saftige, nachtblaue Früchte trug.

Große Schönheit war etwas, an das er sich herantasten musste, das er langsam und in winzigen Dosen in sich aufnehmen musste. Er legte die Hände über die Augen und sah die Sterne hinter seinen Fingern tanzen, ein weiteres Doppelbild in dieser tiefen, stillen Nacht.

In Mitford hatte er sich gebunden gefühlt; gebunden an Lord's Chapel, gebunden an das Pfarrhaus, gebunden an das kleine gelbe Haus. Hier fühlte er sich, als falle er tief in den Raum hinein, gebunden einzig an Gott.

Er stand auf und ging die Treppe zum Garten hinunter, rastlos und aufgeregt wie ein Kind, das, erfüllt von leidenschaftlichen Träumen, in der Nacht erwacht.

Barnabas hob an seiner Lieblingsstelle am Lattenzaun das Bein.

Wenn es möglich gewesen wäre, hätte er zu Hause angerufen und noch einmal mit Dooley geredet. Er würde noch länger mit ihm reden, als er es heute schon getan hatte, und Dooley dann bitten, das Telefon an Harley weiterzureichen. Als Nächstes würde er Esther anrufen und danach Gene, obwohl sie erst am Mittwoch miteinander gesprochen hatten, und danach würde er vielleicht Louella anrufen, und sie würden am Telefon ein Kirchenlied singen …

Am liebsten aber hätte er Miss Sadie angerufen, um die muntere Stimme zu hören, bei deren Klang sein Schritt stets schwungvoller geworden war.

»Miss Sadie«, sagte er laut zu der Frau, die noch immer sein Lieblingsgemeindemitglied war, »dies ist ein gebührenfreier Anruf. Ich hoffe, es gefällt Ihnen dort oben, und Sie bringen sich nicht in Schwierigkeiten, weil Sie die Engel herumkommandieren …«

Er sah eine Sternschnuppe, die über der Silhouette eines Strandhäuschens aufflammte und erlosch.

Dann hörte er die Musik.

Er drehte sich um, weil er glaubte, dass irgendwo im Haus ein Radio spielen würde.

Aber die Musik kam nicht aus dem Haus.

Es war Karg-Elerts »Nun danket alle Gott«, und es kam von … der anderen Straßenseite.

Er erstarrte.

Irgendjemand hatte seine Stereoanlage voll aufgedreht. Es war eine eigenartige Version eines seiner absoluten Lieblingsstücke für die Orgel – machtvoll, dramatisch, erfüllt von ungeheurer Kraft.

Er ging zu dem Lattenzaun hinüber und blickte über die Straße zu der hohen, mondbeschienenen Hecke.

Trotz der Entfernung konnte er jede Note deutlich hören, und vielleicht weil ihm das Stück so vertraut war, nahm er hinter den einzelnen Klängen die schreckliche Dringlichkeit der Musik auf der anderen Seite der Mauer wahr, unter dem vollen, hohen Mond.

Als er sich wieder ins Bett schlich, dachte er an Hélène Pringle und die leise Klaviermusik, die in die Nachtluft von Mitford hinausgeklungen war.

Er schauderte in der Brise, die plötzlich vom Wasser kam und durch das offene Fenster zog.

Irgendwann kurz vor Morgengrauen spürte er eine Bewegung am Fußende seines Bettes und glaubte, es sei Barnabas.

Es war Jonathan Tolson. Der Junge kroch schweigend durch das Bett und suchte sich ein Fleckchen zwischen ihnen. Father Tim hörte das Kind seufzen, und kurz darauf hörte er das rhythmische Atmen des Jungen und roch sein feuchtes, zerzaustes Haar.

Bevor er wieder einschlief, betete er noch für Janette und um Beistand für den nächsten Tag.

Auf dem Weg zu St. John's machte er auf einen Kaffee in Monas Café halt und ging dann weiter in den Angelladen.

»Das ist das Neueste«, sagte Ernie. »Der *Democrat* ist gestern Abend rausgekommen, und Junior hat auch schon eine Antwort auf seine Annonce.«

»Und?« Die Suche nach einer Ehefrau war eine ziemlich aufregende Sache.

»Und es war ein Mann.«

»Aha.«

»Er wollte wissen, ob Junior Interesse hätte, seinen Bronco zu verkaufen.«

»Das war alles?«

Ernie schüttelte mit düsterer Miene den Kopf. »Ich glaube, wir müssen diese Annonce umschreiben.«

»Mag sein. Ach übrigens, Sie wollten mir noch erzählen, wer auf der anderen Seite der Mauer lebt.«

»Oh, ja. Stimmt. Nun, es ist Morris Love.«

»Morris Love.« Er sah Ernie forschend an. »Erzählen Sie mir mehr.«

»Also, Morris ist, Sie wissen schon …« Ernie zeigte auf seinen Kopf und machte eine kreisende Bewegung mit dem Zeigefinger.

»Wie wir anderen auch«, meinte Father Tim, der die Angelegenheit von der positiven Seite betrachtete.

»Kein Grund zur Sorge. Morris lebt sehr zurückgezogen und verlässt niemals das Haus; er brüllt bloß gelegentlich mal jemanden an. Dann versteckt er sich hinter der Mauer und schreit verrücktes Zeug. Aber sagen

Sie Ihrer Missus, dass sie sich keine Sorgen zu machen braucht, er ist harmlos.«

»Warum verlässt er das Haus denn nicht?«

»Er will nicht, dass irgendjemand ihn ansieht.«

»Warum denn nicht?«

»Hm, na ja, er hat diese … Behinderung. Eine Frau von der Insel kümmert sich um ihn, ich glaube, sie kommt jeden Tag, kocht für ihn und erledigt alles andere, und der Orgelstimmer kommt immer aus Virginia. Alles in allem wird der Weg zu seinem Haus zu selten genutzt, um auch nur das Gras in der Einfahrt plattzudrücken.«

»Nun, nun.«

»Sein Großvater hatte im Haus eine große Orgel einbauen lassen, und es heißt, sie wäre zu ihrer Zeit Weltklasse gewesen. Der gute Morris spielt sagenhaft gut, aber ich hab ihn in letzter Zeit nicht mehr spielen hören. Wir alle hier achten gar nicht weiter auf Morris. Die meisten Leute erinnern sich kaum daran, dass er überhaupt dort lebt.«

»Donnerwetter.«

»Aber machen Sie sich keine Sorgen deswegen. Er ist harmlos, und davon abgesehen ist er einfach nur ein bisschen verrückt, so wie sein Großvater, mehr steckt nicht dahinter.«

»Aha. Also, hier ist das Buch, das ich Ihnen versprochen habe.«

»Heiliger Bimbam! Ich habe Ihnen ein gelesenes Taschenbuch geschenkt, und dieses Ding hier ist in Leder gebunden.«

»Sie können es behalten, und ich hoffe, es wird Ihnen gefallen.«

»Wenn Sie mich fragen, haben Sie da kein gutes Geschäft gemacht, aber ich freue mich trotzdem.« Ernie schlug das Buch auf, wählte willkürlich irgendeine Seite aus und las langsam eine Stelle daraus vor:

Auf seinen Morgengang macht sich der Landmann
zu schauen, wie es überall bestellt ist;
schreitet von Weide zu Weide,
besieht sich sorgsam jedes Schaf und Rind.
Mit ihm zu schweigen oder zuzuhören
hat er Gefährten bei sich unterwegs:
Vier Hunde, je ein Paar von gleicher Rasse –
zwei ausgezeichnet durch die Nase,
zwei durch schnellen Lauf.
Da schau, ein Hase vor ihm springt!
– Sofort geht los die wilde Jagd
Jeder Hund mit heißem Herzen
setzen sie zu viert ihm nach.

Ernie sah grinsend auf. »Da geht's ja gleich ganz schön rund.«

Als er den Angelladen verließ, warf er noch einen Blick durch die Fensterscheibe und freute sich zu sehen, dass der Besitzer dem kleinen Büchlein mit ländlichen Betrachtungen verzückte Aufmerksamkeit schenkte.

Janette Tolson weinte während der ganzen Fahrt über die Brücke bis in das vierzehn Meilen entfernte Krankenhaus. Während der Aufnahmeprozedur für die psychiatrische Abteilung blieb er an ihrer Seite, erklärte dem Angestellten, dass Janette nicht versichert sei und gab ihm sein Wort, dass die Rechnung bezahlt werden würde. Wie, wusste er nicht; das würde Gottes Aufgabe sein. Schließlich wartete er noch, bis ihr Arzt erschien und sie in einem Gemeinschaftszimmer untergebracht war.

Als er sich verabschiedete, ließ sie seine Hand nur widerstrebend los. »Jonathan …«

»Machen Sie sich keine Sorgen«, sagte er.

Er hielt Cynthia lange fest umschlungen, bevor er sich auf den Weg zur Kirchenvorstandssitzung machte.

Oh, was für ein Segen doch eine Ehefrau in einer harten Welt war …

Die Arme um ihre Taille gelegt, küsste er sie. Trotz ihrer häufigen Ausflüge mit dem Fahrrad war dort noch immer ein erfreuliches Pölsterchen zu spüren.

Er zwinkerte. »Bis später, Pummel.«

Sie riss sich mit wütendem Blick von ihm los.

Es konnte keinen Zweifel geben, dachte er, während er zur Tür stürzte, er hatte soeben die gelbe Linie seiner Frau überschritten.

8 Der Funke im Flachs

Der Regen kam in der Nacht und trommelte stetig auf das rote Dach von Dove Cottage.

Um sechs Uhr morgens versuchte er, einen einzigen guten Grund zu finden, warum er einen ganzen Tag im Büro der Kirche verbringen sollte, aber es fiel ihm keiner ein. Gingen Geistliche nicht für gewöhnlich an zwei Tagen die Woche nicht ins Büro, und hatte er sich seit seiner Ankunft nicht stets nur einen einzigen Tag die Woche vom Büro ferngehalten? Er würde nach dem Mittagessen hinübergehen und war sehr zufrieden mit diesem Entschluss.

»Wunderbar, Liebling, dann kannst du mir helfen, Jonathan zu füttern!« In den Augen seiner Frau stand ein unverkennbar boshafter Glanz.

»Nein! Ich mag das nicht!« Jonathan schüttelte heftig den Kopf, als eine Müslischale vor ihn hingestellt wurde.

Cynthia hielt ihm einen mit Butter bestrichenen Toast hin.

»Nein!«, sagte Jonathan. »Keinen Toast!«

»Und wenn ich ihn mit Gelee bestreiche?«, fragte Father Tim.

»Das habe ich schon versucht«, sagte Cynthia. »Es funktioniert nicht. So geht das jeden Morgen, während du fröhlich pfeifend die Straße hinunterspazierst.« Sie seufzte. »Ich weiß nicht, wie man Kinder dazu bringt, etwas zu essen, das sie nicht mögen.«

»Hat er dir denn gar keine Hinweise gegeben?«

»Ich habe es mit Haferflocken versucht, mit Fruitloops, mit Haferbrei und mit Schinken, ganz zu schweigen von gebratenen und gekochten Eiern. Nichts schmeckt ihm. Das Ende vom Lied sind immer Tränen, Kräcker und Käse.«

»Wir könnten jemanden anrufen«, schlug er wohlgemut vor, »und fragen, was er gern zum Frühstück isst.«

»Wen könnten wir anrufen?«

»Mal sehen. Jean Ballenger! Sie kennt die Familie!« Was für eine großartige Lösung. Er war ein echter Sherlock Holmes.

»Ich muss Pipi«, sagte Jonathan.

»Du hast doch gerade erst Pipi gemacht«, erwiderte Cynthia leicht genervt.

Jonathan kletterte vom Stuhl und machte sich im Laufschritt auf den Weg in Richtung Bad.

»Diesmal bist du dran«, sagte seine Frau. »Und klapp bitte die Brille hinterher wieder herunter.«

»Ich habe keine Ahnung!«, rief Jean, als er sie in ihrem kleinen Cottage neben der Bibliothek anrief. »Ich habe niemals irgendjemanden irgendetwas essen sehen, wenn ich bei den Tolsons war.«

Nach der fruchtlosen telefonischen Nachfrage zog Cynthia ihn ins Arbeitszimmer. »Jean hätte wohl nicht Lust, Jonathan für ein Weilchen zu sich zu nehmen?«

»Jean Ballenger? Kann ich mir nicht vorstellen!« Jean, eine eingefleischte Junggesellin mit gehäkelten Schonbezügen auf ihren Sesseln, stand wohl kaum zur Verfügung, um einen Dreijährigen mit einem ausgeprägt starken Willen zu versorgen.

»Was sollen wir nur tun?«, fragte Cynthia. »Ich finde

den Kleinen entzückend, wirklich. Ich habe ihn sehr, sehr gern. Aber er macht mich fix und fertig. Ich bin zu alt für so etwas!«

»Ich werde bis ein Uhr hier sein. Geh du an dein Zeichenbrett und entspann dich. Wir haben alles unter Kontrolle.«

Warum sah sie ihn dann mit diesem ganz speziellen Gesichtsausdruck an, bei dem sie eine Augenbraue hochzog und die andere unten ließ?

»Heureka!«, rief er begeistert und lief den Flur hinunter in ihr Arbeitszimmer. »Ich habe es herausgefunden, ich hab's, ich hab's …!«

»Was?«, fragte sie, ohne von einem Aquarell aufzublicken, das Violet unter einem blaugelben Sonnenschirm zeigte.

»Was er gern zum Frühstück isst!« Er triumphierte nachgerade; ebenso gut hätte er vermelden können, dass er den Heiligen Gral gefunden habe.

»Ich werde es niemals erraten, also erzähl es mir einfach.« Sie konnte sich ein Grinsen nicht verkneifen, als sie nun ihren Mann ansah, der den Eindruck machte, als hätte man ihn soeben durch einen Fleischwolf gedreht.

»Rate!«, beharrte er und spielte ihr damit denselben bösen Streich, den Emma ihm stets zu spielen pflegte.

»M&Ms?«

»Kalt, ganz kalt, meine Liebe. Zwei Versuche hast du noch.«

»Erdnussbutterkuchen! Den würde ich am liebsten jeden Morgen essen!«

»Cynthia …«

»Na schön, ich gebe mir keine Mühe. Also schön, diesmal versuche ich es wirklich.« Sie blickte aus dem

Fenster. Sie wickelte sich eine Haarsträhne um den Zeigefinger. Sie seufzte.

»Ich habe keinen Schimmer«, sagte sie.

»Spaghetti.«

»Nein.«

»Ja!«

»Al dente, nehme ich an.«

»Ein wenig mehr Respekt, bitte. Ich habe soeben eine wichtige Entdeckung gemacht.«

»Ja, Lieber, und vielen Dank. Mit Soße oder ohne?«

»Mit Butter. Keine Gabel, kein Löffel. Kipp sie einfach in eine Schale und stell sie vor ihn hin. Natürlich musst du ihn baden, wenn alles vorbei ist.«

»Baden?«

»Na schön, ich werde ihn baden. Aber nur dieses eine Mal.«

Warum tauchten immer wieder Kinder auf seiner Türschwelle auf? Nicht dass er sich darüber beschweren wollte, aber war es nicht seltsam, dass er volle sechs Jahrzehnte auf Erden geweilt hatte, praktisch ohne jemals einen jungen Menschen in seinem Leben zu haben, wenn man einmal von denen absah, denen er in der Sonntagsschule begegnete? Aber andererseits – was hatte er auf diese Weise gewonnen? Dooley Barlowe. Eines der größten Geschenke – meistenteils –, das jemals »vom Vater der Gestirne gekommen war«, wie der heilige Jakob es formuliert hatte.

In jedem Falle war dies geradezu ein Spaziergang, verglichen mit Reverend Tracey, der zusammen mit seiner braven Ehefrau vierzehn Kinder adoptiert hatte. Vierzehn! Eine Zahl, bei der einem der Kopf schwirrte. Und dann war da Reverend Moultrie, der schon zu Lebzeiten zur Legende geworden war. Dieser brave Mann hatte einundzwanzig Kinder verschiedener Altersstufen und Gesellschaftsschichten um sich herum versammelt und es, wie man hörte, fertiggebracht, die ganze Bande zu guten Bürgern zu erziehen, obwohl der Anbau seines Vorstadthauses, den er eigens der Kinder wegen errichtet hatte, eines Abends bei einer allgemeinen Kissenschlacht buchstäblich zusammengebrochen war. Gott sie Dank war niemand dabei ernstlich verletzt worden.

»Und, Liebling ...«, sagte seine lächelnde Frau, als er sich umdrehte, um den Raum zu verlassen.

»Ja?«

»Danke, dass du den Fußboden unter seinem Stuhl aufwischst, wenn du fertig bist.«

»Kein Problem«, sagte er.

Er blickte aus dem Fenster des Arbeitszimmers in den unablässig fallenden Regen hinaus, dann sah er auf seine Armbanduhr.

Viertel vor zwölf. Mule und J. C. würden gerade an ihren angestammten Tisch gestolpert kommen.

Er wusste, dass es zu dieser Zeit in der Grillstube hoch herging, aber er vermisste seine beiden Freunde, und wie viel Mühe konnte es Velma schon kosten, jemanden ans Telefon zu rufen?

Er lauschte, während das rote Telefon an der Wand neben der Grilleinrichtung zweimal klingelte. Viermal. Sechsmal. Siebenmal ...

Er wollte gerade auflegen, als Velma an den Apparat ging.

»Velma, hier ist Tim Kavanagh!«

»Wer?«

»Tim Kavanagh.«

»Was kann ich für Sie tun, wir stecken hier gerade mitten im Mittagsgeschäft.«

»Verstehe. Könnten Sie, ah, könnten Sie Mule ans Telefon rufen? Oder J. C.?«

»Bleiben Sie dran.«

Er hörte, wie der Telefonhörer auf die Theke gelegt wurde, dann hörte er ihn hinunterfallen und an der Schnur gegen die Wand schlagen. Er hielt den Hörer von seinem Ohr weg.

Das Geklapper in der Grillstube klang, als befänden sich die Menschen auf einem anderen Kontinent, all das Geklapper und Getöse, das ihm so lange Zeit so vertraut gewesen war, wirkte jetzt so … fern. Er ließ mutlos die Schultern sinken.

»Nach neun Uhr serviere ich keine Hafergrütze mehr!« Das war Percy.

Er hörte ein metallenes Scheppern.

»Verflixt und zugenäht!« Wieder Percy. Er hatte wohl seinen Küchenspatel fallen lassen.

»Heiliger Himmel! Hört euch bloß an, was der Präsident jetzt schon wieder angestellt hat.«

Das klang nach Leonard Stanley, der immer an der Theke gegenüber dem Telefon saß. »Junge, Junge! Unglaublich.«

»Ich lese keine Zeitung, da kriege ich bloß Magenkrämpfe. Nur die Witze. Mit allem anderen habe ich Schluss gemacht.« Coot Hendrick. »Aber mir gefallen die Beilagen, die mit der Zeitung kommen – du weißt schon, Wal-Mart, Ken's Autoteile, Gutscheincoupons für Domino's Pizza, solche Sachen eben.«

Ein Zischen drang an sein Ohr.

»Wir haben heute keine Spezialität des Tages!«, brüllte Percy. »Ich biete keine Tagesgerichte mehr an, Sie müssen sich schon was von der Speisekarte aussuchen!«

»Also, was hat der Präsident getan?«

»Glaub mir, das willst du gar nicht wissen. Ich frage mich, ob es hier wohl irgendwo ein Alka Seltzer gibt.«

Es knisterte.

Leonard musste sich eine große Zeitung geschnappt haben, wie die *Atlanta Constitution,* wenn man den Lärm bedachte, den er beim Umblättern der Seiten machte.

»Ist das denn noch zu glauben?« Er hörte Velma am Telefon vorbeistampfen. »Der vordere Tisch will ein ›SST ohne Salat und Tomate‹! Ich hab ihm direkt ins Gesicht gesagt: ›Wie kann man ein SST ohne S und T essen?‹ Und er sagt: ›Was?‹ Das ist derselbe Blödmann, der neulich einen Cheeseburger bei mir bestellt und mich gebeten hat, den Käse wegzulassen.«

»Ich an deiner Stelle würde in Frührente gehen«, bemerkte Coot.

Es war offensichtlich, dass Velma im Getöse des Mittagsgeschäfts seinen Anruf vergessen hatte.

Er schrie lautstark in das Mundstück. »Velma! Percy! Hallo!«

Er hörte die Vordertür aufgehen und zuschlagen, das Zischen einer Dose Mineralwasser, die schnell geöffnet wurde.

»Hallo! Ist da jemand! Irgendjemand?«

»Weshalb baumelt dieser Hörer hier herum?«, fragte Percy. »Den muss wohl jemand von der Gabel geschlagen haben.«

Klick.

Jonathan drückte einen Stummelfinger auf den Fernsehschirm im Gästezimmer. »Ich will einen Film sehen«, sagte er.

»Ah. Einen Film.«

»In einer Schachtel«, sagte der Dreijährige.

Er sah auf seine Armbanduhr. »In einer Schachtel.« Noch siebenundfünfzig Minuten lagen vor ihm.

»Peter Pan.«

»Peter Pan. In Ordnung.«

»Du magst Peter Pan?«

»O ja. Sehr sogar!«

Jonathan bohrte seinen Finger in Father Tims Bein. »Also, dann schauen wir ihn uns jetzt an!«

»Wir könnten auch eine Geschichte erzählen. Ich könnte dir vorlesen, wie wär das?«

»Will einen Film in einer Schachtel sehen!«

In einer Schachtel, in einer Schachtel. Er hatte einen Karton, der von den Büchern übrig geblieben war. Er flitzte zur Veranda hinüber und schleppte ihn herein.

»Einmal habe ich einen *König-der-Löwen*-Film gehabt«, sagte Jonathan, »und mein Daddy, mein Daddy, mein Daddy hat mir verboten, ihn zu sehen.« Jonathan legte die Stirn in Falten.

Er setzte den Jungen in den Pappkarton und schaltete den Fernseher an. Gütiger Himmel! Er mochte seinen Augen nicht trauen, und das am hellichten Tag. Schnell zappte er weiter. Noch fünfzig Minuten.

»Peter Pan!«, brüllte Jonathan. »In einer Schachtel!«

Er trottete zum Arbeitszimmer hinüber. »Kavanagh, was ist ein Film in einer Schachtel?«

»Ein Video, Lieber. Wir haben keine.«

»Warum nicht?«

»Weil wir kein Videogerät haben.«

»Wir haben nicht einmal eine Mikrowelle«, sagte er verwundert.

Er lief zurück ins Gästezimmer und zog Jonathan aus dem Bücherkarton. »Wir machen einen Spaziergang.«

»Ich will keinen Spaziergang!«

»In diesem Leben, mein Junge, wirst du gezwungen sein, viele Dinge zu tun, die du lieber nicht tun würdest, betrachte dies hier also als einen Probelauf.«

Er bugsierte Jonathan in die Küche und zerrte Barnabas unter dem Tisch hervor. Er klinkte die rote Leine an das Halsband des Hundes – und genau in diesem Moment klingelte das Telefon.

Während er sich das Schnurlose vom Fenstersims griff, warf er einen Blick durch das Küchenfenster. Verflixt! Sie konnten keinen Spaziergang machen; er hatte vergessen, dass es wie aus Kübeln goss.

»Hallo!«, brüllte er in den Hörer.

»Reverend? Sind Sie das?«

»Esther!«

»Sie klangen ganz anders als sonst«, sagte Esther, die auch nicht so klang wie sonst. »Ich muss mit Ihnen über Gene sprechen.«

»Schießen Sie los!«, sagte er und galoppierte den Flur hinunter hinter Jonathan her, der schnurstracks auf die Haustür zusteuerte.

»Er benimmt sich so seltsam, ich erkenne ihn kaum wieder. Ich sage Ihnen, er ist einfach nicht mein Gene, er könnte irgendjemand sein und Hubert heißen oder Pete oder weiß der Himmel wie, so eigenartig benimmt er sich.«

»Was tut er denn?«, fragte er und bekam den Jungen noch auf der Veranda zu fassen.

Unter dem Arm trug er ihn zurück ins Haus. »Runter!«, schrie der Junge und zappelte und trat um sich.

»Wer in aller Welt ist das?«, wollte Esther wissen.

»Das ist Jonathan. Erzählen Sie mir, was Gene so treibt.«

»Er zählt Dinge. Er starrt mich an und sagt: ›Sieben.‹ Und ich sage: ›Sieben was?‹ Und er sagt: ›Es sind jetzt sieben Mal, dass du die Schranktür über dem Herd geöffnet hast.‹«

»Runter!«, sagte Jonathan und wand sich aus Father Tims Umklammerung.

»Aha. Ich höre zu, Esther, erzählen Sie weiter. Sie haben die Schranktür siebenmal geöffnet ...«

Jonathan hatte sich auf alle viere fallen lassen und trank Wasser aus der Hundeschale. Er nahm das schnurlose Telefon jetzt in die linke Hand und hakte mit der rechten Hand die rote Leine von Barnabas' Halsband. Dann befestigte er die Leine am Gürtel des Jungen und schlang das andere Ende um die Rückenlehne eines Küchenstuhls.

»Er hat mich gestern Abend angesehen und gesagt: ›Achtzehn.‹ Ich sagte: ›Achtzehn was?‹ Er sagte: ›Lockenwickler.‹ Wir gehen nach oben ins Bett, da sagt er: ›Vierzehn.‹ Der Himmel weiß, meine Nerven liegen inzwischen ziemlich blank, denn das geht nun schon den ganzen Tag lang so, ich habe nicht einmal mehr gefragt, was vierzehn denn sei, und er sagt: ›Stufen.‹ Ich kann Ihnen hier und jetzt versichern, es gefällt mir nicht, er spielt diesen blöden Streich schon seit Monaten, aber es wird von Minute zu Minute schlimmer.

Um Ihnen die Wahrheit und nichts als die reine Wahrheit zu sagen, ich könnte ihn ohrfeigen. Können Sie sich vorstellen, mit jemandem zusammenzuleben, der umhergeht und sagt ›Sechsundsechzig! Das sind sechsundsechzig Fensterscheiben.‹ Oder: ›Neunzehn Das sind neunzehn Griffe an den Schranktüren.‹ Neulich dachte ich darüber nach, warum nur neunzehn Griffe an den Schränken sind und nicht zwanzig, und was glauben Sie, was dann passiert? Im nächsten Moment habe ich selbst angefangen, Griffe zu zählen.«

»Da laust mich doch der Affe.«

»Ich spreche vom Telefon im Flur aus, aber ich kann ihn hören; während wir uns hier unterhalten, zählt er gerade die Quadrate auf dem Linoleumboden in der Küche!«

»Oh, Mann.«

»Zum x-ten Mal!« Esther senkte die Stimme. »Reverend, meinen Sie vielleicht, dass er verrückt ist? Es erschreckt mich, ein solches Wort auch nur zu denken.«

»Weiß Hoppy, was bei Ihnen los ist?«

»Wir haben alle Untersuchungen durchführen lassen, man sollte meinen, dass irgendwelche Geisteskrankheiten sich im Blut zeigen würden.«

»Ich habe das Gefühl, Sie sollten einmal mit Hoppy reden. Wann haben Sie denn Ihren nächsten Termin bei ihm?«

»In zwei Wochen.«

»Sie sollten vielleicht einmal anrufen.«

»Das kann ich nicht, er ist im Urlaub. Sie wissen ja, er hat seit Jahren keinen Urlaub mehr gemacht, daher finde ich, dass ich ihn nicht stören kann.«

»Sprechen Sie mit seinem Kompagnon, sprechen Sie mit Dr. Wilson.«

»Wollen Sie mich auf den Arm nehmen? Der ist ja noch grün hinter den Ohren.«

»Ich würde mit Dr. Wilson sprechen, Esther.«

Esther hatte zu weinen begonnen und versuchte, es zu verbergen. »Nur eins hat sich nicht geändert.«

»Und das wäre?«

Jonathan schleifte den Stuhl quer durch die Küche, während Barnabas verschüchtert unter dem Tisch hockte.

»Er tätschelt noch immer meine Wange und sagt ›Gute Nacht, Püppchen‹, wie er es seit zweiundvierzig Jahren tut.«

»Pferdchen!«, schrie Jonathan.

»Ich wünschte, sie wären hier«, schluchzte Esther traurig.

»Das wünschte ich auch«, sagte er, und die Worte kamen ihm von Herzen.

Er streifte Socken über die Beine des Küchenstuhls und ließ Jonathan das verflixte Ding durchs ganze Haus ziehen. Cynthia schloss ihre Tür – tatsächlich klang es so, als hätte sie sogar den Schlüssel im Schloss umgedreht –, und Barnabas versteckte sich in einer Ecke des Arbeitszimmers. Father Tim selbst saß wie ein Landedelmann im Wohnzimmer und führte sich den *Whitecap Reader* zu Gemüte.

Einige Mitglieder des Wadamo-Stammes im Sambesital in Simbabwe kommen mit nur jeweils zwei Zehen an jedem Fuß zur Welt, was ein erbliches Merkmal ist. Diese Menschen können jedoch ebenso gut laufen wie jemand, der zehn Zehen an jedem Fuß hat.

An dieser Stelle könnte Ihre Annonce stehen

Rüsten Sie auf! Angelbedarf und Autozubehör unter einem Dach. Ihr Angelbedarf und Autoteile Whitecap

Lacher der Woche: »Es macht mir nichts aus, dass sie wiedergeboren worden ist, aber musste sie unbedingt sie selbst bleiben?«

Er seufzte. Der *Reader* war die einzige Zeitung, die er je gelesen hatte, neben der sich die *Muse* ausmachte wie der *Philadelphia Inquire*.

Er ließ den Jungen toben, bis er um Punkt eins herunterkam und sich, ohne zu murren, zu einem Mittagsschläfchen niederlegte. »Halleluja!«, flüsterte Father Tim seinem Hund zu, während er auf Zehenspitzen aus dem Gästezimmer schlich und die Tür hinter sich schloss.

Er stieg am hinteren Tor in seinen Wagen und warf den tropfnassen Regenschirm auf den Boden vor den Beifahrersitz. Als er den Schlüssel im Zündschloss drehte, bemerkte er einen Lieferwagen, der auf Morris Loves Einfahrt stand. Er rückte seine Brille zurecht.

L. L. Mansfield, Orgelstimmer

Ein Fahrer stieg aus dem Truck, ging zu dem eisernen Tor hinüber, stieß es auf, kehrte in seinen Wagen zurück und fuhr hindurch.

Einen Moment lang blieb er reglos sitzen, denn das erste Anzeichen von Leben, das er auf der anderen Straßenseite wahrgenommen hatte, machte ihn neugierig. Er beobachtete, wie der Fahrer noch einmal zurückkam und das Tor hinter sich verschloss.

Fort Knox!, dachte er und fuhr davon.

Ich werde dir sagen, was du tun sollst …

Er saß im Pfarrbüro, lauschte auf den Regen auf den Fensterscheiben und las in einer Predigt von Charles Spurgeon, die dieser am 9. März 1873 in Newington gehalten hatte.

Wende dich an Ihn ohne Furcht oder Zagen; noch ehe die Sonne untergeht und diesen Tag der Gnaden beendet, geh und sage Ihm, dass du die Gesetze des Vaters gebrochen hast – sage Ihm, dass du verloren bist und der Erlösung bedarfst; sage Ihm, dass er ein Mensch ist, und rufe sein menschliches Herz an und sein brüderliches Mitgefühl.

Lege Ihm dein gebrochenes Herz zu Füßen: Lass deine Seele überfließen in Seiner barmherzigen Gegenwart, und ich sage dir, dass Er dich nicht von sich stoßen kann …

Er notierte sich in seinem Predigtbüchlein: Nicht dass Er sich nicht taub stellen *wird*, sondern dass Er es nicht *kann*. Dieser Wahrheit Nachdruck verleihen.

Spurgeon hatte mit wenigen Worten das ausgedrückt, was Father Tim am Sonntag der Gemeinde von St. John's zu predigen gedachte.

… selbst wenn das Gebet schwach ist wie ein Fünkchen im Flachs, wird Er es nicht auslöschen; und wenn dein Herz nicht stärker ist als ein Grashalm, wird Er es nicht brechen.

Der Heilige Geist möge euch mit dem Wunsch segnen, euch durch Jesus Christus an Gott zu wenden; und euch dazu ermutigen, indem Er zeigt, dass Er sanftmütig und bescheidenen Herzens ist, sanft, zart und voller Mitleid.

Als er das Pfarrblättchen fertig getippt hatte, rief er im Krankenhaus an. Janette war gerade nicht in ihrem Zimmer. »Richten Sie ihr aus, dass ich sie morgen besuchen werde«, sagte er zu der Krankenschwester. »Sagen Sie ihr, dass es Jonathan gutgeht.«

Er angelte den Regenschirm aus dem Ständer an der Tür und machte sich bereit, einmal mehr den Elementen zu trotzen.

»Reverend Kavanagh, sind Sie das?«

Er fuhr herum. »Gütiger Himmel!«

»Ich habe Sie erschreckt, Reverend, das tut mir wirklich leid!«

»Barmherziger!«, sagte er, weil ihm sonst nichts anderes einfiel. Vor ihm stand eine hochgewachsene, dünne, gebeugte Frau in einem tropfnassen Regenmantel, der die Brille von der feuchten Nase rutschte.

»Ich bin durch die Vordertür hereingekommen und konnte keine Menschenseele finden, deshalb bin ich einfach die Treppe hochgegangen. Mein Name ist Ella Bridgewater, und ich bin wegen des Vorspielens hier!«

Er war verwirrt. »Aber ich dachte, wir wollten morgen …«

»Ich habe das heutige Datum in meinem Terminkalender festgehalten, Reverend, und ich bin sehr korrekt in diesen Dingen. Außerdem hätte ich morgen nicht herkommen können, denn da fahre ich zu meiner Nichte. Das tue ich samstags immer, deshalb hätte ich niemals …«

»Natürlich. Es war sicher mein Fehler.« Auch er war sehr korrekt in solchen Dingen. Aber welchen Sinn hätte es gehabt zu streiten?

»Nun, Miss Bridgewater, es freut mich, Sie kennen zu lernen!« Er griff nach ihrer nassen Hand und schüttelte sie kräftig, wobei ihm auffiel, dass sie beträchtlich älter war, als sie in ihrem Brief behauptet hatte.

Sie klopfte sich auf die Brust. »Ich habe die Noten unter meinem Mantel!«

»Hervorragend. Dann lassen Sie uns gleich nach oben gehen. Und nochmals vielen Dank, dass Sie trotz der Sintflut da draußen hergekommen sind.«

Er folgte ihr die Treppe zur Sakristei hinauf. Beweglich war sie jedenfalls, dachte er.

»Ich habe diese Kirche schon immer geliebt, Reverend. Ich denke, ich habe in meinem Brief an Sie erwähnt, dass ich seit vielen Jahren für verschiedene Gemeinden auf den Inseln hier gespielt habe.«

»Ja. Wunderbar!«

»Also kenne ich natürlich die meisten Kirchen hier in

der Gegend, obwohl ich bis zum heutigen Tag noch nie in St. John's gewesen bin.« Sie sah sich mit offenkundigem Staunen das Allerheiligste und das Kirchenschiff an.

»Das ist nicht ihr Ernst!«

»Nicht ein einziges Mal. Ich hatte zu viel damit zu tun, anderswo Orgel zu spielen!«

»Ich wünschte, Sie könnten die Kirche bei Sonnenlicht sehen. Es ist einfach atemberaubend schön, wenn das Licht durch die Buntglasfenster in das Kirchenschiff fällt.«

Drahtige graue Locken richteten sich auf, als Ella Bridgewater ihren Regenhut abnahm. »Ich glaube, ich werde sie bei Sonnenschein sehen!«

Eine ziemlich kecke Dame, dachte er. Und mindestens siebzig, wenn nicht älter. In ihrem Brief hatte sie jedoch behauptet, zweiundsechzig zu sein und »bei blendender Gesundheit«.

»Dort ist die Chorempore, wie Sie sehen können. Ich denke, Sie werden feststellen, dass unsere alte Orgel sich in einem sehr brauchbaren Zustand befindet. Hm, erlauben Sie mir, Ihnen aus dem Mantel zu helfen, dann können Sie gleich die Treppe dort hinaufgehen. Hätten Sie gern eine Tasse Kaffee? Oder Tee? Ich könnte ihn im Handumdrehen fertighaben.«

»Nein, vielen Dank, Reverend, ich bin darauf vorbereitet, gleich anzufangen. Ich habe seit Tagen geübt.«

Sie eilte mit energischem Schritt den Gang hinauf, ihren braunen Umschlag an die Brust gedrückt, und machte kurzen Prozess mit der Treppe zur Empore.

Einen Moment lang hörte Father Tim ein Rascheln von oben und, wie er glaubte, ein unterdrücktes Keuchen.

»Großer Gott«, rief sie herunter. »Diese Orgel ist so alt wie Methusalem.«

»Hergestellt im Jahr meines vierten Geburtstags!«

»Was gewiss ein gutes Jahr war. Also …« Er hörte, wie sie sich räusperte und dann einen Seufzer ausstieß. »Setzen Sie sich und schließen Sie die Augen. Ich werde ein Präludium und eine Fuge spielen, gefolgt von einem Kirchenlied. Danach dürfen Sie ein Stück auswählen.«

»Vielen Dank, Miss Bridgewater.« Er war nur froh, dass es ihm nichts ausmachte, sich von Frauen sagen zu lassen, was er tun sollte; an einschlägigen Anweisungen hatte es wahrlich nie gemangelt.

»Ach herrje«, hörte er sie sagen. »Oh ja.« Sie spielte mit den Registern herum, trat auf die Pedale und summte vor sich hin. »Also los!«

Die alte Orgel hätte ihn um ein Haar aus der Bank geblasen. Aha! Es war Bachs Kleines Präludium und die Fuge in C-Dur, und Ella Bridgewater legte sich mächtig ins Zeug. Diese Frau hatte ihr Müsli gegessen, daran konnte kein Zweifel bestehen.

Am Ende rief sie mit lauter Stimme: »Wie war das, Reverend?«

»Nun … spielen Sie weiter!«, sagte er. Sehr keck.

»For All the Saints« dröhnte zu den Dachsparren hinauf. Ah. Es war gut, die Orgel in dieser Kirche zu hören, ein wahrer Segen.

Er lauschte aufmerksam, außerstande, die Worte nicht wenigstens leise mitzusingen.

»›Bei allen Heiligen, die von ihren Mühen ruhen, die durch den Glauben Dich vor aller Welt bezeugt, sei Dein Name, Jesus, für alle Zeit gesegnet. Halleluja, halleluja …‹«

Nicht so mitreißend, wie dieses Stück gewiss sein konnte, aber besser, als er erwartet hatte, um ehrlich zu sein. Er klopfte mit dem Fuß auf den Boden, achtete auf jede Note und bewahrte sich seine Offenheit bis zum Ende des Stückes.

Handwerklich durchaus annehmbar, befand er.

»Wie war das?«, trompetete sie.

»Gut gemacht!«

»Vielen Dank, Reverend, Ehrlichkeit ist immer die beste Politik, und ich will nicht verhehlen, dass mein Spiel bisher all meinen Pfarrern gefallen hat.«

Der Regen klatschte weiterhin gegen die Scheiben.

»Miss Bridgewater, darf ich jetzt um ein Stück meiner Wahl bitten?«

»Sie dürfen, und ich muss sagen, dass ich sehr neugierig bin.«

»Wie wäre es mit ›Strengthen for Service, Lord‹.« Ein Lied zur Kommunion, das es in sich hatte!

»Eine hervorragende Wahl, Reverend! Zweihunderteins im alten Gesangbuch, dreihundertzwölf im neuen. Los geht's.«

Er kicherte. So viel Großsprecherei war ihm seit der letzten Zusammenkunft der Jugendgruppe nicht mehr begegnet.

»›Stärke für den Dienst, o Gott‹«, flüsterte er, während sie spielte, »›die Hand, die Heiliges berührt; lass Ohren, die Deine Lieder jetzt gehört, durch keinen Lärm mehr schwächen …‹« *Durch keinen Lärm mehr schwächen*. Sein Lieblingsvers.

Er ließ den Blick über die Wände und die Decke wandern, als überziehe die Musik selbst die Bretter mit Farbe, als tauche sie sie in ein eigenes Licht und gebe ihnen irgendwie zusätzliche Standfestigkeit.

Wie ein Verdurstender sog er die Klänge in sich auf, dann war das Vorspiel auch schon vorüber.

Er erhob sich, wandte sich der Empore zu und klatschte mit einiger Begeisterung Applaus.

Leicht atemlos, ihren Umschlag fest umklammert, kam sie die Treppe herunter und stand im Nu wieder an seiner Bank. Ihre lange Nase und die gebeugten Schultern erinnerten, wie er fand, von Ferne an einen Kranich.

»Gut gemacht!«, sagte er noch einmal.

»Vielen Dank, Reverend. Ich muss etwas beichten.« Sie hielt ihren Umschlag wie einen Schild vor der Brust und wirkte gequält, aber dennoch selbstbewusst.

»Wollen wir … zum Altar hinübergehen?«, fragte er.

»Machen Sie sich keine Mühe, ich werde es einfach gleich an Ort und Stelle ausspucken.«

»Setzen Sie sich«, sagte er.

Sie ließ sich auf die Eichenbank fallen. »Ich habe gelogen, was mein Alter betrifft.«

»Oh?«

»Ich bin letzten Monat vierundsiebzig geworden. Ich dachte, Sie würden mich nicht einstellen, wenn ich die Wahrheit sage, und ich wollte Sie wissen lassen, dass es mir leidtut. Als ich das Stück gespielt habe, um das Sie mich gebeten habe, hat der Herr mein Herz bekehrt, und ich habe ihn gebeten, mir zu vergeben. Vielleicht werden Sie dasselbe tun.«

Jetzt wirkte sie außerordentlich gequält.

»Nun, gewiss, Miss Bridgewater. Selbstverständlich. Und darf ich sagen, dass Sie nicht wie vierundsiebzig aussehen?«

Ihre Miene hellte sich beträchtlich auf. »Nun, vielen Dank, Reverend. Es ist nämlich so, ich glaube, der Herr hat mich nach St. John's gerufen. Als ich hörte, dass Sie der Hilfe bedürfen, habe ich mich sofort an ihn gewandt, und er sagte: ›Ella Jean‹ – der Herr benutzt immer meinen zweiten Vornamen – ›geh dorthin und frag nach diesem Job, du wirst dort gebraucht.‹«

»Aha.«

»Er spricht natürlich nicht mit hörbarer Stimme zu mir.«

»Ich verstehe.«

»Man könnte sagen, er gibt mir die Worte ein. Wie Sie sehr wohl wissen, Reverend, muss man vor dem Herrn stille sein und den Mund halten, damit er zu uns sprechen kann, das ist jedenfalls meine Erfahrung, die ich bis heute gemacht habe.«

»Miss Bridgewater ...«

»Nennen Sie mich Ella«, sagte sie.

»Ella, wenn wir uns über Ihr Honorar einigen können, denke ich, dass Sie vielleicht genau die Richtige für St. John's sind.«

Plötzlich hatte sie Tränen in den Augen. »Glauben Sie wirklich?«

»Das tue ich.«

»Aber«, sagte sie, nachdem sie ihre Fassung wiedergefunden hatte, »Sie müssen natürlich noch die Zustimmung des Kirchenvorstands einholen.«

»Stimmt. Das habe ich auch vor.«

»Und wann wird das sein?«

»Am Mittwoch. Ich melde mich gleich nach der Sitzung bei Ihnen. Es sollte da keine Probleme geben. Haben Sie Familie?«

»Ich habe viele Jahre mit meiner Mutter zusammengelebt. Im vergangenen März wurde sie dann in den Himmel berufen.«

»Es tut mir leid, das zu hören. Oder eigentlich sollte ich sagen, es freut mich, das zu hören.« Der Himmel! Der beste Ort, um dem Lärmen zu entfliehen ...

»Ich bin eine alte Jungfer«, sagte sie lächelnd. »Wenn auch nicht die Art vertrockneter alter Jungfrau, wie man sie in Karikaturen zu sehen bekommt.«

»Oh?« Ein Pfarrer konnte niemals wissen, was man

ihm erzählen würde. Er rutschte unbehaglich in der Bank hin und her.

»Nein, wirklich nicht. Mit siebenundvierzig habe ich mich Hals über Kopf verliebt, und um die Wahrheit zu sagen, ich bin nie darüber hinweggekommen. Es heißt, auch Sie hätten erst spät zur Liebe Ihres Lebens gefunden.«

»Spät, ja«, antwortete er lächelnd. »Aber nicht zu spät.«

»Minor war als junger Forscher mit Admiral Byrd unterwegs und verbrachte seine letzten Jahre mit der Anfertigung von Heißluftballons.«

»Was Sie nicht sagen!«

»Oh ja. Ich bin sogar einmal mit einem geflogen!« Ihre Augen glänzten. »Wir sind die Küste entlang und durch Virginia geflogen und auf einer Kuhweide gelandet, wo wir mit Käse und Feigen ein Picknick gemacht haben. Es war das absolut Großartigste, was ich je getan habe.«

»Ich bin glücklich, das zu hören«, sagte er. Und er war es wirklich.

Miss Bridgewater rückte ihre Brille zurecht und spähte zu ihm hinüber. »Und wann soll ich anfangen, falls ... falls ...«

»Ich würde sagen, am übernächsten Sonntag.«

»Gut!«, sagte sie, lehnte sich zurück und strahlte. »Gut!«

Der unermüdliche Regen hatte auch um halb fünf noch nicht nachgelassen, als Father Tim auf einen Krug Milch bei Ernie vorbeisah.

Roger Templeton saß neben einem kleinen Häufchen Holzspäne in der Ecke und blickte auf, als Tim hereinkam.

»Tim! Schön, Sie zu sehen! Was macht Ihr Wetter?«

»Sie meinen mein eigenes Wetter, abgesehen von den Elementen? Ich würde sagen ... es ist sonnig!« Hatte Gott St. John's nicht soeben eine Organistin geschenkt?

Er kraulte Lucas hinter den Ohren, dann zog er sich einen Stuhl heran und betrachtete das Stück Holz auf Rogers Schoß. Die grobe Gestalt einer Ente war sichtbar geworden. Auch wenn dem Tier der Kopf fehlte, formten sich an seinem rechten Flügel bereits Federn.

»Bemerkenswert! Darf ich einmal sehen?«

»Nur zu«, sagte Roger erfreut.

Er nahm die Ente an sich und beäugte sie genau. Zumindest vom Prinzip her war dies die Methode, durch die auch Michelangelos David aus einem Marmorblock hervorgegangen war.

»Das ist Tupeloholz«, erklärte Roger. »Ich habe es am Albemarle-Sund gefunden. Tupeloholz kann man mit der Faser, gegen die Faser und sogar quer zur Faser schneiden.«

»Die Schnitzerei ist wunderschön!«, sagte er. Woher hatte Roger gewusst, dass das Holz eine Ente enthielt, die nur darauf wartete hervorzukommen?

»Das ist eine Krickente. Bisher gibt es noch nicht allzu viel zu sehen; ich habe die Form grob mit der Bandsäge ausgesägt und schnitze jetzt die Hauptfederpartien.«

»Woher wussten Sie, dass Sie so etwas können?«

Roger nahm ein Messer aus einer alten Zigarrenschachtel neben seinem Stuhl. »Wusste ich gar nicht. Ich hab früher nie irgendwas mit eigenen Händen gemacht.«

»Abgesehen von Geld«, warf Ernie ein, der gerade aus dem Bücherraum hereinkam. Er ließ sich auf einen Stuhl fallen.

»Ich bin früher mit meinen Kollegen oft zur Jagd gegangen ... in Alaska, in Kanada, an der Ostküste von Maryland in der Gegend von St. Michael's und Easton. Ich erinnere mich noch gut an den Tag, an dem ich über dem Fluss eine Krickente geschossen habe. Als der Labrador sie mir brachte, ist mir zum ersten Mal ihre große Schönheit deutlich geworden. Das hat mir die Augen geöffnet, und ich habe mich gefragt, wie ich ... wie ich hatte tun können, was ich getan hatte.«

»Aha.«

»Oh, ich will keine Predigt über das Unrecht der Jagd halten, Tim. Soll ein Mann doch ruhig auf die Jagd gehen! Außerdem hege ich eine besondere Zuneigung für einen Jungen, der gerade das Jagen erlernt. Aber damals am Fluss habe ich damit aufgehört; ich habe mir gesagt, wenn der allmächtige Gott nur eine einzige Feder schaffen konnte, ganz zu schweigen von einer so wunderschönen Ente, wer bin dann ich, diese Ente zu töten?«

»Er geht aber immer noch angeln«, bemerkte Ernie.

»Warum haben Sie mit dem Schnitzen angefangen?«

Roger zuckte die Achseln. »Ich wollte einfach mal sehen, wie nahe ich an das Original herankommen kann. Ich dachte, ich versuche, nur eine einzige Ente zu schnitzen, dann höre ich auf damit.«

»Verstehe.«

»Aber irgendwie komme ich dem Original niemals wirklich nahe, deshalb versuche ich es weiter.«

Auch Father Tim hatte noch niemals etwas mit seinen Händen getan; er hatte die Seiten eines Buches umgeblättert oder einen Rosenbusch gepflanzt, aber das war auch schon alles. »Wie lange brauchen Sie, um eine Ente zu schnitzen?«

»Oh, fünf oder sechs Wochen, manchmal länger.«

»Er arbeitet ausschließlich in meinem Laden an seinen Enten«, sagte Ernie, als sei dies eine besondere Auszeichnung für sein Geschäft.

»Arbeiten Sie auch zu Hause?«

Roger errötete leicht. »Zu Hause male ich, aber das Schnitzen erlaubt meine Frau mir nicht.«

Er hatte schon davon gehört, dass Frauen es ihren Männern nicht erlaubten, zu Hause Zigarren zu rauchen, aber von einem Verbot, Enten zu schnitzen, hatte er noch nie gehört.

»Roger, meine Frau hat mir eine Fahrt mit Captain Willies Fischerboot geschenkt. Fahren Sie auch zum Hochseeangeln?«

»Trinkt ein Igel gern Milch?«, fragte Ernie, dem es nicht gefiel, in irgendeinem Gespräch außen vor zu bleiben.

»Captain Willie ist schon viele Male mit mir auf den Golfstrom hinausgefahren.«

»Ich gebe ehrlich zu, dass ich kein Angler bin. Ich habe noch nie viel Zeit am Wasser verbracht.«

»Das ist auch nicht notwendig. Beim sportlichen Angeln geht es ausschließlich darum, sich zu entspannen und Spaß zu haben. Es ist ein Abenteuer.«

Ein Abenteuer! Er hatte sich immer gewünscht, ein Abenteuer zu erleben, hatte aber nie gewusst, wie er es anfangen sollte.

»Viele sagen, dass man auf solchen Booten die meiste Zeit mit dem Kopf über der Reling hängt.«

Roger und Ernie lachten. »Sie sollten nichts auf solchen Unsinn geben«, meinte Ernie. »Bleiben Sie am Abend zuvor nüchtern, gehen Sie früh zu Bett, und Sie werden keine Probleme haben.«

»Und essen Sie nichts Fettes zum Frühstück«, sagte Roger. »Außerdem, falls es Sie irgendwie tröstet, die

Statistik besagt, dass nur zwölf Prozent der Menschen seekrank werden.«

Diese Tatsache fand er überaus ermutigend.

»Was werden wir dort draußen zu sehen bekommen?«

»Draußen im Golfstrom«, antwortete Ernie, »finden Sie Blauen Marlin, Weißen Marlin, Fächerfisch, Delfine …«

»Dann gibt's da den Wahoo«, sagte Roger, »den Gelbflossenthun …«

»Und den Schwarzflossenthunfisch, den Albacore …«

»Mann. Das ist ja doll!« Er kam sich vor wie ein Zwölfjähriger.

Roger schnitzte weiter munter vor sich hin.

»Man sieht alles, angefangen vom Blauen Marlin von einer halben Tonne bis hin zur zwei Pfund schweren Goldmakrele.«

»Im Ernst? Aber welche Fische fängt man denn nun tatsächlich?«

»Was immer Gott Ihnen an diesem Tag schenkt«, erwiderte Roger. »Die Marline lassen wir natürlich anschließend immer wieder frei.«

»Das ist gut. Mit was für einem Schiff werden wir denn fahren?«

»Captain Willie fährt ein Boot von einer Werft auf der Insel Roanoke. Ungefähr dreiundfünfzig Fuß lang …«

»Und achthundertfünfzig PS stark!« Diese Tatsache schien Ernie mit persönlichem Stolz zu erfüllen. »Man könnte sagen, es ist ein besseres Schnellboot.«

»Achthundertfünfzig PS? Mann!« Sein Vokabular schrumpfte von Minute zu Minute zusammen.

Roger rückte seine Brille zurecht und sah Father Tim an. »Freuen Sie sich einfach auf einen schönen Tag. Das ist es, was ich Ihnen empfehlen würde.«

»Und vergessen Sie nicht, eine Tüte mit Brathähnchen mitzunehmen.«

Er kochte die unvermeidliche Schale Spaghetti, während Jonathan auf dem Fenstersitz saß und ein Bündel von Cynthias hastig hingeworfenen Skizzen ausmalte. Im Ofen brutzelte etwas, das sein Herz schneller schlagen ließ.

»Ein Cassoulet!«, sagte seine kreative Ehefrau. Obwohl sie sich noch nie an etwas Dergleichen versucht hatte, war sie fest davon überzeugt, dass es sensationell schmecken würde. »Furchtlos in der Küche« lautete ihr Motto.

»Es kommt alles auf die Kruste an, darauf, wie sich oben die Kruste bildet«, erklärte sie ihm, als sie ihm kurz einen Blick in den Ofen gestattete. »Ich weiß, es ist eigentlich zu heiß, um den Ofen zu benutzen, aber ich konnte einfach nicht widerstehen.«

»Wo um alles in der Welt hast du die Ente aufgetrieben?«

»Auf dem kleinen Markt. Sie lag direkt neben den Mahimahi. Ist das nicht wundervoll?«

Nun, Roger gegenüber würde er jedenfalls nichts davon erwähnen.

Jonathan war von dem Fenstersitz heruntergeklettert. »Will fernsehen!«, sagte er und zupfte an Father Tims Hosenbein.

»Timothy, wir müssen uns einen Videorekorder anschaffen. Könntest du vielleicht morgen rüberfahren und in irgendeinen Laden gehen, in dem man so etwas bekommt? Ich glaube nicht, dass ich ohne diese Hilfe bis Montag durchhalten werde.«

»Kann man einen Videorekorder einfach einstöpseln?« Mit ausgeklügelter Technologie, die einem stets in Begleitung von kroatischen Gebrauchsanweisungen ins Haus kam, stand er seit jeher auf Kriegsfuß.

»Keine Ahnung«, sagte sie. »Das ist deine Aufgabe. Ich bin die Mummy, die daheim bei Kind und Küche bleibt.«

Er schlang die Arme um sie und zeichnete mit der Nase die Linie ihrer Wange nach. »Ich danke dir dafür, dass du der beste Diakon in der gesamten anglikanischen Welt bist.«

Jonathan hatte heute Abend nach seiner Mutter verlangt, und sein Weinen rief auch bei Father Tim Tränen hervor.

Es musste schrecklich sein, klein und hilflos zu sein, ohne Mutter, ohne Vater, ohne Geschwister. Er drückte Jonathan an seine Brust, direkt über dem Herzen, und ließ den Jungen schluchzen, bis er seine Tränen erschöpft hatte.

Er ging mit dem Kind durch die fünf Räume des Hauses, sang Bruchstücke von Kirchenliedern, flüsterte kleine Gebete und Segenssprüche und Geschichten über Pu und die Kröte und Peter, das nervige Kaninchen. Was sollte man mit einem Kind, das aus Verwirrung und Kummer weinte, anderes tun, als bei ihm zu sein?

Er deckt den schlafenden Jungen mit einer leichten Decke zu und betete leise. Dann schloss er die Tür und ging auf Zehenspitzen den Flur hinunter und hinaus auf die Veranda, wo Cynthia mit einer vom Regen durchweichten, schlafenden Violet auf dem Schoß auf ihn wartete.

Barnabas folgte ihm und legte sich zu seinen Füßen nieder.

Welche Wonne, sich dem kühlen Augustabend zu überlassen, nach einem Essen, das geradeso gut im Languedoc hätte serviert werden können.

Zum ersten Mal an diesem Tag erfreute er sich an dem Regen; er war ihm Freund und Zuflucht zugleich und umschloss die Veranda mit einem hauchzarten Schleier.

Sie beobachteten, wie das ferne graue Fleckchen Atlantik in der trägen Abenddämmerung langsam einen Platinton annahm.

»Erschöpft, Liebling?«, fragte sie und griff nach seiner Hand.

»Allerdings. Obwohl ich nicht weiß, warum. Ich habe heute nicht viel getan.«

»Du tust mehr, als dir bewusst ist. Du stehst bei Sonnenaufgang auf, dann kommt das Morgengebet, du fütterst und badest den Jungen, hilfst deiner Frau, schreibst das Pfarrblättchen, arbeitest an deiner Predigt, stellst eine Organistin ein …«

Er griff nach ihrer Hand und küsste sie. Von allen irdischen Tröstungen gefiel ihm Verständnis am besten. Nicht Mitgefühl, nein, das konnte tödlich sein. Aber Verständnis. Es war Balsam für ihn, und er hatte es aufgesaugt wie eine Biene den Nektar, während er es seiner Frau oft vorenthielt.

»Dein Buch – wie geht es damit?«, fragte er.

»Ich glaube, ich weiß gar nicht, warum ich ein neues Buch mache, obwohl ich doch die wunderbare Freiheit hätte, dem Müßiggang zu frönen. Wahrscheinlich ist es die Aufregung, an einem fremden Ort zu leben, die Art, wie das Licht sich hier verändert, das Kommen und Gehen der Flut. All diese Dinge haben mich angesprochen, und ich konnte der Versuchung einfach nicht widerstehen.« Sie lächelte ihn an. »Ich denke, ich mache Bücher, weil ich nicht weiß, was ich sonst tun soll.«

»Du weißt, wie man ein umwerfendes Cassoulet macht.«

»Ja, aber ein Cassoulet ist nichts für jeden Tag.«

Er nickte.

»Meinst du, dass wir jemals einfach faulenzen werden?«, fragte sie.

»Ich glaube nicht, dass wir uns besonders gut aufs Faulenzen verstehen.«

Sie legte den Kopf in den Nacken und schloss die Augen. »Gott sei gedankt für diesen Frieden.«

Er hörte es zuerst, und das trotz des lauten Rauschens des Regens. Es war die Orgelmusik ihres Nachbarn. Er richtete sich wachsam auf und legte eine Hand ans Ohr.

»Was ist denn, Timothy?«

»Das ist Morris Love, in dem Haus hinter der Mauer. Hör doch mal.«

Sie saßen lange schweigend da.

»Wunderschön«, sagte sie schließlich leise.

Der Regen schien aus Respekt vor der Musik abzuklingen, und nach und nach konnten sie die einzelnen Töne deutlicher hören.

»Wie heißt diese Melodie?«, fragte sie.

»›Jesus meine Freude.‹ Ein Choralvorspiel von Bach.« Einmal mehr hörte er das Drängen, das in der Musik mitschwang – eine Art Zorn, um genau zu sein. Er erzählte Cynthia, was er über Morris Love wusste, wobei er nur die Gewohnheit ihres Nachbarn ausließ, durch die Hecke zu schreien.

»Ist Mr Love Konzertorganist?«

»Nur wenn du dies als ein privates Konzert für die Kavanaghs betrachtest.«

»Was für ein hübscher Gedanke«, sagte sie erfreut.

Als das Telefon klingelte, tastete er ungeschickt nach dem Apparat. Einen Moment lang befand er sich daheim im Mitfort und erwartete, den Apparat neben dem Bett zu finden. Aber zum Teufel, er war in Whitecap, und das Telefon befand sich auf der anderen Seite des Raums.

Es klingelte abermals; er stieß gegen den Stuhl und versuchte herauszufinden, wie spät es sein mochte. Es hatte aufgehört zu regnen, und eine steife Brise wehte durch die Fenster.

Als das Telefon weiterklingelte, griff er nach seiner Armbanduhr und warf einen Blick auf das leuchtende Zifferblatt. Zwanzig vor eins. Nicht gut. *Gott, steh uns bei …*

»Hallo!«

»Ich habe hier ein R-Gespräch von Harley Welch«, sagte jemand. »Wollen Sie den Anruf annehmen?«

»Ja!«

»Reverend?«

»Harley?« Sein Herz hämmerte.

»Reverend, es ist mir schrecklich, Ihnen das sagen zu müssen …«

9 Ferne Heimat

»Sie haben Dooley eingebuchtet.«

»Was?«

»Aber es geht ihm gut. Er ist nicht verletzt oder irgendwas …«

Cynthia richtete sich im Bett auf. »Was ist passiert, Timothy?«

Er schaltete die Lampe ein. »Dooley.«

»Lieber Gott!«, sagte sie.

»Sprechen Sie weiter, Harley.« Er hatte einmal dafür gebetet, dass er niemals hören würde, was er jetzt hörte.

»Nun, er war pünktlich auf dem Heimweg und wäre auf die Minute genau hier gewesen …«

»Und?« Sein Mund war trocken, sein Magen krampfte sich zusammen. *Christus, erbarme dich …*

»Und er hat Buster Austin mitgenommen, der an der Straße stand. Sie erinnern sich sicher an Buster.«

Und ob er das tat. Buster hatte seine Wenigkeit einen »Trottel« genannt, wofür Dooley ihn mitten in der Caféteria grün und blau geschlagen hatte. Den letzten Zusammenstoß hatte es gegeben, als Buster ein Päckchen Zigaretten gestohlen und Dooley dazu überredet hatte, auf dem Schulgelände zu rauchen. Die Direktorin der Schule, Myra Hayes, hatte einen gewissen glücklosen Geistlichen fast bei lebendigem Leibe aufgefressen, weil er etwas Derartiges »zugelassen« habe, und Dooley war für zehn Tage vom Unterricht ausgeschlossen worden.

»Buster hat Dooley gefragt, ob er ihn mitnehmen

könne, weil er von irgendeinem Haus seine Kleider abholen müsse, und Dooley hat Ja gesagt, aber Buster müsse sich beeilen. Dann hat Dooley im Wagen gesessen, während Buster mit einem leeren Seesack ins Haus rein ist und ein ganzes Weilchen später wieder rauskam. Scheint so, als wären die Jungs schon halb die Straße runtergewesen, als zwei Polizisten in einem Streifenwagen hinter ihnen auftauchten. Sie haben sie zur Seite rübergewinkt und wegen Einbruch und Diebstahl mit aufs Revier genommen.«

»Diebstahl?« Das war ein böser Traum.

»Ich hab doch den leeren Seesack erwähnt, mit dem Buster in das Haus rein ist? Als er wieder rauskam, war der Sack voll. Es war Schmuck drin, ein CD-Player, Geld, Schnaps und was weiß ich noch alles.«

»Nein!«

»Die Polizei sagt, in dem Haus gebe es eine stummgeschaltete Alarmanlage, und sie seien den Jungs auf den Fersen gewesen, bevor sie noch ganz aus der Einfahrt raus waren. Aber Dooley hat nichts getan.«

»Das glaube ich.«

»Nein, Sir, hat er wirklich nicht. Er ist bloß gefahren, aber die Polizei sagt, er bleibt eingesperrt, bis, bis sie sich davon überzeugt hätten.«

»Was kann ich tun?« Seine Beine waren mit einem Mal so weich wie Pudding, und er ließ sich in den Sessel neben der Lampe sinken.

»An Ihrer Stelle, Reverend, würde ich tun, was Geistliche eben tun.«

»Beten.«

»Stimmt. Ich bin unten im Revier, und sobald ich was höre, rufe ich Sie an. Dooley will nicht, dass Sie sich Sorgen machen. Er hätte Sie selbst angerufen, aber er hat Angst, Sie aufzuregen.«

»Wie geht es ihm, Harley? Sagen Sie mir die Wahrheit.«

»Nun, er hat Angst. Er ist unschuldig, aber es jagt einem schon einen ganz schönen Schrecken ein, wenn man in eine Zelle geworfen und eingesperrt wird.«

»Ist Rodney da?«

»Als ich das letzte Mal von ihm gehört hab, ist der Chief gerade in seine Hosen gesprungen und hat sich auf den Weg hierher gemacht.«

»Ich danke Gott dafür, dass es Sie gibt, Harley.«

»Also, Reverend, machen Sie sich mal keine Sorgen.«

Er legte zitternd auf, und mit einem Mal wurde ihm die unbestreitbare Realität von sechshundert Meilen zwischen Mitford und seinem rasenden Herzen mit Macht bewusst.

Um halb zwei konnte er es nicht länger ertragen und rief auf dem Polizeirevier von Mitford an.

Rodney Underwood verhörte soeben Dooley und Buster. Nein, sie wussten nicht, wann der Chief fertig sein würde, aber wenn es so weit wäre, würde er Father Tim anrufen.

Jonathan kam herein und kletterte auf ihr Bett.

»Ich glaube, ich habe mal irgendwo gelesen, dass Kinder nicht bei ihren Eltern schlafen sollten«, bemerkte er.

»Wir sind nicht seine Eltern«, erklärte seine Frau.

Jonathan ließ sich mit hoffnungsvoller Miene neben Cynthia fallen. »Will fernsehen!«

Cynthia fand das gar nicht komisch. »Jonathan, wenn du das Wort mit f auch nur noch ein einziges Mal aussprichst, springe ich in den Ozean!«

Er nickte heftig. »Ich kann schwimmen!«

»Schön! Schlaf jetzt.«

Er stach mit seinem pummeligen Finger in Cynthias Arm. »Du musst auch schlafen.«

Father Tim ging unruhig im Raum auf und ab und blickte immer wieder auf seine Armbanduhr.

»Ich habe Hunger«, sagte Jonathan.

»Mitten in der Nacht wird nicht gegessen.«

Jonathan streckte beide Hände aus. »Gibst du mir dann Bonbons?«

Cynthia beugte sich kopfschüttelnd über ihn. »Wenn du nicht so unglaublich süß wärest ...«

»Du stinkst aus dem Mund«, sagte Jonathan und zog die Nase kraus.

»Wenn ich morgen in die Bibliothek gehe«, erklärte sie ihrem Mann, »werde ich mal schauen, ob sie ein Buch darüber haben, was man mit Kindern tun soll.«

Das Telefon klingelte um zwei Uhr.

»Buster Austin schreit schon seit Jahren nach Ärger«, sagte Rodney. »Jetzt ist er voll reingetreten.«

»Was ist mit Dooley?«

»Dooley sagt, er habe Buster zu dem Haus gefahren und sei im Wagen sitzen geblieben. Er bestreitet, dass er mit dem Einbruch etwas zu tun gehabt habe, aber Buster erzählt etwas anderes. Sobald der Papierkram erledigt ist, werde ich die Jungen nach Wesley fahren und dem Richter vorführen.«

»Gütiger Himmel, Rodney. Was bedeutet das denn nun wieder?«

»Der Richter ist derjenige, der die Haftbefehle unterschreibt, und ich führe sie dann aus. Ich werde ihm sagen, dass ich Dooley für unschuldig halte – der Junge hat nie irgendwelche Scherereien gemacht –, und danach müssen wir abwarten, wie es weitergeht. Der Richter wird eine Kaution festsetzen, und wenn Sie

Dooley aus dem Gefängnis holen wollen, werden Sie mit einem Kautionsbürgen sprechen müssen.«

»Verstehe. Ich kenne den Bürgen in Wesley. Rufen Sie mich an, sobald Sie etwas wissen. Was glauben Sie, wie hoch die Kaution ausfallen wird?«

»Einbruch und Diebstahl sind schwerwiegende Angelegenheiten. Sie könnten mit zwanzigtausend davonkommen, vielleicht auch mit zehn. Die Austins werden wahrscheinlich eine Grundbesitzbürgschaft anbieten – Buster kommt nicht gerade aus einer finanzstarken Familie.«

Er konnte nicht glauben, dass das wirklich geschah. Es war ein Albtraum. Außerdem ruinierte es seinem Jungen den Sommer, seine letzten kostbaren Tage daheim … Ihm war grundelend zumute.

»Wie geht es jetzt weiter?«, fragte er.

»Der Richter wird einen Verhandlungstermin festsetzen, frühestens in zwei Wochen, spätestens in dreißig Tagen.«

»Lassen Sie mich mit Dooley reden, wenn ich darf.« Er fühlte sich, als stünde ihm ein Schwertransporter auf der Brust.

»Hi«, sagte Dooley.

»Selber hi«, erwiderte er, und die vertraute Begrüßungsformel spendete ihm diesmal nur schwachen Trost.

»Ich hab's nicht getan.«

»Ich glaube dir.«

»Buster Austin ist immer noch derselbe verlogene, hinterhältige Mistkerl, der er schon immer war. Ich hätte es besser wissen müssen. Ich habe ihn mitgenommen, weil ich dachte, er sei in Schwierigkeiten, ich dachte, vielleicht hatte er eine Panne mit seinem alten Wagen, und ich hab versucht zu helfen. Ich könnte ihn umbringen, vielleicht mach ich's ja noch.«

»Ich meine, du hast richtig gehandelt.«

»Das meinst du? Wirklich?«

»Wirklich. Es war jemand, den du kanntest, du hast gedacht, er brauche Hilfe, und du hast angehalten.«

»Wie ist es dann möglich, dass das alles so gekommen ist?« Er konnte den mühsam beherrschten Zorn in der Stimme des Jungen hören.

»Manchmal tun wir etwas Gutes, und es stellt sich am Ende heraus, dass es schlecht war. Ich weiß nicht, warum. Aber das bedeutet ganz sicher nicht, dass wir aufhören sollen, das Richtige zu tun.«

»Aha. Na gut. Aber warte mal, bis Lace und die anderen davon erfahren.«

»Ich dachte, du siehst Lace kaum noch.«

»Mir ist sowieso egal, was sie denkt, aber was ist mit allen anderen, mit Leuten wie Avis? Und was ist, wenn sie in der Schule Wind davon bekommen? Ich meine, ein paar von den Jungs werden das Ganze echt cool finden, aber der Direktor, der wird … der wird durchdrehen.«

»Falls die Sache zur Sprache kommen sollte, sag einfach die Wahrheit.«

»Ich will nach Hause«, sagte Dooley. Er klang erschöpft. »Ich muss morgen arbeiten.«

»Rodney wird dich nach Hause bringen, sobald die Kautionsfrage geklärt ist.«

»Wusstest du, dass ich für diesen blöden Mist vor Gericht kommen werde?«

»Ja.«

»Ich werde von der Schule nach Hause fahren müssen, aber Mr Fleming werd ich davon bestimmt nichts erzählen, garantiert nicht. Du kannst ihm ja erzählen, ich müsse operiert werden oder so was. Vielleicht an den Nieren oder den Mandeln oder … am Gehirn oder am Rückgrat.«

»Diese Hürde werden wir nehmen, wenn es so weit ist. Es tut mir leid, dass das passiert ist. Ich wünschte, wir wären bei dir. Gott segne dich, es wird schon alles wieder gut werden. Ich rufe den Bürgen an, sobald ich von Rodney Bescheid habe. Hab keine Angst, wir haben dich lieb.«

Er versuchte, alles zu sagen, was gesagt werden musste, aber sein Herz fühlte sich an wie ein ausgehöhlter Kürbis.

Rodney rief um drei Uhr an.

Er hatte alles in seiner Macht Stehende getan, um den Richter davon zu überzeugen, dass Dooley ein braver Junge war, der noch nie zuvor gegen das Gesetz verstoßen habe, und er hatte eigens betont, dass sein Daddy Geistlicher sei. Der Magistrat hatte daraufhin bemerkt, dass er selbst der Sohn eines Pfarrers sei und allein aufgrund dieser Tatsache gute Lust hätte, eine Kaution von vierzigtausend Dollar festzusetzen. Kurzum, der Richter entließ Dooley gegen eine gesicherte Kaution von fünftausend Dollar, und Rodney würde ihn nach Hause fahren, sobald der Bürge sich im Gefängnis von Wesley einfand. Buster Austins Eltern hatten sich geweigert, eine Kaution zu hinterlegen, und Buster würde nicht nach Hause kommen.

Er suchte sich Ray Porters Telefonnummer in seinem schwarzen Büchlein heraus und weckte ihn.

»Ray, Tim Kavanagh hier. Mein Junge sitzt im Gefängnis von Wesley – unschuldig. Der Richter hat eine gesicherte Kaution von fünftausend Dollar festgesetzt. Wie schnell können Sie ihn da rausholen?«

»Lassen Sie mich nur eben in meine Kleider springen«, sagte Ray. »In zwanzig, dreißig Minuten habe ich ihn draußen. Sind Sie immer noch unten an der Küste?«

»Leider ja. Wie soll ich Ihnen die Gebühr schicken?«

»Geben Sie einen Scheck auf die Post. Sie kennen meine Adresse?«

»Ich muss sie hier irgendwo haben.«

»Postfach Nr. 621.«

»Gott segne Sie.«

»Ich habe zwei Söhne«, erklärte Ray Porter, der fand, dass dies eine hinreichende Bekundung von Mitgefühl gewesen sei.

Er gab gerade etwas Butter auf Jonathans Frühstücksspaghetti, als das Telefon klingelte. Seine Hand lag auf dem Hörer, bevor der Apparat ein zweites Mal klingeln konnte.

»Hallo?«

»Es ist mir grässlich, Ihnen das erzählen zu müssen«, sagte Emma.

»Ich weiß es bereits«, erwiderte er.

»Woher wollen Sie das wissen?«

»Harley hat mich gestern Nacht angerufen.«

»Und woher will er das wissen?«, fragte sie gereizt.

»Er war da.«

»Ich weiß nicht, wovon Sie reden«, sagte sie, »aber ich rede davon, dass Gene Bolick einen Gehirntumor hat.«

»Was?«

»Er ist gestern wieder umgekippt, und sie haben ihn ins Baptistenhospital geschickt und eine Magnetresonanztomografie gemacht. Deshalb hat er sich so seltsam benommen; es war dieser Tumor, der auf sein Gehirn gedrückt hat.«

»Gütiger Gott!«

»Hier, ich habe mir aufgeschrieben, was es ist, ich muss es buchstabieren. Ein Me-nin-gi-om. Der Tumor sitzt tief in der Schädelbasis.«

»Ist er operabel?« Ihm wurde bewusst, dass er den Atem anhielt.

»Mal sehen. Wo habe ich mir das nun wieder notiert? Ah, hier steht es, auf meiner Einkaufsliste. Nein, sie können nicht operieren, der Tumor liegt zu tief. Der Arzt hat gesagt, solange er nicht größer wird, lässt man am besten die Finger davon.«

»Wissen Sie sonst noch irgendetwas?«

»Nichts, außer dass Esther, wie ich höre, jetzt einen Pflegefall hat. Ray Cunningham hat die beiden zum Baptistenhospital gefahren und hier angerufen, um Bericht zu erstatten. Ich weiß, es geht mich nichts an, aber ...«

»Aber was?«

»Wie gesagt, es geht mich nichts an, aber ich finde, Sie sollten nach Hause kommen.«

Nach Hause kommen. Nach Hause kommen.

Die Worte gingen ihm wie ein liturgischer Gesang wieder und wieder durch den Kopf. Wie eine Meditation sprach er die Worte vor sich hin.

Aber wie konnte er nach Hause fahren? Soweit er das feststellen konnte, gab es keine Menschenseele, die sich um Jonathan kümmern konnte. Alle arbeiteten, waren über den Sommer in Urlaub gefahren oder zu alt, um hinter einem Dreijährigen herzulaufen. Außerdem brauchte Janette ihn. Zumindest glaubte er das. Und es waren nur noch drei Wochen bis zu Cynthias Teegesellschaft für die Gemeinde, es gab die Kirchenvorstandssitzung und Ella Bridgewater und seine Verantwortung gegenüber dem Planungsausschuss für den Jahrmarkt von Whitecap ...

»Dies hier ist mein Zuhause!«, sagte er laut. Aber er konnte sich nicht dazu zwingen, es zu glauben. *Blühe, wohin du gepflanzt wirst,* hatte er auf einem Schild in Monas Café gelesen. Und gab er sich nicht alle Mühe, genau das zu tun?

In Wahrheit sehnte er sich nach Mitford. Er sehnte sich danach, seinen Jungen zu sehen, ihm Mut zu machen, ihn beim Packen für die Schule zu helfen und ihm verstohlen einige Schokoriegel in den Koffer zu stecken; er sehnte sich danach, bei Gene und Esther zu sitzen, ihnen in ihrer Not beizustehen und mit ihnen zu beten …

Er wollte den Kopf auf sein Kissen in dem gelben Haus betten, mit Barnabas die Main Street hinuntergehen und in der Grillstube auftauchen und alle überraschen. Er wollte nach Fernbank hinauflaufen und herausfinden, welche neuen Kunststücke Anna und Tony mit Knoblauch vollbrachten, er wollte Onkel Billy besuchen und Esther Cunningham, er wollte seine Rosenbüsche sehen, von denen einige jetzt stärker dufteten und üppigere Farben hatten als im Juni …

Benommen von der Erschöpfung einer schlaflosen Nacht, fuhr er bei über dreißig Grad Celsius zur Südspitze der Insel, in die Zehe des Strumpfes.

Er wusste nicht, was er erwartet hatte, aber Otis Braggs Büro war eindeutig nichts, worüber man gern nach Hause schrieb. Tatsächlich war es kleiner als sein eigenes Büro im Keller der Kirche und überdies bedeckt mit einer dicken Staubschicht, die von der Kiesverladung draußen herrührte. Im Fenster stand eine summende und klappernde Klimaanlage.

»Aha!«, rief Otis. Er nahm einen dicken Zigarrenstummel aus dem Mund und spuckte in einen Abfalleimer. »Ich würde sagen, es muss entweder um Geld oder um Politik gehen, wenn Sie deswegen hier herunterkommen.«

»Ich wusste gar nicht, dass Geld und Politik zwangsläufig zwei verschiedene Dinge sind.«

Otis grölte vor Lachen. »Es gefällt mir, wenn ein Geistlicher Sinn für Humor hat. Meiner Erfahrung nach werden Männer der Kirche leicht mürrisch, wenn sie nicht achtgeben.«

Father Tim nahm Platz, ohne auf eine Einladung zu warten. »Ich bin hier, um mit Ihnen über Geld zu sprechen.«

Eine seltsame Traurigkeit legte sich über die Züge seines Gemeindemitglieds. »Das ist immer der Grund, wenn ein Geistlicher an meiner Tür auftaucht.«

Er betrachtete den kleinen, rundlichen Mann vor ihm und war seltsam gerührt. Er würde noch einmal herkommen, wenn er nicht die Absicht hatte, die Hand aufzuhalten; er würde herkommen, nur um Hallo zu sagen.

Otis beugte sich vor und musterte ihn blinzelnd. »Was kann ich für Sie tun, Reverend? Sie sehen so aus, als hätten Sie die halbe Nacht mit Alligatoren gerungen.«

»Es gibt jede Menge Alligatoren da draußen, und einer davon hat Janette Tolson mit schweren Depressionen ins Krankenhaus befördert.«

»Das haben wir gehört. Wir hören auch, dass Sie sich um Ihren Sohn kümmern.«

»Sie macht eine harte Zeit durch. Und die Familie ist nicht versichert. Ich dachte, falls Sie bereit wären, Ihr Scherflein beizusteuern, könnte St. John's dieselbe Summe noch einmal drauflegen.«

Otis rollte den Zigarrenstummel zwischen Daumen und Zeigefinger.

»Wie wollen Sie die Gemeinde von St. John's dazu bewegen, für eine solche Sache Geld auszuspucken?«

»Janette ist eine von uns, wir sind ihre Kirchenfamilie. Ich habe mir überlegt, dass wir eine Wohltätigkeitsveranstaltung organisieren könnten, vielleicht könnten wir sogar einen Stand auf dem Jahrmarkt einrichten – ich weiß nicht, aber wir werden dieselbe Summe aufbringen, die Sie beisteuern.«

»Was ist, wenn ich, sagen wir, fünftausend Dollar gebe? Glauben Sie, Sie könnten die gleiche Summe aufbringen?« Otis schob sich die Zigarre in den Mund und kniff die Augen zusammen.

»Nun.« Er war verblüfft. Er hatte eine gewisse Großzügigkeit erwartet, aber ...

»Ich weiß nicht, ob wir fünftausend Dollar aufbringen können. Die Summe, auf die ich gehofft hatte, lag wohl eher bei ... ich weiß nicht, vielleicht bei tausend Dollar, Maximum.«

»Reverend, wenn Sie es in dieser Welt zu etwas bringen möchten, müssen Sie in großen Maßstäben denken.«

Sein Bischof, Stuart Cullen, vertrat mit großem Nachdruck dieselbe Philosophie; warum sollte er das dann nicht auch tun?

»Vielen Dank, Otis. Gott segne Sie! Fünftausend sind mehr als großzügig, Sie werden eine Menge dazu beitragen, Janettes Kindern ihre Mutter zurückzugeben.«

»Ich hoffe, dass ich diesem, diesem – ich werde aus Respekt vor Ihnen meine Wortwahl mäßigen – diesem Mistkerl niemals über den Weg laufe. Ich habe ihn von dem Moment an verabscheut, als ich ihn das erste Mal sah.« Otis spuckte wütend in den Abfallkorb. »Stolziert hier herum und lässt den Chor mittelalterliche Lieder singen, die hundert Jahre alt sind.«

»Wo wir gerade beim Thema sind, ich habe auch eine gute Neuigkeit, Otis. Ich denke, wir haben unsere Organistin gefunden.«

»Schön, schön. Freut mich zu hören. Machen Sie weiter so, hören Sie?« Otis drückte einen Knopf an seinem Telefon. »Agnes, schreiben Sie dem Reverend einen Scheck über fünftausend aus, Empfänger ist die Kirchengemeinde von St. John's.« Er warf den erloschenen Zigarrenstummel in den Abfalleimer und stand auf. »Jetzt, da Sie schon mal hier sind, erlauben Sie mir, Ihnen mein kleines Unternehmen zu zeigen.«

Father Tim wollte zuerst ablehnen, besann sich dann aber eines Besseren. Vielleicht würde es nicht schaden, sich anzusehen, was das Denken in großen Maßstäben hervorbrachte.

»Miss Tolson schläft nicht«, sagte die Krankenschwester mit sichtlicher Verstimmung. »Sie liegt nur gern mit geschlossenen Augen da.« Er hätte im Moment selbst nichts lieber getan, als sich irgendwo hinzulegen und zu schlafen.

An der Tür des Raums flüsterte die Schwester: »Ich hoffe, Sie werden ihr zureden, dass sie mit uns kooperieren soll. Sie hat so getan, als schlucke sie ihre Tabletten, aber wir sind gerade dahintergekommen, dass sie sie stattdessen in ihre Pyjamahose spuckt!«

»Ich werde mein Bestes tun«, versprach er.

Eine Zeitlang saß er schweigend an ihrem Bett und sagte nur: »Ich bin hier, Janette.« Sie lag mit dem Rücken zu ihm und bewegte sich nicht.

Zweimal fiel ihm der Kopf auf die Brust, als er kurz einnickte. Dann riss er sich zusammen. Er war aus einem bestimmten Grund hier, und er sollte langsam zur Sache kommen. »Janette?«

Keine Antwort. Also schön, er würde mit ihr sprechen, als höre sie zu; er würde zu ihrem Herzen sprechen, zu ihrem Geist, und die Saat aufgehen lassen, wo immer sie hinfiel. Er hatte einige Dinge über Depressionen gelernt, seine eigenen Depressionen wie die anderer Menschen. Er hatte gelernt, dass es, selbst wenn die Seele unfruchtbar zu sein scheint, stets irgendeine Stelle gab, an der ein Same keimen konnte. Ob er dann gedieh, das lag in Gottes Hand. »Ich habe gepflanzt, Apollos hat begossen, Gott aber ließ wachsen«, hatte der heilige Paulus an die Korinther geschrieben.

Er zog den Psalter aus der Tasche.

»Ich habe Ihnen etwas mitgebracht. Sie werden vielleicht ein Weilchen noch nicht in der Lage sein, darin zu lesen, aber behalten Sie es in Ihrer Nähe. Es sind die Lieder des Königs David – sie handeln von Glück und Dank, von Verlust und Gewinn, von seinen Kämpfen gegen seine tödlichen Feinde und von seinen Kämpfen gegen die Depression.

Ich will Ihnen jetzt etwas daraus vorlesen …«

Als Kind war es stets der größte Trost für ihn gewesen, wenn ihm jemand vorgelesen hatte. Er vermutete, dass das bei allen Menschen so war.

»Der Herr ist mein Licht und mein Heil: Vor wem sollte ich mich fürchten? Der Herr ist die Kraft meines Lebens: Vor wem sollte mir bangen?

Dringen Frevler auf mich ein, um mich zu verschlingen, meine Bedränger und Feinde, sie müssen straucheln und fallen.

Mag ein Heer mich belagern: Mein Herz wird nicht verzagen. Mag Krieg gegen mich toben: Ich bleibe dennoch voll Zuversicht.«

Er ließ einen Moment schweigend verstreichen.

»David hatte viele Feinde, Janette, Feinde der

menschlichen Art wie auch Feinde von der Art, gegen die Sie zu kämpfen haben: Zorn, Bitterkeit, Furcht, vielleicht sogar Groll gegen Gott.

Wenn ich die Psalmen lese, lese ich sie als persönliche Gebete und benenne dabei die Feinde, die meine eigene Seele bestürmen.

›Denn er birgt mich in seinem Haus‹, sagt David, ›am Tag des Unheils; er beschirmt mich im Schutz seines Zeltes, er hebt mich auf einen Felsen empor.‹

Lassen Sie sich von ihm bergen, Janette, bis Sie neue Kraft gewonnen haben. Er wird Sie auf einen Felsen heben. Ich möchte, dass Sie das wissen.«

Er lauschte auf ihren leisen, regelmäßigen Atem. Vielleicht schlief sie ja wirklich. Schweigend betete er darum, dass die Samen auf fruchtbaren Grund fallen würden.

»Ich habe einen Psalm für Sie markiert, den dreißigsten. Hören Sie diese Worte mit Ihrer Seele, Janette. ›Wenn man am Abend auch weint, am Morgen herrscht wieder Jubel.‹«

Ohne sich im Bett umzudrehen, hob sie kaum merklich die Hand, und er stand auf und ergriff sie.

Er hatte für den Bürgen aus Wesley tief in die Tasche greifen müssen, aber Dooley war jetzt wieder zu Hause bei Harley, und das war es, was zählte.

»Die Leute sehen mich anders an als sonst«, sagte Dooley, als sie am nächsten Abend miteinander sprachen. »Während ich ihre Einkäufe eingepackt habe, konnte ich spüren, wie sie mir mit ihren Blicken ein Loch in den Pelz gebrannt haben.«

Wenn Dooley wütend, müde oder frustriert war, fiel er immer wieder in seinen alten Wortschatz zurück.

»Vielleicht. Vielleicht auch nicht. Selbst in einer kleinen Stadt verbreiten sich Neuigkeiten nicht so schnell. Sei einfach du selbst. Du hast nichts Unrechtes getan, und es gibt nichts, wofür du dich entschuldigen müsstest.« Konnte er nicht etwas Klügeres sagen als das, etwas Tiefschürfenderes? »Keep smiling!«, sagte er matt und fühlte sich daraufhin noch schlechter.

»Lace' Mama ist soeben gestorben«, erzählte Dooley.

»Es tut mir leid, das zu hören.« Lace' Mutter, die seit Jahren kränkelte, hatte ihrer Tochter niemals liebevolle Unterstützung zuteilwerden lassen, diese aber energisch für sich selbst gefordert. »Hast du Lace angerufen?«

»Sie hasst mich wie die Pest.«

»Ruf sie an, schick ihr eine Karte, irgendetwas. Sie hat ihre Mutter verloren, und ganz gleich, wie die Umstände waren, dies wird ein harter Schlag für sie sein.«

»Ich wünschte ...« Dooley zögerte.

»Was wünschtest du?«

»Ich wünschte, ihr würdet nach Hause kommen. Na ja, ich muss jetzt Schluss machen.«

Klick.

»Donnerwetter! Was ist denn das?«

»Das ist mein neues Rezept für Eistee.«

Er prostete ihr mit seinem Glas zu. »Der beste Eistee, den ich je gekostet habe. Ich wusste gar nicht, dass du so etwas kannst.«

»Ich auch nicht. Ich hatte bisher nicht die geringste Ahnung, wie man einen guten Eistee macht. Also habe ich angesichts des bevorstehenden Gemeindetees den Herrn gebeten, mir das perfekte Rezept zu schenken.«

»Das ist die richtige Einstellung!«

»Schmeckt er dir wirklich?«

»Ich habe noch nie einen besseren getrunken!«, rief er, ohne seiner Mutter Unrecht zu tun, deren Tee das Ideal des Südens repräsentiert hatte – viel Zucker und eine Unmenge Saft von frischen Zitronen.

»Ich bin gestern Morgen aufgewacht und strotzte förmlich von neuen Ideen, was die Zubereitung von Tee betrifft. Es war wirklich aufregend.«

»Hm«, sagte er und nahm einen langen Schluck von der kalten, fruchtigen Flüssigkeit. »Tropisch. Exotisch.« Er leerte das Glas bis auf den letzten Tropfen. »Alle Achtung!«, sagte er. »Aber ich bin mir nicht sicher, ob wirklich jeder verstehen würde, woher das Rezept gekommen ist.«

Sie zuckte die Achseln. »Wenn Er William Blake diese fantastischen Zeichnungen eingegeben hat, warum sollte Er mir dann nicht ein simples Teerezept eingeben?«

»Gutes Argument. Was ist denn alles drin?«

»Das kann ich dir nicht sagen.«

»Du kannst es mir nicht sagen?«

»Nein, Liebling, ich habe beschlossen, mich an die Sitten des Südens anzupassen – und das heißt, dass ich wie jede andere Frau hier mindestens ein Geheimrezept besitzen muss.« Sie wirkte überaus selbstzufrieden.

»Aber mir kannst du es doch verraten.«

»Nur über meine Leiche!«

»Warum nicht? Ich bin dein Mann!«

»Irgendein wohlmeinendes Gemeindemitglied würde es dir einfach so aus den Rippen leiern.« Sie schnippte mit den Fingern.

»Nein!«

»Doch. Und dann säße ich im selben Boot wie die arme Esther, deren einstmals geheimes Rezept für

Orangenmarmeladenkuchen jetzt wie ein Virus die Runde durch Mitford macht.«

»Wenn du meinst«, sagte er leicht verstimmt.

»Selbstmordgefährdet«, hatte der Arzt gesagt und hinzugefügt, dass er keine genaue Vorstellung davon habe, wann sie so weit sein würde, nach Hause zurückzukehren.

Father Tim führte ein Ferngespräch mit Janettes Cousine. Nein, sie konnten Jonathan wirklich nicht zu sich nehmen, sie schafften es gerade eben, ein Plätzchen für Babette und Jason abzuzwacken, es tat ihnen leid und sie hofften, er würde das verstehen, was er auch tat.

Er steckte definitiv bis über beide Ohren im Alltag von Whitecap, mit einer Sitzung nach der anderen, Fahrten ins Krankenhaus, Hausbesuchen und drei aufeinanderfolgenden Gesprächsterminen mit den Flinken Fingern, dem Nähkränzchen der Frauenvereinigung. Er sprang sogar einmal die Woche zusammen mit Cynthia ein, um Touristen durch die Kirche und das umliegende Gelände zu führen.

Weil er ständig von einem Ende der Insel zum anderen gondeln musste, nahm er meistens den Mustang. Heute Morgen jedoch ging er zu Fuß zur Kirche und hatte den Hund zu Hause gelassen, damit Barnabas Jonathan bei Laune hielt. Er hörte Jonathans lautes Weinen aus dem Gästezimmer; der Junge hatte ganz eindeutig Sehnsucht nach seiner Mutter.

»Ich habe heute Morgen eine Lesestunde in der Bibliothek. Das wird ihn ablenken.« Cynthia schob ihn sanft die Treppe hinunter. »Er wird schon zurechtkommen, mein Lieber, geh nur!«

Er ging, denn er wusste nicht, was er sonst hätte tun sollen.

Als er durch das Tor auf die Straße hinaustrat, hatte er wieder einmal das Gefühl, dass ihn jemand beobachtete. Er legte die Hand über die Augen und blickte zu der brusthohen, von der Hecke überwucherten Mauer, die das Haus seines Nachbarn umgab.

Aus einem Impuls heraus trat er näher an die Mauer heran und rief: »Mr Love! Sind Sie dort drüben?«

Ungefähr zwei Meter zu seiner Linken bewegte sich das Blätterwerk, aber nur für einen kurzen Moment. Was hatte er schon zu verlieren? Wenn Morris Love nicht dort war, dann stand er eben hier und redete mit sich selbst. Wenn Morris Love da war, benahm er sich einfach so, wie es sich für einen guten Nachbarn gehörte.

»Wenn Sie da sind, Mr Love, würde ich nur gern sagen, dass Ihre Musik uns – meiner Frau und mir – sehr gut gefällt.«

»Raus! Raus!«

Der plötzliche Schrei, der durch die Hecke kam, war laut, heiser und wütend.

Father Tim trat erschrocken einen Schritt zurück.

»Raus!« Der Befehl wurde mit noch größerem Ingrimm wiederholt.

Die Stimme machte ihn frösteln. Ja, wahrhaftig, seine Idee, gute Nachbarschaft zu signalisieren, war falsch gewesen.

Hastig und ohne sich noch einmal umzudrehen, trottete er die Gasse hinunter zu Ernies Laden.

»Junior hat Post!«, verkündete Ernie voller Stolz.

»Na dann mal los!« Father Tim setzte sich zu Junior an den Tisch.

»Sehen Sie sich das an«, sagte Junior und schob ihm einen Stapel Briefe hin. »Sie dürfen sie lesen, wenn Sie wollen.«

Er nahm den Deckel von seinem Kaffeebecher ab. »Ist etwas Vielversprechendes dabei?«

»Sehen Sie den da?« Junior zeigte auf den rosafarbenen Umschlag, der zuoberst lag. »Das ist der beste, den würde ich lesen.«

»Sind Sie sich sicher, dass ich ihn lesen soll?«

»Klar doch!«, sagte Junior. »Und wenn Sie mit dem Brief fertig sind, dürfen Sie sich auch ihr Foto ansehen. Sie werden es nicht glauben.«

Ernie ließ sich grinsend auf einen Stuhl fallen. »Lesen Sie laut vor. Den Brief würde ich gerne noch einmal hören.«

»Ja, Sir«, bekräftigte Junior, »lesen Sie den Brief laut vor, das hab ich nämlich auch getan.«

»Na schön.« Er räusperte sich. »›Lieber …‹«

Die Fliegentür fiel hinter Roanoke zu. »Wie geht's denn so?«, fragte er in die Runde.

»Gut«, antwortete Ernie. »Setz dich, der Reverend liest Juniors Liebesbriefe vor.«

Roanoke zog sich einen Stuhl heran, setzte sich und nahm den Deckel von seinem Kaffee ab. Hinter seinem rechten Ohr klemmte eine Zigarette. »Ich hoffe, sie sind nicht zu schnulzig«, bemerkte er.

Ernie stieß Junior an. »Wir stehen auf schnulzig, stimmt's, Junior? Nur zu, lesen Sie, Tim.«

Lieber Herr,
ernsthaft: Ich habe meinen Augen nicht getraut, als ich Ihre Annonce gelesen habe. Ich liebe Scrabble und Angeln über alles! Aber ich persönlich gebe nicht allzu viel auf Countrymusik, außer wenn Loretta Lynn singt. Seit mei-

nem neunten Lebensjahr suche ich nach jemandem, mit dem ich angeln gehen und Scrabble spielen kann. Das ist mein Lieblingsspiel. Sind Sie Christ? Das ist mir nämlich sehr wichtig. Wenn Sie Christ sind, sollten Sie das in Ihrer Annonce erwähnen, damit man sich leichter entscheiden kann, ob man antworten soll oder nicht.

Wenn Sie Christ sind, und wenn Sie wirklich ernsthaft sind, wie es in Ihrer Annonce steht, würden Sie meinen Daddy kennenlernen müssen, bevor Sie mit mir ausgehen dürfen. Ich habe nichts übrig für schmutzige Witze und Flüche. Hier ist mein Foto. Ich heiße Ava, nach Ava Gardner, dem Filmstar. Ava Gardner ist nämlich in Smithfield zur Welt gekommen, in derselben Stadt wie meine Mutter, die vor vier Jahren an Krebs gestorben ist.

Warum ich an einen wildfremden Mann schreibe? Meine Schwester hat es mir geraten, vor allem, da Daddy Sie zuerst kennen lernen wird. Aber bevor die Dinge so weit gedeihen, schicken Sie bitte Ihr Foto an das angegebene Postfach, falls Sie Interesse haben sollten. Ich bin neunundzwanzig, und ich habe mit siebzehn geheiratet, aber mein Mann ist bei der Fahrt mit einem Sattelzug ums Leben gekommen, dessen Bremsen in einer bösen Kurve in West Virginia versagt haben. Ich habe mein eigenes Geschäft und halte viel von harter Arbeit.

Außerdem glaube ich, dass Ehrlichkeit die beste Strategie ist.

Mit herzlichen Grüßen,
Ihre Ava Goodnight

»Netter Brief«, sagte Father Tim. »Sehr ordentliche Handschrift.«

»Und jetzt sehen Sie sich das Bild an«, sagte Junior und nahm ein Foto aus seiner Hemdtasche.

Father Tim betrachtete das Foto einer jungen Frau

mit kastanienbraunem Haar und einem strahlenden Lächeln. »Donnerwetter. Eine echte Schönheit!«

»Wo wohnt sie denn?«, wollte Roanoke wissen.

»In Swanquarter«, erwiderte Junior, der besonders stolz auf diese Tatsache zu sein schien.

»Das ist aber ein mächtig weiter Weg, um einer Frau den Hof zu machen.«

Junior zuckte die Achseln, während Roanoke über Father Tims Schulter spähte und das Foto betrachtete. »Sieht so aus, als hättest du einen Volltreffer gelandet.«

»Ich weiß nicht. Sie hat ihr eigenes Geschäft und alles, außerdem sieht sie wirklich … nett aus.«

»Ich würde sagen, sie sieht gut aus«, bemerkte Ernie.

»Stimmt. Deshalb wird sie sich wohl kaum für … na, Sie wissen schon … für jemanden wie mich interessieren.«

»Das ist die falsche Einstellung!«, tadelte Ernie ihn. »Du warst entschlossen, bis die ersten Anworten kamen, und nun willst du am liebsten einen Rückzieher machen.«

»Nun ja, ich will ja nicht direkt die Flinte ins Korn werfen«, sagte Junior und blickte beklommen drein.

Roanoke blies auf seinen Kaffee. »Bei Frauen muss man sich entscheiden.«

»Stimmt«, sagte Ernie. »Oder etwa nicht, Tim?«

»Es stimmt.« Wusste er das nicht selbst allzu gut? Hatte er es nicht gelernt? Er war selbst so lange unentschlossen gewesen, dass ihm Cynthia Coppersmith um ein Haar für alle Ewigkeit durch die Lappen gegangen wäre.

»Schreib ihr zurück«, sagte Ernie. »Du fluchst nicht allzu schlimm, und ich hab dich nie einen schmutzigen Witz erzählen hören. In dieser Hinsicht dürfte es also keine Probleme geben. Außerdem seid ihr beide wild entschlossen, ehrlich zu sein.«

»Bist du denn Christ?«, erkundigte sich Roanoke und zog die Zigarette hinter seinem Ohr hervor. »Das klingt nämlich so, als sei das ihrer Meinung nach so ziemlich das Wichtigste.«

»Nun ...« Junior dachte darüber nach. »Ich schätze, ja. Ich meine, meine Mama ist bis zu ihrem Tod zur Kirche gegangen und so, und ich bin bis vor ein paar Jahren auch ziemlich regelmäßig gegangen.«

Roanoke zündete seine Zigarette an und nahm einen tiefen Zug. »Das ist nicht unbedingt das Entscheidende«, bemerkte er. »Ich weiß ja nicht viel, aber das weiß ich immerhin.«

»Außerdem«, bemerkte Junior, »habe ich kein Foto.«

»Hast du einen Fotoapparat?«

»Ich muss irgendwo noch einen haben, den ich mal auf dem Jahrmarkt gewonnen habe.«

»Nimm ihn morgen früh mit, wenn du zum Zeh fährst, dann mache ich schnell ein oder zwei Aufnahmen von dir«, sagte Ernie. »Ich habe Filme da, und wenn das Licht nicht gut ist, nehmen wir einen Zweihunderter.«

»Soll ich eine Krawatte umbinden?«

»Ich würde das nicht tun. Was du jetzt anhast, ist in Ordnung.«

»Vielleicht sollte ich eine Mütze aufsetzen.« Junior strich sich über das Haar, das am Ansatz schon ein wenig dünn wurde.

»Ehrlichkeit ist die beste Strategie«, sagte Ernie. »Setz keine Mütze auf. Aber du solltest auf jeden Fall den Bauch einziehen.«

»Ich finde nicht, dass ich die Sachen anziehen sollte, die ich jetzt anhabe, das sind schließlich meine Arbeitskleider.«

Roanoke blies einen Rauchring. »Sie hat geschrieben, dass sie an harte Arbeit glaube.«

Junior wirkte zunehmend frustriert. Plötzlich wandte er sich an Father Tim. »Was meinen Sie, Sir?«

»Vielleicht … vielleicht eine Jeans und dazu ein Hemd und eine Jacke?«

Junior seufzte. »Dann müsste ich erst meine Jeans waschen und ein Hemd bügeln.«

»Na und?«, fragte Ernie. »Mach deswegen nicht so ein Theater. Wenn man einen solchen Brief von einem netten Mädchen bekommt, ist das wohl ein klein wenig Mühe wert. Denk einfach daran, was in einigen der anderen Briefe gestanden hat.«

Junior errötete.

Im Büro blinkte das Licht seines Anrufbeantworters.

Emma hielt wie gewöhnlich nicht viel von Förmlichkeiten.

»Scheint so, als fiele hier alles auseinander, seit Sie weg sind. Ich habe gerade erfahren, dass Louella gestürzt ist und sich die Hüfte gebrochen hat, genau wie Miss Sadie, und sie liegt im Krankenhaus, und Hoppy sagt, es sei ein Glück, dass sie so gut gepolstert ist, denn es hätte schlimmer kommen können. Aber wenn Sie mich fragen, ist es praktisch mit allen alten Menschen, die sich die Hüfte brechen, dasselbe, und … nun ja, ich möchte es nicht aussprechen, aber Sie wissen, was ich meine …

Snickers, hör sofort damit auf! Moment mal, er zerkaut gerade Harolds Kirchenschuhe.« Das Telefon fiel klappernd auf den Küchentisch. Allgemeines Gemurmel, Bellen und Türenschlagen.

»Ach übrigens, ich wollte Ihnen noch erzählen, dass Onkel Billy sich am Knie operieren lässt. Jedenfalls glaube ich, dass er das gesagt hat, in meinem Telefon knistert es seit dem Unwetter in der letzten Woche ganz fürchterlich ...«

Sie sprachen ihre Gebete in dem verdunkelten Raum, hielten einander umschlungen und sprachen mit gedämpfter Stimme, damit Jonathan nicht aufwachte und zu seiner gewohnten mitternächtlichen Invasion in ihrem Schlafzimmer erschien.

»Ich finde, wir sollten auf einen Sprung nach Mitford fahren«, sagte er.

»Auf einen Sprung nach Mitford fahren? Liebling, man fährt nicht auf einen Sprung irgendwohin, wenn das eine Fahrt von zwölfhundert Meilen bei achtunddreißig Grad im Schatten bedeutet. Dooley wird schon zurechtkommen, das verspreche ich dir.«

»Es geht nicht nur um Dooley. Es geht auch um Esther und Gene und Louella und Lace und ...« Er seufzte. »Ich fühle mich so hilflos.«

»Du möchtest jedem helfen und alles in Ordnung bringen. Aber das kannst du einfach nicht, Timothy.«

»Das ist eine bittere Pille, die ich noch nie schlucken konnte.«

»Erinnerst du dich an das Schild, das ich über meinem Zeichenbrett zu Hause hängen habe? ›Fühlen Sie sich nicht absolut, persönlich und unwiderruflich verantwortlich für alles. Das ist mein Job. Gezeichnet, Gott.‹«

»Hmhm.«

Sie küsste ihn auf die Wange. »Ich liebe dich ganz närrisch«, sagte sie.

»Ich dich auch«, antwortete er und lächelte in der Dunkelheit. Ohne Cynthia Kavanagh säße er furchtbar in der Klemme.

»Hör mir zu«, flüsterte sie, »du fährst auf einen Sprung rüber nach Mitford, und ich halte hier die Stellung, okay? Ich habe mindestens zweieinhalb Tonnen Kekse zu backen und einzufrieren, ganz zu schweigen von hundert Miniaturquiches und sechs Broten mit sonnengetrockneten Tomaten.«

»Du tust es schon wieder, nicht wahr? Du willst wieder niemandem erlauben, dir bei der Party zu helfen?«

»Wer könnte mir auch helfen? Marion arbeitet praktisch jeden Tag in der Bibliothek, die arme Jean Ballenger könnte nicht kochen, selbst wenn ihr Leben davon abhinge, Marlene Bratts Fingernägel sind so lang, dass sie kaum in der Lage ist, Eiswürfel aus einer Form zu drücken, und alle anderen sind berufstätig.«

»Wer kümmert sich um die Blumen? Ich weiß, dass du in allen Zimmern welche wirst haben wollen.«

Sie seufzte. »Ich werde mit Freuden meine französischen Aquarellfarben für eine Hessie Mayhew in dieser Gemeinde hergeben. Aber leider fürchte ich, ich werde mich selbst darum kümmern müssen.«

»Ich werde Blumen für dich bestellen und liefern lassen.«

»Wie lieb von dir, aber nein, ich werde abschneiden, was wir noch im Garten haben, und dann Marions kleines Beet plündern – du weißt, ich liebe es, wenn Blumen ein wenig zerzaust aussehen statt säuberlich arrangiert. Wie dem auch sei, Liebling, wir kommen vom Thema ab. Fahr du auf einen Sprung nach Mitford, kümmer dich um Dooley, mach deine Runden und komm zu mir zurück.«

»Bist du dir sicher?«

»Natürlich. Und jetzt schlaf.«

Sie tätschelte ihm die Wange und drehte sich auf ihre Seite, und er wartete darauf, dass ihr Atem regelmäßiger und rhythmischer wurde. Aber er tat es nicht. Er konnte spüren, dass sie wach dalag, geradeso wie er selbst.

»Was ist los, Kavanagh? Kannst du nicht schlafen?« Er streckte die Hand aus und berührte sanft ihre Schulter.

»Cynthia?« Gütiger Himmel, sie weinte.

Er zog sie an sich, und sie drehte sich in seinen Armen um und weinte leise weiter.

»Mein Mädchen, meine größte, einzige Liebe, was ist los?«

»Auch ich habe Heimweh nach Mitford, und ich habe mir solche Mühe gegeben, tapfer zu sein und es dich nicht merken zu lassen. Ich spüre doch, dass du hinfahren und die Dinge in Ordnung bringen willst, und, nun ja, dasselbe will ich ja doch auch. Ich meine, es gefällt mir hier, genau genommen liebe ich diese Insel, aber mir fehlt Mitford, mir fehlt unser Zuhause so sehr.«

»Ich verstehe.«

»Es tut mir so leid, dass du mich erwischt hast, Timothy. Ich komme mir vor wie eine Verbrecherin, weil ich das vor dir verborgen habe.«

»Gott sei Dank ist es jetzt nicht mehr verborgen. Also wirst du mit mir fahren. Wir werden gleich am Donnerstagmorgen in aller Frühe aufbrechen. Ich werde Reverend Jack bitten, für mich einzuspringen, was er sicher tun wird, und am Sonntag fahren wir nach Whitecap zurück.«

Er wäre am liebsten aufgestanden, um zu tanzen.

»Und das Beste von allem«, erklärte er, »wir werden zwei Tage mit Dooley haben, bevor er wieder zur Schule fahren muss.«

»Wunderbar!«, sagte sie und vergaß ganz zu flüstern.

»Ich kann es gar nicht erwarten, den langen Lulatsch wiederzusehen. Was für eine schreckliche Geschichte er da erlebt hat. Wir werden Jonathan natürlich mitnehmen müssen ...«

»Natürlich! Die Leute in Mitford werden ihn lieben.«

»Er kann sich einen Film ansehen; Dooley hat einen Videorekorder!«

»Ich danke dir, oh Herr!«, rief er und spürte, wie ihn ganz allmählich ein tiefes Glück durchströmte.

»Ja, danke, Herr!«, sagte sie und putzte sich die Nase.

10 Ein frommer Wunsch

Er bedauerte, dass er die neue Organistin am Sonntag nicht würde vorstellen können, aber Sam und Marion hatten versprochen, für ihn zu einzuspringen.

Er rief Jack Ferguson an.

»Mit Freuden!«, rief der Geistliche, der es liebte, seine Predigten mit Kirchenwitzen zu würzen. »Ich komme mit Earlene rübergefahren. Vielleicht erlauben Sie uns ja, Samstag in Ihrem Haus zu schlafen.«

»Auf jeden Fall! Wir werden die Schlüssel unter der Topfgeranie vor der Haustür deponieren. Sie wissen ja, wo die Kirche ist …«

»Oh ja, ich habe mehrmals in St. John's Vertretung gemacht, und es war mir immer ein Vergnügen!«

»… und die Wegbeschreibung zum Dove Cottage faxe ich Ihnen gleich rüber.«

»Wunderbar!«, sagte Reverend Jack. »Ach übrigens, haben Sie gehört, dass Ron Cowper von St. Michael's weggeht?«

»Da laust mich doch der Affe. Ich dachte, er wäre dort verwurzelt wie eine Rübe.«

»Ein Mann aus seiner Gemeinde hat zu ihm gesagt: ›Reverend Ron, es tut mir so leid, dass Sie weggehen. Bevor Sie hergekommen sind, wussten wir gar nicht, was Sünde ist.‹«

Er kicherte. »Jack, Jack.«

»Ist alles wahr, Timothy. Und haben Sie von Bischof Harveys großer Reise nach Uganda gehört?«

»Flüchtig, als er im Juli hier war.«

»Am Ende eines Gottesdienstes kam Bill die Idee, die Segensworte in der Sprache der Region zu sprechen. Er griff nach dem bereitliegenden Handzettel, schlug das Kreuzzeichen und las dann sehr langsam und feierlich auf Luganda: ›Den Messplan bitte auf keinen Fall mitnehmen.‹«

Father Tim lachte herzlich. »Dem Himmel sei Dank, dass Sie nichts über mich zu erzählen wissen.«

»Oh«, sagte Reverend Jack, »ich werde mir schon etwas einfallen lassen.«

In seinem Schritt lag ein neuer Schwung; sowohl zu Hause als auch in der Kirche war er erfüllt von frischem Elan.

»Sie sind aber gut drauf heute«, bemerkte einer der Messdiener, der in der Sakristei Kerzendochte stutzte.

»Liebling, du strahlst ja förmlich!«, sagte seine Frau, die ebenfalls ungewöhnlich gut aufgelegt zu sein schien.

»Es wird schön sein, euch beide mal wieder zu sehen zu bekommen«, sagte Harley. »Ich mache uns ein ganzes Blech Brownies.«

»Ich bin wirklich heilfroh, dass ihr kommt«, sagte Dooley.

In seiner großen Vorfreude machte er einen telefonischen »Hausbesuch« bei Onkel Billy.

»Da wird doch der Hund in der Pfanne verrückt, wenn das nicht der Reverend ist!«, rief der alte Mann, offenkundig ehrlich begeistert.

»Ich wollte mich nur mal nach Ihrem Knie erkundigen, Onkel Billy.«

»Mein Knie? Das ist immer dasselbe, aber das wissen Sie doch.«

»Hat Emma nicht gesagt, Sie hätten sich einer Knieoperation unterzogen?«

»Nein, Sir, sie meint eine Baumoperation. Die Baumchirurgen waren da.«

»Aha. Hm. Erzählen Sie mir davon.«

»War 'ne große Sache, die Stadt hat eine ganze Truppe hergeschickt, um die alten Bäume hinten zu verarzten; sie waren an manchen Stellen ganz verrottet und kurz davor umzukippen. Also, Sir, die Leute waren den ganzen Mittwoch hier, dann sind sie noch mal wiedergekommen und waren den ganzen Donnerstag hier, und sie hatten einen großen Kran dabei und alles. Es war wie ein Volksfest, alle Leute sind hergekommen, um es sich anzusehen – wir hätten direkt hingehen und Maiskolben verkaufen können. Ich wünschte, Sie wären hier gewesen.«

»Wir werden Donnerstagabend zu einem kurzen Besuch in Mitford sein. Am Samstag werde ich vorbeikommen und Sie und Miss Rose besuchen.«

»Wir werden uns mächtig freuen, euch beiden wiederzusehen, und ich werde Rose bitten, uns einen schönen Bananenpudding zusammenzumixen.«

»Machen Sie sich keine Mühe«, sagte Father Tim, und es kam ihm von Herzen. »Tatsächlich sollten Sie nicht einmal daran denken!«

»Wir fahren nach Hause, alter Kamerad«, sagte er zu Barnabas, als sie zu Ernie hinüberschlenderten. »Wir werden Dooley wiedersehen, erinnerst du dich an Dooley?«

Natürlich erinnerte sich sein Hund an Dooley. Jeder Hund, der eine Vorliebe für Wordsworth, Cowper und Keats hatte, war ein kluger Hund.

Nur noch vier Tage, und er würde so gut wie neu sein, bereit, sich wieder mit ganzer Kraft in seine Arbeit in St. John's zu stürzen, und frei von dem Verlangen, noch einmal auf einen Sprung nach Hause zu fahren, jedenfalls bis Oktober, wenn die Hochzeit von Buck und Pauline anstand, für die er sich von seinem Bischof gleich zu Anfang hatte grünes Licht geben lassen.

Er kam sich vor wie im Urlaub. Er würde fünf Stunden im Pfarrbüro arbeiten, dann nach Hause zurückeilen, um zu packen und Cynthia und Jonathan zu einem frühen Abendessen auszuführen. Und morgen früh um halb sieben würden sie dann bereits unterwegs sein.

Janettes Arzt konnte nur eine schwache Reaktion auf die Medikamente berichten. Es würde seine Zeit dauern, sagte er, bis sie eine nennenswerte Wirkung spürte; bis dahin würden sie sie genau überwachen.

Er rief in Janettes Zimmer an. Keine Antwort. Er fand, dass er Janettes Erlaubnis einholen sollte, wenn er Jonathan ans andere Ende der Staaten mitnehmen wollte, aber andererseits hatte er Angst davor, sie möglicherweise aufzuregen. Was, wenn sie sich verlassen fühlte, wenn sie erfuhr, dass sowohl ihr Pfarrer als auch all ihre Kinder die Insel verlassen hatten? Er erinnerte sich daran, dass selbst ihr Arzt am Freitag wegfahren würde, um in Beaufort Golf zu spielen.

Marion erklärte sich bereit, nach dem Gottesdienst am Sonntag ins Krankenhaus zu gehen. Er fing Jean Ballenger ab, die gerade von einer Zusammenkunft der Flinken Finger kam, und bat sie, Janette Donnerstag, Freitag und Samstag zu besuchen.

»Oh ja!«, rief sie. »Das mache ich. Ich liebe Kranke.«

»Hier«, sagte er, griff nach seiner Brieftasche und gab ihr fünf Dollar. »Wenn es Ihnen nichts ausmacht, dann kaufen Sie ihr bitte ein paar Orangen oder …«

Jean nahm den Geldschein entgegen. »Wollen Sie die Orangen vielleicht in einem Korb mit einer kleinen Schleife am Griff haben?«

»Ich wäre Ihnen sehr zu Dank verpflichtet«, sagte er.

»Wenn Sie mir noch einen Fünfer geben, könnte ich auch eine Schale afrikanische Usambarraveilchen kaufen«, erklärte sie und beäugte seine Brieftasche.

Er hatte mit sieben Getreuen seiner Gemeinde und vier Touristen aus Kanada die heilige Eucharistie gefeiert, seinen Schreibtisch aufgeräumt, seine Anrufe erledigt, am Telefon mit Ella Bridgewater eingehend die Musik für den Sonntag besprochen und den Chor ermahnt, sich von seiner besten Seite zu zeigen. Außerdem hatte er ein Ehepaar aus Delaware über den Friedhof geführt, das Pfarrblättchen getippt, seinen Papierkorb geleert und die Post frankiert.

Er wollte gerade die Tür hinter sich zuziehen, als das Telefon klingelte.

»St. John's!«, sagte er. Dann zitierte er, einer plötzlichen Eingebung folgend, dem Psalmisten. »›Dies ist der Tag, den der Herr gemacht hat!‹«

Am anderen Ende der Leitung herrschte einen Moment lang Schweigen. »Timothy?«

Klang wie Bill Harvey.

»Am Apparat.«

»Das war aber eine sehr beschwingte Begrüßung.« Es war tatsächlich Bill Harvey.

»Ich fühle mich auch sehr beschwingt, Bischof. Wie geht es Ihnen?«

»Ich wollte eine Kleinigkeit mit Ihnen bereden.« Bill Harvey sprach nicht mit seiner Gehen-wir-angeln-Stimme; dies war unzweifelhaft seine Predigtstimme, seine *vox publica.*

»Schießen Sie los!« Ebenso gut hätte er mitten in den Sturm hineinlaufen können, den Kopf gesenkt, die Schultern hochgezogen.

»Es ist mir zur Kenntnis gebracht worden, dass Sie einen kleinen Ausflug nach Mitford planen.«

»Nun … ja.« Er räusperte sich. »Nur für vier Tage.«

»Um sich, so glaube ich, um die Nöte einiger ehemaliger Gemeindemitglieder zu kümmern …«

»Hm … ja.« Er hatte ein oder zwei Leuten gegenüber erwähnt, warum er wegfuhr, hatte jedoch nichts von Dooley erzählt.

»… und um, wie ich vermute, Ihre Verantwortung Ihren derzeitigen Gemeindemitgliedern gegenüber zu vernachlässigen?«

»So hatte ich das nicht betrachtet, Bischof.« Sein Magen schlug einen kleinen Purzelbaum.

»Dann wird es Zeit, dass Sie es so betrachten, Timothy. Sie kennen die Politik der Kirche sehr gut, und die besagt: Hände weg von der alten Gemeinde, während man sich um die Belange der neuen kümmert. Es ist Ihnen doch gewiss nicht entfallen, dass Lord's Chapel einen eigenen Pfarrer hat, der sich um Ihre alte Gemeinde kümmert.«

»Natürlich nicht.« Er hörte, dass seine Stimme beinahe wie ein Krächzen klang. Es würde die Dinge wohl kaum besser machen, wenn er jetzt sagte, dass sein Junge im Gefängnis gewesen sei und vielleicht einer kleinen Aufmunterung bedurfte, bevor er wieder zur Schule fuhr.

Andererseits hatte der Bischof Recht; er durfte sich nicht in die Angelegenheiten des neuen Pfarrers von Mitford einmischen. Aber diese Menschen waren seine Freunde …

»Aber sie sind meine Freunde«, sagte er, wohlwissend, dass es ihm nichts nutzen würde.

»Natürlich sind sie Ihre Freunde, Sie haben ihnen sechzehn Jahre lang gedient.«

»Es war mein Wunsch, ... ich wollte doch nur ...«

»Ein frommer Wunsch, Timothy. Aber lassen Sie uns bei der Sache bleiben. Ich glaube, Sie fahren im Oktober nach Mitford, um ein junges Paar zu verheiraten.«

»Ja.«

»Ich rate Ihnen dringend von diesem gegenwärtigen Ausflug ab.«

Plötzlich atemlos, ließ er sich auf seinen Schreibtischstuhl fallen und starrte blicklos an die Wand.

Seine Frau erging sich in einer wortgewandten Schimpftirade auf die gesamte Geistlichkeit, nahm dabei kein Blatt vor den Mund und war im Nu über die ganze Angelegenheit hinweg. Obwohl er sich an ihren schneidenden Seitenhieben ergötzte, halfen sie ihm wenig, das Gefühl der Kränkung zu überwinden. Nun gut, im Prinzip hatte Bill Harvey recht, aber der Tonfall des Bischofs und seine geschäftsmäßige Gleichgültigkeit waren ihm unerträglich unhöflich erschienen. Er war einen Bischof gewohnt, dessen Freundlichkeit seine ganze Diözese durchströmte und der all seinen Diakonen und Pfarrern echte Zuneigung entgegenzubringen schien; tatsächlich war er stolz darauf, in Stewart Cullen einen Bischof zu haben, der wichtige Briefe »von eigener Hand« schrieb, so wie es auch der heilige Paulus am liebsten gehalten hatte.

»Zum Teufel!«, sagte er und blickte aus dem Küchenfenster. »Zweimal zum Teufel!«

»So ist es richtig, Liebling, lass alles raus!«, ermunterte ihn seine Frau, die soeben Butter auf Jonathans Spaghetti gab.

»Zum Teufel!«, sagte Jonathan und klatschte mit beiden Händen auf den Tisch.

Warum hatte er nicht einfach seinen großen Mund halten und über die geplante Reise nach Mitford Schweigen bewahren können? Er kam sich vor wie ein Verräter, wie ein Mistkerl, der alle enttäuschte. Und jetzt musste er noch einmal all die Leute anrufen, mit denen er gesprochen hatte, und Ausreden erfinden ...

»Du brauchst irgendeine Beschäftigung, bei der du ... Dampf ablassen kannst«, schlug sie vor.

»Ich schnappe mir Barnabas und gehe laufen«, erwiderte er gereizt.

»Steht dein Angelausflug nicht bald an?«

Der Angelausflug! Das Allerletzte, wonach ihm der Sinn stand, war ein Angelausflug. Wie ein schöner Trottel würde er dastehen, mit seinen praktisch nicht vorhandenen Kenntnissen von Angel und Schnur! Und erst recht hatte er keine Ahnung, wie man sich auf einem Boot bewegte, wenn unter seinen Tennisschuhen ein achthundertfünfzig PS starker Motor wummerte. Machte er sich nicht schon an jedem einzelnen Sonntagmorgen seines Lebens zum Narren? Warum musste er dasselbe dann auch noch auf einem Ausflug tun, der seine Frau glatte zweihundert Dollar kostete, den Eimer mit Hühnern nicht mitgerechnet?

Langes Schweigen in der Leitung.

»Es tut mir leid, mein Sohn.«

Dooley seufzte. »Ich weiß. Es ist schon okay. Wirklich.«

»Ich werde versuchen, dafür zu sorgen, dass der Gerichtstermin für die Zeit festgesetzt wird, wenn ich wegen der Hochzeit zu Hause bin. Du wirst dann auch zu Hause sein, und ich glaube, dass sich alles wunderbar wird regeln lassen.«

»Super«, sagte Dooley und klang erleichtert.

»Sieh zu, dass du in diesen letzten Tagen noch deinen Spaß hast. Wie geht es Poo und Jessie?«

»Richtig gut!«

Er hörte die plötzliche Zärtlichkeit in der Stimme des Jungen.

»Und deiner Mutter?«

»Ihr geht es auch richtig gut, sie hat im Haus der Hoffnung eine Gehaltserhöhung bekommen.«

»Prächtige Neuigkeiten! Du bist immer in unseren Gebeten, Kamerad. Gott weiß um deine Nöte, und er kümmert sich darum.«

»Okay, bye«, sagte Dooley. »Wart mal. Diese Frau oben im Haus ...«

»Was ist mit ihr?«

»Sie spielt ganz schön laut auf ihrem verflixten Klavier. Ich und Harley, wir überlegen ernsthaft, ob wir nicht mal mit einem Besenstiel an die Decke klopfen sollen.«

Und er hatte sich Sorgen gemacht, dass Dooleys Musik seine Mieterin stören könnte! »Das würde ich nicht tun. Haltet die Ohren steif.«

»Ich hab Lace eine Karte geschrieben.«

»Wunderbar! Ich auch.«

»Es war echt schwierig, eine auszusuchen, es gibt Millionen Karten.«

»Stimmt. Was stand denn drauf?«

»Nichts. Sie war leer.«

»Aha.«

»Ich habe einfach draufgeschrieben: ›Es tut mir leid.‹«

»Besser hättest du es gar nicht machen können.«

»Ich habe mit meinem ganzen Namen unterschrieben, für den Fall, dass sie noch jemanden kennt, der Dooley heißt.«

»Eher unwahrscheinlich.«

»Tja, ich muss dann mal. Avis möchte, dass ich die Frischfleischvitrine saubermache. Ekelhaft. Ich hab ihm gesagt, dass ich alles rausholen würde außer Leber, um die muss er sich selber kümmern. Ich meine, Leber kann man sogar durch diese komischen Handschuhe fühlen, die wir tragen müssen.«

»Bitte!«, sagte er, da ihm schon bei dem Gedanken übel wurde.

Es zerriss ihm schier das Herz, auf Wiedersehen zu sagen. Aber wofür waren Herzen schließlich da? Ein wenig Kummer ab und zu war viel, viel besser als überhaupt kein Kummer.

Er versuchte, Bill Harvey zu verzeihen. Im großen Plan der Dinge war die Einstellung des Bischofs kaum einen weiteren Gedanken wert. Warum konnte er die Sache nicht einfach vergeben und vergessen? Nur wenn er diese Kränkung nicht vergab, würde sie sich zu etwas Großem auswachsen. Er musste seine Gefühle ans Licht zerren und vor Gott ausbreiten und die ganze Angelegenheit hinter sich bringen.

Er ließ sich im Arbeitszimmer auf die Knie sinken und betete lautlos. Die frühmorgendliche Brise wehte durch die offenen Fenster und blähte die Gardinen auf.

Jemand klopfte ihm auf die Schulter.

»Was machst du da?«, fragte Jonathan, der in seinem zerknitterten blauen Pyjama neben ihm stand.

Er erhob sich von den Knien und nahm den Jungen auf den Arm. Dann ließ er sich in den Sessel fallen, Jonathan auf dem Schoß. »Ich habe gebetet.«

»Warum?« Jonathan kuschelte sich an ihn.

»Dass ich Gottes Gnade finde, um jemandem zu verzeihen.«

»Warum?«

»Wenn ich dieser Person nicht verzeihe, wäre das ungesund für mich, und auch Gott hätte dann keine allzu hohe Meinung von mir.«

Er genoss es, den stämmigen, lebensprühenden kleinen Jungen auf seinem Schoß zu haben, genoss die Wärme seines Körpers an seiner Brust. Genauso möchte Gott, dass wir zu ihm kommen, dachte er, und sein Gemüt hellte sich plötzlich auf.

»Ich will keine P'sketti mehr. Keine P'sketti.«

»Gut! Halleluja! Was willst du denn?«

Jonathan grübelte darüber nach, dann blickte er zu ihm auf. »Ich weiß nicht.«

»Nun, wenn du es nicht weißt, wer dann?«

Jonathan stieß ihm einen seiner pummeligen Finger in die Brust. »Du suchst etwas für mich.«

»Bitte.«

»Bitte.«

»Abgemacht.«

Er und Cynthia waren verpflanzt worden, das war alles. Er hatte selbst jahrelang in der Erde gegraben und Stauden von einer Ecke des Gartens in die andere verpflanzt, er wusste, was eine Verpflanzung bedeutete. Zuerst wurde die Pflanze welk, dann lebte sie sich allmählich ein, dann kam der Wachstumssprung. So einfach war das. Was hatte Gertrude Jeckyll zu dem Gärtner gesagt, der zu zimperlich war, um eine Pflanze umzubetten? »Reiß sie raus!«

Gott hatte ihn rausgerissen, und er sollte besser zusehen, dass er das Stadium des Welkens hinter sich ließ und sich daran machte, Wurzeln zu schlagen.

Pfeifend trat er auf die Veranda hinaus. Ein herrlicher Tag – seine entzückende Frau saß zufrieden in einem Schaukelstuhl, Jonathan spielte, einen Strohhut auf dem Kopf, mit seinem Hund im Garten, und auf dem Familienplan stand ein nachmittägliches Bad im Meer.

Er setzte sich in einen der weißen Schaukelstühle und streifte seine Slippers ab. »Ah!«, seufzte er.

»Timothy, du siehst wieder so nach Wildnis aus.«

»Nach Wildnis?«, fragte er, als wüsste er nicht genau, worauf sie anspielte.

»Als wolltest du Johannes dem Täufer nacheifern.«

Er hatte sich nun schon seit einiger Zeit einfach blind gestellt, bis sein Haar sich wie der Schwanz eines Truthahns über seinen Kragen gefächert hatte. Ihm fehlte einfach der Mut, einen neuen Friseur auszuprobieren.

»Neben der Post soll es einen kleinen Friseursalon geben, Lindas oder Libbies oder Lolas ... irgendetwas in der Art.«

»Aha.« Nein, wahrhaftig. Eher würde er sich das Haar mit einem Austernmesser selbst schneiden, bevor er seinen Kopf in die Hände einer zweiten Fancy Skinner gab.

»Vielen Dank, ich halte lieber Ausschau nach einem männlichen Friseur«, sagte er mit gebieterischem Nachdruck.

Als sie aus dem Lebensmittelladen kamen, hörte er den Anrufbeantworter ab.

»Reverend? Ich bin's, Puny.«

Puny klang vollkommen anders als sonst.

»Ich weiß nicht, wie ich Ihnen das beibringen soll.«

Das war genau die Art von Ankündigung, die er am wenigsten schätzte.

»Ich war gerade in Ihrem Haus und habe festgestellt, dass ich beim letzten Mal die Tür nicht abgeschlossen hatte. Sie stand vier Tage lang offen!«

»Ba Hallo sagen!«, flehte einer der Zwillinge.

»Wie mir so etwas Blödes passieren konnte, weiß ich nicht, es tut mir furchtbar leid. Aber ich habe mir Zimmer für Zimmer angesehen, und es scheint nichts zu fehlen, also ist es wohl nicht so schlimm, aber ich weiß, wie sehr Sie sich darauf verlassen, dass ich mich um alles kümmere, und es ist mir einfach grässlich, Sie zu enttäuschen.«

»Es ist alles in Ordnung!«, sagte er laut zu dem Anrufbeantworter. Er liebte dieses Mädchen wie eine eigene Tochter. »Machen Sie sich keine Sorgen deswegen!«

»Ich weiß, dass Sie selbst Ihre Haustür manchmal nicht abschließen, aber ich tue es immer, weil ich für alles hier verantwortlich bin, und ich hoffe nur, dass ... wie dem auch sei, es tut uns schrecklich leid, dass Sie nicht kommen werden, wir haben uns alle riesig darauf gefreut, und ich hoffe, Sie nehmen es mir nicht übel, dass ich Ihre Tür offen gelassen habe.«

»Ba Hallo sagen, will Ba Hallo sagen!«

»Oh, zum Kuckuck, Sissy, du wirst am Ende noch Sassy aufwecken, hier!«

»Ba! Hallo Ba! Komm nach Hause, wir haben Welpen. Komm nach Hause, Ba!«

»Sag jetzt Bye. Sag ihm, dass du ihn lieb hast.«

»Hab dich lieb, Ba.«

»Sag ihm, dass du Miss Cynthia lieb hast.«

»Miss Cynthy lieb.«

»Das war Sissy. Sassy schläft noch«, sagte seine emsige Haushaltshilfe. »Die Welpen in der Garage machen ein furchtbares Durcheinander; vier gefleckte kleine Dinger, ich weiß nicht, ob Männchen oder Weibchen, oh, Himmel, ich hab wahrscheinlich schon Ihr ganzes Band vollgesprochen, also schnell noch die gute Neuigkeit! Joe Joe ist zum Leutnant befördert worden! Das kommt direkt nach dem Chief. Wie gefällt Ihnen das?«

Es gefiel ihm sehr.

»Wir dachten, Sie wollten nach Hause fahren«, sagte Roanoke.

»Der Plan hat sich geändert. Wo steckt Ernie heute Morgen?«

»Er und Roger sind angeln gegangen.«

»Captain Willie?«

»Nein. Sie wollten rüber zum Sund.«

»Kümmern Sie sich derweil um den Laden?«

»Sie haben's erfasst«, sagte Roanoke. Father Tim dachte, dass er noch nie so viele Runzeln in einem einzigen Gesicht gesehen hatte. Roanoke Clark, so konnte man es ausdrücken, sah aus, als hätte man ihn zum Trocknen rausgehängt und auf der Leine vergessen.

Die Vorstellung, mit einem Mann, der Geistliche nicht mochte, ein Gespräch unter vier Augen zu führen, behagte ihm nicht gerade. Andererseits war es erst halb sieben am Morgen, und da er wegen der Reise nach Mitford im Pfarrbüro alles erledigt hatte, gab es dort rein gar nichts zu tun.

Sei's drum. Er ließ sich auf einen Stuhl fallen, packte sein Sandwich aus und nahm den Deckel von seinem Kaffeebecher.

»Also ... was machen die Geschäfte?«

»Heute Morgen ist es zuerst hoch hergegangen, aber kurz bevor Sie gekommen sind, ist es wieder ruhiger geworden.«

Er aß sein Brot, während Roanoke die Zeitung las und rauchte.

»Wie sieht es mit einem guten Friseur auf der Insel aus? Können Sie mir irgendjemanden empfehlen?«

»Es gibt keinen Herrensalon auf der Insel. Sie werden wohl aufs Festland rüber müssen.«

»Das scheint mir doch eine beträchtliche Zeitverschwendung zu sein, nur um sich die Haare schneiden zu lassen.«

Roanoke schien sich mit der Zeitung zu unterhalten, die er sich vors Gesicht hielt. »Die Lola oben an der Post, die wird Ihnen die Haare schneiden. Dann brauchen Sie bis Weihnachten nicht mehr hin.«

»Wer ist Lola?«

»Lola verkauft Fischsandwiches, schneidet Haare und macht auch sonst noch alles Mögliche.«

Er schauderte. »Schneidet sie Ihnen auch die Haare?«

»Alle zwei Monate, ob es nötig ist oder nicht.«

Er nahm Roanokes Haarschnitt in Augenschein. Auf keinen Fall.

»Hm ja, Und wo lassen sich Ernie und Roger die Haare schneiden?«

»Das mache ich.«

»Sie?«

»Ich hab mein Handwerkszeug da drüben.« Roanoke deutete mit einer lässigen Handbewegung auf den Bücherraum.

»Aha.«

»Sechs Scheinchen pro Einsatz«, sagte Roanoke und legte die Zeitung auf den Tisch. »Sechs Scheinchen und fünfzehn Minuten, das ist mein Motto.«

»Haben Sie sich mit dem Haareschneiden jemals … Ihren Lebensunterhalt verdient?«

»Ich hab den Truckern die Haare geschnitten. Wenn ich Stahlblech fuhr, machte ich zweimal im Monat in Concord Station, im Hinterzimmer eines Fernfahrergrills. Sie sind von New York City gekommen, von Des Moines, Iowa, von Los Alamos in Kalifornien, von überall her, jedes Mal eine lange Sitzung.« Roanoke, der besonders stolz auf diese Tatsache zu sein schien, schob sich eine neue Zigarette hinters Ohr.

»Man könnte sagen, ich hab ihnen von einer Küste zur anderen die Haare geschnitten.«

»Donnerwetter.« Also, was sollte er tun? Seine Mahlzeit verfestigte sich in seinem Magen langsam zu Stein.

»Sie müssen aber hier draußen sitzen, weil ich ein Auge auf die Kasse haben muss, aber ich mach das für Sie. Ich wollte ja nichts sagen, aber ich hab mich schon gefragt, wie lang Sie sich das Zeug noch über den Kragen wachsen lassen wollen. Ich dachte, es hat vielleicht was mit Ihrer Religion zu tun.«

Father Tim lachte beklommen und klopfte sich aufs Gesäß. Er hatte sein Brot mit Kleingeld bezahlt; vielleicht hatte er seine Brieftasche zu Hause gelassen. Manchmal tat er das. Er hoffte, dass er es auch heute getan hatte.

»Sie können mich ein andermal bezahlen. Für Ernie und Roger schreibe ich auch auf.«

Nun ja, was konnte schon groß passieren? Soweit er sich erinnerte, sahen Ernie und Roger nicht allzu furchtbar aus; eigentlich sogar ziemlich normal.

»In Ordnung«, sagte er. »Fünfzehn Minuten?«

Roanoke zog den reichlich mitgenommen Hocker hinter der Kasse hervor und stellte ihn vor das vordere Fenster.

»Könnten wir, ah, den Hocker nicht ein wenig weiter nach hinten schieben?« Er wollte nicht auf dem

Präsentierteller sitzen, wo man ihn aus jedem vorbeifahrenden Wagen auf der Insel sehen konnte.

»Ich brauche das Licht«, sagte Roanoke und betrachtete mit zusammengekniffenen Augen Father Tims Haar.

Obwohl er in seinem Arbeitszimmer schon beträchtliche Zeit mit dem Morgengebet zugebracht hatte, betete er noch einmal, als er auf dem Hocker Platz nahm.

Roanoke kam, gefolgt von Elmo, der Bücherkatze, mit einem Karton aus dem Bücherraum. Es war das erste Mal, dass Tim Elmo draußen in der weiten Welt sah. Der ältliche, langhaarige Kater hockte sich auf den Zementboden, schlug mit dem Schwanz und starrte Tim an, während Roanoke seine Utensilien auf dem Fenstersitz ausbreitete.

»Los geht's«, sagte Roanoke und schlang Father Tim ein zerrissenes Laken um die Schultern. Das Laken roch nach Fisch. Vielleicht war das der Grund, warum der Kater ihn anstarrte.

»Damals, als ich selbst noch gefahren bin«, sagte Roanoke, während er sich ans Werk machte, »bin ich in siebenunddreißig Staaten und in zwei Provinzen von Kanada unterwegs gewesen. Einmal hat mich ein Tornado erwischt und über die Böschung weg von der Straße gefegt. Mein Truck war ein Totalschaden, aber ich bin ohne jeden Kratzer davongekommen. Wenn ich je an Gott geglaubt hab, dann an diesem Tag.«

Father Tim spürte, wie die Schere munter vor sich hin schnipselte, und sah die Haare auf den Zement fallen. Der Kater verfolgte, immer noch schwanzwedelnd, das Geschehen.

»Zu meiner Zeit habe ich massenweise Orangensaft aus Florida geholt. Wenn ich frischen Saft geholt hab, hatte eine Ladung ungefähr einundzwanzig Kubikmeter. Wenn's Konzentrat war, waren es ungefähr achtzehn Kubikmeter.«

Schnipp. Schnipp.

Das Haareschneiden löste dem für gewöhnlich wortkargen Roanoke eindeutig die Zunge; er verwandelte sich in ein regelrechtes Plappermaul. Wenn er es recht bedachte, hatte Father Tim dasselbe Phänomen bei Fancy Skinner und Joe Ivey beobachtet. Offensichtlich gab es einen direkten Zusammenhang zwischen unaufhörlichem Gerede und dem Schneiden von Haaren.

»Ich habe sogar Schokoladensirup aus Pennsylvania geholt, aus Pennsylvania kommt eine Menge Schokolade, aber ich hab nie Geflügel transportiert oder sonst irgendwas Lebendiges, nein, Sir, was Lebendiges würd ich auf keinen Fall transportieren.«

»Ein guter Grundsatz.«

»Die Polizei hat mich nie drangekriegt, bloß ein einziges Mal. Also, es gibt da Fahrer, die total durchdrehen, die treten wie verrückt aufs Gaspedal, um ihre Trucks den nächsten Hügel raufzukriegen. Die Vorschriften besagen, dass man nicht mehr als zehn Stunden am Tag fahren darf, aber die Cowboys, so haben wir sie genannt, die fahren bis zu achtzehn, zwanzig Stunden am Tag, und das ist illegal.

Die Cowboys machen heutzutage nur ungefähr zwei Prozent von den Fahrern aus, aber sie bringen uns andere böse in Verruf, wenn Sie wissen, was ich meine?«

»Ich weiß es!«

Schnipp.

»Ich verdien mir jetzt mit allerlei Gelegenheitsarbeiten was dazu, ich decke Dächer, streiche Häuser an, schneide Haare, wie es gerade so kommt. Ein Mann kann sich durchaus seinen Lebensunterhalt verdienen, wenn er Ehrgeiz hat.«

»Ganz Ihrer Meinung!«

»Ich hab meinen Wagen abgeschafft und fahr jetzt Fahrrad; es ist erstaunlich, wie viel Geld man weglegen kann, wenn man auf ein Auto verzichtet.«

»Da gehe ich jede Wette ein.«

»Ich bin in einem christlichen Haus aufgewachsen, aber ich bin vom Glauben abgefallen. Wissen Sie, meine erste Frau ist mit einem Wanderprediger auf und davon. Ich hab ihn mit nach Hause gebracht, hab ihm ein schönes, warmes Bett und eine heiße Mahlzeit gegeben, und eh ich's mich verseh, setzen die beiden mir Hörner auf.«

»Aha.« Das war also der Grund, warum Roanoke sich über sein Erscheinen niemals besonders freute; er war über denselben Kamm geschoren worden wie jener Prediger. Plötzlich stieg in ihm die lebhafte Erinnerung an van Goghs Selbstportrait auf, auf dem er nur ein Ohr hatte. *Bitte, lieber Gott …*

Elmo gähnte und legte sich nieder, ohne den Blick von dem Kunden auf dem Hocker abzuwenden.

»Nehmen Sie mich zum Beispiel. Ich hab meine zweite Frau nie betrogen, und Gelegenheiten dazu hätte ich wahrhaftig reichlich gehabt. Wir nannten sie Bordsteinschwalben – die konnten einem Mann mächtig zusetzen. Aber ich bin meiner Frau treu geblieben, und ich bin froh, dass ich's getan hab, denn man kann nie wissen, was man sich auf der Straße einfängt und unschuldigen Leuten daheim mitbringt.«

»Stimmt.«

»Ich hab auch nie Pillen genommen, nein, Sir, das stärkste, was ich je genommen hab, wenn ich gefahren bin, war Sun-drop, das haut einem die Beine weg, wenn man nicht an viel Koffein im Körper gewöhnt ist. Wenn Sie einen Sun-drop wollen, wir haben welche im Kühlschrank.«

»Ich glaube nicht, vielen Dank. Vielleicht ein anderes Mal.« Meine Herren, was man beim Haareschneiden so alles lernen konnte.

Schnipp.

»Aber die Dinge haben sich geändert. Da würden selbst 'nem Glasauge Tränen kommen, wenn man hört, was ein selbstständiger Fahrer heutzutage blechen muss, um einen großen Truck zu fahren.«

»Wie viel?«

»Mehr als sechzig Cent die Meile. Man muss schon hart im Nehmen sein, wenn man sich als Fernfahrer seinen Lebensunterhalt verdienen will.«

»Das möchte ich meinen.«

»Ich rasier Ihnen jetzt den Nacken. Wie liegen wir in der Zeit?«

Father Tim sah auf seine Armbanduhr. »Sie haben noch knapp eine Minute.«

»Wir werden Sie auf die Sekunde fertig haben«, sagte Roanoke und legte den Schalter an seinem elektrischen Rasierapparat um.

Cynthia winkte ihm von der Veranda aus zu. Jonathan und Barnabas warteten am Tor.

»Sieh mich an!«, sagte der Junge und hüpfte dabei auf und ab.

»Ich sehe es. Das ist ein neues Hemd!«

»Und eine neue Hose!«

Er öffnete das Tor. »Wo hast du denn diese schicken neuen Sachen her, kleiner Kamerad?«

»Von UPS!«

»Liebster, wo sind deine Haare?«, rief seine Frau von der Veranda.

»In einer Müllkippe hinter Ernies Laden! Was hältst du davon?«

»Ich finde es großartig!«, sagte sie und setzte sich auf die oberste Treppenstufe. »Wir haben eine Überraschung für dich!«

Auch seine Frau trug etwas Neues und Umwerfendes. Rote Shorts, die reichlich kurz waren, ein trägerloses weißes Top und Espadrilles.

Er kraulte seinen Hund hinter den Ohren und sprang förmlich die Treppe hinauf.

Seine Predigt war fertig und überarbeitet, Gedanke für Gedanke, Idee für Idee. Während er im Arbeitszimmer auf und ab gegangen war, hatte Jonathan ihn auf Schritt und Tritt begleitet, vom Bücherregal bis zu der Wand mit dem Gemälde, das das römische Kolosseum zeigte, und wieder zurück. Endlich erschöpft, schlief Jonathan auf dem Teppich ein, wo Father Tim, ohne sich im Mindesten aus dem Takt bringen zu lassen, über ihn hinwegstieg.

Der Rest des Tages lag vor ihnen, schimmernd wie Seide. Sie würden im Meer schwimmen, sie würden in ihren neuen Sachen zum Essen ausgehen, und morgen würden sie hören, wie die Orgel ihre mächtige Stimme erhob.

Er fühlte sich so jung wie ein Kurat und so kühn wie ein Löwe.

»Es ist schon ein anderes Leben, wenn man einen kleinen Jungen hat«, bemerkte seine Frau, während sie sich nach ihrem fröhlichen Bad im Meer das Haar trocknete. »Wir gehen zum Abendessen aus, und dabei ist es erst halb sechs.«

»Wie die Bauern auf dem Land«, pflichtete er ihr bei und schlüpfte dann in seine brandneue Shorts und ein Golfhemd. Eins musste er diesem Sport lassen, obwohl er selbst nie Golf gespielt hatte und es niemals tun würde: Die Hemden gefielen ihm sehr.

»Ich habe heute Jonathan gezeichnet«, sagte sie.

»Aha!«

»Für das neue Violet-Buch. Ich denke, er wird sich wunderbar in die Geschichte einfügen. Er ist genau das, was ich brauchte, um das Ganze abzurunden, denke ich.«

Er hörte jemanden klopfen, und Barnabas flog zur Tür hinüber. Sein Bellen klang so kehlig wie die Bässe der Orgel von St. John's.

Er zog den Reißverschluss hoch und tappte barfuß durch den Flur, wie vom Donner gerührt, als er Reverend Jack und Earlene durch die Fliegentür spähen sah.

Gütiger Gott! Er hatte vollkommen vergessen, Jack Ferguson zu sagen, dass sie nicht nach Mitford fahren würden!

Mit vor Verlegenheit hochrotem Gesicht führte er das eifrige, aber überraschte Paar ins Wohnzimmer und rüstete sich für die unzureichenden Erklärungen, die er würde abgeben müssen – und zwar nicht nur den Fergusons, sondern auch seiner Frau.

Verflixt und zugenäht, jetzt würde Reverend Jack eine Geschichte über ihn zu erzählen haben, die in der Diözese mit Lichtgeschwindigkeit die Runde machen würde.

»Willkommen in Dove Cottage«, sagte er und gab sich alle Mühe, es ehrlich zu meinen.

Sie waren zu Monas Café gegangen und hatten gebratenen Barsch, Krebse, gekochte Shrimps, frisch gefangenen Gelbflossenthun, Hush Puppies, Pommes frites und eimerweise Kohlsalat gegessen. Sie hatten in Remouladensauce geschwelgt, literweise sirupsüßen Tee getrunken und waren dann in der Hitze zurück nach Hause getaumelt, wobei Jonathan betäubt und halb schlafend auf Father Tims Rücken gereist war.

Während sie auf Dove Cottage zustrebten, trug Cynthia ihren Anteil zur Unterhaltung bei, indem sie laut ein Gedicht von einer Frau namens Rachel Field rezitierte:

»Wer je auf einer Insel schlief,
Ist danach nicht mehr der, den man kennt,
Auch wenn er aussieht wie am Tag zuvor
Und man ihn noch genauso nennt.
Er mag weiter durch Straßen und Läden gehen,
Brav zu Hause im Teigtopf rühren,
Doch wird er stets Brandung und Möwen sehen,
Wohin immer die Schritte ihn führen.«

»Respekt!«, sagte Earlene. »Was du dir alles merken kannst! Ob das wohl stimmt?«

»Was?«

»Dass man nicht mehr der ist, den man kennt.«

»Ich weiß nicht«, erwiderte Cynthia. »Wir werden es abwarten müssen.«

Sie saßen auf der Veranda und sahen sich durch das Spalier, an dem die Kletterrose Marion mehrere neue Blüten getrieben hatte, den Sonnenuntergang an.

»Also, Jack«, sagte er, »nicht dass Sie mir jetzt nach Hause fahren und diese Geschichte über mich erzählen.«

»Ich verspreche nichts.« Reverend Jack kicherte.

Er stieß einen gespielten Seufzer aus. »Gibt es denn keinen Balsam in Gilead?«

»Nicht solange Jack da ist«, sagte seine Frau bestimmt.

Er fragte sich, ob Jack dem Bischof von seinem geplanten Ausflug nach Mitford erzählt hatte. Höchstwahrscheinlich hatten die beiden miteinander geredet, und Jack hatte es beiläufig erwähnt.

»Haben Sie in letzter Zeit mal mit dem Bischof geredet?«, fragte er.

»Nein. Kein Wort. Ich hab ihn vor einer Weile bei der Diözesan-Konferenz gesehen. Er hat ganz hübsch zugenommen.«

»Wer hätte das nicht?«, fragte Father Tim und fühlte sich erleichtert.

»Sie haben wahrscheinlich gehört, was in der Gemeinde vom Heiligen Kreuz drüben in Manteo passiert ist.«

»Alles, was ich über diese Diözese weiß, weiß ich von Ihnen, Jack.«

»Was wirklich ein Jammer ist. Wie dem auch sei, Bischof Harvey machte seine alljährliche Visitation in der Heilig-Kreuz-Gemeinde, und da saßen ungefähr acht Leute in der Kirche, die ihn erwarteten. Er war ziemlich sauer darüber, wie Sie sich vorstellen können. Er hat seine Gewänder angelegt und Ausschau gehalten, ob nicht noch mehr Leute kämen, und als niemand auftauchte, fragte er Luke Castor: ›Reverend, haben Sie der Gemeinde nichts von meinem Besuch erzählt?‹

Luke sagte: ›Nein, aber irgendwie scheinen sie es doch erfahren zu haben.‹«

»Jack darf man nicht so wörtlich nehmen. Kein Wort von ihm, genauer gesagt«, erklärte Earlene.

Der Sonnenuntergang überhauchte die Häuser am Strand mit einem großartigen Farbenspiel und ließ das kleine Fleckchen Blau zuerst violett werden, dann scharlachrot und schließlich golden.

»Oh, die Wonnen einer Veranda«, seufzte Earlene. »Wenn Jack und ich durch unsere Haustür treten, fallen wir wie die Heiden in den Garten.«

»So könnte man es wohl auch ausdrücken«, bemerkte ihr Mann.

Earlene bedachte ihre Gastgeberin mit einem vielsagenden Blick. »Lassen Sie sich von niemandem dazu überreden, in ein Seniorenheim zu ziehen!«

»Die Gefahr besteht nicht!«, entfuhr es Cynthia.

»So schlimm ist es nun auch wieder nicht, Earlene«, sagte Reverend Jack. »Du hast vielleicht keine Veranda, aber dafür bekommst du jeden Tag drei Mahlzeiten vorgesetzt, für die du keinen Finger zu rühren brauchst.«

»Das ist ein Argument, mein Lieber«, meinte Earlene, der es sogleich leichter fiel, das Fehlen einer Veranda zu verschmerzen. »Und nach dem Abendessen im Speisesaal spielen einige von uns Rommé mit Zehn und manchmal auch Binokel.«

»Wie nett!«, sagte Cynthia.

Father Tim spähte zu seiner Frau hinüber und fand, dass sie sich wacker schlage, obwohl er den Eindruck hatte, dass sie die Armlehnen ihres Schaukelstuhls fester umklammerte als nötig.

Earlene Ferguson schätzte keine Gesprächspausen und tat ihr Bestes, erst gar keine aufkommen zu lassen, daher wusste er nicht, wie lange die Musik nun schon über die Straße wehte.

»Hört nur!«, sagte er während eines winzigen Päuschens.

»Was ist das?«, fragte Reverend Jack.

»Hört einfach nur zu. César Franck …«

Für einen kurzen Moment herrschte Schweigen auf der Veranda.

»Meine Güte!«, bemerkte Earlene. »Da hat aber jemand sein Radio laut aufgedreht. Das ist auch ein Problem, das wir im Seniorenheim haben, wo so viele Leute halb taub sind, außerdem sind unsere Wände natürlich so dünn wie Papier ...«

»Pst, Earlene«, sagte Reverend Jack.

Er hatte die Vorzüge eines großzügigen Doppelbetts nie recht zu schätzen gewusst, bis seine Frau ihn in der zweiten Nacht ihrer Ehe mit diesem Luxus vertraut gemacht hatte. Als Junggeselle hatte er mehrere Jahrzehnte wie ein Hotdog in einem Brötchen zusammengerollt in der Mitte einer durchgelegenen Matratze verbracht.

Jetzt, da ihr Leben um einen Dreijährigen bereichert worden war, wurden ihm die wesentlichen Vorzüge eines großen Bettes noch deutlicher vor Augen geführt. Er besah sich Jonathan, der quer über Cynthias Kissen lag, dann ging er zum Gästezimmer und klopfte an die Tür.

»Jack? Wir gehen noch für ein paar Minuten zum Strand hinunter.«

Jack kam an die Tür und öffnete sie einen Spaltbreit. »Wie lange sind Sie schon verheiratet?«, fragte er grinsend.

»Noch nicht allzu lange«, antwortete Father Tim.

Er rollte die Decke auf und sie breiteten sie im Sand aus.

»Vollmond, meine Liebste, und keine zusätzliche Gebühr.«

»Himmlisch«, flüsterte sie und kniete sich auf die Decke. »Himmlisch!«

»Habe ich dir nicht versprochen, dass ich dir den

Mond und die Sterne schenken würde?« Er setzte sich neben sie und nahm ganz schwach einen Duft von Blauregen wahr. Er war so sehr an den Duft seiner Frau gewöhnt, dass er manchmal monatelang immun gegen seine Verlockungen war, und dann, ganz plötzlich, erschien ihm dieser Duft plötzlich wieder neu und berauschend.

»Wie erträgst du es nur, mit einem Pfarrer verheiratet zu sein?«

»Ich liebe es, mit meinem Pfarrer verheiratet zu sein.«

»Die Fergusons haben dich nicht allzu sehr erschreckt?«

»Meine Güte, Timothy, für wie zimperlich hältst du mich eigentlich? Ich weiß ja nicht viel, aber ich weiß wohl, dass die Frau eines Geistlichen auf alles gefasst sein muss.«

»Das ist die richtige Einstellung!«

Sie legte sich auf die Decke, und er legte sich neben sie und kostete die Nähe seiner Frau aus, dieses Gefühl, dass sie manchmal, wenn auch nur für einen kurzen Moment, befiel: Das Gefühl, nicht zu wissen, wo sie aufhörte und er begann.

Unbeeindruckt vom Tosen der Brandung blickte er in das von Leben und Licht durchzogene, onyxfarbene Gewölbe des Himmels hinauf und griff nach ihrer Hand. »›O Stern‹«, zitierte er Keats, »›ich wäre gern beständig, wie du bist …‹«

»Du hast mich immer für beständig gehalten«, sagte sie, »aber das bin ich nicht, das bin ich überhaupt nicht, Timothy. Manchmal komme ich mir vor wie ein Gummiball.«

»Du bist immer für mich da, lässt mir neue Kleider kommen, nimmst Kinder auf, schmeißt eine Teegesellschaft für die Gemeinde, stehst neben mir an der Kirchentür. Ich habe das nicht verdient, es macht mir Angst.«

»Du bist alles, was ich habe«, murmelte sie und zog ihn zu sich heran, »und alles, was ich jemals wollte. Also hör auf, Angst zu haben!«

»Ja«, sagte er. »Ich werde es versuchen.«

Die Fenster und Türen standen weit offen, um eine launische Brise einzulassen, und die knarrenden Deckenventilatoren liefen auf Hochtouren. Hier und da erhob sich ein Handzettel im Luftzug und segelte durch den Raum.

Als er nun durch eine Glasscheibe in der Tür der Sakristei spähte, bemerkte er, dass die Sopranistin zur Herde zurückgekehrt war und sich mit einem batteriebetriebenen Ventilator Kühlung verschaffte. Außerdem sah er, dass sämtliche Reihen in St. John's bis auf den letzten Platz besetzt waren.

Eine Klimaanlage! dachte er und fuhr sich mit dem Finger durch den Kragen. Vom Budget des nächsten Jahres, da gab es kein Vertun.

Marshall Duncan, der neben ihm in der winzigen Sakristei stand, zog elf Mal am Glockenseil.

...

Unmittelbar nach dem elften Läuten begann Ella Bridgewater, die ausgiebig für diesen Tag geübt hatte und vor Aufregung von einem leichten Herzflattern geplagt wurde, das Eröffnungslied zu schmettern, als hinge die gesamte Schöpfung davon ab.

Marshall öffnete die Tür der Sakristei und bekreuzigte sich ehrerbietig, während der Kreuzträger die Prozession in das Kirchenschiff führte.

Wunderbar! Seine Gemeinde stand mit durchgedrücktem Rücken da und sang mit so viel Inbrunst, wie es keine Baptistengemeinde besser konnte.

»Erhebt das Kreuz
Zeugt von der Lieb' des Herrn …«

Er legte den Kopf in den Nacken und stürzte sich zusammen mit seiner Herde mit Leib und Seele in den Lobpreis Christi an diesem Tag aller Tage.

»… Bis alle Menschen auf
Den heil'gen Namen schwör'n.
Den Pfad erhellt
Des Kreuzes Siegesschein.
Machtvoll die Scharen
Des Himmels sind vereint.«

Die Orgelmusik erhob sich wie eine große Flutwelle über ihre Köpfe; gewiss war es nur Einbildung, wenn er glaubte, die Kronleuchter zittern zu sehen. »Gepriesen sei Gott«, rief er am Ende des gewaltigen *Amen.* »Im Namen des Vaters und des Sohnes und des Heiligen Geistes!«

Bei der begeisterten Antwort der Gemeinde kribbelte seine Kopfhaut. »Und gesegnet sei sein Reich, jetzt und für immerdar!«

Er hob die Hände zum Himmel und betete.

»Allmächtiger Gott, hier stehen alle Herzen offen, du kennst all unsere Wünsche, und vor dir bleibt kein Geheimnis verborgen: Reinige unsere Gedanken und unsere Herzen durch die Kraft deines Heiligen Geistes, auf dass wir dich von ganzer Seele lieben und deinen heiligen Namen rühmen; durch Christus, unseren Herrn.«

»*Amen!*«, kam es wie aus einem Mund von der Gemeinde.

Er spürte es nicht jedes Mal, nein; wenn es doch nur so wäre. Aber an diesem Morgen schwebte der Heilige Geist in der Musik und über den Menschen von St. John's; Gott war auf eine Art und Weise gegenwärtig, die die Menschen mit Staunen und Verwirrung erfüllte, außerstande, dieses Mysterium zu erfassen.

Für diesen Augenblick, für diese gesegnete Stunde schenkte der Himmel ihrer kleinen Schar in der Kirche auf der Insel im riesigen blauen Meer seinen Odem, und sie waren voll Ehrfurcht, Dank und Staunen.

11 Raupen & Co.

»Reverend?«

»Puny!«

»Es ist etwas Schreckliches passiert, ich weiß nicht, wie ich es Ihnen sagen soll ...«

Er ließ sich auf den Bürostuhl sinken. »Sagen Sie es mir einfach«, erwiderte er und fühlte sich plötzlich sehr erschöpft.

»Ihr Engel ...« Weinen, Naseputzen.

»Mein Engel?«

»Der auf dem Kaminsims! Ich hab unten Staub gewischt – Sie wissen ja, dass ich jedes Mal Staub wische, wenn ich herkomme, wegen der Arbeiten draußen auf der Straße ... Sie wussten doch, dass die Rohre neu verlegt werden, nicht wahr?«

»Nein, das wusste ich nicht.«

»Also, ich hab Staub gewischt und ...« Abermaliges Naseputzen.

»Es ist schon gut. Was immer Sie mir erzählen wollen, es ist alles gut.« Sie hatte Staub gewischt, und der Engel war vom Kaminsims gefallen, und ein Flügel war abgebrochen oder ein Arm. Wie schlimm konnte das schon sein?

»Also, der Engel ... er ist nicht mehr da, er ist weg!«

»Weg?«

»Heute hab ich unten Staub gewischt, weil ich letzte Woche oben sauber gemacht habe, und als ich zum Kamin kam, mochte ich meinen Augen nicht trauen. Da war einfach bloß eine leere Stelle, wo früher der Engel gestanden hat!«

»Hm, nun …«

»Ich meine, als ich Sie neulich angerufen hab, weil die Tür doch offen war, da hab ich überall nachgesehen, und es hat nichts gefehlt, ich meine, ich fand zwar, dass Ihr Arbeitszimmer irgendwie anders wirkte als sonst, aber ich hab nicht herausbekommen, was es war, mir ist nichts aufgefallen, was weg war, also, was ich sagen will, ist: Vielleicht war er letzte Woche schon weg, ich weiß es nicht!«

»Haben Sie mit Harley gesprochen? Und Puny, hören Sie auf zu weinen, es ist alles gut. Setzen Sie sich einfach hin, holen Sie tief Luft und erzählen Sie mir alles.«

»Ich habe mit Harley geredet. Er sagt, er hätte nichts in Ihrem Haus bemerkt, bloß mich, wenn ich gekommen und gegangen bin.«

»Fehlte sonst noch etwas, oder stand irgendetwas am falschen Platz?«

»Nein, Sir, und ich verspreche Ihnen, ich hab genau nachgesehen, ich hab das ganze Haus mit einem feinen Kamm durchkämmt, selbst die Schränke, und ich hab die Fenster und die Kellertür überprüft, alles fest verschlossen. Ich fühle mich so schrecklich deswegen, Reverend, ich werde den Engel bezahlen, egal was er kostet, ich und Joe, wir werden jeden Cent bezahlen.«

»Das Ganze ist wirklich ein Rätsel. Ich erinnere mich daran, dass ich in meiner Schreibtischschublade einen Fünfzigdollarschein und eine Kreditkarte liegen hatte. Ich frage mich …«

»Ich sehe sofort nach!«, rief sie.

Sehr eigenartig, überlegte er.

»Ihr Geld und die Kreditkarte liegen in der Schublade auf der linken Seite.«

Die Sache wurde immer eigenartiger. »Ob Dooley wohl etwas weiß?«

»Ich glaube nicht, dass Dooley ein einziges Mal im Haus war.«

»Ich werde ihn in der Schule anrufen und ihn fragen. Ich weiß nicht, Puny, ich finde diese Geschichte genauso verwirrend wie Sie.«

»Es tut mir furchtbar leid.«

»Es ist in Ordnung, das verspreche ich Ihnen. Wir werden schon noch dahinterkommen, keine Sorge. Nur ... schließen Sie gut ab, wenn Sie weggehen.«

Er blieb noch eine Weile an seinem Schreibtisch sitzen, nickte gelegentlich, murmelte halbe Sätze und fühlte sich ganz allgemein benommen.

Harley Welch klang furchtbar deprimiert.

»Mein Zimmergenosse ist weg, und Lace ist wieder zur Schule.« Er seufzte tief. »Das ist der reinste Friedhof hier.«

»Das glaube ich gern.«

»Wahrscheinlich war ich noch nicht bereit, die beiden ziehenzulassen.«

»Das ist man nie.«

»Und wissen Sie was? Ein paar von den Sachen, die Lace mir beigebracht hat, sind hängengeblieben! Gestern Abend habe ich hier gesessen und fünf Seiten über Dinge geschrieben, die mir so im Kopf rumgegangen sind.«

»Wunderbar! Großartig! Ich bin stolz auf Sie!«

»Ich hab nachgedacht über diese großen Wasserfälle vom Missouri, fünf Stück insgesamt, und wie sich Louis und Clark gefühlt haben müssen, als sie das alles zum ersten Mal gesehen haben.«

»Lace ist eine hervorragende Lehrerin. Ihr beide seid einander eine große Hilfe und ein echter Trost.«

Aber Harley klang überhaupt nicht getröstet. »Alle beide sind sie weg, und keine Menschenseele setzt sich mit mir an den Tisch, um einen Happen zu essen, ich häng hier einfach nur rum und horch drauf, was in meinem Schädel rumbrummt.«

»Wann immer Sie sich einsam fühlen, gehen Sie in die Grillstube, bestellen Sie sich die Spezialität des Tages, reden Sie mit den Leuten. Das wird Ihnen guttun.« Der Himmel allein wusste, dass ihn selbst diese Maßnahme ein- oder zweimal davor bewahrt hatte, den Verstand zu verlieren.

»Morgen früh bau ich den Motor aus dem alten Wohnmobil der Bürgermeisterin aus, ich hab keine Zeit, den Tag zu vertrödeln.«

»Puny sagt, Sie hätten niemanden in der Nähe des Hauses gesehen, nichts Verdächtiges ...«

»Nein, Sir. Natürlich, wo diese Tür nicht abgeschlossen war und so, und diese Bande, die da draußen auf der Straße arbeitet ...«

»Aber es scheint, als hätte der Eindringling sonst nichts mitgenommen. Hm, hören Sie, Harley, halten Sie die Ohren steif. Wir werden im Oktober nach Hause kommen, und ich erwarte, dass Sie Ihr Versprechen halten, was die Brownies betrifft.«

Harley kicherte laut und schien mit einem Mal wieder ganz der Alte zu sein. »Ich back jede Woche Brownies, und langsam hab ich den Bogen raus.«

Sie saßen in der hereinbrechenden Dämmerung auf der Veranda und beobachteten Jonathan, der in ihrem spätsommerlichen Garten mit einem Sandeimer und einer Schaufel spielte. Das Taschenbuch von Louis L'Amour lag neben ihm auf dem Tisch, und Barnabas hatte sich zu ihren Füßen ausgebreitet.

Seine Frau wusste rein gar nichts über den Engel und war ebenso baff wie er. Das Ganze war bizarr, es war unwirklich, es war …

»Ich gehe ran«, sagte Cynthia, als das Telefon klingelte.

Sie lief ins Haus und kam mit dem schnurlosen Telefon zurück.

»Die Eier, die Sie uns letzte Woche geschenkt haben, waren wunderbar, das Gelb hatte einen herrlichen Goldton!«

Dann legte sie die Hand über das Mundstück und flüsterte: »Penny Duncan.«

»Oh, wirklich?« Sie lauschte aufmerksam. »Das ist ja wunderbar! Wie nett von Ihnen, Penny, wie aufmerksam.«

Sie blickte in den Garten zu dem kleinen Jonathan hinüber. »Oh, er ist schon ein Temperamentbündel, das stimmt, aber nein, vielen Dank, wir freuen uns, ihn hier zu haben, wir sind recht glücklich zusammen. Ja, ich bin mir sicher, aber trotzdem sage ich noch einmal, vielen Dank, das ist sehr lieb von Ihnen, Penny. Wirklich? Ich würde mich sehr freuen, wenn Sie mir bei der Teegesellschaft helfen. Könnten Sie vielleicht eine Eisbombe machen? Was für eine gute Idee, ja, frische Minze wäre perfekt. Also dann – liebe Grüße an Marshall. Wir sehen uns in der Kirche!«

Sie legte das Telefon auf die Armlehne des Liegestuhls und lächelte ihren Mann an.

»Jemand hat angeboten, dir Jonathan abzunehmen, und du hast das verlockende Angebot allen Ernstes abgelehnt?«

»Sie hat zehn Tage Urlaub und wollte ihn zu sich holen, aber ...« Sie zuckte mit den Schultern.
»Aber was?«

»Aber ich wollte es nicht.«

»Warum nicht?«, fragte er.

»Weil ich nicht wollte.«

»Du wirst es nicht glauben«, sagte Dooley, der vom Flurtelefon vor seinem Schlafsaal anrief.

»Stell mich auf die Probe.«

»Rate mal, mit welcher Mädchenschule wir unseren ersten Tanzabend haben.«

»Mit der von Mrs Hemingway.« Mit welcher sonst?

»Kannst du das glauben?«

Er glaubte, unter Dooleys offenkundigem Abscheu noch etwas anderes wahrzunehmen, aber was? Vorfreude vielleicht?

»Ich hoffe, du wirst Lace zum Tanzen auffordern.«

»Nicht, wenn sie diese komischen Schuhe anhat und den ganzen Kram.«

»Ich bitte dich, was haben denn Schuhe mit der ganzen Angelegenheit zu tun?«

»Viel«, sagte Dooley mit Nachdruck.

Er hatte an allen Fäden gezogen, an denen ein Geistlicher ziehen konnte, und die Gerichtsverhandlung würde auf den Tag nach Paulines Hochzeit fallen, und danach würde Harley Dooley in die Schule zurückfahren. Er erzählte Dooley von dem Termin.

»Klasse! Cool.« Der Junge klang erleichtert.

Nein, Dooley war nicht in dem gelben Haus gewesen, er wusste nichts über den Engel, und er hatte niemals jemanden außer Puny hineingehen sehen.

»Ich will später einen genauen Bericht über den Tanzabend haben«, sagte er.

»Darf ich Ihnen etwas vorlesen?« – »Ich hab's gern, wenn Sie vorlesen«, flüsterte Janette. Sie saß neben ihm in ihrem beengten, halb privaten Zimmer und starrte die Wand an.

»Ich habe den Herrn um einen
Strauß frischer Blumen gebeten,
und er gab mir stattdessen einen hässlichen Kaktus
mit vielen Dornen.
Ich habe den Herrn um einige
schöne Schmetterlinge gebeten,
aber stattdessen gab er mir
viele hässliche, abscheuliche Raupen.
Ich bin bedroht worden.
Ich bin enttäuscht worden.
Ich habe getrauert.
Aber viele Tage später
sah ich plötzlich
viele wunderschöne Blüten an dem Kaktus blühen
und aus diesen Raupen wurden
wunderschöne Schmetterlinge,
die im Wind flogen.
Gottes Weg ist der beste Weg.«

Ein Weilchen zuvor hatte ihm das Licht, das in ihre Augen zurückgekehrt zu sein schien, neuen Mut gegeben, obwohl es ein Licht war, das aufblitzte und dann wieder erlosch, wie eine schwache Flamme auf feuchtem Holz.

Jetzt drehte sie den Kopf und sah ihn an, und er suchte nach der Flamme, aber sie war nicht dort.

»Ein Mann namens Chung-Ming Kao hat diese Zeilen geschrieben«, sagte er. »Im Gefängnis.«

Sie schloss die Augen, und er spürte die Verzweiflung seiner eigenen Hilflosigkeit. In Wahrheit hatte er Janette Tolson keine Lösungen anzubieten.

Am Ende war alles, was er zu bieten hatte, Hoffnung.

»Reverend – mein Name ist Buck Leeper.«

»Buck!« Er freute sich darüber, Bucks rauen Bariton zu hören. So schlecht ihn der Bauleiter des Projekts Haus der Hoffnung einmal behandelt hatte, erinnerte er sich jetzt nur noch an diese Nacht im Pfarrhaus, die Nacht, in der Buck an seine Tür geklopft und gesagt hatte: »Ich bin bereit zu tun, was immer nötig ist.«

In Bucks Fall waren ein gebrochener Geist und ein williges Herz nötig gewesen. An jenem Weihnachtsabend hatte Buck Leeper ein schlichtes Gebet gesprochen und Christus gebeten, sein Herr und Erlöser zu sein.

Sie hatten Arm in Arm am Feuer gestanden – zwei alte Burschen aus Mississippi – und geheult wie die Kinder.

Jetzt beugte er sich auf seinem Stuhl vor, doppelt aufgeregt, weil er noch nie zuvor einen Telefonanruf aus Alaska bekommen hatte.

»Wie geht's Ihnen, mein Freund?«

»Ich habe Angst«, sagte Buck.

»Ich weiß. Ging mir auch so.«

»Yeah, aber ich hab's schon dreimal getan und es jedes Mal verpfuscht.«

Bucks drei Ehen hatten allesamt ein tragisches Ende genommen. Seine erste Frau war an einer nicht diagnostizierten Blutkrankheit gestorben, seine zweite Frau hatte Selbstmord begangen, und vor zwölf Jahren hatte seine dritte Frau ihn wegen seines Vorarbeiters verlassen.

»Während dieser drei Ehen haben Sie Ihn nicht gekannt, Sie hatten keine Ahnung, wer Er wirklich ist. Der heilige Paulus sagt, wir würden neue Menschen werden, wenn wir unser Leben Christus gäben. ›Wenn also jemand in Christus ist, dann ist er eine neue Schöpfung: Das Alte ist vergangen, Neues ist geworden.‹«

Am anderen Ende der Leitung folgte dankbares Schweigen.

»Ich bete für Sie und Pauline und die Kinder. Sie werden Seine Gnade auf dieser Seite des Kreuzes ebenso benötigen, wie Sie sie auf der anderen Seite benötigen werden. Beten Sie um seine Gnade, Buck, damit er Ihnen und Pauline immer wieder neue Kraft schenken möge, während Sie gemeinsam Ihr neues Leben aufbauen.«

Er lauschte auf das Knistern in der Leitung, während sein Freund in Alaska um Worte rang.

»Danke«, sagte Buck, der in einer Telefonzelle in Juneau stand und das Gefühl hatte, als sei ihm soeben ein Caterpillar D-8 von der Brust gezogen worden.

Hoppy Harper rief im Pfarrbüro an, um ihm mitzuteilen, dass Louellas Bruch schlimm sei, aber kein Vergleich zu dem von Miss Sadie damals. Louella würde für eine Weile außer Gefecht gesetzt sein, aber die Prognose war gut.

Gene Bolicks Medikamente halfen, er hatte an nur zwei von fünf Abenden die Treppen zum Bett gezählt, und auch Esther fing sich langsam ein wenig. Tatsächlich hatte sie Hoppy sogar einen Orangenmarmeladenkuchen in die Praxis gebracht.

Schließlich erzählte Hoppy noch, dass ein neuer Geistlicher für Lord's Chapel berufen worden sei. Der Vertretungspfarrer würde bis Ende Oktober bleiben, und der neue Pfarrer, Reverend Talbot, würde sein Amt an Allerheiligen antreten. Beide Männer stimmten darin überein, dass die Berufung ziemlich schnell erfolgt sei; Gemeinden brauchten bis zu zwei Jahren, um Ersatz für einen Geistlichen zu finden.

Er machte sich auf den Weg zur Kirche der Baptisten, zum Haupttreffen des Jahrmarktsausschusses.

Gott sei Dank nahmen die Dinge in Mitfod langsam eine Wendung zum Besseren. In Whitecap wartete auch genug Arbeit auf ihn – nicht zuletzt wollten die Vorbereitungen für seinen Hochzeitstag getroffen sein, für die ihm nur noch drei Tage blieben.

»Reverend, ich bin's ... Pauline Barlowe.«

»Pauline!«

»Ich habe etwas gefunden.«

Er verstand sofort; sie hatte einen Hinweis gefunden, irgendeine Spur, die sie vielleicht zu Kenny und Sammy führen würde. Er hielt buchstäblich den Atem an.

»Ich wollte gerade eine alte Handtasche wegwerfen, die ich seit Jahren nicht mehr mitgenommen habe, und aus irgendeinem Grund habe ich sie vorher gründlich durchsucht, und im Futter ...«

»Ja?«

»Im Futter habe ich ein kleines Stück Papier gefunden, und darauf stand ... Ed Sikes.«

»Ed Sikes?«

»Ja. Ich muss den Namen aufgeschrieben haben, nachdem ich Kenny ...« Sie zögerte, außerstande, den Gedanken auszusprechen. »Der Mann, der ihn genommen hat, hieß Ed Sikes, das ist alles, was ich weiß. Ich war ... ich war betrunken, und ich hab nicht mal gewusst, wo er arbeitete oder wohnte oder ... irgendetwas.«

Er spürte den Schmerz, der unter ihrem Geständnis verborgen lag, den Schmerz, der vielleicht niemals zur Gänze heilen würde, obwohl Pauline Barlowe den großen Heilbringer kennen gelernt hatte.

»Ich würde alles darum geben, wenn ich …« Sie brachte den Satz nicht zu Ende.

»Ich weiß, dass dieser Mann Ihnen Alkohol gegeben hat, aber gab es vielleicht noch irgendeinen anderen Grund, warum Sie ihm Kenny überlassen haben?«

»Ich weiß nicht … ich nehme an, er machte einen netten Eindruck. Ich glaube, ich habe damals gedacht, dass er Kenny wahrscheinlich besser behandeln würde als ich.«

»Ich werde der Sache nachgehen und Ihnen Bescheid geben, wenn ich irgendetwas herausfinde. Was ist mit Buck? Wie geht es ihm?«

»Er hat uns gerade angerufen, und es geht ihm sehr gut. Er wird Ende September herkommen. Wir sind alle … furchtbar aufgeregt.«

»Bleiben Sie das«, sagte er zu Dooleys Mutter.

»Emma, erinnern Sie sich noch daran, wie Sie uns geholfen haben, Jessie Barlowe zu finden?«

Emma liebte es, daran erinnert zu werden, welche Rolle sie bei der Auffindung von Dooleys kleiner Schwester gespielt hatte. Emma hatte den Aufenthaltsort der Frau, die mit Jessie nach Florida entschwunden war, damals mithilfe des Internets ermittelt.

Aus einer Eingebung heraus hatte er Cynthia und Pauline in den Buick verfrachtet und war sechzehn Stunden gefahren, bis nach Lakeland in Florida, wo sie wunderbarerweise die fünfjährige Jessie aufgespürt hatten, die jetzt bei ihrer Mutter und Poo, ihrem älteren Bruder, lebte.

»Ich möchte, dass Sie ins Internet gehen und nach Ed Sikes suchen. S-i-k-e-s. Der Vorname könnte Edward, Edmund oder Edwin sein ...«

»Oder sogar Edisto! Ich hatte einen Onkel namens Edisto, den wir Ed genannt haben.«

»Was auch immer Ihnen einfällt.«

»Geht es dabei um einen von Dooleys Brüdern?«, fragte sie.

»Ja.«

»Ich werde mich sofort an die Arbeit machen«, sagte seine einstmalige Sekretärin, »und ich werde beten. Manchmal bete ich, während ich surfe.«

Er bog mit dem Mustang gerade auf den gekiesten Platz an der Kirche ein, als der Himmel alle Schleusen öffnete.

Er rannte, die *Muse* unter den Arm geklemmt, die Kellertreppe hinunter und trottete dann pitschnass in die Herrentoilette, um sich mit Papierhandtüchern abzutrocknen.

»Sind Sie das, Reverend?«, rief Marion, die an der Spüle am Ende des Flurs stand.

»Allerdings! Wie geht es Ihnen, Marion?«

»Blendend! Ich habe gerade Kaffee gekocht, wollen Sie auch eine Tasse?«

»Und ob!«

Gerade als er auf die Abspieltaste seines Anrufbeantworters im Büro drückte, zerriss ein gewaltiger Donnerschlag die Luft.

»Father Timothy? Captain Willie hier. Wir haben eine böse Unwetterwarnung für Donnerstag und müssen unsere Fahrt absagen. Wir stecken mitten in der Hurrikansaison, es dürfte also keine Überraschung für Sie sein. Sie können Ihre Fahrt jederzeit nachholen, rufen Sie mich einfach an wegen eines neuen Termins, vier-null-zwei-acht.« Es folgte eine verlegene Pause. »Danke für Ihr Interesse, und Petri Heil!«

Hotdog und Halleluja!

Er zupfte die durchweichte Zeitung auseinander und drapierte die drei Doppelseiten zum Trocknen über den Stühlen der Sonntagsschule. Ein weiterer Donnerschlag grollte über ihnen dahin. Was für eine Wohltat, dachte er, gemütlich im Keller der alten Kirche zu sitzen, den Geruch von Kaffee in der Nase und obendrein jemanden bei sich zu haben, während der Regen gegen die Fenster trommelte ...

Marion kam mit einem Becher in jeder Hand hereingewuselt.

»Es sind noch Zuckerplätzchen von der Sonntagsschule übrig«, sagte sie, »aber ich nehme an, Sie dürfen keins essen.«

»Nicht einen Krümel.«

Marion ließ sich auf den Stuhl neben seinem Schreibtisch nieder. »Ella Bridgewater ist im Moment das Thema Nummer eins«, bemerkte sie und nickte anerkennend. »Das haben Sie wirklich gut gemacht, dass Sie sie für uns aufgetrieben haben.«

»Ich habe niemanden aufgetrieben. Ella war ein Gottesgeschenk.«

Marion lächelte. »Sie und Cynthia waren ein Gottesgeschenk, das finden jedenfalls Sam und ich.«

Er spürte, wie ihm die Wärme ins Gesicht stieg. »Nun, Marion ...«

»Aber es ist wahr. Wie geht es Ihnen eigentlich, jetzt, nachdem Sie sich eingelebt haben? Sind Sie glücklich in Whitecap?« Marion besaß eine der wünschenswertesten Eigenschaften einer Mutter – eine ungeschminkte Schlichtheit, die die Wahrheit herausforderte.

»Das sind wir. Es sind gute Leute hier in der Gemeinde, und das ist ein wahrer Segen für uns.«

»Wir haben auch unsere Nachteile, aber ich nehme an, wir sind nicht schlimmer als alle anderen auch. Sie haben uns geholfen, einige unserer törichten Streitereien beizulegen.«

»Zumindest erscheinen im Kirchenblättchen keine Kleinanzeigen mehr«, erwiderte er lächelnd.

Marion lachte. »Und denken Sie nur – gerade dort habe ich meinen Teppichkehrer für neun Dollar gefunden! Wie dem auch sei, ich hoffe, Jonathans Betreuung ist nicht allzu anstrengend für Sie. Meine Güte, wenn früher unsere Enkelkinder bei uns gewesen sind, waren wir danach immer für ein paar Wochen urlaubsreif. Und dabei waren sie damals schon alt genug, um selbst zu essen und sich selbst anzuziehen!«

»Der Kleine ist nicht ohne, das stimmt.«

»Janette geht es nicht besonders gut, nicht wahr? Sie hat am Sonntag kaum gesprochen, die arme Seele.«

»Der Arzt sagt, der Weg abwärts sei ein langer Weg gewesen, und aufwärts wird es auch seine Zeit brauchen.«

Sie blies auf den dampfenden Kaffee. »Dank sei Gott, dass ich niemals Last mit Depressionen hatte. Meine Achillesferse ist immer das Herumjammern gewesen.«

»Das ist mir gar nicht aufgefallen«, sagte er.

»Ich glaube, dass kaum jemand dem anderen seine besondere Schwäche anvertraut. Der heilige Paulus hat gesagt, er habe nur einen einzigen Fehler. Ich wünschte, er hätte reinen Tisch gemacht und uns erzählt, was es war!«

Er lachte. »Sie werden niemals erfahren, was meiner ist!« Selbstgerechtigkeit, dachte er, daran konnte kein Zweifel bestehen.

Er hatte Marion gern um sich. Ihre Gegenwart hatte entschiedenermaßen etwas Tröstliches.

»Wussten Sie, dass Janette meisterhaft näht?«, fragte sie.

»Ich weiß nur, dass sie Näharbeiten annimmt.«

»Sie näht genauso gut, wie Jeffrey Tolson singt«, erklärte Marion mit Nachdruck. »Sie hat all unsere Chorgewänder und Banner gemacht, sie näht sämtliche Kleider ihrer Kinder selbst und verdient sich obendrein noch ihren Lebensunterhalt damit. Ich schätze, sie wird von ihren Aufträgen leben müssen, bis sie ihn auf Unterhalt verklagt, falls sie das je tun wird.« Marion nippte an ihrem Kaffee und blickte besorgt drein. »Ich habe Jeffrey Tolson neulich hier gesehen.«

»Aha.«

»Ich denke, er lebt auf der Insel.«

Er schüttelte den Kopf. Was konnte er sagen?

»Er glaubt, dies sei seine Kirche. Er denkt, sie gehöre ihm, weil schon sein Vater und sein Großvater hier Mitglied waren – als ob nicht die Hälfte der Gemeinde dasselbe von sich behaupten könnte.« Sie schauderte leicht. »Ach, ich finde es furchtbar, wenn er zurückkäme. Manche Leute meinen ja, er wird es versuchen. Das würde eine schreckliche Zerreißprobe für uns bedeuten.«

»Eine Zerreißprobe scheint mir durchaus genug zu sein«, bemerkte er und sah ihr fest in die Augen.

»Es heißt, die Sache mit Avery Plummer sei nicht gut gegangen, und sie habe ihn verlassen und sei zu ihrer Mutter nach Goldboro gegangen.« Marion seufzte. »Mir hat Janette immer leidgetan. Sie ist so schlicht und ihr Mann so ein gutaussehender Kerl. Manche Leute, und ich werde nicht sagen, wer, haben sie die Kirchenmaus genannt. Der Junge hat das liebe Wesen seiner Mutter geerbt, aber äußerlich ist er seinem Vater wie aus dem Gesicht geschnitten, finden Sie nicht auch?«

»Da bin ich ganz Ihrer Meinung.«

»Jeffrey erinnert mich immer an einen Apfel, den ich meiner Lehrerin in der sechsten Klasse geschenkt habe, Miss Fox. Ich werde diesen Apfel nie vergessen. Ich war so stolz darauf, ich habe ihn den ganzen Weg zur Schule über mit meinem Kleid blankgerieben; er war das Hübscheste, was wir in unserem Obstgarten hatten. Ich habe dann direkt neben ihrem Pult gestanden und zugesehen, wie sie hineingebissen hat. Ich dachte, sie würde sagen: Marion Louis, das ist der beste Apfel, den ich je gegessen habe! Ja. Und als sie hineinbiss, hatte sie einen ganz merkwürdigen Ausdruck auf dem Gesicht.«

»Wirklich?«

»Der Apfel war innen verfault! Ich bin vor Verlegenheit beinahe gestorben.«

»Aha.«

»Wir sind schon alle ganz aufgeregt wegen der Teegesellschaft«, sagte sie, um das Gespräch von einem wunden Punkt abzulenken. »Ich werde mir in der Bibliothek einen Tag freinehmen, um Cynthia zu helfen, und Sam und ich werden Ihnen unsere hübschen Klappstühle für den Garten leihen. Bei der Versammlung der Frauenvereinigung haben wir um Sonnenschein gebetet. Oder war das zu aufdringlich?«

»›Lasst uns also voll Zuversicht hingehen zum Thron der Gnade‹«, zitierte er aus dem Hebräerbrief.

»Also, keine Rast den Müden!«, rief sie und erhob sich von ihrem Stuhl. »Ich muss dringend unter der Spüle aufräumen, so ein Durcheinander von alten Vasen haben Sie noch nie gesehen. Genug Ballast, um ein

Schiff zum Kentern zu bringen. Wo wir gerade von Schiffen sprechen, wann geht es eigentlich zu Ihrer Angelfahrt mit Captain Willie?«

»Die ist verschoben worden!«

»Oh, das tut mir leid.«

»Das muss es nicht«, sagte er.

Die Geschichte nagte an ihm, denn sie erinnerte ihn an ein Ereignis vor einigen Jahren. Damals hatte er festgestellt, dass das Schloss an der Kirchentür aufgebrochen worden war. Es war nichts gestohlen worden, es fehlte nichts, und deshalb hatte er keine Anzeige erstattet. Dann hatte er die Urne mit kostbaren Edelsteinen gefunden, die unschuldig auf dem Regal des provisorischen Kolumbariums in einer kleinen Kammer in der Kirche gestanden hatte …

»Rodney? Tim Kavanagh hier. Was machen die Geschäfte?«

»Es ist ziemlich ruhig, Gott sei Dank«, sagte der Polizeichef von Mitford. »Wie geht es Ihnen denn da unten am Ende der Welt?«

»Ziemlich gut, vielen Dank. Hören Sie, Rodney – da ist eine eigenartige Sache passiert … Puny Guthrie, Joe Joes Frau, Sie wissen schon, sie ist unsere Haushälterin …«

»Klar.«

»Sie hat mir erzählt, dass aus unserem Haus neben dem alten Pfarrhaus etwas verschwunden sei. Es ist einfach vom Kaminsims verschwunden.«

»Worum handelt es sich denn?«

»Um einen Bronzeengel auf einem grünen Marmorsockel, ungefähr fünfundvierzig Zentimeter hoch, vielleicht fünfzig.«

»Was ist der Wert?«

»Keine Ahnung. Aber es ist ein schönes Stück, sehr schön. Ich würde seinen Wert auf dreitausend Dollar schätzen, mindestens. Alte Bronzefiguren sind nicht billig.«

»Was fehlt sonst noch?«

»Nichts. Und es steht auch nichts am falschen Platz. Aber Puny hatte die Tür versehentlich nicht abgeschlossen, und auf der Straße vor dem Haus werden zurzeit Reparaturen vorgenommen, also …«

»Irgendwelche Verdächtigen?«

»Nein, und es ist auch niemand beobachtet worden, der das Haus betreten oder verlassen hat. Es wusste nicht einmal jemand, dass die Tür unverschlossen war.«

»Ich habe keine Ahnung, was wir tun können, außer eine Anzeige aufzunehmen. Keine Tatverdächtigen, kein Vandalismus, und es fehlt sonst nichts. Das gibt uns keine besonderen Anhaltspunkte. Wahrscheinlich müssen wir hinfahren und Fingerabdrücke nehmen.«

Er erinnerte sich daran, dass Rodney Underwood nichts lieber tat, als Fingerabdrücke zu nehmen.

»Wäre das denn nicht zu viel Aufhebens, wenn Sie Ihre Männer kreuz und quer durchs Haus schicken müssten? Außerdem könnte der Vorfall auch schon eine Woche oder länger zurückliegen, und Puny wischt stets getreulich Staub – würde das nicht bedeuten, dass keine Fingerabdrücke mehr da wären?«

»Zerbrechen Sie sich darüber mal nicht den Kopf, lassen Sie mich das erledigen! Also, wie kommen wir hinein?«

Bei der Aufregung in Rodneys Stimme hätte man denken können, dass er dem Chief den Schlüssel zu einer schweren Harley übergeben wollte. »Sprechen Sie mit Puny«, sagte er und bedauerte schon halb, dass er das Thema überhaupt zur Sprache gebracht hatte.

Nachdem die Zeitung hinreichend getrocknet war, sammelte er die Bogen wieder zusammen und trug sie zu seinem Schreibtisch hinüber.

Zu seiner Überraschung entdeckte er ein Foto, auf dem die umfriedete, gut abgeschirmte ländliche Villa Edith Mallorys abgebildet war. Ein weißer Pfeil zeigte auf ein kleines Wäldchen neben Ediths verschachteltem Haus.

Mallory-Besitz gibt wegen Stadtgeschichte Anlass zu Auseinandersetzungen

Als der Ururgroßvater des gebürtigen Mitforders und gegenwärtigen Kandidaten um das Bürgermeisterschaftsamt, Coot Hendrick, im Jahr 1853 unsere Stadt gründete, erbaute er eine typische Doppelblockhütte mit überdachtem, vorne und hinten offenem Mittelteil, und dort, wo auf dem Lookout Ridge sich jetzt die Buchhandlung »Happy Endings« befindet, ein kleines Handelsdepot.

Als die Familie von Hezikiah Hendrick später wuchs, erbaute unser Stadtgründer auf seinem sechzehn Hektar großen Besitz auf dem Bergkamm außerdem ein Quellhaus, eine Scheune und einen Maisspeicher.

Die Hütte und die Nebengebäude sind lange nicht mehr da, aber die steinernen Fundamente gibt es Dr. Lionel Carpenter vom College im benachbarten Wesley zufolge noch immer. Außerdem sollen sich auf dem Gelände ein Familienfriedhof und die Gräber von fünf Soldaten der Union befinden.

»Was wir auf dem Kamm des Hügels gefunden haben, ist ein klassisches Beispiel für die Lebensweise der frühen Bergsiedler«, erklärt Carpenter. »Wir möchten, dass diese

wertvolle Fundstätte erhalten bleibt und dass vielleicht irgendwann Repliken der alten Gebäude dort errichtet werden, damit die einheimische Bevölkerung und unsere Besucher die frühen Bergsiedler verstehen lernen.«

Dr. Carpenter vermutet weiterhin, dass die Müllgrube der Familie Hendrick, die angeblich nur wenige Meter von der Hütte entfernt lag, Tonscherben, Milcheimer, Pflugscharen und andere Überreste des frühen Lebens in unseren Bergen enthalten könnte.

Den Wünschen von Wissenschaft und Heimatpflege steht allerdings eines entgegen. Das ehemalige Grundstück der Hendricks gehört inzwischen zum achtundreißig Hektar großen, auf dem Bergkamm gelegenen Besitz »Klarer Tag« von Mrs Edith Mallory. Tatsächlich soll ihr Haus nur zirka vierzehn Meter vom südlichen Rand der alten Hüttenfundamente entfernt stehen.

Mrs Mallory hat von der Stadt die Genehmigung zum Bau von dreihundert Quadratmetern zusätzlichem Wohnraum. Die Bauarbeiten werden sich auch auf einen Teil der historischen Stätte erstrecken, und sie soll gesagt haben, dass sie keinerlei Absicht hege, die Bauarbeiten, die im September beginnen sollen, auszusetzen. Überdies soll sie allen Unbefugten den Zutritt zu ihrem Land verboten haben.

»Dies ist ein entscheidender Augenblick in unserer Lokalgeschichte«, sagt Dr. Carpenter. »Wir müssen eine Möglichkeit finden, diesen wichtigen Besitz zu bewahren, den meine Kollegen und ich erst kürzlich – dank der hervorragenden Arbeit des Mitforders Stadtmuseums und seiner Archive – entdeckt haben.«

Coot Hendrick, der Ururenkel des Stadtgründers, sagt, er wolle sich dafür einsetzen, dass die erste Siedlungszelle des Städtchens als archäologisch-historische wertvolle Stätte unter Schutz gestellt werde.

Dr. Carpenter meint, ein Fußweg von der Stadt zu der Fundstätte sowie ein Naturlehrpfad mit Erklärungen zur üppigen Flora der Gegend seien ebenfalls gute Ideen.

Der Stadtrat wird sich an das Staatsamt für Geschichte und Archive wenden, um sich in dieser Angelegenheit beraten zu lassen.

Mrs Mallory stand für einen Kommentar nicht zur Verfügung.

Edith Mallory, dachte er, Gerade wenn man glaubte, sie sei für immer in Spanien oder Florida abgetaucht, erschien sie wieder auf der Bildfläche, und jedes Mal mit boshaften Absichten.

Es musste doch irgendeine Möglichkeit geben, wie sie mit der Stadt in dieser Angelegenheit ins Reine kommen konnte.

Hatte sie jemals etwas zum Wohle Mitfords beigetragen? Nicht ein einziges Mal, soweit er sich erinnern konnte. Ihr mehrere Millionen Dollar teures Haus lag auf dem Kamm des Hügels hoch über dem Dorf, mit Blick auf eine Gemeinschaft, die ein ums andere Mal in Schwierigkeiten steckte, und doch hatte sich Edith niemals großzügig gezeigt, nicht einmal der Bibliothek gegenüber, als diese um ihre bloße Existenz gekämpft hatte.

Und hatte er nicht an ihre Tür geklopft, als das städtische Museum versuchte, wieder auf die Beine zu kommen, und hatte sie ihm nicht ihre gewohnten verführerischen, wenn auch fruchtlosen Offerten gemacht und ihn dann seiner Wege geschickt? Der alljährliche Wohltätigkeitsbasar hatte es lange aufgegeben, sie um Beiträge zu bitten, ganz zu schweigen von der freiwilligen Feuerwehr.

Nun gut, sie hatte fünfzehntausend Dollar gespendet, damit das Kinderkrankenhaus, seine wichtigste Wohlfahrtsinitiative, neue Betten anschaffen konnte. Er hatte jedoch schnell begriffen, dass das alles Teil eines Plans gewesen war, ihn in ihr Bett zu bekommen.

Er bekam jetzt noch eine Gänsehaut bei dem Gedanken daran, wie sie ihn in diesen verdammte Lincoln gelockt und ihn dazu gezwungen hatte, aus dem Wagen zu springen, während sich dieser noch bewegt hatte.

Er faltete die *Muse* zusammen und warf sie in den Papierkorb. Soweit es ihn betraf, gab es nur eine einzige gute Neuigkeit, nämlich dass J. C. Hogan offensichtlich eine Software mit Rechtschreibprüfung installiert hatte. Ein Jammer nur, dass es keine Software für korrekte Grammatik gab.

In Wahrheit war er es müde zu erfahren, was in Mitford vorging. Er wollte für ein Weilchen keinen Piepser mehr von dort hören.

Er würde das tun, was Monas Schild empfahl, und blühen, wo man ihn hingepflanzt hatte.

Irgendwie war es ihm gelungen, das Telefon auf stumm zu schalten, sodass er es nicht klingeln hörte, als er am Spülbecken im Flur seine Tasse ausspülte.

»Ich weiß nicht, warum ich Sie ständig vermisse«, sagte Emma, als er auf die Abspieltaste des Anrufbeantworters drückte.

»Ich dachte, Sie würden gern Näheres über Reverend Talbot erfahren, der ist nämlich im Moment das Stadtgespräch. Ich hab ihn nicht zu sehen bekommen, als er hier war, um sich vorzustellen, aber Esther Bolick sagt, er sehe höllisch gut aus und sei groß. Sehr groß. Oh. Und dünn; sie glaubt, dass er Sport treibt, vielleicht mit Gewichten. Esther Cunningham sagte, er sei bei ihr im

Büro gewesen und hätte den Weg dorthin zu Fuß zurückgelegt. Er hat zu ihr gesagt, er wolle unbedingt die Bürgermeisterin einer so schönen Stadt kennen lernen und ihr die Hand schütteln, war das nicht nett?

Er kommt im November, heißt es, und er hat eine Frau, die die Zwillingsschwester von Meg Ryan sein könnte, und zwei Kinder, beide Musterschüler. Außerdem sind die Leute unheimlich froh, wieder einen festen Pfarrer in Lord's Chapel zu haben, noch dazu von einer großen Kirche, ich glaube, aus Chicago. Die Leute sagen, sie hätten ihn auf einem Video gesehen, und er könne einen Sturm herbeireden und sei zum Schießen komisch, sie hätten sich alle vor Lachen in den Gängen gekugelt.

Mal sehen, was war da noch ... Irgendjemand, ich habe vergessen, wer, meinte, er singe wie ein Engel, habe unheimlich weiße Zähne und sähe einfach umwerfend aus in ... was immer es sein mag, vielleicht auf seinem Betkissen.«

Trägt einen Heiligenschein, dachte Father Tim.

»Oh Gott, Harold kommt zurück, er muss wohl sein Lunchpaket vergessen haben.«

Klick. Piep.

»Timothy?«

»Walter!« Sein einziger noch lebender Cousin, soweit er wusste, und obendrein sein bester Freund seit Kindertagen. »Es ist eine Ewigkeit her!«

»Ich dachte, ich rufe dich mal in deiner Wildnis an, während ich auf meinen nächsten Mandanten warte. Was macht das Angeln?«

»Keine Ahnung.«

»Und das Schwimmen? Gehst du schwimmen?«

»Nein. Kein Schwimmen.«

»Muscheln suchen? Krebse fangen? Enten jagen? Irgendetwas?«

»Ich bin immer noch derselbe alte Langweiler, der ich immer war.« Zum Kuckuck mit Walter, er war ständig auf der Suche nach irgendeiner großen Story, nach Aufregung. Bisher war das Aufregendste, was er je getan hatte, die Eheschließung mit Cynthia Coppersmith. Dieses Ereignis war groß genug gewesen, um ihn in Walters Augen für einige Jahre zu rehabilitieren, aber jetzt saß sein Cousin, seines Zeichens Rechtsanwalt, ihm wieder im Nacken.

»Hör mal zu, Kartoffelkopf, ich habe eine neue Gemeinde, um die ich mich kümmern, und einen Rasen, den ich mähen muss. Das reicht mir für den Augenblick vollkommen. Wie geht es Catherine?«

»Ist immer noch ungezähmt.«

»Also alles beim Alten?« Worauf sie beide in unbefangenes Gelächter ausbrachen. Er mochte Walters freimütige Frau von Herzen gern, ihr mitreißendes Lachen und ihre unbezähmbare Großmut.

»Und Cynthia?«

»Sie hat viel um die Ohren. Sie arbeitet an einem neuen Buch, hält Lesungen in der Bibliothek und kümmert sich um einen Dreijährigen.«

»Hast du wieder einen Jungen aufgenommen?«

»Nur vorübergehend. Seine Mutter ist im Krankenhaus.«

»Wie gefällt dir deine neue Gemeinde?«

»Gut. Nette Menschen. Wir sind glücklich hier. Wann könnt ihr beiden, du und Catherine, uns denn mal besuchen? Ihr wart schon seit Jahren nicht mehr bei mir; ich war zuletzt bei euch, also seid ihr wieder an der Reihe.«

»Wenn du diese Vertretung hinter dir hast, kommen

wir für eine Woche nach Mitford, wie wär das? Wir werden in unseren Bademänteln auf eurem Sofa herumlungern und euch die Haare vom Kopf fressen.«

»Mir machst du keine Angst, Kamerad.«

»Wo wir gerade von Angst sprechen«, sagte Walter, »bei uns ist neulich nachts eingebrochen worden. Sie haben unsere Fernseher und meine Rolex geklaut. Wir waren überrascht, dass es nicht schlimmer gekommen ist.«

»Bei uns ist auch gerade etwas sehr Eigenartiges passiert. Erinnerst du dich an den Engel, von dem ich dir einmal erzählt habe? Den von Miss Sadies Dachboden? Er ist in unserem Haus in Mitford vom Kaminsims verschwunden. Davon abgesehen wurde nichts angerührt, nichts deutet auf einen Einbruch hin. Der Engel ist einfach verschwunden, hat sich in Luft aufgelöst. Sehr merkwürdig.«

»Wertvoll?«

»Wahrscheinlich um die dreitausend, vielleicht mehr. Bronze. Auf einem schweren Marmorsockel. Aus Frankreich, denke ich.«

»Das Leben ist nach meinem Geschmack schon immer zu rätselhaft gewesen. Also, lieber Vetter, da kommt mein Mandant. War schön, wieder mal mit dir zu plaudern. Grüß mir Cynthia und Dooley – wie geht es ihm übrigens?«

»Großartig!«

»Schön. Ich habe einen Aktientipp für dich, also ruf mich an, du Hund, und lass uns demnächst weiterplaudern.«

»Abgemacht«, sagte er.

Er hatte es sich überall aufgeschrieben, nur nicht auf seiner Hand, um sicherzugehen, dass er es nicht vergaß. Nein, wahrhaftig, Geburtstage und Hochzeitstage durften in seinem Haus nicht vergessen werden – so wenig wie in irgendeinem anderen Haus, soweit er das aus seiner jahrelangen Tätigkeit als Geistlicher beurteilen konnte.

Während er mit eingeschalteten Scheibenwischern zum Lebensmittelladen fuhr, grübelte er über das bevorstehende Ereignis nach.

Sie waren bereits mit einer Decke am Strand gewesen, aber sie waren noch nicht mit einer Decke und einem Campingkocher am Strand gewesen.

Er würde alles an ihrer Lieblingsstelle aufbauen, am Strand gegenüber dem alten Miller-Haus mit dem roten Dach.

Sie würden sich den Sonnenuntergang ansehen, und er würde frische Goldmakrelen und Maiskolben grillen.

Er würde eine reife, süße Melone aufschneiden – er glaubte nicht, dass es bereits zu spät im Jahr war, um eine zu finden – und einen gut gekühlten Champagner einschenken. Den würde er auf dem Festland kaufen müssen, aber bei dieser Gelegenheit konnte er sich vielleicht auch nach annehmbaren Gläsern umsehen – sie hatten im Schrank nichts anderes als umgewidmete Marmeladengläser.

Zum Dessert würde er natürlich ihr absolutes Lieblingsgericht machen – pochierte Birnen –, eben die Leckerei, die er Cynthia Coppersmith bei ihrem ersten Besuch im Pfarrhaus serviert hatte.

Alles in allem fand er sich ziemlich kreativ für einen Landpfarrer …

Was die Unterhaltung betraf, konnten sie den nächtlichen Himmel nach Arkturus und Andromeda oder vielleicht auch nach Pegasus absuchen. Er hatte in Ernies Laden ein Buch gekauft, das in einfachen Worten beschrieb, wie man am Himmel mehr fand als den großen und den kleinen Wagen.

Er ging die Liste noch einmal durch.

Leonard und Marjorie Lamb hatten sich als Babysitter angeboten und sollten um halb sieben in Dove Cottage ankommen …

Was hatte er vergessen?

Ihm wurde bewusst, dass er den Atem angehalten hatte, und er stieß ihn langsam wieder aus. Er hatte für alles vorgesorgt. Es würde keine Probleme geben!

War es wirklich vier Jahre her, dass er durch die Sakristei ins Kirchenschiff von Lord's Chapel gerannt war, zitternd wie ein Blatt im Wind, schuldlos verspätet zu seiner eigenen Hochzeit?

Er dachte daran, wie er seine Braut entdeckt hatte, ebenfalls verspätet und mit vom Laufen geröteten Wangen, wie sie, einer Vision gleich, im Mittelgang aufgetaucht war? Wenn er jemals den Inbegriff eines Wachtraums erlebt hatte, dann war es dieser Augenblick gewesen.

Er erinnerte sich daran, wie er dort gestanden hatte, voller Angst, dass er zusammen mit der halben Gemeinde in Tränen ausbrechen würde. Noch nie hatte er so viele Taschentücher in der Brise wehen sehen. Im Tosen der Orgelmusik hatten Männer und Frauen sich gleichermaßen geschnäuzt und die Augen gewischt.

Und dann war sie mit einem Mal an seiner Seite gewesen. Später hatte er seinem Cousin Walter gestanden, dass sich die Erde in diesem Augenblick bewegt habe.

Er erinnerte sich daran, mit frohem, erwartungsvollem Herzen gedacht zu haben: Jetzt sitze ich fest.

Im Lebensmittelladen war Jonathans Lieblingsmilch ausgegangen. Also kämpfte er sich durch den peitschenden Regen zurück zu Ernie.

»Wir haben ein paar Abzüge mehr machen lassen«, sagte Ernie und zeigte ihm einige kleine Fotos von Junior. »Die beiden Aufnahmen habe ich am Freitag gemacht. Was halten Sie davon?«

Auf dem ersten Schnappschuss stand ein gequälter Ausdruck auf Juniors Gesicht, als säße er auf einem Teppichnagel. Das andere zeigte einen rotäugigen Junior, der wie eine Statue vor den Getränkekästen stand. Anscheinend hatte Junior doch keine Zeit gefunden, sein Hemd zu bügeln.

»Wieso hat er so rote Augen?«, fragte er, da er sich langsam ein wenig Sorgen um den Ausgang des ganzen Unternehmens machte.

»Ich weiß nicht, was das ist. Anscheinend war Juniors Fotoapparat nicht besonders schnell.«

»Nun ...«

»Es ist jetzt schon fünf oder sechs Tage her, und er hat immer noch keine Antwort.«

Das klang nicht gerade vielversprechend ...

»Erzählen Sie mir etwas über Junior«, sagte er. »Er scheint ein guter Kerl zu sein. Hat er Familie?«

»Junior hat seine Mama verloren, als er noch ziemlich klein war, und sein Daddy zählt im Grunde nicht. Ich und Roger und Roanoke, wir versuchen, uns um ihn zu kümmern, wir helfen sozusagen, ihn großzuziehen.«

»Scheint mir nicht so, als müsste er mit seinen sechsunddreißig Jahren noch großgezogen werden.«

»Hm, aber die Sache ist die«, erwiderte Ernie und senkte die Stimme, »Junior ist nicht gerade einer der Klügsten.«

»Wer kann das denn schon wirklich von sich behaupten?«

»Wir würden es gern sehen, wenn er heiratet und seine eigene Familie gründet. Er arbeitet hart und hat Geld gespart, außerdem hat er ein kleines Haus, und ein größeres Herz werden Sie auf Whitecap nicht finden. Er hilft sogar, seine Nachbarin zu versorgen, die so blind ist wie eine Fledermaus ...«

»Ein guter Kerl!«

Ernie nahm seine Brille ab und musterte Father Tim blinzelnd. »Roanoke hat mir erzählt, dass er Ihnen die Haare geschnitten hat.«

»Sogar meine Frau war zufrieden damit«, sagte er und nahm einen Liter Milch aus dem Kühlschrank.

»Am Donnerstag kriegen wir einen bösen Sturm.«

»Ich hoffe, dass sich das Wetter bis Freitagabend wieder bessert.«

Ernie öffnete die Kasse und gab ihm sein Wechselgeld. »Große Party am Freitag?«

»Und ob. Unser vierter Hochzeitstag.«

»Mir steht auch bald wieder einer ins Haus, ich erinnere mich bloß nicht mehr, wann genau.«

»Wenn Sie Ihren Hochzeitstag vergessen, ist das eher ein Schritt über die rote als über die gelbe Linie.«

»Da haben Sie nicht Unrecht«, bemerkte Ernie. »Übrigens, ich lese gerade dieses komische Wordsworth-Buch, das Sie mir neulich geschenkt haben. Also, nicht direkt komisch, aber ...«

»Wie gefällt es Ihnen?«

»Der Knabe redet 'ne Menge über Hügel und Täler, die er rauf- und runterläuft. Scheint so, als würde er jede Kleinigkeit bemerken und Augen und Ohren offen halten ...«

»Genau wie Louis L'Amour!«

»So hatte ich das noch gar nicht betrachtet«, sagte Ernie und blickte sehr zufrieden drein.

Er zerrte das Ding aus dem Karton.

»Ein Videorekorder!« Seine Frau strahlte.

»Ganz zu schweigen von …«

»Peter Pan!«, jubilierte sie. »Gelobt sei Gott!«

Er holte noch etwas anderes aus der Tasche.

»Ein Schweinchen namens Babe!«

»Jetzt habe ich zwei Menschen glücklich gemacht«, sagte er und kam sich vor wie ein Held.

Jonathan flog ihnen voraus, lief hinter den Strandläufern her, schrie mit den Möwen um die Wette und hockte sich hin, um eine Muschel zu untersuchen.

Die Sonne war vor einer Stunde herausgekommen, und sie hatten beschlossen, die Gelegenheit zu nutzen. Barfuß und händchenhaltend auf dem breiten, regendurchweichten Strand, wusste er, dass es die Wahrheit war, was er Marion und Walter gesagt hatte – sie waren glücklich auf Whitecap.

Er bückte sich, hob eine alte Frisbeescheibe auf und warf sie für Barnabas, der ihr mit langen Sätzen durch den Sand nachjagte. Während er zusah, wie der Junge und Barnabas der Frisbeescheibe hinterherliefen, stieg eine lange vergessene Erinnerung in ihm auf. Es war in Pass Christian, Mississippi; er war neun Jahre alt und verliebt in einen Hund. Er hatte das vollkommen vergessen, und die plötzliche Erinnerung an jenen Sommer raubte ihm den Atem.

»Ich spüre, wie sich die Räder in deinem Gehirn drehen«, bemerkte seine Frau.

»Pass Christian«, sagte er wie in einem Traum. »Wir sind den ganzen Weg von Holly Springs bis zum Strand von Pass Christian gefahren, einem Ort am Golf in der Nähe von Gulfport und Biloxi. Es ist wunderschön dort.«

»Ich will alles hören!«, bat sie.

»Es war das Jahr, in dem mein Vater beschlossen hatte, dass ich einen Freund über die Sommerferien einladen sollte; er fand, ich sei ein Einzelgänger, zu fleißig. Ich wollte Tommy Noles mitnehmen, aber …«

»Aber der Große Oger war dagegen.«

»Ja. Er hat den Freund ausgesucht, den ich mitnehmen sollte.«

»Wer war es?«

»Drew Merritt, der Sohn eines seiner Kollegen aus der Kanzlei.«

Seiner Frau hatten die Geschichten über seinen Vater noch nie gefallen. Wahrscheinlich hätte er den Mund halten sollen, aber er wollte reden, er wollte die Fesseln sprengen, die er stets seinen Erinnerungen und seinen Gefühlen aufzuerlegen versuchte. Wenn er hier nicht frei sprechen konnte, an diesem Meer, das so offen und ungeschützt unter Sonne und Himmel lag …

»Drew war kein Mensch, mit dem ich zwei Wochen verbringen wollte. Er war egoistisch, hitzig, fordernd. Ich erinnere mich, dass wir ein Puzzle vom Capitol mitgenommen haben … Er bestand darauf, dass ich die Kirschblüten machen solle, während er am Capitol selbst arbeitete. Statt Stück um Stück das Puzzle zusammenzulegen, haben wir uns verschiedene Teile vorgenommen. Ich wollte die Kirschblüten nicht machen.«

»Aber du hast sie gemacht«, sagte sie, »weil du nett bist.«

»Nettigkeit hat ihre Vorteile«, erwiderte er.

Sie drückte seine Hand. »Ich liebe dich.«

»Ich liebe dich auch.«

»Nachdem wir ein paar Tage dort gewesen waren,

fand Drew eine Clique, der er sich anschließen konnte, und ich bin allein losgezogen. Es war natürlich nicht gefährlich dort, überall wimmelte es von Kindern, die im Laufe des Nachmittags ihren Eltern Bericht erstatteten. Wir wohnten in einem alten Hotel – ich wünschte, ich könnte mich an den Namen erinnern. Wie dem auch sei, eines Tages bin ich zum Strand runtergegangen und ... einem Hund begegnet.«

Sie lächelte, denn sie liebte selbst die schlichtesten seiner Geschichten.

»Es war ein Irish Setter, und er schien niemandem zu gehören, obwohl er eindeutig kein Streuner war. Ich erinnere mich daran, dass sein Fell lang und seidig war, es schimmerte, wenn der Wind hineinblies. Als hätte ihn der Himmel geschickt, hatten wir sofort einen Draht zueinander. Klick – einfach so, und er gehörte mir und ich ihm.«

»Nicht dass Barnabas dich so reden hört.«

Er legte ihr den Arm um die Schultern und lachte.

»Nein, Jonathan, fass das nicht an!«, rief Cynthia. Der schwere Regen hatte dem Meer geholfen, Treibgut verschiedenster Art auszuspeien.

»Wir haben angefangen, uns nachmittags zu treffen; morgens habe ich ihn nie gesehen. Ich habe jeden Tag einen kleinen roten Ball mitgenommen und ihn für den Hund geworfen. Er hat mir den Ball immer zurückgebracht.« Er konnte sich noch gut an das Gefühl von Freiheit erinnern, an das unaussprechliche Glück, endlich den Hund zu haben, den man ihm zu Hause verboten hatte.

»Ich habe ihn Nick genannt«, sagte er. Plötzlich bereitete ihm das Geständnis dieser Geschichte, die er noch nie zuvor jemandem offenbart hatte, ein gewisses Unbehagen.

»Nick!«, sagte sie. »Was für ein wunderschöner Name!«

»Ich erinnere mich noch an den Morgen, an dem wir uns auf die Rückreise nach Holly Springs gemacht haben.« Selbst mehr als fünf Jahrzehnte später konnte sein Herz den Kummer jenes Morgens noch heraufbeschwören.

»Mein Vater wollte, dass wir einen Tag früher als geplant aufbrachen, und ich … ich hatte mich nicht verabschiedet. Ich habe Kekse in eine Serviette gewickelt und bin damit zu dem alten Haus hinuntergegangen, in dem wir uns für gewöhnlich getroffen haben, aber Nick war natürlich nicht da, es war noch zu früh am Tag, also habe ich die Kekse unter der Treppe liegen gelassen.«

»Ich liebe es, dass du das getan hast.«

»Ah, Kavanagh, was liebst du denn nicht?«

»Ehemänner, die nicht über ihre Gefühle sprechen können, Sand im Bett und Landkarten, die sich nicht richtig wieder zusammenfalten lassen.«

»Lass uns auf unsere Veranda gehen, dort können wir uns in einem Liegestuhl zusammenfalten«, sagte er.

»Ja, tun wir das!« Sie drehte sich um und sah ihn an, dann legte sie eine Hand auf seine Wange.

»Genauso möchte ich mich an dich erinnern … an jede einzelne Linie in deinem lieben Gesicht in diesem Augenblick.«

Zu seinem Erstaunen standen Tränen in ihren Augen, und sie legte die Arme um ihn und küsste ihn mit einer eigenartigen Zärtlichkeit.

Jonathan zupfte an Cynthias Shorts.

»Ich muss Aa!«, sagte der Junge und machte ein Gesicht, als sei es dringend.

Das tropische Tief zog von der Karibik aus nordwärts, schwenkte dann nach links auf die Küste von North Carolina zu, zog über Whitecap hinweg und sorgte im binnenländischen Smithfield noch für satte einhunderfünfzig Millimeter Niederschlag. Kein Hurrikan, Gott sei Dank, aber ein schwerer Sturm. Am Freitagmorgen schien es dem Unwetter diebischen Spaß zu machen, direkt über Dove Cottage eine Pause einzulegen und sich geschlagene zwei Stunden lang auszutoben.

Er tappte den ganzen Morgen über im Bademantel durch das Haus, arbeitete an seiner Predigt, ging die Musik für den Sonntag durch, kritzelte etwas in sein Notizbuch mit Zitaten und las, was immer ihm in die Finger kam. Während der Donner grollte und der Wind heulte, versteckten Barnabas und Violet sich verschiedentlich unter Stühlen und Betten. Wundersamerweise verschlief Jonathan einen großen Teil des Unwetters, während seine Frau am Ende des Flurs an ihrem neuen Buch arbeitete.

Oh, der unbeschreibliche Friede eines vom Gewitter verdunkelten Hauses und das beruhigend monotone Trommeln des Regens an die Fenster. Auch wenn seine irischen Ahnen davon nichts geahnt hatten, musste ihm wohl von irgendwoher eine Menge schottisches Blut zugeflossen sein.

Was machte es schon, wenn seine Pläne für den Abend ruiniert wurden? Lag nicht, so Gott wollte, die ganze Welt vor ihnen, mit reichlich Zeit, auch ohne einen besonderen Anlass am Strand zu feiern?

Er setzte sich auf seinen Stuhl im Arbeitszimmer und lauschte auf den Regen, den Wind und das Schlagen seines Herzens.

Kurzum, war das Leben selbst nicht besonderer Anlass genug?

Als das Gewitter gegen halb sieben abflaute, nahmen sie ihr Festessen in der Küche ein.

Anschließend verzog sich die ganze Truppe in ihr Bett, Barnabas und Violet am Fußende und Jonathan neben Cynthia, die wie eine Zarin in ihren Kissen lehnte.

»Und jetzt«, verkündete er, »ein Film ... in einer Schachtel!«

Er hielt die Videoschachtel hoch, sodass sie alle sehen konnten.

»Peter Pan!«, jubilierte Jonathan und klatschte in die Hände.

Er warf Cynthia einen beziehungsreichen Blick zu. »Du wirst nie erfahren, was du heute Abend versäumt hast.«

»Es ist schon gut, Liebling«, murmelte seine zufriedene Frau. »Ich liebe Peter Pan!«

Sie sahen sich den gesamten Peter Pan an und schoben anschließend, vollgepumpt mit Adrenalin, Babe in den Rekorder.

»Ich bin ganz verrückt nach diesem Film!«, schwärmte seine Frau. »Aber igitt, ich verabscheue diese Katze.«

»Böse Katze!«, sagte Jonathan.

Tatsächlich erinnerte ihn die Katze an jemanden. Aber an wen?

Natürlich. Die Katze erinnerte ihn an Edith Mallory.

Er erwachte um zwei Uhr morgens und lauschte auf den Regen. Stille. Das Unwetter war vorübergezogen, und eine stickige Feuchtigkeit lag drückend im Raum.

Er ging zum Fenster und riss es auf.

Die Musik wehte mit der süßen, kühlen Brise herein, die ihm über die nackte Haut strich.

12 Hinter der Mauer

Er hatte ein lautes Klopfen gehört, und als er nun durch die Fliegentür spähte, stand Otis Bragg draußen.

Otis hielt etwas in Händen, das wie ein halber Scheffel Shrimps in einem gefütterten Korb aussah. »Ohne Shrimps keine Party!«, sagte Otis grinsend. Die kalte Zigarre, die er im Mund trug, schien er eigens für diesen Anlass mitgebracht zu haben.

»Otis! Was für eine Überraschung!« Es war tatsächlich eine Überraschung. Seine Frau würde nicht begeistert davon sein, eine Viertelstunde vor ihrer großen Teegesellschaft Garnelen kochen zu müssen, und er fand die Aussicht darauf auch nicht besonders erhebend.

»Bereits gekocht und fertig zum Verzehr. Das macht jemand drüben am Sund für mich, wir brauchen sie nur noch aus der Schale zu nehmen und zu essen. Wo wollen Sie sie haben?«

»Vielen Dank, Otis. Das ist großzügig von Ihnen.« Er räumte ein Ende des Tisches frei, den sie auf die Veranda gestellt und mit einem Tuch gedeckt hatten.

»Marlene kommt in ein oder zwei Minuten mit einem Dip nach.« Otis wischte sich mit einem Taschentuch über die Stirn. »Vielleicht könnte ich eine kleine Aufmunterung an der Bar bekommen?«

»An der Bar? Oh, der Bar! Wir haben keine Bar. Aber ich könnte Ihnen Tee anbieten!«

»Tee.« Otis kaute nachdenklich an der Zigarre.

»Oder Sherry.«

»Sherry«, sagte Otis mit leerem Blick.

»Eine gute Marke. Spanisch, glaube ich.« Er erinnerte sich daran, dass Otis ihm eine Flasche mit irgendetwas Teurem geschenkt hatte, aber er wusste nicht mehr, wo sie war …

»Na ja, was soll's, ich passe. Reverend Morgan hatte immer etwas Bourbon, Gin oder Scotch vorrätig … Sie wissen schon.«

»Aha.«

Otis blinzelte ihn an. »Sind Sie in einem baptistischen Elternhaus aufgewachsen?«

»So ist es, ja.«

»Ich auch«, sagte Otis. »Aber ich hab's überwunden.«

»Kommen Sie, ich hole Ihnen ein Glas Tee. Warten Sie, bis Sie ihn gekostet haben. Er wird Ihnen schmecken, darauf gebe ich Ihnen mein Wort.« Und er würde ganz gewiss nicht erzählen, woher das Rezept kam.

Die Sopranistin, die ihre kurze Karriere in der Sonntagsschule nicht übermäßig strapaziert hatte, schüttelte energisch Hände. »Ein himmlischer Tag, Reverend!«

»Herrlich!«, bekräftigte Sam Fieldwalker. »Donner und Doria, was für ein Tag!«

»Der schönste im ganzen Sommer!«, gurrte Marion, während sie ihren Pfarrer umarmte.

Ähnlich begeisterte Kritiken bekamen die Blumen, der Tisch, die Erfrischungen, die Gastgeberin und sogar der überwucherte Garten, in dem er den lieben langen Morgen geschuftet hatte.

Die gewaltige Größe seines Hundes erweckte reichlich vorsichtiges Interesse, und Jonathan, der seinen neuen Matrosenanzug trug, war vollauf damit beschäftigt, allen etwaigen Versuchen auszuweichen, ihn auf Knien zu wiegen oder an Brüste zu drücken.

Father Tim musste zugeben, dass an diesem Nachmittag etwas Magisches über Dove Cottage lag; er kam sich selbst vor wie ein aufgeschlossener, wohlgelaunter, wenn nicht überschwänglicher Landedelmann. Seine Frau schwebte in etwas Lavendelfarbenem umher, hinterließ, wo immer sie war, einen zarten Duft von Blauregen und brachte es fertig, das Ganze absolut mühelos erscheinen zu lassen. In Wahrheit war sie seit fünf Uhr morgens auf, hatte Blumen geschnitten und letzte Bleche mit Zitronenküchlein in den Ofen geschoben, während er im Wohnzimmer auch noch neue Spitzengardinen aufgehängt hatte.

»Da muss Spitze hin«, hatte sie ihm erklärt. »Sie filtert das Morgenlicht und zeichnet Muster auf den Fußboden.« Er hatte nichts als größten Respekt vor den Wundern, die via UPS bewirkt worden waren.

Cynthias Arbeitszimmer war für die Pfarrkinder, die zum Tee erschienen waren, von größtem Interesse; eifrige Grüppchen durchwanderten den winzigen Raum, der früher einmal ein großer Wandschrank gewesen war, zeigten auf mit Zeichnungen geschmückte Wände, Buchhüllen und – ein besonderer Höhepunkt – grobe Skizzen von Violet unter einem Strandschirm. Die echte Violet posierte auf dem Kühlschrank und funkelte jeden an, der die Gesellschaft Ihrer Berühmtheit suchte.

Ella Bridgewater erschien, ganz in Schwarz gekleidet, und hatte, wie er fand, große Ähnlichkeit mit einem Kranich auf einem ostasiatischen Rollbild. Sie war das, was seine Mutter »eine wahre Wohltat für müde

Augen« genannt hätte, und sie trat mit einem leuchtenden Rougefleck auf beiden Wangen munter durch das Gartentor.

Cynthia begleitete ihre neue Organistin zu verschiedenen Grüppchen, die sich im Garten zusammengefunden hatten. »Penny, ich glaube, Sie haben Ella Bridgewater noch nicht kennen gelernt. Ella, Penny Duncan. Sie müssen sich unbedingt die entzückenden Eisfiguren ansehen, die sie mit frischer Pfefferminze gemacht hat.«

»Penny war früher mal ein Hippie!«, bemerkte Jean Ballenger. Sie verkündete dies, als sei es etwas Ähnliches wie eine Vergangenheit als erfolgreiche Brokerin. »Sie baut ihr ganzes Gemüse selbst an, züchtet Hühner und macht ihren eigenen Ziegenkäse!«

»Beeindruckend!« Ella wackelte ungläubig mit dem Kopf. »Das raffinierteste, was ich je gemacht habe, war eine Preiselbeerkette für den Weihnachtsbaum!«

»Penny hat früher auch ihre Schuhe selbst gemacht«, fuhr Jean fort, woraufhin natürlich alle sofort auf Pennys Füße blickten, die zu diesem Anlass in Pumps steckten. »Und«, sagte Jean abschließend und mit einem triumphierenden Unterton in der Stimme, »all ihre Kinder sagen: ›Ja, Ma'am‹!«

Er ging weiter zu Leonard und Marjorie, die es sich in einem von Marions Klappstühlen neben der Kreppmyrte bequem gemacht hatten, genüsslich Shrimps puhlten und die Schalen ins Gebüsch warfen.

Wenn Violet gewusst hätte, was hier draußen im Gange war ...

»Haben Sie mal etwas von Ihrem Nachbarn zu sehen bekommen?«, erkundigte sich Leonard.

»Ich habe rein gar nichts von ihm gesehen! Aber hören kann ich ihn dafür umso besser.«

»Wir hoffen, dass er nicht allzu viel Lärm macht«, bemerkte Marjorie.

»Lärm! Genau genommen genießen wir es. Er ist ein herausragender Musiker.«

Leonard tunkte eine Garnele in die Soße. »Manche Leute meinen, er hätte Konzertorganist werden können. Ich glaube, er ist an der Juilliard School ausgebildet worden. Aber wie Sie sich sicher vorstellen können, hat er das Scheinwerferlicht nie gemocht. Er ist ein echter Einsiedler. Ich habe ihn jedenfalls seit Jahren nicht mehr zu Gesicht bekommen.«

»Sein Großpapa hat es einmal sogar in Walter Winchells Kolumne gebracht!«, sagte Marjorie. »Sie erinnern sich an Walter Winchell?«

»O ja«, sagte Father Tim und kam sich plötzlich uralt vor. »Wofür ist ihm diese Ehre denn zuteilgeworden?«

»Er ist in New York City mit Revuemädchen ausgegangen!«

»Aha.«

»Joan Crawford war in Whitecap, um die Loves zu besuchen«, erzählte Marjorie ihm. »Und Betty Grable ebenfalls, oder, ich weiß nicht mehr genau ... vielleicht war es ja auch Irene Dunne!«

»Es war Celeste Holm!« Jean Ballenger, der es großen Spaß machte, von einer Gruppe zur anderen zu wandern, ließ sich in einen Stuhl fallen.

»Ich konnte Celeste Holm nie viel abgewinnen. Wie sieht das bei Ihnen aus, Reverend?«, fragte Marjorie.

»Ich glaube nicht, dass ich mich an Celeste Holm erinnern kann.«

»Seht ihr«, sagte Jean, »ich habe euch doch gesagt, dass Father Tim jünger sein muss, als wir dachten.«

Er zog den Bauch ein. »Was hatten Sie denn geglaubt, wie alt … genau?«

»Marjorie meinte, an die siebzig.«

Siebzig!

»Also, Jean Ballenger! Ich habe nichts dergleichen gesagt! Ich habe gesagt, dass Sie bei all Ihrer Erfahrung auf die Siebzig zugehen könnten, Reverend, aber am Ende habe ich Sie auf sechzig geschätzt!«

»Vielen Dank!«, sagte er.

»Wer ist denn sonst noch hier gewesen, um Redmond Love zu besuchen?«, überlegte Leonard laut.

Jean strich ihren Pony glatt, der in der Feuchtigkeit außer Rand und Band geriet. »Irgendjemand meinte, Winston Churchill sei mal hier gewesen, aber das habe ich keine Sekunde geglaubt. Mr Churchill hatte gewiss keine Zeit, auf Whitecap seine Tage zu vertrödeln, wo er doch den Nobelpreis gewonnen und auf der ganzen Welt Kriege geführt hat.«

Leonard leckte sich den Daumen. »Nun, wie dem auch sei, wir haben gehört, die Familie hätte Morris versteckt, wann immer die hohen Tiere zu Besuch kamen. Es heißt, Morris hätte als Junge eine Menge Zeit auf dem Dachboden zugebracht. Redmon hat ihm ein Zimmer dort oben gebaut und eine Orgel aufstellen lassen, eine kleinere Ausgabe der großen Orgel unten. Morris durfte allerdings niemals spielen, wenn Gäste im Haus waren. Ich nehme an, sie wollten nicht, dass irgendjemand von seiner Existenz erfuhr.«

»Wie abscheulich Menschen doch sein können!«, rief Jean und schürzte die Lippen. »Man hätte ihnen die Pferdepeitsche zu schmecken geben sollen. Aber: ›Die Rache ist mein, spricht der Herr.‹«

»Ist er denn bei seinen Großeltern aufgewachsen?«, fragte Father Tim.

»So ziemlich. Seine Eltern waren die meiste Zeit über in Europa. Ich bin in der fünften oder sechsten Klasse mit Morris zur Schule gegangen, aber die Kinder haben ihm das Leben so schwer gemacht, dass er es nicht bis zur Junior High geschafft hat. Sie haben ihm danach bestimmt einen Privatlehrer besorgt.«

»Was genau ... ist eigentlich sein Problem?«

»Soll das heißen, Sie wissen es nicht?«, fragte Leonard.

»Ich habe keinen Schimmer.«

»Nun, die Sache ist die ...«

»Reverend!«, rief Ella Bridgewater, die sich in diesem Moment zu ihrer Gruppe gesellte. »Wie ich soeben zu Ihrer Frau bemerkt habe – Ihre Party ist entzückend, und dieser Tee schmeckt einfach himmlisch.« Sie ließ das Eis in ihrem Glas klirren und schien ehrlich begeistert zu sein.

»Hm, vielen Dank! Was den Tee betrifft, hätte ich es selbst nicht besser ausdrücken können.«

Marjorie musterte nun den Neuankömmling. »Miss Bridgewater ...«

»Nennen Sie mich Ella!«

»Ella, wir hören, dass Sie auf Dorchester Island leben.« Marion sprach den Namen der Insel wie die Einheimischen aus: Dor'ster. »Die Insel ist ganz entzückend und so abgelegen.«

»Abgelegen ist nicht der richtige Ausdruck! Von meinem kleinen Häuschen am Meer aus fahre ich zehn Meilen, dann geht es über den Damm und anschließend fünfzehn Meilen den Highway 20 hinunter; danach nehme ich die Brücke nach Whitecap und fahre rüber nach St. John's am nördlichen Ende der Insel. Eine halbe Weltreise.«

»Und wir sind Ihnen sehr dankbar dafür, dass Sie

diese Strapaze auf sich nehmen!«, sagte Marjorie. »Am Sonntag hätten Sie um ein Haar das Dach weggesprengt. Es ist eine Ewigkeit her, seit wir unsere alte Orgel das letzte Mal einen solchen Lärm haben machen hören!«

»Einen freudvollen Lärm«, ergänzte Father Tim, der keine Missverständnisse aufkommen lassen wollte.

»Besuchen Sie mich doch einmal in Dorchester, Reverend, und bringen Sie Cynthia mit. Ich wüsste keine größere Freude, als Ihre Gesichter an meiner Tür zu sehen!«

Zum ersten Mal fiel ihm jetzt Ellas goldene Brosche auf – sie hatte die Form eines Heißluftballons.

»Das Angebot nehmen wir gern an. Wir haben seit unserer Ankunft hier noch nicht viel von der Gegend gesehen.«

»Ich weiß, wie eng Ihr Terminplan sein muss, gerade jetzt, da die vielen Sommerurlauber hier sind – also kommen Sie einfach vorbei, außer mittwochs natürlich, dann lasse ich mir nämlich bei Edna die Haare waschen. Louise und ich würden uns jedenfalls sehr freuen, Sie zu sehen.«

»Louise?«

»Louise ist mein Kanarienvogel. Sie sollten sie einmal singen hören, Reverend, Sie würden Ihren Ohren nicht trauen!«

»Davon bin ich überzeugt.«

»Louise ist zwar uralt, aber je älter sie wird, umso süßer wird ihre Stimme.«

»Aha.«

»Ich werde Sie ein wenig durch Dorchester führen; das ist wie ein Spaziergang zurück in die Vergangenheit. Sie werden die älteste Eiche sehen, die auf den Inseln hier zu finden ist, sie steht direkt neben meinem Haus, und wir werden Christ Chapel besuchen. Sie ist kaum groß genug für uns drei, und sie hat eine atemberaubend schöne Fensterrose über dem Altar! Danach machen wir dann einen Spaziergang über den Friedhof, auf dem Mutter ruht. Habe ich Ihnen erzählt, wie wir Mutter begraben haben?«

»Ich glaube nicht.«

»Mit dem Gebetsbuch von 1928 über dem Herzen.«

»Wie schön.«

»Sie müssen zum Mittagessen kommen!« Ellas Rougeflecken schienen mit einem Mal kräftiger zu leuchten. »Mögen Sie Wolfsbarsch?«

»Mögen ist eine Untertreibung. Er ist einer meiner absoluten Lieblingsfische!«

»Miss Child hat mir im Fernsehen beigebracht, wie man Wolfsbarsch pochiert. Ich vermisse Miss Child, Sie nicht auch? Ich fand es herrlich, wie sie Dinge auf den Boden fallen ließ, sie aufhob und einfach weitermachte; eine gute Lektion für uns alle, denke ich!«

»In der Tat!«

Sam Fieldwalker gesellte sich zu ihnen, und die Organistin von St. John's richtete sich zu ihrer vollen Größe auf, was sehr beeindruckend war. »Und obendrein verstehe ich mich recht gut auf die Zubereitung von Pflaumenwein!«

Er kicherte. »Noch ein Anreiz für einen Besuch. Sam, Ella hat uns nach Dorchester eingeladen.«

»Ach du meine Güte, wir lieben Dorchester. Da oben wird eine Menge geangelt. Und es ist schön ruhig, ohne den Tourismus, den wir hier auf Whitecap haben.«

»Ich denke, mein kleines Haus wird Ihnen gefallen, Reverend, es ist ziemlich alt. Es wurde im Jahr 1902 aus

Brettern von Schiffwracks gebaut, die das Meer an Land gespült hat. Ich pflege zu sagen, dass ich in einem Haus lebe, das früher einmal das Meer befahren hat!«

»Wenn Sie Miss Bridgewater besuchen«, meinte Sam, »könnten Sie auch gleich bei Captain Larkin vorbeischauen. Das ist der alte Mann, von dem ich Ihnen erzählt habe und der lange Zeit zu St. John's gehört hat. Jetzt lebt er bei seinem Zwillingsbruder auf Dorchester.«

»Das Haus der Brüder ist nur einen Katzensprung von meinem entfernt«, sagte Ella. »Sie haben immer einen alten Pick-up vor der Haustür stehen, da schläft nämlich ihr Hund.«

»Sie könnten ihm die Kommunion bringen«, sagte Sam. »Das würde ihn bestimmt sehr glücklich machen. Reverend Morgan ist nie ... er ist nie dazu gekommen, das zu tun.«

»Betrachten Sie die Sache als erledigt! Falls wir allerdings in nächster Zeit kommen sollten, Ella, werden Sie vielleicht auch einen Dreijährigen aufnehmen müssen. Wie wäre das?«

Ella betrachtete Jonathan, der, dicht gefolgt von zwei selbsternannten Babysittern aus der Jugendgruppe, über die Veranda lief.

»Ich habe einen kleinen, eingezäunten Garten«, sagte sie. »Dort könnte er spielen!«

Rechts von der Veranda hatte sich eine kleine Gruppe von Menschen versammelt, und er ging hinüber, um nachzusehen, was da los war. Cynthia stand, Jonathan auf der Hüfte, vor einer Kletterhortensie und blickte in verschiedene Fotoapparate. »So, jetzt bitte lächeln, Jonathan!«, drängte sie den Jungen.

»Also wirklich«, rief Jean Ballenger, »dieses Kind sieht Ihrer Frau so ähnlich, es könnte glatt ihres sein! Ist Ihnen die Ähnlichkeit nicht auch schon aufgefallen?«

Sie war ihm aufgefallen. Zwei Paare kornblumenblauer Augen. Zwei Gesichter, auf denen ein gewinnendes Lächeln stand. Zwei Köpfe, die die Farbe von reifem Mais hatten.

»Ich hoffe, Janette kann bald nach Hause kommen.«

»Es wird noch ein Weilchen dauern. Es ist ... sehr schwierig.« Es tat ihm weh, auch nur daran zu denken. Er konnte es kaum ertragen, tiefe Depressionen mit anzusehen; er hatte diese Krankheit jahrelang bei seinem Vater miterlebt.

»Kommen Sie hier herüber«, sagte Sam Fieldwalker, »dann können wir auch ein Foto mit Ihnen machen!«

Cynthia legte die Hand über die Augen und blinzelte in seine Richtung. »Ja, Liebster, komm her, damit einmal festgehalten wird, wie braun du geworden bist.«

Er hasste Fotos von sich selbst, und entsprechend fielen sie auch meistens aus.

Mit leicht törichter Miene legte er den Arm um seine Frau, rückte seine Brille zurecht und spähte in die Kameras.

»Du musst lächeln!«, krähte Jonathan.

»Als Erster da, als Letzter weg!« Otis Bragg schüttelte seinem Gastgeber energisch die Hand. »Sehen Sie nur, sie haben alles verputzt.«

Father Tim blickte in die Tiefen des leeren Garnelenkorbs. »Sie haben einen wunderbaren Beitrag zum Essen geleistet, Otis. Ich kann Ihnen gar nicht genug danken.«

»War mir ein Vergnügen!«, rief er. »Es tut gut, zu

sehen, dass die ganze Gemeinde hergekommen ist. Das macht uns zu einer Familie.«

»Da bin ich nun wirklich ganz Ihrer Meinung. Sie können uns gern jederzeit besuchen, Sie und die liebe Marlene.«

Wie der Rest seiner Herde hatte sein Vermieter und Gemeindemitglied eindeutig einige Eigenschaften, die wenig liebenswert waren. Trotzdem wusste er Otis mehr und mehr zu schätzen; er hatte das seltsame Gefühl, dass er sich auf Otis Bragg verlassen konnte, falls es irgendwann einmal hart auf hart kam.

»Wir sollten demnächst mal eine kleine Spritztour mit Captain Willie machen.« Otis nahm die Zigarre aus dem Mund und betrachtete sie liebevoll. »Gehen Sie manchmal angeln?«

»Ich kann kaum einen Haken von einem Senkblei unterscheiden, aber meine liebe Frau hat mir eine Fahrt auf Captain Willies Boot geschenkt, und es sieht so aus, als bliebe mir nichts anderes übrig, als irgendwann davon Gebrauch zu machen.«

Otis schlug ihm auf den Rücken. »Das wird Ihnen guttun! Die Geistlichkeit hat die Neigung, zu viel nachzudenken, Sie brauchen ein wenig Spaß in Ihrem Leben. Es geht doch nichts über einen schönen, harten Kampf mit einem Blauen Marlin, um einen Mann in Wallung zu bringen!« Otis schlug ihm abermals auf die Schulter. »Rufen Sie mich an, wenn Sie einen Termin ausmachen, dann werde ich versuchen, ebenfalls mitzufahren.«

»Nun …«, sagte er, weil ihm nichts anderes zu sagen einfiel.

»Ich werde uns einen Eimer mit Huhn mitbringen«, erklärte Otis, während er einige Bröckchen kubanischen Tabak in das Kosmeenbeet spuckte.

Während er sich den Aufräumarbeiten in der Küche widmete, trug Cynthia den mittlerweile übermüdeten und überreizten Jonathan durchs Haus auf die hintere Veranda hinaus.

»Mommy! Ich will zu meiner Mommy!«, schluchzte er verzweifelt.

Father Tim stand am Küchenfenster und beobachtete, wie die beiden sich der Vogeltränke im Garten näherten. Seine Frau gab sich alle Mühe, den weinenden Jungen zu trösten und ein wenig abzulenken.

»Ich will zu Babette und Jason!«

»Komm, Jonathan, es ist alles gut. Du wirst deine Mommy schon bald wiedersehen und auch Babette und Jason, das verspreche ich dir. Oh, schau dir mal den Vogel auf dem Zaun an, ich wüsste doch zu gern, was das für einer ist ...«

Sie drückte den Jungen fest an sich, klopfte ihm auf den Rücken, und Father Tim sah, wie der Kleine den Kopf an ihre Schulter legte. Als sie sich zum Haus umdrehte, konnte er auch in ihren Augen Tränen sehen. Seine Frau hatte die natürliche Gabe, »sich mit den Fröhlichen zu freuen und mit den Weinenden zu weinen«, wie der heilige Paulus es den Römern geraten hatte.

Er hob die Hand und winkte den beiden unbeholfen zu, bevor sie aus seinem Blickfeld verschwanden.

Cynthia gewann den Jungen zunehmend lieb, daran konnte kein Zweifel bestehen. Sie hatte nie eigene Kinder haben können; tatsächlich hatte ihr früherer Mann den größten Teil seiner Zeit, wie sie es ausdrückte, damit zugebracht, »mit anderen Frauen Kinder zu machen«. Die Unfruchtbarkeit war ein tiefer Schmerz für sie gewesen, ein Stachel in ihrem Fleisch.

Er beendete den Abwasch, während Cynthia den Jungen noch einmal durch den Garten trug, wie sie es immer machte, wenn der Junge nach seiner Familie weinte. Er hörte, wie sie leise auf ihn einredete, ihm Geschichten erzählte und Lieder vorsang.

Es war eine Folter für alle Beteiligten, dachte er, während Cynthia mit erschöpftem Gesichtsausdruck die Verandatreppe hinaufkam. Nächste Woche würden Babette und Jason gewiss von ihrem Besuch bei einem weiteren Teil der Familie in Beaufort zurückkommen, dann konnten sie sich die beiden für einen Nachmittag ausleihen …

Er stand in der Tür, während Cynthia den Jungen vorsichtig auf seinem Bett niederließ und Barnabas aufsprang und sich vor seine Füße legte.

Er beobachtete, wie sie Jonathan das feuchte, blonde Haar aus der Stirn strich, und sah die unendliche Zärtlichkeit in ihren Augen.

»Was für ein lieber Junge«, flüsterte sie. Dann drehte sie sich um und tätschelte Barnabas.

»Und was für ein lieber Hund!«, sagte sie.

Selbst unerwartet erschöpft, setzte er sich im Arbeitszimmer ans Telefon und wählte Emmas Nummer. »Haben Sie irgendetwas herausgefunden?«

»O Himmel, es gibt Hunderte, vielleicht Tausende von Ed Sikes da draußen, geradeso gut könnte man auch einen Bob Jones oder einen John Smith suchen! Es gibt zwei Ed Sikes drüben in Wesley, einen Edmund und einen Edward, aber Harold kennt alle beide und sagt, sie können unmöglich mit dem Kind irgendeiner Frau davongelaufen sein; einer ist Diakon bei der First Presbyterian Church, und der andere geht mit Harolds Bruder auf Froschjagd.

Außerdem wollen Sie nicht mal wissen, für wie viele verschiedene Namen Ed stehen kann.«

»Wie viele sind es denn?«

»Ich habe im Internet nachgesehen und dreizehn gefunden – Edison, Eddrick, Edgar, Edwin, Eduardo, um nur einige wenige zu nennen. Sie wissen, man findet im Internet alles, Sie sollten sich auch einen Internetanschluss zulegen, das würde Ihnen bei Ihren Predigten helfen; wo Sie doch Sonntag für Sonntag predigen, müssen Sie bestimmt verzweifelt auf der Suche nach neuen Ideen sein ...«

Emma Newland hatte sich wieder einmal über die Little Debbies hergemacht; er erkannte zuckerinduzierte Hysterie, wenn er sie vor sich hatte.

»Also ...«, sagte er auf der Suche nach einem Fluchtweg.

»Also werden Sie es diesmal mit einem anderen Dreh versuchen müssen«, erklärte sie.

Er rief Pauline an.

»Ich hab vergessen, Ihnen etwas zu erzählen«, sagte sie. »Er stammte aus Oregon, oder vielleicht war er gerade auf dem Weg nach Oregon.«

»Hervorragend! Wunderbar!«

»Reverend ...«

»Ja?«

»Ich habe ... es gibt da etwas, das mir wirklich Angst macht.«

»Was macht Ihnen Angst?«

»Nun ... verstehen Sie, ich habe das Gefühl, dass ich all das gar nicht ... verdiene.«

»Was haben Sie Ihrer Meinung nach nicht verdient?«

Sie holte tief Luft. »Dieses ... Glück. Es scheint nicht recht zu sein, dass ich es habe.«

»Bei der Gnade geht es nicht um eigenen Verdienst, Pauline. Wir können uns Gottes Gnade nicht verdienen, es gibt keine Möglichkeit auf Erden, wie wir sie verdienen können. Gnade ist nicht an einen Preis gebunden, und ich glaube so sicher, wie ich hier sitze, dass er Sie beide zusammengebracht hat. Lieben Sie Buck?«

»Mehr als alles andere auf der Welt. Es ist nur … eben mehr, als ich sagen kann. Er ist so gut zu mir und zu den Kindern, er ist … es bekommt sonst niemand zu sehen, aber er hat ein gütiges Herz.«

»Das weiß ich.«

»Ich bete nur, dass alles gut wird. Ich habe dem Herrn versprochen, dass ich hart arbeiten werde.«

»Das werden Sie auch müssen«, erwiderte er. Warum sollte er nicht die Wahrheit sagen?

»Ich danke Ihnen, Reverend. Es hilft mir immer, wenn wir miteinander reden. Ich fühle mich schon besser.«

»Fällt Ihnen sonst noch irgend etwas ein? Irgendetwas, was Ed Sikes betrifft?«

»Ich habe darum gebetet, dass mir noch etwas einfällt, aber da ist nur noch eine Sache, an die ich mich erinnern kann.«

»Ja?« Er beugte sich auf dem Stuhl vor.

»Ihm gingen vorne die Haare aus.«

Wem geht das nicht so, dachte er.

Er rief noch einmal bei Emma an.

»Oregon«, sagte er. »Geben Sie Ed Sikes in Oregon ein. Vielleicht finden wir ja bald eine Spur.«

»Sie sollten sich von Ihrer Kirche einen Internetanschluss einrichten lassen«, sagte sie verschnupft. »Vor allem, da sie Ihnen keine Sekretärin geben, finde ich, sie könnten Ihnen wenigstens …«

»Emma, wissen Sie noch, wie Sie geholfen haben, Jessie zu finden? Wenn Sie nicht gewesen wären, wäre Dooleys kleine Schwester vielleicht immer noch verschollen.«

»Das ist wahr!«, sagte sie und klang schon ein wenig munterer. »Also schön, ich mache mich an die Arbeit, sobald Harold und ich nach Atlanta fahren; wir werden uns Avis Packards Wohnmobil leihen, Sie wissen ja, dass er es nie benutzt, es steht einfach nur in seiner Einfahrt und verliert Luft aus den Reifen, weil Avis die ganze Zeit arbeitet; er ist der einzige Mann, den ich kenne, der sich mehr für Roastbeef interessiert als die Frauen.

Sie und Cynthia sollten sich ein Wohnmobil anschaffen, es würde Ihnen guttun, Ihre Sorgen in den Wind zu schreiben, schließlich sind Sie doch Rentner. Wenn Harold in Rente geht, werden wir tun, was uns gefällt, und was sonst keine Menschenseele weiß, er hat noch sechs Jahre bei der Post vor sich, dann gehen wir vielleicht nach Hawai oder Alaska, vielleicht sogar nach Dollywood, haben Sie sie jemals singen hören, ich meine, haben Sie wirklich zugehört? Sie ist sehr talentiert, ich weiß, Sie mögen Bach und Mozart, aber sie könnten wenigstens mal versuchen, sich ab und zu auf das wirkliche Leben einzulassen. Sie haben ja keine Ahnung, was sie da versäumen ...«

Grob gesagt, schätze er, dass der Zuckerinhalt einer Schachtel Little Debbies die Macht besaß, den menschlichen Körper für mindestens acht Stunden auf Hochtouren laufen zu lassen.

Warum gerade der Engel? Er kam einfach nicht dahinter, wer in das gelbe Haus eingedrungen sein mochte, und er fragte sich nur, warum derjenige nur den Engel mitgenommen hatte und sonst nichts.

Wenn er der Dieb gewesen wäre, hätte er die Bücher gestohlen. Bücher schienen sich keiner großen Beliebtheit zu erfreuen. Diebe mochten Silber, Fernsehapparate und Schmuck, und doch war nichts von alledem angerührt worden.

Höchst verwirrend. Wann immer er darüber nachdachte, hatte er das Gefühl, als habe ihm jemand die Schädeldecke abgenommen und gekochtes Hafermehl hineingegossen.

Kein Wort von Rodney, aber er wollte ihn nicht anrufen und unter diesem Topf noch mehr Feuer machen, als er es bereits getan hatte.

Er sah auf seine Armbanduhr. Viertel nach sechs, und die Sonne ging langsam unter. Ihm war nicht nach Joggen zumute – vielleicht würde er stattdessen einen langen Spaziergang mit Barnabas machen. Wenn sie einen der Babysitter behalten hätten, hätte er seine Frau vielleicht dazu überreden können mitzukommen …

Er trottete in Shorts und einem Golfhemd die Treppe hinunter, erstaunt darüber, dass alle Hinweise auf das fröhliche Fest verschwunden waren, dass ein wunderschöner Augenblick im Leben von zweiundvierzig Menschen jetzt der Geschichte angehörte – und kaum mehr Spuren im Garten hinterlassen hatte als die Abdrücke der Klappstühle.

Er schloss das Tor hinter sich und verfiel, mit Barnabas an der roten Leine, in einen leichten Laufschritt. Vielleicht würde er bei Ernie vorbeimarschieren, sich links von St. John's halten, dann an dem kleinen, grauen Haus noch einmal links abbiegen und vorbei am Vordertor von Morris Love nach Hause zurückkehren.

Siebzig, wahrhaftig, dachte er, während er die schmale Straße hinaufschnaufte.

Sie lenkten ihre Schritte gerade wieder in Richtung Heimat, als das fetteste, glänzendste Eichhörnchen, das er je auf Whitecap gesehen hatte, vor ihnen quer über die Straße sprang. Die Leine wurde ihm praktisch aus der Hand gerissen, als Barnabas mit fliegender Mähne dem Geschöpf nachjagte.

»Barnabas!«, sein Hund machte sechzig Meilen die Stunde und stürmte mit mörderischem Gebell auf das verrostete Eisentor vom Morris Love zu, nur um blitzartig darunter durchzukriechen.

»Barnabas! Komm her!«

Taub wie ein Türknauf, wie jeder Hund, der hinter einem Kaninchen herjagte ...

Keuchend blieb er am Tor stehen und untersuchte es. Abgeschlossen. Ganz zu schweigen davon, dass es verrostet war. »Barnabas! Komm sofort her!«

Er wischte sich den Schweiß aus den Augen und sah seinen Hund in einem Gebüsch verschwinden – nein, es war eine Loggia auf der linken Seite des Hauses, die man durch die Bäume kaum erkennen konnte. Das wütende Gebell ging ungebrochen weiter.

Er stieß einen lauten Pfiff aus. Verflixt und zugenäht, seine Frau konnte besser pfeifen als er. Sie konnte einen grünen Apfel vom Baum herunterpfeifen.

Weiteres Gebell. Weiteres Pfeifen.

Was, wenn Barnabas das Grundstück der Loves überquerte und durch den Zaun auf der anderen Seite kroch, hinaus auf die Straße? Er behielt seinen Hund nicht umsonst ständig an der Leine. Hatte nicht der mieseste kleine Drogenhändler vom Creek in Mitford Barnabas gestohlen und ihn wochenlang halb verhungert an einem Pfosten gekettet gehalten?

Er hielt sich mit beiden Händen an der Mauerkrone

fest, fand in der rauen Oberfläche des Steins Halt für seinen Fuß und schaffte es, sich hochzuziehen, über die Mauer zu klettern und mit einem dumpfen Aufprall neben der überwucherten Einfahrt zu landen.

Einen Moment lang stand er, immer noch atemlos, da und sah sich um.

Er hatte eine fremde Welt betreten.

Obwohl er nur wenige Zentimeter hinter dem Tor stand, wenige Schritte von der Straße entfernt, und nur Meter von Dove Cottage, war er nicht länger auf Whitecap.

Er befand sich buchstäblich in einem Dschungel.

Die Pflanzenwelt hatte hier die Dichte eines Regenwalds, mit Bäumen und Sträuchern, wie er sie noch nie zuvor gesehen hatte, bis auf eine riesige, von einem lange zurückliegenden Unwetter verwüstete Eiche. Es hätte ihn nicht überrascht, Affen zu hören oder das Trompeten eines Elefanten …

Er blieb wie angewurzelt stehen. Es war kühl hier und still, seltsam still. Er hörte seinen eigenen gequälten Atem und dachte wieder an seinen streunenden Hund.

»Barnabas!«

Zur Antwort kam ein Krachen im Unterholz zu seiner Linken und neuerliches wildes Gebell.

»Komm! Komm her, alter Knabe!«

Barnabas schoss durch die von Weinreben umschlungene Hecke auf die Einfahrt hinaus, warf ihm einen eigenartigen Blick zu, machte dann kehrt und rannte auf das Haus zu.

Auch er rannte, stürmte mit langen Sätzen über die grasbewachsene Einfahrt, bis das Haus endgültig in Sicht kam.

Spanisch. Stuck. Ziegeldach. Moos, das in dicken, üppigen Flecken an den Wänden der Loggia oder des Portikus wuchs; Kletterpflanzen, die das halbe Haus bedeckten; die glatten, abgewetzten Wurzeln eines riesigen Baums, die von einer niedrigen halbkreisförmigen Steinmauer eingefasst waren.

Er sah zu den Fenstern hinüber, die nur mit einem leeren, vorhanglosen Blick antworteten.

»Barnabas!«, zischte er.

Verflixt und zugenäht, da kam Barnabas um die rechte Seite des Hauses herumgelaufen und galoppierte wie ein Pferd hinter dem nächsten Eichhörnchen her, das um sein Leben floh – durch ein anderes Eisentor an einem hinter dichten Pflanzen fast unsichtbar gewordenen Nebengebäude.

Genug war genug, Himmel noch mal. Die Party war vorbei.

Er stürzte hinter seinem Hund her, während das Eichhörnchen durch das geöffnete Tor flitzte, dicht gefolgt von Barnabas, dessen langes Haar sich an dem verrosteten Eisen verfing, sodass das Tor hinter ihm zufiel.

Als es mit einem Klirren ins Schloss fiel, verharrte Father Tim einen Moment lang und schluckte seine Wut hinunter.

Es war ein großer alter Hundezwinger, überwuchert mit ungepflegten Büschen und Gräsern. Das Eichhörnchen huschte über die hintere Mauer davon, und Barnabas saß jetzt am Ende des Zwingers fest und bellte seinen ohnmächtigen Zorn heraus.

Father Tim rüttelte am Tor, das verschlossen zu sein schien. Er hatte noch nie zuvor eine so merkwürdige Vorrichtung an einem Tor gesehen, und der Rost machte die Sache auch nicht besser. Zum Teufel! Er schlug mit der flachen Hand gegen das Eisen und riss sich die Haut auf, dass es blutete.

Er hätte seinen Hund, der sich jetzt mit einem Ausdruck törichten Bedauerns zu ihm umwandte, mit Freuden den Hals umdrehen können. »Komm her«, stieß er mit zusammengebissenen Zähnen hervor.

Barnabas, dessen Adrenalinstoß offensichtlich am Abklingen war, kam langsam und mit gesenktem Kopf auf das Tor zu.

Sein Herrchen schlug abermals gegen das Tor, wiederholte das Lieblingsschimpfwort seines Schulfreunds Tommy Noles und verpasste dem elenden Ding obendrein noch einen kräftigen Tritt.

»Raus!«

Er hörte das Brüllen, als käme es durch einen Lautsprecher.

»Raus!«

Er bekam eine Gänsehaut. »Mr Love«, rief er ins Leere, »mein Hund ist in Ihrem Zwinger eingesperrt, und ich habe keine Ahnung, wie ich ihn rausbekommen soll.«

»Sie waren ein Narr, dass Sie ihn überhaupt reingelassen haben«, knurrte Morris Love.

Father Tim blickte zu einem der oberen Fenster, aus dem, wie er glaubte, die Stimme kam, konnte aber niemanden entdecken.

»Ich habe ihn nicht reingelassen. Er ist von selbst hineingelaufen, auf der Jagd nach einem Eichhörnchen!« Er zitterte jetzt beinahe vor Hilflosigkeit, und plötzlich war er wütend auf den Mann, der sich weigerte, sich zu zeigen, geschweige denn auch nur ein Mindestmaß an menschlicher Gastfreundschaft an den Tag legen.

»Nehmen Sie den Splint raus«, schrie Morris Love.

Er zog den Splint heraus. Wer immer dieses Ding zusammengesetzt hatte, sollte sich mal den Kopf untersuchen lassen …

»Schieben Sie den Riegel nach rechts!«

Er riss ihn nach rechts. Nichts. Tot. Ganz zu schweigen davon, dass irgendetwas seine Beine bei lebendigem Leib auffraß.

Er war außer sich vor Zorn. Er hatte das Gefühl, als könnte er das Tor mit bloßen Händen zerreißen wie dereinst Samson und es in das hohe Gras schleudern. Sein Blutdruck war wahrscheinlich schon auf halbem Weg zum Mond.

»Es funktioniert nicht!«, rief er und schlug nach seinen zerstochenen Beinen.

»Es funktioniert, Reverend, es hat immer funktioniert. Sie dürfen nicht drücken, wenn Sie den Riegel nach rechts schieben!«

Morris Love konnte mit diesem gewaltigen Gebrüll Tote wecken, als spräche er durch die Pfeifen seiner Orgel. Father Tim versuchte es noch einmal, diesmal ohne zu drücken. Das Tor öffnete sich so mühelos, als sei es soeben erst vom Fließband gerollt.

Er stieß einen Seufzer der Erleichterung aus und wischte sich mit dem Saum seines T-Shirts die Stirn ab. Zum Teufel, was für ein Durcheinander.

Den Schwanz zwischen den Beinen, folgte ihm sein Hund zum Haus hinüber.

»Vielen Dank!«, rief er zu dem geöffneten Fenster hinauf. »Wir werden versuchen, Ihnen nicht noch einmal zur Last zu fallen.«

Schweigen.

Als sie auf die Einfahrt kamen, versetzte er einer der knorrigen Wurzeln einen ungeduldigen Tritt.

»Leb wohl und auf Nimmerwiedersehen«, murmelte er leise.

Jetzt besaß die Ente einen Teil ihres zweiten Flügels.

Er nahm sie vorsichtig in die Hand und bewunderte die lebensechte Schönheit des sich langsam aus dem Holz schälenden Geschöpfs.

»Kann man Ihre Schnitzereien … kaufen?«, fragte er Roger.

»O ja. Ich habe schon seit einer ganzen Weile keine mehr für mich behalten.«

»Und über welche Summe reden wir da, ungefähr?« Vier- vielleicht fünfhundert, dachte er, und der Preis war durchaus gerechtfertigt!

Rogers braune Augen blitzten, wie sie es oft taten, wenn er von seiner Kunst sprach. »Für diese da werde ich wahrscheinlich um die fünfzehnhundert verlangen.«

Er gab Roger die Ente zurück und hoffte, dass man ihm die Eile, mit der das tat, nicht anmerkte.

Ernie ließ sich auf einen Stuhl an ihrem Tisch fallen. »Junior hat sich einen Korb geholt«, sagte er und wirkte ausgesprochen niedergeschmettert. »Wie? Von wem?«

»Ava. Sie will nicht mit ihm ausgehen, erlaubt ihm nicht mal, ihren Daddy kennen zu lernen.«

»Das gefällt mir aber gar nicht.«

»Wenn Sie mich fragen«, sagte Ernie, »waren es diese Fotos, die ihm das Genick gebrochen haben. Junior sieht besser aus, als es auf diesen Fotos rauskommt.«

Roanoke nahm eine Zigarette hinter seinem Ohr hervor. »Sein Fisch ist vom Haken freigekommen.«

Ernie seufzte. »Wir könnten ihn noch einmal mit einem besseren Apparat fotografieren. Ich könnte mir einen vom *Whitecap Reader* besorgen, ich glaube, die benutzen Nike.«

»Nikon«, sagte Roger, ohne aufzublicken.

»Er sollte noch einmal eine neue Anzeige aufgeben«, meinte Roanoke. »Die Sache mit dem Bronco weglassen, die Sache mit dem Scrabble weglassen, das Angeln drinlassen und die Geschichte mit der ernsten Beziehung etwas aufpäppeln …«

»Er will keine neue Anzeige aufgeben«, sagte Ernie. »Er will nicht noch einmal von vorn anfangen, er will sich mit Ava treffen.«

»Was hat er ihr denn in seinem Brief geschrieben? Vielleicht ist das ja des Rätsels Lösung.«

»Keine Ahnung. Ich habe versucht, ihm zu sagen, was er schreiben soll, aber wer weiß?« Ernie zuckte mit untröstlicher Miene die Achseln.

Für eine Weile war das Kratzen von Rogers Messer auf dem Tupeloholz das einzige Geräusch im Raum.

Er warf seinen Becher in den Abfalleimer neben dem Pepsiautomaten und angelte etwas Kleingeld aus seiner Shortstasche, dann gab er Ernie fünfzig Cent für den *Reader.*

Roanoke war auf seinem Fahrrad davongefahren, Roger ging mit Lucas Gassi, und Father Tim kam zu dem Schluss, dass sich ihm eine bessere Gelegenheit nicht bieten würde.

»Ernie«, sagte er, »erzählen Sie mir alles, was Sie über Morris Love wissen.«

13 Mächtige Wasser

Er war zehn Minuten vor dem Wecker wach und hörte durch das geöffnete Fenster sofort das leichte Klatschen von Regen.

»Timothy?«

»Ja?«

»Es ist vier Uhr.«

»Zehn vor. Schlaf wieder ein.«

»Du wirst dich wunderbar amüsieren, ich weiß es einfach.«

»Ganz bestimmt. Und denk daran – mach kein Abendessen. Ich bringe es mit nach Hause.«

»Natürlich, Liebling. Ich bin schon ganz aufgeregt …«

Kaum dass sie das gesagt hatte, schnarchte sie bereits wieder. Er küsste sie auf die Schulter und stahl sich aus dem Bett.

Er war es gewohnt, früh aufzustehen, aber vier Uhr war einfach lächerlich, ganz zu schweigen davon, dass er, wie sehr er sich auch bemühte, keinerlei Vorfreude auf diese Fahrt aufbringen konnte.

Er hatte sich alles an Anglerlatein und Seemannsgarn angehört, was man ihm vorgesponnen hatte, und dabei versucht, seinen ausdruckslosen Blick mit echtem Interesse zu bemänteln. Nun ja, die ganze Angelegenheit würde sich gewiss als angenehme Überraschung für ihn entpuppen – er würde mit einer Kühltasche voller Thunfisch zurückkehren, sonnengebräunt und energiegeladen von einem Tag auf dem Wasser, ein Seemannsliedchen auf den Lippen.

Es bestand durchaus die Chance – und dies war ein Nebenprodukt des Ganzen, das man nicht auf die leichte Schulter nehmen durfte –, dass das Erlebnis sogar seinen Predigten einen frischen Wind einhauchen würde, ganz zu schweigen davon, dass es ihm das Denken und Fühlen seiner Gemeinde näherbringen würde. Schließlich lebte er jetzt seit drei Monaten hier, und er hatte in dieser Zeit praktisch nichts getan, das er nicht auch in Mitford hätte tun können, außer ein paar Moskitos totzuschlagen und die Pfoten seines Hundes von Sandflöhen zu befreien.

Er zog sich im Badezimmer hastig an, putzte sich die Zähne, spritzte sich etwas Wasser ins Gesicht und stürzte in die Küche, um eine Tasse Kaffee hinunterzukippen, die er am Abend zuvor in den Kühlschrank gestellt hatte, in der Annahme, dass kaltes Koffein immer noch besser sein würde als gar keines.

Er packte sich sein Mittagessen in eine Segeltuchtasche, nachdem er den Gedanken an Brathuhn völlig beiseitegeschoben hatte. Wo man um alles in der Welt um vier Uhr morgens ein Brathuhn auftreiben sollte, ging über seinen Begriff. Er packte reichlich Wasserflaschen ein und zwei Citrusdrinks. Keine Zeit zu essen, das würde er auf dem Schiff tun, jetzt wollte er vor allem nur noch weg.

Sein Hund folgte ihm durch den Flur, ließ sich vor die Haustür plumpsen und stieß ein mächtiges Gähnen aus. »Du bewachst das Haus, alter Knabe.«

Pechschwarze Dunkelheit. Er zog die Tür hinter sich zu, drehte den Schlüssel um und klopfte auf seine Jackentaschen. Der zusammengerollte Hut aus Segeltuch, die Flasche mit dem Sonnenschutzmittel. Alles da.

Er blieb einen Moment auf der Veranda stehen und

atmete tief die kühle Morgenluft ein; sie roch nach Regen und Salz, nach irgendetwas, das sich auf rätselhafte Weise seiner Kenntnis entzog. Er glaubte nicht, dass er das Meer jemals wieder als selbstverständlich betrachten würde. Tag für Tag spürte er seine Macht und Gegenwart in dieser neuen Welt, in der sie jetzt lebten.

Vor vielen Jahren, als junger Geistlicher in einer kleinen Küstengemeinde, hatte das Wasser ihm nichts bedeutet; es war kaum in seinen Geist vorgedrungen. Ebenso gut hätte er im Mittleren Westen leben können, so wenig hatte er sich für alles Maritime interessiert, bis auf mehrere Scheffel Garnelen und Muscheln, die er während seines Kurats verzehrt hatte. Sein Geist und sein Herz waren anderswo gewesen, in den Wolken vielleicht; aber jetzt lagen die Dinge anders. Obwohl er nichts davon hielt, im Meer zu schwimmen oder sich am Strand grillen zu lassen, trat er diesmal mit den Dingen in Verbindung, etwas, das er nicht recht in Worte zu fassen wusste – und wozu auch?

Er ging durch den angenehm kühlen Regen die Vordertreppe hinunter, öffnete das Tor und stieg in den Mustang, der am Straßenrand wartete.

Ich fahre angeln!, dachte er, während er sich anschnallte. Er hatte sich Sorgen gemacht wegen dieser Fahrt, als handle es sich um eine Exkursion in die Äußere Mongolei, aber so weit, so gut. Und man stelle sich nur vor – es gab Tausende, wahrscheinlich sogar Millionen von Menschen, die alles darum geben würden, an seiner Stelle zu sein.

Es war noch dunkel, als er den Bootshafen fand, in dem die Charterboote am Kai festgemacht waren wie Pferde, die darauf warteten, gesattelt zu werden.

Er bog auf den fast vollen Parkplatz ein, nahm seine Ausrüstung aus dem Kofferraum, schloss den Wagen ab und spähte dann in das schummrige Licht. Einige Männer schleppten Kühlkisten in der Größe von Särgen aus Lieferwagen und Autos heran, begrüßten einander laut, lachten und schlugen Türen zu.

Mehr als einmal hatte er gehört, dass Charterboote auch Partyboote genannt wurden, und er hoffte inbrünstig, dass es sich nicht um einen Ausflug dieser Art handelte.

Es regnete jetzt ein wenig heftiger, aber noch keineswegs besorgniserregend. Er wischte sich mit der Mütze den Kopf ab und steckte sie sich wieder in die Tasche, bevor er einen Blick auf seine Armbanduhr warf. Punkt fünf Uhr.

Er wuchtete die Kühltasche hoch und machte sich auf den Weg, wobei er Ausschau nach der *Blue Heaven* hielt und versuchte, das Gefühl zu überwinden, dass er eigentlich noch in seinem Bett lag und schlief und dies alles nur ein Traum war.

Ein Mann, der stark nach Tabak und Rasierwasser roch, tauchte plötzlich aus dem grauen Nebel an seiner Seite auf.

»Morgen, Reverend! Lassen Sie uns angeln gehen!«

»Otis? Sind Sie das?«

»Captain Willie hat mir gesagt, dass Sie heute an Bord sein würden. Ich wollte nicht, dass Sie den ganzen Spaß für sich allein haben.«

Otis schleppte eine Kühltasche mit einem fluoreszierenden Etikett, dessen Aufschrift selbst im trüben Licht der Dämmerung leserlich war: *Bragg – für alles aus Zement.*

Ein bronzebrauner, bärtiger Captain Willie stand,

angetan mit Shorts und T-Shirt, an Deck und donnerte ihnen seinen Willkommensgruß entgegen.

»Father Timothy! Einen guten Morgen wünsche ich Ihnen, und wir freuen uns, Sie an Bord zu haben!« Im nächsten Moment schüttelte Tim eine Hand, die so groß war wie ein Schinken und so hart wie ein Stein. »Geben Sie mir erst einmal Ihre Tasche, und dann gehen Sie vorsichtig über die Planke. So, und nun herzlich willkommen an Bord der *Blue Heaven*.«

»Guten Morgen, Captain. Wie sieht das Wetter aus?« Es kam ihm so vor, als schlingerte das Boot ziemlich heftig im Wasser, und dabei waren sie noch nicht einmal losgefahren.

»Es wird später aufklaren, sodass uns ein wunderbarer Angeltag bevorsteht.« Captain Willie lächelte freundlich und entblößte dabei zwei Goldzähne. »Darf ich Sie mit meinem ersten Maat bekannt machen? Pete Brady.«

Er schüttelte einem muskulösen Mann von etwa dreißig Jahren die Hand. »Freut mich, Sie kennen zu lernen, Pete.«

»Ja, Sir, willkommen an Bord.«

»Ist dies das erste Mal für Sie?«, fragte der Captain.

»Das allererste Mal.«

»Nun, dann haben Sie hier einen Angelprofi an der Seite.«

Er schlug Otis auf den Rücken. »Gehen Sie in die Kabine, stellen Sie Ihre Sachen weg, und fühlen Sie sich ganz wie zu Hause. Und, Reverend …«

»Ja?«

»Würden Sie uns die Freude machen und heute Morgen die Flotte segnen?«

»Ah … wie genau soll das vonstatten gehen?«

»Alle Boote fahren ungefähr zur gleichen Zeit raus,

und wenn die Sonne aufgeht, werden Sie auf die Brücke kommen und den Herrn um eine sichere Fahrt und einen reichen Fischzug bitten. Die anderen Boote können Sie über Funk hören.«

»Das mache ich gern!«, sagte er, und eine Woge der Erregung stieg in ihm auf.

»Wir werden Sie auch um einige persönliche Gebete bitten; in den letzten Tagen haben wir zum Beispiel alle für Captain Tuckers Tochter gebetet, die Leukämie hat.«

»Das tut mir leid. Es wird mir eine Ehre sein, Ihre Bitte zu erfüllen.«

»Vielen Dank. Jetzt gehen Sie hinein, machen Sie sich mit den anderen bekannt, und fühlen Sie sich wie zu Hause.«

Father Tim schob den Kopf in die Kabine.

Ernie Fulcher, der mit einer grünen Kühltasche zwischen den Füßen dasaß, riss die Hand hoch und grinste von einem Ohr zum andern. »Wir wollten nicht, dass Sie das erste Mal ganz allein rausfahren müssen.«

»Stimmt«, meldete Roger sich zu Wort, dem es offensichtlich ein wenig peinlich war, sich aufzudrängen. »Wir dachten, Sie hätten vielleicht gern ein wenig Gesellschaft.«

Madge Parrot und ihre Freundin, Sybil Huffman, schienen eher für eine Kreuzfahrt auf den Bahamas gekleidet zu sein. Sie verkündeten mit unüberhörbarem Stolz, dass sie aus Rome, Georgia, kämen und dass dies ihre erste Angelfahrt sei. Sie seien wegen der Marline mitgekommen, würden sich jedoch, wenn nötig, mit Thunfischen begnügen, aber keine Delfine, vielen Dank, sie hätten gehört, dass Delfine singen könnten und Gefühle hätten wie Menschen.

Beide waren Witwen, deren Männer große Angler gewesen waren, und bei diesem Ausflug ging es ihnen darum, eine Verbindung zu den Verblichenen herzustellen, da Chuck und Roy stets behauptet hatten, das Hochseeangeln sei das Größte nach der Erfindung der Bratkartoffeln. Madge gestand, dass sie und Sybil zwar kein Bier tränken, sie aber nicht einsähen, warum sie nicht genauso gut Fische fangen könnten wie jeder andere auch.

Wie er feststellte, teilten die Mitglieder der Gruppe das Bedürfnis, zu erklären, was sie in ihren Kühltaschen hatten. Einige von ihnen hoben sogar den Deckel ihrer Tasche, zeigten den Inhalt vor und forderten die anderen herzlich dazu auf, sich jederzeit von ihrem Proviant zu bedienen.

»Wenn Ihnen die Drinks ausgehen, ich und Roger haben alles dabei, was man sich wünschen kann«, sagte Ernie und klopfte auf eine Kühltasche, die so groß wie ein Buick war. »Wir haben Sun-drop, Mello Yello, Sprite, bedienen Sie sich einfach.«

»Außerdem haben wir Schinken und Truthahn auf Roggenbrot«, fügte Roger hinzu. »Ich habe zwei Brote extra gemacht, nur für den Fall des Falles, und gebratenes Huhn habe ich auch.«

Alle Anwesenden nickten dankend, dann begannen auch schon die Motoren zu dröhnen. Father Tim selbst schwieg sich über den Inhalt seiner Kühltasche aus – zwei Bananensandwiches auf Weißbrot mit fettarmer Mayonnaise.

»Falls irgendjemand Sonnencreme braucht«, sagte Madge, »wir haben jede Menge davon dabei. Ich habe eine Tube griffbereit in meiner Jackentasche.« Sie deutete auf eine blaue Jacke, die auf einem der Sitzplätze lag, sodass jeder wusste, wo er in einem Notfall zu suchen hatte.

»Und ich habe Bonine«, bemerkte Sybil, »falls jemand seekrank wird.« Sie hielt ihr Päckchen in die Höhe und ließ den Inhalt klappern.

»Sind Sie schon mal seekrank gewesen?«, fragte Madge Father Tim.

»Noch nie!«, sagte er. In Wahrheit war er bisher nur wenige Male auf See gewesen und dann immer in Sichtweite des Ufers, sodass er unmöglich hätte seekrank werden können. Was den heutigen Tag betraf, da hatte er getan, was Ernie und Roger ihm so dringend empfohlen hatten – er war nüchtern geblieben, hatte in der Nacht vorher ordentlich geschlafen und nichts Fettes gefrühstückt.

»Nur zwölf Prozent der Menschen werden seekrank«, sagte Roger und zitierte damit die optimistischste Information, die er zu dem Thema beizusteuern hatte.

Ernie nahm den Deckel von seiner Kühltasche. »Oh, falls jemand Snickersriegel möchte, sie liegen hier oben, gleich auf dem Eis. Es geht doch nichts über ein gefrorenes Snickers.«

Madge und Sybil gaben zu, dass sie noch nie von den Vorzügen gefrorener Snickersriegel gehört hatten, sich aber vorstellen könnten, dass sie köstlich wären, vor allem an einem heißen Tag. Sybil versprach, einen zu essen, bevor der Ausflug zu Ende ging.

Otis verkündete, dass er gern bereit sei, seine Kentucky Fried mit den anderen zu teilen, sie wüssten ja, wo sie zu finden seien. Außerdem hatte er Zigarren dabei, Jonny Walker Black, und Erdnüsse.

Father Tim hatte noch nie erlebt, dass sich so schnell eine Gemeinschaft bildete. Einen Moment lang fühlte er sich inspiriert, aufzustehen und ein Kirchenlied anzustimmen.

Captain Willie jagte die Motoren hoch, und das Heck der *Blue Heaven* senkte sich tief ins Wasser, während sie sich vom Kai entfernten – mit Höchstgeschwindigkeit, so kam es Father Tim jedenfalls vor. Als Nächstes stellte er fest, dass er nicht genau wusste, ob er gern rückwärts fuhr. Außerdem schien die See mächtig rau zu sein.

Sogar ganz abscheulich rau, dachte er, während sie tiefer in den unablässigen Regen hineinfuhren. Er sah sich in der kleinen Kabine um, in der alle anderen mit bemerkenswerter Lässigkeit darauf reagierten, dass sie herumgeworfen wurden wie Würfel in einem Becher. Alle klammerten sich an irgendetwas fest, das sie gerade zu fassen bekamen, und versuchten, das Tosen von achthundertfünfzig Pferdestärken zu übertönen.

Otis Bragg fand es offenkundig ungemein schmeichelhaft, zwei Frauen an Bord zu haben, die absolute Angellaien waren. Er hatte bereits einen Vortrag darüber begonnen, wie man den Daumen auf der Angelrute zu halten habe, dass man überdies den Mund halten und die Füße auf eine bestimmte Weise stellen müsse, wenn man einen großen Fisch einholte. Father Tim lauschte, so aufmerksam er konnte, dann lehnte er sich schließlich auf der gepolsterten Bank zurück und spähte durch die Tür der Kabine.

Da draußen gab es Regen, schäumendes Wasser und Dieselqualm. Hier drin gab es ohrenbetäubenden Lärm und die schlimmste Fahrt, die er erlebt hatte, seit Tommy Noles ihn in einem roten Wagen ohne Deichsel einen Hügel hinuntergeschubst hatte.

Die Sonne tauchte aus dem Wasser auf und warf Licht und Farbflecken auf das silberne Meer.

Pete Brady kam mit einem tropfnassen Köderhecht

in der Hand in die Kabine. »Sie sollten jetzt mit auf die Brücke kommen, Sir. Und es wird besser sein, wenn Sie ihre Jacke anziehen.«

»In Ordnung!«, sagte er. Er war froh darüber, aus der Kabine herauszukommen; erst einen Augenblick zuvor hatte er das eigenartige Gefühl gehabt, zu wenig Luft ...

Er stand auf, hielt sich an dem Tisch fest, der am Deck festgemacht war, dann tastete er sich langsam zur Tür vor und betete, dass er Madge Parrott nicht auf den Schoß fallen möge.

»Sagen Sie dem Allmächtigen, dass wir gern Fische fangen würden, die fünfzig Pfund und mehr wiegen, wenn es Ihm nichts ausmacht.« Otis kaute an seiner Zigarre und grinste.

Father Tim klammerte sich am Türknauf fest. »Wie komme ich auf die Brücke?«, fragte er Pete.

Der erste Maat, der anscheinend damit beschäftigt war, die Eingeweide aus dem Köderfisch zu quetschen, deutete mit dem Daumen auf die Seite der Kabine. »Sie müssen die Leiter da rauf.«

Er sah sich um und entdeckte die Leiter. Die Sprossen befanden sich unmittelbar über dem Wasser und führten geradewegs in die Höhe. Drei, vier, fünf ...

»Diese Leiter?«

»Ja, Sir, und sehen Sie zu, dass Sie sich gut festhalten.«

Er spähte auf das schwarze, brodelnde Meer und machte einige schnelle Schritte auf einen Stuhl zu, der fest im Cockpit verankert war. Pete hatte nicht die geringste Mühe, sich auf Deck zu bewegen, aber Timothy hatte das sichere Gefühl, dass er, wenn er den Stuhl losließ, irgendwann am Leuchtturm Currituck angeschwemmt werden würde.

Er drehte sich um und machte einen Satz auf die unterste Sprosse der Leiter zu, verfehlte sie jedoch und prallte gegen die Reling. Zu erschrocken, um sich festzuhalten, taumelte er gegen die Kabinenwand, bis es ihm endlich gelang, die unterste Sprosse zu fassen zu bekommen. Gott sei Dank machte Pete gerade einen Köder fertig und blickte aufs Wasser hinaus, und seine Reisegefährten bemerkten nichts von seinen Leiden.

Herr Jesus, ich habe so etwas noch nie gemacht. Du dagegen hast viel Zeit am Wasser verbracht, und ich verlasse mich darauf, dass Du mir helfen wirst, das hier zu schaffen.

Er griff nach einer oberen Sprosse und fand tatsächlich Halt.

Die Gischt flog durch die Luft, die Wellen brodelten, die Sonne ging auf ... Es hieß, jetzt oder nie. Er zog sich auf die Leiter und kletterte hinauf, wobei er vergeblich versuchte, seine Tennisschuhe um die Sprossen zu schmiegen wie Brötchen um heiße Würstchen.

Er zog sich auf die Brücke hinauf, umklammerte die Reling und hielt einen Moment lang ehrfürchtig inne. Der Ausblick von der Brücke raubte ihm buchstäblich den Atem.

Wie konnte irgendein Mensch die Wahrheit dessen bezweifeln, was der Psalmist sagte: »Die Himmel rühmen die Herrlichkeit Gottes, vom Werk seiner Hände kündet das Firmament.« Am liebsten hätte er einen grandiosen Lobgesang angestimmt.

Sein Hemd peitschte ihm wie eine Flagge um den Körper; seine Knie zitterten. Dieses Boot flog förmlich, und unter ihren Füßen wogte die endlose, aufgewühlte See, während der Sonnenaufgang dramatische Flammenzungen an den Himmel warf.

Dies musste die Wohnstatt der Engel sein und das Leben in der Kabine etwas, für das man nur Erbarmen haben konnte.

Er taumelte zum Steuerrad hinüber, wo Captain Willie mit einem Mikrofon in der Hand stand, und hielt sich an der Lehne des Stuhls fest, auf dem der Rudergänger saß.

»Wir freuen uns, Sie bei uns zu haben, Reverend! Die ganze Flotte lässt Sie an diesem wunderschönen Septembertag herzlich grüßen!«

Als er den Mund öffnete, um zu sprechen, schlingerte sein Magen auf höchst eigenartige Weise, daher klappte er den Mund wieder zu.

Der Captain zwinkerte. »Ein bisschen kabbelig ist es heute Morgen.«

Er nickte.

»Wir haben eine steile See von vorn.«

Ihm stand der Schweiß auf der Stirn, als der Captain schließlich in sein Mikrofon sprach.

»Wir sind mächtig froh, Father Tim Kavanagh bei uns zu haben, der heute Morgen mit uns beten wird. Er kommt aus Whitecap, wo Toby Rider seinen Bootsladen hat. Wer eine Fürbitte vorbringen möchte, hat jetzt dazu Gelegenheit.«

Das Funkgerät plärrte los. »Reverend, mein kleiner Sohn ist am Sonntag von einer Leiter gefallen, er liegt im Krankenhaus, und es sieht so aus, als würde alles wieder in Ordnung kommen, aber … er heißt Danny. Vielen Dank.«

»Bitte, beten Sie für Romaine, der sich bei einem Unfall mit eineem Sattelzug das Bein aufgerissen hat. Vielen Dank.«

»Ich möchte um … um Vergebung für etwas bitten, das ich getan habe, es hat keinen Sinn, in die Einzelheiten zu gehen, aber ich wäre froh, wenn Sie für mich beten würden.«

Es kamen noch weitere Bitten herein, während Father Tim den Kopf senkte, aufmerksam lauschte und sich an der Stuhllehne festklammerte, als ginge es um sein Leben.

»War das alles? Sonst noch jemand?«

Er angelte seine Mütze aus der Tasche. Obwohl es aufgehört hatte zu regnen, setzte er sie auf und zog sie sich fest über die Ohren. Dann griff er nach dem Mikrofon und stellte zu seiner Überraschung fest, dass es so schwer war wie ein Stück Blei.

»Wir würden gern für den Besitzer des Bootshafens beten und für Angie, seine Frau«, sagte Captain Willie. »Sie hat Brustkrebs. Außerdem wollen wir Captain Tuckers Tochter nicht vergessen, sie heißt Sarah. Dann wäre da noch Toby Rider, der seinen Daddy verloren hat, und das tut uns allen furchtbar leid. Und natürlich möchten wir um Gottes Gnaden für jede Familie daheim bitten und für jede Seele hier an Bord …«

Captain Willie drehte sich zum Steuerpult um, griff nach dem roten Hebel und schaltete den Motor zurück in den Leerlauf.

In der plötzlichen Stille klatschten die Wellen gegen den Rumpf und dämpften das gurgelnde Geräusch des Auspuffs. Sie schienen jetzt auf der kabbeligen See zu schlingern, wie Wäsche, die in einer Waschmaschine herumgeschleudert wird.

Sein Herz hämmerte, als hätte er soeben ein Wettrennen bestritten. Aber es war nicht direkt sein Herz, das ihm zu schaffen machte, es war sein Magen. Dieser schien seltsam desorientiert zu sein, als hätte er einen anderen Platz als sonst eingenommen, und Father Tim konnte nicht herausfinden, wo das war.

»Unser Vater im Himmel, wir danken Dir von ganzem Herzen für die Schönheit des Sonnenaufgangs über diesem gewaltigen Meer und für die Größe und das Wunderbare in all Deiner Schöpfung. Wir bitten Dich um Deinen großzügigen Segen für jeden Captain und jeden Maat an Bord eines jeden Schiffes dieser Flotte, und wir beten, dass jeder von uns durch Deine Gnade an diesem Tag Deine Führung, Deine Liebe und Deine Barmherzigkeit erfahren möge ...«

Die Namen der Menschen und ihre Nöte, wo waren sie hingeraten? In seinem Kopf schien eine verzweifelte Leere zu herrschen, als hätte der Wind alles Denken und alle Vernunft fortgeweht.

Lieber Gott! Hilf mir!

»Für Sarah erbitten wir Deine gütige Barmherzigkeit, dass Du ihr Tag für Tag Deine heilende Fürsorge zukommen lässt. Schenke den Menschen, die sich um sie kümmern, Weisheit, Kraft und Ermutigung ...«

Obwohl er mehr als drei Jahrzehnte unausgesetzter Gebetserfahrung hinter sich hatte, war es wie ein Wunder für ihn, dass ihm die Namen einfielen, einer nach dem anderen. Er gab sich mit ganzem Herzen in das Gebet hinein und spürte tatsächlich etwas von der echten Last und Wichtigkeit der Nöte und Sorgen, um die seine Gebete sich drehten.

Nach einer Weile wischte er sich den Schweiß von der Stirn. »Allmächtiger Vater, der Du einen Weg durch das Meer geschaffen hast, einen Pfad durch diese mächtigen Wasser, wir danken Dir dafür, dass Du unsere Gebete erhörst, im Namen Deines Sohnes, unseres Erlösers, Jesus Christus. Amen.«

Der Captain nahm ihm das Mikrofon ab und dankte ihm.

Ihm schien, als stünde ein Ausdruck tiefen Mitgefühls auf dem Gesicht des anderen Mannes, als sie einander die Hand reichten.

»*Blue Heaven,* hier ist *Salty Dog,* bitte melden.«

»Hier ist *Blue Heaven,* sprechen Sie, *Salty Dog.*«

»Ich wollte nur sagen, dass wir Reverend Kavanaghs Gebete sehr zu schätzen wissen, und wir hoffen aufrichtig, dass er nicht der Folter einer rauen See erliegen wird.«

Als der Captain die Motoren hochjagte, taumelte Father Tim zur Reling und beugte sich darüber.

Die guten Wünsche von der *Salty Dog* waren zu spät gekommen.

Mit zwei Gängen über die Reling sollte die Sache eigentlich abgetan sein. Schon jetzt taten ihm die Rippen weh vom Würgen; wahrscheinlich war es jetzt vorbei, und er konnte die Leiter hinuntersteigen und etwas trinken, vielleicht sogar einen Happen essen – das war das Problem, man sollte nicht mit leerem Magen hinausfahren, wenn die See so rau ist …

Seine Beweglichkeit auf der Leiter erstaunte ihn; es war beinahe so, als sei er durch die vorangegangene Übung zu einem erfahrenen Seemann geworden. Keine große Sache, dachte er und blickte auf die Wellen hinab, die am Bootsrumpf hochzusteigen schienen, als hätten sie es auf ihn persönlich abgesehen.

Gütiger Himmel! Er stolperte die Leiter hinunter und beugte sich über die Reling. Die Galle schien aus den tiefsten Tiefen seines Körpers zu kommen, heiß, bitter und grundlos.

Es war sein Kopf. Als er sich das letzte Mal über die Reling gebeugt hatte, hatte er anscheinend seinen Kopf verloren. Er hob schwach die Hand und tastete seinen

Schädel ab. Nein, es war seine Mütze, die er verloren hatte. Sie war ihm heruntergerutscht und im Meer verschwunden, und seine Kopfhaut schälte sich wie eine Erdnuss aus Georgia.

»Wir lassen ihn am besten da sitzen, wir finden sowieso keine Fische«, hörte er Otis sagen. Er schlug die Augen auf und stellte fest, dass er auf dem bevorzugten Kampfstuhl saß. Der Kampfstuhl. Was für ein Witz.

»Mütze«, sagte er. »Mütze.«

Niemand hörte ihn, weil er nicht mehr als ein Flüstern zustande brachte. Ihm fehlte die Energie, hörbare Worte über die aufgesprungenen Lippen zu bringen.

Schön. Er würde einfach hier sitzen bleiben, bis sie ihn über Bord warfen, was, wie er hoffte, möglichst bald geschah. Er hatte noch nie in seinem Leben so gelitten, nicht an der Mayonnaise, die ihm auf einem Gemeindepicknick beinahe das Licht ausgeblasen hatte, nicht an dem Diabeteskoma, das ihm Esther Bolicks Orangenmarmeladenkuchen beschert hatte, nicht an dem brennenden Fieber seiner Kindheit.

»Was ich an den Baptisten nicht mag«, sagte Otis nun, »ist ihre Weigerung, im Spirituosenladen mit einem zu sprechen.«

Lachen, Füßescharren, allgemeine Heiterkeit – Menschen, die ihr Leben lebten, als sei er nicht da, als sei er unsichtbar, ein Höcker auf einem Holzscheit.

»So ist es eben an manchen Tagen«, bemerkte Pete. »Man ist entweder ein Held oder eine Null. Gestern haben wir die Fische schneller reingezogen, als ich neue Köder auf die Haken stecken konnte; heute weiß ich nicht, wo die Biester stecken.«

»Dann muss man ›pumpen‹«, sagte Ernie. »Wenn man zum Beispiel einen fünfzig Pfund schweren Thunfisch am Haken hat, muss man die Rute ganz langsam hochziehen, sie dann schlagartig senken und gleichzeitig kurbeln wie ein Verrückter.«

Das Gespräch plätscherte dahin, und es klang wie das Gesumm in einem Bienenstock, dachte er. Ungefähr so musste es sich anhören, wenn die Bienen heimkamen, nachdem sie eine blühende Wiese abgearbeitet hatten.

»Bei den Tarpunen ist es wieder anders«, erklärte Otis. »Ich war unten auf den Keys, da weden sie so groß, dass man sich die Trophäen nicht mehr an die Wand hängen kann. Die muss man ziemlich schnell rausholen. Es dauert zu lange, bis sie sich abgekämpft haben – bevor es so weit ist, haben sich längst die Haie darüber hergemacht.«

Er öffnete die Augen und schloss sie hastig wieder. Pete zeigte gerade Madge und Sybil, wie er den Köder vorbereitete.

»Sehen Sie, man sticht ihm so die Augen aus ... Dann bricht man ihm das Rückgrat ...«

»Oooh«, flüsterte Madge.

»Sieh zu, dass sie uns nicht in Ohnmacht fällt«, bemerkte Otis.

»Ich habe nicht die Absicht, ohnmächtig zu werden, vielen Dank!«

»Dann quetscht man die Eingeweide heraus, sehen Sie ...«

»Himmel hilf«, sagte Sybil.

»Die Sache ist die, je mehr sie im Wasser zappeln, umso besser locken sie die Fische an.«

»Raffiniert!«, sagte Madge. »Das ist wirklich raffiniert.«

Ohne zu begreifen, wie er dorthin gekommen war, war er plötzlich wieder an der Reling, und zwar auf den Knien.

»Er kniet vor der Reling«, bemerkte Madge. »Das passt gut zu den Episkopalen.«

»Oder zu den Lutheranern«, meinte Sybil. »Ist das nicht eher lutherisch?«

Er wusste nicht, wer es war, vielleicht Otis oder Ernie, aber jemand hielt ihm den Kopf fest, während er sein Innerstes ausspie und zusah, wie das aufgewühlte Wasser das Erbrochene davontrug.

»Wir waren jetzt seit einundvierzig Tagen in Folge draußen«, sagte Pete, der es im Augenblick mit ständig wechselnden Ködern versuchte.

»Manchmal betet man einfach um einen Nordostwind, damit man mal eine Pause bekommt, aber wenn das Wetter gut ist, muss man eben rausfahren.«

Heute ist das Wetter nicht gut, hätte er gern gesagt, war aber nicht in der Lage dazu. Warum zum Kuckuck sind wir heute rausgefahren, wenn man doch normalerweise zu Hause bleibt, wenn das Wetter nicht gut ist? Beantwortet mir diese Frage! Außerdem, außerdem ... er wünschte, er hätte dieses Thema mit Roger erörtern können ... Seine mathematischen Kenntnisse sagten ihm, dass er, selbst wenn er die Mannschaft einbezog, mehr als die verdammten zwölf Prozent repräsentierte.

Er lehnte den Kampfstuhl ab, falls irgendjemand doch noch etwas an die Angel bekommen sollte, und ließ sich kraftlos auf einen der daneben stehenden Stühle sinken.

»Wie stark weht es Ihrer Schätzung nach im Augenblick?«, fragte Roger.

»Oh, etwa mit Windstärke vier. Das ist aber nichts Besonderes. Ich kenne jemanden, der gestern die ganze Nacht bei Windstärke sieben bis acht draußen war.«

Allgemeines, respektvolles Schweigen. Dieselabgase.

»Wir müssen positiv denken«, erklärte Madge. »Geräuchertes Thunfischfilet! Das ist es jedenfalls, woran ich gerade denke!«

»Es muss wohl Zeit fürs Mittagessen sein«, bemerkte Otis. »Ich glaube, ich werde mir eine kleine Stärkung gönnen. Will sonst noch jemand einen Schluck?«

»Vielleicht später.«

»Vielen Dank, ich passe, aber ich hätte nichts dagegen, ein paar Erdnüsse mit Ihnen zu kippen.«

Er wurde gebacken, gebraten, gegrillt, gesotten. Sonnenschutzcreme. Er erinnerte sich an die Sonnenschutzcreme in seiner Jackentasche, aber er hatte seine Jacke nicht an. Irgendjemand hatte ihm vor einiger Zeit geholfen, sie auszuziehen.

»Seht nur«, sagte Sybil. »Der arme Mann braucht etwas.«

»Was?«, fragte Madge. »O Himmel, sieh dir nur seinen Kopf an, der ist so rot wie ein Schüreisen. Wo ist seine Mütze?«

»Er ist zur Reling rüber und dann ohne die Mütze zurückgekommen.«

»Bitte schön.« Otis verteilte etwas Creme auf seinem Kopf und ließ der Creme dann eine Mütze folgen.

»Gott segne Sie«, gelang es ihm zu flüstern.

»Was hat er gesagt?«

»Er hat gesagt, Gott möge mich segnen.« Er dachte, dass Otis gerührt klang. »Reverend, wollen Sie ein Glas Wasser oder Cola? Cola würde Ihnen vielleicht guttun.«

»Weit gefehlt«, meinte Ernie, »was er braucht, ist ein Ginger Ale. Hat irgendjemand Ginger Ale dabei?«

»Fruchtsaft«, meldete sich Madge zu Wort, »das würde ich jemandem geben, der Probleme mit dem Magen hat.«

»Fruchtsaft wäre völlig verkehrt«, sagte Pete. »Zu viel Säure.«

»Wie wäre es mit einem Stück Eis?« – »Keine Ahnung. Angeblich soll man, wenn einem richtig heiß ist, nichts allzu Kaltes trinken, weil man davon einen Herzinfarkt oder vielleicht einen Schlaganfall bekommen kann.«

»Er bewegt die Lippen. Was sagt er?«

Otis beugte sich vor und lauschte. »Er betet.«

Sie waren nach Osten gefahren und dann nach Süden, aber sie fanden einfach keine Fische. Ebenso wenig wie der Rest der Flotte. Gelegentlich gelang einem der Boote ein Glückstreffer, die Nachricht wurde über Funk weitergegeben, und alle machten sich auf den Weg in diese Richtung. Aber bisher hatte die *Blue Heaven* nur zwei Delfine gefangen und eine Hand voll Fische, die zu klein waren, um sie ins Boot zu ziehen. Jetzt dümpelte das Boot irgendwo vor der Küste von Virginia herum. Das Stampfen war noch genauso schlimm wie zuvor, wenn nicht schlimmer. Er erwog, auf seine Armbanduhr zu blicken, aber wozu die Mühe? Das Elend war unabsehbar. Es bestand keine Hoffnung, dass irgendjemand wegen eines kranken Mannes ans Ufer zurückkehren, geschweige denn einen Hubschrauber schicken würde. Er würde bis zum bitteren Ende durchhalten müssen.

Er verleugnete den Drang, zur Toilette zu gehen, da er zu diesem Zweck die Kabine hätte durchqueren müssen. Keine zehn Pferde hätten ihn dazu gebracht, noch einmal diese Kabine zu betreten.

Gelegentlich kam eine freundliche Seele zu seinem Stuhl hinüber und gesellte sich für einen Augenblick stillschweigenden Erbarmens zu ihm.

»Tut mir leid, Tim.«

»Halten Sie die Ohren steif, mein Freund.«

Selbst der Captain kam von der Brücke herunter und legte ihm die Hand auf die Schulter. »Sie schaffen das schon, Reverend.« Die Anteilnahme der anderen war ein Trost, das musste er zugeben, obwohl es ihm schwerfiel, das Demütigende des Geschehens zu verwinden.

Irgendwann versicherte ihm jemand, dass er nicht sterben würde, was er keineswegs tröstlich fand, da es ihm völlig egal war, was mit ihm passierte.

»Haben Sie die Geschichte von dem Burschen gehört, den es vom Boot gerissen hat, als er einen Marlin reinholte?«

»Unmöglich.«

»Es stand in der Zeitung. Der Marlin war vierhundert Pfund schwer und hat den Burschen über das Heck gezogen.«

»Ist er ertrunken?«

»Nein. Jemand ist hinter ihm hergesprungen und hat ihn gerettet. Aber das ist erst die Hälfte der Geschichte. Er hat den Marlin tatsächlich gekriegt.«

»So ein Blödsinn. Das ist nie im Leben wirklich passiert.«

»Es ist die Wahrheit, es hat in der Zeitung gestanden.«

»Den Unsinn hör ich mir nicht länger an«, erklärte Madge.

Zu seinem Entsetzen fand er sich abermals auf den Knien vor der Reling wieder, ohne die leiseste Kontrolle über sich zu haben. Diese Erfahrung machte ihm fürchterlich Angst; er hätte ebenso gut selbst ein Köder sein können, ohne eigenen Willen, ohne einen Grund, etwas an seiner Situation zu ändern.

»Nummer fünf«, bemerkte jemand. »Das ist das fünfte Mal.«

»Sieben. Er hat zweimal über die Reling auf der Brücke gekotzt.«

»Wollt ihr jetzt was essen? Ich bin halb verhungert.«

»Mir schwebt da eine Portion Thunfischsalat vor, den ich gestern Abend gemacht habe, auf Baguette! Oh, außerdem habe ich noch einige späte Tomaten aus dem Garten meiner Nachbarin dabei. Köstlich!«, sagte Madge. »Ich werde sie aufschneiden, sodass wir alle etwas davon haben.«

»Thunfisch aus der Dose?«, fragte Otis. »Das wäre ein Sakrileg.«

»Wollen wir ihn einfach hier draußen lassen?«, überlegte Sybil laut.

»Reverend? Reverend!«

Warum glaubten die Menschen, dass Kranke automatisch taub wurden?

Was? Er konnte es nicht hörbar sagen, daher dachte er es, was genügen sollte.

»Wollen Sie mit hineinkommen?«

»Davon würde ich Ihnen abraten«, meinte der Maat. »Unten sieht er den Horizont nicht. Das ist im Allgemeinen der Grund, warum die Leute seekrank werden. Weil sie den Blick auf den Horizont verlieren.«

»Aber er hat hier draußen gesessen, seit es aufgehört hat zu regnen. Ich finde, wir sollten ihm wenigstens die Arme eincremen. Sehen Sie sich nur seine Arme an.«

Er spürte, dass mehrere Leute sich an ihm zu schaffen machten, und versuchte, seine Dankbarkeit zum Ausdruck zu bringen.

»Seht doch, er hat keine Socken an. Cremt ihm auch die Knöchel ein.«

»Und den Nacken«, sagte Ernie. »Das ist eine sehr empfindliche Stelle, die sollte man nicht vergessen.«

»Er hat eine schreckliche Farbe«, bemerkte Madge.

Mit einem Mal wurde ihm klar, dass er sich in seinem Testament hätte genauer ausdrücken sollen; jetzt war es zu spät, um zu verfügen, dass er keinen offenen Sarg wünschte.

Er schlief oder glaubte jedenfalls zu schlafen. Vielleicht war er in einen Zustand der Bewusstlosigkeit hinübergeglitten, und sein Geist war so leer wie ein hohler Kürbis. Wenn es etwas gab, dem er misstraute, dann war es ein leerer Geist. Er zwang sich, die Augen zu öffnen, und sah nur grelles Licht, ein Leuchten, das sich bewegte, das zitterte und tanzte und versuchte, sich mit Gewalt Zutritt zu seinem Magen zu verschaffen. In Wahrheit hatte er seinem Magen nie besondere Beachtung geschenkt. Wenn er leer war, steckte er etwas hinein; wenn er voll war, war er glücklich. Jetzt nahm er seinen Magen als ein wundes, schlabbriges Ding wahr, das bei jeder Welle wie eine Schafsblase hin und her schwamm. Er wollte zu seiner Frau. In Ermangelung dieses Trostes zog er seine Jacke fester um sich, kniff die Augen zu und träumte einen Traum, der so leer war wie Nebel.

Gott sei Dank! Es ging ihm vielleicht tatsächlich eine Spur besser.

Sein Blick schien klar zu sein, und er spürte, dass ein wenig von seiner Kraft zurückkehrte; aber er wollte den Tag nicht vor dem Abend loben, nein, wirklich nicht. Er rieb sich die Lippen mit einem Fettstift ein, kauerte sich unter Otis Mütze zusammen und dachte über seinen Zuckerspiegel nach, der inzwischen bis auf den Grund des Golfstroms gesunken sein musste. Er wünschte nur, er hätte sein Tachometer mitgebracht … Nein, das war es nicht. Was war es noch gleich? Ob diese schrecklichen Qualen sein Gehirn in Mitleidenschaft gezogen hatten? Glukometer, das war es.

Schwach … Schrecklich schwach. Ihm wurde bewusst, dass er an Ernies eisgekühlte Snickersriegel dachte. Eine kleine Flamme der Hoffnung stieg in seiner Brust auf. *Vielen Dank, lieber Gott …*

Er blickte hinaus auf das rastlose Wasser und entdeckte andere Schiffe am Horizont – eines dort, zwei da drüben, wie eine Familie.

»Wir hatten ein ganz übles Nest mit diesen kleinen Wespen in einer Wand unserer Kirche!«, sagte Sybil.

»Was habt ihr dagegen unternommen?«

»Wir haben sie uns mit unseren Gesangbüchern und Gemeindeblättchen vom Leib gehalten.«

»Warum habt ihr sie nicht getötet?«

»Sie kommen nur einmal im Jahr, Ende April oder Mai, und sie gehen nur auf die Seite, wo ohnehin praktisch niemand sitzt.«

»Gestern noch auf hohen Rossen, heute durch die Brust geschossen«, murmelte Pete und warf einen Köder ins Wasser, der wie ein besserer Christbaum aussah.

Father Tim winkte Ernie zu, der daraufhin zu ihm herüberkam und sich neben ihn hockte.

»Was kann ich für Sie tun, mein Freund?«

»Snickers«, sagte er, so heiser wie ein Ochsenfrosch.

»Snickers?«

Er nickte, schwach, aber getröstet.

»Wir haben einen!«, brüllte Ernie. »Otis! Wo ist Otis?«

»Vorn.«

»Nehmen Sie ihn!«

Father Tim kannte den Ausdruck »Höllenlärm«, aber erst jetzt begriff er, was das bedeutete. Aus sechs Menschen wurde mit einem Mal eine ganze Horde, die ihn umschwärmte wie die Armeen Salomos.

»Wir haben einen Fisch an der Angel! Yippie!«

»Da drüben ist noch einer. Übernehmen Sie den, Madge!«

Er betrachtete die zuckenden Angelschnüre, die sich vom Heck aus spannten wie Schnellstraßen durch LA.

»Das ist ein zäher Bursche!« Pete spießte etwas auf und zog es ins Boot.

»Das dauert noch, Roger!«

Er sah den Regenbogen von Farben, der auf einem großen Fisch schimmerte, als er in die Kiste geworfen wurde, wo er um sich schlug wie ein Pferd in einer Stallbox. Pete zog den Haken heraus und spülte das Blut vom Deck.

Der Captain angelte von der Brücke aus; alle angelten. Father Tim hievte sich aus dem Stuhl hoch, entfernte sich aus dem Getümmel und kauerte sich an die Außenwand der Kabine.

Auf dem Kampfstuhl gab Madge alles, was sie hatte, um etwas Großes herauszuziehen.

Otis hatte den Daumen auf ihre Angelschnur gelegt und half ihr, die Rute hochzuziehen und wieder zu senken. »Sie müssen pumpen, jetzt«, sagte er und biss auf seine Zigarre.

»Herrje! Das muss ein ganzer Lastzug sein, den ich da dran habe!«

»Immer schön kurbeln!«

Captain Willie rief über den Lautsprecher: »Kümmer du dich um die linke Seite, Pete, kümmer dich um die linke Seite, wir haben hier drüben eine ziemliche Schweinerei.«

»Der Wahnsinn«, murmelte Pete, während er wie ein Schatten vorbeihuschte.

Madge kurbelte aus Leibeskräften und blähte sich dabei auf wie ein Preisboxer. »Dieser Fisch bringt mich um. Kann nicht mal jemand herkommen und mir diese verdammte Angel abnehmen!«

»Nicht aufgeben!«, rief Sybil. »Bleib dran, Chuck wäre stolz auf dich!«

»Was haben wir denn da? Einen guten, starken Thunfisch«, sagte Otis, während er Madge half, die Rute immer wieder hochzuziehen. Der Fisch war jetzt schon ziemlich nah am Boot.

Father Tim schleppte sich auf gummiweichen Beinen zum Heck. Das schwarze Wasser des Morgens war jetzt blaugrün, und er sah, wie der Fisch sich leuchtend und flink unter der Wasseroberfläche bewegte.

Er fand, dass er selten etwas Schöneres gesehen habe.

»Da kommt er!«

Er machte einen Schritt rückwärts, als Pete sich blitzartig rechts vom Kampfstuhl aufbaute, mit dem Fischhaken hinunterlangte und den Thunfisch aufs Deck hievte.

»Wunderschön! Wunderschön!«

Pfiffe, Jubel, Applaus.

»Der wiegt seine siebzig, fünfundsiebzig Pfund«, sagte Otis, als Madge sich taumelnd von dem Stuhl erhob und in Sybils Fotoapparat grinste.

Der Captain fing einen, Ernie auch, und Roger ebenfalls.

»Ich hab einen an der Angel!«, brüllte Pete. »Wer will ihn übernehmen?«

»Ich übernehme!« Als Father Tim sich auf den Kampfstuhl fallen ließ, klatschte die ganze Gruppe Beifall.

Er war zurückgekehrt von den Toten, er weilte wieder unter den Lebenden, er war bereit, seinen Fisch nun endlich zu fangen.

»Wie war es, Liebling?«

»Große Klasse!«, sagte er und küsste sie. »Wunderbare Kameradschaft, großartige Kameradschaft – Kameradschaft auf einem Schiff, verstehst du?«

»Ich verstehe. Und das Wetter?«

Er zuckte die Achseln. »Ein wenig rau, aber nicht allzu schlimm.«

»Was gibt es zum Abendessen?«, fragte sie und beäugte die Kühltasche, die er hinter sich her schleppte.

»Gelbflossenthun und Goldmakrele! Lass uns den Grill anwerfen«, sagte er und trottete durch den Flur, »dann werde ich dir alles erzählen!« Als er die Küche erreicht hatte, pfiff er wohlgelaunt vor sich hin.

Cynthia lief hochzufrieden hinter ihrem Mann her. Er sah beträchtlich schlanker aus als am Morgen, deutlich gebräunter und unverkennbar entspannter. Sie hatte die ganze Zeit über gewusst, dass es eine geniale Idee war, ihm eine Fahrt mit Captain Willie zu schenken.

14 Loslassen

»Drehen Sie sich mal eine Minute um«, sagte Roger.

Father Tim drehte sich um und blickte in das Bücherzimmer, in dem Elmo auf dem Fenstersims saß und sich nach dem Verzehr einer Portion aufgetauter Fischstäbchen die Pfoten leckte.

»Okay, jetzt dürfen Sie sich wieder umdrehen.«

Roger hatte der Krickente ihren separat geschnitzten Kopf aufgesetzt; die Ente sah Father Tim auf eine Art und Weise an, die er nur seelenvoll nennen konnte.

»Oh!«, flüsterte er.

»Ich habe die Augen schon vor einer ganzen Weile eingesetzt und vergessen, sie Ihnen zu zeigen.«

»Das dürfte die lebensechteste Ente sein, die Sie je zu Gesicht bekommen werden!« Ernie Fulcher grinste, als sei er ganz persönlich für diese Leistung verantwortlich. »Tatsache ist, dass Sie sie jetzt mit einer echten Ente vergleichen können, wenn Sie wollen. Wir haben immer eine in der Tiefkühltruhe, falls er mal etwas braucht, woran er sich orientieren kann.«

»Das ist nicht nötig«, erwiderte Father Tim, dem nicht besonders viel daran lag, eine tote Ente in einem Zellophanbeutel zu sehen.

»Bevor ich die Augen eingesetzt hatte«, meinte Roger, »hatte sie keinen eigenen Charakter, keine Persönlichkeit. Wenn die Augen auf der Werkbank liegen, sehen sie nach nichts aus, aber sobald sie an Ort und Stelle sind, wird dieses Stück Holz zu einer Ente.«

»Erstaunlich! Einfach erstaunlich.«

»Ich muss jetzt nur noch die fertig geschnitzten Federn abflämmen und eine Grundierung aus Gips und Leim auftragen. Dann kann ich anfangen, sie zu bemalen. Sehen Sie diesen sogenannten Flügelspiegel? Er wird grün, und für die Unterschwanzdecken hier nehme ich einen Champagnerton, ein sehr blasses Orangegelb, das an ein helles graugelbes Braun grenzt.«

Roger reichte sein Werk Father Tim, der es mit einem eigenartigen Gefühl der Ehrfurcht und Freude entgegennahm.

Obwohl er nicht wusste, warum ... dies war seine Ente.

Er war gerade im Aufbruch, als Junior Bryson hereinkam. Der junge Mann sah aus, als hätte er seinen letzten Freund verloren.

Lucas trommelte zur Begrüßung mit dem Schwanz auf den Boden.

»Ich hab's getan«, sagte Junior.

»Was hast du getan?«, fragte Ernie.

»Mit Avas Daddy geredet.«

»Komm her und setz dich«, meinte Ernie und zog Junior einen Stuhl heran. »Wenn du eine Pepsi willst, nimm dir eine! Oder hol dir eine Kräuterlimonade.«

Junior lehnte mit einem Kopfschütteln ab und ließ sich auf den Stuhl fallen. Father Tim fand, dass er ziemlich bleich um die Kiemen aussah. Er beschloss, doch noch nicht zu gehen, und setzte sich zu Junior.

Roger legte die Ente in ihre Schachtel.

Roanoke zündete sich eine Marlboro an.

Stille.

»Und?«, sagte Ernie.

Junior seufzte. »Also, ich hatte endlich den Mut gefunden, ihren Daddy anzurufen, also hab ich mir das Telefonbuch geholt, in dem Swanquarter drinsteht, und tatsächlich einen Goodnight darin gefunden.«

»Kluge Idee!«, meinte Ernie.

»Nicht besonders«, sagte Junior. »Ich dachte, ihr Daddy müsste Goodnight heißen, aber als das Telefon zu klingeln anfing, ist mir aufgegangen, dass Goodnight wahrscheinlich der Name ihres Mannes ist und dass sie an den Apparat gehen würde.«

»Klar!«, erwiderte Ernie und hoffte das Beste.

»Ich wollte gerade auflegen, als ein Mann sich meldete. Das hat mich ganz schön umgehauen. Ich dachte, es wäre vielleicht, na ja, ihr wisst schon, ihr Freund. Aber es war ihr Daddy, Mr Taylor. Er lebt bei Ava.«

Roanoke blies einen Rauchring. Lucas' Gähnen klang wie das Quietschen einer Türangel.

»Also, ich hatte mir zurechtgelegt, was ich sagen wollte, aber als Mr Taylor sich meldete, habe ich alles vergessen.«

»Klar«, sagte Ernie. »So funktioniert das meistens.«

»Na ja, also habe ich gesagt: ›Hier ist Junior Bryson aus Whitecap, Ava hat vielleicht mal von mir gesprochen.‹«

»Das war ein guter Anfang.«

»Er sagte: ›Sind Sie der Bursche, der Scrabble spielt und angelt?‹« Juniors Miene hellte sich für einen Moment auf. »Ich sagte: ›Ja, Sir.‹ Er sagte: ›Es gefällt mir, wenn ein junger Mann ›Ja, Sir‹ sagt, die meisten Leute vergessen das nämlich.‹«

»Und was hast du gesagt?«

»Ich habe gesagt: ›Ja, Sir, da haben Sie recht.‹«

»Eine Gemeinsamkeit!«, rief Ernie. Roger und Father Tim nickten zustimmend.

»Also habe ich gesagt, ich würde hoffen, dass Ava mal mit mir ausgeht, dass ich am Sund angle und im Meer und dass ich ein kleines Boot hätte, mit dem ich Krabben fische, und dass ich ihr da verschiedene Möglichkeiten anbieten könnte.«

»Damit müsste die Sache eigentlich geritzt gewesen sein!«

»Ich habe gesagt, dass ich ziemlich gut Scrabble spiele und dass sie sich an mir wahrscheinlich die Zähne ausbeißen würde.«

»Und was hat er darauf geantwortet?«

»Er meinte, sie würde ihn immer haushoch schlagen und ihre Schwestern und einige der Nachbarn erst recht.«

Ernie stieß einen Pfiff aus.

»Dann habe ich ihm von meinem Job erzählt und dass ich im April Angestellter des Monats war ...«

»Was noch?«

»Ich habe ihm erzählt, dass ich mein eigenes Haus hätte und dass mein Wagen immer frisch gewaschen und gewachst ist, dass ich das Öl selber wechsle und gerade neue Michelinreifen aufgezogen habe.« Junior wirkte erschöpft.

»Dann hast du also alle Karten auf den Tisch gelegt«, meinte Ernie. »Mehr kann man nicht tun. Also, was hat er dazu gesagt?«

Junior blickte auf seine Hände hinab. »Er hat gesagt, ich würd mich anhören, als sei ich ziemlich anständig und verantwortungsbewusst.«

Ernie strahlte. »Und was ist als Nächstes passiert?«

»Ich hab ihm erzählt, dass ich nichts mehr von Ava gehört hätte und dass ich mich fragte, ob er mir seine Erlaubnis geben würde, mit Ava auszugehen.«

Father Tim sah sich um. Roanoke machte sich mit

einem Taschenmesser die Fingernägel sauber. Roger saß da und grübelte. Ernie wirkte nervös.

»Er hat gesagt: ›Nun, mein Sohn, mir gefällt, was Sie sagen. Gefällt mir wirklich, und ich fand, dass diese Fotos einen gutaussehenden Burschen zeigen, aber Sie haben es mit Ihrem Brief nicht geschafft, Ava davon zu überzeugen, dass Sie Christ sind, und das ist eine Bedingung, die wir alle beide stellen.‹ Dann meinte er noch, sie hätte mir vor ein oder zwei Tagen geschrieben, und ich hätte den Brief wahrscheinlich noch nicht bekommen.«

Ernie blickte angewidert drein. »Verflixt, vielleicht möchtest du ja gar nicht mit einer Frau ausgehen, die dich beim Scrabble haushoch schlagen könnte. Hast du daran mal gedacht?«

»Nur weil sie ihren Daddy schlägt, heißt das nicht, dass sie mich schlagen kann.«

»Also, was können wir tun, um die Dinge in Gang zu bringen?«, fragte Roger.

Jetzt erwachte anscheinend der Firmenchef in Roger zu neuem Leben.

Junior suchte in den Gesichtern der Männer um ihn herum nach einer Antwort auf diese Frage, bis sich sein Blick auf Father Tim heftete, der diesen Ausdruck nur allzu gut kannte.

»Wollen Sie mit mir sprechen?«

Junior nickte.

»Ich stehe jederzeit zur Verfügung, Sie brauchen mir nur Bescheid zu geben.«

Junior wirkte plötzlich hoffnungsvoll. »Wie wär's genau jetzt? Wir könnten uns in meinen Truck setzen.«

Roger und Ernie nickten dem Geistlichen zustimmend zu.

»Abgemacht«, sagte er.

»Wenn Ihnen zu heiß ist, können wir die Fenster runterkurbeln.«

Father Tim bemerkte, dass Juniors Hände zitterten. Ein Gespräch mit einem Geistlichen hatte bisweilen diese Wirkung auf die Leute.

»Das muss nicht unbedingt sein. Aber Sie könnten vielleicht in den Schatten rüberfahren«, sagte er. *Herr, schenke mir Weisheit. Möge Dein Heiliger Geist mit uns sein …*

Junior Bryson rührte sein Herz.

Als Junior den Motor anließ, dröhnte aus den Lautsprechern, die die Größe von Getränkekisten hatten, nervenzermürbende Countrymusik. Junior stellte verlegen die Anlage ab.

»Tut mir leid.«

»Kein Problem«, sagte sein Beifahrer, dem ein gewaltiger Adrenalinschub das Sprechen leider fast unmöglich machte.

Junior manövrierte den Truck unter die dicht belaubten Zweige eines nahen Baums. »Wenn Ihnen das lieber wäre, können wir auch ein wenig herumfahren«, meinte Junior.

»Nicht nötig, wir können genauso gut hierbleiben.«

Junior schaltete den Motor aus und schwieg einen Moment lang, er wirkte gequält. »Es ist für mich grässlich, Ihnen das zu sagen, Sir.«

»Was denn?«

»Ich muss ganz plötzlich zur Toilette.«

»Nur zu. Ich verstehe.«

Junior schwang sich aus dem Wagen und lief mit langen Schritten über den Parkplatz.

Das Unbehagen des jungen Mannes erinnerte ihn irgendwie an sich selbst, als er vor vielen Jahren seinen ersten Bischof kennen lernte.

»Warum haben Sie sich dafür entschieden, Pfarrer zu werden, Timothy?«

»Ich bin berufen worden, Sir.«

»Wer hat Sie gerufen?«

»Gott.«

Bischof Quayle hatte gelassen in seinem Ledersessel gesessen und die Fingerspitzen zusammengelegt. Father Tim erinnerte sich daran, dass ihm aufgefallen war, wie seine Finger eine Art Turm bildeten, was für einen Bischof durchaus passend war.

»Sie werden Zeiten des Zweifels erleben.«

»Ja, Sir.«

»Von denen Sie sich jetzt natürlich noch keine Vorstellung machen können.«

»Nein, Sir.«

»Lieben Sie Christus wirklich von ganzem Herzen?«

»Ja, Sir, das tue ich.«

»Was ist der Hauptgrund, warum Sie Ihn lieben?«

»Weil Er mich liebt.«

Der Besuch war kurz, aber erfreulich gewesen. Bischof Quayle betete mit ihm und zeichnete ihm mit den Fingern das Kreuzzeichen auf die Stirn. »Ich denke, Sie werden es schaffen, Timothy«, sagte er lächelnd. Der junge Pfarrer bemerkte das außergewöhnliche Licht, das aus den Augen des Bischofs leuchtete; es war dieses Licht, das ihm Mut gemacht hatte.

Junior öffnete die Tür und ließ sich auf den Sitz gleiten. Er wirkte zerknirscht, aber erfrischt. »Es tut mir leid, Reverend. Ich bin … irgendwie nervös.«

»Das verstehe ich.«

»Nun«, sagte Junior. »Ich hatte gehofft, dass Sie mir helfen können zu entscheiden, was ich wegen Ava unternehmen soll.«

»Aha.«

»Ich habe ihr Foto bei mir ...« Junior angelte es mit stolzer Miene aus seiner Hemdstasche. »Damit Sie sich daran erinnern können, wie sie aussieht.« Er lehnte das Bild an den Lautstärkeregler des Radios.

»Ich erzähle Ihnen am besten mal, was ich ihr in meinem Brief geschrieben habe. Ich habe geschrieben, dass ich, als meine Mama noch lebte, in die Kirche gegangen bin und dass ich getauft wurde, als ich vierzehn war. Ich schätze, das macht mich zu einem Christen.«

Er lächelte. »Hat es Sie zu einem Christen gemacht?«

»Ich weiß nicht. Ich meine, so wie ich es in Erinnerung habe, schien die Taufe eine ziemlich große Sache zu sein.«

»Es ist eine große Sache. Eine sehr große Sache. Aber was in unserem Herzen geschieht, in unserem Geist, das ist eine noch viel größere Sache. Was ist in Ihrem Herzen vorgegangen, als Sie getauft wurden, können Sie sich daran erinnern?«

»Nicht so richtig. Ich und ein paar andere Leute sind rüber zum Bach, der Prediger hat uns ins Wasser gedrückt, dann bin ich wieder aufgestanden und hab mich abgetrocknet, und anschließend haben wir alle bei Captain Willie Wels gegessen.«

»Wenn wir Jesus bitten, in unser Herz zu kommen und uns zu retten – und wenn wir es wirklich ernst meinen –, geschieht immer etwas. Etwas Mächtiges. Manchmal spüren wir es in dem Augenblick, in dem wir darum bitten, manchmal erst später. Aber es geschieht immer, unausweichlich.«

Junior zuckte die Achseln und rutschte auf seinem Platz umher, sodass er mit dem Ellbogen versehentlich auf die Hupe drückte. Beide Männer zuckten zusammen. »Entschuldigung«, sagte er. Auf seiner Stirn standen plötzlich Schweißtropfen.

»Ich weiß nicht, was Ava denkt«, sagte Father Tim und zeigte auf das Foto. »Vielleicht werden Sie aus ihrem Brief Näheres erfahren. Möglicherweise sucht sie nach jemandem, der eine Beziehung zu Christus hat.«

»Ich begreife nicht, wie um alles in der Welt man eine persönliche Beziehung zu ihm haben kann. Das erscheint mir unmöglich.«

»Es ist sehr schwer zu verstehen, dass ein so mächtiger Gott so persönlich sein kann. Und doch, wenn Sie den Sohn Gottes bitten, in Ihr Herz zu kommen, geschieht etwas Unglaubliches.«

»Was?«

»Er kommt wirklich.«

Junior sah ihn ausdruckslos an.

»Er kommt in unser Herz und befruchtet unseren Geist, sodass wir zum ersten Mal wirklich lebendig sind. Wir sehen mit neuen Augen, wir hören mit neuen Ohren, wir sind in der Lage, Seine Liebe zu empfangen.« Er dachte, dass es Augenblicke wie dieser waren, für die er lebte. »Die Beziehung wird zutiefst persönlich und nah.«

»Tut mir leid, Sir, aber ... ich kapier's einfach nicht.«

»Das ist schon in Ordnung. Ich werde dafür beten, dass Sie es kapieren.«

Junior seufzte. »Was mache ich jetzt wegen Ava?«

»Seien Sie weiterhin ehrlich, geradeso wie sie es gewiss sein wird. Was auch geschieht, Ehrlichkeit ist immer der beste Weg.«

Junior starrte auf den freien Parkplatz neben ihnen.

»Gott liebt unsere Ehrlichkeit, so viel steht fest. Sie können Ihm alles sagen, Junior, alles!«

»Ich will Ihm nicht alles sagen.«

Er grinste. »Tun Sie's ruhig. Er weiß es sowieso.«

Junior errötete.

»Er möchte nicht nur unser Herr und Erlöser sein, Er möchte unser bester Freund sein. Schwer vorstellbar, aber wahr. Wie dem auch sei, da Sie und Ava beide Ehrlichkeit für ungeheuer wichtig halten, werden sich die Dinge gewiss zum Besten entwickeln.«

»Meinen Sie?«

»Das tue ich.«

»Vielen Dank, Reverend. Ich bin Ihnen wirklich dankbar.«

»Wann immer Sie Fragen haben, wann immer Sie einfach nur reden wollen, rufen Sie mich an oder kommen Sie in St. John's vorbei.«

»Ja, Sir, das werde ich tun. Soll ich Sie jetzt zur Kirche rüberfahren?«

»Das wäre nett.«

Junior nahm das Foto an sich, bedachte es mit einem verstohlenen Blick und schob es wieder in seine Tasche. Als sie aus dem Parkplatz fuhren, bemerkte Father Tim, dass Roger und Ernie heimlich durchs Fenster spähten.

Glucken!, dachte er und winkte.

Das Telefon auf seinem Schreibtisch klingelte zweimal.

»St. John's! Reverend Kavanagh am Apparat.«

»Hey!«, sagte Dooley.

»Selber hey, Kamerad!« Er liebte es, die Stimme des Jungen zu hören, er konnte sogar das Grinsen darin hören. »Was gibt's?«

»Ich habe ... na ja, du weißt schon, eine Freundin.«

Wow. »Eine Freundin? Erzähl mir alles.«

»Sie heißt Caroline.«

Er ließ enttäuscht die Schultern sinken. Aber was ging es ihn an? »Wo hast du sie kennen gelernt?«

»Bei einer Tanzveranstaltung in ihrer Schule, und

wir haben uns geschrieben. Du weißt schon. Und miteinander telefoniert.«

»Aha. Auf welche Schule geht sie denn?«

»Das spielt keine Rolle, ich meine ...«

»Nein, ich wüsste es gern. Auf welche Schule geht sie?«

Dooley klang ein wenig verärgert wegen der Beharrlichkeit, mit der er ausgefragt wurde. »Mrs Hemingways.«

Diese Schule, auf der alle Mädchen Streberinnen waren und komische Schuhe und blöde Brillen trugen? Diese Schule? »Ich nehme an, sie ist intelligent ...«

»Total intelligent, lauter glatte Einsen. Und wirklich ... na ja, du weißt schon ...«

Er wusste es. »Sie sieht toll aus? Schön?«

»Hm hm, yeah. Ja, Sir. Total.«

Es machte ihn überglücklich, dass Dooley sich ihm anvertrauen konnte. Wer wäre nicht glücklich darüber gewesen? Diese Freude wurde jedoch beträchtlich durch die Frage getrübt, was Lace Turner von dieser Entwicklung halten würde.

Er würde sie natürlich niemals danach fragen; nein, nicht um alles in der Welt.

»Reverend?« Es war Janettes Arzt. »Ich habe hier irgendwo einen kleinen Zettel. Janette hat mich gebeten, Ihnen etwas auszurichten. Einen Moment, ich kann meine eigene Handschrift nicht lesen, aber ich denke, das ist nichts Neues ...«

Father Tim lachte.

»Hier ist der Zettel. Mal sehen. ›Der Kaktus beginnt zu blühen‹.«

Tränen trübten seinen Blick. »Dann geht es ihr also langsam besser?«

»Ja, eindeutig.«

»Wann glauben Sie, dass sie nach Hause kommen könnte?«

»In zehn Tagen, vielleicht in zwei Wochen. Wir wollen absolut sichergehen, dass wir diese Selbstmordgeschichte hinter uns haben.«

»Wird sie in der Lage sein, sich um die Kinder zu kümmern?«

»Ja, das denken wir. Es wäre vielleicht hilfreich, wenn sie ein oder zwei Tage Zeit hätte, um sich wieder einzuleben, falls das möglich ist. Wenn ich recht verstehe, fällt ihrer Cousine das Ganze ziemlich schwer, vier Kinder in einer Wohnung mit nur einem Schlafzimmer ...«

»Wir werden tun, was immer wir können.«

»Wunderbar. Sagen wir also zwei Wochen, höchstens.«

»Dank sei Gott!« Ihm fiel ein Stein vom Herzen. »Vielen Dank, Herr Doktor. Gut gemacht!«

»Father Tim?«

»Am Apparat. Sind Sie das, Rodney?«

»Alles was wir an der Hintertür und am Griff finden konnten, waren Punys Fingerabdrücke. Dann haben wir Ihren Kamin abgestaubt, Ihren Schreibtisch und so weiter, aber nichts gefunden. Sie war ziemlich gründlich mit dem Zitronenöl.«

»Verstehe.«

»Natürlich haben wir an den Schreibtischschubladen einige von Ihren Fingerabdrücken gefunden, Sie erinnern sich ja daran, dass wir Ihnen vor einigen Jahren die Fingerabdrücke abgenommen haben.«

»Ich erinnere mich.«

»Tut mir leid, dass Sie so lange auf diese Nachricht warten mussten.«

Ah, nun ja. Er hatte seine Pflicht getan, sie hatten ihre getan, und damit war das Thema erledigt.

War Emma Newland vom Antlitz der Erde verschwunden? Wann immer sie anrief, wünschte er inbrünstig, sie hätte es nicht getan. Wenn sie nicht anrief, wünschte er, sie würde es tun. Da sollte man sich einen Reim drauf machen.

Vielleicht waren die beiden immer noch in Atlanta. Vielleicht hatte Harold die Telefonrechnung gesehen und entsprechende Maßnahmen ergriffen. Vielleicht interessierte sie es nicht mehr, was mit ihrem alten Chef passierte – aus den Augen, aus dem Sinn.

Er wählte die Nummer und ließ den Anruf Dove Cottage in Rechnung stellen.

»Hallo!«

»Emma?«

»Sind Sie das?«

»Ich bin's, allerdings. Was gibt es Neues in Mitford? Erzählen Sie mir alles!«

»Nachdem wir in Atlanta waren und Jean getroffen haben, sind wir nach New Orleans weitergefahren. Harold hatte noch drei Wochen Urlaub. Das Essen in New Orleans war großartig, es war unglaublich, Sie würden niemals glauben, wie viel wir gegessen haben, ich glaube, ich habe Gicht.«

»Gicht?«

»Von all dem französischen Essen. Angeblich bekommt man davon Gicht.«

»Haben Sie Schmerzen in den großen Zehen?«

»In den großen Zehen? Was hat das denn damit zu tun?«

»Wenn man Gicht hat, merkt man es im Allgemeinen zuerst in den großen Zehen. Sehr schmerzhaft.«

»Meinen Zehen geht es prächtig, es muss also etwas anderes sein.«

»Wo haben Sie gegessen?«

»Manchmal haben wir uns etwas aus einem Cajun-Restaurant mitgenommen und im Wohnmobil gegessen, ansonsten haben wir im Restaurant in unserem Motel gegessen. Man hat uns die Mahlzeiten aufs Zimmer gebracht, und das alles für achtundachtzig Dollar am Tag. Für zwei!«

»Sie leiden definitiv nicht an Gicht!«, sagte er.

»Hat man Ihnen immer noch keine Hilfe gestellt? Selbst Harold hat Hilfe.«

»Jeder springt ein, wo es gerade nötig ist.« Er fragte sich, warum um alles in der Welt er sie angerufen hatte.

»Ich habe die Ed Sikes in Oregon noch nicht überprüft, wenn das der Grund ist, warum Sie angerufen haben. Wir sind erst vor ein paar Tagen zurückgekommen, und ich ertrinke in Wäsche. Außerdem hat Snickers Flöhe, und die Biester sind so frech, sie springen uns bis auf die Theke. Ich dachte schon, ich hätte Pfeffer verstreut. Der Kammerjäger ist gerade auf dem Weg hierher, Sie glauben ja nicht, was das kostet, und ich muss während der ganzen Prozedur drei Stunden lang das Haus verlassen und anschließend fünf Tage pausenlos staubsaugen. Es liegt an dem vielen Regen, den wir hatten, ich bin davon überzeugt, dass Barnabas mit Flöhen übersät ist ...«

»Nicht, soweit ich gesehen habe.«

»Nun, ich weiß nicht, warum er keine Flöhe hat, bei dem Wetter, das Sie da unten haben. Flöhe vermehren sich nämlich bei solchem Wetter.«

Seine ehemalige Sekretärin war geradezu empört, dass sein Hund keine Flöhe hatte.

»Wo wir gerade von Flöhen sprechen, haben Sie gehört, was Rodney Underwood für die Verbrecherjagd bekommen hat? Sie werden es nie erraten.«

»Stimmt. Werde ich nicht.«

»Einen Rottweiler! Sie sollten mal sehen, wie die Leute zur Seite springen, wenn das Vieh die Straße runtertrabt. Adele Hogan geht jeden Morgen mit dem Hund Gassi, und abends schleift er Joe Joe Guthrie hinter sich her. Ich möchte in dieser Stadt wirklich und wahrhaftig kein Verbrecher sein! Wo wir gerade von Verbrechen sprechen, haben Sie gehört, was Miss Pattie jetzt schon wieder angestellt hat?«

Miss Pattie war eine Bewohnerin vom Haus der Hoffnung, deren Verstand schon vor einigen Jahren verlorengegangen war und sich nur bei den seltensten Gelegenheiten wieder einfand. Emma interessierte sich schon seit geraumer Zeit für Patties Mätzchen.

»Ich würde meinen, dass Miss Pattie zu alt für irgendwelchen Unfug ist.«

»Nun, dann sind Sie aber auf dem Holzweg! Sie stiehlt in Mr Bermans Zimmer, was immer sie in die Finger bekommt, und dann wirft sie es aus ihrem Fenster.«

»Nein!«

»Sein Geld, seine Pantoffeln, seinen guten Ledergürtel, was Sie wollen. Neulich abends hat er sich ausgezogen, und sein Pyjama war nicht da, also hat er sich wie ein Indianer in eine Decke gewickelt, die Schwester gerufen und ihr erklärt, dass sein Sohn das Haus auf eine Million Dollar Schadenersatz verklagen wird, wenn Miss Pattie nicht mit diesem Unfug aufhört.«

»Kann das Personal denn nichts dagegen tun?«

»Sie haben ihr Fenster abgeschlossen, mehr können

sie nicht machen, sie sagen, das sei nur eine vorübergehende Phase.«

»Was sagt Mr Berman dazu?«

»Er sagt, sie sei bis über beide Ohren in ihn verliebt.«

»Das klingt vernünftig«, meinte er, denn er erinnerte sich daran, dass Mr Berman ein überaus gutaussehender alter Mann war.

»Wo wir gerade von Verrückten sprechen, Coot Hendrick glaubt wirklich, er würde die Wahl gewinnen. Können Sie sich vorstellen, einen Bürgermeister zu haben, der nicht alle Tassen im Schrank hat?«

Plötzlich wurde ihm bewusst, dass Emmas Schleusentor sich geöffnet hatte und er Gefahr lief, von einem tosenden Sturzbach mitgerissen zu werden.

»Also, Emma, freut mich zu hören, dass Sie sich in New Orleans gut amüsiert haben. Geben Sie mir Bescheid, wenn Sie etwas über Ed Sikes in Erfahrung gebracht haben.«

Er legte auf und wischte sich mit seinem Taschentuch das Gesicht ab.

Die Mitglieder des Berufungskomitees kamen regelmäßig zusammen, plauderten auf dem Kirchhof, tuschelten im Gemeindehaus, hielten Meinungsumfragen ab und beschäftigten sich voller Inbrunst mit der Aufgabe, einen Ersatz für ihren Vertretungspfarrer zu suchen, als könnten sie es gar nicht erwarten, ihn loszuwerden.

Als er zusammen mit Sam Fieldwalker über diese scheinbare Emsigkeit lachte, beteuerte sein Kirchenvorsteher, dass das Gegenteil der Fall sei. Das Komitee widme sich zwar mit großem Eifer seiner Aufgabe, aber mehrere Gemeindemitglieder hätten bereits den Wunsch geäußert, ihren Vertretungspfarrer als feste

Kraft zu behalten. Außerdem sei Father Tim ohnehin zu jung, um in Ruhestand zu gehen. Und hatte Reverend Grace St. John's nicht bis zu seinem siebenundachtzigsten Jahr gedient?

Nicht jeder Vertretungspfarrer wurde von der Gemeinde zum Bleiben gedrängt. Tatsächlich wurden viele von ihnen mit Argwohn und manche sogar mit Geringschätzigkeit betrachtet. Er erinnerte sich an eine Bemerkung eines seiner ersten Bischöfe – dass der Vertretungspfarrer, der sich keine Feinde machte, ein Mann sei, der seine Arbeit nicht tue. Diese Arbeit bestand, so die verbreitete Auffassung, darin, die Dinge aufzumischen, Altes über Bord zu werfen und Platz für Neues zu schaffen.

Das Paradebeispiel dafür war der unvergessliche Reverend Harry gewesen.

Reverend Harry, der seine Arbeit als Vertretungspfarrer mit einundsiebzig Jahren begonnen hatte, hatte mit einem gewissen Genuss das behagliche, ruhige Leben seiner Gemeinden aufgerührt. Wohin er kam, war er gleich mit der Tür ins Haus gefallen, und bevor seine Schäfchen wussten, wie ihnen geschah, hatte er bereits das Ruder fest an sich gerissen.

Wenn die Gemeinde am römischen Ritus hing, feierte er das Abendmahl nach dem alternativen Ritus. Wenn sie sich starrköpfig an die traditionellen Lieder klammerte, ließ er sie Gospel singen. War sie stolz auf ihren Chor und ihre Orgel, ließ er sie wochenlang ohne jede Begleitung singen. Wenn sie der Meinung war, Kinder solle man zwar sehen, aber nicht hören, ließ er die lieben Kleinen die Kollekte einsammeln und einfachere Episteln lesen. Wenn sein fest beamteter Vorgänger auch nur die Erwähnung des schnöden Mammons vermieden hatte, ließ er sich lang und breit darüber aus – unter besonderer Berücksichtigung des Zehnten. Zu seinen Spezialitäten gehörte außerdem die Wiedereinführung des Morgengebets. Es galt als restlos antiquierte Kuriosität.

Wenn dann endlich der neue Pfarrer berufen war, fand er die Gemeinde derartig erleichtert vor, den alten Unruhestifter endlich los zu sein, dass sie fast alles schluckte, was der Neuling sich vorgenommen hatte.

Reverend Harry hatte so seine Aufgabe erfüllt, das stimmte schon. Aber Father Tim neigte mehr dem zu, was C. S. Lewis in seinen Briefen an Malcolm über den geistlichen Dienst geschrieben hatte:

Einen guten Schuh spürt man nicht ... Der vollkommene geistliche Dienst sollte beinahe unbemerkt bleiben; unsere ganze Aufmerksamkeit kann so auf Gott gerichtet werden. Aber jede Neuerung steht dem entgegen. Sie lenkt unsere Aufmerksamkeit auf den geistlichen Dienst, den Gottesdienst selbst, und sich mit einem Gottesdienst zu befassen ist etwas anderes, als den Gottesdienst zu feiern ...

Besonders gefiel ihm in diesem Zusammenhang ein Briefchen, das die neunjährige Margaret Wealer ihm auf den Schreibtisch gelegt hatte.

Lieber Father Tim, wenn wir einen neuen Pfarrer kriegen, hoffe ich, dass er genauso ist wie Sie.

Liebe Grüße, Margaret

P. S.: Aber ich hoffe, er hat Kinder!!!

Bürgermeisterschaftskandidat stimmt mit Gegner überein

Andrew Gregory, einer der beiden Kandidaten für das Amt des Bürgermeisters, der am 3. November gewählt werden wird, erklärt, dass er mit seinem Gegner, dem aus Mitford stammenden Coot Hendrick, übereinstimme.

»Mr Hendrick hat absolut recht damit, um die Erhaltung der frühen Geschichte von Mitford zu kämpfen, obwohl die Hoffnung, diese spezielle Schlacht zu gewinnen, mir äußerst gering erscheint. Im Falle meiner Wahl werde ich alles in meiner Macht Stehende tun, um zu erhalten, was schön und positiv an Mitford ist.

Zu meinen ersten Projekten wird es gehören, die Besitzer mehrerer historischer Bauten in der Stadt zu ermutigen, dafür die Aufnahme in unser Nationalregister schützenswerter Stätten zu beantragen und um Bundeszuschüsse für dringend benötigte Restaurierungsarbeiten nachzusuchen.

Seit fast zwei Jahrzehnten hat unsere gegenwärtige Bürgermeisterin, Esther Cunningham, der Gemeinschaft auf vorbildliche Weise gedient und damit für alle Zeit einen Standard für dieses Amt vorgegeben. Es wird ein Privileg sein, den Versuch zu unternehmen, ihre bemerkenswerte Vision weiterzutragen.«

Überdies erklärte Gregory, dass er im Falle seiner Wahl außerdem daran arbeiten werde, »Mitford ein vernünftiges, ausgewogenes Wachstum zu gewährleisten, das zusätzliche Wohn-, Speise- und Einkaufsmöglichkeiten schafft«.

Gregory, seine Frau Anna und sein Schwager, Anthony Nocelli, sind die Besitzer des beliebten Restaurants Lucera, das in den Räumen ihres allseits als Fernbank bekannten Besitzes untergebracht ist. Mr Gregory ist außerdem der Besitzer und Eigentümer des Antiquitätengeschäfts Oxford, das von der Main Street nicht mehr wegzudenken ist.

Stadtratsitzung mit musikalischer Einlage

Ms Beulah Mae Hendrick, die zweiundneunzigjährige Mutter des Bürgermeisterschaftskandidaten Coot Hen-

drick, war eine Überraschungsbesucherin bei der Sitzung des Stadtrats am vergangenen Montag.

Ms Hendrick durfte die Sitzung mit einem Lied eröffnen, das sie von ihrem Großvater gelernt hat, dem Sohn des Begründers von Mitford, Hezikiah Hendrick. Es gilt in Mitford als lange bekannt, dass Hezikiah Hendrick fünf Unionssoldaten, die auf der Flucht vor ihrem Regiment waren, erschossen und auf dem Grundstück begraben hat, das heute Ms Edith Mallory gehört.

Die Gesetze unseres Staates verfügen, dass Grundstücke, auf denen sich Gräber befinden, nicht verändert oder bebaut werden dürfen. Ms Mallory behauptet, es lägen keinerlei Beweise dafür vor, dass es auf ihrem sechsunddreißig Hektar großen Grundstück solche Gräber gebe. Ms Mallory beginnt gegenwärtig mit den Arbeiten an einem dreihundert Quadratmeter großen Anbau ihres Hauses Clear Day, das sich in der Nähe oder in Sichtweite der Mauerfundamente der alten Hendrick-Hütte befindet.

Ms Hendrick, die neben ihrem Rollstuhl stand, um das Lied vorzutragen, erklärte anschließend: »Das wird beweisen, dass wir recht haben!« Eine schriftliche Kopie des Textes wurde am vergangenen Dienstagmorgen per Einschreiben an Ms Mallory geschickt.

Hab fünf Yankees totgeschossen,
die floh'n vor dem Krieg.
Fand sie auf einem Acker
an einem Feuer schlafen.
Jetzt fliehen sie nicht mehr, oh oh
jetzt fliehen sie nimmermehr.

Hab fünf Gräber ausgehoben
mit einer Hacke und Schaufel.
Hab sie in der Erde begraben

noch vor dem ersten Schnee.
Jetzt fliehen sie nicht mehr, oh, oh
jetzt fliehen sie nimmermehr.

Mr Coot Hendrick sagte: »Mama hat dieses Lied ihr Leben lang gekannt und gesungen, was ein klarer Beweis dafür sein sollte, dass die Gräber existieren.«

Wie wir kurz vor Drucklegung erfahren haben, gab ein Sprecher bekannt, dass der Stadtrat einen Brief von Ms Mallorys Anwalt in Florida erhalten habe. In diesem Brief werde erklärt, dass es keine Beweise für die Existenz von Gräbern gebe und dass der Fall damit offiziell abgeschlossen sei. Außerdem erklärte er, dass niemand nur mit einer Hacke und einer Schaufel fünf Gräber ausheben könne und dass Volkslieder keine Dokumente seien.

Der Sprecher des Stadtrats erklärte weiter: »Ich denke, es ist eine Gemeinheit und eine Schande, Menschen im Schlaf zu erschießen, selbst wenn es Yankees waren.«

Ms Mallory hat jede Grabung auf ihrem Besitz und jedes unbefugte Betreten streng untersagt und entsprechende Schilder aufgestellt.

Haarstudio zieht um und erhält neuen Namen

Ms Fancy Skinner, Eigentümerin von Mitfords beliebtem Haarstudio, das sich bisher im Kellergeschoss ihres Hauses hinter der Lilac Road befand, erklärte: »Es wird Zeit, auf die Main Street zu ziehen!«

»Ich und meine Kunden sind der Ansicht, dass dieser Umzug einen trendigeren Namen erforderlich macht. Der neue Name wird ›Ein Schnitt höher‹ lauten.«

Ms Skinner verlegt ihren Salon in die Räume über der Leckerbäckerei. Das bedeutet, dass alle Friseurarbeiten in Mitford nun konzentriert in einem Gebäude erledigt wer-

den können, da Joe Ivey auf Straßenhöhe hinter der Küche der Leckerbäckerei frisiert.

›Ein Schnitt höher‹ wird Friseurdienstleistungen für beide Geschlechter anbieten, wobei man für einen Schnitt Preise von zwölf Dollar und aufwärts zahlen wird. Fancys Gesichtspflege, eine spezielle Hautpflegelinie mit organischen Zutaten, wird ebenfalls dort erhältlich sein. »Aber wagen Sie es nicht, auch nur daran zu denken, sich diesen Service zunutze zu machen«, sagt Ms Skinner, »es sei denn, Sie wollen anschließend zehn bis fünfzehn Jahre jünger aussehen.«

Die große Eröffnung des Salons wird am Dienstag ab neun Uhr morgens stattfinden, mit zuckerfreiem Kaugummi für alle und kostenlosen Acrylnägeln für jeden, der kommt.

Herzlichen Glückwunsch an ›Ein Schnitt höher‹!

Lokale Lacher

– von Anonymus

Schon das neue Schild in Percy Moselys Fenster gesehen?

»Schuhe müssen im Main Street Grill essen. Socken können essen, wo sie wollen.«

Und dann war da noch das Schild an der Tür zum Kreißsaal im Krankenhaus von Mitford: »Drücken, drücken, drücken«.

Mittlerweile hat wahrscheinlich jeder von Evie Adams' mitternächtlicher Schneckenjagd gehört. Offenbar war sie mit einem Salzstreuer und einer Taschenlampe bewaffnet auf der Jagd nach Schnecken in ihrem Blumenbeet. Einer von Chief Rodney Underwoods Leuten sah im Vorbeifahren den Lichtschein. Der Polizist, der hier nicht namentlich genannt werden soll, parkte etwas entfernt und schlich sich mit der Pistole im Anschlag auf Evies Grund-

stück. Seiner Aussage zufolge schien der Mond. Zu seiner Verwunderung habe der Einbrecher einen Morgenmantel und Lockenwickler getragen.

Nachdem er Evie fast zu Tode erschreckt hatte, gab sie ihm einen zweiten Salzstreuer und ließ ihn beim Durchkämmen des Blumenbeets helfen, womit sie eindeutig als Letzte lachte.

So viel für dieses Mal. Sauber bleiben und bis nächste Woche!

Emma, die ihre Fähigkeit, Faxe direkt von ihrem Computer aus zu verschicken, gern zur Schau stellte, hatte ihm eine Nachricht ins Büro gefaxt.

< An: Father Tim
< Von: Emma Newland
< Datum: Montag
< Memo: Es gibt keinen Ed Sikes in Oregon.
< Wir sehen uns bei der Hochzeit. Soll ich einen
< gebackenen Schinken mitbringen, damit Sie
< es nicht tun müssen?
< Herzliche Grüße an alle.

Er konnte es einfach nicht glauben.

Als er sich auf seinem Nachmittagsspaziergang Morris Loves Haus näherte, machte sein Hund plötzlich einen Satz nach vorn, mit der ganzen Muskelkraft eines Pferds. Die Leine wurde ihm aus der arglosen Hand gerissen, und Barnabas tauchte wie der Blitz unter dem Tor hindurch. Déjà vu!

Sein Ärger brach sich mit einer solchen Heftigkeit Bahn, dass er selbst erstaunt war.

»Barnabas!«, donnerte er.

War er so unterbelichtet, dass er auf diesen Zwischenfall nicht vorbereitet war, dass er ihn nicht vorausgeahnt hatte, dass er nicht erwartet hatte, dass so etwas passieren würde? Er würde nie wieder in diese Richtung gehen. Barnabas saß in dem Garten und auf der hinteren Veranda fest bis zum Jüngsten Tag. Er war jahrelang wie ein König behandelt worden und forderte nun königliche Privilegien für sich ein. Father Tim konnte den halsstarrigen, ungebärdigen, egoistischen Ungehorsam eines Hundes, für den er alles getan hatte, einfach nicht verstehen …

»Barnabas! Komm sofort her!« Er erkannte seine Stimme kaum wieder; sie jagte ihm nachgerade einen Schauder über den Rücken. Wenn er ein Hund wäre, würde er beim Klang dieser Stimme entweder aus dem Land fliehen oder auf dem Bauch zurückgerutscht kommen, um sich seine Gardinenpredigt abzuholen und die Sache hinter sich zu bringen.

Als er hörte, wie das mächtige Gebell im Dschungel der Loves langsam leiser wurde, kletterte er die Mauer hinauf und ließ sich, schwer atmend, auf der anderen Seite zu Boden fallen. Er wollte diesen Unsinn nicht noch einmal durchmachen müssen, nein, wirklich nicht. Und ganz gewiss wollte er nicht, dass sein griesgrämiger Nachbar ihn wieder beschimpfte, als sei er ein schnapsnasiger Hühnerdieb. Wenn Morris Love harte Zeiten durchgemacht hatte, was kümmerte ihn das? Mussten nicht reichlich andere Menschen dasselbe durchmachen, und war das eine Entschuldigung dafür, sich zu weigern, einem Nachbarn gegenüber wenigstens ein Mindestmaß an menschlicher Freundlichkeit an den Tag zu legen?

Er schnaufte und keuchte, als hätte er statt eines gemächlichen Spaziergangs durch die Nachbarschaft einen ganzen Querfeldeinmarsch bestritten.

Er war schon seit geraumer Zeit nicht mehr gezwungen gewesen, die Heilige Schrift auf seinen Hund anzuwenden, eine List, die hervorragend funktionierte, um Barnabas davon abzuhalten, in die Arme eines Arglosen zu springen oder dessen Ohren und Nasen gründlich abzulecken. Obwohl es keinen Präzedenzfall für die gegenwärtige Situation gab, war es einen Versuch immerhin wert.

»›Deinen Willen zu tun, mein Gott, macht mir Freude, deine Weisung trag ich im Herzen!‹ Jawohl.« Die Worte des Psalmisten brüllte er geradezu; er glaubte, dass die Blätter an einem Busch daraufhin zu zittern begannen.

Stille. Er kam sich vor wie ein Irrer.

Nun ja.

Was, wenn er einfach aufgab und nach Hause ging? Irgendwann würde Barnabas ihm schon folgen; er würde im Handumdrehen vor ihrer Haustür erscheinen, diesen seelenvollen Blick in den Augen. Aber was war damit gewonnen? Es würde seinem Hund nur die dumpfe Vorstellung einpflanzen, dass er dasselbe jederzeit, wenn ihm danach zumute war, wieder tun konnte. Nein, wahrhaftig, er würde seinem Hund hinterherlaufen und ihn am Halsband nach Hause zurückschleifen. Und dann gab es für eine Woche, vielleicht einen Monat, keine Leckereien mehr ...

Er stürmte die Einfahrt hinunter wie die Feuerwehr; er pfiff und rief nach rechts und nach links. Gelegentlich nahm er wilde Bewegungen im Gebüsch wahr. Vögel wurden aufgeschreckt und flogen schimpfend über ihn hinweg. Als er sich dem Haus näherte, huschte ein Eichhörnchen vor ihm über den Weg.

Neben der Einfahrt, die sich auf die Haustür zuschlängelte, war etwas, das er zuvor nicht bemerkt hatte. Es war eine alte, von grüner Patina überzogene Gedenkplatte auf einem Betonsockel, die fast vollständig von Efeu überwuchert war. Ein Schild mit dem Namen des Hauses oder der Hausnummer, vermutete er. Er bückte sich und las mit zusammengekniffenen Augen die Inschrift: *Nouvelle Chanson, 1947.*

Er war nicht allzu erpicht darauf, seinen Nachbarn zu stören, oh nein, aber was konnte er tun? Er richtete sich hoch auf und gab alles. »Barnabas!«

»Sind das schon wieder Sie?«, rief Morris Love aus einem Fenster im oberen Stockwerk.

»Ja, verflixt noch mal, Mr Love, ich bin es.«

»Raus! Raus!«

Bitte, nicht noch mehr von dieser Leier. »Ich kann nicht raus, bevor ich meinen Hund gefunden habe. Meinen Hund, Mr Love! Es tut mir leid, um Himmels willen.« Er stapfte durch das Unterholz an der Seite des Hauses, von wo er glaubte, den Aufruhr gehört zu haben.

»Barnabas! Komm her!« Darauf folgte wütendes Gebell, vermutlich von irgendwo hinter dem Haus. Plötzlich spürte er die Insekten, die sich an seinen Beinen gütlich taten, und als wäre das nicht genug gewesen, war es in diesem Dschungel unerträglich stickig. Bevor er über die Mauer geklettert war, war ihm die Feuchtigkeit gar nicht aufgefallen, ebenso wenig wie sein verzweifelter Durst.

»Ihr Hund hat drüben auf der Westseite ein Eichhörnchen auf einen Baum gejagt!« Morris Loves heisere Erklärung klang absolut sachlich.

Father Tim stürzte sich in das Gras, das ihm bis zur Taille reichte; Gott allein mochte wissen, was da auf dem Boden lauerte. Er brauchte eine Machete, eine Kettensäge, um weiter voranzukommen. Nachdem er sich bis auf die Rückseite des Hauses durchgekämpft hatte, stolperte er über einen Haufen Ziegelsteine, die von einem Schornstein heruntergefallen waren und versteckt im Gras gelegen hatten. Er fiel auf ein scharfkantiges Stück Mörtel und hievte sich mühsam hoch. Angeknackste Zehen, abgeschürfte Knie, zerschnittene Hände, zerstochene Beine ... Er biss sich auf die Zunge.

Er kämpfte sich an der schier endlosen Rückfront des Hauses entlang und umrundete, in Schweiß gebadet, die Ecke. So, zum Kuckuck, da war er, das unverschämte Vieh saß am Fuß eines Baumes auf den Hinterläufen und blickte himmelwärts, wie zum Gebet.

Sein Hund drehte den Kopf und bedachte ihn mit einem schuldbewussten Blick.

Sprachlos zeigte sein Herrchen auf seine Füße, die in Laufschuhen steckten. Barnabas betrachtete diese Geste einige Sekunden lang mit großer Nachdenklichkeit, dann erhob er sich langsam und kam mit gesenktem Kopf auf seinen Herrn zu und blieb einige Meter entfernt sitzen. Father Tim machte dieselbe Geste noch einmal und zeigte auf seine Füße. Barnabas stand auf, kam herübergetrabt und setzte sich neben den rechten Fuß seines Herrn.

Er bückte sich und pflückte die Leine aus dem Gras.

»Vergebung«, sagte er laut zu seinem Hund, »bedeutet, dass ich auf mein Recht verzichte, dir wehzutun, weil du mir wehgetan hast.« Er wusste nicht, woher diese spezielle Weisheit stammte, er hatte sie aus dem Stegreif formuliert.

Barnabas saß mit stoischer Miene vor ihm.

Er schob die Hand durch die Schlinge und wickelte sich die Leine zweimal um den Arm. Dann schlug er gründlich und mit Nachdruck auf seine zerstochenen

Beine und machte kehrt, um zuzusehen, dass er so schnell wie möglich von hier wegkam.

Er hörte Morris Love hinter einem der vielen verschlossenen Fensterläden im ersten Stock lachen. Es war, gelinde gesagt, ein seltsames Lachen, zusammengesetzt aus aneinandergereihten, kurzen Explosionen.

»Mr Love«, rief er. »Ich hoffe, wir haben Sie hinreichend erheitert.«

»Mehr als hinreichend.« Morris Love hörte auf zu lachen, und die Kälte kehrte in seine Stimme zurück. »Sie wissen ja, wie Sie hinausfinden, Reverend.«

»In der Tat, der Weg ist mir nur allzu vertraut.« Auch sein eigener Tonfall entsprach nicht direkt dem, den er benutzte, um Leute an der Kirchentür zu begrüßen.

Zum Teufel. Die hohe Mauer vor ihm musste die Rückseite eines anderen Flügels bilden, obwohl sie keine Fenster hatte. Vielleicht war es aber auch die Rückseite der Loggia, die er kurz zuvor erblickt hatte. Und das bedeutete, dass er eine längere Strecke bis zur Vorderseite der Anlage zurücklegen musste, durch noch dichteres Gestrüpp.

Er war in ein Gestrüpp wilder Rosen geraten, jedenfalls waren es elend lange, stachelige Zweige. Es war beileibe nicht einfach, sich aus diesem verflixten Gewirr zu befreien. Vielleicht wäre er gut beraten, wenn er nicht in diese Richtung weiterging, sondern denselben Weg nahm, über den er hergekommen war. Diese ganze Erfahrung war zutiefst erschreckend. Jähe Panik stieg in ihm auf.

»Nehmen Sie denselben Weg, über den Sie hergekommen sind.« Morris Loves Stimme erklang direkt über seinem Kopf.

Er befreite sich gewaltsam von den Dornen, die sich in seinen Kleidern verfangen hatten, und machte kehrt.

Flöhe. Emmas Verdacht bewahrheitete sich. Er riss seine Hosenbeine hoch und stellte zu seiner Erleichterung fest, dass es doch keine Flöhe waren, obwohl dies hier wahrscheinlich noch schlimmer war. Er beschleunigte seinen Schritt, versuchte, sich von der Stolperfalle der versteckten Steine fernzuhalten, und schaffte es schließlich zurück in die Einfahrt, wo er stehen blieb und sich mit dem Saum seines T-Shirts das schweißnasse Gesicht abwischte.

»In dem Hahn hinter Ihnen ist Wasser.«

Wasser! Er drehte sich um und entdeckte etwa auf Kniehöhe einen Wasserhahn an einem Rohr. Er drehte den Hahn auf, ließ den Rost abfließen, dann spülte er die Wunde an seiner Hand aus und spritzte sich Wasser ins Gesicht. Anschließend nahm er einige lange Schlucke von dem Wasser und ließ auch Barnabas trinken, dann zog er sein Hemd aus, trocknete sich ab und schlüpfte wieder hinein. Gütiger Gott, was für eine Erfrischung. Er fühlte sich wiederbelebt und voller neuer Kraft; heiliges Wasser, wahrhaftig!

»Gott segne Sie!«, rief er spontan und voller Dankbarkeit.

»Ich glaube nicht an Gott.« Morris Loves Stimme klang wie ein regelrechtes Knurren.

»Gott glaubt an Sie!«

»Warum hat Er mir dann einen solchen Körper gegeben?«

»Warum hat Er Ihnen eine solche musikalische Begabung gegeben?«

»Ich halte sehr wenig davon, eine Frage mit einer Gegenfrage zu beantworten.«

»Manchmal ist eine Frage die einzige Antwort, die ich habe, Mr Love.«

Plötzlich entdeckte er einen verrosteten Gartenstuhl,

der einige Schritte zu seiner Rechten stand, direkt unter dem Fenster, hinter dem er Morris Love vermutete. Bei seiner früheren Safari hatte er den Stuhl nicht bemerkt, und bis jetzt war ihm auch seine ungeheure Müdigkeit nicht bewusst gewesen.

Er ging zu dem Stuhl hinüber und setzte sich, dankbar für die Gelegenheit, ein wenig zu Atem zu kommen. Was konnte der Herr des Hauses ihm schon antun – ihm einen Blumentopf auf den Kopf werfen?

»Ich habe mich kurz hingesetzt«, erklärte er, zu kraftlos, um die Stimme zu heben. »Ich hoffe, Sie haben nichts dagegen.«

Er betrachtete das Bild, das sich ihm bot, die Art, wie das Licht durch das dichte Gewirr der Bäume fiel und sich im Blätterwerk verlor. Ein Dschungel, wahrhaftig. Dennoch musste dieser Garten früher einmal wunderschön gewesen sein, eine tropische Insel innerhalb einer Insel, so exotisch und fremdartig, dass der Gedanke an die Geschäftigkeit gleich hinter der Mauer geradezu ungeheuerlich erschien.

»Ich möchte Ihnen eine Frage stellen, Reverend. Wie vereinbaren Sie es mit Ihrem Gewissen, die Scharade des Glaubens zu praktizieren?«

Die Frage machte ihn sprachlos.

»Ich verstehe nicht, was Sie meinen«, sagte er, und er verstand es wirklich nicht.

»Das scheint mir doch auf der Hand zu liegen. Sie tragen einen Priesterkragen, Sie rezitieren ein Glaubensbekenntnis, Sie sprechen von Gott, und doch können Sie als ein Mensch, dem ich eine gewisse Intelligenz unterstelle, unmöglich glauben, dass es einen liebenden Gott oder überhaupt einen Gott gibt.«

»Ganz im Gegenteil, Mr Love. Ich finde es unmöglich, nicht an einen liebenden Gott zu glauben.«

»Wie ich sehe, ist es sinnlos, mit Ihnen über eine höhere Wahrheit diskutieren zu wollen.«

»Dann sehen Sie nichts, sondern sind blind.« Obwohl er nicht hart sein wollte, hatte er den dringenden Wunsch, klar zu sein.

»Blindheit hat, das darf ich Ihnen versichern, nie zu meinen Behinderungen gehört.«

»Betrachten Sie Ihre körperliche Verfassung als Behinderung?«

»Sie reden wirklich wie ein seltsamer Narr. Natürlich tue ich das.«

»Viele Menschen tun das nicht, Mr Love. Es gibt zum Beispiel gegenwärtig mehrere praktizierende und höchst erfolgreiche Ärzte, die genau an der gleichen Krankheit leiden wie Sie.«

»Es ist keineswegs genau die gleiche Krankheit. Sie täuschen sich gewaltig, Reverend, wenn Sie sich anmaßen, mich zu kennen. Sie kennen mich nicht, und Sie werden mich niemals kennen.«

»Wir sind im Moment beide ziemlich anmaßend, Mr Love. Sie maßen sich an, mir zu unterstellen, ich sei insgeheim ohne Glauben, ich maße mir an, Ihnen zu unterstellen, Sie seien gesünder, als Sie es selbst annehmen. Wie du mir, so ich dir, wie meine Großmutter zu sagen pflegte. Jetzt lassen Sie uns dieses Gespräch beenden, ja?«

»Raus! Raus!«, brüllte Morris Love.

»Ja, wahrhaftig, und vielen Dank für Ihre Gastfreundschaft.« Er machte sich auf den Weg die Einfahrt hinunter, während sein Hund, den er nun wieder an der Leine hatte, neben ihm herlief.

Die wütenden Schreie verfolgten ihn. »Raus! Raus!«

»Mit Freuden, mit Freuden!«, murmelte er und eilte auf das Tor zu.

Während der beiden vergangenen Tage war die Luft wundersamerweise nicht feucht und stickig gewesen wie sonst, sondern frisch und belebend. Licht und Geräusche wirkten intensiver, die Wolken waren verschwunden, und der Himmel war so tief blau, dass er wie emailliert wirkte.

Father Tim kniete in seinem Garten, zupfte Unkraut und legte frisches Stroh auf die Beete, dankbar dafür, Erde in Händen zu haben.

Doch den Konflikt in seinem Geist vermochte er nicht zu ignorieren – er liebte diese neue Jahreszeit und spürte gleichzeitig den Kummer, den sie mit sich brachte. Er hatte Jahre gebraucht, um dem Kummer einen Namen zu geben und um sich ihm endlich zu stellen.

Sein Vater war am 12. Oktober vor mehr als vierzig Jahren gestorben, und in jedem Herbst kam die dumpfe Schwere von neuem an die Oberfläche. Während jener dunklen Zeit hatte er seinem Vater ein für alle Mal vergeben können, was wahre Wunder in seinem Geist und in seiner ganzen Weltsicht bewirkt hatte. Dennoch waren Überreste des Leidens zurückgeblieben, wie ein Teefleck auf einem Leinentuch, und diese Überreste kehrten in jedem Jahr mit dem wechselnden Licht des Herbsts zurück.

Die widersprüchlichen Gefühle, die der Tod seines Vaters in ihm geweckt hatte, waren so vielschichtig und ineinander verwoben, dass er sie niemals hatte entwirren können, und er sah auch keinen Sinn darin, es noch einmal zu versuchen.

Vielleicht war es tatsächlich Zeit, dass er sich selbst verzieh. Und es gab einiges zu verzeihen: die Erleichterung, die er beim Tod seines Vaters verspürt hatte, das nagende Gefühl, es ihm niemals recht gemacht zu haben, die Frage, was aus der Seele seines Vaters geworden sein mochte. Oh, wie sehr er sich danach gesehnt hatte, Matthew Kavanagh zu Christus zu führen, die Höllenqualen, die den Geist seines Vaters beherrschten, in Frieden und Gewissheit zu verwandeln. Aber es hatte nicht sein sollen; es war, als hätte sein Vater als letzte Bosheit gegen seinen Sohn beschlossen, sich für alle Ewigkeit von Gott fernzuhalten.

Ja!, dachte er und stieß die Schaufel in die Erde. Es wird Zeit loszulassen, alles ...

Er würde diese Gedanken auf der Stelle und zur Gänze loslassen, obwohl er sich vielleicht wieder und wieder versucht fühlen würde, sie zurückzuholen.

Er saß wie ein Kind im Gras, die Beine von sich gestreckt, und betete.

Als er den Kopf hob, wusste er sofort, dass er beobachtet wurde. Er spähte durch die Zaunlatten zu Morris Loves Hecke hinüber und hob, ohne nachzudenken, die Hand und winkte.

Er hatte einige duftende Stängel von der süßen Herbstclematis abgebrochen und ging in die Küche, um eine Vase zu suchen. Cynthia saß auf dem Fenstersitz. Sie ließ Jonathan auf ihrem Schoß reiten, und der Junge lachte und klatschte in die Hände. Als er den Ausdruck auf ihrem Gesicht sah, durchzuckte ihn ein Stich von etwas, das er nicht zu benennen wusste.

»Hallo, Liebling!«, sagte seine Frau.

15 Schloss und Schlüssel

Auf dem Heimweg von einem Besuch bei Janette machte er bei Ernie Halt.

Roger blickte auf und nickte ihm zu, ganz versunken in den Anblick seiner Ente, deren Flügelspiegel er soeben abflämmte. Roanoke reckte den Zeigefinger in die Höhe.

»Junior hat gute Neuigkeiten!«, sagte Ernie. »Er hat ihren Brief bekommen. Sie schreibt, dass sie nicht mit ihm ausgeht. Aber sie will mit ihrer Schwester eine Freundin hier auf der Insel besuchen und auf einen Sprung bei ihm vorbeischauen. Am 22. Oktober!« Ernie verkündete das Datum, als sei es von derselben Wichtigkeit wie der Tag, an dem die Engländer auf Whitecap gelandet waren.

»Sie schreibt, sie und ihre Schwester würden gern irgendwo mit Junior einen Kaffee trinken, also hat er zurückgeschrieben und Monas Café vorgeschlagen, um halb zehn!«

»Bingo!«, rief Father Tim und zog sich einen Stuhl heran. »Freut mich, das zu hören.« Ihm gefiel der Geruch von Rogers brennendem Holz, der dem Raum etwas entschieden Heimeliges gab.

»Junior will bis dahin kein Bier mehr trinken und versuchen, zehn Pfund abzunehmen.«

»Aha.«

»Ja, und er will sich seine Kopfhaut massieren, weil er hofft, dass dann die Haare nachwachsen«, warf Roanoke ein. »Aber das wird vergebene Liebesmüh sein.«

»Falls es funktioniert, geben Sie mir Bescheid«, sagte Father Tim.

»Außerdem«, sagte Ernie, »außerdem habe ich Elmos Bett verkauft – mit allem Drum und Dran.«

»Die Zane Greys?«

»Den ganzen Haufen. Gestern war ein Mann hier, der ein paar Senker gekauft hat. Anschließend ist er rüber in den Bücherraum und mit dem Karton wieder rausgekommen. Er hat nach dem Preis gefragt, ich habe fünfzig Dollar gesagt, und er hat den ganzen Karton mitgenommen.«

»Wo hat Elmo denn dann gestern Nacht geschlafen?«, fragte er.

»In einem Karton mit diversen Western; da habe ich ihn jedenfalls heute Morgen gefunden.«

Roger blickte nicht von seiner Arbeit auf. »Erzähl ihm von *The Last of the Plainsmen*.«

»Der Bursche hat mir den Fuffziger rübergeschoben, sich da drüben hingesetzt und den Karton Buch für Buch durchgesehen. Und dabei hat er sie gefunden – eine signierte, gebundene Erstausgabe! Ich wusste nicht mal, dass ich sie hatte. Das Ding ist ein Vermögen wert, mindestens zweihundert. Er meinte, er würde mir deswegen nicht mehr bezahlen, und ich meinte, ich würde auch nicht mehr verlangen, Geschäft ist Geschäft. Aber ich kann Ihnen sagen, es hat mir das Herz gebrochen. Zweihundert Dollar!«

»Das würde selbst ein Glasauge zu Tränen rühren«, sagte Roanoke und klopfte eine Zigarette aus dem Päckchen.

Elmo erschien in der Tür zum Bücherraum und sah entschieden zerzaust und angewidert aus.

»Also, Elmo«, sagte Father Tim, »wie gefallen dir die diversen Western?«

Er ging vom Büro aus nicht direkt nach Hause, sondern zum Strand.

Am Fuß der Dünen zog er seine Socken aus und stopfte sie in seine Schuhe, dann krempelte er sich die Hosenbeine auf und machte sich auf den Weg. Keine Ehefrau, kein Kleinkind, kein Hund, kein gar nichts.

Er spürte einen Grimm, den er nicht ganz verstand. Vielleicht konnte er ihn mit einem schnellen Marsch verscheuchen; vielleicht würde er sich über dem Meer auflösen und in Gestalt eines minder schweren Taifuns über Argentinien niedergehen. Er war wütend auf viele Menschen, und das aus vielen Gründen – wütend auf Jeffrey Tolson, weil er grausam war, wütend auf Janette Tolson, weil sie passiv war, wütend auf Cynthia Kavanagh, weil sie ihr Herz an das Kind einer anderen Frau verloren hatte, wütend auf Morris Love, weil er sich einkerkerte, obwohl er hätte frei sein können. Er war sogar wütend auf sich selbst. Aber weshalb?

Eine Möwe flog vom Flutsaum auf und zog schreiend ihre Kreise über ihm. Erst jetzt wurde ihm klar, dass er rannte. Er hörte den Sand unter seinen Füßen knirschen und begriff, dass außer ihm keine Menschenseele am Strand war.

Diese weite Welt, dieser gewaltige Ozean, dieser unendliche Himmel, dachte er – und Morris Love, der hinter einer Mauer eingekerkert war, in einem Körper, den er hasste.

Aber, so überlegte Father Tim weiter, hatte nicht auch er jahrelang in einem selbstgemachten Gefängnis gelebt und seinen Vater abwechselnd gefürchtet, verachtet und insgeheim zurückgewiesen? Trotz seines Glaubens war seine Freiheit in Christus ernsthaft eingeschränkt gewesen, weil er die alten Ketten nicht hatte loslassen können, weil er unwissentlich die alte adamsche Verbitterung gehegt hatte. Sehr wahrscheinlich hatte Morris Loves Vater große Ähnlichkeit mit Matthew Kavanagh gehabt – ein enttäuschter, grollender Mann, der sich durch die Frucht seines Fleisches betrogen fühlte.

Und wer betete für Morris Love? Wer erinnerte sich überhaupt an ihn, außer den Insellegenden vielleicht? Statt für sie ein lebender, atmender, fühlender Mensch zu sein, war er im Bewusstsein aller zu einem Nichts geschrumpft – ausgenommen seine Haushälterin, der Orgelstimmer und ein pensionierter Geistlicher, der nur dank der Gnade Gottes kein Gefangener des bösen Feindes war.

Und noch etwas – wenn Morris Love Gott so energisch abgeschworen hatte, warum spielte er dann so viel von Seiner Musik?

Er fragte sich, warum er nicht für Morris Love gebetet hatte. Wie konnte er sich weiter vor einer Sache drücken, die man ihm buchstäblich in seinen eigenen Garten gekippt hatte?

Er murmelte laut vor sich hin, während er weiterlief, keuchend und schnaubend in einem kühlen Wind, der vom Wasser her wehte. Genau das war der Grund, warum er so wütend auf sich selbst war: Gott hatte ihn als Drückeberger entlarvt.

Er blickte von der Küchenspüle auf, an der er die Tomaten wusch. Seine Frau, die hinausgegangen war, um das letzte Basilikum aus dem Kräuterbeet zu pflücken, stieß plötzlich einen schrillen Schrei aus, warf ihren Korb hoch in die Luft und begann, auf einem Fuß herumzuhüpfen.

»Au! Au! Mist, verdammt! Hu! Ha!«

Seine Frau führte plötzlich einen Regentanz auf,

mitsamt dem dazugehörigen urtümlichen Geschrei. Was um alles in der Welt …?

»Timothy! Timothy! Hilfe! Oh, au, au, ah!«

»Cynthia?« Er rannte hinaus. *Bitte, lieber Gott, keine Schlange, kein furchtbarer Schnitt von einer Glasscherbe …*

»Erdwespen!«, rief sie, immer noch humpelnd.

»Komm!«, sagte er und griff nach ihrem Arm. »Ich helfe dir ins Haus.«

»Ich kann nicht auftreten, Timothy, es ist schrecklich, es tut so weh, ich kann nicht laufen!«

»Dann steig auf«, sagte er und beugte die Knie. Sie schlang ihm die Arme um den Hals und klammerte sich an seinem Rücken fest, und er schleppte sie in die Küche und ließ sie wie einen Sack Zwiebeln auf den Fenstersitz fallen.

»Lass mal sehen«, sagte er und ging in die Hocke. »Aha, zwei Stiche, mitten zwischen die Zehen.«

»Tu etwas, Timothy, du kannst dir nicht vorstellen, wie weh das tut!« Seine Frau neigte im Allgemeinen nicht zum Jammern; er wusste, dass sie es wirklich ernst meinte.

»Tabak!«, rief er. Er hatte einmal gehört, dass Tabak das Brennen linderte. Und neulich hatte er noch irgendwo einen Zigarrenstummel gesehen. Aber wo? »Ich bin gleich wieder da!«

Wo genau hatte Otis den Zigarrenstummel ins Gebüsch geworfen, als er am vergangenen Dienstag dagewesen war …

Er zerrieb den kurzen Stummel und mischte den Tabak mit Wasser zu einem Brei. »Hier«, sagte er und eilte zu ihr hinüber, um ihr das Gebräu in einer der Suppenschalen seiner Großmutter zu präsentieren. »Stell den Fuß dort hinein.«

Sie tat wie geheißen, schloss die Augen und schnitt eine Grimasse. »Arrgh! Meine Zehen fühlen sich so an, als hätte ein Arzt in der Wildnis von Montana sie mit einer Handsäge amputiert, irgendwann um 1864 herum.«

Er schnalzte mit der Zunge. Seine Frau neigte bisweilen ein klein wenig zu Übertreibungen.

»Es stimmt, Timothy, genauso fühlt es sich an.«

Jonathan, der aus seinem Mittagsschlaf erwacht war, schlug Father Tim mit beiden Händen auf den Rücken, als dieser neben der Suppenschale hockte. »Hör auf!«, schrie der Junge. »Hör auf, sie zum Weinen zu bringen!«

Um die Wahrheit zu sagen, er war es ein ganz klein wenig leid, den Ersatzvater zu spielen.

»Sieh mal«, sagte seine leidende Frau, »meine Zehen schwellen an und werden ganz rot. Wie abscheulich.«

»Du musst ein wenig Geduld haben«, sagte er und deutete auf seine selbstgemachte Arznei. »Ich hole dir zwei Aspirin, dann rufe ich Marion an und frage, was sie empfiehlt.«

Cynthia sog scharf den Atem ein und zuckte zusammen. »Bist du jemals gestochen worden?«

»Nein«, sagte er. »Kein einziges Mal.«

Selbst im Leiden war seine Frau imstande, eine herrische Miene aufzusetzen. »Was für eine Jugend muss das gewesen sein, Timothy ...«

Der Moment, in dem er zu seiner Gemeinde hinüberblickte und ihr quasi den Puls fühlte, war stets etwas Besonderes für ihn. Wirkten die Menschen aufmerksam? Resigniert? Mürrisch? Das Gefühlsklima, dem er begegnete, war jeden Sonntag ein anderes, eine brandneue Mischung von Persönlichkeiten und spirituellen Sehnsüchten, die allesamt zu dem Gefühl beitrugen, dass das, was er tat, niemals dasselbe war, niemals einförmig.

Heute war sein Freund Stanley Harmon von den Baptisten da. Er machte Urlaub und wollte mal sehen, was die Episkopalen so trieben. Stanley würde am siebenundzwanzigsten den Gottesdienst in St. John's halten, wenn Father Tim in Mitford Pauline und Buck verheiratete.

Seine Frau strahlte ihn rechts vorn aus der zweiten Reihe an, wo sie zusammen mit Sam und Marion saß ...

... und dann waren da die Duncans, deren Kinder wie eine Gänseschar neben ihnen aufgereiht saßen. Einmal im Monat schwänzte der ganze Trupp, einer Familientradition gemäß, die Sonntagsschule und kam in den Gottesdienst. Eine, zwei, drei, vier Haarschleifen hüpften auf dunklen Locken, während die beiden Jungen emsig damit beschäftigt waren, ihre Gemeindeblättchen auszumalen.

Er senkte gerade den Blick auf das Eingangslied, als er im hinteren Teil der Kirche ein Gesicht entdeckte, das so kalt und unbeweglich war, als sei es in Stein gemeißelt.

Sein Herz hämmerte, als sich ihre Blicke für einen Moment trafen und er Wut und Arroganz in den Augen des anderen Mannes las und ... Trotz.

»›Ihr, die ihr wahrhaftig und ernstlich eure Sünden bereut, mit euren Nachbarn in Liebe und Güte lebt ...‹«

Da er sich diese Worte schon vor langer Zeit eingeprägt hatte, sah er nicht auf sein Gebetbuch, sondern auf seine Gemeinde. Er bemerkte, dass einige Kirchenbesucher sich auf ihren Plätzen umdrehten und den Mann in der hintersten Reihe wütend anfunkelten.

»›… und vorhabt, ein neues Leben gemäß den Geboten Gottes zu führen und von Stund an seinen geheiligten Wegen zu folgen: Tretet gläubig näher und legt demütig knieend euer einfaches Bekenntnis zum allmächtigen Gott ab.‹«

Die Gemeinde sank einmütig auf die Knie. Jeffrey Tolson blieb stehen, sah einen Moment lang zum Altar hinüber, drehte sich dann um und ging mit schnellen Schritten aus der Kirche.

Diesmal fürchtete er das Zusammentreffen mit den Menschen auf dem Kirchhof, die in den Sonnenschein hinauseilten. Oliver Hughes gab ihm nicht die Hand, sondern murmelte: »… ihn hierher zurückkommen zu lassen, damit er die Kirche plündert und die Frauen eine nach der anderen herauspickt wie ein Fuchs in einem Hühnerstall …«

»… um sie in seine Höhle davonzuschleppen!«, ergänzte Millie Hughes und stapfte angewidert davon.

Marion Fieldwalker umarmte ihn wortlos. Sam knurrte: »Ach du liebe Güte«, und legte seinem Pfarrer die Hand auf die Schulter.

Otis blieb stehen, sah ihm in die Augen und sagte nur: »Wir erwarten, dass Sie das in Ordnung bringen.«

Jean Ballenger schüttelte ihm die Hand, sagte jedoch nichts. Ihr Mund, den sie zu einer schmalen Linie zusammengepresst hatte, war beredt genug.

Seine Frau, die vorübergehend humpelte, kam zu ihm und schob ihre Hand in seine.

Es gab geschliffenere Möglichkeiten, es auszudrücken, aber die Redensart seiner Großmutter beschrieb den Sachverhalt recht treffend:

Wenn es regnet, dann aber richtig.

In wenigen Tagen wollten sie nach Mitford aufbrechen, und bis dahin musste er Jeffrey Tolson aufspüren und mit ihm reden, er musste Stanley Harmon über die Situation in Kenntnis setzen und sich von Reverend Jack bestätigen lassen, dass dieser zelebrieren würde, wenn Stanley predigte. Außerdem musste er noch einige letzte Kleinigkeiten für den Herbstjahrmarkt am 9. November regeln und sich mit der Frauengruppe treffen, den unbezähmbaren Fleißigen Fingern, die für den Jahrmarkt Handarbeiten im Wert von fast tausend Dollar anfertigen würden, einschließlich der Schürzen, bestickten Kissenbezüge, Ofenhandschuhe und einer ehrgeizigen Stickerei des Letzten Abendmahls.

Vor allem aber musste er nach Dorchester fahren, dem Captain die Kommunion spenden und seinen Besuch bei Ella machen.

Der Ausflug nach Dorchester konnte möglicherweise warten, aber sein Herz sagte ihm etwas anderes. Der alte Captain hatte lange genug gewartet – keine Ausflüchte mehr! Und wie sollte er Jeffrey Tolson finden, der angeblich auf der Insel lebte, aber so schwer zu fassen war wie eine Forelle in einem Teich?

Schlimmer noch, was würde seine Gemeinde von ihrem Pfarrer denken, wenn er im Angesicht einer höchst beunruhigenden Situation einfach nach Mitford verschwand?

Den letzten Punkt auf seiner Liste fürchtete er am meisten. Bevor er seine Sorgen jedoch offenbarte, überlegte er sich, wie ihr Gespräch verlaufen könnte. Vielleicht würde er das Thema aufbringen, wenn sie im Bett lagen.

»Cynthia«, könnte er sagen.

»Ja?«

»Du entwickelst … eine Bindung an Jonathan.« Eine einfache Beobachtung, keine Kritik.

»Wirklich? Tue ich das?«

»Ja.«

Er hatte das Ganze genau durchdacht und wusste, dass es keine Eifersucht war. Es war Angst. Ihre Gefühle, die offensichtlich sehr tief gingen, machten ihm Angst.

»Worauf willst du eigentlich hinaus?«

»Ich sehe doch, wie viel er dir bedeutet. Und du weißt, dass er uns schon bald verlassen wird.«

»Nun, ja, Timothy. Natürlich. Gibt es irgendeinen Grund, warum ich ihn nicht gernhaben sollte?«

Was konnte er darauf erwidern? Dass er es für das Beste hielt, wenn sie langsam anfing, loszulassen, wenn sie sich auf die bevorstehende Trennung vorbereitete, auf eine Art und Weise, von der er selbst keine genaue Vorstellung hatte? Obwohl Jonathan erst seit wenigen Wochen bei ihnen lebte, hing seine Frau an dem Jungen, als sei er ihr eigenes Kind. Aber andererseits – hatte sie Dooley nicht auf dieselbe Weise liebgewonnen? Er erinnerte sich an seine eigenen dunklen Ängste, dass irgendjemand ihm den Jungen entreißen würde …

Zu guter Letzt beschloss er, gar nichts zu sagen. Jonathan würde nach Hause zurückkehren, und damit wäre die Sache erledigt.

Er war erleichtert, furchtbar erleichtert, dass er das Thema nicht zur Sprache gebracht hatte; allein die Vorstellung, dass er etwas Derartiges in Erwägung gezogen hatte, erschien ihm jetzt eigenartig und unsensibel.

»Bananenbrot!«, rief seine Frau und stellte das Backblech auf die Theke.

»Meine Mommy, meine Mommy, sie backt auch Brot«, sagte Jonathan heftig nickend.

»Ein Laib für uns, ein Laib für die Nachbarn«, erklärte sie. »Aber warte, das hatte ich ja vergessen – wir kennen die Nachbarn ja gar nicht.«

Das stimmte. Ein paar Mal hatten sie den Leuten in dem grauen Haus zugewinkt, die beliebig kamen und gingen, und die Familie von nebenan war während des ganzen Sommers noch nicht aufgetaucht; einer der Fensterläden auf der Seite zu Dove Cottage hin klapperte bereits seit einem Monat im Wind.

»Nachbarn«, überlegte er. Es war ein seltsamer Gedanke, fast wie ein Kratzen über der Schädeldecke.

Als er auf die Veranda hinter dem Haus trat, hörte er die Musik.

Keine Ahnung, was es sein mochte. Aber eins stand fest: Es war etwas Besonderes. Und es war gut …

Aufmerksam lauschend trottete er los, um sein gutes Werk zu tun. Das stetige Ansteigen der schwer lastenden Bässe schien nur die Grundlage zu sein für eine harmonische Progession, die er merkwürdig verwirrend fand. Und darüber verwob sich eine schwer fassbare Melodie mit einem leichten Schleier wie hingeworfener Töne, die das Bild einer Schar Vögel heraufbeschwor, die ein bevorstehender Sturm auffliegen ließ.

Das Ganze wirkte verwirrt, beinahe zusammenhanglos, dachte er, während er sich über die Mauer hievte. Dennoch schien die Musik das Gefühl einer essenziellen Einheit hervorzurufen …

Das Brot in einem Cellophanbeutel an die Brust gedrückt, stand er schließlich unter dem Fenster, von dem aus sein Nachbar für gewöhnlich seine Audienzen abhielt. Andächtig lauschte er, während die Musik sich ihrem Höhepunkt zubewegte.

Er mochte ja ein verrückter Seelsorger sein, aber er dachte nicht wie einer. Tatsächlich war er über die Mauer geklettert, als sei es die natürlichste Methode auf der Welt, einen Besuch zu machen. Seine impulsive Mission erfüllte ihn mit einiger Erregung – schließlich war dies sein Nachbar, für den er gerade betete, und außerdem, wer konnte einen noch ofenwarmen Laib Brot ablehnen?

Als die Musik endete, rief er: »Gut gemacht! Gut gemacht, Mr Love!«

In dem Raum über ihn knarrten Dielenbretter. »Reverend Kavanagh ...«

»Eben der!«

»Ihr Hund ist nicht hier«, blaffte Morris Love.

»Ja, und was für eine Erleichterung! Ich habe Ihnen ein Bananenbrot mitgebracht. Meine Frau hat es gebacken, es ist noch warm, ich denke, es wird Ihnen schmecken.«

Stille.

Wenn sein Nachbar das Brot nicht wollte, würde er es auf den Heimweg selbst verspeisen.

»Ich soll Ihnen von ihr ausrichten, dass es ein Zeichen unserer Wertschätzung Ihrer Musik sei.«

Stille.

»Was war das überhaupt für ein Stück? Es war sehr interessant. Ich glaube nicht, dass ich es schon einmal gehört habe.« Aus ihm wurde langsam eine regelrechte Plaudertasche.

Stille.

Langsam stieg ein geradezu kindlicher Ärger in ihm auf. Er war mit einem Lächeln auf dem Gesicht und einem Brot in der Hand hergekommen, und was bekam er für seine Mühe? Genau das, was er hätte erwarten können.

»Mr Love, zum Kuckuck, was soll ich mit Ihrem Brot machen?«

»Legen Sie es auf den Stuhl«, sagte Morris Love.

»Was soll ich tun?«

»Es auf den Stuhl legen!«, brüllte er.

Er dachte einen Moment lang darüber nach, dann ging er entschlossen zu dem Stuhl hinüber und setzte sich. Er war es müde, vor seinem reizbaren Nachbarn davonzulaufen wie ein Hase vor dem Hund. War seine Spritztour über die Mauer nicht ein kurzes Gespräch wert, eine Geste bloßer Höflichkeit? Er würde einen schnellen Versuch unternehmen und dann verschwinden.

»Mr Love, ich konnte nicht umhin, das Schild mit der Aufschrift *Nouvelle Chanson* zu bemerken. Wie ist das Haus zu diesem Namen gekommen?«

»Meine Großmutter hat ihm den Namen gegeben. Sie hat an der Metropolitan gesungen und zählte Rose Bampton und Lily Pons zu ihren Freunden. Melchior war ein guter Bekannter meines Großvaters.«

»Aha.«

»Als meine Großeltern 1947 dieses Haus als Sommerhaus gebaut haben, hoffte meine Großmutter auf einen neuen Anfang für ihre Ehe – ein neues Lied, wenn Sie so wollen.« Morris Loves Tonfall war ungeduldig, wenn auch entschieden weniger feindselig. »Aber so hat es nicht funktioniert.«

Father Tim wartete einen Moment. »Wie hat es denn funktioniert?«

»Meine Großeltern konnten nur das alte Lied leben.«

»Das alte Lied ...«

»Kleine Gesten voller unausgesprochener Bosheit, Reverend, und bitterer Hass aufeinander.«

Morris Love redete mit ihm, er redete tatsächlich mit ihm. Ihm wurde bewusst, dass er den Atem angehalten hatte, und nun stieß er ihn vorsichtig wieder aus. »Wer hat Ihnen das Orgelspiel beigebracht?«

»Mein Großvater. Nachdem er sein Vermögen gemacht hatte, hat er mit dem Studium der Orgel begonnen. In den vierziger und fünfziger Jahren haben mehrere große Orgelmeister den Sommer hier verbracht und ihm Unterricht gegeben. Als ich auf die Welt kam, verfügte er über respektable Kenntnisse, und er hat begonnen, mich zu unterrichten, als ich noch sehr jung war.«

»Irgendjemand hat mir erzählt, er hätte eigens für Sie eine Orgel bauen lassen ...«

»Ja. Als ich sechs Jahre alt war.«

»Ist das die Orgel, auf der Sie heute noch spielen?«

»Das war ein Spielzeug, Reverend, ein bloßes Spielzeug. Ich spiele auf der eigens für meinen Großvater angefertigten Casavant, die später für meine besonderen Bedürfnisse umgebaut wurde.«

»Ich habe noch nie eine Casavant-Orgel gesehen, obwohl ich vielleicht schon einmal eine gehört habe, ohne es zu wissen. Diese Instrumente zählen ja zu den schönsten auf der Welt.«

»Genauer gesagt, ist diese Orgel das prächtigste Instrument überhaupt. Casavant war damals hier, um eine akustische Analyse vorzunehmen, und er hat mit dem Architekten zusammen an der Vollendung dieses Raums gearbeitet. Mein Großvater war ein Mann von hohen Ansprüchen.«

»Ich nehme an, die Tasten sind aus einem exotischen Holz?« Es war nur eine Kleinigkeit, aber er hatte sich immer für die Tasten alter Instrumente interessiert. Das Ganze klang absolut faszinierend; er konnte sich das prächtige Instrument vorstellen, das den Raum über ihn beherrschen musste. Also sprang er kopfüber ins kalte Wasser. »Ich würde die Orgel irgendwann gern einmal sehen und Sie spielen hören ... ohne Mauern zwischen uns.«

Während der langen Pause, die nun folgte, lauschte er auf das Hämmern seines Herzens. Jetzt hatte er sich zu weit vorgewagt und war wieder genau dort, wo er angefangen hatte.

»Das wäre ... unpassend.« Es schwang ein sehnsüchtiger Klang in Morris Loves Stimme mit, dessen war er gewiss. *Herr, sprich zu seinem Herzen.*

»Mr Love, darf ich Sie Morris nennen? Und bitte – nennen Sie mich Tim.«

»Ich habe noch nie einen Geistlichen beim Vornamen genannt. Ich finde, das ist eine abstoßende moderne Unsitte.«

»Dann kennen Sie also einige Geistliche? Sie waren früher in St. John's?«

»Nur zur Taufe. Die Pfarrer von St. John's sind häufig hierhergekommen, einige, um für mich zu beten, andere, um die französischen Weine meines Großvaters zu trinken. Das einzig Erfreuliche an diesen Besuchen waren für mich die wunderbaren Notenblätter, die sie aus der Kirche entwendet hatten, um sie mir zu schenken.«

»Ihre Mutter und Ihr Vater ... waren die beiden ... waren sie ...«

»Raus! Raus!«

Er zuckte zusammen. Der Schock darüber, das Unausweichliche zu hören, bescherte ihm eine Gänsehaut. Der Tonfall und die Wiederholung dieses wütenden Befehls waren fast mehr, als er ertragen konnte. Eine tiefgreifende Müdigkeit bemächtigte sich seines

Geistes, und da er nicht wusste, was er sonst tun sollte, stand er auf, um zu gehen.

»Reverend ...«

»Ja?«

»Sie dürfen mich Morris nennen.«

»Morris«, sagte er, und seine Stimme klang plötzlich belegt. »Bitte, überlassen Sie das Brot nicht den Eichhörnchen. Ich hoffe, es schmeckt Ihnen. Am besten, Sie machen es sich zum Frühstück im Ofen warm, so halten wir es nämlich auch.«

Mit einem Mal hatte er eine seltsame Eingebung und richtete eine Frage an das Fenster.

»Tourette-Syndrom?«

»Ja. Eine milde Form.«

»Ich werde wiederkommen«, sagte er. Aber es kam keine Antwort.

Marion Fieldwalker blickte von dem Ausleihetisch auf. »Father Tim! Wir freuen uns schrecklich, Sie zu sehen!«

»Ich suche nach einem Medizinlexikon, Marion. Etwas Umfassendes.« Angesichts der Tatsache, dass der Transport von Büchern nach Gewicht abgerechnet wurde, hatte er sein eigenes in Mitford gelassen.

»Dann sind Sie hier genau richtig. Einer unserer Ruheständler hat in Harvard Medizin studiert und uns ein wunderbares Nachschlagewerk geschenkt. Um es hochzuheben, braucht man einen Kran!«

»Bingo!«, sagte er.

Während er schon einmal hier war, wollte er gleich auch einen Blick auf Dostojewskis *Aufzeichnungen aus dem Kellerloch* werfen, denn das, was er soeben über seinen Nachbarn erfahren hatte, hatte in ihm eine starke Erinnerung an dieses Buch heraufbeschworen.

Es war ein Werk, dessen dunkle Verzweiflung es ihm unmöglich machte, ruhig sitzen zu bleiben, dennoch blätterte er es pflichtschuldigst durch und musste mehrmals niesen, als ihm der Staub in die Nase stieg. Aus reiner Neugier sah er sich die Karte im hinteren Teil des Buches an. Aha! Nur ein einziger anderer Leser hatte vor ihm diese Seiten zu Gesicht bekommen, und zwar vor zwölf Jahren.

Erheitert schrieb er seinen Namen auf die Karte: *Timothy A. Kavanagh.* Für die Nachwelt!

»Ich bin ein kranker Mensch«, schrieb Dostojewskis Romanfigur in ihrem Tagebuch. »Ich bin ein schlechter Mensch. Ich habe nichts Anziehendes …

Je mehr ich das Gute und all dieses ›Schöne und Erhabene‹ erkannte, umso tiefer versank ich in meinem Sumpf und umso besser gelang es mir, vollständig in ihm stecken zu bleiben … aber gerade in der Verzweiflung liegen die stärksten Genussempfindungen, besonders wenn man seine Rettungslosigkeit bereits sehr genau kennt …

Ich war grob und fand darin mein Vergnügen …

Es mag sogar vorkommen, dass mich irgendetwas wirklich rührt, obgleich ich nachher sicher auf mich selbst wütend sein und vor Scham ein paar Monate lang an Schlaflosigkeit leiden werden …

Jetzt aber lebe ich in meinem stillen Winkel und ziehe mich mit dem boshaften, wirkungslosen Troste auf, dass ein verständiger Mensch überhaupt nichts ernstlich werden kann, sondern etwas zu werden nur einem Dummkopf möglich ist.«

Keine leichte Sommerlektüre. Er klappte das verstaubte Buch zu, erleichtert darüber, durch das Fenster in den strahlenden, wolkenlosen Tag hinausblicken zu können.

Er saß vor dem antiquierten Bibliothekstisch und fuhr mit dem Finger hastig über die Zeilen.

»... charakteristisch sind rapide, repetitive unwillkürliche muskuläre Bewegungen, die so genannten Tics, und unwillkürliche Lautäußerungen ...

Die phonetischen Tics sind unterschiedlicher Art und können aus einzelnen Silben, ganzen Wörtern (z.B. ›Gut!‹), kurzen Phrasen (›Sei ruhig‹, ›Nein, nein‹) oder vollständigen Sätzen bestehen. Tics treten jäh, unwillkürlich und mit Wiederholungen auf ...

Durch Stress und Angst intensivieren sich die Tics und werden dann oft als typisch nervöse Angewohnheit fehlgedeutet.

Bei vielen Patienten entwickeln sich auch Depressionen. Das hat oft zurückgezogene Lebensführung und mitunter auch Selbstmordgefährdung zur Folge...

... beweisen, dass es sich beim Tourette-Syndrom nicht um ein psychisches oder psychologisches Problem handelt, sondern um eine chronische, erbliche Nervenkrankheit.«

»Dieses Buch würde ich gern ausleihen«, sagte er und wuchtete den schweren Band auf den Tisch.

»Ach du meine Güte, das ist nicht entleihbar. Es ist ein Nachschlagewerk.«

Marion musste die Enttäuschung in seinen Zügen bemerkt haben.

»Aber für Geistliche machen wir eine Ausnahme«, sagte sie lächelnd. »Hätten Sie gern eine Schubkarre, um das Ding zum Wagen zu transportieren?«

Er brauchte nicht nach Jeffrey Tolson zu suchen. Kurz nachdem er am Dienstagmorgen die Kirche aufgeschlossen hatte, kam Jeffrey Tolson zu ihm.

Es war nicht Stein, aus dem sein Gesicht gemeißelt

war, dachte Father Tim, sondern Eis. Ihm fiel auf, dass Jeffrey das kragenlose, langärmelige weiße Hemd trug, das er schon bei seinem früheren Besuch getragen hatte.

Als sie sich ins Büro setzten, spürte er die turmhohe Mauer zwischen ihnen. Er hatte hier keine Predigt zu halten. Er würde Jeffrey Tolson sagen lassen, was zu sagen er hergekommen war, dann würde er seinerseits seine Karten auf den Tisch legen, schlicht und einfach.

»Ich habe die Absicht, in meine Kirche zurückzukehren«, erklärte Jeffrey Tolson. An seinem Kinn zuckte ein Muskel.

»Ihre Kirche?«

»Die Kirche meines Großvaters, die Kirche meines Vaters und meine Kirche. Ja.«

»Aus der Tatsache, dass jemand in diese Gemeinde hineingeboren wurde, ergeben sich keine Besitzansprüche. Sie haben sehr viele Menschen hier verletzt, Jeffrey.«

»Es gibt da etwas, was Vergebung heißt, Reverend.«

»Bitten Sie die Gemeinde von St. John's um Vergebung?«

Jeffrey schlug die Beine übereinander und wippte hektisch mit dem linken Fuß. »Wenn es sein muss.«

»Dann geben Sie zu, dass Sie gesündigt haben?«

»Nein, ich gebe zu, dass ich einen Fehler gemacht habe.«

Father Tim musterte den Mann vor ihm mit einiger Gründlichkeit. »Es gibt ein Grunderfordernis, wenn man um Vergebung bittet. Und das ist etwas, das ich bei Ihnen nicht im Mindesten sehe oder spüre.«

»Eine Grunderfordernis?«

»Reue. Vergebung ist nichts, was man billig und aus

einer Laune heraus erlangt. Man erwirbt sie sich mit dem tiefen Verlangen, Gott zu gefallen. Es geht darum, zu entsagen ...«

»Ich habe entsagt. Wir leben nicht mehr zusammen.«

»Sie sprechen vom Fleisch; ich spreche vom Herzen.«

Jeffrey Tolson erbleichte. »Ich habe hier vierzehn Jahre als Chorleiter gearbeitet und dabei auch einiges aus der Bibel aufgeschnappt. Sie sind nicht als Einziger im Besitz der Wahrheit. Ich meine mich zu erinnern, dass der heilige Paulus einmal gesagt hat: ›Vergebt, wie Gott euch in Christus vergeben hat.‹«

»Glauben Sie, dass Christus der Sohn Gottes ist?«

Jeffrey Tolson zuckte die Achseln. »Ich nehme es an. Nicht notwendigerweise.«

»Man bringt uns bei, dass jeder, der an Ihn glaubt und sich auf Ihn verlässt, Vergebung seiner Sünden durch Seinen Namen erlangt. Es geht hier nicht darum, mich oder den Kirchenvorstand zu fragen oder sonst irgendjemanden von St. John's; es geht darum, dass Sie die Sache mit Ihm austragen müssen.«

Jeffrey trommelte mit den Fingern seiner rechten Hand auf den Tisch.

»Reue bedeutet, sich abzukehren, sich abzukehren von allem, was Sie fesselt oder versklavt. Was zum Beispiel beabsichtigen Sie, wegen Ihrer Familie zu unternehmen?«

»Janette hat das Haus und den Wagen, sie betreibt ein erfolgreiches Geschäft als Näherin, und sobald ich auf der Insel eine Arbeit finde, werde ich dafür sorgen, dass sie jede Woche einen Scheck bekommt.«

»Sobald Sie Arbeit finden?«

»Sie stammen nicht aus Whitecap, daher ist es

Ihnen wahrscheinlich nie in den Sinn gekommen, dass es entweder schwierig oder unmöglich ist, auf der Insel Arbeit zu finden.«

Er hörte den Hohn in der Stimme seines Besuchers und unternahm jede erdenkliche Anstrengung, einen ruhigen Tonfall beizubehalten, als er antwortete. »Sie könnten aufs Festland rüberfahren, um zu arbeiten, so wie die Hälfte der Bevölkerung hier es auch tut.«

»Ich ziehe es vor, auf der Insel zu arbeiten. Das Pendeln ist teuer und unbequem.«

»Mal sehen, ob ich das richtig verstanden habe, Jeffrey. Sie haben Ihre Frau und Ihre Kinder im Stich gelassen, um eine ehebrecherische Beziehung zu einer verheirateten Frau zu unterhalten, Sie haben mehrere Monate lang die Insel verlassen, während derer sich Ihr Beitrag zum Lebensunterhalt Ihrer Familie auf großartige einhundert Dollar belief; Sie haben jeden Einzelnen in der Kirche vor den Kopf gestoßen und Ihren Chor auf ganz besondere Weise, und jetzt erklären Sie, dass Sie nicht unbedingt daran glauben, dass Christus der Sohn Gottes sei, und dennoch wünschen Sie Seine Vergebung.«

Jeffrey Tolson öffnete den Mund, um etwas zu sagen, aber Father Tim hob die Hand. »Darüber hinaus wünschen Sie zu warten, bis Sie eine Arbeit finden, die bequem ist, während Ihre Frau, die gegenwärtig im Krankenhaus liegt und ohne Einkommen ist, die Konsequenzen Ihres Tuns ausbaden muss, während Sie fröhlich pfeifend in Gottes Haus zurückspaziert kommen.« Er war fuchsteufelswild. »Wenn Sie mit Demut hierher zurückkehren können, Ihre Sünden beichten und Seine Gabe der Vergebung erflehen, werden Sie ein williges Herz finden, das Sie anhört.« Empört erhob er sich von seinem Schreibtisch.

Auch Jeffrey Tolson stand auf, das Gesicht weiß von Zorn. »Ich werde heute Abend meinen Sohn abholen. Sehen Sie zu, dass seine Sachen gepackt sind.«

»Sie werden Ihren Sohn holen? Das glaube ich nicht. Janette hat Jonathan in unsere Obhut gegeben. Es ist Janette, die sein Kommen und Gehen bestimmt, und das, seien Sie versichert, wird auch vor Gericht Bestand haben.« Obwohl er nicht mit Gewissheit sagen konnte, dass es so kommen würde, fand er, dass es auf jeden Fall so kommen sollte.

Er dachte, dass er Prügel beziehen würde, aber es kümmerte ihn nicht; er fühlte sich verwegen, unbesiegbar.

»Sie können mich nicht daran hindern, am Gottesdienst in St. John's teilzunehmen.«

»Da haben Sie absolut recht, das kann ich nicht. Aber ich würde es Ihnen nicht raten.«

Jeffrey Tolson stieß einen Fluch aus. »Reverend Morgan war im Gegensatz zu Ihnen ein Friedensstifter. Sie sind kein Reverend Morgan.«

»Gott sei Dank!«, sagte er und hielt dem anderen Mann die Tür auf.

»Reverend, wollen Sie nicht eine neue Blousonjacke ordern, bevor Sie Ihren Urlaub antreten?«

Er betrachtete Jean Ballengers frisch geschnittenen Pony, der sich nach oben kräuselte wie die Wimpern eins Filmstars. »Eine neue Jacke?«

»Für Janette, um ihr zu helfen, in ihrem Geschäft wieder auf die Beine zu kommen, wenn sie zurück ist. Ich werde mir eine Paisley-Hemdbluse bestellen, und Marion bestellt sich ein rotes Kleid. Sie sagt, sie trüge viel zu viel Dunkelblau, und wir dachten, Sie hätten vielleicht Lust, eine flotte Jacke zu bestellen.«

»Nun ...«

»Ich denke, etwas Blaues würde Ihnen sicher gut stehen.«

Er besaß drei blaue Jacken für draußen, sagte jedoch nichts.

»Penny Duncan bestellt einen Wickelrock, obwohl sie kein Geld zum Verschleudern hat und selber traumhaft näht! Finden Sie nicht, dass das ein großes Opfer ist?«

»Das finde ich.«

»Und Cynthia könnte ein Kostüm aus Leinen oder Pique bestellen, vielleicht etwas mit Schößchen. Das würde ihr bestimmt gut stehen.«

»Wie viel kostet eine Jacke?«

»Ich habe keine Ahnung.«

»Können Sie mich später noch einmal darauf ansprechen?

»Oh, das werde ich tun!«, sagte sie und machte sich eine Notiz auf ihren Block. »Ich finde einfach, es wäre eine christliche Tat, meinen Sie nicht auch?«

Er grinste die ernsthafte Jean Ballenger an, die nun den Flur hinuntertrottete, um den Fleißigen Fingern, die ihrem Namen derzeit gewaltig Ehre machten, ebenfalls Bestellungen aufzuschwatzen.

Es war ein schöner Gedanke, dass er schon bald in das Kirchenschiff blicken und seine ganze Gemeinde in neuem Putz sehen würde, ob sie ihn nun brauchten oder nicht.

Er saß länger, als es seiner Frau gefiel, in seinem Arbeitszimmer in Dove Cottage, den Kopf in die Hand gestützt.

»Timothy, mein Lieber, was ist denn?«, fragte sie zum dritten Mal.

»Ah«, sagte er. Er hatte nicht die Energie, um ihr von

dieser schmutzigen Episode zu erzählen. Außerdem – bedeutete das, dass Jeffrey Tolson vielleicht auf eine Gelegenheit wartete, Jonathan mit Gewalt an sich zu bringen, während Cynthia und der Junge allein waren? Ihm war schon der bloße Gedanke zuwider.

Er wollte gerade zu Bett gehen, als er das Klopfen hörte.

Wie viel Uhr war es eigentlich? Er spähte auf die Uhr auf dem Nachttisch. Nach zehn.

Durch die Glasvertäfelungen in der Haustür sah er etwas, das große Ähnlichkeit mit einer Taschenlampe hatte, die auf der Veranda auf und ab hüpfte. Er knipste die Lampe auf der Veranda an und riss mit einem Mal die Tür auf.

Es war jemand in Uniform, und zwar jemand, der obendrein noch ziemlich groß und stark war.

»Würden Sie sich bitte ausweisen, Sir?«

»Tim Kavanagh. Warum fragen Sie?«

»Ich muss Ihnen leider dieses Schreiben vom Amtsgericht zustellen. Es ist Klage gegen Sie erhoben worden.«

»Wie bitte?«

»Sind Sie Reverend Timothy A. Kavanagh?«

»Ja, der bin ich.« Sein Herz hämmerte.

»Ich bin Bill Deal, der Sheriff in diesem County.« Bill Deal steckte seine Taschenlampe ein und nahm seine Brieftasche hervor, um eine Polizeimarke vorzuzeigen. »Es ist mir grässlich, Ihnen das anzutun, ich glaube, Sie fahren mit Captain Willie fischen.«

Sprachlos öffnete er die Fliegentür, nahm einen Umschlag von dem Mann entgegen und betrachtete ihn völlig verwirrt. Der Sheriff räusperte sich, dann trat er an den Rand der Veranda und blickte zum Himmel empor.

»Wir werden wohl bald Regen kriegen. Hm, nehmen Sie die Sache nicht zu schwer, Reverend.« Der Sheriff lief die Treppen hinunter, ging zum Vordertor und stieg in den Wagen.

Er blieb wie gebannt in der kühlen Oktoberluft stehen.

Cynthia rief aus dem Flur: »Timothy, was ist da los?«

»Ich habe keine Ahnung, ich weiß es nicht.«

Und er wollte es auch nicht wissen.

16 Dorchester Island

Es war nicht so, dass er die grundsätzliche Bedeutung der Papiere, die man ihm übergeben hatte, nicht verstehen konnte – das konnte er durchaus. Das Problem war eher, dass er nicht imstande war, auch nur einen Hauch von Ordnung in die ihm vorliegenden Informationen zu bringen; jedes Mal, wenn er sich die Sätze durchlas, teilte sich sein Geist wie ein Atom. Er wusste nur eins mit Bestimmtheit – er war zutiefst beunruhigt.

Er ging ins Arbeitszimmer und nahm sein Zitatenbüchlein vom Regal, in das er nun seit fünfzehn Jahren Einträge machte. Er suchte nach etwas, das der heilige Franz von Sales gesagt hatte; erst vor kurzem hatte er einige Sätze in seinem Buch notiert …

»Versuche nicht zu ergründen, was dir morgen widerfahren wird; der gleiche allzeit gegenwärtige Vater, der heute für dich gesorgt hat, wird auch morgen und alle Tage für dich sorgen. Entweder wird er alles Leid von dir fernhalten, oder er wird dir die unfehlbare Kraft geben, es zu ertragen. Finde also zur Ruhe, verbanne alle ängstlichen Gedanken und Vorstellungen, und sage dir ständig: ›Der Herr ist meine Kraft und mein Schild, mein Herz vertraut ihm. Mir wurde geholfen.‹ Er ist nicht nur bei mir, sondern in mir, und ich bin in Ihm.«

Es war bereits nach elf, als er sich anzog und nach St. John's hinüberfuhr, im Schein des Mondes die Betontreppe hinunterging und die Papiere an die Privatadresse seines Vetters in New Jersey faxte. Walter hat sein Faxgerät in seinem Arbeitszimmer stehen, wo er die Papiere am nächsten Morgen vorfinden würde, bevor er sich auf den Weg zu seiner Anwaltskanzlei in Manhattan machte.

Father Tim kritzelte die Telefonnummer von St. John's auf einen Papierbogen, mitsamt einer kurzen Nachricht:

Bitte ruf mich an, sobald Du Dir das hier angesehen hast. Ich werde ab sechs Uhr morgens im Pfarrbüro sein.

Er wollte dieses Gespräch mit seinem Vetter nicht von zu Hause aus führen, denn die Wendung, die die Dinge genommen hatten, hatte seine Frau ohnehin schon in einen Zustand höchster Angst versetzt.

Um Viertel vor sechs verließ er, eingemummt in einen dicken Pullover und eine Jacke, Dove Cottage.

»Bitte, Walter, du redest mit einem Laien!«

Er saß an seinem Schreibtisch in dem kühlen Kellerbüro, trank eine Tasse von dem lauwarmen Kaffee, den er sich von zu Hause mitgebracht hatte, und kritzelte auf einen Notizblock. »Fang noch mal von vorn an, ich schreibe alles auf.« *Verbanne alle ängstlichen Gedanken und Vorstellungen …*

»Hélène Pringle verklagt dich als Treuhänder auf ein Drittel des Treuhandfonds des ›Hauses der Hoffnung‹.«

»Verstehe.« Seine Stimme klang wie das Quaken eines Frosches, und ihm wurde bewusst, dass er abermals den Kopf in die Hände gestützt hatte.

»Sie behauptet, die uneheliche Tochter von Josiah Baxter zu sein …«

Von Miss Sadies Vater also. Diese Behauptung erschien ihm so bizarr und ungeheuerlich, dass sein Verstand sie nicht zu erfassen vermochte; der Gedanke flog ihm immer wieder aus dem Kopf, selbst wenn er sich noch so sehr bemühte, ihn wieder hineinzuzwängen.

»Aber warum jetzt, nach all den Jahren...?«

»Ich habe keine Ahnung. Anscheinend gründen sie ihre Klage auf Baxters eigenhändiges Testament, in dem er verfügt hat, dass ein Drittel seines Besitzes nach seinem Tod an Hélène Pringles Mutter, Francoise, fallen solle. Wann ist Baxter überhaupt gestorben?«

Er hatte schon gestern Abend versucht, eine Antwort auf diese Frage zu finden. Das Datum stand auf der Urne im Kolumbarium von Lord's Chapel. Er hatte die Urne viele Male gesehen, konnte sich aber nicht genau an die Inschrift erinnern. »Irgendwann Ende der vierziger Jahre.«

»Wie alt war er zum Zeitpunkt seines Todes?«

»Miss Sadie hat es mir irgendwann einmal erzählt ... Ich glaube, er war in den Siebzigern. Wenn ich mich nicht irre, hat sie mir damals auch erzählt, dass er kurz nach einer ausgedehnten Frankreichreise gestorben sei.« Er wusste, dass Miss Sadies Mutter 1942 gestorben war, also musste Josiah Baxter Witwer gewesen sein, als ...

»Natürlich sind diese Ansprüche nach amerikanischem Recht lange verjährt«, sagte Walter.

»Dann haben sie also gar nichts in der Hand?«

»Unglücklicherweise fußt die Klage auf französischem Recht, und es gibt da ein eigenartiges Abkommen zwischen Frankreich und den USA, das Ende des Zweiten Weltkriegs in Kraft getreten ist. Ich weiß nicht viel darüber – anscheinend ging es vor allem um die amerikanischen Besatzungstruppen in Europa und die daraus resultierenden Vaterschaftsangelegenheiten.«

Die ganze Angelegenheit war ein einziges Durcheinander von Rätseln und Verwirrung.

»Sieht so aus, als sei Hélène Pringles Anwalt Franzose – Louis d'Anjou von der Kanzlei d'Anjou und Pichot. Sowohl Hélène Pringle als auch ihre Mutter sind französische Bürgerinnen. Ich werde der Sache nachgehen; ich weiß praktisch nichts über das französische Recht. Du hast dreißig Tage Zeit, um eine schriftliche Stellungnahme zu der Klage abzugeben.«

Er schüttelte den Kopf, als wolle er versuchen, aus einem Albtraum zu erwachen.

»Ich werde ihren Anwalt anrufen und den Dingen auf den Grund gehen, und in einigen Tagen melde ich mich dann wieder bei dir – im Moment habe ich einen großen Fall vor Gericht.«

»Ich bin für alles dankbar«, sagte er, »für alles, was du tun kannst ...«

Er legte auf und stellte fest, dass er so kurzatmig war, als hätte er einen Dauerlauf am Strand hinter sich gebracht.

Ava Goodnight wollte übermorgen nach Whitecap kommen, am Tag ihres Ausflugs nach Dorchester. Er würde bei Mona frühstücken, sich gegen halb acht von Roanoke die Haare schneiden lassen, anschließend in St. John's einige Dinge erledigen und sich spätestens um halb zehn wieder bei Ernie einfinden, um Ava und ihre Schwester kennen zu lernen. Also ... wenn er kurz vor elf mit Cynthia und Jonathan aufbrach, würden sie gegen Mittag bei Ella sein. Sie würden die Organistin besuchen, er würde Captain Larkin die Sakramente spenden, und anschließend konnten sie nach Hause zurückkehren. In Anbetracht all der Dinge, die sie vor ihrer Fahrt nach Mitford noch erledigen mussten, würde er vorschlagen, dass sie sich den Friedhof ein andermal ansahen; die Toten würden ihnen wahrhaftig nicht weglaufen.

»Übermorgen steht uns der Ausflug nach Dorchester ins Haus«, sagte er am Mittagstisch. »Wir werden versuchen, die Sache kurz zu halten. Ich weiß, dass du noch jede Menge zu tun hast.«

»Jonathan wird vielleicht nicht mitkommen können«, erwiderte sie. »Er hat einen scheußlichen Husten, und seine Nase tropft wie ein Wasserhahn.«

»Irgendwelche Allergien?«

»Ich glaube nicht. Außerdem habe ich gehört, dass eine Unwetterfront hierher unterwegs ist, Timothy.«

»Wer hier jedes Mal, wenn ein Sturm in seine Richtung zieht, alles stehen und liegen lässt, wird nie etwas fertigbekommen!«

Sie sah ihn an. »Ein Gerichtsprozess, ein kranker Junge, eine zehnstündige Fahrt und ein Unwetter …«

»Wenn es regnet, dann aber richtig«, sagte er. »Sollte kein Witz sein.«

Jonathan kam in die Küche gelaufen und kletterte auf Cynthias Schoß. »Himmel!«, rief sie und putzte ihm mit der Serviette vom Mittagessen die Nase. »Jetzt puste!«

»Wir freuen uns auf das Wiedersehen, Kamerad.«

»Ich auch. Mama hat erzählt, dass Buck neulich dagewesen ist. Er pennt im Moment bei Harley. Sie sagt, er hätte für die Hochzeit abgenommen. Poo trägt einen Anzug, ich kann mir Poo im Anzug einfach nicht vorstellen.«

»Was wirst du denn tragen?«

»Ähm«, sagte Dooley. »Einen Anzug.«

»Vergiss dein Hemd und die Krawatte nicht – oder du borgst dir eine von meinen Krawatten.«

»Deine Krawatten sind zu …«

»Zu was?«

»Langweilig.«

Als Mann, der im Allgemeinen einen Priesterkragen trug, hatte er nie viel über Krawatten nachgedacht. Vielleicht sollte er sich etwas … etwas Flottes kaufen! Etwas Italienisches!

»Wann wirst du in Mitford eintrudeln?«

»Freitag morgen gegen elf.«

»Wie fühlst du dich bei dem Gedanken daran, vor den Richter treten zu müssen?«

»Nicht besonders gut.«

»Es wird schon alles wieder in Ordnung kommen, hab keine Bange. Und wie stehen die Dinge jetzt mit Caroline?«

Dooley zuckte die Achseln; er konnte es praktisch sehen. Und dass der Junge errötete, konnte er spüren.

»Ah …«

»Ziemlich gut?«

»Hm, yeah, sie ist echt klasse, echt interessant. Sie malt tolle Aquarelle, wie Cynthia. Du solltest mal das Bild sehen, das sie von den Bergen hinter ihrer Schule gemalt hat, es sieht genauso aus wie im richtigen Leben, nur besser.«

»Donnerwetter.«

»Außerdem hat sie ein total cooles Lachen, irgendwie so …« Dooley machte ein eigenartiges Geräusch, irgendwo zwischen einem Schnauben und einem Gackern. »Das trifft es nicht, es ist eher wie … ich weiß nicht!«

»Ich kann es mir ungefähr vorstellen.«

»Und sie ist echt komisch.«

Soweit er das beurteilen konnte, war es um Dooley Barlowe geschehen.

»Wir können nicht fahren, Liebster, er glüht vor Fieber. Ich hoffe, es ist nur eine Grippe. In der Kindergruppe am Mittwoch waren fast alle verschnupft und krank; ich hätte ihn niemals mitgenommen, wenn ich das gewusst hätte. Ich habe mir schon einen Termin bei seinem Arzt geben lassen.«

Er fühlte dem Jungen die Stirn, betrachtete seine geröteten Augen und die laufende Nase und lauschte auf sein gequältes Atmen. Solchermaßen davon überzeugt, dass es die Dinge nur verschlimmern würde, wenn er Jonathan nach Dorchester mitnahm, schenkte er ihr endlich reinen Wein ein. »Es ist möglich, dass Jeffrey Tolson hier in der Nähe herumlungert. Ich halte ihn nicht für gefährlich, aber niemand weiß, wozu er fähig sein könnte.«

»Er kann uns nichts tun!«, erwiderte sie mit grimmiger Miene. »Wir werden die Türen verschlossen halten, und du wirst bei hellem Tageslicht fort sein, deshalb hat es nicht den geringsten Sinn, sich Sorgen zu machen. Ich werde Ella die Lasagne mitschicken, die ich neulich eingefroren habe. Ledige Frauen machen fast nie Lasagne!«

Seine Frau konnte ihn von allem überzeugen. Mit einer gewissen Erleichterung ging er ins Arbeitszimmer, zog die Tür hinter sich zu, setzte sich auf den Stuhl und begann zu beten. Er hatte Captain Larkin geschrieben, dass er ihn besuchen würde, und er wollte den alten Mann auf keinen Fall enttäuschen. Sollte er fahren oder den Ausflug auf ein späteres Datum verschieben?

Nachdem er gebetet hatte, lauschte er.

Gott wollte, dass er fuhr. Dessen war er gewiss.

Der Himmel war dunkelgrau von einem Ende des Horizonts zum anderen; es schien, als hätte jemand ein Bleigewicht über Whitecap gelegt, wie einen Deckel auf einen Truthahnbräter.

Father Tim lief auf der Veranda auf und ab, außerstande, klar zu denken, voller Sorge bei der Vorstellung, am nächsten Tag wegfahren zu müssen. Vielleicht sollte er darauf verzichten, Ava kennen zu lernen, und lieber so früh wie möglich nach Dorchester aufbrechen. Aber Ernie sah der bevorstehenden Begegnung so aufgeregt entgegen, wie es nur je ein Vater hätte tun können, eine Tatsache, die er nicht einfach auf die leichte Schulter nehmen konnte. Außerdem wollte auch er Ava Goodnight kennen lernen, um die sich, um der Wahrheit die Ehre zu geben, ein ganzes Netz von Rätseln gesponnen hatte, ohne dass sie selbst dazu etwas beigetragen hätte.

Cynthia würde zurechtkommen, wie sie ihm immer wieder beteuert hatte, und er würde sie mindestens einmal, vielleicht sogar zweimal von Ella aus anrufen.

Wenn er so darüber nachdachte, fragte er sich mit einem Mal, warum er eigentlich kein Autotelefon besaß. Alle anderen schienen pausenlos vernetzt zu sein und plapperten in diese Dinger hinein, als hinge ihr Leben davon ab. Andererseits hatte der Gedanke an ein Autotelefon nichts, was ihn reizte. Würden die Leute nicht in sein Auto einbrechen und es stehlen, oder stahl man heute keine Telefone mehr? Vielleicht waren Autotelefone inzwischen so billig, dass niemand sich deshalb die Mühe machte, ein Fenster einzuschlagen. Wie dem auch sei, wenn er eines hätte, würde er dann nicht jedes Mal das Verdeck des Mustangs schließen müssen? Wenn nicht, konnte man einfach in den Wagen greifen und das Ding aus seinem

Gehäuse oder wie immer diese Vorrichtung hieß, herausreißen.

Warum dachte er über solchen Unsinn nach? Er dachte deshalb über Unsinn nach, weil ihn davor graute, sich mit dem eigentlichen Problem zu beschäftigen; er versuchte verzweifelt, den drohenden Prozess auszublenden.

Er zog den Reißverschluss seiner Jacke hoch, setzte sich in seinen Lieblingsschaukelstuhl und blickte in die hereinbrechende Abenddämmerung.

Der Prozess lastete auf ihm wie eine dunkle Wolke. Was um alles in der Welt mochte nur dahinterstecken? Gott sei Dank war Walter mehr als ein Cousin, der seinen Lebensunterhalt zufällig als Anwalt verdiente. Walter war ein zäher, nüchtern denkender Rechtsanwalt mit gutem Ruf und mehreren hochkarätigen Mandanten; er konnte ihm gewiss helfen, diese Geschichte vom Tisch zu bringen.

Plötzlich wurde ihm bewusst, dass er die Hände rang, etwas, das er so gut wie nie tat, und er hörte sofort damit auf.

Schlimmer jedoch als die Sorge, einen Prozess am Hals zu haben, war die Möglichkeit, ein Drittel des Treuhandvermögens zu verlieren – das wären gut einhundertundfünfzigtausend Dollar.

Aber er hatte einen hervorragenden Rechtsbeistand, und er und Cynthia beteten das Gebet, das niemals fruchtlos blieb. Was konnte er noch mehr tun?

Aha! Sein Nachbar war wieder am Werk und spielte etwas ihm völlig Unbekanntes.

Er ging auf die Nordseite der Veranda hinüber und legte die Hände hinter die Ohren. Sehr interessant.

Er hockte sich auf den Boden, dann setzte er sich ans Ende der Veranda und ließ die Beine baumeln.

Ja, das ist es, Morris! Was Sie da mit dem Bass machen, das hat was, weiter so …

Er rutschte von der Veranda herunter, trottete zum Tor, zog den Riegel hoch und trat dann auf die vom Zwielicht beschienene Straße hinaus, wo er einen Augenblick lang stehen blieb und lauschte.

Es würde seiner Frau nicht gefallen, wenn er einfach von der Bildfläche verschwand, ganz gewiss nicht, aber er würde nur fünf, vielleicht zehn Minuten fort sein, und sie würde nicht einmal merken, dass er das Haus verlassen hatte; was seinen Hund betraf, lagen die Dinge jedoch anders. Wenn Barnabas erfuhr, dass er ohne ihn auf Tour gegangen war …

Er ließ sich auf der anderen Seite der Mauer zu Boden fallen und lief die Einfahrt hinauf.

Als er das Haus erreichte, warf er sich auf seinen Stuhl unter dem Fenster und lauschte.

Er nickte begeistert oder schüttelte den Kopf, je nachdem, was die Musik gerade ausdrückte. Die unheilverkündenden Passagen entlockten ihm ein Kopfschütteln, obwohl diese den hellen Passagen eine größere Leuchtkraft verliehen.

O Mann, diese Casavant war wirklich umwerfend.

Als die Musik endete, spürte er Tränen auf den Wangen. Er wartete einige Sekunden ab.

»Morris?«, rief er dann.

»Sind Sie es, Reverend?«

»Ja.«

Es folgte ein langes, seltsam angenehmes Schweigen.

»Ich fahre für ein paar Tage weg, und ich bin hergekommen, um Ihnen etwas zu sagen …«

Plötzlich hatte er einen Kloß in der Kehle. »Ich wollte Ihnen sagen, dass ich die Musik …«

Ja, wie fand er diese Musik? Bewegend? Machtvoll? Wie brachten Kritiker es fertig, ihren Lebensunterhalt mit einer Sprache zu verdienen, die ihnen häufig den Dienst versagen musste?

»Ich finde sie wunderbar!«, rief er. Voller Wunder! Das war das Beste, was ihm im Moment einfiel.

»Vielleicht möchten Sie ja hereinkommen ... und sich die Casavant ansehen.«

Hatte er richtig gehört? Er wischte sich mit dem Hemdsärmel über die Augen. »Nun, ja, vielen Dank, das würde ich gern tun.« Seine Frau würde außer sich sein, aber dies war eine wahrhaft ungewöhnliche Einladung. Er war sprachlos ...

»Die Tür ist offen. Gehen Sie die Treppe rauf. Ich erwarte Sie im Flur.«

Er fuhr von dem Stuhl auf und gab acht, nicht über die Ziegelsteine zu stolpern, mit denen die Einfahrt früher einmal gepflastert gewesen war.

Die schwere Haustür ließ sich mühelos öffnen, und er trat in eine schwach beleuchtete Diele. Das Licht kam von einer einzelnen Glühbirne in einem Wandleuchter, der große Kronleuchter an der Decke war nicht angeschaltet.

Es roch eindeutig modrig, aber alles wirkte sauber und ordentlich. Zu beiden Seiten eines Spiegels, in dem er sich selbst sehen konnte, standen kunstvoll geschnitzte Stühle. Der Fußboden war schwarzweiß gekachelt, und zu seiner Rechten führte eine geschwungene Treppe hinauf. Am unteren Treppenabsatz hing ein Ölgemälde an der Wand. Das Bild zeigte eine hügelige Landschaft, vielleicht irgendwo in Europa, mit einem Kirchturm und einer Prozession von Menschen in einer Gasse.

»Reverend.«

Er blickte empor und sah Morris am Treppengeländer stehen.

»Morris!«

»Kommen Sie rauf.«

Wie im Traum ging er nach oben. Seine Umgebung kam ihm vollkommen unwirklich vor. Er wusste nur, dass er hier gebraucht wurde, dass er genau hier sein musste …

Morris hatte die Arme hinterm Rücken verschränkt, anscheinend, um ihm nicht die Hand schütteln zu müssen, und Father Tim sah dem anderen Mann direkt in die Augen. Ihm fiel Morris' vorgewölbte Stirn und die tiefe, vertikale Falte zwischen den schweren Brauen auf.

»Sie sind nicht überrascht«, sagte Morris.

»Nein, überhaupt nicht.«

»Kommen Sie mit«, erwiderte sein Gastgeber.

Er war jedoch überrascht zu sehen, dass Morris sich mit so viel Mühe bewegte. Als hätte der andere Mann seine Neugier gespürt, drehte Morris sich um und sagte: »Spinalstenose, verschlimmert durch Arthritis. Das ist nicht ungewöhnlich bei meiner Krankheit. Hier geht es hinein.«

Morris machte einen Schritt zur Seite, um Father Tim den Vortritt zu lassen.

Als er über die Schwelle trat, sog er die Luft durch die Zähne. In dem von Lampenlicht erhellten Raum stand die Casavant mit ihrem Spieltisch und den feinschablonierten Pfeifen des Prospekts. In ihrem reichgeschmückten Mahagonigehäuse wirkte die Orgel wie ein majestätischer Thron.

Er hätte eine Ewigkeit einfach so dastehen und schauen können, aber nun wandte er sich um, um den Raum selbst zu betrachten, der ganz mit Walnussholz vertäfelt war. Die Fenster standen offen – dort stand Morris wohl, wenn er zu ihm unten im Garten sprach. Vorhänge oder Gardinen gab es keine, vermutlich wegen der Akustik.

»Wunderschön!«, sagte er, während er sich ohne Scham umsah. Trotzdem war es ein Gefängnis. Er spürte das schreckliche Gewicht des Raums, das auf seinen Geist drückte, ein Gefühl, als sei das Einzige, was sich hier jemals in der Luft regte, die Musik.

Schließlich spürte er Morris' Blick auf sich ruhen. »Vielen Dank, dass Sie mich hereingebeten haben. Ich weiß es sehr zu schätzen, hier sein zu dürfen.«

»Meine Haushälterin kommt jeden zweiten Tag her – Mamie ist seit meiner Kindheit bei mir –, und mein Orgelstimmer kommt her, wenn es nötig ist. Ich lebe nicht ganz ohne soziale Kontakte.«

»Darüber bin ich sehr froh. Das ist eines der Dinge, die es uns ermöglichen, mit diesem Leben fertigzuwerden.«

»In diesem Teil des Hauses versuchen wir, den Schein zu wahren, aber der Rest des Grundstücks ist hoffnungslos. Mein Großvater hat einen Dschungel angepflanzt, der sich nicht eindämmen lässt, und wir haben schon vor langer Zeit aufgegeben, es auch nur zu versuchen.«

Plötzlich ruckte Morris' Kopf zu seiner rechten Schulter, und er zuckte auf unkontrollierbare Art und Weise. »Raus!«, knurrte er. »Raus!«

Father Tim ging zu der Orgel hinüber und gab sich große Mühe, so zu tun, als hätte er nichts bemerkt. »Die Pedale …«

»Ja«, sagte Morris, als der Tic vorüber war. »Casavant hat für mich eine zweite Pedalreihe eingebaut, ein Stück über der anderen. Ich habe mir überlegt, was ich für Sie spielen könnte ... Die Toccata von Widor vielleicht. Sie wissen möglicherweise, dass die Casavant-Orgeln für die Musik der französischen Romantik ausgelegt sind. Die Firmengründer haben viel Zeit in Frankreich verbracht, den dortigen Orgelbau studiert und ihre Instrumente auf die Erfordernisse des französischen Repertoires abgestimmt.«

Morris schob sich steif auf die Bank vor dem Spieltisch und zog sich eine grüne Leuchte über die Manuale. »Das Stück wird Ihnen ziemlich farbig vorkommen. Es demonstriert besonders gut die tonale Vielfalt und Charakteristik des Instruments. Achten Sie vielleicht besonders auf die Zungenregister. Sie sind etwas ganz Besonderes und klingen ganz anders als die viel weicheren englischen Zungenstimmen.«

Father Tim stand immer noch mit großen Augen vor der Orgel.

»Bitte, setzen Sie sich doch«, forderte Morris ihn auf.

Father Tim ging zu einem mit einem Schonbezug überzogenen Sessel und nahm Platz. Als die Musik einsetzte, schloss er die Augen. Pompös und extravagant, fröhlich und bejahend – Widor schaffte es, dass sich ihm auf Armen und Beinen die feinen Härchen aufstellten. Was für ein Unterschied, ob man hier direkt an der Quelle saß oder als gemeiner Eindringling draußen auf dem Armesünderstuhl!

Die Musik erfüllte ihn mit einem solchen Maß an nervöser, überschäumender Energie, dass sich das Gefühl am Ende in Gelächter Bahn brach.

»Wunderbar!« Um Himmels Willen, fiel ihm denn gar nichts anderes ein? »Großartig! Bravo!«

Morris dachte einen Moment lang nach. »Und jetzt vielleicht Bachs Großes Präludium und Fuge in g-Moll ...«

Während sich das Thema der Fuge entfaltete, fragte Father Tim sich, wie er es immer tat, wenn er seine Lieblingskomposition hörte, wie es möglich war, dass ein Thema in einer Moll-Tonart so viel zuversichtliche Freude und solch beständigen Glauben ausdrücken konnte. Die Musik erhob sich im Raum wie ein Vogel, den man aus einem Käfig freigelassen hatte, und er spürte, wie seine Kopfhaut zu prickeln begann.

»Vielen Dank«, sagte er anschließend, erfüllt von tiefstem Glück.

Morris erhob sich mühsam von der Bank und trat neben sein Instrument. »Ich danke Ihnen fürs Zuhören, Reverend. Sie haben ein aufmerksames und mitfühlendes Ohr.«

Father Tim erhob sich aus dem Sessel, der einen schwachen Duft von altem Tabak verströmte. »Wie sehr ich mir wünschte, Sie würden Ihr Talent mit anderen teilen ...« Die Worte waren kaum heraus, als er auch schon wusste, dass er das Falsche gesagt hatte.

Morris' Gesicht wurde hart. »Reden Sie nie wieder davon.«

»Es tut mir leid«, sagte er. »Sie haben mein Wort, ich werde das Thema nie wieder erwähnen.«

»Die Weinkeller sind schon seit Jahren leer. Ich habe nichts, was ich Ihnen anbieten könnte.«

»Sie haben mir mehr gegeben, als ich mir nur wünschen könnte. Vielen Dank, Morris, vielen Dank. Ich mache mich dann mal wieder auf den Weg. Mein Hund wird schrecklich wütend sein, dass ich ohne ihn weggegangen bin.«

Morris lächelte nicht. »Ich werde Sie zur Treppe begleiten.«

An der Treppe angekommen, verspürte er den plötzlichen Drang, die Arme um Morris zu legen, ihm die

Hand zu schütteln und das Kreuzzeichen über ihm zu schlagen – er wollte irgendetwas tun, irgendetwas, um seine tiefen Gefühle zum Ausdruck zu bringen. »Sie sind immer in meinen Gebeten«, sagte er.

Der Kopf seines Gastgebers zuckte ruckartig. »Raus! Raus!«

Mit hämmerndem Herzen lief Father Tim die Treppe hinunter, wütend auf sich selbst, weil er es nicht vermocht hatte, das Richtige zu sagen, wütend wegen der schrecklichen Furcht, die diese Worte stets in seiner Brust entfachten.

In der Diele drehte er sich kurz noch einmal um, um Morris anzusehen, dann öffnete er die Tür von Nouvelle Chanson und trat in den Oktoberabend hinaus.

Er legte den ganzen Weg im Laufschritt zurück – die dunkle Einfahrt hinunter, über die Mauer, über die Straße, durch das Tor und schließlich die Treppe hinauf auf die Veranda, bis er keuchend in die Küche trat. Cynthia hatte wahrscheinlich schon den Sheriff beauftragt, nach ihm zu suchen. Ihn graute davor, ihr gegenüberzutreten. Wie hatte er nur so gedankenlos und unsensibel sein können?

»Bist du das, Liebster?«

Cynthia kam in die Küche und rieb sich verschlafen die Augen. »Ich hoffe, du hast nicht die ganze Zeit auf der Veranda auf mich gewartet. Ich habe mit einer neuen Illustration angefangen, und, na ja, du weißt ja, wie das ist. Ich hab alles andere vergessen.« Sie blickte auf die Küchenuhr. »Gütiger Himmel! Halb neun! Ich hoffe, du fühlst dich nicht vernachlässigt.«

»Oh, nein, nein! Du brauchst dich nicht zu entschuldigen«, sagte er. »Ist gar nicht der Rede wert.«

Jonathan bekam Antibiotika, die die Apotheke geliefert hatte, und Cynthia würde den Tag damit zubringen, den Kleinen zu pflegen, damit er für die Reise nach Mitford am folgenden Tag fit war.

Father Tim stand um sechs Uhr morgens auf, zog sich wärmer an als gewöhnlich und machte sich auf den Weg zu Mona.

Es war eine ganze Weile her, seit er das letzte Mal so gefrühstückt hatte, wie er es in der Grillstube zu tun pflegte. Es war ein geradezu berauschendes Gefühl, als er seine Bestellung aufgab.

»Zwei pochierte Eier, Vollkorntoast, wenig Butter und dazu Hafergrütze.«

»Wollen Sie auch Kaffee?«, fragte die schüchterne Kellnerin, die er noch nie zuvor gesehen hatte.

»Schön schwarz, ohne Sahne, ohne Zucker. Sind Sie neu hier?«

»Ja, Sir, das ist mein erster Tag. Ich bin irgendwie … nervös.«

»Davon habe ich nichts bemerkt! Ich bin Reverend Kavanagh, und ich freue mich, Sie kennen zu lernen.«

»Misty Summers. Auf meinem Namensschild steht Missy, da ist ein Fehler passiert, und ich bekomme bald ein neues. Und ich freue mich auch, Sie kennen zu lernen.«

»Misty Summers! Also, das ist wirklich ein passender Name für Sie. Ein sehr hübscher Name.«

»Vielen Dank«, sagte sie errötend. »Möchten Sie ein Glas Wasser? Ich kann Ihnen gefiltertes geben, Mona hält für besondere Gäste immer gefiltertes bereit, und ich bin davon überzeugt, dass Sie etwas Besonderes sein müssen.«

»Was bringt Sie nur auf diese Idee?«

»Ihr …« Sie deutete auf seinen Hals. »Sie wissen schon.«

»Ah. Mein Kragen.«

»Ich kenne sonst praktisch keinen Katholiken.«

»Ich bin Episkopaler.«

»Oh«, sagte sie. »Nun, ich bin gleich zurück mit Ihrem Wasser und Ihrem Kaffee.«

»Vielen Dank«, erwiderte er und freute sich darüber, hier zu sitzen, mit einer Zeitung und der Muße, darin zu lesen. Ihm stand der Sinn gar nicht danach, nach Dorchester zu fahren, aber er würde diesen Tag hinter sich bringen, komme, was da wolle. Außerdem hatte er am vergangenen Abend Ella angerufen, um ihr mitzuteilen, dass Cynthia und der Junge nicht mitkämen, und seine Organistin hatte ihm bei dieser Gelegenheit eröffnet, dass sie eigens für ihn die Damasttischdecke hervorholen würde, die sie nicht mehr benutzt hatte, seit ihre Mutter gestorben war und alle Nachbarn etwas zu essen mitgebracht und ihr Gesellschaft geleistet hatten.

»So, bitte schön!«, sagte Misty und stellte einen dampfenden Becher vor ihn hin. Sie sah aus wie eine Milchmagd aus einem Kinderbuch, dachte er. Kein Make-up, langes, kastanienbraunes Haar, das sie sich zu einem Pferdeschwanz band, ein schlichter Rock und eine Bluse unter der grünen Schürze des Cafés.

»Woher kommen Sie, Misty? Aus Whitecap?«

»Oh nein, Sir, aus Ocracoke. Ich bin erst vor zwei Tagen hierher gezogen und hatte das große Glück, sofort diesen Job zu bekommen.«

»Sie werden Ihre Sache sicher sehr gut machen. Und ich glaube, es wird Ihnen auf Whitecap gefallen.«

»Ja, Sir«, sagte sie und schenkte ihm den Kaffee ein.

Er konnte nicht umhin zu bemerken, dass ihre Hand ein wenig zitterte.

»Zerbrechen Sie sich nicht den Kopf darüber, dass Sie heute schon alles richtig machen müssen«, meinte er.

Sie hob den Blick, und ihm fielen zum ersten Mal ihre Augen auf. Warm. Vertrauensvoll.

»Ich werde für Sie beten.«

»Vielen Dank, das weiß ich wirklich zu schätzen. Ihr Frühstück ist gleich fertig. Wollen Sie Ketchup dazu?«

»Ketchup?«

»Für Ihre Kartoffelpuffer.«

»Kartoffelpuffer?«

Sie schlug sich auf den Mund. »Oh, ach du meine Güte, ich hab's ganz vergessen, Sie bekommen ja Grütze!«

Bestürzt floh sie in die Küche.

Er entspannte sich, als hätte er einen ganzen Tag voller Muße vor sich, schlug die Zeitung auf und lehnte sich glücklich auf dem grünen, mit Kunststoff bespannten Stuhl an Monas hinterem Tisch zurück.

»Sehen Sie mal!«, rief Roanoke.

»Was soll ich sehen?«

»Ihr Haar ist ein bisschen stärker gewachsen, als ich erwartet hatte.«

»Olivenöl«, sagte Father Tim, der wie ein Schuljunge auf dem Hocker saß.

»Sie reiben sich den Kopf mit Olivenöl ein? Von der Kur habe ich ja noch nie was gehört.«

»Ich esse eine Menge davon als Salatdressing.«

»Ich finde ja, der liebe Gott sollte einen Mann ein Wörtchen mitreden lassen, wo ihm das Haar wächst, nicht wahr? Ich meine, hinten wächst es bei Ihnen wie verrückt, und oben ist fast gar nichts mehr.«

»Wie wahr, wie wahr.«

Schnipp. Schnipp.

»Es heißt, dass wir heute Abend wahrscheinlich einen schlimmen Sturm kriegen«, bemerkte Roanoke.

»Ich fahre gleich rüber nach Dorchester. Und ich hoffe stark, dass es erst losgeht, wenn ich wieder da bin.«

»Außerdem sinkt die Temperatur von Stunde zu Stunde.«

Er entdeckte Elmo, der in der Tür zum Bücherzimmer saß und ihn anfunkelte, als sei er ein räudiger Hund. »Hallo, Elmo!«, sagte er.

Als die Uhr auf Ernies Kasse neun Uhr fünfundzwanzig zeigte, verwandelte sich der ganze Laden in ein Chaos aus Gelächter, Anglerlatein und nur den Adrenalinschüben geschuldetem Geplapper. Wahrscheinlich, so überlegte Father Tim, wollten sie, dass Ava und ihre Schwester glaubten, dies sei ein gutgehendes, blühendes Unternehmen und kein schäbiger kleiner Laden auf einer hinterwäldlerischen Insel. Zu der allgemeinen Erregung kam die Tatsache, dass Roger mit dem Abflämmen der Federn fast fertig war und schon bald mit dem Bemalen beginnen würde.

Father Tim musste zugeben, dass Junior gut aussah. Statt jedoch seine Sachen zu waschen oder zu bügeln, war er aufs Festland rübergefahren und hatte sich eine neue Jeans, ein Hemd und eine Jacke gekauft sowie eine neue Mütze mit der Aufschrift: *Go, Bulls.*

»Die würde ich aber abnehmen«, meinte Roanoke.

»Warum? Sie hat die Fotos von mir gesehen, sie weiß, dass mein Haar ein wenig … Sie wissen schon.«

»Das meinte ich nicht. Ich meine, dass ihr die Bulls vielleicht nicht gefallen werden.«

Junior blickte halsstarrig drein. »Ich will sie aber nicht abnehmen«, sagte er. »Sie ist brandneu.«

»Ja, aber was ist, wenn sie auf Carolina steht? Dann wünschst du dir gleich bestimmt, du hättest eine Mütze, auf der draufsteht: *Go, Heels*.«

Junior riss sich mit wütendem Blick die Mütze vom Kopf und warf sie in die Ecke.

»Mach ihn nicht nervös!«, sagte Ernie und hob die Mütze wieder auf. »Wenn du dich mit dem Ding auf dem Kopf besser fühlst, setz es wieder auf.«

Junior stülpte sich die Mütze über, dann hockte er nur noch steif und schweigend und mit Jammermiene auf seinem Stuhl.

»Tim, erzählen Sie Junior doch mal, wie Sie diesen großen Gelbflossenthun gefangen haben, das würde uns alle auf andere Gedanken bringen …«

Die Fliegentür wurde zugeschlagen, und im nächsten Moment kam Ava Goodnight hereinspaziert und beäugte mit ängstlichem Blick die Männer im Raum.

Das Schweigen war abrupt, umfassend und absolut.

Ernie schien in Stein verwandelt zu sein, Roanokes Hand erstarrte über seiner Hemdtasche, aus der er soeben eine Marlboro hatte ziehen wollen, und Junior stand der Mund offen.

»Sie müssen Ava sein!«, sagte Father Tim, ging auf sie zu und schüttelte ihr die Hand.

»Und Sie müssen Father Tim sein«, antwortete sie lächelnd. »Betty wird gleich nachkommen. Betty ist meine Schwester, sie ist nebenan auf der Damentoilette.« Ava hielt den Atem an und sah so aus, als würde sie im nächsten Moment womöglich ihre Meinung ändern und die Flucht ergreifen.

»Und das ist Junior. Junior Bryson.« Da er der Einzige war, der noch funktionierte, blieb es wohl ihm überlassen, die gesellschaftlichen Gepflogenheiten zu wahren.

Junior erhob sich langsam vom Tisch und ging wie in Trance auf Ava zu. Father Tim wünschte bei Gott, dass Junior den Mund zumachen würde.

»Wie geht's?«, fragte Junior.

Ava hielt ihm die Hand hin. »Mir geht's gut. Und selbst?«

»Gut, und wie geht es Ihnen?«

»Und das«, sprach Father Tim hastig weiter, »ist Roanoke Clark. Er ist ein Freund von Junior.«

Roanoke grinste und tippte sich an die Stirn, eine Geste, die, wie Father Tim vermutete, wahrscheinlich ein Überbleibsel aus der Zeit war, als Männer sich zur Begrüßung von Frauen noch an den Hut tippten. »Ist mir ein Vergnügen.«

»Und das ist Roger Templeton ...«

»Wie geht es Ihnen«, fragte Roger, der sich respektvoll erhoben hatte.

»Und ich bin Ernie«, sagte Ernie, der seine Sprache inzwischen wiedergefunden hatte und herbeigestürzt kam, um Ava die Hand zu schütteln. »Wir freuen uns, Sie hier zu haben, schön, Sie kennen zu lernen, nehmen Sie doch Platz! Wir wissen, dass Sie auf einen Kaffee nach nebenan wollen, aber ich könnte Ihnen auch hier einen Becher abfüllen, Cheerwine oder Dr. Pepper, aber vermutlich trinken Sie Cola, ich könnte Ihnen eine Cola aufmachen, wie wäre das? Geht aufs Haus!« Ernie schüttelte immer noch Avas Hand.

»Oh nein«, sagte Ava, »ich brauche nichts. Trotzdem vielen Dank.«

Father Tim kam zu dem Schluss, dass irgendjemand

wohl etwas unternehmen musste, oder Ava würde gleich verschwunden sein. »Ava, es tut uns leid, dass hier nur Männer sind. Meine Frau wäre normalerweise mitgekommen, um Sie kennen zu lernen, aber wir haben einen kranken Jungen zu Hause.«

»Das tut mir leid«, sagte sie, und ihre Worte schienen von Herzen zu kommen.

»Setzen Sie sich doch eine Minute zu uns«, fuhr er fort. »Roger, zeigen Sie Ava Ihre Ente.«

Roger hielt schüchtern seine Krickente empor.

»Ist das nicht das reinste Wunder?«, fragte Father Tim, der sich langsam vorkam wie auf einem Prominentenempfang.

Ava blickte zur Tür, offensichtlich in der Hoffnung, dass Betty dort auftauchen möge. »Wirklich hübsch! Wirklich schön!«

»Wir möchten, dass Sie sich auf Whitecap zu Hause fühlen«, sagte Father Tim. »Sind Sie schon einmal hier gewesen?«

»Nein, Sir, noch nie. Aber meine Freundin, sie wohnt hier auf der Tern Avenue – wir wollten uns schon lange einmal treffen.«

Junior grinste von einem Ohr zum anderen. Er reckte die Brust vor und zupfte an seinen Jackenärmeln, die Father Tims Meinung nach eine Spur zu kurz waren.

»Oh, meine Güte!«, rief Betty, als sie durch die Fliegentür gestürmt kam. »Sind wir zu spät? Meine Uhr ist stehengeblieben. Hey, alle miteinander, ich bin Avas Schwester, ihre viel ältere Schwester, und wer sind Sie?«

»Ich bin Tim Kavanagh. Freut mich, Sie kennen zu lernen, Betty.« Der liebe Gott hatte einen Eisbrecher geschickt, und das keinen Augenblick zu früh.

»Hey, Tim, wie geht es Ihnen? Ich hoffe, ich habe keinen Lippenstift auf den Zähnen. Habe ich Lippenstift auf den Zähnen? In der Damentoilette ist mir meine Puderdose runtergefallen, und mein Spiegel ist hin, aber da ich meine sieben Jahre Pech bereits hinter mir habe, hoffe ich, dass alles in Ordnung ist!«

Ihr Blick richtete sich jetzt auf Ernie. »Und Sie müssen der Boss von diesem Laden sein, Sie sehen so aus, als wären Sie der Boss.«

»Hm, ja, Ma'am, ich bin Ernie Fulcher, jawohl. Nehmen Sie doch Platz, damit Sie sich mit allen bekanntmachen können. Wir freuen uns, Sie bei uns zu haben.«

»Sie hätten wohl nicht zufällig einen Tropfen Pepsi Light da oder irgendetwas anderes, ich bin so ausgetrocknet wie ein Knochen! Ich bin nämlich gefahren, weil Ava alle Hände voll damit zu tun hatte, sich die Nägel zu lackieren und die Lockenwickler rauszunehmen, und vom Fahren kriege ich immer Durst, Sie auch?«

»Oh ja, Ma'am«, sagte Roanoke, der sich über diese Frage sichtlich freute. »Als ich Holz gefahren hab, hab ich zwischen Asheville und Wilmington manchmal eine ganze Kiste Cheerwine getrunken.«

»Und Sie sind Junior! Wahrhaftig, Sie sehen viel besser aus als auf Ihren Fotos, findest du nicht auch, Ava? Viel besser, wenn du mich fragst, was natürlich niemand getan hat!« Betty johlte vor Lachen, ließ sich auf einen Stuhl fallen und hängte den Riemen ihrer großen Schultertasche über die Rückenlehne.

Betty klopfte auf den Tisch. »Komm her, Süße«, sagte sie zu ihrer Schwester, »setz dich eine Minute und mach dich mit diesen netten Herren bekannt, die dich unbedingt sehen wollten, dann gehen wir nach nebenan und essen einen leckeren Happen, stimmt's, Junior?«

»Also, das nenne ich mal eine gutaussehende Frau …«, erklärte Ernie benommen und blickte zur Tür hinüber.

Ohne von seiner Ente aufzusehen, nickte Roger zustimmend.

»Aber ich hab doch den Eindruck, dass sich Junior da vielleicht ein wenig übernimmt.«

Roanoke drückte seine Zigarette in einem Flaschenverschluss aus. »Da erzählst du uns nichts Neues.«

Roger flämmte eine Feder ab. Lucas gähnte. Die Dr.-Pepper-Uhr tickte auf der Kasse vor sich hin.

»Nun«, sagte Father Tim und schob seinen Stuhl zurück, »Sie können ja alle noch bis zum Jüngsten Tag hier sitzen bleiben, aber ich muss weiter.«

Ernie sah ihn ängstlich an. »Meinen Sie, dass Junior eine Chance hat?«

»Das weiß nur Gott allein«, sagte er mit Nachdruck.

Die Wolkendecke riss nicht auf – sie lag über der Brücke, über der Küste und über dem Deich nach Dorchester. Als Father Tim die Insel erreichte, setzte der Regen ein.

Er schaltete die Heizung ein und grübelte über die Tatsache nach, dass er niemals klar denken konnte, wenn Morris ihn anbrüllte, aber endlich hatte er begriffen, dass der schroffe, monotone Befehl wenig mit ihm selbst zu tun hatte; seiner Meinung nach bedeutete dieses Wort etwas ganz anderes – Morris wollte raus aus seinem Körper, raus aus diesem Gefängnis, raus aus diesem schrecklichen Exil …

Da … ein Stoppschild und dahinter die Little Shell

Beach Road. Er blickte auf seine Armbanduhr, schätzte die Entfernung und bog nach rechts ab. Eineinhalb Meilen bis zur Old Cemetery Road …

Die anhängige Klage. Immer wieder trieb der Gedanke daran unbarmherzig an die Oberfläche. *Der Herr ist meine Stärke und mein Schild …*

Er wollte nicht mit dem Kuratorium des »Hauses der Hoffnung« sprechen, bevor er noch einmal mit Walter geredet hatte. Was für eine Ironie, dachte er, dass eine Fremde in sein eigenes Haus gezogen war, um sich für eine Klage gegen ihn zu rüsten. Und warum war sie überhaupt nach Mitford gezogen, obwohl sie den Prozess ebenso gut von Boston aus hätte führen können? Das Ganze war sehr verwirrend.

Während er auf der kleinen Insel langsam in Richtung Süden fuhr, betete er – für Junior, für Misty Summers, für Cynthia, Jonathan, Janette, Morris Love, Buck und Pauline …

Die Old Cemetery Road. Er setzte den Blinker nach rechts, dann hörte er seine Reifen auf dem Kies knirschen.

… für Dooleys verschwundene Brüder, für Dooleys Gerichtsverhandlung, für die Fleißigen Finger, dass es ihnen gelingen möge, rechtzeitig mit der Stickerei des Letzten Abendmahls fertig zu werden …

… und für Jeffrey Tolson. Er wollte nicht für Jeffrey Tolson beten, aber er holte tief Luft und tat es trotzdem. Konnte er persönlich Janettes Mann verzeihen, selbst wenn dieser angesichts des Schmerzes, den er anderen Menschen zugefügt hatte, kein bisschen ehrlicher Reue empfand?

Er wollte ihm verzeihen, es wurde von ihm verlangt, das zu tun, und, ja, er würde es weiter versuchen – mit Gottes Hilfe.

Ella hielt schon nach ihm Ausschau. Kaum hatte er die Veranda erreicht, öffnete die Organistin auch schon die Tür, und er wurde von einem Regenschwall in ihr Wohnzimmer getrieben.

»Ach, du liebe Güte«, sagte sie und schüttelte ihm die Hand, »Sie sind ja völlig durchnässt! Kommen Sie hierher, neben das Klavier. Ich habe den Föhn schon herausgelegt.«

»Den Föhn?«

»Um Sie abzutrocknen!«, erklärte sie, sichtlich erfreut darüber, helfen zu können.

Er hatte schon von Zeitsprüngen gehört und war ehrlich erfreut darüber, einen solchen zu erleben. Ella Bridgewaters Cottage war das angenehmste, das er seit Jahren gesehen hatte. Er fühlte sich sofort heimisch. Tatsächlich kam es ihm so vor, als hätte es seine eigene Mutter sein können, die Ellas zur Zeit der Jahrhundertwende gefertigten Möbel und die zahlreichen Familienfotos in polierten Silberrahmen im Haus verteilt hatte.

Kleine Flammen züngelten an einem einzelnen Holzscheit im Kamin, und neben dem Kamin lag ein Stapel Holz bereit.

Er sog den wunderbaren Duft des Hauses tief ein, ein Duft, der überwiegend aus Meeresluft, Holzrauch und Seebarsch mit Zitronenbutter zusammengesetzt zu sein schien. Während Ella das Mittagessen zubereitete und die Uhr auf dem Kaminsims vor sich hin tickte, saß er am Feuer und fühlte sich so behaglich und zufrieden wie ein Landedelmann.

Ella stellte ein kleines, geschliffenes Glas und eine Karaffe vor ihn hin. »Bitte schön!«, sagte sie, und es war deutlich zu spüren, dass sie sich über seine Gesellschaft freute. »Das ist mein Pflaumenwein, ich hoffe, er schmeckt Ihnen, ich habe 1978 ein Blaues Band damit gewonnen! Mittagessen ist in zehn Minuten fertig. Und jetzt, nachdem Sie es sich bequem gemacht haben, werde ich Ihnen Louise reinschicken.«

Sie eilte in das Nebenzimmer hinüber, aus dem sofort ein Kanarienvogel geflogen kam. Der Vogel steuerte direkt auf das Klavier zu, hockte sich dann auf die Bank und sah Father Tim mit schräg gelegtem Kopf an.

»Louise, sing doch bitte für Father Timothy, er ist extra von Whitecap hierher gekommen.«

Zu seinem Erstaunen begann Louise mit großem Charme und echter Begeisterung zu trällern, und zum Ende ihres Vortrags flatterte sie schließlich auf ein Häkeldeckchen auf dem Klavier.

»Einfach erstaunlich!«, rief er. »Sie müssen sie unbedingt einmal zu einem Solo nach St. John's mitbringen!« Sie konnten Schlimmeres tun, als dazusitzen und zuzuhören, wie eines von Gottes Geschöpfen aus den Tiefen eines reinen Herzens sang und jubilierte.

Aus dem Regen war inzwischen ein Sturm geworden, der das kleine Haus erzittern ließ.

»Minor und ich hatten Pläne für unsere Hochzeit gemacht, und dann, zwei Wochen bevor die Zeremonie in unserer kleinen Kirche unten an der Straße stattfinden sollte, fuhr er mit einem Ballon über Neuschottland und ... nun ja ...«

»Das tut mir leid«, sagte er.

Ella prostete ihm zu und widmete sich wieder ihren Pflichten als Gastgeberin. »Pflaumen sind heutzutage sehr schwer zu finden, es sei denn, man kauft sie in einem Laden, und das ist eine Versuchung, der ich nur selten erliege. Wissen Sie, was das Problem ist?«

»Ich gestehe, ich weiß es nicht.« – »Die Leute arbeiten alle auswärts, niemand schneidet seine Obstbäume noch richtig, und die Früchte fallen einfach auf die Weide oder in den Garten oder sonst wo hin, und das war's dann.«

Als sie das Dessert aßen, wurde er langsam nervös. »Haben Sie vielleicht einen Fernseher, sodass wir uns den Wetterbericht ansehen könnten?«

Ella seufzte. »In diesem Haus hat es seit Jahren keinen Fernseher mehr gegeben! Erinnern Sie sich an das Jahr, in dem die Dallas Cowboys die Denver Broncos im Super Bowl geschlagen haben?«

»Ich glaube nicht«, erwiderte er.

»Mutter und ich haben dort drüben gesessen und uns das Spiel angesehen, als der Bildschirm plötzlich pechschwarz wurde. Ich erinnere mich bis auf den heutigen Tag daran, was Mutter gesagt hat. Sie sagte: ›Ella, meinst du nicht, dass das nur passiert ist, weil ich bei Joe zwei Dollar auf die Cowboys gesetzt habe?‹ Joe war unser Postmeister. Wir haben versucht, den Apparat reparieren zu lassen, aber er war mausetot, und wir haben nie einen neuen gekauft.«

Ein Donnerschlag krachte, und Father Tim sprang erschrocken von seinem Stuhl auf. »Ich … suche nur nach einem Telefon!«, sagte er.

Er wählte die Nummer von Dove Cottage, und Ella stand mit ängstlicher Miene neben ihm. Ihre Mutter hatte ihr beigebracht, dass man bei Gewitter auf keinen Fall ein Telefon benutzen durfte. Tatsächlich verspürte sie den starken Drang, die Stecker sämtlicher elektrischer Geräte herauszuziehen, einschließlich der Lampen, obwohl sie vermutete, dass so etwas ungehörig gewesen wäre, wenn man einen Geistlichen zu Besuch hatte.

Cynthia berichtete, dass zu Hause alles in Ordnung sei und dass sie für ihn bete. Obwohl seine Frau ihn anflehte, bei so schlechtem Wetter nichts Unvernünftiges zu tun, sollte er dennoch bald nach Hause kommen.

Er wollte so schnell wie möglich aufbrechen, fühlte sich allerdings aus schierer Höflichkeit genötigt, sich noch einige Fotos anzusehen, bevor er aufbrach. Auf einem Bild stand Minor neben einem Heißluftballon, durchtrainiert und gutaussehend in einem Fliegeranzug. Ms Bridgewater, die ihn aus einem ovalen Rahmen anfunkelte, wirkte einschüchternd genug, um die Stockrosen, die auf der Fotografie als Hintergrund dienten, zum Verwelken zu bringen.

»Ich hasse dieses Gewitter. Gestern Abend bin ich extra zur Kirche hinuntergegangen und habe die Blätter auf Mutters Grab geharkt und die Reihen abgestaubt ... Aber Sie können sich das alles ein andermal ansehen.« Ellas Rouge bildete zwei perfekte, runde Flecken. »Außerdem wollte ich Ihnen unsere Eiche zeigen. Sie ist die älteste auf der Insel, so heißt es. Vielleicht können Sie ja einen kurzen Blick darauf werfen, wenn sie abfahren. Sie steht nur ein paar Meter vom Haus entfernt.«

»Sie werden mir ein andermal alles zeigen. Ich freue mich schon darauf.«

»Nun, dann«, sagte sie und drückte ihm ein Päckchen in die Hand. »Das ist eine Kostprobe von meinem Pflaumenwein und ein paar Reste von dem Seebarsch für ihre Violet. Ich würde so schrecklich gern eine K-a-t-z-e haben, aber ich kann keine K-a-t-z-e haben, Sie wissen schon, nicht solange Louise bei mir ist.«

»Aha. Nun, ich mache mich dann mal auf den Weg, und ich kann Ihnen gar nicht genug danken. Ich habe mich bei Ihnen sehr wohl gefühlt, Ella, und Ihre Idee für den Choral nächsten Sonntag gefällt mir ausnehmend gut.«

»Vielen Dank für Ihren Besuch, Reverend, es war mir eine Ehre. Also, wenn Sie aus der Einfahrt kommen, müssen Sie links abbiegen, dann fahren Sie zwei Häuserblocks weiter, und auf der rechten Seite, in dem alten, weißen zweistöckigen Gebäude, da wohnt Captain Larkin. Halten Sie Ausschau nach dem blauen Truck vor dem Haus, und seien Sie vorsichtig mit dem Hund, die Leute sagen, er beißt.«

Sie öffnete die Tür, und ein Schwall von kaltem Wind und Regen fuhr ihr entgegen.

»Ich werde für Sie beten!«, rief sie ihm nach, während er sich in die Sintflut hinausstürzte.

Er hatte schon einige Stürme miterlebt, aber dieser hier beunruhigte ihn. Sobald sie von Mitford zurückkamen, würde er das verdammte Autoradio reparieren lassen, damit er, wenn es nötig war, den Wetterbericht hören konnte.

Mit einer Geschwindigkeit von zehn Meilen die Stunde gelang es ihm schließlich, das Haus des Captains zu entdecken, und er fuhr hinter den blauen Truck an den Straßenrand. Jeder Hund, der sich die Mühe machen wollte, bei solchem Wetter zu beißen, sollte es gern versuchen, dachte er, während er den nassen Regenschirm packte und nach einer ledernen Schatulle griff, in der sich die Utensilien für die Hauskommunion befanden.

Er kämpfte sich durch einen peitschenden Wind, der ihm den Regenschirm zu zerreißen drohte, die Betontreppe hinauf und öffnete die Fliegentür zur Veranda. Ein grimmiges Gesicht spähte durch die Glaspaneele der Haustür und war im nächsten Moment wieder verschwunden.

Lieber Gott, segne diese Stunde …, betete er, während er anklopfte, *… und bewahre uns vor Schaden in diesem Unwetter …*

Er wäre um ein Haar aus seinen durchweichten Slippern gesprungen, als ein ohrenbetäubender Donnerschlag die Luft zerriss und die Tür geöffnet wurde. Ein alter Mann mit dem Gesicht eines Engels blickte ihm entgegen.

»Kommen Sie schnell rein, Reverend, kommen Sie rein!«, sagte Captain Larkin.

17 Brot und Wein

Er trat in einen großen Salon, der nach Kaminasche und altem Schinken roch, geradeso wie die Landhäuser, an die er sich aus seinen Kindheitstagen in Mississippi erinnern konnte.

Er erfasste mit einem Blick ein mit einer Decke verhülltes Sofa, zwei abgenutzte Liegesessel, einen Fernseher auf einem Rollwagen und eine Vielzahl von Familienportraits an den weißen Holzwänden. Zu seiner Rechten befanden sich eine Treppe mit einem geschwungenen Geländer und eine geschlossene Doppeltür, die vermutlich in ein Esszimmer führte. Das Haus war früher einmal sehr schön, wenn auch schlicht gewesen, und er war dankbar dafür, hier Zuflucht zu finden.

»Wo haben Sie Ihre Öljacke, Reverend?« Der Captain sprach sehr laut, um das Trommelkonzert des Regens auf dem Blechdach zu übertönen.

»Ich bin ein typischer Bergbewohner, Captain, und besitze leider noch keine Öljacke.« Er schlüpfte aus seiner feuchten Jacke und hängte sie an einen Haken neben der Tür.

»Bruder!«, rief sein Gastgeber. »Bring dem Pfarrer einen Lappen, wenn du nichts dagegen hast.«

Er fand, dass Captain Larkin sich recht flink und behände bewegte, obwohl er am Stock ging und deutlich sichtbar hinkte. Außerdem hatte der Captain die rosigsten Wangen und die blauesten Augen, die er je gesehen hatte.

Der alte Mann humpelte zum Sofa hinüber und zog die Decke zurecht. »Setzen Sie sich her, und machen Sie es sich bequem. Wir werden Sie im Handumdrehen trocken haben.«

Der Mann, der nun in den Raum geschlurft kam, sah genauso aus wie der Captain, wenn er sich auch gleichzeitig auf bemerkenswerte Art und Weise von diesem unterschied: Auf sein Gesicht war ein dauerhafter, grimmiger Ausdruck gemeißelt. Licht und Dunkelheit, ging es Father Tim durch den Kopf – Feuer und Eis, Nordpol und Südpol!

»Das ist mein Zwillingsbruder«, sagte Captain Larkin. »Bruder, das ist der Pfarrer von St. John's.«

»Wurde auch Zeit, dass Sie kommen«, sagte der alte Mann und warf ihm einen finsteren Blick zu. »Wir warten schon auf Sie, seit mein Bruder vor vier Jahren gestürzt ist, er hätte sich dabei umbringen können, und es hätte keinen von euch interessiert.«

»Tut mir leid, dass ich damals nicht in der Gegend war. Ich bin erst Anfang Juli nach St. John's gekommen.«

»Vor vier Monaten«, sagte der Bruder und funkelte ihn mit trüben Augen an. Dann reichte er Father Tim einen Lappen, und dieser nahm ihn entgegen und tupfte sich den Kopf, das Gesicht und die Hände ab. Als abermals ein Donnerschlag krachte, diesmal direkt über dem Dach, überlief ihn eine Gänsehaut.

»Ein schlimmer Sturm, der da«, sagte Captain Larkin und schüttelte den Kopf.

»Wollen Sie sich zu uns gesellen, Mr Larkin?«

»Nein, Sir, das will ich nicht!«, blaffte der Bruder und verließ den Raum. Er öffnete eine der Doppeltüren, dann drehte er sich um und rief: »Ich hab nichts übrig für solchen Unsinn.«

Father Tim schloss die Augen, holte tief Luft und bewahrte einen Moment lang Schweigen. In der Stille wirkte das Heulen des Windes draußen noch lauter. Eine nackte Glühbirne, die an einer langen Schnur von der Decke hing, schwankte leicht hin und her, sodass die Schatten über die Bilder an der Wand tanzten.

»Der Friede sei mit diesem Haus und mit allen, die darin wohnen. Oh Herr, allmächtiger Vater, ewiger Gott, erhöre uns und sende deine heiligen Engel vom Himmel herab, um all jene, die hier wohnen, zu behüten, zu hegen, zu schützen, zu segnen und zu verteidigen.«

Father Tim sah, dass der Bruder hinter der Tür stand und sie beobachtete. Ohne sich etwas anmerken zu lassen, goss er Wein aus einem kleinen Messkännchen in einen ebenso kleinen Kelch.

Obwohl er wusste, dass er das Sakrament im Stehen empfangen durfte, zog der Captain es vor, niederzuknien. Er hielt sich an der Armlehne seines Sessels fest und ließ sich mit beträchtlicher Mühe auf die Knie nieder, dann sprach er mit Father Tim das Vaterunser und legte schließlich die Hände zusammen, um die Hostie zu empfangen.

»Vater«, betete der Captain aus dem Gedächtnis, »ich bin es nicht würdig, dass du eingehst unter mein Dach, aber sprich nur ein Wort, so wird meine Seele gesund.«

»Der Leib unseres Herrn, Jesus Christus, der für dich hingegeben wurde, mein Bruder.«

Tränen strömten dem Captain über die rosigen Wangen, während er nun die Hand hob und sich die Hostie in den Mund schob.

»Das Blut unseres Herrn, Jesus Christus, das für dich hingegeben wurde, mein Bruder.«

Der Captain trank und wischte sich mit dem Hemdsärmel über die Augen.

Father Tim legte beide Hände auf den Kopf des anderen Mannes und betete: »Der Segen des allmächtigen Gottes, des Vaters, des Sohnes und des Heiligen Geistes sei alle Zeit mit dir, Amen.«

»Amen«, sagte der alte Captain.

Father Tim half ihm auf die Beine, und sie umarmten einander. Der freundliche Geist dieses liebenswerten Mannes umfing ihn, zusammen mit dem Geruch von medizinischer Salbe und ungewaschener Kopfhaut, von Rasierpuder und Kleidern, die zu lange in einem vergessenen Schrank gehangen hatten.

»Der Herr sei mit dir.«

»Und mit deinem Geiste«, erwiderte der alte Mann und strahlte ihn unter Tränen an.

Plötzlich toste der Wind durch den Schornstein und blies einen Aschenschauer in den Raum. Er steckte zu tief drin in diesem Sturm. Es hatte nicht den Anschein, als würde der Sturm vorübergehen; stattdessen wurde er eher von Sekunde zu Sekunde schlimmer. Nur ein Wahnsinniger würde dort hinausgehen …

»Captain, dürfte ich wohl einmal Ihr Telefon benutzen?«

»Wir haben schon seit einer ganzen Weile keins mehr. Zu viel Geld für zu wenig Sprechzeit, sagt mein Bruder immer.«

»Ah.« Er ging zur Haustür und blickte mit gequälter Miene hinaus. Er konnte weder seinen Wagen noch den Truck vor der Veranda sehen, nur einen grauen Film, als sei ein schwerer Vorhang heruntergelassen worden. Er zitterte in seinem Strickhemd.

Der Captain hob die Hand und zog an der Schnur,

die neben der Glühbirne hing. »Ich glaub, die hier schalt ich besser aus.«

In dem eigenartigen Zwielicht des vom Sturm verdunkelten Raums ließ der alte Mann sich in seinen Sessel sinken und seufzte. »Das ist ein Sturm«, sagte er.

Father Tim setzte sich aufs Sofa.

Er würde auf ein Nachlassen warten – jeder Sturm ließ ab und an ein wenig nach –, dann würde er hinausrennen und so weit fahren, wie er konnte. Irgendwie würde er schon nach Hause kommen ...

»Mein Urgroßvater ist auf einem kleinen Schiff mit Namen *Rose of Sharon* von England rübergekommen. Das Schiff ist ungefähr um diese Jahreszeit in einem schlimmen Sturm untergegangen, und er und fünf andere Männer sind in Dorchester an Land gespült worden. Wir vermuten, dass er etwa dort gelandet sein muss, wo diese Straße endet, hinter der Kirche. Damals waren die Strände übersät mit Schiffstrümmern jeder erdenklichen Art und Farbe, also haben die Männer sich an die Arbeit gemacht und einen kleinen Schuppen zusammengezimmert, von dem aus sie nach einem anderen Schiff Ausschau halten konnten, das sie vielleicht mitnahm.«

Was war das nur für eine Verbohrtheit, die ihn dazu getrieben hatte, gerade heute nach Dorchester zu fahren, als ginge es um Leben oder Tod? Schlimmer noch, wie hatte er seine Frau mit einem kranken Kind und einer Sturmwarnung allein lassen können? Hatte er sich die Mühe gemacht, einen Wetterbericht zu hören und sich über die genaue Situation zu informieren? Nein, er hatte das Ganze mit einem Achselzucken abgetan, als sei es nur eine belanglose Nichtigkeit ...

»Damals lebte praktisch niemand auf diesen kleinen Inseln, außer ein paar Indianern; manche Leute glauben, dass sie zum Stamm der Wanchese gehörten. Die Geschichte ist jedenfalls die. Mein Urgroßvater war nicht mehr als zwanzig Jahre alt, als er eine Indianerin aus Whitecap heiratete. Das Haar reichte ihr bis zu den Füßen. Manche Leute meinen, mein Bruder hätte die Wangenknochen und die Nase eines Indianers, aber ich weiß nicht, ich kann's nicht sagen.«

Bitte, lieber Gott, lass nicht zu, dass dieser Sturm Whitecap trifft und die Brücke unbefahrbar macht, mach dass die Brücke weiter funktioniert, die Brücke, das ist der Knackpunkt …

»Ich habe dieses Haus für meine Frau gebaut, Dora, damals, als ich noch Trawler gefahren bin. Dora war beim Einzug neunzehn Jahre alt und so fröhlich wie ein Engel im Himmel. Als wir dann rüber nach Whitecap gezogen sind, als Leuchtturmwärter, ist mein Bruder hier eingezogen und hat sich um alles gekümmert. Als ich als Leuchtturmwärter aufgehört hab, bin ich auf Whitecap geblieben, bis Dora gestorben ist, dann bin ich nach Dorchester zurück, wo ich geboren und aufgewachsen bin.«

Fünf nach halb drei. Aus einer einstündigen Fahrt würde bei einem solchen Unwetter gewiss eine zwei- bis dreistündige, also wäre er um halb sechs zu Hause, äußerstenfalls vielleicht sechs Uhr …

»Ich beschäftige mich jetzt schon seit einer ganzen Weile mit den Kanadagänsen, und jeden Herbst bezahle ich einen Nachbarn dafür, dass er mir an meinem Teich drüben Weizen und Winterroggen aussät. In diesem Frühling haben wir Nester gesehen, in denen jeweils vier bis acht Eier lagen …«

Ein wachsendes Gefühl böser Vorahnungen stieg in ihm auf … Etwas, das auf seiner Brust lastete und ihm das Atmen schwer machte. Vielleicht würde er doch nicht auf ein Nachlassen des Sturms warten, sondern es einfach riskieren …

Er sprang von dem Sofa auf. »Captain, ich habe zu Hause eine Frau und einen Jungen, die auf mich warten, ich muss mich auf den Weg machen, es war mir ein Vergnügen, Sie kennen zu lernen, ich weiß, wie sehr man Sie in St. John's schätzt und mag, Gott segne und bewahre Sie, ich werde vor Weihnachten noch einmal wiederkommen.«

Der alte Mann sah ihn verwirrt an. »Sie wollen doch nicht etwa da raus, oder?«

»Doch, Sir, das will ich«, sagte er und durchquerte mit schnellen Schritten den Raum, um seine feuchte Jacke vom Haken zu reißen.

»Bruder!«, brüllte der Captain. »Komm und sag dem Pfarrer auf Wiedersehen, wenn du nichts dagegen hast.«

Die Tür zum Esszimmer wurde geöffnet, und der Bruder spähte herein, in der Hand ein Glas Erdnussbutter mit einem Löffel darin.

»Der Herr segne Sie, Bruder Larkin.«

Der alte Mann musterte ihn mit finsterem Blick. »Wenn Sie da raus wollen, sollten Sie sich besser selber segnen.«

Als er den tropfnassen Regenschirm auf die Rückbank warf und die Tür hinter sich zuschlug, entdeckte er die Lasagne, die hinter dem Beifahrersitz auf dem Boden stand. Verflixt und zugenäht, er hatte vergessen, Ella ihr Geschenk zu geben. Cynthia hatte sogar eine Schleife um die mit Folie abgedeckte Schale gebunden.

Einen Moment lang überlegte er, ob er die Lasagne den Zwillingen überlassen sollte. Dann jedoch wurde ihm mit Macht die Kälte seiner durchweichten Kleider bewusst, und er unterdrückte die Regung.

Er kam an einem Gebäude vorbei, von dem er glaubte, es sei Ellas Haus, aber er konnte kein Licht sehen. Nein, wahrhaftig, die Organistin von St. John's saß trocken und gemütlich in ihrem Cottage und hatte sämtliche Stecker herausgezogen, so abgeschnitten von aller Zivilisation wie ein Mensch, der in der arktischen Tundra lebte.

Eineinhalb Meilen bis zum Highway …

Ohne eine gelbe Linie, an der er sich hätte orientieren können, hielt er den Blick konzentriert auf den Straßenrand gerichtet, aber es gab lange Momente, in denen die Scheibenwischer vollkommen nutzlos waren und er praktisch nichts mehr sah.

Am Ende des Kieswegs erlebte er einen Augenblick purer Panik bei dem Gedanken, sich in den Verkehr auf dem Highway einfädeln zu müssen. Während Wind und Sturm auf den Wagen eindroschen, hielt Father Tim links und rechts Ausschau nach näher kommenden Scheinwerfern, sah jedoch nichts.

Betend manövrierte er den Wagen auf den Asphalt.

War dies ein Hurrikan? Wohl kaum, denn in diesem Falle läge sein Wagen bereits irgendwo auf einem Tabakfeld – auf dem Verdeck, verstand sich. Außerdem hätte er eine Hurrikanwarnung gewiss gehört; dies war lediglich ein schwerer Sturm, wie sie sie etliche Male erlebt hatten, seit sie hierher gezogen waren. Der Gedanke tröstete ihn, machte ihm jedoch klar, dass nicht weit von der Straße entfernt das zornige Meer stampfte, brodelte und schäumte, und sein Magen krampfte sich schmerzhaft zusammen.

In Wahrheit hatte er nicht den blassesten Schimmer, was er tun sollte. Es wäre eine Verschwendung kostbarer Zeit gewesen, noch länger in Dorchester zu bleiben, aber eine Fortsetzung der Fahrt erschien ihm gefährlich und schlicht und einfach dumm.

Er würde weiterfahren.

Zweimal glaubte er, eine Tankstelle am Straßenrand wahrzunehmen, und fühlte sich versucht, vom Highway abzufahren, aber irgendwie hatte er das Gefühl, dass er eine Art sechsten Sinn für das Fahren unter den gegebenen Bedingungen entwickelte, ein vages Gefühl der Sicherheit, das er nicht übereilt aufgeben wollte.

Dann fielen ihm Louellas Worte bei ihrer letzten Begegnung ein. »Wenn Sie da unten in die Klemme geraten, denken Sie einfach dran, dass Louella da ist und für Sie betet.«

»Beten Sie für mich!«, rief er und schöpfte ein wenig Trost aus dem Klang seiner eigenen Stimme.

Zu beiden Seiten der Landstraße kauerten, großen Tieren gleich, schwere LKWs, die auf das Nachlassen des Sturms warteten.

Seiner Schätzung nach befand er sich bereits auf dem letzten Abschnitt des Küstenhighways vor seiner Abfahrt, als der Mustang gegen ein unsichtbares Hindernis krachte. Es war ein harter Aufprall, und der Motor erstarb sofort.

Mit hämmerndem Herzen sprang Father Tim aus dem Wagen und sah, dass ein dicker Ast quer über beide Fahrstreifen lag. Mühsam kämpfte er sich durch den Wind zurück ins Auto und schaltete den Warnblinker ein – er saß hier buchstäblich auf dem Präsentierteller –, dann stürzte er sich mit gesenktem Kopf wieder in das Unwetter hinaus und versuchte, den Ast zur Seite zu schieben. Zum Teufel. Der Wagen war über den Ast gerollt, bevor der Motor den Geist aufgegeben hatte.

Als er wieder auf dem Fahrersitz saß, drehte er den Schlüssel in der Zündung. Nichts. Noch einmal. Nichts.

Er versuchte, die Ruhe zu bewahren und nachzudenken. Wenn er den Wagen vorn anheben und über den Ast zurückrollen konnte, konnte er ihn anschließend an den Straßenrand schieben, weg aus der Gefahrenzone. Er hatte noch nie einen Wagen angehoben …

Er stieg aus und ging nach rechts hinüber, um sich den Straßenrand anzusehen. Aber es gab keinen Straßenrand; der Weg führte steil zu einem Wassergraben hinunter, der schnell anschwoll.

Father Tim rutschte die Brille von der Nase, und er fing sie auf und steckte sie, halb blind, in die Tasche. Er war ein verzweifelter Narr, der schlimmste Narr überhaupt. Der Regen schien ihn wie einen Nagel in den Asphalt hämmern zu wollen.

Er sah es, als er sich von dem Wassergraben abwandte.

Es waren die Scheinwerfer eines Lastwagens, der auf seiner Fahrspur langsam näher kam.

Mit hämmerndem Herzen rannte er zum Heck des Wagens hinüber und riss beide Arme hoch, um verzweifelt zu winken. *Lieber Herr Jesus, lass ihn meine Scheinwerfer sehen …*

Aber was war, wenn der Fahrer seine Scheinwerfer nicht sah? Womöglich endete er als Hackfleisch zwischen der Kühlerhaube eines Lastzugs und der Stoßstange seines eigenen Wagens.

»Bitte!«, versuchte er das Tosen des Regens zu überschreien. »Bitte!«

Er brachte sich mit einem Sprung in Sicherheit, als er schon die hydraulischen Bremsen des Lastzugs hörte. Das gewaltige Gefährt kam nur Zentimeter vor dem Mustang entfernt zum Stehen.

Seine Beine waren gekochte Makkaroni, warmer Wackelpudding, Biskuitkuchen. Er ging auf die Fahrerseite des Trucks hinüber und blickte zutiefst verzweifelt hinauf.

Das Fenster wurde heruntergekurbelt. »Wo liegt Ihr Problem?«

»Ein Ast auf der Straße und ein abgewürgter Motor.«

Der Fahrer sprang aus der Kabine. Er trug einen Indiana-Jones-Hut mit einem Kinnriemen und einer breiten Krempe, aus der sich im nächsten Moment schon das Wasser ergoss.

»Ich seh mir die Sache mal an.« Der Fahrer zog den Kopf ein, ging zu dem Mustang hinüber, hockte sich hin und spähte unter den Wagen. »Wir werden eine Kette brauchen. Steigen Sie ein, ich ziehe Sie über den Ast, und dann ab damit in den Graben.«

Er setzte sich auf den Fahrersitz, hörte, wie die Kette an seiner hinteren Stoßstange befestigt wurde, und spürte kurz darauf den Ruck, als das große Gefährt den Rückwärtsgang einlegte und ihn mit sich zog. Dann zog er die Handbremse und stürzte sich von Neuem ins Getümmel.

Gemeinsam zerrten, stießen und rollten sie den tropfnassen Ast von der Straße in den Graben hinunter.

»Wo wollen Sie hin?«, rief der Fahrer.

»Nach Whitecap!«

»Da komme ich vorbei. Folgen Sie mir einfach, aber fahren Sie nicht zu dicht auf, sonst sehen Sie vor lauter Sprühwasser nichts mehr. Behalten Sie nur meine Hecklichter und die Blinker im Auge.«

»Wird gemacht!«

»Ich fahre dann auf den Parkplatz an der Brücke nach Whitecap.«

»Gott sei mit Ihnen!«, rief er.

Er folgte dem Lastwagen ungefähr eine halbe Stunde lang durch den langsam schwächer werdenden Regen. Etwa vier Meilen nördlich von Whitecap legte sich das Unwetter, und er konnte die Scheibenwischer ausschalten.

Auf dem freien Platz hatte sich das Regenwasser in tiefen Pfützen gesammelt, und er sah, dass der Sturm ein Metallschild von Jakes Gebrauchtwagenhandlung abgerissen hatte, das nun an der Auffahrt zur Brücke lehnte.

Aber, *Halleluja,* nirgendwo war ein Schild zu entdecken, das besagte, dass die Brücke unbefahrbar sei.

Der Fahrer wich den Pfützen aus und bog auf den Parkplatz ein. Father Tim parkte den Mustang neben dem Lastzug.

Ohne den Motor auszuschalten, sprang der Fahrer heraus und schüttelte ihm mit eisernem Griff die Hand.

»Tim Kavanagh. Ich kann Ihnen gar nicht genug danken.«

»Loretta Burgess«, sagte der Fahrer. »Freut mich, dass ich Ihnen helfen konnte.«

»Loretta?«, sagte er wie vom Donner gerührt. »Ich meine …« Nun, nun. Heiliger Bimbam.

Loretta Burgess lachte und nahm ihren durchweichten Hut vom Kopf. Eine beträchtliche Menge graumelierten Haares fiel über ihre breiten Schultern. »Mir ist es egal, was die Leute sagen, Padre, es ist eben doch keine reine Männerwelt.«

»Da haben Sie wahrhaftig recht!«

»Wenn ich Zeit hätte, würde ich Ihnen die Fotos von

meinen goldigen Enkelkindern zeigen, aber ich hänge momentan schon ziemlich hinterher. Fahren Sie bitte vorsichtig.«

Als Loretta Burgess auf die Schnellstraße einbog, drehte Father Tim sich um, um wieder in den Wagen zu steigen.

Die Hand auf dem Türgriff, hielt er plötzlich noch einmal inne, denn er spürte etwas, das eigenartig und beunruhigend war.

Die Luft war seltsam still, unheimlich still.

Und dann hörte er die Sirene.

18 Einfache Freuden

Drei Armeelastwagen rasten an dem Parkplatz vorbei, gefolgt von einem Krankenwagen mit Warnlicht und Sirene.

Father Tim wendete auf dem glatten Pflaster und folgte der Prozession über die Brücke, ohne dass er sich später daran erinnern konnte.

Als er die Brücke hinter sich ließ, hatte er über siebzig Meilen die Stunde drauf und beabsichtigte nicht, das Tempo zu drosseln. Wo immer die Rettungswagen benötigt wurden, wurde auch er vielleicht benötigt. Instinktiv begann er für die Betroffenen zu beten, welche Katastrophe sie auch ereilt haben mochte. Dann wurde ihm bewusst, dass er seit sechs Uhr an diesem Morgen praktisch ohne Unterlass gebetet hatte. Dieser Tag enthielt Stoff für mehrere Wochen.

Das Wasser hatte Teile der Tern Avenue weggeschwemmt und den Asphalt stellenweise unterhöhlt. Wie schlecht die Strecke auch sein mochte, über die die Rettungswagen sich vorwärtskämpften, er tat es ihnen gleich.

Als die Kavalkade nach links auf die Hastings Avenue einbog, sah er den Baum, der sich in der Überlandleitung wie in einer Schlinge verfangen hatte. Dem umgestürzten Baum gegenüber stand das graue Haus an der Ecke, das Haus, das Cynthia immer so bewunderte – ein weiterer Baum war auf sein Dach gestürzt und hatte es zum Einsturz gebracht. Trümmer des Schornsteins lagen überall im Garten verstreut. Auf dem Grundstück nebenan baumelte ein Teil des Lattenzauns in einem Baum, und nur wenige Schritte von ihm entfernt hatte sich ein Ast wie ein Pfeil in den Kofferraum eines Wagens gebohrt.

Im Rückspiegel sah er zwei weitere Armeelastwagen hinter sich und dahinter einen zweiten Krankenwagen.

Eiskalte Furcht ergriff ihn.

In dem düsteren Nachleuchten des Sturms war er an einen Ort zurückgekehrt, den er kaum wiedererkannte.

Diesseits von Dove Cottage schienen mehrere Häuser einiges durchgemacht zu haben, ohne jedoch ernsthafte Schäden davonzutragen.

Als sein eigenes Haus in Sicht kam, legte sich ein Entsetzen, wie er es noch nie zuvor erlebt hatte, um sein Herz.

Dove Cottage hatte keine Veranda mehr.

Die Fassade wirkte seltsam leer, wie ein blickloses Gesicht. Er sah, dass die Veranda in den Nachbargarten geweht worden war, zum Teil unversehrt, zum Teil vollkommen zertrümmert. Überall lagen Zaunlatten verstreut. Einige davon waren sogar auf dem Dach gelandet.

Die Notlage, für die er noch vor wenigen Sekunden gebetet hatte, betraf ihn zum Teil selbst.

Während die Wagenkolonne an ihm vorbeidonnerte, parkte er an der Stelle, an der früher einmal sein Tor gewesen war. Er rannte auf das Haus zu, blickte zur Tür hinauf und fragte sich, wie er hineinkommen sollte.

»Cynthia!«

Die hintere Veranda …

Er rannte um das Haus herum und in die Küche, wo

er über zersplittertes Porzellan trat, das unter seinen Füßen knirschte.

»Cynthia! Barnabas!«

Er schlitterte den Flur hinunter und kam vor der Wohnzimmertür zum Stehen. Dort hatte sich sogar der Boden aufgetan, und zwischen den Dielen klaffte ein tiefes, ebenmäßiges V.

Ihre Möbel lagen säuberlich aufgestapelt in der Spitze des V, und oben auf dem Stapel lag die Limoges-Vase seiner Mutter; sie schien unversehrt zu sein, als sei sie über den nachgebenden Fußboden hinuntergerollt und im letzten Moment praktischerweise auf einem Sofakissen gelandet.

»Cynthia! Bitte!« Er stürzte den Flur entlang zu den Schlafzimmern, die so aussahen, als hätte dort lediglich ein kräftiger Wind die Bettdecken zerwühlt, als sei die Veranda nicht vom Haus abrasiert worden, als sei das Wohnzimmer nicht völlig zerstört worden.

Aber was war, wenn sie und Jonathan im Wohnzimmer gewesen waren, als …?

Er rannte zur Hintertür hinaus und auf die Straße, in der Absicht, einen Krankenwagen herbeizuwinken, einen Nachbarn, irgendjemanden. Aber es war keine Hilfe in Sicht. Viele seiner Nachbarn arbeiteten auf dem Festland, und nur ein einsamer Pick-up donnerte vorbei, dessen Fahrer jeden Blickkontakt mit ihm vermied.

Was war geschehen? War es doch ein Hurrikan gewesen? Wurde diese Küste manchmal von Tornados heimgesucht? Er hatte niemals danach gefragt. Sein ganzes Leben lang hatte er das Wetter nach besten Kräften ignoriert, denn was konnte man schon dagegen unternehmen?

Er würde sich wie ein Maulwurf durch die Möbel

graben, durch die Stühle und Tische, die Bücher und Zeitschriften ...

Irgendwo unter alledem war der Teppich. Wenn er den Teppich gefunden hatte, würde er wissen, dass sie nirgendwo im Haus war ...

Während er unablässig ihren Namen rief, wühlte er sich durch die Trümmer ihres alltäglichen Lebens, erfüllt von der entsetzlichen Angst, dass er sie vielleicht finden würde.

Aber da war niemand, nichts.

Und wie um alles in der Welt sollte er aus dem Loch, in das er sich hinabgelassen hatte, nun wieder auf den glatten, polierten Fußboden hinaufklettern?

»Reverend! Sind Sie da unten irgendwo?«

Junior Bryson hockte mit schneeweißem Gesicht auf der Türschwelle des Wohnzimmers und blickte in die Grube hinunter.

»Ich bin hier, Junior. Haben Sie meine Frau gesehen?«

»Nein, Sir, ich komme gerade von der Südspitze der Insel und habe gesehen, dass es Ihnen die Veranda weggerissen hat. Ich war auf dem Weg zu Ernie. Wie ich höre, hat es ihn übel erwischt.«

»Können Sie mich raufziehen?« Er war noch nie so froh darüber gewesen, das Gesicht eines Menschen zu sehen. Er zitterte vor Kälte und von dem Schock, den er erlitten hatte.

»Ich bin ziemlich außer Form, ich weiß nicht, aber ich werd mich hinlegen und mit den Füßen am Türrahmen festhalten ...«

Junior brachte sich in Position und streckte Father Tim keuchend die Hand hinunter.

»In Ordnung, halten Sie sich fest, und dann klettern Sie einfach irgendwie an meinen Armen rauf.«

»Dieser Raum lag ziemlich hoch über dem Boden, das wird also nicht einfach.«

»Aber ziehen Sie mich nicht zu Ihnen runter«, sagte Junior, »sonst sitzen wir am Ende beide in der Klemme.«

»Es ist einfach passiert«, sagte Junior, als Father Tim sich hastig trockene Kleider anzog und warme Socken über seine tauben Füße streifte. »Vor ungefähr dreißig, vierzig Minuten sah es so aus, als würde der Sturm am nördlichen Ende der Insel vorbei und Richtung Meer abziehen. Regen und Wind hörten plötzlich auf. Aber an der Südspitze haben wir keine Schäden, überhaupt keine. Soweit ich weiß, ist überall auf der Insel der Strom ausgefallen, und Mr Braggs Telefone sind tot. Was macht die Brücke?«

»Funktioniert noch.«

»Das ist ein Segen«, sagte Junior.

Auf dem Weg durch die Hintertür drehte Father Tim sich um und hielt noch ein letztes Mal Ausschau nach Violet. Während er unter den Betten nachsah, hoffte er nur, dass sie nicht unter dem Sofa im Wohnzimmer festsaß, das er wegen des eingestürzten Bodens dort nicht erreichen konnte.

Schließlich eilten sie im Laufschritt auf ihre Wagen zu.

»Viel Glück bei Ihrer Suche nach Ihrer Frau und dem Jungen. Den beiden geht es bestimmt gut, wahrscheinlich waren sie gerade im Lebensmittelladen oder in der Post, als der Sturm kam.«

»Vielen Dank, mein Freund.«

Aber seine Frau konnte nicht im Laden oder im Postamt gewesen sein, denn sie hatte keinen Wagen. Sie war, beschloss er, mit Jonathan in der Kirche, wo sie sich um die Organisation des Herbstmarkts hatte kümmern wollen. Er war sich dessen so gewiss, dass er es am liebsten laut hinausgeschrien hätte.

Als er von Dove Cottage wegfuhr, fragte er sich, wo ihr Fahrrad sein mochte. Normalerweise trug sie es die Treppe hinauf und ließ es auf der vorderen Veranda stehen. Sie war doch sicher nicht mit ihrem Fahrrad unterwegs gewesen ...

Inzwischen waren mehr Autos auf der Straße, und die Menschen kamen vom Festland oder von der Südspitze zurück; eine ganze Autoschlange bewegte sich durch die Hastings Avenue, und man hörte überall lautes Hupen.

Der Anblick von Ernies Laden versetzte ihm einen Schlag. Die rechte Mauer war eingestürzt, und nur der Rahmen und ein Haufen Ziegelsteine waren davon übrig geblieben. Im vorderen Fenster fehlte die Glasscheibe, und überall auf dem Parkplatz und auf der Straße lagen Bücher verstreut.

All die ungekühlten Köder und die vielen Bücher, die ungeschützt den Elementen preisgegeben waren, mussten mit einer Plane zugedeckt werden, und zwar schnell.

Aber er konnte im Augenblick nicht über Ernies Laden nachdenken.

Ein Fernsehsender vom Festland hatte Kameraleute geschickt, die die Schäden dokumentierten, was er jedoch nur am Rande wahrnahm, während er den Mustang auf den leeren Parkplatz neben Ernies Laden lenkte und von dort aus zu St. John's hinüberlief.

»Sie neigt meiner politischen Richtung zu, so wie es aussieht.« Ray Gaskill, der in dem Haus unmittelbar neben St. John's lebte, nahm einen Zahnstocher aus dem Mund und besah sich den Schaden.

Ungefähr ein Drittel einer immergrünen Eiche war auf das Dach der Kirche gestürzt, sodass das Gebäude jetzt etwas schief stand.

»Sie ist nach rechts gedrückt worden«, sagte Leonard Lamb, der schneeweiß im Gesicht war.

»Wer war drin?«, fragte Father Tim.

»Niemand. Irgendwann, nachdem Sie nach Dor'ster abgefahren sind, haben die Frauen ihre Sachen zusammengepackt und sind zu den Fieldwalkers rübergefahren, um dort weiterzuarbeiten.«

»Die Orgel?«

»Da gibt es keine Probleme, sofern wir eine Plane drüberziehen, bevor es wieder zu regnen anfängt. Wir können Sam nirgendwo finden, und die Telefonleitungen sind tot, sodass wir Larry nicht bitten können, von der Anlegestelle der Fähre eine Plane mitzubringen. Sieht so aus, als müsste ich rüberfahren, sofern die Brücke noch funktioniert.«

»Mit der Brücke ist alles in Ordnung.«

»Oder wir könnten eine Plane von Dor'ster holen, vielleicht von der Bootswerft.«

Er fühlte sich lächerlich schuldig, weil er keine Plane mitgebracht hatte.

»Das Schlimme ist, dass der Putz ziemlich mitgenommen ist, und wenn wir sie wieder geradegezogen haben, wird es damit noch schlechter bestellt sein.«

»Das ist nichts im Vergleich zu dem Aschermittwochssturm«, meinte Ray, der auf dem Zahnstocher kaute. »Also, das war mal ein Sturm. Dieser hier hatte bloß fünfundsiebzig, vielleicht achtzig Meilen Geschwindigkeit die Stunde.«

Den Nachbarn von St. John's schien die Katastrophe des Jahres 1962 mit persönlichem Stolz zu erfüllen. Obwohl es damals keine Toten gegeben hatte, war ein ungefähr fünfhundert Meilen langer Küstenstreifen ziemlich vollständig verwüstet worden.

»Ich muss Cynthia finden«, sagte er. »Haben Sie vielleicht eine Ahnung ...?«

»Ich nicht«, sagte Leonard. »Marjorie ist bei den Fieldwalkers.«

Wenn er genauer darüber nachdachte, fragte er sich, warum Cynthia überhaupt mit Jonathan in einen schrecklichen Sturm hinausgegangen war, obwohl das Kind heftig fieberte und Medikamente bekam. Außerdem hätte sie bestimmt nicht Barnabas und Violet zu der Gesellschaft bei den Fieldwalkers mitgenommen ...

Das Herz schlug ihm bis zum Hals.

»Sieht so aus, als sei ein Teil der Holzverkleidung abgeplatzt. Das setzte die Ständer dem Regen aus.«

»Was ist mit dem Keller?«, fragte er Leonard.

»Das wollen Sie gar nicht wissen.«

Und er wollte es tatsächlich nicht. Nicht bevor er Cynthia gefunden hatte.

»Ich komme zurück«, sagte er.

Als er zu seinem Mustang hinüberging, sprach er einen jungen Polizisten an, den er in der Menschenmenge vor Ernies Laden erspäht hatte.

»Warum ist die Armee hier?«, fragte er und fürchtete sich gleichzeitig vor der Antwort.

»Die Armee ist nicht hier. Wir benutzen bei Stürmen überschüssige Lastwagen der Armee, weil das Salzwasser die Bremsbeläge unserer Streifenwagen zerfrisst. Unsere Babys bleiben deswegen bei solchen Einsätzen hübsch zu Hause.«

»Ist in Ernies Laden jemand verletzt worden?«

»Nein, Sir. Man vermutet, dass die große Wassermenge im Boden die Fundamente unterspült hat, sodass die

Wand eingestürzt ist. Anschließend ist ein großer Mülleimer ins Schaufenster gekracht, und der Wind hat die Bücher von hier bis nach Weiß-nicht-wo gefegt.«

»Was ist mit Monas Café?«

»Eine der Kellnerinnen hat sich ziemlich übel den Arm verbrannt, weil eine Fritteuse vom Herd gerutscht ist, und jemand hat sie gerade in die Notaufnahme gefahren.«

»Ich habe meine Frau verloren«, platzte er heraus.

Der junge Mann nahm die Mütze ab. »Meine Güte«, sagte er.

»Ich meine, ich kann sie nicht finden«, erklärte Father Tim und kam sich sehr töricht vor. Warum stand er überhaut noch hier?

Da er nicht wusste, was er sonst tun sollte, schüttelte er dem Polizisten die Hand und lief zu seinem Wagen.

Den Tränen nahe, wendete er den Wagen und machte sich auf den Weg zur Hastings Avenue, die von Wasser überspült war.

Plötzlich erinnerte er sich an die Stunden am Strand vor wenigen Tagen, als sie ihm die Wange gestreichelt und gesagt hatte, dass sie ihn für immer so in Erinnerung behalten wolle. Waren diese Worte ein schreckliches Omen gewesen?

Langsam fuhr er über die Straßen, auf denen die Polizei von Whitecap den Verkehr regelte, in die gleiche Richtung zurück, aus der er gekommen war.

Die Haustür des alten Love Cottage war nicht nur unverschlossen, sondern stand weit offen, und die meisten Möbel waren umgekippt. Der Wind hatte einen Schaukelstuhl durch eines der vorderen Fenster getrieben, und auf dem tropfnassen Fußboden lagen überall Glassplitter.

»Cynthia!« In diesem Haus gab es einen Keller, das wusste er von Otis; vielleicht hatte sich Cynthia hierher geflüchtet, nachdem die Veranda ihres eigenen Hauses zu Bruch gegangen war.

Zitternd, als hätte er die Schüttellähmung, suchte er nach der Tür zum Keller, öffnete Schränke, fand den Durchlauferhitzer und lauschte auf das dröhnende Gebell seines Hundes ...

»Cynthia! Bitte!«

Da! Versteckt in dem Schlafzimmer, in dem sie vor einer Ewigkeit geschlafen hatten ...

Nichts. Er riss die Kellertür auf und spähte in einen dunklen Abgrund hinunter, außerstande, ein Licht einzuschalten.

»Cynthia!«, heulte er.

Stille.

Er wandte sich von dem Modergeruch ab, der zu ihm emporwehte, zog die Tür hinter sich zu, stützte den Kopf in die Hände und tat, was er den ganzen Tag über getan hatte.

»Lieber Gott«, flehte er aus den Tiefen seines Wesens, »erhöre mein Gebet ...«

Vielleicht lag ja in Dove Cottage eine Mitteilung für ihn.

Vielleicht lag auf der Küchentheke irgendetwas, das ihm verriet, wo sie hingegangen waren. Wenn nicht, würde er zu den Fieldwalkers fahren, sofern die Straßen nicht mehr von heruntergerissenen Überlandleitungen blockiert wurden. Er hatte gehört, dass es in einigen Gebieten am nördlichen Ende der Insel Probleme gab, aber davon würde er sich nicht abhalten lassen, er hatte schließlich zwei Füße. Außerdem konnten Cynthia und der Junge nicht einfach vom

Antlitz der Erde verschwunden sein. Sie mussten irgendwo sein ...

Er hielt neben Dove Cottage an und rannte durch einen Garten, der sich unter den Sohlen seiner Laufschuhe wie Sumpfland anfühlte.

»Reverend!«

Morris Love ...

Er drehte sich um und blickte zur Mauer hinüber. Irgendetwas war eigenartig da drüben, eine leere Stelle am Himmel, wo früher ein Baum gestanden hatte ...

»Sie sind hier!«

Einmal mehr versagte ihm der Verstand, und er würde sich später nicht mehr daran erinnern, wie er durch seinen Garten gerannt war, quer über die Straße und durch das eiserne Tor, das Morris Love aufgeschlossen hatte.

»Timothy!«

Es hatte Zeiten absoluten, ungetrübten Glücks in seinem Leben gegeben – seine Priesterweihe, seine Hochzeit und der Tag, an dem er und Walter auf einem Hügel in Irland gestanden und zu dem Familienschloss der Kavanaghs hinübergeblickt hatten.

Während er seine Frau im Arm hielt, sein Hund an ihm hochsprang, um ihm das Gesicht zu lecken, und Jonathan an seinen Hosenbeinen zupfte, erlebte er einen Moment eines unaussprechlichen Glücks, wie er es vielleicht nie wieder erfahren würde.

»Violet?«, fragte er.

»In der Küche. Sie verspeist gerade eine Dose von Mr Loves Sardinen.«

Er bedauerte, dass sowohl er als auch seine Frau in Tränen des Glücks aufgelöst waren, aber was konnte er tun?

Sie sahen, wie Morris sich abwandte und ans Fenster trat. Ein Ausdruck des Leidens stand in seinem Gesicht, etwas, das die Freude aus ihren Herzen riss.

»Ein Nagel«, sagte seine Frau, um den Verband an ihrer Hand zu erklären. »Mitten durchs Fleisch.«

Sie saßen in der höhlenartigen, von Kerzen in einem silbernen Halter beleuchteten Küche und warteten darauf, dass der Teekessel über der Brennpaste kochte. Morris, der seine eigene Küche nicht zu kennen schien, war außerstande gewesen, mehr beizusteuern als die Brennpaste und einen bereits mit Wasser gefüllten Kessel. Cynthia hatte in seinen Schränken herumgestöbert und Tee gefunden, zusammen mit einer Tüte Fig Newtons. Morris sagte, die Kekse gehörten Mamie, drängte sie aber dennoch, sich zu bedienen. Als er ihr Widerstreben bemerkte, aß er aus Höflichkeit selbst einen der Kekse.

Sie alle fielen hungrig über die Süßigkeiten her.

»Milch!«, rief Jonathan. »Bei Mommy gibt es immer Milch zu den Keksen.«

»Wir haben keine Milch, Schätzchen«, sagte Cynthia und zog sich den Jungen mit einer Hand auf den Schoß. »Und es ist auch kein Wasser in den Hähnen. Wir haben nur das, was im Kessel ist.«

»Ich hätte noch Apfelsaft«, meinte Morris.

»Ich hole ihn!«, sagte Father Tim.

»Nein. Ich hole ihn.« Morris erhob sich steif und ging zum Kühlschrank; er nahm einen Karton heraus und füllte ein Glas mit Saft.

»Sag danke«, drängte Cynthia den Jungen.

»Danke«, sagte Jonathan und leerte das Glas mit langen, gierigen Schlucken.

»Als der Wind so heftig geworden war«, sagte sie,

»fiel mir mein Fahrrad ein, und ich hatte Angst, dass es von der Veranda geweht werden würde, wie unsere Schaukelstühle im letzten August. Also bin ich hinausgegangen, um es ins Haus zu holen, und es war nicht mehr da, und du weißt ja, wie sehr ich mein Fahrrad liebe. Ich meine, ich könnte es niemals ersetzen, es ist so alt wie die Hügel.«

»Mehr«, sagte Jonathan.

»Mehr, bitte«, ermahnte ihn seine Frau.

»Mehr, mehr, mehr, bitte, bitte, bitte!«

Morris griff nach dem Glas, stand wieder auf, was ihm offenkundige Mühe bereitete, und füllte das Glas nach.

»Danke«, sagte Jonathan.

Cynthia strahlte vor Stolz und setzte ihren Bericht fort. »Also habe ich über die Veranda geblickt und gesehen, dass mein Fahrrad in die Nebenstraße geweht worden war. Ich bin hinuntergelaufen, um es zu holen, und plötzlich flogen Dinge durch die Luft, und ich habe begriffen, dass es Latten von unserem Zaun waren, die einfach auf mich herunterregneten, und ich habe die Hand vors Gesicht gehoben, und eine Latte mit einem Nagel darin …«

»Das tut mir leid«, sagte er und griff nach ihrer verbundenen Hand.

»Peng. Festgenagelt. Uh. Erzählen Sie den Rest der Geschichte, Mr Love.«

»Bitte, nennen Sie mich Morris.«

»Morris!«

»Ich hatte vom Musikzimmer aus beobachtet, wie der Baum umstürzte. Glücklicherweise ist er nicht auf das Haus gefallen, sondern in die andere Richtung. Es regnete sehr heftig, und die Sicht war nicht besonders gut, aber ich glaubte, Ihre Frau gesehen zu haben, und sie schien Probleme zu haben. Ich erinnerte mich daran, dass Sie gesagt hatten, Sie würden den Tag über nicht da sein, und ich dachte, Ihre Frau würde vielleicht ... Hilfe brauchen.«

»Also ist er zu mir herausgekommen«, sagte Cynthia, »und genau in diesem Moment sahen wir, wie die Veranda vom Haus abbrach. Es war schrecklich. Ich dachte ...«

Jonathan nickte begeistert. »Ich, ich war in dem Haus!«

»Ja, das warst du, also ist Morris mit mir zum Haus hinübergelaufen, wir haben Jonathan, Violet und Barnabas rausgeholt, und er hat uns alle hier herübergebracht, und dann standen wir tropfnass in seinem Musikzimmer, um zu beobachten, ob auch der Rest des Hauses einstürzen würde, was aber nicht passiert ist. Anschließend hat Morris dann gesehen, dass das Blut von meiner Hand auf den Teppich tropfte. Das tut mir wirklich furchtbar leid, Ihre Haushälterin wird gar nicht glücklich darüber sein ...«

»Es ist ein dunkler Orientteppich, also wird niemand jemals etwas davon bemerken.«

»Und er hat meine Wunde ausgewaschen, eine antibiotische Creme daraufgestrichen und mich verbunden.« Seine Frau strahlte Morris Love an, der unter ihrem warmen, direkten Blick sichtlich erbleichte.

Father Tim räusperte sich. »Ich danke Ihnen, mein Freund.«

»Ich hatte Angst«, sagte Jonathan, dessen Nase lief wie ein Wasserhahn. »Ich hab geweint.«

Er putzte Jonathan die Nase und strich ihm, überwältigt von einem Gefühl der Zuneigung, übers Haar. »Und was ist mit dem Fahrrad?«, fragte er seine Frau.

»Mr Love – ich meine, Morris – ist noch einmal in

diesen schrecklichen Sturm hinausgegangen und hat es geholt. Es steht unter seiner Treppe.«

Morris rutschte verlegen auf seinem Stuhl hin und her.

»Der Kessel pfeift!«, sagte Cynthia. »Bleiben Sie bitte sitzen, Morris, das ist meine Aufgabe.«

»Ich habe Hunger«, sagte Jonathan.

»Ich auch«, sagte Cynthia.

Sein eigener Magen knurrte ebenfalls. »Wir müssen ohnehin nach Hause gehen und feststellen, wie der Stand der Dinge ist. Was haben wir im Kühlschrank?«

»Nichts. Null. Eine Salami, eine Tomate. Wir wollten nach Mitford fahren, deshalb habe ich keine Vorräte mehr gekauft.«

»Eine Salami und eine Tomate. Das ist immerhin ein Anfang«, sagte er munter.

»Sie können sich gern hier umsehen. Ich weiß nicht, Mamie bringt immer alles mit ...« Morris hob die Hände, als wisse er auch nicht weiter.

»Bingo!«, rief Father Tim.

»Bingo!«, wiederholte Jonathan und schlug auf den Tisch.

»Es ist mir gerade erst eingefallen, ich habe genau das Richtige für uns. Selbstgemachte Lasagne! Samtige Pastaschichten und dazwischen frischer Spinat, frischer Ricotta und Mozzarella, außerdem eine dicke Tomatensoße mit gehackten Zwiebeln und Rindfleisch aus der Keule. Bereits fertig gebacken und frisch aufgetaut. Sie wartet nur darauf, gegessen zu werden.«

»Dem Himmel sei Dank!«, sagte seine Frau. »Das klingt ganz nach meinem Rezept. Wo um alles in der Welt kommt sie denn her?«

»Aus meinem Wagen«, antwortete er. »Morris, wollen Sie mit uns essen?«

»Seid dankbar für den kleinsten Segen«, hatte Thomas von Kempen geschrieben, »dann werdet ihr eines noch größeren Segens teilhaftig werden. Wisset die geringsten Geschenke nicht weniger zu schätzen als die größten, und simple Freuden nicht weniger als besondere Genüsse. Wenn ihr euch an die Würde des Gebenden erinnert, wird euch keine Gabe klein oder gering erscheinen, denn nichts kann wertlos sein, das der höchste Gott geschenkt hat.«

Während Father Tim sich mit Appetit über seine Portion Lasagne hermachte und etwas davon für Barnabas auf den Fußboden warf, gingen ihm die Worte des alten Mitbruders durch den Sinn.

Er glaubte, dass es das Beste sein müsse, was er je gegessen hatte. Seine Frau, die stets mit einem beträchtlichen Appetit gesegnet war, aß wie ein Scheunendrescher. Selbst Morris Love schien die Lasagne zu munden, und Jonathan verputzte seine Portion ohne ein einziges Wort der Klage.

Einmal mehr hatte Ella Bridgewater ihnen den Tag gerettet.

In dem Päckchen mit dem Seebarsch, über den Violet sich hergemacht hatte, befand sich der kleine Krug mit Pflaumenwein, den sie, um Wasser und Abwasch zu sparen, in ihre leeren Teetassen schenkten und mit Begeisterung tranken.

Sie gingen mit Morris Loves Taschenlampe über die Straße und traten in die kalte Küche von Dove Cottage. Es kam ihm so vor, als sei alles Leben aus ihrem Haus gewichen, als hätte es der schreckliche Angriff auf eine Art und Weise verwundet, die man förmlich mit Händen greifen konnte.

Er befand sich gerade im Flur, als die Dielenbretter

knarrten und er eine schattenhafte Gestalt auf sich zukommen sah.

»Gütiger Himmel, wer ist da?«

Jonathan heulte laut auf.

»Ich bin's, Otis!«, sagte sein Vermieter und hob seine Taschenlampe. »Sie sitzen hier ja übel in der Klemme.«

»Was Sie nicht sagen.«

»Sieht so aus, als wäre diese jämmerliche Veranda nicht richtig am Haus befestigt gewesen. Genaueres kann ich erst feststellen, wenn ich mir das Ganze mit ein paar Männern bei Tageslicht angesehen habe, aber ich möchte, dass Sie so lange mit Ihrer Familie in meinem Motel wohnen. Wir werden Ihnen ein besonders gutes Zimmer mit einem Doppelbett geben.«

»Oh, nein, wir kommen schon zurecht, wir werden einfach hier unser Lager aufschlagen.«

»Sie haben kein Wasser, keinen Strom, keine Heizung, und ich habe keine Ahnung, was sich unter diesen Fußböden befindet und womöglich als Nächstes den Geist aufgibt. Die Veranda scheint einen maroden Bodenbalken gleich mitgenommen zu haben.«

Cynthia sah ihn an. »Otis hat recht, Liebling. Jonathan ist krank, und im Haus herrscht Durcheinander. Außerdem müssen wir uns für unsere Reise ausruhen.«

»Wir werden nicht nach Mitford fahren«, sagte er.

Seine Gemeinde brauchte ihn hier. Gott würde die Einzelheiten regeln.

Mit dem schlafenden Jungen auf den Armen stand er zusammen mit Otis auf der Hintertreppe, während Cynthia mithilfe einer Taschenlampe hastig einige Dinge zusammenpackte.

»Mein Haus hat nicht das Geringste abbekommen«, meinte Otis, »abgesehen davon, dass im Teich fremder

Leute Gartenmöbel herumschwimmen. Als ich hörte, was hier oben los war, bin ich Hals über Kopf nach Hause gefahren, um nach Marlene zu sehen, und konnte sie nicht finden. Ich hatte praktisch einen Nervenzusammenbruch; sie hätte zu Hause sein müssen. Nun, zwei oder drei Stunden später kommt sie hereinspaziert wie die Königin von Saba und jammert, dass der Regen ihr Haar ruiniert hätte. Sie war drüben auf dem Festland, um sich den Scheitel nachfärben zu lassen.«

»Aha.«

»Wenn Bäume umgeblasen werden, nehmen ihre Wurzeln manchmal gleich die Wasserleitungen mit, und die Wasserleitungen ihrerseits Teile der Straßen. Gott sei Dank war sie mit ihrem vierradgetriebenen Wagen unterwegs.«

Jonathan regte sich in seinen Armen und legte ihm eine warme Hand auf die Wange. »Was ist mit dem Strom?«, fragte er Otis. »Wie lange dauert es, um das wieder in Ordnung zu bringen?«

»Die ganze Insel ist ohne Strom. Es wird wahrscheinlich vier bis fünf Tage dauern, bis der Schaden behoben ist. Was das Wasser betrifft, keine Ahnung, vielleicht zwei Tage. Und es wird eine Woche dauern, bis die Straßen wieder asphaltiert sind.«

Die ganze Angelegenheit erschien ihm wie ein Traum. »Wie lange wird es dauern, bis wir wieder einen Gottesdienst feiern können?«

»Die Kirche sieht ziemlich schlimm aus. Die Schindeln knallen uns um die Ohren wie Popcorn. Aber wir haben die Orgel mit drei Planen abgedeckt. Ich hatte eine, Larry hat die zweite mitgebracht, und Sam hat irgendwo eine dritte aufgetrieben. Ich habe schon einige Leute herbestellt, die sich die Orgel ansehen und feststellen werden, was getan werden muss und wie lange es dauern wird.« Otis stieß einen tiefen Seufzer aus. »Das eindringende Wasser macht den Putz erst zu Brei, und nach dem Trocknen bleibt dann nur noch Pulver übrig.«

Der Mieter fiel in das Seufzen des Vermieters ein.

»Aber diese Geschichte wird uns zusammenschweißen«, erklärte Otis, der offenkundig beschlossen hatte, die Dinge, die vor der Gemeinde von St. John's lagen, von der positiven Seite zu betrachten.

Father Tim spürte einen Regentropfen auf der Wange. »Oh, Mann«, sagte er und trat zurück auf den Rest der Veranda, der hinter dem Haus noch stehen geblieben war.

Er hörte, wie der andere Mann eine Zigarre aus der Tasche nahm und das Zellophan abzog. Einen Augenblick lang hingen sie beide schweigend ihren Gedanken nach.

»Der Teufel soll mich holen, wenn ich dieses Ding nicht rauche!«

In der Flamme eines mit einem Monogramm versehenen Feuerzeugs sah Father Tim das Gesicht eines glücklichen Mannes.

Cynthia stand vor der Tür Nr. 14 von Braggs Mid-Way Motel und spähte in ihr Zimmer, das von einer Kerosinlaterne erhellt wurde.

»Igitt!«, sagte sie mit Nachdruck. »Zotteltepppich.«

19 Jericho

Seine Frau wirkte, als er sich am nächsten Morgen anzog, zutiefst niedergeschlagen. Sie saß im Nachthemd auf der Bettkante, seine ledernen Pantoffeln an den Füßen, und verweigerte jeden direkten Kontakt mit dem Teppich.

»Du solltest mich zur Kirche bringen und den Wagen behalten«, sagte er in dem verzweifelten Bemühen, zu helfen.

»Ich kann Jonathan bei diesem Regen nicht durch die Gegend schleppen.«

Sie hatten Käsesandwiches gefrühstückt, die Otis persönlich gemacht und ihnen um sechs Uhr zusammen mit brühheißem Kaffee in einer Thermoskanne serviert hatte. Außerdem war noch ein Obstsalat dabei gewesen, Saft und Kräcker für Jonathan und ein Päckchen Brownies aus dem Gemischtwarenladen.

»Es ist mir grässlich, dich allein zu lassen. Du weißt, dass du zu den Braggs fahren kannst. Otis hat uns eingeladen.«

»Nicht in hundert Jahren«, sagte sie und presste die Lippen zu einer dünnen Linie zusammen. »Nein, mach tausend draus!« Marlene Bragg hatte seiner Frau vorgeschlagen, sich ihre Strähnchen in Zukunft nicht mehr selbst zu machen, sondern einen Profi aufzusuchen; außerdem hatte sie verkündet, dass Fuchsienrot nicht zu Cynthias Teint passe, und ihr einen anderen Rougeton vorgeschlagen, um das Blau ihrer Augen besser zur Geltung zu bringen. Diese Empfehlungen waren nicht gut angekommen.

»Marjorie und Sam haben uns ebenfalls gebeten, sie zu besuchen.«

Sam war am vergangenen Abend um elf Uhr im Motel erschienen und hatte gehofft, sie retten zu können.

»Aber in ihrem Gästezimmer regnet es durch die Decke, und sie haben kein Wasser. Sam meint, sie würden den Nachttopf seiner Großmutter benutzen.«

»Es gibt schlimmere Dinge als Nachttöpfe«, sagte er in dem Versuch, zu trösten.

»Ich kann mir nicht vorstellen, was das sein soll.«

Er wollte es nicht aussprechen, aber wie war es mit der Vorstellung, in einem Motelzimmer festzusitzen, ohne Strom, ohne Telefon und mit einem Dreijährigen?

Er knöpfte sich das Hemd zu und betrachtete seine Umgebung. Die Kerosinlaterne kämpfte gegen die Dämmerung eines verregneten Morgens an; in der Ecke zischte die Ölheizung; Jonathan schlief, ein Kissen an sich gedrückt, immer noch tief und fest; Barnabas schnarchte auf dem plastikbezogenen Sessel; Violet döste auf einer Fußmatte im Badezimmer. So behaglich das Ganze wirkte, er hätte keine Lust gehabt, den Tag hier zu verbringen. Nein, wirklich nicht.

»Was macht deine Hand?«

»Pulsiert.«

»Meinst du, dass du damit zum Arzt gehen musst?«

»Nein, meine ich nicht. Bevor Morris die Creme aufgetragen hat, hat er etwas auf die Wunde gegossen, das grässlich gebrannt hat. Ich denke, das wird schon wieder, Liebling, mach dir keine Sorgen. Bevor du mit dem Mittagessen nach Hause kommst, werde ich mal unter dem Verband nachsehen. Uh! Habe ich *nach Hause* gesagt?«

»Zu Hause ist überall dort, wo du bist, Kavanagh.«

Sie ließ sich seufzend in die Kissen sinken.

»Was hältst du von unserem Nachbarn?«, fragte er, während er in seine Schuhe schlüpfte.

»Ein eigenartiger, aber ungeheuer liebenswerter Mensch. Ich spüre, dass unter seinem Schmerz tiefe Zärtlichkeit liegt. Aber andererseits, ist es Schmerz, Timothy? Ich weiß nicht, vielleicht ist es eher etwas wie Zorn, ein schrecklicher, verzehrender Zorn.«

»Eigenartig, dass er sich so gut auf Erste Hilfe versteht.«

»Er sagte, das habe er von Mamie gelernt.«

»Aha. Nun. Ich bin gegen zwölf wieder da. Vielleicht lässt der Regen ja nach, und du kannst mich an der Kirche absetzen und den Wagen nehmen.«

»Wohin soll ich denn fahren?«, fragte sie.

»Ich weiß nicht. In die Bibliothek?«

»Die Bibliothek hat heute geschlossen.«

»Zum Lebensmittelladen?«

»Um zuzusehen, wie hinter der Milchtheke der Schimmel wächst?«

Er hatte eine großartige Idee. »Ich könnte dir ein paar Topfwärmer mitbringen, die noch für den Jahrmarkt fertig gemacht werden müssen.«

Da! Genau das Richtige, um sie zu beschäftigen.

»Topfwärmer?«

Sie sah ihn an, als sei er etwas, das durch die Wasserrohre in die Küchenspüle gekrochen war.

Da die Telefonleitungen in anderen Teilen des Dorfs noch funktionierten, fuhr er zwei Häuserblocks weiter und stellte sich in der Drogerie von Whitecap in eine Schlange vor einer Telefonzelle.

Als sich die Vermittlung vom »Haus der Hoffnung« meldete, bat er darum, mit dem Speisesaal verbunden zu werden.

»Pauline ...«

»Reverend! Wir haben in den Nachrichten gesehen, dass Sie gestern Abend einen schlimmen Sturm hatten.«

»Ja. Und, Pauline ...« Er hätte sich lieber erschießen lassen, als es auszusprechen. »Ich ... kann nicht kommen. Ich kann zu Ihrer Hochzeit am Sonntag nicht kommen. Ich rufe an, um zu fragen, ob Sie die Hochzeit ... absagen können, ich meine, ob Sie sie um zwei Wochen verschieben können, bis wir hier wieder Land sehen.«

Einen Augenblick lang herrschte Stille.

Die Enttäuschung am anderen Ende der Leitung war förmlich mit Händen zu greifen. Pauline konnte nichts dazu sagen.

»Oder«, sagte er, und es ging ihm zutiefst gegen den Strich, diese Worte aus seinem Mund zu hören, »Sie könnten einen anderen Pfarrer bitten, die Zeremonie abzuhalten, jemanden, der ...«

»Nein, Reverend, ich meine, es ist schon in Ordnung, wir wollen keinen anderen Pfarrer, Sie wissen, dass wir die ganze Angelegenheit möglichst einfach halten wollten. Wie dem auch sei, es ist ... es macht keine Mühe, die Hochzeit zu verschieben.«

»Es tut mir leid. Ich kann Ihnen gar nicht sagen, wie leid es mir tut ...« Die ganze Sache bereitete ihm körperliche Übelkeit, und besonders schrecklich fand er es, dass er Jessie, Poo und Dooley enttäuschen musste.

»Nun, machen Sie sich keine Sorgen deswegen«, sagte sie. »Wir werden ein anderes Datum festlegen. Wir haben es noch nicht einmal in die Zeitung gesetzt, aber ich hab's natürlich allen Leuten im Speisesaal erzählt, und Miss Louella, sie wollte auch kommen, aber ... sie werden es alle verstehen.«

»Was ist mit Buck? Welche Konsequenzen wird das für seine Pläne haben?«

»Oh, er geht nicht wieder zurück nach Alaska. Er hat seinen Teil der Arbeit dort erledigt. Er will versuchen, in Mitford sein eigenes Geschäft aufzubauen.«

»Halleluja!«

»Also, ich verstehe Ihre Entscheidung«, fuhr Dooleys Mutter fort, »ich verstehe sie wirklich.«

Aber er konnte die Traurigkeit in ihrer Stimme hören.

»Zwei Wochen«, sagte er. »Was auch geschieht, wir werden da sein. Und wir telefonieren in ein paar Tagen noch einmal miteinander, in Ordnung?«

»Ja, Sir. Wie schlimm ist es bei Ihnen?«

»Es hat keine Toten gegeben, soweit wir wissen, aber der Strom ist ausgefallen, an manchen Orten sind die Telefonleitungen tot, und im nördlichen Teil der Insel gibt es kein Wasser. Die Kirche hat es bös erwischt, ein Baum ist auf das Dach gestürzt, und ...«

Er war plötzlich den Tränen nah. »... und unser Cottage ist beschädigt worden.«

»Das tut mir leid«, sagte sie mit ungespielter Anteilnahme. Er wusste, dass auch Pauline sich darauf verstand, den Kummer bei anderen Menschen zu hören.

Es gelang ihm, Buck in Harleys Kellerwohnung zu erreichen; Buck würde am Montag mit Dooley zu der Verhandlung gehen, und Harley würde Dooley wie geplant zur Schule zurückbringen. Die Hochzeit sollte auf Mitte November verschoben werden.

Father Tim holte tief Atem und rief als nächstes Janette im Krankenhaus an.

»Hallo?«

»Janette ...«

»Oh, Reverend, ich bin ja so froh, Ihre Stimme zu hören, ich hab in den Nachrichten von dem Sturm gehört. Ist Jonathan …?«

»Ihm geht es großartig! Er hat einen kleinen Schnupfen, das ist alles. Unser Haus wird für ein paar Tage nicht bewohnbar sein, aber wir sind alle in Sicherheit. Wir wohnen derweil in Otis Braggs Motel im Dorf.«

»Dem Himmel sei Dank! Und Reverend, ich freue mich so darauf, nach Hause zu kommen!«

»Wir werden Sie wie besprochen am Dienstag abholen. Gegen zwei Uhr. Bleibt es dabei?«

»O ja. Perfekt! Ich werde fertig sein.«

»Wenn Sie hier anrufen wollen, wir wohnen in Zimmer vierzehn in Braggs Mid-Way Motel. Oh, ich habe ja vergessen, dass da drüben die Telefone nicht funktionieren. Aber in ein oder zwei Tagen dürfte das Problem gelöst sein.«

»Ich freue mich so darauf, meinen Kleinen wiederzusehen. War er … brav?«

»Mehr als brav!«

Ihr Lachen war Musik in seinen Ohren.

»Wir bringen Sie dann nach Hause und sehen zu, dass Sie etwas Warmes zum Abendessen haben. Am Donnerstag bringen wir Ihnen dann Jonathan«, sagte er, dem Rat des Arztes folgend. »Auf diese Weise werden Sie Zeit haben, um …«

»O nein, Reverend, bitte, bringen Sie ihn am Dienstag mit. Ich vermisse meine Kinder so sehr. Ich kann es gar nicht erwarten, sie endlich wieder bei mir zu Hause zu haben.«

»Geht in Ordnung. Und wann werden Babette und Jason kommen?«

»Sie werden am Mittwoch wieder zu Hause sein.«

»Gut, wunderbar«, sagte er.

»Haben Sie … Jeffrey gesehen?« – »Schon seit einiger Zeit nicht mehr.« Solchermaßen überrascht, beschloss er, sich vage auszudrücken, ohne dabei gleich die Unwahrheit zu sagen.

»Jean Ballenger meint, es läge schon ein ganzer Haufen Arbeit für mich bereit.«

»Einschließlich eines Blazers für meine Wenigkeit. Ich habe seit Jahren keinen Blazer mehr gehabt. Cynthia hat mich dazu überredet, und sie hat auch die Knöpfe ausgesucht.«

Es folgte eine Pause. »Ich bin … so ungeheuer dankbar, Father Timothy. Für alles.«

»Das bin ich auch«, sagte er. »Das bin ich auch.«

»Emma«, brüllte er – die Verbindung war lausig – »backen Sie keinen Schinken!«

»Was?«

»Backen Sie keinen Schinken!«

»Schinken knacken?«

Mist. »Ich rufe Sie zurück!«

Als er zurückrief, war der Anschluss besetzt.

Er rief in Paulines kleinem Haus an, obwohl es ihm widerstrebte, Dooley zu wecken, der erst spät in der vergangenen Nacht von der Schule zurückgekommen war.

»Dooley …«

»Hi!«, sagte Dooley, noch heiser vom Schlaf.

»Selber hi, Kamerad. Wir haben ein Problem hier unten.«

Er trat hinaus in den Regen und stand einen Moment lang vor seinem Wagen, benommen und mit wundem Herzen, und hatte plötzlich das Gefühl, als würde er sich der ganzen Misere erst jetzt, dafür aber vollkommen und in allen Einzelheiten, bewusst.

Auf dem Weg nach St. John's machte er bei Ernie und Mona Halt. Der Buchladen war vorn und an den Seiten mit Planen eingehüllt und eindeutig für eine Weile lahmgelegt. Aber Monas Café war gut besucht, dank einer schweren Ladung Wasserflaschen und eines Generators, der das Café durch die Nachwehen mehrerer Stürme und Hurrikane gebracht hatte. Er trat in die Wärme des Cafés, roch tropfenden Kaffee und gebratenen Schinken und war zutiefst dankbar dafür, hier Zuflucht zu finden.

Alle Tische waren besetzt.

»Hier drüben, Tim!«, rief Roger Templeton.

»Quetschen Sie sich rein«, sagte Roger und rückte zur Seite, um ihm Platz zu machen.

»Roanoke, Junior, was gibt's Neues? Wie geht es Ernie?«

»Schafft Bücher in den Müllcontainer«, erklärte Junior. »Wir wollen nur schnell 'nen Happen essen, bevor wir mit anpacken. Ich habe mir einen Tag freigenommen, um zu helfen.«

»Gibt es irgendeine Möglichkeit, wie wir die Bücher trocknen können?«

»Keine«, sagte Roanoke. »Totes Inventar.«

»Was ist mit Elmo?«

»Dem scheint es gut zu gehen«, erwiderte Roger, »aber er weigert sich, unter der Kasse hervorzukommen.«

»Junior, ich habe gehört, dass Sie gestern jemanden in die Notaufnahme gefahren haben. Wie ist das gelaufen?«

»Guten Morgen, Reverend, was kann ich heute für

Sie tun?« Misty Summers lächelte ihn an und sah noch hübscher aus als bei ihrer ersten Begegnung, wie er fand.

»Ah, Misty! Haben Sie sich den Arm gebrochen?«

»Nein, Sir, ich habe mich verbrannt. Als Ernies Wand eingestürzt ist, ist uns die Fritteuse mit dem heißen Fett vom Herd gefallen.

»Aha.« Er sah Junior an, der strahlte wie ein Weihnachtsbaum. »Nun, tut mir leid, das zu hören, und ich hoffe, es verheilt bald.«

»Vielen Dank. Es tut scheußlich weh, aber der Arzt meinte, es würde alles wieder in Ordnung kommen. Mal sehen, also, das war ... mmh, was haben Sie noch gleich bestellt, Sir? Ich hab's vergessen.« Aus irgendeinem Grund errötete Misty Summers wie ein Schulmädchen.

»Kaffee, keine Sahne, und Orangensaft«, antwortete Father Tim.

»Ich bin gleich wieder da«, sagte sie.

»Wie schlimm steht es mit der Kirche?«, wollte Roger wissen.

»Ziemlich schlimm. Der Baum, der auf das Dach gestürzt ist, hat den ganzen Bau verzogen. Otis hat schon einen Trupp Männer bestellt. Die Kirche hat ganz schön was abbekommen.«

»Wenn wir bei Ernie fertig sind«, sagte Roanoke, »kommen wir runter und fassen bei Ihnen mit an.«

»Ja, vielen Dank, gern«, sagte er, gerührt von dem Angebot.

Auf dem Weg durch den Flur zu Ernies Laden fragte er Roger: »Übrigens, wie ist das mit Ava weitergegangen?«

»Der Teufel soll mich holen, wenn ich das weiß. Sie

scheint einfach von der Bildfläche verschwunden zu sein. Junior hatte nicht viel über sie zu sagen.«

»Aha.«

»Ich fand ja ohnehin, dass die beiden ein ziemlich ungleiches Paar abgegeben hätten.«

»Stimmt«, sagte Father Tim, zog den Kopf ein, um durch Ernies Tür zu gehen, und musste feststellen, dass ihm gar nicht gefiel, was er da sah.

Im Bücherraum lagen die Regale, die nicht an der Wand verankert gewesen waren, kreuz und quer übereinander und hatten ihre Bücherlast überall im ganzen Raum verteilt. Die Regale an der eingestürzten Wand waren mitsam den Büchern darauf vom Mauerwerk begraben und bildeten jetzt einen einzigen großen Trümmerhaufen. Der Geruch von nassem Papierbrei hing in dem kalten, zugigen Raum, der nur unzureichend durch die Plane gesichert war.

Mehrere von Ernies Angelkameraden packten ruinierte Bücher in Schubkarren.

Er umarmte den Mann, der ihn von Anfang an wie ein Familienmitglied aufgenommen hatte. »Tut mir leid, mein Freund.«

Ernie gab sich alle Mühe, sein typisches Lächeln zustande zu bringen, aber es gelang ihm nicht.

Er stand unter dem Zelt, das Sam im Kirchhof aufgebaut hatte, trank mit Leonard und Otis Kaffee, blickte in den endlosen Regen und wartete darauf, dass der Bauunternehmer kam.

»Sind Sie Reverend Kavanagh?« Ein mit Mütze und Regenmantel bekleideter älterer Mann trat unter das Zelt.

»Der bin ich, Sir.«

»Albert Gragg.«

Albert Gragg tippte sich an die Mütze und hielt ihm schüchtern die Hand hin. »Ich komme aus Dor'ster. Miss Ella schickt mich.«

»Ich hoffe, es gibt keine Probleme dort ...«

»Sie konnte Sie am Telefon nicht erreichen. Sie ist gestürzt und hat sich die Hüfte gebrochen.«

»Nein!«, sagte er, erschüttert von dieser Neuigkeit. Es war ihm schrecklich, das zu hören. Es gefiel ihm überhaupt nicht.

»Ein glatter Bruch oder zusätzliche Komplikationen?«

»Ein glatter Bruch. Sie liegt im Krankenhaus und kann keinesfalls herkommen und für Sie Orgel spielen. Sie lässt Ihnen ausrichten, dass sie anrufen wird, sobald sie durchkommen kann.«

»Was ist passiert?«

»Sie hat gehört, wie während des Sturms etwas auf ihre Veranda gekracht ist, und gedacht, es sei ein Ast von diesem Baum, der ihr so viel bedeutet, aber es war nur die Hundehütte des Nachbarn, die durch die Luft gewirbelt wurde. Als sie rauslief, um nachzusehen, war ihre Veranda wegen des Regens so glatt wie Schmierseife, und schon lag sie da. Sie hat es noch zum Telefon geschafft und mich angerufen, und ich hab sie ins Krankenhaus gebracht.«

»Es ist schrecklich für mich, das zu hören. Sie sind ein alter Freund, Mr Gragg?«

»Oh, ich kümmere mich schon seit vierzig Jahren oder länger um Miss Ella und ihre Mama.«

»Gott segne Sie dafür. Wer ist ihr Arzt?«

»Das weiß ich nicht, sie hat es mir nicht erzählt.«

»Richten Sie ihr aus, dass ich sie so bald wie möglich besuchen werde. Wir haben hier ziemliche Probleme. Sagen Sie ihr, dass sie in unseren Gebeten ist und dass sie sich darauf verlassen kann.«

»Ja, Sir«, sagte Albert Gragg und tippte sich abermals an die Mütze.

»Und wie geht es dem Captain und seinem Bruder, wissen Sie das?«

»Welchem Captain?«

»Captain Larkin.«

»Keine Ahnung. Ich habe ihn nicht gesehen, er geht nicht viel aus dem Haus. Sein Junge bringt ihm jede Woche seine Lebensmittel.«

»Nun, dann«, sagte er und fühlte sich hilflos. Wie oft hatte er sich schon gewünscht, er könnte sich zweiteilen?

Stanley Harmon trat unter das Zelt und wischte sich mit einem Taschentuch seinen nackten, kahlen Kopf ab.

»Tut mir wirklich leid, diese Geschichte, Tim. Schrecklich leid.«

»Ich danke Ihnen, Stanley. Es war ein schwerer Treffer, so viel steht fest. Irgendwelche Schäden bei Ihnen zu Hause?«

»Ein paar Äste sind runtergekommen, mehr nicht. Sie alle sind herzlich willkommen, am Sonntag um elf mit uns Gottesdienst zu feiern, oder Sie könnten vor uns Ihren Gottesdienst abhalten, um zehn Uhr. Wie wäre das?«

»Wunderbar. Das wäre großartig. Vielen Dank!«

»Angeblich werden wir bis dahin wieder Wasser haben, sodass die Waschbecken wieder benutzbar sind, aber was den Strom betrifft, sollten Sie besser Kerzen mitbringen.«

»Machen wir.«

»Sieht so aus, als müssten wir bis Mittwoch auf den Strom warten. Mildred und ich kochen auf einem

Campingherd. Kommen Sie drüben im Mid-Way gut klar?«

»Oh, es ist alles bestens.«

»Sie können auch bei uns wohnen, und das meine ich ernst. Mildred sagt, sie würde sich freuen, wenn Sie kämen. Jetzt, da die Kinder wieder in der Schule sind, hätten Sie das ganze Kellergeschoss für sich, nur Sie drei und unsere beiden Hunde, Paul und Silas, und die tun keiner Fliege was zuleide.«

»Vielen Dank, Stanley, wir werden noch ein Weilchen im Mid-Way bleiben, lange wird es wohl nicht dauern.«

»Was brauchen Sie für Ihren Gottesdienst am Sonntag?«

»Ich habe gerade erfahren, dass unsere Organistin sich die Hüfte gebrochen hat.«

»U-Oh. Hm, kein Problem, wir haben einen spitzenmäßigen Organisten, und wenn ich jetzt so darüber nachdenke, er hat auch hier und da schon einige Gottesdienste bei den Episkopalen gespielt. Ich werde mit ihm reden, und morgen gebe ich Ihnen dann Bescheid. Kommen Sie morgen früh so gegen acht zu unserer Kirche. Ich zeige Ihnen dann, wo alles ist, und gebe Ihnen einen Schlüssel.«

»Dafür haben Sie eine Medaille verdient, Stanley!«, rief er, als sein Kollege wieder in den Regen hinauseilte.

Ein Campingkocher! Das war genau das Richtige für sie.

Stanley schob noch einmal den Kopf in das Zelt. »Oh, verflixt, ich hab ganz vergessen, dass wir ohne Strom ohnehin keine Orgelmusik haben werden.«

»Allerdings. Wie schnell man so etwas vergisst.«

»Nun, wir sehen uns morgen früh.«

Dann also a capella, da gab es kein Vertun.

Es war weniger als die Hälfte der erwarteten Arbeitskräfte in Dove Cottage erschienen, und nachdem die Männer die Möbel aus der Grube gehievt und im Arbeitszimmer untergebracht hatten, rissen sie jetzt die Dielenbretter im Wohnzimmer heraus.

Otis zufolge hatte die abtrünnige Veranda die Vorderwand mitgerissen und dadurch einen Bodenträger zum Einsturz gebracht. Kurzum, ihnen standen mindestens zwei oder drei Wochen bevor, bis alle Arbeiten erledigt sein würden, und vor dem Frühling konnte die Veranda selbst nicht wieder aufgebaut werden.

»Keine Sorge«, sagte Otis, »ich werde Ihnen ein paar von meinen Jungs herschicken, damit Sie Ihre Veranda wiederherstellen. Und ich bin nicht bange davor, selbst ein paar Nägel einzuschlagen.«

Zitternd in der kühlen Oktoberluft, warteten Sam, Leonard, Otis und Father Tim auf den Bauunternehmer und besahen sich dabei die herabgestürzten Äste und die Trümmer, die den Kirchhof übersäten.

»Wir sollten die Äste irgendwo stapeln«, meinte Leonard, dem es auf den Nägeln brannte, endlich etwas zu tun. »Hat keinen Sinn bei diesem Wetter«, sagte Otis.

Sam seufzte. »Es ist wirklich traurig, diesen alten Baum halb zerstört zu sehen.«

»Er war wahrscheinlich zweihundert Jahre alt, vielleicht noch älter. Majorie und ich haben viele Leute unter diesem Baum heiraten sehen.« Leonard schenkte Kaffee aus einer Thermoskanne ein. »Wussten Sie, dass wir hier in der Gegend Bäume haben, die noch aus der Zeit vor Christi Geburt stammen?«

»Wo?«, fragte Otis.

Leonard blies auf seinen Kaffee. »Das weiß ich nicht, ich hab's vergessen. Es stand in einer Zeitschrift.«

»Das glaube ich nicht, das kann nicht sein«, erklärte Otis.

Als der Bauunternehmer um elf Uhr immer noch nicht erschienen war, biss Otis das Ende einer Zigarre ab, zündete sie an und blies wütend den Rauch aus der Nase.

»Ich werde irgendjemanden in den Hintern treten, dass er von hier bis nach Chincoteague fliegt«, erklärte er und stampfte aus dem Zelt.

»Wie sollen wir den Leuten Bescheid geben, wo wir den Gottesdienst abhalten werden?«, fragte Marshall Duncan Father Tim. »Und wie sollen sie erfahren, dass er um zehn Uhr stattfindet und nicht um elf?«

Ray Gaskill bearbeitete mit wütender Energie seinen Zahnstocher. »Hängen Sie heute ein Schild in der Post auf, dann spricht es sich herum. Und stellen Sie auch eins im Kirchhof auf, die Leute werden sicher vorbeikommen, um sich den Schaden anzusehen.«

Der Straßenbautrupp donnerte mit schwerer Ausrüstung an St. John's vorbei, und die Männer winkten der Versammlung unter dem Zelt zu.

»Wollen Sie den Keller sehen?«, fragte Leonard Father Tim.

»Ist das nicht gefährlich?«

»Ich würde nicht da runtergehen«, meinte Ray. »Nein, Sir, ich nicht.«

»Ich glaube, ich werde ebenfalls passen. Außerdem muss ich zum Motel rüberfahren und meiner Frau das Mittagessen bringen.«

»Wo bekommen Sie denn das Mittagessen her?«, fragte Ray.

»Aus Monas Café.«

»Nur wenn Sie Lust haben, im Regen Schlange zu stehen. Ich bin gerade dort vorbeigefahren, und es ist kein hübscher Anblick. Sie könnten in den Lebensmittelladen gehen und Wiener Würstchen im Glas kaufen oder Thunfisch im Glas. Die haben dort alle möglichen Dinge im Glas, und dann nehmen Sie noch einen Laib Brot und etwas Mayonnaise …«

»Aha.«

»Und wenn ich Sie wäre«, sagte Ray, »würde ich die Unterseite Ihres Mustangs mit Wasser abspritzen, sonst wird das gute Stück bald vom Rost aufgefressen.«

Cynthia gegenüber verlor er kein Wort über die voraussichtliche Dauer der Arbeiten in Dove Cottage. Wenn der Gedanke, drei Wochen im Mid-Way wohnen zu müssen, schon ihn in den Wahnsinn trieb, war unabsehbar, welche Wirkung diese Aussicht auf seine Frau haben würde.

»Mit Flickwerk ist da nichts zu machen«, sagte Sewell Joiner. »Mit anderen Worten, abstützen, rausziehen, abdecken, ausbessern – in der Reihenfolge müssen wir vorgehen. Es wird für ein Weilchen noch sehr viel schlimmer aussehen, bevor es wieder besser wird.«

»Tun Sie, was immer nötig ist«, sagte Father Tim.

»Außerdem müssen wir einen Teil des Kellers ausgraben und freilegen, um die Grundmauern neu aufzubauen. Das Mauerwerk hat schwere Risse, die bis zum Fundament hinunterreichen …«

»Uns geht es jetzt zunächst einmal um den Altarraum«, warf Otis ein. »Was ist nötig, damit wir den Gottesdienstbetrieb wieder aufnehmen können?«

»Zuerst müssen wir eine fahrbare Arbeitsbühne herschaffen, damit wir in der Kirche den restlichen Putz von der Decke entfernen können. Dann ist einiges an Verkleidung und Dachziegeln abzunehmen, damit wir an den gebrochenen Dachbalken herankönnen. Wenn wir ihn ersetzt haben, ziehen wir den Dachstuhl gerade und decken dann das Dach neu ein.«

»Ich möchte, dass Ihre Männer morgen früh anfangen«, sagte Otis.

»Morgen ist Samstag«, wandte der Bauunternehmer ein.

»Trotzdem, schicken Sie sie rüber, wir wollen hier in die Gänge kommen. Es macht uns alle fertig, dass hier nichts passiert.«

»In Ordnung«, sagte Sewell Joiner. »Das kann ich tun.«

Otis wickelte eine Zigarre aus. »Wie lange werden Sie für die Arbeiten benötigen?«

»Zwei, drei Monate, wenn das Wetter mitspielt. Neuverputz und Neuanstrich eingeschlossen.«

Zwei oder drei Monate? Father Tim rutschte das Herz in die Hose.

Um drei Uhr hatten sich etliche Gemeindemitglieder unter dem Zelt versammelt, um sich über den Schaden zu informieren, Hilfe und Trost anzubieten und mit glühenden Worten ihr Mitgefühl zum Ausdruck zu bringen. Der Regen hielt an und tauchte den Kirchhof in schummrige Düsternis.

»Mir wachsen schon Pilze zwischen den Zehen«, meinte Orville Hood, der dafür zuständig war, dass der Öltank von St. John's gefüllt wurde.

»Das will ich sehen!« quäkte Penny Duncans Jüngster.

»Ich hab gerade im Wohnzimmer gesessen und ein Kreuzworträtsel gelöst, als ich dachte, die Welt ginge unter.« Maude Proffitt war dick vermummt in einen gelben Regenmantel und einen Regenhut, sodass man nur ihre Augen sehen konnte. »Wumm, etwas kracht direkt über meinem Kopf. Und was soll ich sagen? Es war die Decke. Sie ist einfach aufgeplatzt wie ein Hühnerei. Hm, Sie können sich denken, dass ich wie der Blitz durch den Raum geschossen bin. Meine Füße haben nicht mal den Boden berührt! Gott sei Dank, dass ich keine Sekunde länger auf dem Sofa sitzen geblieben bin, sonst könnte ich jetzt die Radieschen von unten betrachten.«

»Nehmen Sie ein Brownie«, sagte Marjorie Lamb. »Die hab ich gestern gebacken, bevor der Strom ausfiel.«

»Meine Herrn, was gäbe ich nicht alles für eine Tasse Kaffee dazu«, meinte Maude, während sie ihr Brownie mit zwei Bissen verzehrte.

Sue Blankenships Brille wollte ihr immer wieder über die nasse Nase rutschen. »Haben Sie gehört, dass die arme Frau des Pfarrers von einem Lattenzaun getroffen wurde?«, fragte sie einen Bariton aus dem Chor.

»Unmöglich! Von einem ganzen Zaun?«

»Nun, vielleicht war es ja nur eine einzelne Latte.«

Ann Hartsell, die als Krankenschwester auf dem Festland arbeitete und soeben erst nach Hause gekommen war, sah die Kirche und brach in Tränen aus. Woraufhin ihre beiden kleinen Kinder, die sie gerade aus der Tagespflege geholt hatte, ihr zur Gesellschaft hemmungslos zu weinen begannen.

»Nehmt ein Brownie!«, sagte Marjorie flehentlich und beugte sich tief vor, um ihnen das Plastiktablett hinzuhalten.

»Das Problem bei diesem Sturm«, sagte Ray Gaskill, »sind vor allem die Bäume. Es sind die Bäume, die den Schaden angerichtet haben.«

»Bevor ich hierher gezogen bin, wusste ich nicht einmal, dass es auf Inseln Bäume gibt«, meinte Edith

Johnson, die ein hohes Tier in der Frauenvereinigung war.

Jean Ballenger zitterte in ihrem Wintermantel. »Wir sind mit dem Letzten Abendmahl fast fertig, wir arbeiten nur noch an dem Tischtuch. Diese riesige weiße Fläche scheint eine Ewigkeit zu brauchen. Wenn Sie mich fragen, ich glaube ja nicht, dass all diese Männer überhaupt ein Tischtuch benutzt haben.«

»Meinen Sie, wir sollten trotzdem versuchen, den Jahrmarkt abzuhalten?«, fragte Mildred Harmon, während sie einen Teller mit Schinkenbroten herumreichte.

Father Tim wandte sich von dem Gespräch mit dem Bauunternehmer ab. »Ja, unbedingt«, sagte er. »Bei Regen oder Sonnenschein!«

Jean strich sich den Pony aus der Stirn. »Was für eine Erleichterung! Ich könnte den Gedanken nicht ertragen, dass all die Arbeit bis zum nächsten Jahr einfach in einer Schublade liegen sollte.«

In den frühen Morgenstunden des nächsten Tages hörte es auf zu regnen.

Father Tim fuhr Cynthia, Jonathan und Violet zu Marion hinüber, sah bei den Ersten Baptisten vorbei und kam um halb neun in St. John's an, gerade als die fünfköpfige Bautruppe erschien, auf die Minute pünktlich und bereit, die Ärmel hochzukrempeln.

Um elf Uhr kam die Sonne heraus, die Temperatur stieg um ein paar Grad an, und am nördlichen Ende der Insel hatte ein Drittel der Bevölkerung wieder fließendes Wasser.

»Halleluja!«, rief Father Tim und warf seinen Regenhut in die Luft.

Otis drückte seine Zigarre aus und steckte sich den Stummel in die Tasche. »Okay, Jungs, lasst uns Äste einsammeln.«

Father Tim schaute ab und zu ins Kirchenschiff, um sich ein Bild von den Fortschritten der Arbeiten zu verschaffen. Er hatte sein Stimmungstief überwunden und wollte jetzt nur noch, dass die Arbeit schnell voranging.

Die Bänke und die Kanzel waren mit Planen abgedeckt, und überall lag Gipsstaub. Das Buntglasfenster im Chor war unversehrt geblieben. Es hatte nur geringfügige Risse bekommen, und der Rahmen war ein wenig verzogen. Das kräftige Morgenlicht ließ das Licht erstrahlen und warf die Farben des Glases auf die weißen Planen. *Kommt her zu mir. Das war Predigt genug für diesen Sturm,* dachte er, *Predigt genug für jeden Sturm.*

Wann immer er in die Kirche ging, sah er nervös zur Empore hinauf, denn er machte sich Sorgen um die Orgel.

»Kein Problem«, sagte Sewell, der, wie Father Tim inzwischen wusste, seinen Auftraggebern als Sew bekannt war, ausgesprochen Sue.

Er beschloss, damit aufzuhören, sich Sorgen zu machen. Wenn er einem Hundertzehn-Kilo-Mann, der – wie man ihm berichtet hatte – imstande war, die Überreste einer Kellermauer aus Beton einzutreten, nicht vertrauen konnte, wem konnte er dann vertrauen?

Er hatte schon mit weitaus weniger Menschen den Sonntagsgottesdienst gefeiert.

Gegen Mittag war mehr als die Hälfte der Gemeinde erschienen. Viele der Leute hatten sich von Monas Café etwas zu essen mitgebracht, andere veranstalteten ein Familienpicknick. Da es zu nass war, um sich auf den Boden zu setzen, saßen sie bei offenen Türen in ihren Autos, unterhielten sich quer über den Parkplatz oder schlenderten durch das Zelt, in dem Sam einen Klapptisch und eine Großküchenkaffeemaschine aufgestellt hatte, die von einem tragbaren Generator angetrieben wurde.

»Doughnutlöcher!« Jean Ballenger stellte einen Karton aus dem Laden auf den Tisch.

»Alles mal herschauen!«, rief Ray Gaskill, der sich ebenfalls nicht lumpen lassen wollte. Er hob den Deckel eines Bäckerkartons. Darunter kam die Hälfte eines Kuchens zum Vorschein, auf dessen limonengrüner Glasur die Worte HDAY TO RAY zu lesen waren. »Ich bin im letzten Juli siebenundsechzig geworden … Das wären also August, September, Oktober. Der Kuchen ist noch keine vier Monate alt und war die ganze Zeit in der Tiefkühltruhe, also bedient euch.«

Penny Duncan kam mit einer Gallone Sonnentee, den sie gemacht hatte, bevor es zu regnen begann, und einer Tiefkühltüte mit aufgetauten Haferplätzchen. Mona Fulcher schickte Junior Bryson mit einem großen Behälter heißer Suppe, einem Topf Chili und einem Beutel mit Tassen und Plastiklöffeln. Stanley Harmon brachte zwei aufgetaute Laibe selbst gebackenen Brots aus der Tiefkühltruhe der Ersten Baptisten vorbei und dazu einen Liter Apfelsaft, den er aus der Sonntagsschule stibitzt hatte.

Sam Fieldwalker, der nicht wusste, dass sein Pfarrer bereits einen Segen erbeten hatte, war es ein Herzensanliegen, einen inbrünstigen Psalm des Lobes und des Dankes zu beten.

»Doppelt hält besser!«, bemerkte jemand, der mit Freuden zu beiden Gebeten den Kopf gesenkt hatte.

Leonard Lamb schob sich einen Doughnut in den Mund. »Wir nehmen alles, was wir kriegen können«, sagte er.

Um zwei Uhr fuhr er, immer noch vollgepumpt mit Adrenalin, in das Motel, um Barnabas zu einem Spaziergang am Strand abzuholen.

Die Heizung hatte die Temperatur im Raum auf das Niveau eines Brennofens angehoben. Er schaltete das Gerät aus, klickte die Leine an das Halsband und marschierte mit einem Hund los, der so erleichtert über seine Rettung war, dass er mit den Vorderpfoten gegen Father Tims Brust sprang und ihm die Brillengläser gründlich abschlabberte.

Am Strand war mehr Treibgut angespült worden als gewöhnlich, aber nichts ließ sich mit den Bildern vergleichen, die er von den Nachwehen schlimmerer Stürme an den Stränden von Whitecap gesehen hatte.

Sein Gehirn war wie versteinert; er konnte kaum denken. Für einen Mann, den man beschuldigt hatte, zu viel zu denken, war es ein eigenartiges Gefühl, geradeso als lebte er sein Leben in einem Traum. Statt selbst aktiv zu werden, reagierte er nur noch auf die Umstände, mit denen er konfrontiert wurde.

Eines jedoch wusste er mit Gewissheit – er musste seine Truppe aus dem Mid-Way herausholen, und zwar schnell.

Während er den Trümmern des Sturms auswich, lief er mit leichtem Schritt auf den Leuchtturm zu und blickte in einen bilderbuchblauen Himmel hinauf. Das Meer darunter war azurfarben und ruhig, das Wasser plätscherte sanft über den Sand.

Er sah es, dachte sich aber nichts dabei. Dann, als er mehrere Meter den Strand hinuntergegangen war, blieb er stehen und schaute noch einmal hin.

Es war ein kleines Flugzeug, leuchtend rot vor dem wolkenlosen Himmel. Er dachte an seine beiden

Spritztouren mit Omer Cunningham und an den Tag, an dem Omer ihn nach Virginia geflogen hatte, damit er Dooleys Schulkonzert hören konnte. Zum Teufel, er vermisste den Jungen ganz schrecklich. Es waren vier Monate vergangen, seit er ihn auf seinem Fahrrad um die Ecke Wisteria Lane/Main Street hatte verschwinden sehen. »Bye, Dad ...«

Barnabas kam schlitternd zum Stehen und bellte wütend, während das Flugzeug über dem Strand langsam sank und dann in einer Kurve über das Wasser zog.

Father Tim beobachtete, wie es langsam wieder an Höhe gewann und Richtung Süden flog. Hatte er da jemanden aus dem Cockpit winken sehen?

Wahrscheinlich nicht, aber er winkte zurück, nur für den Fall des Falles.

Er saß auf der untersten Stufe des Gehwegs, der durch die Dünen führte, und band sich einen Schnürsenkel zu, als er es hörte.

Heiliger Bimbam, dieses Flugzeug kam nicht nur abermals in seine Richtung, es flog auch ziemlich tief, sehr tief.

Tatsächlich, es landete ...

Es fegte an ihm vorbei, setzte auf dem Sand auf und hüpfte den Strand hinunter. Als es weiter unten am Strand das Tempo drosselte, hob sich für einen Moment die Schwanzspitze, dann senkte sie sich wieder.

So wie seine Kopfhaut prickelte, hätte er in eine elektrische Steckdose eingestöpselt sein können. Das war unmöglich, dachte er, während er beobachtete, wie die Türen geöffnet wurden ...

Es war möglich.

Unter wildem Gebell riss Barnabas ihm die Leine

unter dem Fuß weg und sprang auf das rote Flugzeug und die Menschen, die herauskletterten, zu.

»Omer! Dooley!«

Nein, wahrhaftig, er würde nicht anfangen zu weinen wie ein Baby. Er wischte sich mit dem Jackenärmel über die Augen, dann spurtete er hinter seinem Hund her. Dem Himmel sei Dank! Halleluja! Unglaublich!

Und es waren nicht nur Omer und Dooley.

»Pauline!«, brüllte er der Frau entgegen, die auf ihn zugelaufen kam. »Buck!«

Dooley erreichte ihn als Erster. »Hey«, sagte er und schlang die Arme um Father Tim, der diese Geste mit allem, was er in sich hatte, erwiderte.

»Selber hey, Kamerad, selber hey!«

Dooley kicherte. »Du brichst mir die Rippen! Hey, alter Hund, alter Barnabas, alter Freund.« Dooley ließ sich neben Barnabas auf den Sand fallen, während Pauline Father Tim schüchtern umarmte und Buck und Omer ihm zur Begrüßung auf den Rücken schlugen.

»Das ist meine kleine Stinson Voyager«, sagte Omer. Sein stolzes Lächeln enthüllte Zähne, die groß genug waren, um als Klaviertasten durchzugehen. »Was halten Sie davon?«

»Entzückend! Wunderschön! Ein wahrer Augenschmaus!«, antwortete Father Tim.

Buck grinste ihn an; er sah um etliche Pfunde leichter und um Jahre jünger aus. »Wir sind vorhin schon mal über die Insel gezischt und haben einen Blick auf den Strand geworfen. Und wir glauben, Sie waren der Mann, den wir gesehen haben.«

»Yeah«, sagte Dooley, »woher wusstest du, dass wir kommen würden?«

»Ich wusste es gar nicht!«

»Cool.«

Omer versetzte dem Hinterreifen der Voyager einen sanften Tritt. »Tundrareifen. Die habe ich mir eigens angeschafft, da ich wusste, dass ich auf weichem Boden landen würde. Wo wir gerade davon sprechen, ich habe das von meinem Kumpel in Raleigh überprüfen lassen; er meinte, dieser Teil des Strandes sei Kirchenbesitz, also durften wir hier auch landen. Sehen Sie mal!« Omer zog ihn zu der offenen Tür hinüber und deutete auf eine Kiste hinter der Rückbank. Ein wunderbarer Duft stieg Father Tim in die Nase.

»Wir haben Rindereintopf mitgebracht, und wir haben gebratenes Huhn, Wasser in Flaschen und … was haben wir sonst noch?«, fragte er Pauline.

»Den Schinken, den Emma für morgen gebacken hat!«, erwiderte Pauline, deren Wangen vor Aufregung gerötet waren. »Und Miss Bolicks Orangenmarmeladenkuchen.«

»Yeah!«, sagte Dooley. »Drei Schichten! Außerdem haben wir noch ein paar Sachen mitgebracht, die Tony und Mr Gregory und Anna uns mitgegeben haben, aber das riecht alles stark nach Knoblauch.«

Omer war damit beschäftigt, die Fracht hinter der Sitzfläche hervorzuholen. »Ich konnte nicht mehr als vierzig Pfund mitnehmen, weil doch das Essen kühl gehalten werden musste und ich drei Passagiere an Bord hatte, aber beim nächsten Mal gibt's Nachschub.«

»Ich hole eine Schubkarre«, sagte Father Tim. »In der Kirche haben wir genug davon.«

Aus dem Augenwinkel sah Father Tim, dass sich etliche Zuschauer um sie herum versammelt hatten.

»Wir sollten die Sachen vielleicht nicht allzu lange hier stehen lassen. In Whitecap leben lauter nette Menschen, aber …«

»Oh, ich werd hier überhaupt nichts stehen lassen. Ich fliege nämlich gleich wieder zurück nach Mitford.«

»Zurück nach Mitford?«

»Ich muss doch morgen die Kleinen herbringen.«

»Poo und Jessie«, erklärte Dooley. »Die beiden kommen auch.«

»Ah«, sagte er in dem Versuch, zu verstehen.

Dooley zog sich seine Baseballmütze zurecht. »Ich glaube, du erzählst es ihm besser, Mama.«

»Nun«, sagte Pauline. Sie wirkte plötzlich seltsam schüchtern. »Nun ...«

»Wir haben versucht, Sie anzurufen«, sagte Buck, »aber wir sind nicht durchgekommen.«

»Die Sache ist die«, nahm Dooley den Faden wieder auf, »Mama und Buck wollen, dass du sie morgen verheiratest.«

Buck Leeper, der wahrscheinlich noch nie im Leben errötet war, lief scharlachrot an. »Falls es Ihnen nichts ausmacht.«

»Als ich gehört hab, was los war«, meldete sich Omer zu Wort, »hab ich angeboten, die ganze Truppe herzufliegen.«

Erneut wurden Hände geschüttelt und auf Schultern geklopft, während sein überglücklicher Hund unter wildem Gebell im Kreis um sie herumlief.

Den Kofferraum vollgepackt mit Essen und Wasser, fuhr er Dooley zu den Fieldwalkers hinüber, wo er seine Frau die Tränen weinen ließ, die er selbst zurückhielt. Dies war nur eine der vielen Annehmlichkeiten der Ehe, dachte er, während Cynthia heulte und sich an Dooley klammerte wie Moos an einen Baumstamm.

Auf dem Weg nach St. John's kam er zu dem Schluss, dass Stanley ihm gewiss gestatten würde, für die Hochzeit am morgigen Nachmittag das Kirchenschiff zu benutzen. Wenn das nicht funktionierte, würden sie ihnen sicher den Raum im Kellergeschoss zur Verfügung stellen können. Und falls es zum Schlimmsten kommen sollte, war da immer noch das Rathaus – kein besonders hübscher Raum zwar, aber er hatte gehört, dass dort auch Hochzeiten abgehalten wurden.

Was immer passierte, es würde schnell passieren müssen.

Allmächtiger Vater, betete er.

Sie verabschiedeten sich von Omer, und viele Leute blieben zurück, um den Abflug zu beobachten.

»Wenn Sie wissen wollen, was es ist«, erklärte Omer, während er mit seinen Zuschauern den Weg hinunterging, »es ist ein Flugzeug komplett aus Stoff. Der Rumpf aus Stahlrohr, die ganze Verkleidung aus Stoff …«

»Dürfte ich in die Kirche gehen und mich dort einmal umsehen?«, fragte Buck.

»Aber sicher. Nehmen Sie sich einen Schutzhelm, dann begleite ich Sie. Die Arbeiter rüsten sich gerade zum Gehen. Sie werden am Montag zurückkommen, und dann wird es langsam ernst werden.«

Pauline strahlte. »Buck braucht nicht weit zu laufen, um einen Helm zu finden«, sagte sie. »Darf ich auch mitkommen?«

»Nur zu!«, antwortete er. »Aber passen Sie auf, wo Sie hintreten. Es liegt noch überall Putz herum.«

Er nahm Sew Joiner beiseite. »Bevor Ihre Männer Feierabend machen, hätte ich da noch einen Wunsch, falls das möglich ist. Wir haben soeben eine sehr … ungewöhnliche Anfrage bekommen.«

Während des ebenso improvisierten wie kunstvollen Mahls bei den Fieldwalkers, das Marion als Probedinner bezeichnete, brachte Father Tim einen Trinkspruch auf Buck und Pauline aus. Buck, der nicht an so viele Menschen um sich herum gewöhnt war, senkte verlegen und schüchtern den Kopf. Pauline lächelte, hielt seine Hand und sprach nur wenig, was seinen Grund in dem Staunen hatte, das ihr Herz erfüllte, einem Staunen, das sich, so überlegte sie, vielleicht als Glück bezeichnen ließ.

Bevor Tonys Tiramisu herumgereicht wurde, zogen sich Cynthia und Pauline mit einer Kerosinlampe ins Schlafzimmer zurück, um sich das Hochzeitskleid anzusehen. Father Tim genoss es, das perlende Lachen seiner Frau zu hören, da solche Ausgelassenheit in letzter Zeit rar gewesen war.

Er legte den Arm um Dooley und bemerkte, dass der Junge inzwischen ungefähr fünf Zentimeter größer war als er selbst. Außerdem blickte er Dooley immer wieder prüfend ins Gesicht. War er glücklich darüber, dass seine Mutter Buck Leeper heiratete? Soweit Father Tim es beurteilen konnte, lautete die Antwort definitiv ja.

Nach einem Abend, den Kerzen und ein knisterndes Feuer umso festlicher hatten erscheinen lassen, wurden Buck und Dooley in das Zimmer Nummer zweiundzwanzig im Mid-Way verfrachtet. Die Fieldwalkers hatten festgestellt, dass es in ihrem Gästezimmer nicht länger durchregnete, daraufhin einen weiteren Nachttopf aufgetrieben und Pauline über Nacht eingeladen.

Otis erklärte, dass die Kavanaghs am Dienstagnachmittag in das eine Million Dollar teure Haus von Martha Talbot ziehen würden. Die Kanadierin, die normalerweise den Sommer auf der Insel verbrachte, war während der letzten zwei Jahre wegen einer Abfolge von Familienhochzeiten in aller Welt, von Brasilien bis Portugal, ganz zu schweigen von Bar Harbour, Maine, nicht mehr in ihrem Haus gewesen.

Das Ganze war einfach atemberaubend, dachte Father Tim, als er in seinen Pyjama stieg und sich ebenso erschöpft wie dankbar auf das durchgelegene Bett von Zimmer vierzehn fallen ließ.

Aber er konnte nicht schlafen.

Er lauschte auf das Zischen der Heizung und das pfeifende Schnarchen seiner Frau. Jonathan warf sich auf der Matratze hin und her und trat Father Tim erst einmal, dann noch einmal in die Rippen.

Benommen vor Erschöpfung, stand er auf, schlüpfte in Bademantel und Pantoffeln, zündete die Kerosinlaterne an und setzte sich in den abgenutzten Sessel am Fenster. Morgen standen ihm um zehn Uhr ein Gottesdienst und um halb zwei eine Hochzeit bevor, und jetzt war es halb eins in der Nacht, und seine Augen waren so groß wie die Scheinwerfer von Loretta Burgess' Lastzug.

Er ging ins Badezimmer und machte einen Zuckertest. Ah, hm, für ihn würde es in nächster Zeit kein Tiramisu mehr geben; morgen würde er sich kreuzelend fühlen.

Er nahm seine Bibel vom Fenstersims, schlug sie in dem schwachen Licht auf, schloss die Augen und betete. *Ich danke dir, oh Herr …*

Es war Zeit, den Dingen ins Gesicht zu sehen. Es hätte leicht passieren können, dass man ihn vom Küstenhighway hätte kratzen könen. Der Nagel in der Zaunlatte hätte Cynthias Auge durchbohren können, statt ihre Hand zu treffen. Wenn Maude Proffitt nicht genau im richtigen Moment aufgesprungen wäre, wäre ihr die Decke auf den Kopf gekracht und nicht auf ihren Sessel. Die Liste war endlos. St. John's hätte vollkommen zerstört werden können, wenn der ganze Baum aufs Kirchendach gestürzt wäre und nicht nur ein Drittel davon ...

Jericho.

Plötzlich fuhr er aus dem Schlaf hoch und bemerkte erst dann, dass er überhaupt eingedöst war. Wie aus blauem Himmel war dieses Wort in seinem Herzen emporgestiegen.

Er sah das Wort im Geiste vor sich, als sei es mit weißer Kreide auf eine Tafel geschrieben: *JERICHO.*

»Jericho«, flüsterte er verwirrt. Barnabas regte sich zu seinen Füßen.

Vater, bist Du das? Willst Du mir etwas sagen?

Er erforschte sein Herz und stellte fest, dass er den Frieden in sich spürte, der für ihn unabdingbar war, um herauszufinden, ob Gott eine bestimmte Botschaft für ihn hatte.

Ganz im Bann dieses Gefühls schlug er in seiner Bibel das Alte Testament auf, blätterte zum sechsten Kapitel Josua weiter und begann zu lesen:

»›Jericho hielt wegen der Israeliten die Tore fest verschlossen ...‹«

Am Sonntag öffnete Ray Gaskill gegen Mittag aus reiner Neugier die Tür von St. John's und stand wie vom Donner gerührt angesichts dessen, was er sah.

Der abgebröckelte Putz lag zu beiden Seiten des Kirchenschiffs säuberlich unter Planen. Der Boden in der

Mitte des Kirchenschiffs war sauber gefegt, die zerbrochenen Fensterscheiben waren abgedeckt und die Baugerüste an die Rückwand gerollt worden.

Man hatte die Kanzel von ihrer Plane befreit; sie erstrahlte unter einer frischen Schicht Zitronenwachs, ebenso wie zwei Bänke, die man vor die Kanzel geschoben hatte. Zu beiden Seiten der Bänke standen ölbefeuerte Heizgeräte.

Ein Tisch vor dem Altar war mit einem bestickten Tuch gedeckt, und darauf standen ein silberner Kelch, eine Hostienschale, ein Kerzenleuchter und eine Vase mit einem Strauß mit roten Beeren und vergoldeten Blättern.

Über dem hölzernen Kreuz ließ der helle Herbsttag sein Licht durch das Fenster scheinen, dorthin, wo Er stand, wartend und mit ausgestreckten Armen.

20 Geliebte im Herrn

»Geliebte im Herrn: Wir haben uns heute im Angesicht Gottes versammelt, um die Verbindung dieses Mannes und dieser Frau im heiligen Stand der Ehe zu bezeugen und zu segnen.«

Er kannte den größten Teil des Gottesdienstes auswendig, denn er hatte noch nie viel für Geistliche übriggehabt, die den Blick auf das Gebetsbuch geheftet hielten statt auf die Gemeinde. Heute sprach er die Worte mit ungewöhnlicher Anteilnahme.

»Der Bund der Ehe wurde von Gott in der Schöpfung begründet, und unser Herr, Jesus Christus, hat diesen Lebensstand durch seine Gegenwart und sein erstes Wunder bei der Hochzeit zu Kana geschmückt. Die Ehe ist für uns das Geheimnis der Vereinigung Christi mit seiner Kirche, und die Heilige Schrift verlangt, sie in allen Völkern in Ehren zu halten.

Die Vereinigung von Mann und Frau in Herz, Leib und Geist ist von Gott gegeben zu ihrer gegenseitigen Freude und für den Beistand und Trost in Glück und Unglück ...«

In der ersten Sitzreihe spielte Jessie mit den Rüschen ihres neuen Kleides; Poo verfolgte das Geschehen mit ungeteilter Aufmerksamkeit, und Dooley wirkte merkwürdig stolz und bewegt. Cynthia strahlte.

»... daher sollte eine Ehe nicht unvorbereitet oder leichtfertig geschlossen werden, sondern mit Ehrfurcht und Bedacht, und im Einklang mit den Zwecken, zu denen Gott sie eingesetzt hat. In diesem heiligen Bund wollen heute Pauline Barlowe und Bernard Leeper zusammenkommen.«

Omer Cunninghams Grinsen zeigte genug Zähne, um den Hochzeitsmarsch darauf zu spielen.

»Pauline, willst du diesen Mann zum Ehemann nehmen und mit ihm zusammen im Bund der Ehe leben? Willst du ihn lieben, trösten, ehren und ihm beistehen, in Krankheit und Gesundheit, und, allen anderen entsagend, ihm allein die Treue halten, solange ihr beide lebt?«

Paulines Antwort war ein inbrünstiges Flüstern. »Ja, ich will!«

Otis Bragg zog ein Taschentuch aus seinem karierten Sportmantel und putzte sich die Nase. Marion Fieldwalker betupfte sich die Augen; Sam wirkte persönlich berührt, als seien sämtliche Mitglieder der Familie Barlowe mindestens Vettern und Cousinen ersten Grades.

»Bernard, willst du diese Frau zur Ehefrau nehmen und mit ihr zusammen im Bund der Ehe leben? Willst du sie lieben, trösten, ehren und ihr beistehen, in Krankheit und Gesundheit, und, allen anderen entsagend, ihr allein die Treue halten, solange ihr beide lebt?«

Er sah, dass Tränen Bucks Blick trübten. Dann räusperte Buck sich und sprach mit einer Stimme, die das ganze Kirchenschiff ausfüllte.

»Ja, ich will!«

»Wollt ihr alle, die ihr Zeugen dieser gegenseitigen Versprechen seid, alles tun, was in eurer Macht steht, um diesen beiden Menschen in ihrer Ehe zur Seite zu stehen?«

Dooley stand impulsiv auf, dann setzte er sich wieder hin, während die versammelte Gemeinde einstimmig antwortete: »Ja, wir wollen!«

Ihm selbst wurde das Sprechen schwer. Er griff sich ans Ohr, ein Zeichen für seine Frau, dass sie für ihn beten solle, dann fuhr er energisch fort.

»Wer übergibt diese Frau diesem Mann zur Ehe?«

Dooley erhob sich aus der Bank und trat mit bleichem Gesicht vor. Obwohl sein Herz hämmerte angesichts der Verantwortung, die er zu übernehmen im Begriff stand, erfüllte ihn die machtvolle Gewissheit, dass dies eine gute Sache war; seine Mutter würde jemanden haben, der für sie sorgte, und zum ersten Mal überhaupt würden seine Brüder und Schwestern eine richtige Familie haben.

Das Festessen fand im Keller der Ersten Baptisten statt, im Gemeindesaal, wo eine bunt zusammengewürfelte Reihe von Notstromaggregaten half, die wohltuenden Düfte von Knoblauch, Kaffee, heißen Brötchen und anderen guten Dingen zu verbreiten, leicht durchmischt mit den Aromen von Benzin und Diesel.

Auf den Festtischen lagen blaue Papierdecken, dekoriert mit Zweigen voller roter Beeren, die von dem Nandinabusch hinter der Sonntagsschule stammten. Auf den Tischen und auf der Anrichte neben der Küchentür brannten Votivkerzen.

»Da kommen sie!«, rief jemand.

Lachend und aufgeregt versammelte sich der Kirchenchor von St. John's, der um einen Bariton und einen Sopran von den Ersten Baptisten erweitert war, in der Mitte des Raums.

Als die Braut und der Bräutigam eintraten, brachen alle, die an dem Morgengottesdienst von Stanley Harmon teilgenommen und in der Folge zu dem Fest eingeladen worden waren, in lauten Beifall aus. Dann hörte man nur noch die jubilierenden Stimmen des Chors: laut, kräftig und klar.

»Lob, Seele mein, der Himmel König,
und ihm zu Füßen Gaben bring;
erlöst, geheilt, auferstanden, vergeben,
auf ewig ihm das Loblied sing:
Halleluja, halleluja!
Preis dem König aller Ewigkeit!«

Pauline Leeper schlug sich wie ein ungläubiges Schulmädchen die Hände vors Gesicht, dann spürte sie den Arm ihres Mannes um ihre Schultern. Ihre Kinder, die neben ihr standen, brachen in lautes Oh und Ah aus.

Nach dem Segen und dem anschließenden Lied dachte Father Tim einen Moment lang an Jeffrey Tolson und den pflichteifrigen Chor, den er im Stich gelassen hatte. Plötzlich verspürte er Mitgefühl mit dem Mann; er fragte sich, wo er sein mochte, ob er den Unbilden des Sturms entkommen war und ob er jemals Sehnsucht nach seinen Kindern hatte. Father Tim beobachtete mit einer Mischung aus Kummer und Freude, wie Jeffreys Sohn mit einem Keks in jeder Hand schnurstracks auf ihn zugelaufen kam, bereit, mit ihm zu teilen. Er hockte sich hin und streckte die Hand aus, bereit, das Geschenk anzunehmen.

»Himmel, woher kommt bloß dieser Kuchen?«

»Keine Ahnung. Außerdem, wer kann ohne Strom backen? Weiß irgendjemand, wer den Kuchen mitgebracht hat?«

»Ich habe gehört, er sei eigens eingeflogen worden.«

»Wahrhaftig, das hier ist der beste Kuchen, den ich je gegessen habe.«

»Ich würde einen Arm und ein Bein für das Rezept geben, du nicht auch?«

»Falls niemand etwas dagegen hat, werde ich die Krümel zusammenkratzen, die übrig geblieben sind, und sie Mama geben – anschließend kann irgendjemand, womit ich mich meine, den Teller ablecken.«

Er hatte ein Stück von dem Kuchen bekommen und in Folie eingewickelt.

Außerdem wurden ihm eine große Portion Lasagne zuteil, der Schenkel eines gebackenen Huhns, vier Scheiben Schinken und zwei Brote, die er auf einen riesigen Pappteller mit an den Rand gemalten Iris legte. Er ging zu den Schränken hinüber, stöberte einen Plastikbecher in Luxusgröße auf und füllte ihn mit Kartoffelsalat.

Die ganze Zeit über hatte Tim an Morris Love gedacht. Morris saß allein in seinem dunklen, weitläufigen Haus, das nur von Kerzen erhellt wurde, und offensichtlich hatte er keine Ahnung, wie er an etwas Essbares herankommen sollte, sofern Mamie ihm diese Arbeit nicht abnahm. Und selbst wenn sie es wollte, hätte sie keinen Strom gehabt, um zu kochen, und keine Stinson Voyager, die die Lebensmittel herbeigeschafft hätte.

Aha. Ein herrenloses, gefülltes Ei. Er fühlte sich versucht, es selbst zu essen, da er eine außerordentliche Vorliebe für gefüllte Eier hatte, aber dann steckte er es doch in einen Zellophanbeutel. Oh, die unendlichen Ressourcen einer Kirchenküche …

Er stöberte weiter in den Schränken herum, bis er ein großes, leeres Glas fand, den Deckel abschraubte und daran schnupperte. Eingelegte Gurken. Er spülte das Glas mit Wasser aus einem Plastikkrug aus und füllte es mit süßem Tee.

»Ich bin gleich wieder da!«, sagte er zu seiner Frau. »Sieht so aus, als würde das Fest noch mindestens eine Stunde dauern.«

»Wohin um alles in der Welt …?«, fragte sie und warf einen verwirrten Blick auf die aus allen Nähten quellende Plastiktüte.

»Ich erzähl's dir später.« Er gab ihr einen dicken Kuss, mitten auf den Mund.

Jetzt, da das Wetter kühler geworden war, hatte die Situation sich geändert. Es gab kein offenes Fenster, durch das er hineinrufen konnte.

An der Tür trat er von einem Fuß auf den anderen, dann kratzte er sich am Kopf.

Warum klingelte er nicht einfach. Das war ein wahrhaft origineller Gedanke!

Er drückte auf den Klingelknopf, aber im Haus regte sich nichts. Vielleicht hatte die Klingel einen Aussetzer wie die meisten Türklingeln und musste auf eine bestimmte Art und Weise gedrückt werden. Er drückte noch einmal. Wieder nichts. Was Morris Love brauchte, war ein Hund, um Himmels willen.

Als er die Lasagne in der Kirche auf den Pappteller gelöffelt hatte, war sie noch warm gewesen. Wenn er noch lange hier stand, würde sie am Ende kalt sein.

Obwohl er seine Kühnheit selbst kaum fassen konnte, öffnete er die Tür und steckte den Kopf in die düstere Diele.

»Morris!«, brüllte er, laut genug, um sich auch im oberen Stockwerk Gehör zu verschaffen. »Morris, ich bin es, Tim Kavanagh! Ich habe Ihnen Ihr Abendessen gebracht!«

So, das sollte wohl genügen, um einen Mann, der sich von Keksen ernährte, auf die Beine zu bringen.

»Reverend ...«

Er wäre um ein Haar aus der Haut gefahren. Morris Love kam hinter der Treppe hervor, eine geisterhafte Erscheinung, wie er nur eine je gesehen hatte.

»Heiliger Bimbam, Morris, tut mir leid, dass ich so gebrüllt habe, obwohl Sie praktisch direkt vor mir standen.«

»Kommen Sie herein«, sagte Morris ohne jede Begeisterung.

Er folgte Morris in die kalte, riesige Küche, deren einzige Lichtquelle zwei kleine Fenster über dem Spülbecken waren, und stellte die Tüte auf den Tisch.

»Die Lasagne ist noch warm«, sagte er. »Ich hoffe, Sie werden sie bald essen.«

Er kam sich vor wie eine Mutter, die ein Kind zum Essen zu überreden versuchte, und trat, erfüllt von plötzlicher Verlegenheit, einen Schritt von dem Tisch zurück.

»Vielen Dank«, sagte Morris, der die Hände in den Taschen eines burgunderroten Bademantels vergraben hatte.

Vielen Dank? Sonst nichts? Er wollte zusehen, wie der Mann die Tüte aufriss und sich über ihren Inhalt hermachte!

Father Tim öffnete die Tüte, zog den schweren Pappteller heraus und stellte ihn auf den Tisch. »Sie brauchen nur die Aluminiumfolie abzunehmen«, sagte er mit wachsendem Unbehagen. »Und ich habe Ihnen auch etwas Tee mitgebracht; ich habe Zitrone hineingegeben ...«

Irgendwo im Haus schlug dreimal eine Uhr.

»Nun …«, sagte er, weil er nicht wusste, was er sonst hätte sagen sollen.

»Ihre nachbarschaftliche Freundlichkeit wird Ihnen gewiss einen Platz im Himmel garantieren«, sagte Morris lustlos.

Das finstere Gesicht des anderen Mannes hatte in dem schwachen Licht mit einem Mal etwas Erschreckendes. »Also, eigentlich ist es nicht Freundlichkeit, die uns in den Himmel bringt«, bemerkte er und konnte sich dabei des Gefühls nicht erwehren, dass er bis zu den Knien im Sumpf stand.

Morris kniff die Augen zusammen. »Ich möchte Sie bitten zu bedenken, dass ich den größten Teil meines Lebens ohne diesen ganzen Unfug nachbarschaftlicher Kontakte zurechtgekommen bin. Trotzdem drängen Sie sich wieder und wieder in meine Privatsphäre und in meine Abgeschiedenheit, die mir sehr zusagt. Mit diesem Verhalten, das mir gänzlich unverständlich ist, legen Sie ein höchstes Maß an Respektlosigkeit an den Tag.«

»Aber …«

»Ich bin keine Sehenswürdigkeit, Reverend, kein bizarres Experiment, an dem Sie Ihre Auffassung, was die grundsätzliche Spiritualität des menschlichen Herzens betrifft, überprüfen können. Ich brauche Ihre Freundlichkeit nicht, ebenso wenig wie ich Ihre Erlösung brauche.«

»Es ist nicht meine Erlösung.«

»Hinzu kommt, dass es mich nicht nach Ihrer Freundschaft verlangt oder nach Ihrer Bewunderung meiner jämmerlichen musikalischen Fähigkeiten.«

Father Tim verspürte eine erschreckende Schwäche in den Beinen.

»Eines noch. Sparen Sie sich Ihren Atem, Reverend, und hören Sie auf, für mich zu beten.«

Plötzlich hatte er wieder Boden unter den Füßen. »Sparen Sie sich Ihre Worte, Morris. Ich werde für Sie beten, bis …« Seine Gedanken überschlugen sich. *Bis der Herr mit seinen Heerscharen kommt? Bis es mir passt, damit aufzuhören?*

»… bis die Kühe wieder im Dorf sind!« Er trug seine Feststellung mit inbrünstiger Direktheit vor und stellte fest, dass die Worte ihm aus den Tiefen seines Herzens kamen.

Dann verließ er die Küche und durchquerte mit schnellen Schritten die Diele, verfolgt von den ebenso schrecklichen wie unausweichlichen Worten, die so scharf wie Messer waren.

»Raus! Raus!«

Nachdem er die Haustür hinter sich geschlossen hatte, lief er im Licht des späten Nachmittags, das schräg durch den Baldachin der Bäume fiel, die Einfahrt hinunter zur Straße.

Sie zwängten sich in Zimmer Nummer vierzehn zusammen wie Sardinen in einer Dose, sieben Personen, wenn man Violet und Barnabas mitrechnete.

Er fand, eine Atempause sei das Mindeste, was sie den Fieldwalkers und den Lambs schuldig waren. Ihre Freunde hatten nicht nur ein Festmahl für mehr als vierzig Personen auf die Beine gestellt, sie hatten es auch hingenommen, dass die Aufräumarbeiten sich verzögerten, und sie hatten den Altar und das Kirchenschiff für die Hochzeit zurechtgemacht.

Obwohl es eine kleine und gewiss improvisierte Hochzeit gewesen war, hatte das Ereignis doch einen wahren Wirbel von Aktivitäten ausgelöst.

Buck hatte zwei zusätzliche Zimmer reservieren lassen, die soeben sauber gemacht wurden. Die Zimmer waren für Omer und die Kinder gedacht.

Während Omer im Dorf herumspazierte und das frisch verheiratete Paar in einem von Otis' Pick-ups die Insel in Augenschein nahm, beratschlagten er und Cynthia, was wegen des Abendessens zu unternehmen sei. Sollten sie überhaupt zu Abend essen, nachdem sie erst um halb drei zu Mittag gegessen hatten? Kinder hatten immer Hunger, nicht wahr? Natürlich hatten sie das.

Aber andererseits war Monas Café am Sonntag so fest geschlossen wie eine Muschel. Sie machten sich bereits daran, die gelben Seiten zu durchstöbern, um ein Lokal auf dem Festland zu finden, das am Sonntag geöffnet war. Plötzlich fiel ihnen ein, dass Captain Willie neben seinem Boot ja auch noch ein Restaurant betrieb. Das schien die perfekte Lösung zu sein. Außerdem hatte er inzwischen erfahren, dass Pauline, Buck und Jessie am nächsten Morgen in aller Frühe mit Omer nach Hause fliegen würden, und Harley wollte noch am Abend auf der Insel ankommen, um morgen mit Dooley und Poo nach Mitford zurückzufahren. Omer konnte nicht noch einmal zwei Flüge übernehmen, da er an einer riesigen Abschiedsparty für seine Schwägerin teilnehmen musste, die scheidende Bürgermeisterin Esther Cunningham, die in Kürze mit ihrem Mann in einem Wohnmobil nach Westen aufbrechen würde.

Atemlos ließ Father Tim ein Zimmer für Harley reservieren, der Dooley zufolge am nächsten Morgen deshalb so früh losfahren wollte, weil er Lew Boyd versprochen hatte, den Motor von dessen Abschleppwagen einer Generalüberholung zu unterziehen.

Die Bewohner des Nebenzimmers kehrten zurück, sprühend von Energie.

Es war ihm schrecklich, das unwillkommene Thema

zur Sprache bringen zu müssen. »Ich dachte, du müsstest morgen früh vor Gericht erscheinen.«

»Oh«, sagte Dooley. »Das habe ich vergessen.«

»Was hast du vergessen?«

»Buster Austin hat Chief Underwood etwas vorgeheult und zugegeben, dass er es war mit dem Einbruch ... Ich meine, dass er es getan hat ... nicht ich. Er hatte panische Angst vor dem Richter, also gibt's keine Verhandlung nicht ... es ... gibt keine Verhandlung. Jedenfalls nicht für mich. Tut mir leid, dass ich vergessen habe, dir das zu sagen. Es war so viel los ...«

Father Tim ließ sich auf das Fußende des Bettes sinken und hatte das Gefühl, dass ihm ein riesiger Stein vom Herzen fiel.

»Oh, da ist noch was, was ich vergessen hab. Harley sagt, dein Vetter Walter hätte angerufen. Er konnte dich hier unten nicht erreichen, und er lässt dir ausrichten, dass er dir etwas über irgendeinen Gerichtsprozess erzählen wollte, etwas ganz Wichtiges. Du sollst ihn anrufen.«

Der Prozess!

Der Stein, der ihm gerade vom Herzen gefallen war, lastete wieder schwer auf seiner Brust.

»Ah«, sagte er und wünschte sich in diesem Moment nichts sehnlicher als die selige Betäubung des Schlafs, um den Prozess vergessen zu können, den Sturm und die schreckliche Begegnung mit Morris Love.

Er stand auf und zog sein Jackett an. »Lass uns einen kleinen Ausflug machen«, sagte er zu Dooley. »Ich werde dir die Insel zeigen.«

»Cool«, sagte Dooley. »Und ich fahre!«

»Wir wollen auch mit!«, rief Jessie.

Barnabas trottete zur Tür hinüber und ließ sich mit hoffnungsvollem Blick davor zu Boden sinken.

Poo kam aus dem Badezimmer geflitzt. »Können wir uns den Leuchtturm ansehen?«

»Ich auch mit, ich auch«, rief Jonathan, stülpte sich seine Mütze über und packte seinen Mantel.

Father Tim drehte sich zu seiner Frau um, die entschieden bleich um die Nase aussah. »Halleluja!«, murmelte sie.

»Wenn wir dahin zurückkommen, wo wir wohnen, kannst du er sein«, sagte Jessie.

»Wer er?«, fragte Poo.

»Der Ehemann.«

»Ich will kein Ehemann sein.«

»Es ist nämlich so, du kannst Jonathan heiraten, und ich sage die Worte, denn diese Worte haben mir schrecklich gut gefallen.«

»Ich heirate doch kein Baby«, wandte Poo ein.

»Ich bin kein Baby!«, rief Jonathan.

»Also schön, dann kann Jonathan Buck sein, ich kann Mama sein, und du kannst die Worte sagen.«

»Welche Worte soll ich sagen?«, fragte Poo.

»Liebe Ge-mainde.«

»Das tu ich nicht sagen.«

Dooley blickte in den Rückspiegel. »Sag nicht ›Das tu ich nicht sagen!‹«, ermahnte ihn sein Bruder.

Er hatte sich wie ein Fötus zusammengerollt, mit dem Rücken zu seiner Frau und Jonathan, und verspürte eine Art tauben Schmerz, den er weder erklären noch verstehen konnte. Das Leben war eine Achterbahn, so einfach war das. Glück und Heilung hier, Verzweiflung und Zerstörung dort.

Er hatte sich von ganzem Herzen Heilung für Morris Loves Gebrochenheit gewünscht, und wer war er zu glauben, er könne das Instrument eines solchen Wunders sein? Es gab Zeiten, zu denen es ihm nicht gefiel, Seelsorger zu sein, stets an vorderster Front für den Kampf um Gerechtigkeit, Barmherzigkeit, Vergebung und Erlösung, stets konfrontiert mit dem Versuch, den Willen Gottes zu erforschen, dem Allmächtigen seinen persönlichen Plan vorlegen und dann danebenstehen und darauf warten zu müssen, dass dieser Plan sich erfüllte. Er hatte keinen Plan mehr für Morris Love; er wollte das ganze selbstsüchtige, willfährige Unterfangen aufgeben. Sein verzweifelter Nachbar gehörte Gott; es war Seine Verantwortung, diesen Job zu erledigen. Er selbst hatte einen kümmerlichen Sack mit Lebensmitteln angeschleppt, während Morris in Wirklichkeit die ehrfurchtgebietende, weltumstürzende Macht Gottes brauchte, um in seinem Herzen, seiner Seele und seinem Geist ein großes, verzehrendes Feuer zu entzünden …

Er wischte sich über die Augen.

»Also, lieber Gott«, flüsterte er, »tu es einfach.«

Obwohl es ihm gelang, eine geschlagene halbe Stunde mit Buck zu verbringen, hatte er für Dooley praktisch überhaupt keine Zeit gehabt. Am Montagmorgen bestand er darauf, das Frühstück von Monas Café herbeizuschaffen, und ließ sich von Dooley fahren. Sie erreichten ihr Ziel gerade, als Mona die Türen öffnete, und warteten am vorderen Tisch, während die Küche für die Truppe im Mid-Way Tüten mit Wurstbrötchen, Schinkenbrötchen, Pommes frites, Kaffee, Milch und Coca-Cola zusammenpackte.

»Wie läuft es denn so mit Caroline?« Über Dooleys Zensuren, die hervorragend und durchweg lobenswert waren, wusste er bereits Bescheid. Jetzt war es Zeit, zur Sache zu kommen.

Dooley griff sich in den Kragen seines Sweatshirts. Grinsend holte er einen kleinen, mit einer einzelnen Perle besetzten Goldring hervor, den er an einer Kette um den Hals trug.

»Was bedeutet das … ähm, genau?«

Dooley zuckte die Achseln. »Bloß … du weißt schon.«

»Verstehe. Hast du Lace mal gesehen?«

»Ich bin ihr irgendwann samstags mal in der Drogerie über den Weg gelaufen. Sie war mit einer Horde Mädchen in White Chapel.«

»Redet ihr miteinander?«

Dooley zuckte abermals die Achseln. »Nicht direkt.«

Aha. Dieses Problem würde die Zeit lösen.

Der Junge entwickelte sich langsam zu einem hübschen Kerl, so einfach war das. Father Tim stellte fest, dass er insgesamt muskulöser geworden war. Außerdem fiel ihm auf, dass die langen, schlanken Finger des Jungen ihm bei seinem Traumberuf gut zustatten kommen würden. »Hast du noch mal darüber nachgedacht, ob du dich später auf kleine oder auf große Tiere spezialisieren willst?«

»Auf beide«, erklärte Dooley mit Nachdruck. »Ich will mich um alle Tiere kümmern.«

»Gut!«, sagte er. »Gut.«

»Harley, vielen Dank, dass Sie die lange Fahrt auf sich genommen haben. Tut mir leid, dass in Omers Flugzeug nur für vier Personen Platz ist.«

»Zerbrechen Sie sich deswegen nur nicht den Kopf, Reverend. Es war ein gutes Gefühl, mal wieder auf die Straße zu kommen.«

»Was können Sie mir über unsere Mieterin erzählen?«

»Ich hab sie zweimal gesehen. Sie hat jedes Mal den Kopf eingezogen, als hätte sie Angst vor ihrem eigenen Schatten. Es heißt, sie hätte ihre Klavierschüler weggeschickt und wollte wieder zurück, rauf in den Norden. Sie versucht doch nicht etwa, Sie um die Miete zu prellen, oder?«

»Oh, nein, sie hat alles bezahlt. Nun, Gott schütze euch alle, Harley, Poo und Dooley.«

»Bye, Dad.«

»Bye, Kamerad. Du kommst dann über Weihnachten wieder runter, in Ordnung?«

»In Ordnung!«

»Harley, wir wollen, dass Sie auch mitkommen.«

»Ja, Reverend, wir werden hier sein.«

»Also schön. Und das Auto immer schön auf der Straße halten!«

Von einem seltsamen Gefühl der Leere erfüllt, sah er zu, wie der rote Laster vom Parkplatz des Motels rollte und nach links auf den Highway einbog.

»So ein Bursche vom Strand meinte, er hätte auf seiner Terrasse gesessen und grade die Brille rausgenommen, um die Zeitung zu lesen, als ihm, *peng* ein Buch auf den Schoß fällt.«

»Nein, so etwas.« Er musste schnellstens hier raus; er war nur kurz vorbeigekommen, um zu sehen, welche Fortschritte der Wiederaufbau von Ernies Laden machte.

»Und was soll ich sagen!«, rief Ernie, der schon fast wieder der Alte zu sein schien. »Es war *The Mustangs* von Frank Dobie, jawohl. Das Buch kam direkt aus meinem Regal.«

»Erstaunlich«, erwiderte er in dem Bemühen, respektvoll zu sein.

»Mist«, sagte Roanoke.

»Der Sturm war Donnerstag, das Buch ist ihm am Sonntag in den Schoß gefallen. Muss wohl irgendwo hingeweht sein, und dann hat ein kräftiger Wind das Ding nach Süden getragen.«

Roanoke riss unter dem Tisch ein Streichholz an und zündete sich eine Marlboro an.

»Glaub ich nicht.«

»Der Bursche meinte, das Buch hätte ihm gut gefallen, aber für das Ende würde er keine zwei Cent geben.«

»Undank ist der Welten Lohn«, bemerkte Roanoke.

Er wollte nichts von alledem hören, überhaupt nichts.

»Walter Kavanagh hier.«

»Walter ...«

»Timothy! Was um alles in der Welt ist da unten passiert?«

»Sturm. Schlimm. Viel zu tun.« Die schiere Panik reduzierte seinen Wortschatz auf einsilbige Bemerkungen.

»Nun«, sagte Walter, »ich fürchte, das hier wird dir nicht gefallen.«

»Ich habe keinen Augenblick angenommen, dass es mir gefallen könnte.«

»D'Anjou sagt, dem handschriftlichen Testament sei ein Liebesbrief beigefügt, der die persönlichen Gefühle und die juristischen Absichten des alten Mannes unmissverständlich klarmache und mit dem Testament übereinstimme.«

»Woher wissen wir, dass es tatsächlich Josiah Baxters Handschrift ist und keine Fälschung?«

»D'Anjou scheint zu glauben, dass die Angelegenheit sich vor Gericht hinreichend beweisen ließe, auch wenn er nicht erklärt hat, inwiefern. Offen gesagt, ich glaube, D'Anjou steckt hinter der ganzen Angelegenheit. Er kümmert sich seit Jahren um die Belange der Familie. Ich wittere da persönliche Habgier. Wenn es mein Fall wäre, wäre ich nicht annähernd so zuversichtlich – ich meine, dass sich fünfzig Jahre lang niemand deswegen gemeldet hat? Aber er denkt, dass er die Geschworenen überzeugen kann.«

»Was ist mit dem Geld, das Miss Sadie Dooley hinterlassen hat?« Walter und Cynthia waren die einzigen Menschen außer ihm, die wussten, dass Miss Sadie Dooley ein treuhänderisch zu verwaltendes Vermögen von mehr als einer Million Dollar hinterlassen hatte. »Das war das Geld ihrer Mutter. Diese Klage kann doch nicht ...«

»Nein, das glaube ich nicht. Du solltest den Dingen nicht vorgreifen, Timothy. Wie dem auch sei, es sieht so aus, als müssten wir diese Sache durchziehen. Ich werde mit dir zusammen die Antwort an das Gericht erarbeiten; wir haben drei Wochen Zeit dazu. Kannst du mich Mittwochabend anrufen? Ich hätte da einige Ideen.«

Obwohl er sehr wohl wusste, dass es im Himmel keinen Kummer gab, hoffte er, dass Miss Sadie von diesem beklagenswerten Durcheinander nichts mitbekam. Kurz vor ihrem Tod hatte sie von einer unehelichen Halbschwester erfahren, die ihre Mutter vor ihrer Heirat mit Josiah Baxter zur Welt gebracht hatte. Dieses dunkle Geheimnis hatte jedoch eine ausnehmend helle Seite gehabt – am Ende war Miss Sadie mit Olivia Harper eine geliebte Großnichte beschert worden, die ein unbestreitbarer Segen für sie gewesen war.

Aber noch eine uneheliche Halbschwester? Es schien reine Fantasie zu sein; ihn graute bei dem Gedanken, was dieser schreckliche Prozess seiner alten

Freundin angetan hätte, hätte sie noch unter den Lebenden geweilt.

Auf eine Art und Weise, die er noch nicht ganz verstehen konnte, spürte er, dass sein Leben bis ans Ende seiner Tage mit Sadie Baxter verwoben sein würde.

Um ein Uhr am Dienstag fuhr er von einigen Hausbesuchen ins Mid-Way zurück und half Cynthia, Jonathans Sachen in den Wagen zu packen. Jonathan plapperte unaufhörlich vor sich hin.

»Ich gehe nach Hause, Cindy.«

»Ich weiß, Schätzchen.«

»Kommst du mich mal besuchen?«

»Natürlich.«

»Dann kannst du auch Babette und Jason sehen.«

»Kommst du uns denn auch mal besuchen?«

»Vielleicht irgendwann mal.« Jonathan setzte seine Mütze auf.

»Wir werden dir deine Filme später vorbeibringen. Sie sind noch in unserem eingestürzten Haus.«

»Ihr könntet, ihr könntet sie noch mal ansehen, bevor ihr sie mir bringt. Es wäre in Ordnung, wenn ihr das tun würdet.«

Während sie alle in den Wagen stiegen, blickte er zu seiner Frau hinüber und empfand ihren Schmerz wie seinen eigenen.

Er war wie vom Donner gerührt, als er Martha Talbots Haus sah, das mutterseelenallein am Ende eines Weges aus festgestampften Muschelschalen stand. Eine Million Dollar, die sich an dem unerschlossenen Ufer des Sunds erhoben, waren ein ziemlich beeindruckender Anblick.

»Wow«, flüsterte Cynthia.

»Ein wahres Wort, Kavanagh, ein wahres Wort.«

Sie parkten in der Doppelgarage, einfach weil es ein solcher Luxus war, eine zu haben, und gingen die Treppe hinauf zur Haustür.

»Hier«, sagte er und gab ihr den Schlüssel. »Diese Ehre kommt dir zu.«

Als die Tür aufschwang, blickten sie in das sonnenbeschienene Wohnzimmer und durch die Fensterfront direkt auf den Sund hinaus. Das Wasser war glatt wie ein See und funkelte in der Sonne.

Seine Frau stieß einen leisen Entzückensschrei aus.

»Wir kommen der Sache langsam näher!«, sagte sie.

Sie durchstreiften das geräumige Haus wie zwei Kinder, immer wieder aufs Neue erstaunt über ihre Entdeckungen. Ein zentrales Staubsaugersystem, riesige Kamine sowohl im Wohnzimmer als auch im Schlafzimmer, herrliche Ausblicke aus allen Fenstern, ein Raum mit dem richtigen Licht für Cynthias Arbeit, ein Raum mit einer wunderbar angenehmen Atmosphäre, in dem er arbeiten konnte, eine Gegensprechanlage, eine große Küche, in der sie sich entschieden verloren fühlten, und ein Medienraum, der sie mit seiner verwirrenden Technologie und den wandgroßen Fernsehschirmen so sehr erschreckte, dass sie hastig die Tür schlossen.

Sie ließen sich auf eins der beiden Sofas im Wohnzimmer fallen und überlegten, ob sie ein Feuer anzünden sollten, um die Kälte zu vertreiben.

»So«, sagte er.

»So«, sagte sie.

Er hätte es um nichts in der Welt ausgesprochen, aber er wünschte, sie hätten Jonathan bei sich gehabt, um ein wenig Leben in das Haus zu bringen.

»Dann lass uns mal den Wagen auspacken. Ich hole Barnabas und Violet.«

»Wäre es nicht einfach wunderbar, wenn wir Strom hätten?«, überlegte sie laut.

»Du kannst es ja mal mit der Lampe versuchen, nur für den Fall des Falles.«

Sechzig Watt leuchteten unter der Berührung ihrer Hand auf. »Gelobt sei Gott!«, riefen sie wie aus einem Mund.

Sie sprangen auf und liefen in die Küche, um den Wasserhahn aufzudrehen, der gurgelnd und zischend einen brackigen Wasserstrom in die Spüle spritzen ließ.

»Versuch das Telefon!«, rief sie aufgeregt.

Ein Freizeichen!

»Die Heizung ...« Sie liefen im Gänsemarsch durch das Haus, auf der Suche nach einem Thermostaten.

Nachdem sie ihn am Ende des Flurs aufgespürt hatten und die Heizung donnernd in Gang kam, fielen sie einander überglücklich in die Arme.

»Das Paradies auf Erden!«, jubilierte er.

Aber welche Millionen-Dollar-Villa am Sund konnte den Kummer im Herzen seiner Frau zerstreuen?

Er lag in dem fremden Bett und hielt sie im Arm, während sie weinte.

Vielleicht hielt ihn ja der helle, drei Viertel volle Mond wach ...

Er stand auf und blickte durch die Balkontüren, die auf den Balkon des oberen Stockwerks hinausführten. Ein platinfarbenes Band ergoss sich über das Wasser. Nur eineinhalb Meilen von Dove Cottage entfernt, und sie befanden sich in einer anderen Welt. Es war wie ein Wunder.

Er zog die Vorhänge über den Balkontüren zusammen, streichelte seinen schlafenden Hund, der am Fußende des Bettes lag, und legte sich ruhelos wieder hin.

Mit einem Mal musste er an die schlaflose Erschöpfung denken, die seinen Diabetes in schwindelerregende Höhen getrieben hatte.

Hatte Hoppy ihm nicht geraten, sich gleich nach seiner Ankunft auf der Insel einen guten Arzt zu suchen? Natürlich. Aber hatte er es getan? Nein, hatte er nicht.

Keine weiteren Ausreden mehr, nahm er sich vor. Er würde sich gleich morgen früh nach einem Arzt erkundigen. Und er musste sich den Prozess vom Hals schaffen. Es war sinnlos, sich über diese erschreckende Angelegenheit den Kopf zu zerbrechen. Er und Walter würden tun, was sie konnten; davon abgesehen konnte er nur auf die Gnade Gottes hoffen.

Sorgt euch um nichts …

Er begann sich im Geiste einen der Verse aufzusagen, nach denen er schon so lange zu leben versuchte.

… sondern bringt in jeder Lage betend und flehend eure Bitten mit Dank vor Gott! Und der Friede Gottes, der alles Verstehen übersteigt, wird eure Herzen und eure Gedanken in der Gemeinschaft mit Christus Jesus bewahren.

»Ah«, seufzte er.

Jericho.

Nicht das schon wieder.

Allmächtiger Vater, ich bin kein Gedankenleser. Offenbare mir bitte, wovon Du gerade sprichst.

Er versuchte, Herz und Geist für die Antwort zu öffnen, döste darüber jedoch ein und versank endlich in einen friedlichen Schlaf.

Als die Dämmerung über dem Sund heraufzog, hörte er die Klingel und trottete zur Tür hinüber. Wer um alles in der Welt mochte sie hier besuchen?

Er sah einen Wagen auf der kreisförmigen Auffahrt stehen. An der untersten Treppenstufe stand eine Frau. Auf der Stufe direkt vor ihm hatten sich zwei kleine Menschen in Piratenkostümen aufgebaut und daneben ein noch kleinerer Mensch, der mit einem Laken bekleidet war und einen Plastikkürbis in seine Richtung schwenkte.

»Spuk oder Gabe«, sagte Jonathan Tolson.

Sie saßen in den Sesseln am Kamin und fühlten sich seltsam fern voneinander. Also siedelten sie aufs Sofa über und kuschelten sich dort zusammen. »Weißt du, worauf ich Lust hätte?«, fragte sie.

»Ich habe nicht den blassesten Schimmer.«

»Auf den Schweinebraten deiner Mutter.«

»Meine liebe Kavanagh, wer war es, der den Schmortopf auf unsere Reise ins Unbekannte nicht mitnehmen wollte?«

»Ich war im Irrtum, und ich gebe es zu. Kannst du ihren Braten nicht ohne den Topf machen?«

»Das habe ich noch nie getan.«

»Bedeutet das, dass du es auch nie tun wirst?«

»Ein Schweinebraten in diesem Topf ist garantiert ein voller Erfolg. Warum sollte ich mich versucht fühlen, mich stattdessen Hals über Kopf auf fremdes Terrain zu begeben und den Braten zum Beispiel in Folie einpacken oder auf einem Pizzablech zu backen oder was auch immer?«

»Du sprichst mit deiner Kanzelstimme«, tadelte sie ihn.

»Bitte tausend Mal um Entschuldigung«, sagte er und

stand auf, um an den Knöpfen des Heimkinosystems zu drehen, damit irgendetwas – irgendetwas – geschah.

»Julia Child brauchte keinen Schmortopf, um einen Schweinebraten zu machen«, erwiderte sie und zog eine Augenbraue in die Höhe.

»Und wie kommst du zu diesem geheimnisvollen Wissen?«

»Ich habe das Rezept in ihren Kochbüchern in unserer neuen Küche nachgeschlagen.«

»Aha«, sagte er, weil er nicht wusste, was er sonst sagen sollte.

»Fünf Pfund Mehl ...«, murmelte sie, während sie eine Liste erstellte. Cynthia Kavanagh war fest entschlossen, an diesem Abend selbst gebackenes Kuchenbrot auf ihrem Essteller vorzufinden, komme, was da wolle.

»Sollen wir wirklich Mehl kaufen, nur um es nachher wieder zu Dove Cottage hinüberzuschleppen?«

»Was schätzt du, wie lange wir hier sein werden?«

»Sie haben gesagt, die Arbeiten würden wahrscheinlich drei Wochen dauern, höchstenfalls vier.«

»Stimmt. Jetzt verdopple diese Voraussage wegen des Holzes, das nicht pünktlich geliefert wird oder überhaupt nicht lieferbar ist, wegen der Arbeiter, die beschließen, eine ganze Woche lang einen anderen Job zu machen, wegen der Regenfälle, die uns noch einmal zehn Tage kosten werden, weil der Fußboden zu nass ist, und ... du verstehst schon.«

»Zwei Monate«, sagte er. »Kauf das Mehl.«

Cynthia prostete ihm mit ihrem Glas zu. »Auf Martha Talbot!«

»Und auf Miss Child, Gott segne sie!«

Er hätte es natürlich nicht zugegeben, aber dies war

ein Braten, so schmackhaft und zart, wie man sich ihn nur wünschen konnte, ganz zu schweigen davon, dass es ihre erste richtige Mahlzeit in Sound Doctrine war, denn so hieß das Haus, wie auf einer neben der Tür eingelassenen Platte zu lesen stand.

»Dreimal dürfen Sie raten!«, sagte Emma, die dem Geräusch nach Popcorn knabberte.

»Andrew hat einen Erdrutschsieg erzielt!«

»Nun, er hat tatsächlich gewonnen, aber nicht mit einem Erdrutsch. Viele gebürtige Mitforder haben für Coot gestimmt. Also, zweimal dürfen Sie noch.«

»Erzählen Sie es mir einfach und bringen Sie die Sache hinter sich.«

»Nein, Sie müssen raten. Raten Sie mal, was mit Coot geschehen wird, sobald Andrew vereidigt ist.«

»Er wird zum Abgesandten für unser Schwesterdorf, Mitford in England, ernannt werden?«

»Nein, aber ich finde den Gedanken an ein Schwesterdorf einfach himmlisch! Irgendjemand sollte Andrew das mal vorschlagen, er würde sich bestimmt gleich darauf stürzen. Raten Sie noch einmal.«

»Ich gebe es auf.« Normalerweise ließ sie ihn nach einem Versuch vom Haken.

»Andrew wird ihn zum Vorsitzenden eines historischen Ausschusses ernennen!«

Was er immer befürchtet hatte, erwies sich nun als wahr. Mit der Ernennung Coot Hendricks zum Vorsitzenden irgendeines Ausschusses hatte Andrew Gregory bewiesen, dass er ein weit großzügigerer Mann war als er selbst.

Er hatte sein Äußerstes getan, um die Nabelschnur zu durchtrennen, die eine Gemeinde normalerweise an einen über lange Jahre dort tätigen Pfarrer band, und endlich hatte er das Gefühl, dass seine Bemühungen von Erfolg gekrönt waren. Tatsächlich hatte er seit einem Monat kein Wort mehr von Esther Bolick oder sonst jemandem aus der Gemeinde von Lord's Chapel gehört. Also, zum Kuckuck mit seinem Vertretungsbischof und dessen Groschenheftweisheiten, er würde die Bolicks anrufen.

»Esther?«

»Wer spricht da?«

»Wie schnell Sie doch vergessen. Ich bin's, Ihr alter Pfarrer.«

»Reverend Hammond?«

»Esther!«

»War nur ein Scherz. Wie geht es Ihnen, um Himmels willen? Wir haben seit einer halben Ewigkeit nichts mehr von Ihnen gehört.«

»Es gibt immer viel zu tun in einer neuen Gemeinde, aber ich denke an Sie und Gene, und Sie sind getreulich in meinen Gebeten. Wie geht es ihm?«

»Besser. Ich habe versucht aufzuhören, mich krank zu sorgen.«

»Freut mich sehr, das zu hören. Und Sie werden sich vielleicht freuen zu hören, dass Ihr Ruhm sich jetzt auch bis nach Whitecap erstreckt. In Wahrheit habe ich hier insgesamt elf Anfragen nach Ihrem Rezept für Marmeladenkuchen. Ich weiß, Sie geben es nicht heraus, aber die Leute haben mich förmlich angefleht, wenigstens zu fragen.«

»Elf?« Er wusste nicht, ob diese Zahl sie freute oder sie enttäuschte.

»Es gibt gewiss noch viele weitere Interessenten, aber ich persönlich habe elf Namen bekommen, einschließlich des Namens des Baptistenpfarrers, der berühmt ist für seine Zitronenbaisertorte.«

»Oh, meinetwegen«, sagte sie. »Ich wüsste nicht, was dagegenspräche. Dieses Rezept ist ohnehin x-mal raubkopiert worden.«

»Die Leute werden begeistert sein, und nicht nur das, ich werde ein Held sein.«

»Cynthia hat eine Kopie, die zu benutzen ich ihr erlaubt habe. Die kann sie herumgeben.«

»Ja, aber die Kopie liegt in Mitford. Meinen Sie, Sie könnten mir noch eine Kopie per Post schicken?«

»Also wirklich, dieses Rezept wird mich ärgern, bis ich ins kühle Grab sinke. Aber ich tue es. Wie lautet Ihre Adresse?«

»Schicken Sie es einfach an St. John's, Postfach vierzehn.« Er nannte ihr die Postleitzahl. »Gott segne Sie, Esther.«

»Reverend Talbot ist in das große Haus oben an der Straße gezogen, gegenüber den Harpers. Er ist das hübscheste Stück Mann, das Ihnen je vor die Augen gekommen ist, und diese weißen Zähne, oh, Himmel ...«

Er glaubte, sich daran erinnern zu können, das schon einmal gehört zu haben.

»Wir denken ja, dass er sich die Haare bleicht, Sie wissen schon, wie diese Leute im Fernsehen.«

»Also, ich bin froh zu hören, dass Gene ...«

»Und nett ... Einen netteren Kerl wollen Sie gar nicht sehen! Kommt extra die Straße herüber, um mit einem zu reden, winkt einem von seinem Auto zu ... ganz zu schweigen davon, dass er Gene einen Hausbesuch abgestattet hat, und da war er gerade erst zwei Tage im Dienst!«

»Meine Güte«, zitierte er Sams Redewendung.

»Und seine Kinder – nun, sie sind so folgsam wie Lämmer und haben einen messerscharfen Verstand, außerdem sollten Sie mal seine Frau sehen, sie ist ein richtiggehender Filmstar. Und die Predigten ... einfach gewaltig! Der bringt vielleicht Leben in die Bude. Wir werden ihn mit einem Bein am Altar festbinden, das sagt jedenfalls Gene. Dieser Pfarrer ist einfach zu gut, um ihn ziehen zu lassen.«

»Ah«, sagte er und stieß den Atem, den er angehalten hatte, langsam aus.

Er und Walter hatten mehr als eine halbe Stunde telefoniert, ein Gespräch, das ihm herzlich wenig Trost geschenkt hatte.

Was sollte er wegen des Gerüchts unternehmen, dass sie nach Boston zurückging? Wäre es nicht zumindest eine Geste der Höflichkeit gewesen, ihn von ihren Plänen in Kenntnis zu setzen? Andererseits, was hatte Höflichkeit mit alledem zu tun – unter den gegebenen Umständen?

Walter schlug vor, gar nichts zu unternehmen, sondern lediglich das Kuratorium vom »Haus der Hoffnung« über den Prozess ins Bild setzen.

Er fürchtete sich vor diesem Schritt wie vor der Pest, und zwar aus verschiedenen Gründen. Er würde bis nach dem Wochenende warten, bis sich die Dinge ein wenig ... beruhigt hatten. Im Augenblick war St. John's von fast allen Seiten mit Baugerüsten umgeben, ein Bagger legte einen Teil des Kellers frei. Jeder, der über einen gesunden Menschenverstand verfügte, konnte sehen, dass dies nicht der richtige Zeitpunkt war, um eine Vorstandssitzung einzuberufen und schlechte Neuigkeiten zu übermitteln.

Als er und Cynthia ihr Nachtgebet sprachen, ermahnte er den Herrn mit etwas aus der »Hymne des heiligen Patrick an den Abend«.

»Möge unser Schlaf tief und ruhig sein«, flüsterte er, »damit wir morgen wieder frisch und fest ans Werk gehen können.«

Seine Frau, die wieder all ihre Kraft auf ihr Buch gerichtet hatte, fand die Methode des heiligen Patrick überaus ansprechend.

Trotzdem schlief er nicht wirklich fest.

Und er konnte kaum glauben, was Gott ihm da ins Herz geschrieben hatte.

»Bist Du Dir da sicher?«, fragte er laut, als er bei Sonnenaufgang auf dem Balkon stand. Ein Schmuckreiher flog über das Dach hinweg und ließ sich in den hohen Gräsern am Ufer nieder.

»Ich würde das wirklich nur ungern falsch verstehen«, sagte er.

Andererseits, was hatte er zu verlieren, wenn er es missverstand? Nichts.

Nichts zu verlieren und alles zu gewinnen.

Einen großen Teil des Montagmorgens verbrachte er damit, mit Hoppy Harper und anderen Mitgliedern des Kuratoriums zu sprechen. Sie waren natürlich schockiert. Aber er war froh darüber, die Anrufe gemacht zu haben, denn jetzt sammelten sie gemeinsam neue Kräfte, und er fand diese Entwicklung sehr ermutigend.

Sie kamen überein, dass es ein schwerer Schlag sei, aber falls der Prozess Erfolg haben sollte, glaubten sie, das Geld über andere Wege zusammenbekommen zu können.

Die Ermutigung war groß, ja, aber er hatte ein ausgesprochen unangenehmes Gefühl im Magen, das sich dort offenbar für längere Zeit wie ein schwerer Stein eingenistet hatte.

»Barnabas und ich wollen uns ein wenig in der alten Nachbarschaft umsehen. Mal schauen, wie die Dinge dort stehen.« Es war jetzt neun Uhr, und um zehn traf er sich vor der Kirche mit Sewell Joiner. Ein perfektes Timing.

»Und bitte, unternimm etwas wegen des Wagens, er muss dringend gewaschen werden«, sagte Cynthia. »Er sieht aus wie ein Miststreuer.«

»Wird erledigt.«

»Ich weiß nicht, was du nur immer mit den Autos anstellst«, murmelte sie.

»Wir hatten Sturm, erinnerst du dich?«

»Aber das war vor zehn Tagen und der Rost greift jetzt jeden Augenblick auf die Kotflügel über, das sage ich dir.«

»Rost ...«

»Das ist etwas Lebendiges, wie du weißt. Es wächst. Hast du dir mal die Autos angesehen, die hier in der Gegend herumfahren? Von denen bleibt zum Schluss kaum mehr übrig als Chassis und Lenkrad.«

»Jetzt übertreibst du aber etwas.«

»Ja, ich übertreibe etwas, aber bitte – gewaschen und gewachst und was immer sonst noch dazugehört; ich muss morgen hügelab und hügelauf über die Insel gondeln.«

»Morgen soll es schön werden, du könntest dich also auf dein Schwinn schwingen.«

»Nicht, wenn es unter Morris Loves Treppe steht.«

»Gutes Argument«, bemerkte er. »Wir sehen uns dann zum Mittagessen.«

Nachdem er sich von den Fortschritten in Dove Cottage überzeugt hatte, begann er seinen ersten Marsch rund um die Mauer von Nouvelle Chanson, indem er vom Tor aus nach Osten ging und dann nach links auf die Hastings Avenue einbog – und die ganze Zeit über betete.

Dicht an der Mauer entlang, trottete er auf der Hastings Avenue Richtung Norden und bog dann in die Gasse ein, die vor Ernies Laden als Sackgasse endete.

Er sah die Gestalt vor sich, die die Gasse in Richtung Mauer des Loveschen Anwesens überquerte. Es war jemand, der hochgewachsen und schlank war und von dunkler Hautfarbe. Und obwohl die Gestalt in beiden Armen Lebensmitteltüten trug, bewegte sie sich mit großer Anmut.

»Ganz ruhig«, sagte er zu seinem Hund, der stets neugierig war, wer oder was ihren Weg kreuzte.

Obwohl er versuchte, die Gestalt nicht anzustarren, beobachtete er doch, wie plötzlich eine Papiertüte riss und ihren Inhalt auf den sandigen Weg entließ. Pampelmusen rollten in alle Richtungen davon.

Er spurtete los.

»Kommen Sie, ich helfe Ihnen!«, sagte er zu der Frau. »Barnabas, sitz!«

Barnabas setzte sich nicht; er stellte sich auf den Hinterbeinen auf, sodass er die Fremde begrüßen konnte, die ihn angstvoll beäugte. Father Tim packte seinen Hund, trottete zu einem kleinen Baum hinüber und band die Leine um den Stamm.

»So. Tut mir leid. Er ist harmlos.« Er ließ sich auf die Knie nieder und machte sich daran, Pampelmusen und Bananen einzusammeln, Butterstücke, die aus ihrer Verpackung gerutscht waren …

»Wenigstens hatten Sie keine Eier dabei«, bemerkte er und blickte zu der eleganten, dunkelhäutigen Frau empor, die auf ihn herabsah.

»Herzlichen Dank.« Ihre Stimme klang sanft und

melodisch – gebildet, dachte er. »Das ist aber ein großer Hund«, sagte sie schlicht.

»Allerdings. Hm, was machen wir jetzt mit den Sachen?«

»Ich gehe zurück zum Haus und hole meinen Korb«, erwiderte sie. »Ich gehe normalerweise nie ohne meinen Korb einkaufen, aber heute Morgen … Wenn Sie einen Moment für mich aufpassen würden, wäre ich Ihnen sehr dankbar.«

»Ist mir ein Vergnügen«, sagte er und nahm ihr die andere Tüte ab.

Sie ging zu dem Haus auf der gegenüberliegenden Seite der Gasse, einem Haus, das er häufig wegen seines adretten Aussehens und des großen, gut gepflegten Gartens bewundert hatte. Eines Abends hatte er einige Worte des Grußes mit einem Mann ausgetauscht, der dort arbeitete, und gelegentlich hatte er Wäsche auf der Wäscheleine hängen sehen. In einer Welt, die ihre Wäsche nur selten der Öffentlichkeit präsentierte, erfüllte ihn dieser Anblick stets mit Freude und brachte ihn in seine Kindheit zurück.

Er blieb neben den säuberlich in der Mitte der Gasse aufgestapelten Einkäufen stehen, und kurze Zeit später kam die Frau mit einem großen Korb wieder aus dem Haus zurück. Für ihr Alter hatte sie eine bewundernswerte Haltung, fand er, obwohl er ihr Alter im Grunde kaum einzuschätzen vermochte.

»Ich benutze diesen Korb immer, einfach immer«, sagte sie freundlich, »aber heute Morgen habe ich irgendwie …«

Sie bückten sich und beluden den Korb.

»Darf ich ihn für Sie tragen?«, fragte er.

»Nein, Sir«, sagte sie und richtete sich auf. »Ich habe es nicht weit, ich kann gleich hier durchgehen.« Sie zeigte auf eine Öffnung in der dichten Hecke, hinter der die Mauer lag.

»Ah. Morris Loves Haus.«

»Ja, Sir.«

»Sie sind Mamie«, sagte er und betrachtete ihr sorgfältig geflochtenes Haar und das gedruckte Tuch, das sie um den Kopf trug.

»Ja, Sir, ich bin Mamie. Und Sie sind der Pfarrer, dessen Frau Mr Love dieses schöne Bananenbrot geschickt hat.«

»Der bin ich!« Er war plötzlich so aufgeregt wie ein Kind. »Ich freue mich sehr, Sie kennen zu lernen, Miss, Mrs ...«

»Einfach nur Mamie«, sagte sie.

»Sind Sie sicher, dass ich Ihnen den Korb nicht tragen soll? Es wäre mir ein Vergnügen.«

»Vielen Dank, ich trage diesen Korb seit mehr Jahren, als ich zählen möchte, durch die Hecke. Nun, ich hoffe, Sie werden Ihrer Frau ausrichten, dass Mr Love den Zitronengeschmack ihres Brotes sehr zu schätzen wusste.«

»Oh, das richte ich ihr gerne aus. Und vielen Dank. Vielen Dank!« Eine Frau mit einem starken, lebhaften Geist ...

Erfüllt von dem Gefühl, auf seltsame Weise gesegnet worden zu sein, sah er Mamie nach, während sie auf einem ausgetretenen Pfad durch die Hecke schlüpfte.

Als er am übernächsten Tag, einem Mittwoch, um die Mauer herumlief, hielt er nach Mamie Ausschau, aber sie war nirgends zu sehen. Was er sah, waren einige Kleidungsstücke, die ordentlich auf der Wäscheleine hingen und im Novemberwind flatterten.

Er betrachtete den willkommenen Anblick als ein

Zeichen, eine Bestätigung, und ging weiter, versunken in ein Gebet.

Am Donnerstag wählte er den Zeitpunkt für seinen Spaziergang an der Mauer entlang mit Bedacht. Um viertel nach neun waren sie einander begegnet, aber auch diesmal hatte er kein Glück. Der Anblick des Rauchs, der aus ihrem Schornstein aufstieg, erfüllte ihn mit einer eigenartigen Freude, und er fragte sich, warum er ein so starkes Verlangen danach hatte, sie wiederzusehen.

Er schlenderte die Gasse hinunter, und als er die Mauer umrundete, kam ihm plötzlich die Antwort.

Es war, als hätte er jemanden wiedergefunden, den er vor vielen Jahren verloren hatte.

»Timothy, du sollst Harley anrufen, er ist bei Lew Boyd. Ich habe die Nummer auf den Block am Telefon geschrieben.«

»Wie macht sich das Buch?«, rief er, während er kurz in sein Arbeitszimmer in Sound Doctrine hinüberging.

»Großartig! Nach dem Abendessen muss ich dir etwas zeigen!«

Seine Frau, die in Bezug auf ihre Arbeit überraschend scheu war, hatte volle zwei Jahre gebraucht, um ihre Arbeit wirklich mit ihm teilen zu können. Deshalb freute er sich immer, wenn …

»Lew! Tim Kavanagh hier. Wie sieht's aus?«

»Ziemlich gut, sobald wir diese Karre wieder am Laufen haben.«

»Harley ist genau der richtige Mann für den Job, das kann ich Ihnen versichern. Ist er in der Nähe?«

»Bleiben Sie dran, und besuchen Sie uns bald einmal, ja?«

Er hörte die Kasse klingeln; Lew rief nach Harley, jemand fragte nach dem Weg zur Toilette.

»Harley am Apparat.«

»Harley! Sie haben angerufen?«

»Ja, Sir, einen Moment, ich lege Sie auf Lews schnurloses Telefon um.«

Knistern in der Leitung, Schlurfen, das Schrillen einer Hupe.

»Okay, ich bin draußen bei der Altöltonne. Hier kann uns niemand hören.«

Er wollte keine schlechten Nachrichten mehr, auf keinen Fall ...

»Sieht so aus, als hätte ich Ihren Engel gefunden, der geklaut worden ist.«

21 Wahre Bekenntnisse

»Und Sie werden nicht glauben, wo ich ihn gefunden hab«, sagte Harley.

»Wo?«

»Kennen Sie den alten Wagen von Miss Pringle? Nun, sie hat ihn zum Ölwechsel rübergebracht und erzählt, dass sie bald damit verreisen würde und sich Sorgen wegen der Sicherheit mache und was weiß ich noch. Lew war drüben auf der Post, also hab ich gesagt, schön, ich kümmer mich drum.«

»Verstehe, verstehe.«

»Sie ist dann die Straße rauf, und ich hab mir die Kiste angesehen und festgestellt, dass die Räder mal gegeneinander gewechselt werden müssten. Ich hatte ja ihre Schlüssel und alles und ein wenig Zeit, und es sah ja auch ganz so aus, als würde sie genau das von mir wollen – also mach ich den Kofferraum auf und nehme die Abdeckung raus, um zu sehen, ob ich den Radschlüssel finden kann. Also, die Sache ist die, links und rechts unter der Klappe sind so zwei Vertiefungen. Auf der einen Seite steckte so was wie ein Bettlaken.«

Father Tim saß auf der Kante seines Stuhls.

»Also nehme ich das Laken raus, ob der Radschlüssel vielleicht darin eingewickelt ist oder darunter liegt. Und Gott steh mir bei, da ist dieser kleine Engel drin, den Sie immer auf dem Kaminsims stehen hatten.«

Er durfte keine voreiligen Schlüsse ziehen. »Ungefähr fünfundzwanzig Zentimeter hoch?«

»Ja, Sir. Aus so ‘ner Art schmutzigem Gold.«

Bronze. »Und aus welchem Material ist der Sockel?«

»Marmor, würde ich sagen.«

»Welche Farbe hat der Marmor?«

»Grün. Und weil Sie mich nicht direkt gebeten hatte, mehr zu machen als den Ölwechsel, hab ich die Räder in Ruhe gelassen, sonst wär sie mir womöglich noch draufgekommen. Als sie später wieder aufgetaucht ist, hab ich bloß gesagt, Miss Pringle, Ihre Vorderräder müssten mal mit den Hinterrädern getauscht werden.«

Er lehnte sich auf dem Stuhl zurück und spürte dem Schlagen seines Herzens nach.

Er zog es vor, zu agieren, statt zu reagieren.

Und wenn Hélène Pringle nach Boston abreisen wollte, musste er schnell agieren.

Trotzdem wollte er sich bei seiner vierten Runde um die Mauer nicht auf diese unerfreuliche Wendung der Ereignisse konzentrieren. Er wollte Kopf und Herz frei von persönlichen Sorgen halten, damit er mit unbelastetem Geist beten konnte.

Gott, hilf mir, dachte er, als er den Mustang neben Dove Cottage parkte und sich mit seinem Hund auf den Weg zur Hastings Avenue machte.

Ernie stand mit einigen Anglern auf dem Parkplatz und bedeutete ihm, sich zu ihnen zu gesellen. Ohne das Tempo zu verlangsamen, hob er die Hand und winkte zurück. »Ich will nur noch schnell eine Runde drehen!«, rief er.

Die Glasscheibe war ersetzt worden, die Seitenwand stand wieder, und bis auf einige alte Ziegelsteine, die noch nicht weggeschafft worden waren, sah Ernies Laden wieder annähernd normal aus.

Er war nur wenige Schritte von dem Durchgang in der Mauer entfernt, als Mamie an die Tür ihres Hauses kam, einen leeren Wäschekorb in Händen.

»Guten Morgen, Mamie!«

»Guten Morgen, Reverend! Wie gefällt Ihnen denn dieses Wetter?«

»Oh, es gefällt mir gut. Angenehm frisch!«

»Mein Mann hat uns heute Vormittag ein schönes Feuer gemacht. Morgen soll es ja Frost geben.«

Als sie mit ihm zusammen auf den Weg hinaustrat, konnte er sich die Frage keinen Moment länger mehr verkneifen. »Darf ich danach fragen, wo Sie zur Schule gegangen sind?«

»In Virginia«, sagte sie leise. »Mr Redmon hat mich auf eine Schule für junge farbige Damen geschickt. Ich war sechzehn, als ich Whitecap verlassen habe, und zurückgekommen bin ich, als ich zwanzig war.«

»Ah«, sagte er. Ihre sanfte Eleganz war Balsam für seine Seele.

»Mr Redmon hatte seine Feinde, aber er war kein schlechter Mensch, Reverend, ganz und gar nicht. Er hat meiner Mutter dieses Haus geschenkt.«

»Mir gefällt Ihr Haus!«, sagte er, und es war ihm vollkommen ernst damit.

»Ich erinnere mich noch daran, wie Mr Morris geboren wurde, in dem Jahr, bevor ich nach Virginia ging. Es war mir schrecklich, ihn zu verlassen. Er konnte den Kopf erst hochhalten, als er schon mehrere Monate alt war, und das Laufen hat er erst mit zweieinhalb Jahren gelernt. Er war … etwas Besonderes, das wusste ich aus irgendeinem Grund.«

»Seine Mutter …?«

»Seine Mutter ist vor ihrem Kind davongelaufen. Sie konnte es niemals ertragen, in seiner Nähe zu sein.

Während der ersten Jahre litt er häufig unter Mittelohrentzündungen und hat ständig vor Schmerzen geweint. Mr Redmon ließ alle möglichen Ärzte herkommen, und dann wurde Mr Morris irgendwann an der Schädelbasis operiert. Es schien, als sollte das Leiden kein Ende haben. Nein, seine Mutter ist davongelaufen und hat den größten Teil ihres Lebens in Europa verbracht. Der zweite Sohn, den sie mit Mr Redmon hatte, starb bei einem schlimmen Hausbrand. Es war meine eigene Mutter, die sich um Mr Morris gekümmert hat, bis ich nach Hause kam und ihr dabei geholfen habe.«

»Ich verstehe.«

»Ich weiß gar nicht, warum ich hier herumstehe und so mit Ihnen rede, Reverend, nur dass ich glaube, dass Sie ein guter Mensch sind. Es wäre mir lieb, wenn Mr Morris nicht erfahren würde, dass wir über solche Dinge geredet haben.«

»Nein, das bleibt unter uns.«

»Ich habe so manches Jahr versucht, den Schmerz zu heilen, aber es gibt nur Einen, der wirklich heilen kann.«

»Ja.« Er sah ihr direkt in die Augen und fand darin eine Art von Zuflucht, die er nicht zu benennen wusste. »Morris kann von Glück sagen, dass er sie hat.«

»Es ist ein Glück für mich, ihn zu haben. Ich hätte mir nie träumen lassen, dass ich auf Whitecap bleiben würde, nachdem ich ein wenig von der Welt gesehen hatte, aber ich bin nach Hause gekommen und habe einen guten Mann geheiratet, und dann, als der Herr meine Mutter holte ...«

»Ja?«

»... damals habe ich angefangen, den Weg durch die Hecke zu gehen, geradeso wie sie es so lange Zeit getan hatte.«

»Bedauern Sie irgendetwas, Mamie?«

»Nein, nichts. Noah und ich haben einen prächtigen Sohn großgezogen. Er ist jetzt Arzt in Philadelphia. Und immer, wenn er herkommt, sieht er nach Mr Morris.«

Alles, was diese ungewöhnliche Frau ihm erzählt hatte, machte ihn zutiefst glücklich, und irgendwie hatte er das Gefühl, es sei eine Ehre, dass sie überhaupt mit ihm sprach.

»Ich sehe Ihnen an, dass Sie Mr Morris verstehen, dass Sie verstehen, wie sehr er gelitten hat.«

Er antwortete nicht. Wie konnte er das verstehen?

»Er hat in seinem Leben viel Grausamkeit erfahren. Mr Redmon hat furchtbar viel von ihm verlangt. Aber sehen Sie sich nur das Geschenk an, das der Herr ihm in die Wiege gelegt hat. Meine Mutter war sehr stolz darauf, und ich bin es ebenfalls.«

»Ich hoffe, dass ich eines Tages Ihren Mann kennen lernen werde. Wir haben im Sommer einen kurzen Gruß ausgetauscht. Und falls Ihnen irgendwann einmal der Sinn danach stehen sollte, nach St. John's zu kommen, würden wir uns sehr darüber freuen.«

»Noah und ich gehen auf dem Festland in die Kirche. Es hat auf Whitecap nie viele Farbige gegeben. Früher hat Big Daddy Johnson uns in einem kleinen Fischerboot rübergefahren, dann kam die Fähre und später die Brücke.«

»Sind Sie hier geboren?«

»Meine Vorfahren sind hier wie die Bretter von alten Schiffen an Land gespült worden. Wir glauben, dass dieser Schiffbruch irgendwann um 1860 gewesen sein muss.«

»Ich habe Sie schon viel zu lange aufgehalten, Mamie, verzeihen Sie mir. Sie sind eine sehr interessante und liebenswerte Frau, und es war mir eine besondere Ehre, mit Ihnen reden zu dürfen.«

»Es war mir schrecklich, dass Mr Morris Ihnen nichts anzubieten hatte, als Sie ihn mit Ihrer Familie besucht haben. Der Tag darauf war mein Einkaufstag, und was wir vorrätig hatten, konnte er nicht im Ofen erwärmen.«

»Durch Seine Gnade hatten wir ein Festmahl und obendrein Nahrung für die Seele!«

»Ich hoffe, dass wir uns einmal wiedersehen werden«, sagte sie und trat mit ihrem Wäschekorb auf den Weg hinaus.

»Der Herr sei mit Ihnen!«, rief er ihr nach.

Sie drehte sich noch einmal um. »›Und mit deinem Geiste!‹«, zitierte sie das Gebetsbuch. »Die Schule, die ich in Virginia besucht habe, war eine Episkopalschule.« Sie lächelte, dann wandte sie sich wieder ab und verschwand hinter der Hecke.

»Du weißt nicht, wann sie abreisen will?«

»Nein.«

»Dann zeig sie an und lass sie verhaften«, sagte sein Vetter.

»Was?«

»Sofort.«

»Aber ...« Hélène Pringle im Gefängnis? Diese scheue kleine Frau, deren Füße den Boden nicht berührten, wenn sie sich hinsetzte?

»Ruf deinen Polizeichef an, diesen Burschen, mit dem du so gut kannst, und beschreib ihm den Engel. Sag ihm, er soll ihren Kofferraum durchsuchen. Wenn der Engel nicht im Wagen ist, wird die Polizei das Haus durchsuchen. Du hast mir erzählt, der Engel sei von einigem Wert?«

»Ich schätze, drei-, vielleicht sogar viertausend Dollar.«

»Du kannst sie wegen Diebstahl und Einbruch verhaften lassen. Wenn sie vorbestraft ist, reden wir von bis zu zehn Jahren Haft für jedes Delikt. Die Wahrscheinlichkeit ist hoch, dass sie mit jeweils drei Jahren davonkommen wird, aber für eine Klavierlehrerin ist das eine sehr lange Zeit.«

Er legte auf, erschüttert über diese schmutzige Wendung der Ereignisse.

Er und Cynthia würden heute Abend darüber reden und gemeinsam beten, und am Morgen würden sie die Entscheidung bezüglich der Anzeige treffen. Er hatte noch niemals jemanden verhaften lassen und erst recht nicht eine Frau, aber war das in diesem Fall von Belang? Ohne Miss Sadies gewissenhafte Sparsamkeit und ihre klugen Investitionen hätte es vielleicht überhaupt kein Geld mehr gegeben. Rechtfertigte das irgendetwas?

Ihm wurde bewusst, dass er einmal mehr den Kopf in den Händen vergraben hatte.

Welche Entscheidung sie am nächsten Tag auch treffen mochten, er konnte und wollte seine fünfte Runde um die Mauer nicht auslassen.

Um acht Uhr morgens rief er Rodney Underwood unter seiner Privatnummer an.

»Rodney, ich hätte da eine ziemlich unerfreuliche Angelegenheit für Sie.«

»Es wird wohl kaum eine so große Sache sein wie der Mann auf dem Dachboden; die Chancen sind gering, dass Sie jemals wieder in eine ähnliche Geschichte verwickelt werden.« Rodney sprach von dem Juwelendieb, der auf dem Dachboden von Lord's Chapel gelebt hatte, bis er sich eines Sonntagmorgens während des Gottesdienst selbst den örtlichen Behörden gestellt hatte.

»Ich möchte, dass Sie mit einem Haftbefehl ins Pfarrhaus gehen. Ich habe Grund zu der Annahme, dass meine Mieterin den Engel gestohlen hat.«

Die ausgesprochenen Worte ließen ihm das Blut in den Adern gefrieren. Er sagte Dinge, die sich nicht zurücknehmen ließen.

»Ohne dass Sie davon erfahren hätte, hat Harley Welch den Engel im Kofferraum ihres Wagens gefunden, als das Auto bei Lew Boyd stand.«

»Sind Sie sich sicher, dass es Ihr Engel ist? Hat er Ihnen eine gute Beschreibung geliefert?«

»Ja. Ungefähr fünfundzwanzig Zentimeter hoch, Bronze, grüner Marmorsockel.«

»Soll ich nur den Wagen durchsuchen lassen, oder meinen Sie, dass wir auch einen Durchsuchungsbefehl für das Haus benötigen werden?«

»Beides, nur um sicherzugehen.«

»Es dauert ein Weilchen, einen Durchsuchungsbefehl zu bekommen, aber ich werde mich sofort persönlich darum kümmern.«

»Was geschieht, wenn Sie die Statue finden?«

»Wir werden Miss Pringle in Gewahrsam nehmen und sie dem Richter in Wesley vorführen. Er wird sie wahrscheinlich für etwa zwölf Stunden in Haft nehmen lassen, bis wir die Statue auf Fingerabdrücke untersucht haben und Fotos gemacht und so weiter.«

Er rief Walter an. »Es hat mir nicht gefallen, das zu tun, aber ich habe es getan.«

»Gut. Wenn die Polizei den Engel in Händen hat, gib mir Bescheid, dann werde ich ihren Rechtsanwalt anrufen.«

In Wahrheit tat er nur das, was das Gesetz vorsah, aber die ganze Angelegenheit verursachte ihm buchstäblich Übelkeit. Cynthia erging es nicht anders. Seltsamerweise kamen sie sich beide wie Verbrecher vor, weil sie juristische Schritte gegen eine unrechtmäßige Tat unternommen hatten.

Er wollte an diesem Morgen weder Mamie noch sonst jemanden sehen. Mit gesenktem Kopf verließ er das Haus und konzentrierte Geist und Seele ausschließlich auf Morris Love und den Ausdruck auf Morris' Gesicht, als dieser ihn bei seinem möglicherweise letzten Besuch in Nouvelle Chanson hinausgeworfen hatte.

Er würde Gott an diesem Morgen nicht bitten, zu heilen oder zu verwandeln. Er würde Ihn nur bitten, zu segnen.

Lautlos begann er zu beten.

Segne die Gabe, die Du ihm verliehen hast, oh Herr, auf dass er sie zu Deinem Ruhm benutzen möge, segne seinen Geist, der sich nach Dir verzehrt und Dich dennoch nicht einlassen kann, segne das Lachen, das gewiss da ist, das Lachen, das in all diesen Jahren in ihm war und das sich danach sehnt, freigelassen zu werden, überzusprudeln und ein Segen für andere zu sein …

Das Lachen des Morris Love – das würde ein Wunder sein, dachte er, und erinnerte sich daran, dass er vor langer Zeit dafür gebetet hatte, Dooley Barlowe lachen zu hören. Dieses Gebet war erhört worden; er lächelte bei dem Gedanken an Dooleys ausgelassenes Kichern.

Danke, dass Du Morris mit einem schnellen, lebhaften Verstand gesegnet hast, mit einem forschenden Intellekt und einer Seele, der es gegeben ist, majestätische Musik zu schaffen, eine Musik, die den Schöpfer verherrlicht. Danke dafür, dass Du Morris mit Mamie gesegnet hast. Danke für Mamie, die von all jenen, die die große Chance hatten,

Morris zu lieben, die Einzige war, die ihn um Deinetwillen zu lieben und ihm zu dienen bereit war.

Kalte Tränen liefen ihm übers Gesicht.

Vater, segne ihn auch heute, während er an seiner Orgel sitzt, während er mit Mamie das Brot bricht und aus seinem Fenster in eine Welt hinausblickt, die ihn verraten hat und die er seinerseits verrät. Wenn er sich zum Schlafen niederlegt, segne ihn mit Deinem heiligen Frieden. Wenn er des Morgens aufsteht, segne ihn mit Hoffnung. Wenn er denkt, segne ihn mit Deinen eigenen hehren Gedanken.

Und nun, Vater, segne ich Dich und lobe Dich und danke Dir, dass Du mein Gebet angehört hast, durch Christus, unseren Herrn, der uns geschenkt wurde, auf dass wir neues Leben finden, Amen.

Er ging weiter.

»Die Sache ist geritzt«, sagte Rodney, der ganz anders klang als sonst.

»Wie … wie ist es gelaufen?«

»Wir haben Ihren Engel in Miss Pringles Wagen gefunden, wie Sie gesagt hatten, aber Ihre Mieterin ist ziemlich schlimm zusammengebrochen …« Rodney räusperte sich.

»Zusammengebrochen?«

»Sie hat zum Gotterbarmen geheult und die Hände gerungen. Ich und die Jungs, wir haben es gehasst, das zu tun.«

»Was haben Sie denn getan?«

»Wir haben sie zum Richter rübergebracht, und jetzt bleibt sie in Haft, bis alles erledigt ist, Fingerabdrücke, Berichte und so weiter.«

»Und was dann?«, fragte er.

»Sieht so aus, als würde die Anklage auf Einbruch, Diebstahl und Besitz gestohlenen Gutes lauten.«

Er schüttelte den Kopf, als könne er auf diese Weise die Gedanken daraus verscheuchen.

»Aufgrund der vorliegenden Beweise wird der Richter einen Haftbefehl gegen sie ausstellen, und sie wird Kaution beantragen müssen. In zwei bis drei Wochen wird sie dann vor einem Bezirksrichter erscheinen müssen, und vom Ausgang dieser Verhandlung wird es abhängen, ob eine Grand Jury zusammentritt und sie sich vielleicht vor einem höheren Gericht wird verantworten müssen.

»Was ist, wenn sie Mitford verlässt und nach Boston fährt?«

»Sie kann hinfahren, wo sie will, solange sie zu dem Gerichtstermin wieder da ist.«

»Und wenn sie nicht zurückkommt?« Er konnte sich ebenso gut auf das schlimmste nur denkbare Szenario vorbereiten.

»Dann wird man nach ihr fahnden, und sie verliert ihre Kaution.«

»Mit anderen Worten, das würde sie wohl kaum tun.« *Hélène Pringle, von der Justiz verfolgt und angeklagt …*

»Niemand, der auch nur einen Funken Verstand hat, würde das tun.«

Genug. Er konnte es nicht länger ertragen, er war das reinste Nervenbündel, sollte Walter sich um diese Angelegenheit kümmern.

Vor dem Gottesdienst um zehn Uhr würde er zum sechsten Mal um die Mauer spazieren, und am Montag wollte er sieben Runden in Folge drehen. Dann würde er vollbracht haben, was Gott von ihm verlangt hatte.

»Ich bin ein Tor um Christi willen«, sagte er nach den Worten des heiligen Paulus. Dem Himmel sei Dank, dass niemand eine Ahnung davon hatte, was er tat; in den Augen der Welt führte er seinen Hund spazieren, verschaffte sich Bewegung, tat etwas, um seinen Herzschlag zu beschleunigen.

Sonntagabend am Sund.

Kein schlechtes Leben, dachte er, als er auf dem Sofa saß und die Hand seiner Frau hielt. Endlich war er dahintergekommen, wie man den Fernseher bediente und welche der vielen Fernbedienungen dafür vorgesehen war, und sie sahen sich eine Sendung auf Discovery Channel an.

»Uh«, sagte seine Frau, als ein Löwe mit dem Kopf in einem Kadaver verschwand, »sie fressen sich gegenseitig auf.«

»So ist das Leben«, antwortete er, als das Telefon läutete.

Er dämpfte die Geräuschkulisse des afrikanischen Buschs. »Hallo!«

»Reverend Kavanagh?«

Hélène Pringle. »Ich muss unbedingt mit Ihnen reden.«

Die Hand, mit der er den Hörer hielt, zitterte. »Ich würde genauso gern mit Ihnen reden, Miss Pringle.«

»Ich kann diesen Weg nicht weitergehen, nicht mit so vielen Dingen, die ich beichten müsste, so vielem, was aufzudecken wäre, es ist …« Sie hielt inne. »Es ist die pure Qual.«

Er hörte die große Anspannung in ihrer Stimme.

»Ich würde alles darum geben, wenn ich von Angesicht zu Angesicht mit Ihnen sprechen könnte«, sagte sie, »aber …«

»Einen Moment bitte, Miss Pringle.« Er legte die Hand über das Mundstück, während er im Geiste hastig seine Termine hier überschlug – eine Kirchenvorstandssitzung mit Sewell Joiner, Sam würde das regeln, sie konnten nach Mitford fahren und rechtzeitig zum Herbstjahrmarkt wieder da sein …

»Willst du nach Mitford fahren?«, fragte er seine Frau.

»Betrachte die Koffer als gepackt!«, antwortete sie strahlend.

Er würde morgen gleich als Erstes sieben Mal um die Mauer laufen – sie konnten um zehn Uhr im Wagen sitzen und am Montagabend um acht Uhr in Mitford sein. »Miss Pringle, wir treffen uns am Dienstagmorgen um elf im Pfarrhaus. Würde Ihnen dieser Termin passen?«

Miss Pringle weinte leise und war, wie er vermutete, außerstande zu sprechen.

Er war gerade bei der vierten Runde, als Mamie plötzlich auf dem Weg, der nach Nouvelle Chanson führte, auftauchte und ihn erschreckte.

»Ah, Mamie!«

Sie lachte unbefangen, und ihr Atem kondensierte in der Luft. »Ich will nur schnell nach Hause laufen, um Mayonnaise zu holen. Mr Morris rührt normalerweise keine an, aber heute Morgen hätte er gern ein wenig Mayonnaise auf seinem überbackenen Käse.«

Dieser Umstand schien ihr große Freude zu bereiten.

»Mamie, ich frage mich, ob ich irgendwann in den nächsten Tagen wohl das Fahrrad meiner Frau wiederbekommen könnte. Ich glaube nicht, dass Mr Morris es gern sähe, wenn ich es persönlich abholen würde.«

Ihre Augen sagten ihm, dass sie verstand. »Ich kann es Ihnen jederzeit hier herausbringen.«

»Ich werde in Kürze wieder hier sein, sagen wir …«

Noch dreieinhalb Runden zu laufen ... »Sagen wir, in zwanzig, dreißig Minuten? Wäre das in Ordnung?«

»Wunderbar«, sagte sie.

»Sie können das Rad hier auf dem Weg stehen lassen, wo es niemand sehen kann. Ich wäre Ihnen wirklich sehr dankbar.«

»Ich hatte früher auch ein Fahrrad – es hatte eine hübsche grüne Farbe und eine kleine Klingel. Ich habe mein altes Fahrrad sehr geliebt.«

»Sie können sich dieses jederzeit ausborgen«, sagte er.

Als sie um viertel nach acht in Mitford ankamen, hatte er das Gefühl, die kleine Stadt mit vollkommen neuen Augen zu sehen. Obwohl alles hinter dichtem Nebel lag, waren die vertrauten Bilder in seinen Augen frisch und ursprünglich, ja, beinahe exotisch. In den Schaufenstern glänzten Lichter, Straßenlaternen strahlten in den dichten Nebel hinein, und das Fenster von Dora Pughs Haushaltswarenladen war mit Kürbissen und Maiskolben dekoriert.

»Ich liebe unsere Stadt«, sagte seine Frau, die wie ein Kind aus dem Fenster spähte. Barnabas drückte sich die Nase an der Heckscheibe platt, und selbst Violet, die aufrecht auf Cynthias Schoß stand und sich an die Glasscheibe lehnte, blickte aufmerksam auf die Main Street hinaus.

Ihm wurde bewusst, dass er übers ganze Gesicht grinste, und als er Fancy Skinners rosafarbenes Neonschild über der Leckerbäckerei sah, brach er in lautes Gelächter aus.

Als sie in dem gelben Haus angekommen waren und die Lampen eingeschaltet und ein Blech mit Brownies von Harley in Empfang genommen hatten, war es zu spät, um noch irgendwelche Besuche zu machen. Puny, die von ihrer Ankunft gewusst hatte, hatte gebratenes Huhn, Kartoffelsalat und Tomaten in Aspik in den Kühlschrank gestellt. Sie fielen über das Essen her wie Hafenarbeiter.

Anschließend zogen sie ihre Schlafanzüge an, schlenderten durch das Haus und eroberten sich mit den Augen ihre Besitztümer zurück.

»Timothy!«, rief seine Frau. »Sieht dieses Bild über der salbeigrünen Vase nicht einfach perfekt aus?«

»Dieser Meinung musst du wohl schon gewesen sein, als du es dort aufgehängt hast«, erwiderte er erheitert.

»Ich liebe unser Haus, Timothy.«

»Genau wie ich.« Er ließ sich an seinen Schreibtisch fallen und blätterte achtlos den Inhalt seiner Schubladen durch.

»Was glaubst du, was sie dir morgen erzählen wird?«

»Keine Ahnung, ich weiß es nicht. Ich glaube nicht, dass sie angerufen hätte, wenn sie keinen Frieden schließen wollte. Und sie hat von einem Geständnis gesprochen ...«

»Mir tut Miss Pringle so leid.«

Er blickte durch das Fenster des Arbeitszimmers zum Pfarrhaus hinüber, wo er durch die Hecke ein schwaches Licht in der Küche ausmachen konnte.

»Mir auch«, wiederholte er, »mir auch.«

Klavierunterricht, las er auf dem schwarzweißen Schild, das vor dem Gehsteig im Gras stand, *Informationen im Haus.*

Hélène Pringle stand im Wohnzimmer des Pfarrhauses und sah ihn mit geröteten Augen und jämmerlicher Miene an. Sie trug ein schlichtes, langes Kleid und eine alte graue Strickjacke und hatte keinerlei Schmuck angelegt. Das Haar, das sie sich zu einem straffen Knoten zurückgebunden hatte, lag so dicht am Kopf an, als hätte sie ihren Kamm durchs Wasser gezogen.

»Ich kann Ihnen gar nicht sagen, wie leid es mir tut … und ich bitte um Verzeihung.«

Es tat ihm weh zu sehen, dass sie bei diesen Worten die Hände rang. »Es ist Ihnen bereits verziehen«, sagte er aufrichtig.

»Nehmen Sie doch bitte Platz, Reverend. Ich muss Ihnen eine lange Geschichte erzählen. Ich bete nur, dass Sie es nicht eilig haben.«

»Nicht im Geringsten.« Er hatte sich für diese kurze Reise nichts anderes vorgenommen. Er sah sich nach Barbizon um, konnte den überdimensionierten Mopp jedoch nirgends entdecken. Daher setzte er sich in den Sessel und war dankbar für dessen Bequemlichkeit.

»Ich sollte Ihnen wohl Kaffee oder Tee anbieten«, sagte sie, immer noch stehend.

»Nein, bitte, Miss Pringle, ich brauche nichts. Vielen Dank.«

Es schmerzte ihn, ihre schreckliche Angst spüren zu müssen. »Bitte«, sagte er lächelnd.

Sie setzte sich aufs Sofa und richtete den Blick auf die Hände im Schoß.

»Dann lassen Sie mich am Anfang beginnen«, sagte sie.

Er stellte zu seiner Überraschung fest, dass er diesen Raum, der mehr als sechzehn Jahre lang ein Teil seines Lebens gewesen war, kaum wiedererkannte.

»Ich habe zwei sehr starke Erinnerungen an meine Kindheit«, fuhr sie fort, und ihre Stimme war kaum mehr als ein Flüstern. »Niemand hat es je für möglich gehalten, dass ich mich an diesen ersten Vorfall erinnern konnte, denn ich war noch ein Baby und lag in einem Kinderwagen. Der Kinderwagen stand unter einem Baum auf der Wiese, und ich erinnere mich so lebhaft an die Farben der Blätter über mir, sie waren beinahe … chartreusefarben, ein so zarter Grünton, wie ich ihn seither nur ein- oder zweimal gesehen habe. Ich werde niemals das verwobene Blätterwerk vergessen oder das Leuchten jener wunderbaren Farbe, während sie in der Brise tanzten.«

Sie hob den Blick von ihrem Schoß, und plötzlich kam ihm irgendetwas an Hélène Pringle vage vertraut vor, obwohl er nicht hätte sagen können, was es war.

»Der zweite frühe Eindruck, den ich stets in mir tragen werde, betrifft *ma grandmère*. Ich lag in meinem kleinen Bett in ihrem Landhaus draußen vor Barbizon, und sie schaute auf mich herab. Ich war sehr krank, und später, als Erwachsene, glaubte ich, die ganze schreckliche Episode sei vielleicht nicht mehr als ein Fiebertraum gewesen, aber so war es nicht.

Ich war damals vielleicht drei Jahre alt. Meine Großmutter trug ihr Spitzenhäubchen, und die Enden der Spitze erschienen mir wie die gezackten Kanten einer Glasscherbe. Ich sah jede Falte in ihrem Gesicht; sie hatte plötzlich etwas furchtbar Erschreckendes, aber ich war wie gebannt und konnte den Blick nicht abwenden. ›Du‹, sagte sie, ›hast keinen Vater. Ich hoffe, diese Neuigkeit gefällt dir, *ma petite chère*.‹

Dann stieß sie mir einen Finger in die Brust, einen Finger mit einem langen, scharfen Nagel, und ich weinte, weil ich plötzlich so furchtbare Angst vor meiner Großmutter Hélène hatte.«

Er hatte die Fähigkeit, den Schmerz anderer Menschen so deutlich spüren zu können, nie gewollt, aber er besaß sie, hatte sie immer besessen, und daran ließ sich nichts ändern. Vielleicht war es gut so, denn sein ausgeprägtes Mitgefühl mit anderen verlieh ihm die Gabe, seinen eigenen Schmerz zu erfahren.

»Ich verstehe«, sagte er.

In dem Blick, mit dem sie ihn jetzt ansah, lag eine gewisse Festigkeit. »Meine Mutter, Françoise, zog im Alter von neunzehn Jahren nach Paris, um dort mit ihrer Tante Brigitte zu leben. Tante Brigitte war die Schwester meines Großvaters, und sie war alles andere als achtsam. Insgesamt war sie die denkbar falsche Person, um meine schöne, unschuldige Mutter zu behüten.

Ich denke, Reverend, dass Tanten und Onkel ihre Rollen nicht immer so ernst nehmen, wie sie es tun sollten.«

Während sie sprach, konnte er Spuren einer alten Bitterkeit in ihrem Gesicht ausmachen.

»Ich habe immer geglaubt, dass Tante Brigitte es so eingefädelt hat, dass meine Mutter diesem Mann vorgestellt wurde, diesem ... diesem ...«

Wieder schaute sie auf ihre Hände hinab.

»Josiah Baxter?«

»Ja. Er war ein sehr wohlhabender Mann und alt genug, um der Großvater meiner Mutter sein zu können.«

»Ah«, sagte er.

»Es schmerzt mich mehr, als Sie es jemals werden ermessen können, Ihnen zu sagen, dass diese Dinge so viele Jahre lang auf meinem Herzen gelastet haben, ohne ausgesprochen zu werden.«

Sie weinte leise und drückte sich ein Taschentuch auf die Augen.

»*Pardon, j'en suis désolée!*«, sagte sie schließlich. »Es tut mir leid, dass ich derart zusammenbreche.«

»Es muss Ihnen nicht leid tun, bitte.«

»Mr Baxter … brachte viele teure Dinge in die Wohnung in Paris – Gemälde, Skulpturen, wunderschöne Kunstgegenstände … Meine Mutter kann sich an einen kleinen, handgemachten Stuhl mit einem Petit-Point-Kissen erinnern …«

Er hatte einen solchen Stuhl in Miss Sadies Schlafzimmer gesehen; in der allerletzten Phase ihrer Verhandlungen über Fernbank hatte Andrew Gregory den Stuhl zusammen mit anderen Möbelstücken und Tischwäsche gekauft.

»… und all diese hübschen Dinge wurden in sein Haus in Amerika transportiert. Die Männer kamen zu uns und packten die Sachen in Kisten, und dann wurden sie quer über den Ozean gebracht, an einen Ort, den meine Mutter niemals kennen lernen oder sehen würde.

Ich will damit nicht andeuten, dass er meiner Mutter niemals Geschenke gemacht hätte. Er hat ihr mehrere sehr schöne Schmuckstücke geschenkt, die schon vor langer Zeit verschwanden, verkauft, um meine Ausbildung davon bezahlen zu können. Und er hat Tante Brigitte regelmäßig Geld für den Haushalt gegeben.«

Irgendetwas an ihr … so vertraut …

»Eines Tages brachte Mr Baxter …«

Ihm fiel auf, dass sie diesen Namen mit offenkundiger Mühe aussprach und jedes Mal, bevor sie ihn erwähnte, kurz Luft holte. »… er brachte meiner Mutter den Engel. Sie erzählte mir später, was er damals sagte: ›Hier, mein Täubchen, hast du etwas, das während meiner Abwesenheit über dich wachen wird.‹

Dann nahm er einen kleinen Schlüssel aus seiner Weste und gab ihn meiner Mutter. ›Schließ das kleine Versteck im Sockel des Engels auf‹, sagte er. Meine Mutter untersuchte den Sockel mit großer Sorgfalt, konnte aber keine Öffnung für einen Schlüssel finden. Also nahm er ihr den Schlüssel ab und drehte den Engel dann auf die Seite …«

Hélène Pringel saß einen Moment lang wie aus Stein gemeißelt da. Er spürte, dass sie diese Geschichte viele Male gehört hatte; sie sah ihn gar nicht wirklich, denn vor ihren Augen spulte sich der Film ab, den sie aus den Erinnerungen ihrer Mutter gemacht hatte.

»… und schob den Boden zur Seite, der nur ein Stück Filz zu sein schien, damit die Statue nicht die Möbel ruinierte. Direkt neben dem Rand des Marmorsockels befand sich ein sehr winziges Schlüsselloch.«

»Ah«, sagte er.

»Mr Baxter drehte den kleinen Schlüssel in dem Loch, und der untere Teil des Sockels, eine dünne Marmorplatte, rutschte in seine Hand. ›Jetzt‹, forderte er meine Mutter auf, ›schau hinein.‹

Sie schaute hinein und fand zwei Bogen Papier darin vor, mehrmals zusammengefaltet. ›Öffne diesen zuerst‹, befahl er ihr, und sie tat es. Es war sein Testament, von eigener Hand und auf Französisch geschrieben, obwohl er die französische Sprache weder in Wort noch in Schrift wirklich gut beherrschte. Er hatte einen Pariser Anwalt gebeten, den Wortlaut in die Sprache meiner Mutter zu übersetzen, und er hatte den Text dann sehr mühsam und unbeholfen mit eigener Hand abgeschrieben. Das Testament besagte, dass er im Falle seines Todes ein Drittel seines Vermögens meiner Mutter vermache.«

Hélène Pringle holte tief Luft und fuhr fort.

»Auf den unteren Rand hatte er auf Englisch geschrieben: ›Dies ist ein Zusatz zu meinem letzten Willen und Testament, das sich in der Obhut meines

Rechtsanwalts, William Perry aus Philadelphia in Pennsylvania, befindet.‹ Es war in seiner eigenen Handschrift signiert und auf den 14. April 1947 datiert. Er erklärte ihr, dass er eine Kopie für seinen eigenen Anwalt mit zurück nach Amerika nehmen werde.

Meine Mutter erzählte mir, sie habe in diesem Moment eine seltsame Art von Glück und Staunen erlebt, gleichzeitig jedoch auch ein furchtbares Gefühl der Angst. Als Nächstes nahm sie das zweite gefaltete Blatt Papier hervor. Es war ... ein Liebesbrief. Ich hoffe, Sie werden ihn eines Tages vielleicht einmal lesen.«

Wieder hielt sie das Taschentuch auf ihre Augen gedrückt und gab keinen Laut von sich.

»Danach«, fuhr sie schließlich fort und sah ihn an, »danach wurde alles zurück in den Marmorsockel gelegt, der Schlüssel im Schloss umgedreht und die kleine Platte mit der Filzbespannung auf der Unterseite wieder an ihren Platz geschoben.

Dann steckte Mr Baxter meiner Mutter den Schlüssel in die Kitteltasche und verabschiedete sich bis zu seinem nächsten Besuch, der, wie er vermutete, im Sommer, im Juli, sein würde.

An diesem Nachmittag kamen die Männer, um die Stücke einzupacken, die er für sein Haus in Amerika gekauft hatte, und Tante Brigitte sagte ihnen, was eingepackt werden und was hierbleiben sollte. Irgendwie geriet der Engel dann aber doch in eine der Kisten und wurde auf das Schiff nach Amerika gebracht ...«

Er sah den erschütterten Ausdruck auf ihrem Gesicht, als sei all das erst gestern oder in der vergangenen Woche geschehen und für Hélène Pringle so nah und so real wie dieser Raum, in dem sie saßen.

»Tante Brigitte schickte einen Mann zum Hafen, um

nach der Kiste Ausschau zu halten, aber das Schiff war bereits auf See.«

Sie erhob sich vom Sofa und ging im Raum auf und ab, ängstlich und erschrocken, dann trat sie vor die Fenster und zog die durchsichtigen Vorhänge auseinander, um auf die Straße hinauszublicken.

Er wartete, trank von der Last ihres Kummers.

Schließlich drehte sie sich um, kehrte wieder zu dem Sofa zurück und setzte sich. »Er ist niemals nach Paris zurückgekehrt. Sie erinnern sich, dass das Testament auf den Tag seiner Abreise datiert war, den 14. April 1947. Ich bin am 12. Dezember 1947 zur Welt gekommen.«

Der Raum hätte ebenso gut in einer zeitlosen, lautlosen Blase schweben können. Father Tim konnte kein Ticken einer Uhr hören, keinen Wagen, der die Straße hinunterfuhr; er hörte nur das Schlagen seines eigenen Herzens.

»Als er dann im Juli nicht kam, schickte meine Mutter einen Brief an die Adresse seines Holzlagers in der Nähe von Mitford und bekam keine Antwort. Mehrere Wochen nach meiner Geburt wurde ein zweiter Brief geschickt. Zwei Monate später brachte man ihn uns ungeöffnet zurück und mit der aufgestempelten Nachricht: *Adressat verstorben.*

Tante Brigitte schrieb einen Brief an den Verwalter der Baxter Lumber Company, weil sie glaubte, auf diese Weise irgendwie an Geld kommen zu können, und auch dieser Brief wurde zurückgeschickt, mit der Aufschrift *Geschäft aufgelöst.* Jahre später grübelte ich über diese zurückgeschickten Umschläge nach, dachte an die Worte verstorben und aufgelöst und ihre quälende Endgültigkeit. Meine Familie hatte jedwede Hoffnung auf eine Verbindung mit meinem ... mit dem amerikanischen Besucher der kleinen Wohnung in Paris verloren.

Meine Tante war nicht völlig verarmt, Reverend, aber ihre Mittel waren beschränkt, und sie hatte keinen Freund der Familie oder einen juristischen Beistand, an den sie sich hätte wenden können. Sie schickte meine Mutter mit einem sieben Monate alten Kind heim nach Barbizon, wo das Kind bei *ma grand-mère* leben sollte.«

Es herrschte lange Zeit Schweigen, während derer Hélène Pringle das Klavier anstarrte, als könne es vielleicht eine Antwort enthalten, nach der sie so lange gesucht hatte.

»Vielleicht als Vergeltung für diese Schande der Familie schuf Grandmère Hélène ein Vermächtnis von Bitterkeit und Hass, wie ich es hoffentlich niemals im Leben mehr erleben werde. Bitterkeit und Hass, Reverend, sind ansteckend, wussten Sie das?«

»Ja, das wusste ich«, sagte er.

»Sie steckte meine Mutter mit dieser Verbitterung an, und auch ich bin auf schreckliche Weise damit verseucht worden. Es war, als ob ... als ob wir eine vergiftete Liturgie erschaffen hätten, die wir Tag für Tag mit geradezu frommem Eifer rezitierten. Diese Regung erschien uns bald größer als die wirkliche Welt. Unsere ganze Konzentration und Aufmerksamkeit richtete sich auf die Bitterkeit und die Wut, auf meinen Vater und dessen Geld und sein prächtiges amerikanisches Haus namens Fernbank und seine verstorbene Ehefrau, die er schön genannt hatte, und auf seine hochverehrte Sadie und die Tatsache, dass sie jemanden namens China Mae bei sich hatte, die sie bediente, ihre Wäsche besorgte und ihr das Haar flocht.

Meine Großmutter begann die Rezitation, wenn sie

auf einem Tablett ihr Frückstück erhielt, indem sie mir erzählte, dass meine Mutter niemals *le courage* gehabt habe, *le cran, le culot,* um die Angelegenheit zum bestmöglichen Ausgang zu bringen, ihren Anteil einzufordern, welche Anstrengungen dazu auch vonnöten gewesen sein mochten, selbst wenn das bedeutet hätte, nach Amerika zu fahren und dieses Ding zu suchen, das all unsere Zukunftsaussichten barg.

Meine Mutter war früher einmal eine sehr schöne Frau gewesen, aber sie hat ihre Schönheit der Bitterkeit und dem Gram geopfert. Verstehen Sie das?«

»Ja«, sagte er. »Ich habe gelegentlich dergleichen beobachtet.«

»Ich war nie … schön. Ich frage mich, wie ich die Tochter einer so reizvollen Frau sein konnte, während ich doch …« Sie wandte den Blick ab.

»Während Sie was?«, fragte er.

»Während ich von kleinem Wuchs und reizlos bin wie mein Vater.«

Nur die reizlose Sadie … Der Gedanke traf ihn wie aus blauem Himmel. Genauso hatte Miss Sadie sich selbst häufig beschrieben. Die reizlose Sadie, deren Füße, wenn sie auf dem Zweiersofa auf Fernbank saß, nie den Boden berührt hatten. Natürlich. Das war es, was ihm vertraut erschienen war und das er bei dieser verlorenen, einsamen Frau wiedererkannt hatte, jener Frau, die auf der Suche nach etwas hergekommen war, wovon sie glaubte, es berge ihre schönste Hoffnung.

»Ich habe mir über die Jahre hinweg ein Bild von meinem Vater gemacht, basierend auf der Meinung meiner Großmutter bezüglich seines boshaften und ausschweifenden Lebenswandels, seiner halsstarrigen Vernachlässigung seiner Pflichten und seines großen, eigennützigen Wohlstands. Er wurde für mich zu einem Ungeheuer, und doch kann ich Ihnen gar nicht sagen, wie sehr ich mich danach gesehnt habe, ihn ein klein wenig zu lieben, wenn auch nur ein wenig, aber ich konnte nicht.«

Das aschfahle Aussehen ihres Gesichts gefiel ihm gar nicht.

»Möchten Sie vielleicht ein Glas Wasser, Miss Pringle?«

»Non, merci. Aber andererseits, ja, das wäre ...«

»Ich weiß genau, wo ich alles finde«, sagte er und eilte in die Küche.

Ihm wurde bewusst, dass er abermals den Kopf schüttelte, wie um die Gedanken daraus zu verscheuchen und ein wenig Sinn in all das zu bringen, was er gehört hatte. Seine Küche kam ihm seltsam fremd vor, als hätte er noch nie einen Fuß in diesen Raum gesetzt. *Vater, möge Dein Friede auf diesem Hause ruhen ...*

Er nahm ein Glas aus einem Schrank und lief zu dem Wasserhahn hinüber, dann füllte er das Glas und ging durch den Flur zum Wohnzimmer des Pfarrhauses. *Und segne diese Frau auf eine Art und Weise, wie ich sie nicht ersinnen könnte, um Dich darum zu bitten ...*

»So«, sagte er, als sie ihr Glas leerte. Dann nahm er ihr das Glas ab, als sei er eine Krankenschwester, und kehrte schließlich in seinen Sessel zurück und lehnte sich zurück.

»Bevor meine Mutter vor vierzehn Jahren starb, empfahl sie mir dringend, dass eine Reise nach Mitford eine durch und durch vernünftige Idee wäre. Sie glaubte, der Engel würde gewiss auf irgendjemandes Kaminsims stehen, reif zum Pflücken.«

»Und so war es auch«, sagte er sanft.

»Ich habe beschlossen, dass ich diese Aufgabe für meine Mutter erfüllen würde, die übrigens kurz vor meinem Abschluss am College Albert Pringle heiratete und nach Boston zog. Die beiden waren sieben Jahre verheiratet, bevor er an Lungenentzündung starb. Er war ein sehr liebenswerter Mensch. Aus Dankbarkeit für seine Freundlichkeit habe ich seinen Namen angenommen. Ich denke, er hat meiner Mutter dabei geholfen, ein wenig von ihrem Zorn ablassen zu können. Sie wurde wieder fast ... fast freundlich, und mit Albert hörte ich sie immer wieder lachen.«

»Ah.«

»Ich habe meine Mutter immer geliebt, auch wenn ihre Boshaftigkeit mich wieder und wieder von ihr entfernte. Vor einem Jahr, als unsere Finanzen in eine so ... in eine so angespannte Lage gerieten, versprach ich ihr, nach Mitford zu fahren. Ich habe ihr nicht gesagt, dass ich nach dem Engel suchen würde, Reverend, ich habe ihr gesagt, dass ich nach Mitford fahren und ihn finden würde.«

»Ich bewundere Ihre Zuversicht, Miss Pringle.«

»Ich konnte meinem Glück nicht trauen, als ich herausfand, dass Sie und Miss Sadie gute Freunde gewesen waren und dass Ihr altes Pfarrhaus zur Vermietung stand, direkt neben der Tür zu Ihrem Heim. Damals glaubte ich von ganzen Herzen, ich sei auf eine Mission geschickt worden, die ... die all den Schmerz irgendwie wettmachen würde.« Sie blickte wieder auf ihre Hände hinab.

»Eine Mission?«

»Ja. Ich weiß nicht viel über Gott, Reverend, das ist Ihr Spezialgebiet, aber irgendwie hatte ich das Gefühl, dass Gott seine Hand im Spiel hatte, als ich hierher geschickt wurde. Ich hoffe, Sie halten das nicht für unverschämt von mir.«

»Nein, Miss Pringle, es ist ganz und gar nicht unverschämt.«

»Wahrscheinlich haben Sie sich gefragt, warum ich meine Möbel mitgebracht und Klavierschüler angenommen habe, obwohl ich nur einen sechsmonatigen Mietsvertrag abgeschlossen habe.«

»Dieser Gedanke ist mir gekommen.«

»Ich wollte ... Lassen Sie mich sagen, dass ich mich mein Leben lang, seit ich ein kleines Kind war, danach gesehnt habe, irgendwo einen unbelasteten Anfang, einen neuen Beginn zu finden. Ich bin hergekommen, um den Engel zu suchen, aber tief im Innersten hatte ich gleichzeitig die Hoffnung, dass ich ihn nicht finden würde. Ich habe gedacht, dass Mitford vielleicht etwas für mich sein könnte, das ...«

»Andererseits habe ich mein Leben dem Streben nach Rache gewidmet – vielleicht gibt es für Menschen wie mich keine Neuanfänge.«

»Ein Neuanfang ist immer möglich«, sagte er. »Was ist mit Ihrer Mutter? Wie sehen ihre Lebensumstände aus?«

»Meine Mutter befindet sich in einem Pflegeheim außerhalb von Boston. Ihr Verstand arbeitet schärfer als mein eigener, aber wegen einer Reihe gesundheitlicher Probleme braucht sie eine Pflege, die ich ihr nicht geben kann. Albert hat uns ein wenig Geld hinterlassen, und ich bin mit dem Klavierunterricht bisher recht gut durchgekommen, aber ...«

Er sah, welchen Tribut diese Angelegenheit von ihr forderte, einen Tribut, den fast jeder Mensch würde zahlen müssen, der ein solches Vermächtnis von Leiden und Verlust preiszugeben hatte.

»Entschuldigung«, sagte sie, »Irgendwie bin ich vom Thema abgekommen.«

»Holen Sie tief Atem«, riet er. »Lassen Sie uns für einen Moment ausruhen, ja?«

»Ausruhen?«

Da war es! Einen winzigen Moment lang glaubte er, Miss Sadie in Hélène Pringles Zügen gesehen zu haben.

»O nein, Reverend, ich kann nicht ausruhen, bevor ich Ihnen alles erzählt habe.«

Er nickte.

»Ich war sehr verwegen, als ich an jenem Tag durch Ihr Fenster blickte. Ich bin von einem Betonklotz auf den nächsten geklettert. Können Sie sich meine ungeheure Freude und meine Bestürzung vorstellen, als ich in Ihr entzückendes, sonnenbeschienenes Zimmer spähte und den Engel entdeckte?«

Er nickte.

»Genau dort musste er sich den Beschreibungen meiner Großmutter zufolge befinden. Ich war wie vom Donner gerührt. Mir war nicht klar gewesen, dass ich möglicherweise etwas würde ... stehlen müssen, das mir in gewisser Weise nicht gehörte, das in anderer Hinsicht jedoch eindeutig mein Besitz war.«

»Ja«, sagte er. Wenn es jemals ein Rätsel gegeben hatte, dann war es dieses.

»Vielleicht habe ich mir vorgegaukelt, dass ich, wenn ich den Engel fände, ihn kaufen könnte oder ... Wahrscheinlich habe ich die ganze Angelegenheit niemals richtig durchdacht. Also habe ich das Kommen und Gehen Ihrer Haushälterin beobachtet, und eines Nachmittags sah ich, dass sie die Haustür nicht abgeschlossen hatte, als sie ging. In der Abenddämmerung bin ich dann in Ihr Haus geschlüpft. Ich war mucksmäuschenstill, und das Ganze ging sehr schnell.

Dieser Glücksfall erschreckte mich, Reverend; wenn man sich über so viele Jahre etwas so schrecklich gewünscht hat, und dann ... es war unvorstellbar! Ich begann zu glauben, dass die Umstände sich für mich in genau dieser Weise gefügt haben mussten, es war ein Zeichen, dass alles, was ich tat, vorherbestimmt war. Also habe ich den Engel hierher gebracht.«

Erleichterung zeichnete sich auf ihrem Gesicht ab. Jetzt, da sie ihm den Diebstahl offen eingestanden hatte, wirkte sie sofort deutlich stärker.

»Ich habe alle Läden und Vorhänge zugezogen und den Engel auf mein Bett gelegt, wo ich den kleinen Schlüssel benutzt habe, um den Sockel aufzuschließen, und da ... da waren die Papiere, die mehr als ein halbes Jahrhundert lang nicht angerührt worden waren. Ich weinte, wie ich noch nie zuvor geweint hatte, dass ich endlich etwas von meinem Vater in Händen hielt. Ich las den Brief, und darin entdeckte ich so viel Zärtlichkeit, wie ich niemals gehofft hatte, dass er sie besitzen könnte. Der Brief öffnete mir seine Geheimnisse wie die Blütenblätter einer Blume, und ich entdeckte die wahre Zuneigung meines Vaters – und seine Menschlichkeit. Ich weiß, dass sein Verhalten sehr unrecht war, aber verstehen Sie, trotz all der schlimmen Dinge, die er getan hatte, konnte ich ihn endlich ein wenig lieben.«

Jetzt hörte er irgendwo eine Uhr ticken, vielleicht im Flur, und es war so, als sei die Blase durchstoßen worden und das Leben ströme wieder in sie hinein.

»Ich habe die Papiere an den Rechtsanwalt meiner Mutter in Boston geschickt. Ich habe es nicht gewagt, Sie zu kopieren, aus Angst, am Kopierapparat auf der Post gesehen zu werden, und da ich nicht wusste, was ich sonst hätte tun können, habe ich die Papiere per Einschreiben an Monsieur d'Anjou geschickt. Er hat mich in dieser Angelegenheit bestärkt, eine Angelegenheit, die andere vielleicht lediglich für ein bizarres und frivoles Spiel gehalten hätten.

Nachdem ich die Papiere abgeschickt hatte, bekam ich Angst, dass der Engel bei mir gefunden werden könne, also habe ich ihn im Kofferraum meines Wagens versteckt.

Ich möchte noch einmal meinen Kummer darüber zum Ausdruck bringen, etwas getan zu haben, das Ihnen und den Treuhändern vom ›Haus der Hoffnung‹ Sorgen bereitet hat.«

»Es ist eine Wolke«, sagte er, »mit einem silbernen Rand.«

»Glauben Sie wirklich?«, fragte sie, und ihre Furcht war von neuem zurückgekehrt.

»Ich weiß es nicht, aber ich glaube es.«

»Danke«, sagte sie und sah ihn direkt an. »Ich war oben im ›Haus der Hoffnung‹, bevor Monsieur d'Anjou die Klage angestrengt hat, und bei der Gelegenheit habe ich mich ein wenig umgesehen. Es ist … ein wunderbares Haus, genau die Art von Haus, die ich mir für meine Mutter wünschte.«

»Es war alles Sadie Baxters Idee«, erklärte er ihr, »jede Kleinigkeit, angefangen von den Räumen mit Blick aufs Tal bis hin zu den Bibelzitaten über jeder Tür … Das Atrium, die hervorragende medizinische Betreuung, der Kaplan, alles.«

»Ich bin mir der Konsequenzen meiner Taten bewusst, Reverend. Ich weiß, dass ich für das, was ich getan habe, ins Gefängnis kommen kann. Trotzdem muss ich Ihnen sagen, dass ich froh darüber bin, es getan zu haben. Sogar sehr froh. Ich habe Ihnen etwas weggenommen, doch ich habe dabei weit mehr gewonnen als den vorübergehenden Besitz eines Engels auf einem Marmorsockel. Jetzt verspüre ich das überraschende Gefühl, etwas zutiefst Kostbares zu besitzen – ich verstehe noch nicht, was das ist. Aber ich weiß ... es ist ganz tief hier drin.« Sie legte sich die Hand aufs Herz.

»Ich fühle mich in Mitford inzwischen beinahe heimisch. Ich wusste nie, was es bedeutet, sich irgendwo ganz zu Hause zu fühlen, aber hier verspüre ich einen Trost, den ich noch nie zuvor irgendwo gefunden habe. Also habe ich selbst das gewonnen.«

Jetzt war er derjenige, der aufstand, ans Fenster trat, die Hände hinterm Rücken verschränkte und hinausspähte, ohne etwas zu sehen. Es war schwer, das alles aufzunehmen, zu wissen, was zu tun war mit all dem, was er gehört hatte, aber eines wusste er mit Sicherheit: Es musste etwas geschehen. Für Hélène Pringle; für Sadie Baxter, die im Himmel keinen der Beteiligten irgendeines Unrechts beschuldigen würde; und für sich selbst; für seinen eigenen Seelenfrieden; und gewiss für Gott, der diese Frau vielleicht wirklich in eine Krise der Erneuerung geführt hatte.

»Miss Pringle«, sagte er und drehte sich um, »ich bin bereit, alle Anklagen gegen Sie fallen zu lassen. Das ist keine ganz einfache Prozedur. Wenn ich recht verstanden habe, werde ich mich mit dem Staatsanwalt treffen müssen, der mein Ansinnen vielleicht nicht wohlwollend aufnehmen wird. Aber das ist es, was ich zu tun vorhabe.«

»Reverend«, sagte sie und stand auf. »Ich ziehe meine Klage in der Erbschaftssache zurück.«

»Vielen Dank«, sagte er. »Und der Engel gehört Ihnen.«

»*Non! Ce ne serait pas juste!* Das wäre nicht gerecht ...«

»Es ist absolut gerecht. Der Engel war das rechtmäßige und beabsichtigte Heim für den Brief und das Testament. Sie sind alle Teile in Gottes Puzzle, und ich glaube, diese Teile müssen zusammenbleiben.«

Sie stand vor dem Sofa, verlegen und gerührt; er wäre gern auf sie zugegangen, um sie zu umarmen, aber Geistliche wurden schon seit Urzeiten ermahnt, derart intime Berührungen zu vermeiden, wenn niemand zusah und ihr Tun gutheißen konnte.

»Also«, sagte er und schluckte.

»Vielen Dank, ich danke Ihnen, Reverend. *Mon Dieu, encore des larmes!*« Sie zog ihr Taschentuch aus der Tasche ihrer Strickjacke und drückte es sich abermals auf die Augen.

»Miss Pringle«, sagte er, während er ein Taschentuch aus seiner eigenen Tasche zog, »da sind wir schon zwei.«

Bevor sie wieder nach Whitecap aufbrachen, ging er zum Pfarrhaus und klopfte an die Tür. Er erkannte Hélène Pringle kaum wieder. Sie hielt die Schultern sehr aufrecht; sie sah ihm fest in die Augen.

»Dürfte ich einen Moment mit Ihnen sprechen?«

»Bitte!«, sagte sie und zog die Tür weit auf.

Aha. Da war auch dieser verdammte Kater, der sich auf dem Sofa zusammengerollt hatte und Father Tim anstarrte, bis Letzterer den Blick senkte. »Ich möchte nicht hereinkommen; ich möchte Ihnen nur etwas geben.«

Er reichte ihr einen elfenbeinfarbenen Umschlag.

»Was immer Sie darin vorfinden mögen, bitte, empfangen Sie es in dem Geist, in dem es gegeben wurde. Das müssen Sie mir versprechen.«

Einen Moment lang sah sie ihn zweifelnd an, dann lächelte sie. »Nun, dann. Ich werde es tun, Reverend!«

»Gut. Und, Miss Pringle?«

»Ja?«

»Wir hoffen, dass Sie in Mitford bleiben werden.«

»Aber …«

»Ich weiß, es ist noch zu früh, um etwas zu sagen, aber wir hoffen sehr, dass Sie in Ruhe darüber nachdenken werden.«

Tränen schwammen in ihren Augen. »*Oui*«, sagte sie. »*Oui. J'y penserai.*«

Als er aus dem Pfarrhaus in den hellen Mittag Mitfords hinaustrat, warf er noch einmal einen Blick auf das Schild im Garten.

Er fand, dass die Aufschrift auf dem Schild geradeso gut anders lauten konnte: *Herzensunterricht. Informationen im Haus.*

22 Ein neues Lied

Am Morgen des zweiten Sonntags nach Ostern trotteten sieben wilde Ponys durch das offene Tor des Pferchs am Leuchtturm. Während sie sich mit offensichtlichem Wohlbehagen am Gras gütlich taten, wurden sie von einem Jogger erspäht, dem es gelang, das verrostete Tor zu schließen. Dann lief der Mann weiter und rief entlang seiner Route jedem, der bereits auf war, seine Neuigkeit zu.

Der prachtvolle Anblick lockte Whitecapers aller Altersstufen und Neigungen herbei, alle erfüllt von einer gewissen Häme, dass die Ponys oben in Dorchester an dem behördlichen Zaun vorbeigekommen waren, der bis in den Sund hineinreichte – sie waren einfach herumgeschwommen und hatten sich dann auf den Weg nach Whitecap gemacht.

Penny und Marshall Duncan packten ihre Brut zusammen, fuhren mit ihrem klapprigen Subaru zum Pferch hinüber und boten dort eine Dankesgabe aus Heu und einem großen Scheffel Hafer dar, beides Mitbringsel aus ihrem Schuppen. Am Montag verkündete der *Whitecap Reader,* dass die Behörden die Ponys wieder dorthin zurückschaffen würden, wo sie hingehörten. Wenn also jemand Zeuge ihrer kurzen Heimkehr werden wollte, solle er sich besser beeilen.

Im Dorf bereiteten sich die Kaufleute auf die Welle von Touristen vor, die in nur zwei oder drei Wochen über sie hereinbrechen würde. Sie konnten es kaum mehr erwarten, die Wirtschaft, die zu einem dünnen

Rinnsal verebbt war, wieder wie die hereinströmende Flut aufbranden zu sehen: Einige Preise wurden diskret erhöht, und die alljährliche Betriebsamkeit, mit der die fast leeren Regale wieder aufgefüllt wurden, begann.

Das Bekleidungsgeschäft bestellte wieder Whitecap-T-Shirts, die mit verschiedenen Bildern des Leuchtturms bedruckt waren; die historische Ein-Klassen-Dorfschule wurde von der Südspitze auf den Dorfanger bei St. John's im Hain verlegt; der Filialleiter des Lebensmittelladens beschloss, seinen üblichen Vorrat von Hush-Puppy-Mix dramatisch zu erhöhen, ein besonders begehrter Artikel bei Touristen, die Wohneinheiten mit einer Küche mieteten; und Whitecap Flix verwandelte sich von einem bankrotten Laden für Autoteile für die Zeit vom 15. Mai bis zum 1. Oktober in ein Kino mit zweiundsechzig Sitzplätzen, das in diesem Sommer mit *Ein Schweinchen namens Babe* eröffnete, überzeugt davon, dass der Film alt genug sei, um als Klassiker durchzugehen. Um das Zutrauen in die bevorstehende Saison zu demonstrieren, wollte Flix eine halbseitige Zeitungsannonce schalten, die am 15. Mai erscheinen sollte, mitsamt einem Coupon, der allen einen zehnprozentigen Preisnachlass gewährte, die an diesem Tag Geburtstag hatten.

Als Mona von dem Anzeigenboom erfuhr, der durch die Geschäftswelt ging, beschloss sie, drei Monate lang einmal im Monat eine viertelseitige Speisekarte zu inserieren, etwas, das sie während ihres ganzen Geschäftslebens noch nie getan hatte. Außerdem änderte sie ihre Speisekarte, was eine kleine Hand voll Leute stets mit Begeisterung erfüllte, während alle anderen buchstäblich die Wände hochgingen. Sie nahm an, dass sie jedweden Beschwerden vorbeugen könne, indem sie für den Freitagabend für sieben Dollar fünfundneunzig gebratenen Zackenbarsch satt anbot, was ihrer Meinung nach alle Gemüter besänftigen sollte. Da ihr Lokal so winzig klein war, hatte sie sich von Anfang an mit Händen und Füßen gegen derartige Sonderangebote gewehrt, weil alles, das man zum Sattessen anbot, vor allem Gebratenes, leicht die Kapazität ihrer Küche überforderte. Irgendetwas satt anzubieten sei ein zweischneidiges Schwert, lautete Ernies Kommentar dazu – der sich partout nicht aus ihren geschäftlichen Angelegenheiten heraushalten konnte. Man lockte zwar viele Gäste an, machte am Ende aber Verlust. Es gab einfach zu viele Leute hier in der Gegend, die essen konnten wie ein Maultier. Mona gefiel das Wort »Verlust« nicht, es fehlte in ihrem Wortschatz, aber sie würde es dennoch mit dem Zackenbarsch versuchen und sehen, wie es funktionierte, im Wesentlichen, um die Aufmerksamkeit von der Tatsache abzulenken, dass es auf ihrer Speisekarte keine Leber mit Zwiebeln mehr gab und zu ihren Lebzeiten auch nicht mehr geben würde, genau wie so viele andere bodenständige Gerichte. Bei Gott, sie konnte ja nicht alles machen. Sie war nun mal nicht in New York City, sondern in Whitecap, und obwohl sie hier geboren und aufgewachsen war, wollte sie nicht den Rest ihrer Tage hier verbringen. Sie investierte Geld in eine Wohnung in Florida, auch wenn Ernie die Hoffnung geäußert hatte, seinen Ruhestand in Tennessee zu verbringen.

Tennessee! Schon bei dem Gedanken daran schüttelte es sie. Nichts als Blockhütten, durch die Nacht stapfende Grizzlybären und schwarzgebrannter Schnaps ... nein danke!

Irgendwann im April erschien im Schaufenster von Ernies Laden ein Schild:

Für fünf Western
nach Ihrer Wahl
gratis
ein Zane Grey
oder Louis L'Amour

Praktisch niemand, der in Monas Café aus und ein ging, hatte jemals Zane Grey gelesen, obwohl mehrere ihrer Gäste von dem Autor gehört hatten, und ein Frühstücksstammkunde meinte sich daran zu erinnern, dass L'Amour ein Preisboxer aus Kansas City sei. Zwei Tage, nachdem das Schild aufgetaucht war, machte ein Vertreter für Fertig-Pommes-frites von diesem Angebot Gebrauch, kaufte Ernie für einhundertsiebenundachtzig Dollar Western ab und veröffentlichte Ernies Telefonnummer und Adresse in einem Internetforum für alte Westernliteratur. Binnen acht Arbeitstagen florierte das Büchergeschäft auf nie geahnte Weise, und Ernie stellte ein paar Highschoolschüler für die Bearbeitung der per Post eingehenden Bestellungen ein.

Roanoke Clark hatte den Auftrag bekommen, eines der großen Sommerhäuser außen neu zu streichen, und hatte dafür einen Helfer angeheuert, der, wie er zu seiner Überraschung feststellte, so nüchtern blieb wie ein Richter und arbeitete wie ein Pferd. Er spielte mit dem Gedanken, ein Dauerarrangement daraus zu machen, und sei es nur wegen der fast neuen Teleskopleitern seines Partners und dessen ziemlich neuem Lieferwagen.

An der Südspitze hatte Braggs Unternehmen alle Hände voll zu tun, Diesel zu pumpen und tonnenweise Kies und Zement auf Bauplätze zu liefern, die sich an so entlegenen Orten wie Williamston befanden, ganz zu schweigen von einem Industriepark in Tyrrell County.

Am Nordende der Insel war St. John's endlich von seinen Baugerüsten befreit worden. Die schwere Ausrüstung war verschwunden, die Stapel mit Brettern und Dachschindeln waren abtransportiert worden, und auch das gelegentliche Klatschen loser Planen war nicht mehr zu hören.

Danach hatte es unter Beteiligung der ganzen Gemeinde eine Putzorgie gegeben, und anschließend war um die Kirche herum noch einiges gepflanzt worden.

Während des windigen, ganztägigen Arbeitsfestes hatte jemand entdeckt, dass das Mädchenauge zu blühen begann, und Father Tim hatte man sagen hören, dass ihre kleine Kirche nunmehr mit Würde und Anmut einem weiteren Jahrhundert würde trotzen können.

Das Winterwetter hatte die Arbeiten an dem Wiederaufbau monatelang verzögert. Ihm hingen Gipsstaub, Bohren, Sandstrahlen und Sägen inzwischen zum Hals heraus. Kein Wunder, dass einige seiner Kollegen sich gegen die Rolle des »Handwerkerpfarrers« sträubten. Es waren wahrscheinlich nicht die Mühen, Gelder aufzutreiben, die sie so verabscheuten, es war die eigentliche Arbeit, das unentwegte Bohren, Sägen und Hämmern.

Glücklicherweise hatten sie die alte Eiche retten können, und Father Tim war dankbar für die Dreingabe der besseren Lichtverhältnisse, die nun in St. John's herrschten.

An einem bitterkalten, aber klaren Morgen im Mai schloss er die Vordertür auf und trat über die Schwelle in das neue Kirchenschiff, dessen alter Geist unversehrt geblieben war. Er setzte sich irgendwo in die Mitte und sah sich mit väterlicher Miene um.

Eine Kirche hatte, wie jedes andere Zuhause, ihren einzigartigen, individuellen Geist, und er hatte den einzigartigen Geist von St. John's lieben gelernt. In Lord's Chapel hatte er die Schwere und die Masse der Felsteine als eine mächtige Festung empfunden, eine feste Burg. St. John's dagegen vermittelte ihm das deutliche Gefühl von Verletzlichkeit und Unschuld; die Kirche wirkte zerbrechlich – was sie dann ja auch bewiesen hatte.

Am übernächsten Sonntag würde die Gemeinde die frohe Wiedergeburt ihrer Kirche mit einem Essen auf dem Grundstück feiern und gleichzeitig den ersten Tag der Heimkehr seit mehr als dreißig Jahren.

»St. John's, Reverend Kavanagh am Apparat.«

»Hi, Dad.«

»Selber hi, Kamerad!«

»Ich und Caroline, wir haben uns getrennt.«

»Ah. Wirklich schade.«

»Aber ich bin froh darüber. Weißt du, was sie getan hat?«

»Was?«

»Kam beim Tanzabend einfach auf mich zugelaufen, schnappt sich die Kette, die ich um den Hals trage, zerreißt sie und nimmt ihren Ring zurück.»

»Gütiger Himmel!« Das klang genau nach etwas, das Peggy Cramer hätte tun können.

»Das nächste Mal gehe ich mit jemandem, der mehr so ist wie … wie …«

»Wie?« Lace Turner!

»Wie, na du weißt schon, vielleicht Cynthia.«

Er konnte förmlich spüren, wie seine Brust sich ausdehnte. »Das ist ein Wort!«, rief er.

»Mir hat's Weihnachten hier richtig gut gefallen.«

»Es war ein schönes Fest, und wir freuen uns darauf, den Sommer zusammen verbringen zu können.«

»Ich auch. Und wann werden wir über meinen Wrangler reden?«

»Ich habe Harley gebeten, sich mal nach dem besten Angebot umzuhören. Wir melden uns bei dir, sobald wir etwas gefunden haben.«

»Nichts zu Altes«, bemerkte Dooley.

»Klar. Nicht zu alt. Wir suchen nach etwas, das in hervorragendem Zustand ist, das noch nicht allzu viel gelaufen ist, also mach dir deswegen keine Sorgen.«

Auch er würde sich keine Sorgen deswegen machen. In diesem Sommer würde Dooley bei ihnen am Strand wohnen, mit einem schicken kleinen Auto und einem Job in Monas Café. Father Tim war so aufgeregt, als ginge es um ihn selbst.

»Also, erzähl mir noch, warum Caroline das getan hat, was sie getan hat?« Dooley Barlowe brachte dem anderen Geschlecht mächtig starke Gefühle entgegen. Father Tim erinnerte sich an den Tag, an dem Lace Turner Dooley um ein Haar den Kopf abgerissen hätte, weil er ihre Mütze gestohlen hatte.

»Ich weiß es nicht. Es war irgendwie komisch. Irgendjemand meinte, ich solle besser mit Caroline tanzen, ob ich vergessen hätte, dass ich mit ihr da sei. Stattdessen hätte ich die ganze Zeit mit Lace geredet, aber das ist nicht wahr. Ich habe höchstens fünf Minuten mit Lace gesprochen – ich weiß nicht, vielleicht fünfzehn Minuten.«

»Aha. So.« So, so, so.

Er saß in seinem Büro, leicht konfus von dem beharrlichen Geruch nach frischer Farbe und neuem Teppich, und mühte sich erfolglos, seine Gedanken auf den Entwurf seiner Predigt zu konzentrieren.

Dass sie Jessie Barlowe gefunden hatten, war ein reiner Glückstreffer gewesen, aber bei der Suche nach Sammy und Kenny würde wohl nur ein Wunder helfen.

Die Hinweise »schütteres Haar« und »unterwegs nach Oregon« würden sie gewiss nicht zu Kenny führen.

Was Sammy betraf, hatte Buck ihm am Telefon erzählt, dass irgendjemand Sammy bei den Straßenbauleuten gesehen hatte, die vor mehr als sechs Jahren auf dem Highway von Holding nach New Hampton gearbeitet hatten. Der Vater des Jungen hatte früher einmal bei dieser Firma gearbeitet; vielleicht hatte sein Vater Sammy ja mitgenommen. Es beunruhigte Father Tim, dass er eines Tages vielleicht Dooleys Vater gegenüberstehen würde; das war keineswegs ein angenehmer Gedanke, aber er konnte ihn nicht ganz verdrängen.

Wenn sie nach Mitford zurückkehrten, würde er diesen zarten Faden, diesen Dunsthauch in der Luft, weiterverfolgen müssen.

Vor dem Mittagessen ging er nach unten, um die Liste seiner Anrufe abzuarbeiten.

»Wenn ich an einer gebrochenen Hüfte sterben würde, hätte ich das bereits getan«, sagte Ella Bridgewater.

»Absolut!«

»Ich bin einfach noch nicht bereit, mich in einer Kiste die Straße runtertragen zu lassen!«

»Amen!«

»Allerdings gehe ich auf den Friedhof, um irgendeine Kleinigkeit auf Mutters Grab zu pflanzen. Dann werden wir herausfinden, wie diese grässliche Vorrichtung auf Kies funktioniert.«

Ella Bridgewater sollte mit einer Gehhilfe aus Aluminium einen abgelegenen Kiesweg hinunterholpern? Bekleidet mit einem langen schwarzen Kleid und bewaffnet mit einem Spaten und einem Besen? »Ich komme nächste Woche rüber und begleite Sie.«

»Also, Reverend«, sagte sie, offensichtlich sehr erfreut, »das brauchen Sie nicht zu tun!«

»Ich weiß, dass ich das nicht zu tun brauche, was ein weiterer Grund ist, warum ich es mit Freuden tun werde.«

»Sie sind ein Pfundskerl!«

»Da hat man schon Schlimmeres über mich gesagt«, erwiderte er.

»Louella!«

»Wer spricht da?«

»Reverend Kavanagh.«

»Schätzchen, wie geht's Ihnen da unten?«

»Ich kann nicht klagen. Aber wie sieht es bei Ihnen aus, was macht die Hüfte?«

»Diese Hüfte zwingt mich nicht in die Knie. Am Morgen bin ich in die Küche gerollt und habe Pfannkuchen gebacken.«

»Mit Buttermilch?«

»Etwas anderes kommt mir nicht in meine Pfannkuchen rein.«

»Ich wünschte, ich könnte einen davon essen.« Er klang schlichtweg sehnsüchtig. »Mit reichlich Butter und … welche Marmelade passt am besten dazu, was meinen Sie?«

»Heidelbeere!«, rief Louella.

»Bingo!«

»Wann werden Sie und Miss Cynthia denn nach Hause kommen?«

»Ich weiß nicht. Vielleicht Ende des Jahres. Bald!«

»Nicht bald genug. Wir vermissen Sie hier. Ich gehe manchmal rauf und bete mit Miss Pattie, der armen Seele. Meine Güte, diese Miss Pattie …«

»Was hat Miss Pattie denn nun schon wieder angestellt?«

Louella brach in ihr volles Mezzosopranlachen aus.

»Miss Pattie hat ein Auge auf Mr Berman geworfen, Sie wissen ja, er ist ein mächtig gutaussehender Bursche. Jetzt, wo sie aufgehört hat, seine Kleider aus dem Fenster zu werfen, zieht sie gern seine Schuhe an.«

»Wie um alles in der Welt kann sie sich in seinen Schuhen bewegen?«

»Oh, sie sitzt in einem Rollstuhl, genau wie ich; sie kann keinen Schritt laufen. Sie zieht diese Schuhe an, klettert in ihren Rollstuhl, zischt damit ab und freut sich wie ein Schneekönig.«

»Aha.«

»Mr Berman ist süß, Schätzchen, er hat ihr ein paar Slipper aus Krokodilleder gegeben, hat mir Schwester Lola erzählt. Miss Patty darf die Schuhe behalten, meint er, ein Mann könne schließlich nur ein einziges Paar Schuhe tragen. Ist das nicht nett?«

»Das möchte ich meinen!«

Sie seufzte. »Hier oben gibt es keine Menschenseele, mit der man singen kann.«

Er seufzte. »Hier unten gibt es keine Menschenseele, mit der man singen kann.«

»Dann stimmen Sie ein Lied an, und ich falle ein«, erwiderte sie kichernd.

Er glaubte nicht, dass er je zuvor vier Verse von

irgendetwas am Telefon gesungen hatte, aber als er fertig war, fühlte er sich eindeutig besser.

Seine Frau stellte ihm frischen Hühnersalat mit einem heißen Brötchen und einem dampfenden Becher Tee hin. Dann standen sie beide Hand in Hand vor dem Tisch, während er den Segen erbat.

»Was hältst du davon, wenn ich heute Mittag zum Essen nach Hause komme?«, fragte er. »Ich kenne einige Frauen, die es gar nicht gern sehen, wenn Ehemänner nicht zum Mittagessen heimkommen.« Er konnte ebenso gut gleich die Wahrheit erfahren, die auszusprechen seine Frau nie Hemmungen gekannt hatte.

»Das wäre furchtbar schön, wenn du zum Mittagessen nach Hause kämst, Timothy. Du bist jetzt, da ich so hart an der Vollendung des Buches arbeite, mein Hauptkontakt zur Außenwelt.« Sie stellte ihren eigenen Teller auf den Tisch und küsste ihn auf den Kopf.

»Wie macht es sich denn so?«

»Gipfel, Täler, Höhen, Tiefen«, sagte sie und setzte sich.

»Wie im Leben«, sagte er.

»Ach du meine Güte, dabei fällt mir ein, ich brauche heute Nachmittag den Wagen. Ich will zum Sund rüberfahren, um einen blauen Reiher zu zeichnen.«

Seine Frau brauchte lebendige Nahrung mit Fleisch und Blut – keine Polaroidbilder, sondern das lebende Vorbild. Bestenfalls durften hier und da einmal ein Sonnenschirm oder ein Hintergrundbusch der Fantasie entspringen, während sie auf der Suche nach dem Original war. Violet, die ganz sicher ein Original war, war die vierte oder fünfte weiße Katze in einer ununterbrochenen Kette realer Violets, die seine Frau im Laufe der

Jahre adoptiert hatte. Er selbst war einmal rekrutiert worden, um als weiser Mann in ihrem Buch *Die Maus in der Krippe* aufzutreten. Er war nicht der Meinung, dass er auf ihrem Aquarell besonders weise ausgesehen hatte – eher idiotisch, um die Wahrheit zu sagen –, aber sie war sehr zufrieden gewesen.

Einmal waren sie zusammen in den Wald gegangen, wo er versucht hatte, in ihre Fantasiewelt einzudringen, während sie den Blick auf einen Farn gerichtet hielt – aber seine Gedanken waren wie freilaufende Hühner umhergeirrt, und am Ende hatte er sich mit einer Predigt auf Philipper 4,13 beschäftigt.

»Oh, wenn ich vom Sund zurückkomme, werde ich bei Janette vorbeigehen und die Kinder auf ein Eis einladen.«

»Gute Idee.« Er fand, dass ihre Augen so blau waren wie wilder Chicoree.

»Ach übrigens, kurz bevor du reingekommen bist, hat Roger Templeton angerufen. Er meinte, er hätte dich in der Kirche nicht erreichen können.«

»Aha.«

»Er möchte, dass du ihn zurückrufst.«

»Mache ich.«

Sie aßen schweigend, während die Uhr über dem Herd tickte.

»Timothy ...«

»Ja?«

»Du darfst mich niemals verlassen.«

Immer wieder einmal kam aus blauem Himmel diese klägliche Bitte, die ihn gleichzeitig erschütterte und rührte. Er legte die Gabel beiseite und griff nach der Hand seiner Frau. »Ich werde dich niemals verlassen. Niemals.«

»Nicht einmal, wenn ich alt bin und ungezählte Krähenfüße im Gesicht habe?«

»Ich liebe deine wunderbaren Krähenfüße, Kavanagh.«

»Ich meine mich zu erinnern, dass du einmal gesagt hast, ich hätte keine Krähenfüße.« Er war erleichtert zu sehen, dass sie diese flüchtige Regung des Kummers abgeschüttelt hatte und wieder lachen konnte.

»Jetzt sitze ich aber in der Klemme«, meinte er grinsend.

Er griff nach ihrer Hand, küsste die Innenfläche und drückte sie sich an die Wange. »Du bedeutest mir alles. Wie könnte ich dir jemals dafür danken, was du für mich bist, Tag und Nacht, ein Geschenk, ein Geschenk ...«

Sie sah ihn lächelnd an. »Ich liebe es, wenn du so redest, mein Schatz. Du darfst zum Mittagessen nach Hause kommen, wann immer du wünscht.«

Roger kam am Mittwochmorgen ins Pfarrbüro, eine mit einem Gummiband verschlossene Papiertüte unter dem Arm und einen verschämten Ausdruck auf dem Gesicht.

»Stellen Sie sich vor Ihren Schreibtisch und machen Sie die Augen zu«, sagte Roger.

Father Tim tat wie geheißen und hörte das Rascheln der Papiertüte, als sie geöffnet wurde.

»In Ordnung, Sie dürfen sich jetzt umdrehen.«

Auf Rogers ausgestreckten Händen lag die Krickente und sah ihm genau in die Augen.

Frisch bemalt mit all ihren zarten und leuchtenden Farben, fand er die Schnitzerei wunderschön, atemberaubend und lebendig. Er öffnete den Mund, um zu sprechen, fand aber keine Worte.

»Sie gehört Ihnen«, sagte Roger.

»Das kann nicht Ihr Ernst sein.«

»Sie gehört Ihnen. Sie hat die ganze Zeit über Ihnen gehört. Ich habe den Ausdruck auf Ihrem Gesicht gesehen, wenn Sie mich bei der Arbeit beobachtet haben. Ich kenne diesen Ausdruck; die Ente gehört Ihnen.«

Er nahm die Schnitzerei ehrfürchtig entgegen, erstaunt und gerührt zugleich.

»Drehen Sie sie um«, sagte Roger, der vor Freude errötet war.

Er drehte sie um. Auf der flachen Unterseite war der Name der Insel eingebrannt, das Datum des heutigen Tages und eine Nachricht:

Krickente
für Tim Kavanagh
von Roger Templeton
Hochseeangelkameraden

Den kostbaren Besitz fest in der linken Hand, umarmte er Roger Templeton und schlug ihm auf den Rücken.

»Danke«, sagte er und stellte fest, dass dieses eine Wort praktisch ein Krächzen war.

»Ich habe nur wenige von meinen Schnitzereien verschenkt. Ernie hat eine und mein Sohn und dessen Frau und ...« Roger zuckte verlegen die Achseln.

»Ich kann Ihnen gar nicht genug danken, mein Freund. Ich werde diese Ente in Ehren halten, mehr, als Sie ahnen können.«

Er stellte die Schnitzerei auf seinen Schreibtisch und betrachtete sie noch einmal voller Staunen.

Vor einigen Monaten hatte er einen Engel eingebüßt; heute hatte er eine Ente bekommen. Am Ende hatte er den besseren Handel gemacht, da gab es kein Vertun.

Er stand, bereits für den Gottesdienst gewandet, in der Sakristei und wartete, zusammen mit dem nervösen Chor und der eifrigen Prozession, die sich bis zu den untersten Stufen der Kellertreppe hinunter erstreckte.

Heute Morgen wurde eine neue Musik gespielt, komponiert von dem Organisten selbst, etwas Wunderbares, das jedoch nicht leicht zu singen war, und entsprechend hoch war der Adrenalinspiegel des Chors.

Zur allgemeinen Nervosität trug nicht unwesentlich die Tatsache bei, dass die Musik eine Beteiligung der Gemeinde erforderte, was dem Ganzen ein zusätzliches Element der Überraschung und das Risiko eines Misserfolgs verlieh.

Er spähte durch die Glasscheiben der Sakristeitür in das Kirchenschiff und entdeckte eine Reihe Gesichter, die ihm vollkommen fremd waren. Nein, heute war der Tag der Heimkehr.

Einige der getreuen Kirchenbesucher waren von Heimkehrern aus ihren angestammten Bänken verdrängt worden, und schließlich entdeckte er Otis und Marlene und die Duncans irgendwo im Gedränge auf der rechten Seite. Ganz vorn saß Janette mit Jonathan auf dem Schoß und Babette und Jason neben sich. *Ich danke Dir, Herr.* Und zwei Reihen dahinter hockte Sew Joiner, betrachtete die Arbeit an den Wänden und der Decke und sah ganz allgemein so aus, als hätte er höchstpersönlich den Mond aufgehängt.

Als die Glocken ertönten, stürmte die Kreuzträgerin mit ihrer Prozession durch die Tür und in das Kirchenschiff, die Orgel spielte ihre mächtigen Eröffnungsklänge, und der Chor fiel ein, dass es wie Donnergrollen klang.

Getragen von dem gewaltigen Tosen der Orgel, zog der Chor mit großer Inbrunst durch den Mittelgang.

»Singt dem Herrn ein neues Lied
Und seinen Preis bis zu den Enden der Erde!
Halleluja! Halleluja!
Ihr, die ihr zu See fahrt, und alle Bewohner der Inseln!
Halleluja! Halleluja!«

Die Gemeinde fiel in die beiden ersten Hallelujas ein, als erwache sie aus einem langen Schlaf; beim zweiten Refrain schalteten die Leute einen Gang höher, mitgerissen von der machtvollen Führung durch den Chor.

»Ehre sollen sie geben dem Herrn
Und seinen Ruhm preisen an den Küsten!
Halleluja, Halleluja!«

Als der Chor die knarrenden Stufen zur Empore hinaufging, schwoll die Orgelmusik in dem kleinen Kirchenschiff an, dass man glaubte, es habe die Größe einer englischen Kathedrale.

Während die Sänger des Chors hastig ihre Plätze an der Orgel einnahmen, stimmten sie von neuem die leidenschaftlichen Lobesrufe Jesajas und des Psalmisten an.

»Singt Ihm ein neues Lied!
Spielt kunstvoll und mit lautem, freudigem Schall!
Halleluja!
Denn das Werk des Herrn ist wohlgetan!
Halleluja!
Und alle Seine Werke sind getan in Treue!
Halleluja!«

Mit einer vollen Minute Orgelmusik kam der erste Teil des neuen Werks zum Ende und feierte Gottes Gnade, die den Menschen von St. John's zuteilgeworden war, und die erste glückliche Heimkehr seit drei Jahrzehnten. Viele Mitglieder der Gemeinde drehten sich in ihren Reihen um und blickten voller Staunen zu der Empore hinauf.

»*Halleluja! Halleluja!*«

In dem anschwellenden Finale, das ohne Begleitung gesungen wurde, griff die Sopranistin nach den Sternen und bekam sie zur Freude und Erleichterung ihres Pfarrers auch zu fassen.

»Als Bäume und Starkstromleitungen um euch herum zu Boden stürzten, als sogar das Dach über euch nachgab, als Licht sich in Dunkelheit verwandelte und Wasser zu Staub wurde, habt ihr da zu Ihm gerufen?

Wenn ihr nach Ihm gerufen habt, war Er irgendwo dort oben, oder war Er euch so nah wie euer Atem?«

Er stand an diesem Morgen vor der Kanzel und sah den Menschen ins Gesicht, den Menschen, die Gott für diesen einen flüchtigen Augenblick in seine Hand gegeben hatte.

»Was einige Gläubige noch immer nicht glauben können, ist, dass Gottes Liebe uns so nahe ist wie unser eigener Atem. Es gibt etwas, das ich mir noch weit mehr wünsche als eine größere Zahl von Gottesdienstbesuchern, mehr als ein größeres Gemeindehaus oder ein höheres Budget ... mehr als um alles andere bete ich als euer Pfarrer dafür, dass jeder Einzelne von euch Gottes Gegenwart spürt ... so nahe wie den eigenen Atem. Kurz gesagt, seit meiner Ankunft hier war in meinen Gebeten ständig der Wunsch, dass ihr alle eine persönliche, direkte und ganz alltägliche Beziehung zu Christus entwickelt.

Ich spreche über etwas, das über jeden Sonntagsgottesdienst hinausgeht, der je gehalten wurde oder jemals gehalten werden wird, etwas, auf das ihr euch für den Rest des Lebens und später für die Ewigkeit verlassen könnt. Ich spreche von den Zeiten, da ihr in dem Sturm, der gegen euch wütet, zu Gott schreit, von den Zeiten, da ihr an Herz und Fleisch scheitert und keinen Weg nach vorn und keinen Weg nach hinten seht, von Zeiten, da jedes Gebet, das ihr an einen scheinbar fernen Gott richtet, sich in nichts aufzulösen scheint.

Ungezählte Menschen glauben an die Existenz eines kalten, fernen Gottes, und wenn diese Menschen in tiefster Verzweiflung zu Ihm rufen und keine Antwort hören, dann müssen sie sich allein und ohne Hilfe aufrichten und weiterstolpern.

Dann gibt es wieder Menschen, die Ihn persönlich kennen, die erfahren haben, dass Er ihnen in ihrer Not so nahe ist wie der eigene Atem – für sie da, persönlich, Erlöser, Vater, Partner, Freund.

Manche Menschen sind ihr Leben lang zur Kirche gegangen und haben diese mächtige, wunderbare und doch so schlichte persönliche Beziehung nie erfahren. Andere glauben, dass eine solche Beziehung zwar möglich sein könnte, ihnen jedoch niemals zuteilwerden würde – warum sollte Gott sich mit ihnen abplagen, außer aus großer Entfernung? In Wirklichkeit macht es Gott nicht die geringste Mühe. Er wünscht sich diese Beziehung viel mehr als ihr, und ich wünsche mir diese Beziehung und bete dafür, dass ihr über diese wunderbare Wahrheit nachdenken werdet.

Aber wer unter uns könnte es jemals verdienen, dass

ihm ein so großartiges Geschenk zuteilwird wie eine nahe, persönliche, tägliche Beziehung zu dem allmächtigen Gott, dem Schöpfer des Universums?

Es scheint undenkbar, also … fürchten wir uns davor, es zu denken.

Für diesen einen kurzen, vergänglichen Augenblick in der Geschichte unseres Lebens bin ich euer Hirte; Gott hat mich dazu berufen, diese Herde zu führen. Wenn ich auf diesen Morgen blicke, finde ich in meinem Herzen eine Liste von Wünschen für euch. Für geheilte Ehen, gute Arbeitsplätze, das Wohlergehen und die Sicherheit eurer Kinder; für Eleanor wünsche ich mir Knie, die funktionieren; für Toby Ohren, die hören; für Jessie gute Neuigkeiten von ihrem Sohn; für Phillip gute Neuigkeiten von seinem Arzt. Wieder und wieder finde ich in meinem Herzen leidenschaftliche Wünsche für euch. Aber meine größte Hoffnung, mein sehnlichster Traum ist der: Vater … lass die Menschen, die mir anvertraut sind, begreifen. Lass sie begreifen, dass das Undenkbare nicht nur Wirklichkeit ist, sondern für jeden Menschen möglich und erreichbar ist, jetzt, heute – obwohl wir diese Gnade wahrhaftig nicht verdient haben.

Wir können ihrer heute teilhaftig werden, mit meinem schlichten Gebet, von dem manche glauben, es sei nicht kompliziert genug, um sie Gott nahezubringen, nicht geschliffen genug, um Ihn auf uns aufmerksam zu machen, nicht lang genug, nicht hoch genug, nicht tief genug …

Und doch ermöglicht es dieses einfache Gebet euch, Ihn nicht nur als Herrn und Erlöser zu erfahren, sondern als Freund. ›Ich nenne euch nicht mehr Knechte‹, sagt Er im Johannesevangelium zu seinen Jüngern, ›sondern Freunde.‹«

Sehnt ihr euch in den Stürmen eures Lebens nach dem Trost Seiner Nähe und Seiner Freundschaft? Ihr könnt euch nicht vorstellen, wie sehr Er sich nach eurem Trost sehnt. Es ist unvorstellbar, nicht wahr, dass Er sich unsere Nähe wünschen sollte – so gering wir sind, so schwach wir sind und so hoffnungslos, wie wir uns oft fühlen. Gott möchte mit uns vereint sein. Genau das besagt sein Name: Emanuel, Gott mit uns. Und warum ist das so schwer vorstellbar für uns, obwohl Er uns für sich selbst geschaffen hat? Ich möchte, dass ihr das heute Morgen hört. Der Eine, der uns schuf … hat uns für sich selbst geschaffen.

Im Buch der Offenbarung werden wir daran erinnert, dass Er alle Dinge geschaffen hat – zu Seiner Freude. Viele von uns glauben, dass Er alle Dinge geschaffen hat, aber wir vergessen dabei das Beste – dass Er uns geschaffen hat … zu seiner Freude.

Einige unter euch möchten nicht länger nur einmal die Woche nach Ihm suchen und sehnen sich stattdessen, Tag für Tag bei Ihm zu sein. Sie erzählen Ihm alles, lassen Ihn Anteil haben an allen Dingen, dankbar dafür, einen solchen Segen in ihrem Leben zu haben, einen Freund, der sie niemals, unter keinen Umständen, verlassen wird und der ihnen niemals Seine Liebe entziehen wird. Erstaunlich? Ja, das ist es. Es ist erstaunlich.

Gott weiß, wen es heute Morgen aufrichtig verlangt, dieses simple Gebet zu sprechen. Es ist eine Angelegenheit zwischen euch und Ihm, und es ist ein Gebet, das euch in Seine Gegenwart bringen wird, in ewiges Leben und in die Intimität einer Freundschaft, in der Er euch so nahe ist wie … euer Atem.

Und so funktioniert dieses wunderbare Gebet – bittet Ihn in euer Herz, und Er wird euch in seinem willkommen heißen. Das Herz Gottes! Was für ein Ort, um dort zu weilen, um die Ewigkeit dort zu verbringen.

Während wir nun die Köpfe unter diesem neuen Dach und in diesen neuen Mauern zum Gebet neigen, bitte ich darum, dass er jeden Einzelnen von uns segnen möge … mit einem neuen Herzen.«

Er senkte den Kopf, faltete die Hände und hörte das Rauschen des Blutes in seinen Schläfen. Ella Bridgewater, die mit ihrer Gehhilfe in Reichweite direkt am Mittelgang saß, blickte zustimmend zu ihm auf. Captain Larkin, der rechts von ihr saß, barg den Kopf in den Händen.

»Spürt und fühlt Gottes Gegenwart unter uns an diesem Morgen …«

Er wartete.

»… während jene unter euch, die es danach verlangt, schweigend dieses simple Gebet wiederholen:

Ich danke Dir, mein Gott, dass du mich liebst …

… und dafür, dass Du Deinen Sohn gesandt hast, damit er für meine Sünden stirbt.

Ich bereue meine Sünden von ganzem Herzen …

… und heiße Jesus Christus als meinen persönlichen Erlöser willkommen.

Und als Dein Kind …

… überantworte ich Dir mein ganzes Leben.

Amen.«

Er hob den Kopf, hatte aber keine Eile weiterzusprechen. Ein solches Gebet war sehr mächtig, und wie in der Musik war eine Ruhepause vonnöten.

Als Nächstes sah die Gottesdienstordnung das Nizäische Glaubensbekenntnis vor, und er hatte bereits den Mund geöffnet, um die ersten Worte zu sprechen, als er ihn wieder schloss.

Er blickte auf die linken Bankreihen hinunter und sah Mamie und Noah; Mamie lächelte und nickte ihm zu. Hinter ihnen saßen Junior Brison und Misty Summers; er glaubte, dass Juniors Grinsen beträchtlich breiter war als seine Krawatte.

»Wenn ihr dieses Gebet gesprochen habt und zu mir an den Altar kommen wollt, seid ihr herzlich willkommen.« Er hatte nicht gewusst, dass er das sagen würde; er hatte sich selbst vollkommen überrascht.

Einige der Menschen würden zu schüchtern sein, um zu kommen, aber das war Gottes Angelegenheit; er hoffte, dass er das Glaubensbekenntnis nachher nicht vergessen würde.

»Wenn ihr euer Taufgelübde in eurem Herzen erneuern wollt, dann kommt bitte. Wenn ihr Gott für all die Dinge, die Er in eurem Leben für euch getan hat, danken wollt, dann kommt bitte. Wenn ihr einen neuen Anfang machen und euer Leben ganz in seine Obhut geben wollt, dann kommt bitte.«

Obwohl dieser Teil des Gottesdienstes vollkommen ungeplant war, fand er, dass dies ein guter Zeitpunkt für ein wenig Musik wäre. Sein Chor war jedoch offensichtlich völlig ratlos.

Auf der linken Seite erhoben sich vier Personen, verließen ihre Reihen und kamen durch den Mittelgang zu ihm.

Auf der rechten Seite standen fünf Gemeindemitglieder und ein Heimkehrer aus verschiedenen Reihen auf, entschuldigten sich bei ihren Nachbarn und stiegen über die Füße der anderen, denen das Ganze zutiefst peinlich zu sein schien.

Father Tim öffnete eine Phiole mit Öl, kniete einen Moment lang vor dem Allerheiligsten nieder und betete schweigend. Einer nach dem anderen ließen sich die Menschen am Altar demütig auf die Knie sinken. Mindestens zwei von ihnen blickten starr, aber entschlossen drein, andere schienen sich über die Gelegenheit zu einem so verwegenen Schritt zu freuen, dankbar dafür, ihre Herzen in diesem heiligen Akt Gott von neuem zu überantworten.

Er tauchte den rechten Daumen in das Öl und berührte die Stirn des ersten Mannes am Geländer, dann zeichnete er ihm das Kreuz auf die Stirn und sagte: »Ich salbe dich, Phillip, im Namen des Vaters und des Sohnes und des Heiligen Geistes ...«

Auf der Chorempore erhob sich der Organist von seiner Bank und kam mithilfe eines Stocks steif die Treppe hinunter und durch den Mittelgang.

Madeleine Duncan ließ sich in ihrer Reihe auf die Knie sinken und flüsterte ihrer Mutter ins Ohr: »Sieh mal, Mommy, das ist der kleine Mann mit dem großen Kopf.«

Leonard Lamb beobachtete den Büßer, der sich nun dem Altar näherte, und bemerkte gar nicht, dass er ihn mit offenem Mund anstarrte. Ebenso wenig bemerkte er die Tränen, die ihm plötzlich in die Augen schossen.

Marion Fieldwalker stieß Sam in die Rippen. »Wer ist das?«

»Bei allen Heiligen!«, flüsterte Sam, als spräche er mit sich selbst.

Als Father Tim die Stirn des Mannes berührte, der vor ihm kniete, hatte er das Gefühl, als träfe ihn ein elektrischer Schlag, der wie ein Feuerstrahl durch seinen Arm fuhr.

»Ich salbe dich, Morris, im Namen des Vater und des Sohnes und des Heiligen Geistes und erflehe die Gnade unseres Herrn Jesus Christus, auf dass sie für immer besiegeln möge, was echt und wahr ist in deinem Herzen. Möge Gott allezeit mit dir sein, mein Bruder.«

Der Herr hat mich gerettet
aus einer furchtbaren Grube
aus dem Morast.
Halleluja!
Und meinen Fuß auf einen Fels gestellt.
Halleluja!
Hat meinen Schritten Halt gegeben
und meinen Wegen ein Ziel.
Halleluja!
Und meinem Mund gab er
ein neues Lied, einen Lobgesang
auf unseren Gott!
Halleluja! Halleluja! Amen!

»›Kein Gesprächspartner‹« erklärte er Barnabas auf dem Weg zum Strand, »›weiß die Genialität der eigenen Redebeiträge so zu schätzen, wie ein Hund es tut.‹«

Sein Hund antwortete nicht.

»Das hat Christopher Morley gesagt.«

Barnabas trottete weiter.

»Meinst du, dass diesen Worten eine gewisse Wahrheit innewohnt?«

Was, wenn jemand ihn hier draußen mit seinem Hund reden hörte? Andererseits, warum sollte ein Mann nicht mit seinem Hund reden, wann immer er Lust dazu hatte?

»Ah, mein Freund, was für ein Sonnenuntergang das heute werden wird.« Er war in geradezu übermütiger Stimmung, als entlocke ihm der Frühling etwas Besonderes, das sich schon seit sehr langer Zeit nicht mehr gezeigt hatte.

Er hatte seine Frau gefragt, ob sie mitkommen wolle, aber sie hatte weitaus wichtigere und umwälzendere Dinge zu tun, als sich an einem herrlichen Abend einen spektakulären Sonnenuntergang anzusehen; tatsächlich wusch sie sich die Haare.

Er hatte dieses Gefühl von Leichtigkeit seit seiner Ankunft auf Whitecap nur ein einziges Mal verspürt. Das war an dem Tag gewesen, als er, frei wie ein Vogel, zum ersten Mal Ernies Laden betreten hatte. Viele Stunden Freiheit an einem fremden, neuen Ort mit noch nicht offenbarten Geheimnissen hatten vor ihm gelegen. Warum konnte das ganze Leben nicht aus diesem einen Gefühl bestehen, dem Gefühl, am Rand einer Entdeckung zu stehen? War nicht jeder Augenblick eine Offenbarung? Wer konnte schließlich jemals wissen, was hinter der nächsten Wegbiegung lag?

Nun ja, wahrscheinlich würde er in ein oder zwei Tagen wie der Rest der Herde Trübsal blasen. Woraus er den messerscharfen Schluss zog, dieses Gefühl der Sorglosigkeit auszukosten, solange er es vermochte.

Kurz darauf ertappte er sich dabei, dass er das Orgelstück des gestrigen Sonntags vor sich hin pfiff; so schwierig es war, enthielt es doch eine melodische Struktur, die er absolut faszinierend fand. Was für ein Wunder es doch gewesen war; kopfschüttelnd vor Staunen rief er sich die verblüffte Freude seiner Gemeinde und Mamies seelenvolle Glückseligkeit ins Gedächtnis. Wahrhaftig, dieser eine Tag barg genug Glück, um eine ganze Weile ausgiebig darin schwelgen zu können.

Sie verließen den Gehsteig und betraten den Bohlenweg durch die Dünen. »Platz«, sagte er und blieb einen Moment lang stehen, bevor sie die Stufen hinuntertrotteten. Während er das Spiel der Farben auf dem Wasser beobachtete, kam ihm plötzlich die Idee, dass die Gemeinde irgendwann einmal zu einem frühen Sonntagsgottesdienst einige Stühle hierher bringen sollte.

Was für ein Kirchenschiff, was für ein Allerheiligstes! Und die Decke stellte jedes kunstvolle Gewölbe, das er je gesehen hatte, bei weitem in den Schatten. Warum sie in diesem Jahr keine Sonnenaufgangsgottesdienste hier am Strand gefeiert hatten, verstand er selber nicht – da war er wohl sehr schwer von Begriff gewesen.

Nun, dann vielleicht nächstes Jahr. Falls es ein nächstes Jahr gab. Höchstwahrscheinlich würde St. John's bis zum Winter seinen neuen Pfarrer berufen.

Sie gingen die Treppe hinunter und am Strand entlang, sie liefen nicht, sie joggten nicht, sie schlenderten. Nachdem sie etwa eine viertel Meile gegangen waren, ließ er Barnabas von der Leine.

Der Sonnenuntergang raucht, dachte er, während er sich in den Sand setzte, um Schuhe und Socken auszuziehen. Er blieb sitzen, betrachtete seine Umgebung und staunte.

Es war eine große Freude gewesen, Janette Tolson, deren Leben nun wiederhergestellt war, gestern mit ihren Kindern in der Kirche zu sehen. Aber es war keine Freude gewesen, den Tribut zu sehen, den es sie kostete, sich allein durchschlagen zu müssen. Er wusste, dass sie bis zwei Uhr morgens nähte und in aller Frühe wieder aufstand, um ihre Kinder für die Schule fertig zu machen und Jonathan zu einer Tagespflegemutter zu bringen.

Er besuchte sie vielleicht häufiger, als gut war, aber im Allgemeinen blieb er nur lange genug, um ihr zu versichern, dass er für sie betete, und sie bei ihrer Arbeit zu ermutigen. Alleinerziehende Eltern gab es in der heutigen Welt zuhauf. Dergleichen Dinge prallten von der modernen Gesellschaft ab wie Wasser von einer Ente; sie waren zu einer alltäglichen Erscheinung des sogenannten zivilisierten Lebens geworden.

Aber für ihn war das nichts Alltägliches, ganz und gar nicht. Es schmerzte ihn jedes Mal, den Schaden und die Verwirrung mitanzusehen, die ein solches Ereignis nach sich zog, und allzu oft stürzten jene, die gezwungen waren, ihren Weg allein zu gehen, in tiefe Verzweiflung.

Während seines letzten Besuchs bei Janette hatte sie den Mut aufgebracht, noch einmal zu fragen: »Haben Sie ihn gesehen?« Er hatte ihn nicht gesehen, ebenso wenig wie irgendjemand sonst, soweit er wusste. »Er könnte tot sein«, hatte sie gesagt und über ihre Nähmaschine hinweg aus dem Fenster geblickt. »Der Sturm ...«

Es war die Wahrheit. Niemand wusste, wo er auf der Insel lebte oder unter welchen Umständen. Wenn der Putz von der Decke Maude Proffitt nur um ein Haar verfehlt hatte, wer wollte dann sagen, ob der Sturm nicht anderswo tödliche Spuren hinterlassen hatte?

Halt. Er hatte sich gestern vorgenommen, bewusst zu vermeiden, was er gerade eben wieder tat – er dachte zu viel. »Der kleine Timothy«, hatte eine ältere Frau einmal in der Kirche seiner Mutter gesagt, »denkt zu viel.«

Er hatte diese lässig hingeworfene Bemerkung nie vergessen, obwohl er damals nicht mehr als sieben oder acht Jahre alt gewesen sein konnte. Wie viel Denken war zu viel, fragte er sich, und wer wollte das beurteilen? Sollte er ab und zu einmal ganz aufhören zu denken und mit leerem Geist umhergehen? Er versuchte, seinen Geist zu leeren, und stellte fest, dass es absolut unmöglich war. Vielleicht konnten andere Menschen das tun, und er war der Einzige, der nicht dazu in der Lage war. Es war eine beunruhigende Vorstellung. Andererseits – gab es auch Menschen, die zu wenig dachten? Als Erwachsenen war gelegentlich die Frage in ihm aufgestiegen, ob er nicht vielleicht einige Vertreter dieser Spezies kannte …

Er pfiff nach seinem Hund, der aus der Brandung gelaufen kam und nun vor ihm stand und Salzwasser in alle Himmelsrichtungen spritzte.

»Sitz«, sagte er. Barnabas setzte sich.

Er erinnerte sich noch gut an die Zeit, als er seinen Hund zu nichts anderem hatte bewegen können als zum Fressen. Es hatte Jahre gedauert, bevor er sich setzte, wenn man es von ihm verlangte, oder herbeikam, wenn man ihn rief. Es war das Alter, jawohl. Alter und Weisheit! Wenn Barnabas etwa zwei Jahre alt gewesen war, als er ins Pfarrhaus gekommen war – und das lag jetzt sieben Jahre zurück –, dann war er jetzt in Hundejahren … dreiundsechzig. Ungefähr so alt wie sein Herrchen. Na schön, es war also doch nicht das Alter, sondern schlichte Weisheit.

Mit diesem Gedanken erhob er sich und lief, seinen Hund zur Seite, zum Strand hinunter.

Sie waren gerade in die Gasse eingebogen, als Barnabas stehen blieb und ein tiefes, kehliges Knurren ausstieß.

Es war inzwischen dunkel; am anderen Ende der Straße brannte eine einzelne Laterne. Ihr Licht zeichnete die Silhouette eines Menschen nach, der langsam auf ihn zukam.

»Wer sind Sie?«, fragte er. »Wer ist da?«

»Reverend Kavanagh?«

Er erkannte die Stimme, die sich an ihn richtete ,sofort. »Ja.«

»Es tut mir leid, dass ich Sie erschreckt habe.« Obwohl der Mann inzwischen nur noch wenige Schritte entfernt war, hörte Barnabas auf zu knurren. Tatsächlich wedelte er sogar mit dem Schwanz.

Das weiße Hemd glänzte wie eine Perle. »Ich hatte gehofft, dass wir reden könnten.«

»Das hatte ich ebenfalls gehofft.«

»Falls Sie Zeit haben.«

Father Tim trat vor und hielt der Dunkelheit seine Hand hin. »Meine Zeit«, sagte er, »gehört Ihnen.«